MIRA®

Umwelthinweis:
Dieses Buch wurde auf chlor- und säurefreiem Papier gedruckt.

Die Carltons –
Liebe findet ihren Weg

MIRA®

MIRA® TASCHENBUCH
Band 20005
1. Auflage: Februar 2010

MIRA® TASCHENBÜCHER
erscheinen in der Cora Verlag GmbH & Co. KG,
Valentinskamp 24, 20350 Hamburg
Deutsche Taschenbucherstausgabe

Titel der nordamerikanischen Originalausgaben:

Konzeption/Reihengestaltung: fredebold&partner gmbh, Köln
Umschlaggestaltung: pecher und soiron, Köln
Redaktion: Ivonne Senn
Titelabbildung: Harlequin Books S.A.
Autorenfoto: © by Nina Subin; Harlequin Enterprise S.A., Schweiz
Satz: Buch-Werkstatt GmbH, Bad Aibling
Druck und Bindearbeiten: CPI – Ebner & Spiegel, Ulm
Printed in Germany
ISBN 978-3-89941-687-9

www.mira-taschenbuch.de

Sherryl Woods

Endlich verheiratet?

Roman

Aus dem Amerikanischen von
M. R. Heinze

MIRA®

1. KAPITEL

Richard Carlton machte über Handy drei geschäftliche Telefonate und warf ungeduldig einen Blick auf die Wanduhr des Restaurants *Old Town Alexandria*. Danach erledigte er zwei weitere Anrufe und sah auf seine Armbanduhr. Langsam wurde er ärgerlich.

Weitere fünf Minuten, und er würde von hier verschwinden. Schließlich war er lediglich hier, um Tante Destiny einen Gefallen zu erweisen. Er hatte ihr versprochen, einer angeblich hervorragenden Marketing-Beraterin die Chance zu geben, trotz ihrer noch mangelnden Erfahrung eine weltweite Werbekampagne für das Familienunternehmen auszuarbeiten.

Er selbst suchte jemanden für seinen ersten Wahlkampf, doch die betreffende Person sollte eigentlich über mehr Erfahrung verfügen. Seine Tante war allerdings höchst überzeugend, wenn sie sich etwas in den Kopf gesetzt hatte.

„Triff dich mit der Frau, iss nett mit ihr und gib ihr Gelegenheit, dich zu verkaufen", hatte Tante Destiny wie beiläufig gesagt, aber ihre Augen hatten dabei verdächtig gefunkelt. „Schließlich ist auf Erden niemand schwerer zu verkaufen als du, oder?"

„Schmeichlerin", hatte Richard trocken erwidert.

Daraufhin tätschelte sie ihm die Wange, als wäre er noch zwölf Jahre alt. „Aber nein, mein Lieber, ganz und gar nicht."

Destiny Carlton stellte die treibende Kraft seiner Kindheit dar. Eine solche Tante gab es bestimmt kein zweites Mal. Vierundzwanzig Stunden nach dem Flugzeugabsturz, bei dem seine Eltern umgekommen waren, war sie in sein Leben getreten. Damals war er zwölf gewesen.

Destiny war die ältere Schwester seines Vaters. Bis zu dem Unglück war sie herumgezogen, hatte sich mit diversen Prinzen gezeigt, in Monaco die Spielbank unsicher gemacht, war in den Schweizer Alpen Ski gelaufen und hatte sich schließlich in Frankreich niedergelassen. Dort hatte sie in einem Bauernhaus zu malen begonnen und ihre Werke sogar in einer kleinen Galerie in Paris verkauft. Man konnte sie durchaus als exotisch und exzentrisch bezeichnen, und mit ihr erlebten Richard und seine jüngeren Brüder mehr Spaß, als sie je zuvor gehabt hatten.

Eine selbstsüchtige Frau hätte die Jungen nach Frankreich mitgenommen und ihr Leben einfach fortgesetzt. Nicht so jedoch Destiny. Mit der ihr üblichen Begeisterung hatte sie sich in die ungewohnte Mutterrolle gestürzt und das bis dahin so wohlgeordnete Leben der Jungen in ein abenteuerliches Chaos verwandelt. Gleichzeitig konnten die drei Kinder sich der Liebe ihrer verrückten Tante immer sicher sein.

Und die Brüder hingen an Destiny, selbst wenn diese manchmal geradezu unerträglich war. Das galt besonders für die letzte Zeit, da sie auf die Idee gekommen war, die Jungs müssten endlich eine eigene Familie gründen. Zu ihrer größten Enttäuschung hatten Mack und Ben sich bisher ihrem Drängen erfolgreich widersetzt.

Trotz Destinys beachtlichem Einfluss hatte Richard sich stets eisern an die strengen Grundsätze seines Vaters gehalten. *Arbeite hart, dann hast du auch Erfolg! Sei jemand!* Das war ihm von klein auf eingeschärft worden.

Schon im zarten Alter von zwölf Jahren hatte er die Last der Verantwortung für *Carlton Industries* auf seinen schmalen Schultern gespürt. Zwar führte seit dem Tod seines Vaters ein Außenstehender die Firma, doch für Richard hatte nie ein Zweifel daran bestanden, dass er einst das Ruder übernehmen würde. Auch für seine Brüder hätte sich ein passender Platz in der Firma gefunden, doch keiner der beiden hatte jemals auch nur das geringste Interesse daran gezeigt.

Während seine Brüder früher nach der Schule zu Hause gespielt hatten, war Richard fast täglich in das historische Gebäude gegangen, in dem die Firmenbüros untergebracht waren. Destiny hatte sich bemüht, ihm Romane jeglicher Stilrichtung schmackhaft zu machen, die Geschäftsbücher waren ihm jedoch lieber gewesen. Endlose Zahlenreihen hatten ihm stets riesigen Spaß gemacht, ohne dass er hätte erklären können, warum. Selbst heute noch verstand er geschäftliche Vorgänge im Grunde besser als Menschen.

Mit dreiundzwanzig und nach Abschluss seines Studiums übernahm er dann die Firmenleitung. Das wunderte niemanden, da Richard seit dem Tod seines Vaters ohnedies mit seinem sicheren geschäftlichen Instinkt überall Eindruck gemacht hatte.

Inzwischen, mittlerweile zweiunddreißig Jahre alt, hatte er die Firma auf jenen Kurs gebracht, den auch sein Vater eingeschlagen hätte.

Er hatte manche Firma aufgekauft und mehrere Übernahmen durchgeführt. Er war jung, erfolgreich und einer der begehrtesten Junggesellen der Stadt.

Seine persönlichen Beziehungen waren jedoch immer nur von kurzer Dauer gewesen, weil die Frauen stets schnell merkten, dass sie nach dem Familienunternehmen erst an zweiter Stelle standen. Die letzte Freundin hatte ihn einen kalten und gefühllosen Mistkerl genannt. Er hatte nicht widersprochen, weil er ihr insgeheim recht gab. Menschen enttäuschten ihn, der Beruf jedoch nie, und er bevorzugte das Zuverlässige.

Wegen des fehlenden Erfolgs im Privatleben hatte er sich in jüngster Zeit anderen Dingen zugewandt. So wollte er in die Politik gehen und sich für den Stadtrat von Alexandria bewerben. Sein Vater hatte von seinen Söhnen erwartet, dass sie nicht nur im Wirtschaftsleben, sondern auch in der Politik Macht und Einfluss anstrebten. Ein PR-Manager sollte helfen, für Richard ein geeignetes Image aufzubauen und seinen Namen bekannt zu machen.

Richard hatte einen Zeitplan – nein, eigentlich war es der Zeitplan, den bereits sein Vater aufgestellt hatte. Es gefiel ihm, schon jetzt genau zu wissen, wie alles in zehn, zwanzig und sogar dreißig Jahren laufen würde.

Und für jemanden mit einer dermaßen genauen Planung war es höchst ärgerlich, dass er nun schon zwanzig Minuten auf eine Frau wartete. Ungeduldig schnippte er mit den Fingern.

Der Oberkellner erschien sofort an seinem Tisch. „Sie wünschen, Mr. Carlton?"

„Setzen Sie den Kaffee bitte auf die Sammelrechnung, Donald. Mein Gast ist noch nicht hier, und ich habe einen Termin im Büro."

„Der Kaffee geht aufs Haus, Sir. Soll Ihnen der Küchenchef einen Salat einpacken?"

„Nein, danke."

„Möchten Sie Ihren Mantel?"

„Ich bin ohne gekommen."

„Dann lassen Sie mich wenigstens ein Taxi für Sie rufen. Es hat heftig zu schneien begonnen, und die Straßen sind glatt. Vielleicht verspätet sich Ihr Gast deshalb."

Richard interessierte sich nicht für die Gründe der Verspätung.

„Wenn das Wetter wirklich so schlecht ist, bin ich zu Fuß schneller im Büro, als ein Taxi hier wäre. Trotzdem vielen Dank, Donald. Und falls Ms. Hart doch noch hier auftauchen sollte, sagen Sie ihr …“

Er verstummte, weil er doch besser nicht aussprach, was ihm gerade durch den Kopf ging. Es wäre seiner Tante auf jeden Fall zu Ohren gekommen, weil die wiederum zu Donalds bevorzugten Gästen gehörte. Er selbst fand zwar, dass er sich Destinys junger Freundin gegenüber richtig verhielt, doch seine Tante mochte das durchaus anders sehen.

„Sagen Sie ihr einfach, ich musste fort.“

„Ja, Sir.“

Kaum dass er allerdings die Eingangstür des Restaurants öffnete und auf den glatten Bürgersteig hinaustrat, prallte jemand mit voller Wucht gegen ihn. Hätte er sich nicht an der Tür festgehalten, hätte er im nächsten Moment auf dem Boden gelegen.

Der Frau, die mit ihm zusammengestoßen war, rutschen die Füße weg. Entsetzt starrte sie ihn aus weit aufgerissenen braunen Augen an, die von langen dunklen Wimpern umrahmt waren. Richard fing die Frau im letzten Moment auf. Obwohl sie wegen der Kälte dick angezogen war, fühlte sie sich zart an, und merkwürdigerweise meldete sich sein Beschützerinstinkt – ein Gefühl, das er bisher nur für seine jüngeren Brüder und seine Tante empfunden hatte. Die meisten Frauen in seinem Leben waren so stark und tüchtig gewesen, dass er nicht den geringsten Wunsch verspürt hatte, sie vor irgendetwas zu beschützen.

Die Unbekannte schloss die Augen, öffnete sie wieder und verzog schmerzlich das Gesicht. „Sagen Sie bitte sofort, dass Sie nicht Richard Carlton sind“, flehte sie und seufzte dann dramatisch. „Aber der sind Sie natürlich. Ihre Tante hat mir ein Foto gezeigt. So läuft das schon den ganzen Tag“, redete sie ohne Pause weiter. „Zuerst erwische ich einen Taxifahrer, der ohne Stadtplan nicht mal die nächste Straßenecke findet, dann bleiben wir hinter einem Müllwagen stecken, und danach schneit es schlimmer als am Nordpol.“ Sie sah ihn hoffnungsvoll an. „Sie würden nicht vielleicht wieder hineingehen und sich setzen, damit ich einen besseren Auftritt hinlegen kann?“

Richard seufzte lautlos. „Melanie Hart, nehme ich an.“

„Ich könnte ja so tun, als wäre ich eine andere, und wir vergessen diesen unglücklichen Vorfall“, erwiderte sie. „Dann rufe ich später bei Ihnen im Büro an, entschuldige mich für die Verspätung, vereinbare einen neuen Termin und zeige mich von meiner professionellen Seite."

„Sie möchten mich tatsächlich belügen?"

„Reine Zeitverschwendung, nicht wahr?", vermutete sie mit Bedauern in der Stimme. „Ich habe mich schon verraten. Aber ich wusste gleich, dass diese Verabredung zum Mittagessen ein Fehler ist. In einem Konferenzraum mache ich einen viel besseren Eindruck. Vermutlich liegt das an der Umgebung. Die Leute nehmen einen ernster, wenn man Tabellen und Grafiken vorlegt. Das habe ich auch Destiny gesagt, aber sie hat auf dem Mittagessen bestanden. Angeblich wären Sie nicht so schwierig, wenn Sie satt sind."

„Wie nett von ihr, so über mich zu sprechen." Richard beschloss, seine Tante ein weiteres Mal – und vergeblich wie immer – zu bitten, nicht mit jedermann über ihn zu reden. Ihre Mitteilungsfreudigkeit würde ihm in einem Wahlkampf sehr schaden.

„Bestimmt sind Sie im Moment nicht satt, stimmt's?", vermutete Melanie Hart.

„Nein."

„Dann sind Sie also schwierig. Gut, ich gehe jetzt ins Restaurant und überlege, wie es mir wohl gelungen ist, das wichtigste Vorstellungsgespräch meines Lebens zu verpatzen."

„Falls Sie an meiner Meinung interessiert sein sollten, können Sie mich ja anrufen", bot Richard an und wollte einfach weggehen, doch sie blickte so niedergeschlagen drein, dass er es nicht übers Herz brachte.

Außerdem hatte Destiny behauptet, Melanie Hart wäre sehr tüchtig, und Destiny täuschte sich in solchen Dingen nur selten. Sofern nicht Gefühle ihr Urteilsvermögen beeinträchtigten, zeigte sie sich als ausgezeichnete Menschenkennerin. Richard fürchtete allerdings, dass seine Tante sich in diesem Fall mehr nach ihrem Herzen gerichtet hatte.

Dennoch nahm er Melanie Hart am Arm und führte sie ins Restaurant. „Dreißig Minuten", erklärte er knapp, während Donald sie beide strahlend zu dem Tisch führte, den Richard eben erst verlassen hatte. Ein frisches Tischtuch lag darauf, und zwischen den Gedecken brannte eine Kerze, die vorhin noch nicht da gewesen war. Donald schien mit seiner Rückkehr gerechnet zu haben und wollte wohl durch etwas Atmosphäre die schlechte Stimmung verbessern. Ganz sicher steckten der Oberkellner und seine Tante unter einer Decke. Wahrscheinlich sogar hatte er Destiny sofort nach dem Aufbruch ihres Neffen telefonisch Bericht erstattet.

Richard sah auf die Uhr, als Donald eine Kaffeekanne brachte. „Noch vierundzwanzig Minuten, Miss Hart. Nutzen Sie die Zeit."

Melanie griff nach ihrer Aktentasche und stieß dabei ihr Wasserglas um – treffsicher in Richards Schoß.

Er sprang auf, als das kalte Wasser durch den Stoff drang. Der Tag verschlechterte sich von Minute zu Minute.

„Um Himmels willen, das tut mir schrecklich leid!" Melanie stand auf und griff nach einer Serviette, um ihm zu helfen.

Richard war bereit, sie gewähren zu lassen und abzuwarten, wie sie reagierte, wenn sie merkte, wo sie ihn dabei berührte. Sie erkannte jedoch offenbar das Problem und reichte ihm die Serviette.

„Es tut mir leid", wiederholte sie, während er versuchte, seine Hose etwas zu trocknen. „Ich schwöre Ihnen, dass ich mich normalerweise nicht so ungeschickt anstelle. Nein, wirklich nicht", beteuerte sie, als er ihr einen skeptischen Blick zuwarf.

„Na, wenn Sie es sagen."

„Sollten Sie jetzt gehen wollen, verstehe ich das natürlich. Und wenn Sie mir sagen, dass ich Ihnen nie wieder unter die Augen treten soll, verstehe ich das auch." Sie sah ihn direkt an. „Allerdings würden Sie damit einen schlimmen Fehler begehen."

Scheu war sie nicht, das musste Richard ihr lassen. „Und weshalb?", erkundigte er sich, während er vergeblich versuchte, den Stoff seiner Hose trocken zu bekommen.

„Weil ich genau richtig für Sie bin, Mr. Carlton. Ich weiß, wie man Aufmerksamkeit erregt."

„Ja, das festzustellen, hatte ich bereits die Ehre", entgegnete er nüchtern. „Ich habe allerdings nicht an Aufmerksamkeit durch Katastrophen gedacht."

„Das schaffe ich", beteuerte sie. „Ich besitze die nötigen Kontakte und bin klug und einfallsreich. Ich weiß genau, wie ich meine Kunden den Medien verkaufen muss. Ich habe sogar schon einen Planungsentwurf für Ihren Wahlkampf sowie für *Carlton Industries* bei mir."

Bevor sie erneut nach ihrem Aktenkoffer greifen konnte, rückte Richard das zweite Wasserglas auf dem Tisch außer Reichweite und setzte sich, während sie überall Papiere verteilte. „Ich schätze Ihren Eifer, Miss Hart, ganz bestimmt“, sagte er, sobald sie fertig war, „aber das klappt nicht.“ Um ihre Gefühle nicht zu verletzen, ergänzte er: „Ich brauche jemanden mit mehr Erfahrung.“

Er hätte hinzufügen können, dass er jemanden brauchte, der nicht so ungeschickt war. Außerdem war sie eine Frau und er ein Mann, der seit Monaten keinen Sex mehr gehabt hatte. Er brauchte bestimmt keine Mitarbeiterin, die alle möglichen Empfindungen in ihm auslöste, weil so etwas heutzutage unweigerlich zu juristischen Auseinandersetzungen führte.

Seine Reaktion auf Melanie Hart gab ihm zu denken. Innerhalb von – er warf einen Blick auf seine Uhr – von weniger als fünfundzwanzig Minuten hatte er sich über sie geärgert, danach noch mehr geärgert und fühlte sich nun plötzlich zu ihr hingezogen. Zu seiner Erleichterung war die ihr gesetzte Frist fast abgelaufen. „Ihre Zeit ist so gut wie um, Miss Hart. Hat mich gefreut, Sie kennenzulernen. Ich wünsche Ihnen viel Glück und Erfolg.“

Erneut richtete sie den Blick ihrer Rehaugen mit einem so verwundeten Ausdruck auf ihn, dass ihm ganz flau im Magen wurde. „Sie stoßen mich also von sich?“, fragte sie leise.

Das war unglücklich ausgedrückt, weil Richard sich prompt vorstellte, sie in seinen Armen zu halten. Er sollte schleunigst wieder eine Beziehung eingehen, damit er nicht dermaßen heftig auf unpassende Frauen wie Melanie Hart reagierte.

„So würde ich das nicht ausdrücken“, entgegnete er. „Wir passen einfach nicht zusammen. Und wenn Sie so talentiert sind, wie meine Tante behauptet, werden Sie im Handumdrehen von einer anderen Firma engagiert.“

„Ich habe andere Kunden, Mr. Carlton, und bin ziemlich beschäftigt“, erklärte sie kühl. „Ich wollte für Sie und *Carlton Industries* arbeiten, weil ich meiner Meinung nach etwas zu bieten habe, worüber Ihre Mitarbeiter nicht verfügen.“

„Und das wäre?“

„Eine neue Perspektive, die das Image Ihrer Firma sowie Ihr persönliches Image auf einen modernen Stand bringt.“ Sie erhob sich. „Doch vielleicht irre ich mich, und dieses steife Auftreten entspricht Ihnen exakt.“

Richard starrte ihr nach, während sie hoch erhobenen Hauptes, kerzengerade und mit einem aufreizenden leichten Hüftschwung das Restaurant verließ.

Verdammt, was war bloß mit ihm los? Diese unmögliche Person hatte ihn über den Haufen gerannt, ihn bis auf die Haut durchnässt, nun auch noch heruntergeputzt, und dennoch konnte er den Blick nicht von ihr wenden.

Das eigentliche Problem bestand darin, dass sie beabsichtigte, für ihn zu arbeiten, er sie aber aus völlig irren und unerklärlichen Gründen in seinem Bett haben wollte.

„Und dann habe ich ihm das Wasser in den Schoß gekippt", berichtete Melanie einige Stunden später, als sie im ehemaligen Familienanwesen der Carltons, wo Destiny Carlton inzwischen allein lebte, mit der Hausherrin einen Drink nahm. „Wenn ich Pech habe, bekommt er eine Lungenentzündung und verklagt mich. Bestimmt finde ich morgen in der Post einen höflichen Brief, in dem er mich abblitzen lässt. Wahrscheinlich hasst er mich so sehr, dass er den Brief schon heute Abend per Boten losschickt, damit ich garantiert nicht morgen in seinem Büro auftauche und womöglich das Gebäude anzünde."

Destiny lachte herzlich. „Ach, meine Liebe, besser hätte es gar nicht laufen können. Richard ist wirklich viel zu steif und nimmt sich zu ernst. Sie sind genau der frische Wind, den er dringend braucht."

„Ich glaube allerdings nicht, dass er die Komik der Situation genossen hat", meinte Melanie bedauernd.

Sie hatte Richard gemocht. Sicher, er gab sich steif und zurückhaltend, doch daran konnte sie arbeiten. Sie würde ihn dazu bringen, mehr zu lächeln. Ein einziges Mal hatte er gelächelt, und dabei hatte sie weiche Knie bekommen. Wenn er es schaffte, freundlich zu gucken, dann würde er sämtliche Wählerinnen in Alexandria für sich gewinnen – und das unabhängig von seinen politischen Ansichten.

Melanie war überzeugt, dass sie *Carlton Industries* und dem Firmenchef helfen konnte. Auf eine solche Herausforderung hatte sie gewartet, doch nun bekam sie keine Chance. Sie war nicht so erfolgreich, wie sie behauptet hatte, und ein dermaßen wichtiger Auftrag hätte ihre Zukunft gesichert.

„Ich spreche mit ihm und bringe alles in Ordnung", bot Destiny hilfsbereit an und schenkte Melanie ein aufmunterndes Lächeln.

„Bitte nicht", wehrte diese ab. „Sie haben schon genug getan und dieses Treffen für mich arrangiert. Ich habe es verpatzt. Vielleicht fällt mir etwas ein, wie ich es noch retten kann."

„Das schaffen Sie bestimmt", meinte Destiny und nickte bekräftigend. „In solchen Dingen sind Sie äußerst geschickt. Das habe ich schon bei unserer ersten Begegnung festgestellt."

„Wir haben uns dadurch kennengelernt, dass ich auf Ihren Wagen aufgefahren bin", erinnerte Melanie sie.

„Ja, und Sie haben mich auf der Stelle davon überzeugt, dass ich sowieso einen neuen Wagen brauchte. Außerdem haben Sie sofort dafür gesorgt, dass ich in einem Autohaus lande und mir einen schicken kleinen roten Sportwagen zulege. Dabei lasse ich mir sonst nicht leicht etwas einreden", versicherte Destiny.

„Sie wollten ohnehin einen neuen Wagen", entgegnete Melanie lachend. „Ich habe Ihnen nur einen Grund geliefert und Sie dann zu einem meiner Kunden geführt, der Ihnen ein gutes Angebot gemacht hat."

„Aber genau darum geht es doch beim Marketing. Man muss Menschen dazu bringen, sich etwas zu kaufen, das sie schon lange haben wollten, was sie aber bisher nicht wussten. Jetzt müssen Sie bloß meinen Neffen davon überzeugen, dass er ... also, dass *Carlton Industries* ohne Sie nicht leben kann."

Destinys Versprecher löste bei Melanie Alarm aus. Obwohl ihre Freundin eine harmlose Miene machte, fragte sie: „Destiny, Sie versuchen doch nicht etwa, uns zu verkuppeln?"

„Wer? Ich? Richard verkuppeln? Um Himmels willen, nein! Das wäre reine Energieverschwendung. In Herzensangelegenheiten würde er sich nie nach meinen Ratschlägen richten."

Das klang ziemlich überzeugend, doch Melanie nahm es ihr trotzdem nicht ganz ab. Destiny Carlton war eine nette, kluge und faszinierende Frau, jedoch auch eindeutig mit allen Wassern gewaschen. Außerdem liebte sie ihre Neffen. Von Anfang an hatte Destiny die drei gelobt und betont, wie gern sie es hätte, ihre Neffen endlich verheiratet zu sehen. Wer weiß, wozu sie fähig war, um da ein wenig nachzuhelfen!

„Ich suche keinen Ehemann", erklärte Melanie entschieden. „Das wissen Sie doch, oder?"

„Aber Sie suchen einen lohnenden Auftrag. Daran hat sich nichts geändert, stimmt's?"

„Nein, nichts.“

„Nun“, meinte Destiny fröhlich, „dann überlegen wir uns doch einen Plan. Niemand kennt Richards Schwachpunkte besser als ich.“

„Er hat Schwachpunkte?“, fragte Melanie zweifelnd. Auf sie hatte er energisch, tüchtig und ziemlich eingebildet gewirkt. Von Schwäche hatte sie nichts gemerkt. Dabei war sie darauf geeicht, Schwachstellen zu finden, auf die sich die Medien möglicherweise stürzten, um sie zu korrigieren oder wenigstens zu verbergen.

„Er ist schließlich ein Mann“, erklärte Destiny strahlend. „Alle Männer kann man mit der richtigen Taktik erobern. Habe ich Ihnen schon von dem Herzog erzählt?“

„Der Sie durch ganz Europa verfolgt hat?“

„Nein, Melanie, das war ein Prinz. Der Herzog war die Liebe meines Lebens“, gestand Destiny wehmütig. „Nun ja, das ist Vergangenheit, und daran rührt man besser nicht. Konzentrieren wir uns auf Richard. Etwas mehr als hundert Kilometer von hier steht am Fluss Potomac ein kleines Landhaus. Dort ist es sehr ruhig und friedlich, und ich kann es bestimmt einfädeln, dass Richard das Wochenende dort verbringt.“

Melanie gefiel das nicht sonderlich. „Und weiter?“, fragte sie vorsichtig.

„Dann tauchen Sie auf. Sie bringen sein Lieblingsessen mit. Ich helfe Ihnen bei der Zusammenstellung. Und außerdem legen Sie ihm Ihren Marketing-Plan vor. Er wird sicher nicht widerstehen können.“

Melanie fand an dieser Idee so viel falsch, dass sie nicht wusste, wo sie beginnen sollte. Sie hatte es schon peinlich und unprofessionell gefunden, in einem Restaurant über Geschäfte zu sprechen. Einen Mann in einem einsamen Landhaus aufzusuchen, das erschien ihr geradezu lächerlich und konnte nur wieder zu einer Katastrophe führen.

„Wenn er sich dort entspannen möchte, wird ihn eine Störung sicher ärgern“, gab sie zu bedenken.

Destiny winkte ab. „Dort möchte er sich nicht entspannen, sondern nur noch mehr arbeiten. Da draußen ist es ruhiger als bei ihm zu Hause.“

„Dann wird er sich über meinen Besuch noch weniger freuen“, wandte Melanie ein.

„Nicht, wenn wir das Essen richtig zusammenstellen“, beteuerte

Destiny. „Die Liebe des Mannes geht durch den Magen, wie Sie wissen. Außerdem habe ich einige Flaschen seines bevorzugten Weines. Die können Sie auch mitnehmen.“

Melanie war trotzdem nicht überzeugt. „Das erscheint mir etwas riskant. Nein, es erscheint mir sogar äußerst riskant. Im Moment gehöre ich nicht zu den Menschen, nach deren Gesellschaft er sich sehnt.“

Destiny stellte sich taub. „Man muss immer ein Risiko eingehen, wenn man etwas erreichen möchte. Und was soll er schon machen? Ihnen die Tür vor der Nase zuschlagen? Nein, dazu habe ich ihn zu gut erzogen.“

Letztlich war der Plan doch nicht allzu schlimm. Melanie riskierte zwar erneut Richards Zorn, aber andererseits konnte sie einen traumhaften Auftrag für ihre neue Firma an Land ziehen. Für *Carlton Industries* zu arbeiten wäre herrlich gewesen. Noch lohnender würde es allerdings sein, Richard Carlton bei seinem ersten Wahlkampf zu unterstützen. Und wenn er auch noch gewann, würde sie schlagartig bei allen politisch interessierten Leuten in der ganzen Gegend rings um Washington einen hervorragenden Ruf haben.

Melanie traf eine Entscheidung und lächelte Destiny zu. „Also gut, was werde ich ihm servieren?“

2. KAPITEL

Am Freitag gegen zwei Uhr trafen bei Melanie drei Körbe voll Essen und ein dicker Umschlag, beschriftet mit Destinys Handschrift, ein. Es sollte also tatsächlich geschehen. Melanie würde sich Richard Carlton aufdrängen und versuchen, ihn davon zu überzeugen, dass er sie brauchte – zumindest rein beruflich.

Sobald der uniformierte Chauffeur sich mit einer Verbeugung entfernt hatte, kam Melanies Assistentin aus dem Büro, das im früheren Schlafzimmer des Hauses eingerichtet war. Becky, gleichzeitig Melanies beste Freundin, warf einen Blick in die Körbe und richtete sich erstaunt wieder auf.

„Lieber Himmel, Mel, wer will dich denn da verführen?", fragte Becky fasziniert.

„Niemand", wehrte Melanie ab. „Es geht eher darum, dass ich Richard Carlton verführen soll."

Becky warf ihr einen ungläubigen Blick zu. „Ich dachte, das Zusammentreffen wäre gründlich schiefgelaufen."

„Ist es auch, aber seine Tante ist der Ansicht, dass ich noch etwas retten kann, wenn ich ihn in einem einsamen Landhaus mit Essen und Alkohol verwöhne."

Becky besaß zwar trotz ihrer romantischen Ader einen gesunden Geschäftssinn, war jedoch nicht begeistert. „Und wie willst du ihn dazu bringen, mit dir in dieses Landhaus zu fahren?"

„Darum kümmert sich Destiny." Melanie öffnete den Umschlag, las die kurze Nachricht und betrachtete seufzend die beiden Blätter mit Anweisungen.

„Was ist das?", fragte Becky misstrauisch.

„Mein Marschbefehl", erklärte Melanie. „Destiny hat auch genaue Anweisungen für die Zubereitung des Essens mitgegeben. Offenbar weiß sie, dass ich sogar Wasser anbrennen lasse."

Becky lachte, wurde aber sofort wieder ernst, als sie von Melanie einen schiefen Blick einfing. „Wenn du dich schon auf diesen idiotischen Plan eingelassen hast, ist das alles doch sehr nett von ihr, oder?"

„Sie denkt dabei bestimmt nur an das Wohlbefinden ihres Neffen."

„Könntest du mir erklären, warum sie unbedingt dir zu diesem Auftrag verhelfen möchte?", drängte Becky.

„Ich würde ja gern behaupten, dass sie von meinen beruflichen Fähigkeiten äußerst beeindruckt ist, aber darum geht es nicht. Sie hält Richard für steif und mich für den frischen Wind in seinem Leben." Diesen Grund hatte Destiny zumindest angegeben.

„Mit anderen Worten hat sie einen Hintergedanken", schloss Becky daraus. „Es geht um Verführung."

„Sag so was nicht", flehte Melanie. Es gefiel ihr gar nicht, dass ihre Freundin diesen Verdacht bestätigte. „Das darfst du nicht mal denken. Es geht nur um geschäftliche, nicht um private Dinge."

„Von wegen!"

„Das gilt zumindest für mich. Wenn ich den Auftrag bekomme, muss ich nicht mehr nachts wach im Bett liegen und überlegen, wovon ich dich bezahlen soll."

„Dann fahr bloß zu diesem Landhaus und fang an zu kochen", verlangte Becky und klappte die Deckel der Körbe zu. „Übrigens, wenn ihn das hier nicht überzeugt, ist der Mann nicht aus Fleisch und Blut. Dieser Kuchen riecht himmlisch. Ich hatte einmal eine Kerze, die auch wie warmer Kirschkuchen geduftet hat. Jedes Mal wenn sie brannte, habe ich Speck angesetzt. Ich hatte zehn Pfund zugenommen, bis das verdammte Ding endlich abgebrannt war."

Melanie musste lachen. Seit sie sich auf dem College kennengelernt hatten, behauptete Becky, von allem zuzunehmen, sogar von der Luftfeuchtigkeit. Ständig jammerte sie über die zehn Pfund, die sie angeblich verlieren musste. Das Übergewicht hatte ihrem Privatleben jedoch nicht geschadet. Wenn sie einen Raum betrat, fielen den Männern beim Anblick ihrer üppigen Kurven fast die Augen aus dem Kopf.

„Komm schon, Mel, hab Erbarmen und schaff dieses Zeug von hier weg", flehte Becky jetzt. „Ich halte als Gegenleistung für den Rest des Tages hier die Stellung."

Nun konnte Melanie keinen Rückzieher mehr machen. Sie hatte sich auf den verrückten Plan eingelassen und musste ihn durchhalten. Widerstrebend griff sie nach Mantel, Tasche und den PR-Unterlagen für *Carlton Industries*.

„Hilf mir, die Sachen zum Wagen zu tragen", bat sie. „Destiny ist übers Ziel hinausgeschossen und hat nicht nur für ein Abendessen, sondern für das ganze Wochenende eingepackt."

„Vielleicht setzt sie große Hoffnungen in dieses Essen", mutmaßte

Becky und schleppte zwei der schweren Körbe zu Melanies Wagen.

„Oder sie rechnet mit einem Schneesturm“, erwiderte Melanie. Bei ihrem Pech würde sie womöglich wirklich zusammen mit einem Mann einschneien, der sie eigentlich nicht wiedersehen wollte. „Hast du den Wetterbericht mitbekommen?“

„Das ist gar nicht nötig.“ Becky deutete zum Himmel in Richtung Westen. Das dunkle Grau war ein untrügliches Anzeichen für Schnee.

Melanie seufzte. „Sollte es schneien und ich am Montag nicht wieder hier sein, musst du kommen und mich freischaufeln. Notfalls kauf einen Schneepflug. Versprich mir das!“

„Damit warte ich lieber, bis du es am Montag ein weiteres Mal verlangst“, erwiderte Becky amüsiert. „Könnte ja sein, dass du dann nicht mehr gerettet werden willst.“

„Versprich es mir“, verlangte Melanie, „sonst kündige ich dir, selbst wenn ich den Auftrag bekomme und wir im Geld schwimmen.“

„Schön, schön“, wiegelte Becky ab. „Wenn du am Montag nicht auftauchst, rette ich dich.“ Vergnügt fügte sie hinzu: „Oder ich erkläre wenigstens der Polizei, wo sie nach deiner Leiche suchen soll.“

„Keine Scherze“, bat Melanie. „Es könnte wirklich schlimm ausgehen.“

„Du machst dir tatsächlich Sorgen?“, stellte Becky fest.

„Nicht dass er mich umbringen könnte“, gestand Melanie, „aber es ist durchaus möglich, dass er mich in den Schneesturm davonjagt und ich vor Scham sterbe.“

„Niemand stirbt vor Scham, zumindest nicht im PR-Geschäft. Schließlich sind wir Meister darin, die Meinung von Menschen zu manipulieren. Vergiss das nie.“

„Das wird mich alles bestimmt wärmen, wenn ich in einer Schneeverwehung festsitze und mir den Po abfriere“, erwiderte Melanie.

„Vergiss dein Handy nicht“, erinnerte Becky lachend. „Damit kannst du Hilfe holen. Meines Wissens nach lieben es Sanitäter, Frostbeulen an dieser bewussten Stelle zu behandeln.“

Nicht mal von ihrer Assistentin und besten Freundin konnte Melanie Mitgefühl erwarten! Sie startete den Motor, fuhr vorsichtig die vereiste Zufahrt bis zur geräumten und gestreuten Straße hinunter und warf keinen Blick zurück, weil sich die herzlose Verräterin Becky vermutlich vor Lachen bog.

Richard hatte keine Ahnung, warum er sich von seiner Tante dazu hatte überreden lassen, das Wochenende mit ihr im Landhaus zu verbringen. Und nun wartete er schon seit zwei Stunden auf ein Lebenszeichen von Destiny. Sie hatte nicht mal angerufen.

Allmählich machte er sich Sorgen. Natürlich wurde eine Frau, die um die ganze Welt gereist war, mit allem fertig, aber sie war schließlich seine Tante. Seit dem Tod seiner Eltern sorgte er sich ständig um die Menschen, die ihm noch geblieben waren. Er hatte kaum zusehen können, als Mack Football spielte. Ständig hatte er gefürchtet, ein besonders aggressiver Verteidiger könnte seinem jüngeren Bruder das Genick brechen. Als schließlich eine Knieverletzung Macks Karriere beendete, war Richard sehr erleichtert gewesen, Mack fortan im Verwaltungsbüro der Mannschaft zu wissen.

Endlich hörte er Schritte auf der Veranda und riss die Tür auf. „Höchste Zeit“, rief er gereizt, um seine Sorge zu überspielen. Dann erst sah er sich die vermummte Frau genauer an. „Sie?“

„Hallo“, entgegnete Melanie fröhlich. „Überraschung!“

Richard wurde flau im Magen. „Was hat Destiny sich dabei bloß gedacht?“, sagte er halblaut. Garantiert steckte seine Tante dahinter, es konnte gar nicht anders sein.

Diese Melanie war offenbar wesentlich härter im Nehmen, als er gedacht hatte. Sie ließ sich von seiner Unfreundlichkeit nicht im Geringsten einschüchtern, sondern fegte strahlend an ihm vorbei in die winzige Diele und sah sich neugierig im Wohnzimmer um.

„Destiny hat sich bestimmt nur gedacht, dass Sie schon am Verhungern sind“, antwortete sie völlig überflüssigerweise auf seine eher rhetorische Frage. „Sie lässt Ihnen ausrichten, es würde ihr sehr leidtun, aber ihr wäre etwas dazwischengekommen.“

„Ja, darauf möchte ich wetten.“ Der Duft von frischem Kirschkuchen stieg ihm in die Nase. „Was ist da in dem Korb?“

„Lassen Sie mich auspacken, dann zeige ich Ihnen alles. Übrigens stehen noch zwei Körbe im Wagen. Wenn Sie die holen, kümmere ich mich schon um diesen hier.“

„Sie könnten die Sachen einfach hierlassen und nach Alexandria zurückfahren.“ Richard hoffte noch immer, die Begegnung abkürzen zu können.

„Mit leerem Magen? Nein, lieber nicht. Ich rieche nun schon seit zwei Stunden den Kirschkuchen, und ich gehe nicht, bevor ich nicht ein Stück davon gegessen habe. In einem der Körbe sind außerdem zwei Steaks und Folienkartoffeln, Butter und saure Sahne. Eigentlich etwas reichlich, wenn Sie mich fragen. Und es gibt jede Menge Salat und zwei Flaschen eines ausgezeichneten französischen Weins. Das ist angeblich Ihre Lieblingsmarke, obwohl ich finde, dass die kalifornischen Weine genauso gut schmecken und im Verhältnis viel weniger kosten."

Destiny war zur Höchstform aufgelaufen. Richard seufzte. Sie hatte alle seine Lieblingsspeisen geschickt, obwohl sie sich angeblich um seinen Cholesterinspiegel sorgte. Er griff nach dem Korb und wich zur Seite. „Kommen Sie herein."

„Sagte die Spinne zur Fliege", fügte Melanie hinzu und steuerte zielsicher die Küche an. Vermutlich hatte Destiny ihr einen Grundriss des Hauses aufgezeichnet, womöglich auch einen Schlüssel gegeben, falls er versuchen sollte, ihren Schützling auszusperren.

„Sie liegen falsch, was uns beide betrifft", stellte er fest. „Ich bin hier das Opfer."

„Wie Sie meinen", entgegnete die Besucherin unbekümmert. „Die anderen Körbe", mahnte sie.

„Wie?", fragte er verständnislos und begriff dann. „Ach ja, ich hole sie." Fluchtartig verließ er die Küche und damit auch diese beunruhigende Frau, die offenbar das Regiment übernahm. Vielleicht klärte die kalte Luft seine Gedanken und brachte ihn auf eine Idee, wie er Melanie wieder loswerden konnte.

Leider war ihm bis zur Rückkehr ins Haus nichts weiter eingefallen, als dass er Melanie zu ihrem Wagen tragen und ihren Motor starten könnte. Das kam jedoch nicht infrage. Er war verloren. Wie zur Bestätigung landete eine dicke Schneeflocke auf seiner Stirn, und als er zum Himmel blickte, folgten noch einige mehr.

„Na toll", murmelte er. Beim ihrem nächsten Zusammentreffen würde er Destiny den Hals umdrehen.

Drinnen stellte er die Körbe auf den runden Eichentisch, an dem er mit Destiny und seinen Brüdern oft gegessen und gespielt hatte. Rasch griff er zum örtlichen Telefonbuch. In der Nähe gab es eine Pension. Wenn Melanie sich sofort auf den Weg machte, schaffte sie es noch bis dorthin.

„Wen rufen Sie denn an?", erkundigte sie sich, während sie das Essen auspackte.

„Die nächste Pension."

„Warum?"

„Weil es schneit. Und weil Sie irgendwo wohnen müssen."

Endlich hörte sie auf zu lächeln. „Es schneit?"

„Heftig", bestätigte er grimmig.

Seufzend setzte sie sich an den Tisch. „Halten Sie es für möglich, dass Ihre Tante auch das Wetter kontrolliert?"

Richard musste über Melanies kläglichen Tonfall lachen. „Das habe ich mich auch gelegentlich schon gefragt", räumte er ein. „Destiny verfügt zwar über zahlreiche Fähigkeiten, aber die Wetterkontrolle gehört wohl nicht dazu. Doch das geht schon in Ordnung", fuhr er aufmunternd fort. „Die Pension ist hübsch. Sie werden sich dort wohlfühlen."

Noch während er sprach, wählte er bereits. Es klingelte mehrmals, ehe sich ein Anrufbeantworter meldete und erklärte, die Pension sei bis nach Neujahr geschlossen. Richard verfolgte mit zunehmender Verzweiflung die Nachricht. Es gab noch ein Motel, doch dorthin hätte er seinen schlimmsten Feind nicht geschickt, schon gar nicht Melanie Hart, sonst würde er seiner Tante nie wieder unter die Augen kommen dürfen. Allerdings spielte Destinys Meinung nur eine zeitlich begrenzte Rolle, da er sie ohnedies erwürgen würde.

„Was ist?", fragte Melanie, als er auflegte.

„Die Pension ist bis nach dem ersten Januar geschlossen."

Sie stand auf und griff nach dem Mantel. „Dann fahre ich sofort los. Bestimmt erreiche ich die Stadt, bevor es auf den Straßen zu schlimm wird."

„Und ich sorge mich stundenlang, ob Sie im Graben gelandet sind? Auf keinen Fall", entschied er, weil er gar keine andere Wahl hatte. „Sie bleiben hier. Es gibt genug Zimmer."

„Ich möchte Ihnen keinesfalls zur Last fallen", beteuerte Melanie. „Ich finde schon woanders ein Zimmer, wenn es tatsächlich kein Durchkommen gibt."

„Nein!" Er wich ihrem Blick aus, damit sie nicht merkte, wie sehr ihn die Vorstellung störte, hier mit ihr auch nur eine Stunde, aber womöglich einen oder zwei Tage festzusitzen.

„Das gefällt mir gar nicht", beteuerte sie, und es klang sogar ehrlich.

„Ich war von Anfang an dagegen, aber Sie wissen ja, wie Ihre Tante ist. Wenn sie sich etwas in den Kopf setzt, reißt sie alle anderen mit."

„Wem sagen Sie das!"

„Gleich nach dem Essen ziehe ich mich in mein Zimmer zurück, und Sie haben nichts mehr mit mir zu tun", versprach sie. „Ich werde mich mucksmäuschenstill verhalten. Sie werden nicht mal merken, dass ich hier bin."

„Würde das nicht dem eigentlichen Zweck Ihres Besuchs widersprechen?", fragte er spöttisch.

„Welchem Zweck?"

„Mich dazu zu überreden, Ihnen den Auftrag dennoch zu erteilen. Wir wissen doch beide, dass Destiny Sie nicht nur hergeschickt hat, um mir Essen zu bringen. Das hätte auch ihr Fahrer erledigen können."

„Ertappt", gestand Melanie und bemühte sich, eine reuige Miene aufzusetzen.

„Nun, dann nutzen Sie die Chance und reden Sie", forderte er sie auf und öffnete eine Flasche, damit der Wein belüftet wurde.

„Erst nach dem Essen", wehrte sie ab und betrachtete die Zutaten, die sie inzwischen auf den Tisch gestellt hatte. „Ich will so viele Pluspunkte wie möglich auf meiner Seite haben. Wenn das Essen allerdings genießbar sein soll, dann müssten Sie einspringen."

„Sie können nicht kochen?"

„Sagen wir, Brot mit Erdnussbutter und Cornflakes sind meine Spezialitäten."

„Machen Sie Platz", verlangte er und schob sie mit der Hüfte beiseite, bereute jedoch auf der Stelle die Berührung. „Und kommen Sie mir nicht in die Quere", verlangte er sicherheitshalber.

Melanie war nicht beleidigt, sondern sogar erleichtert. „Soll ich den Tisch decken und den Wein einschenken?"

„In Ordnung. Geschirr und Gläser sind dort oben im Schrank."

Er warf einen Blick zu ihr, als sie sich reckte, und erblickte einen Streifen heller Haut. Der Sweater war ein Stück hochgerutscht. Melanie hatte eine schmale Taille, und Richard hätte gern über die nackte Haut gestrichen, um festzustellen, ob sie tatsächlich so weich und glatt war, wie sie aussah.

Es war ungewöhnlich, dass ihn eine solche Kleinigkeit erregte. Melanie verfügte vermutlich über geheime Kräfte, sonst hätte sie nicht dermaßen mühelos sein Verlangen geweckt, ohne dass sie es überhaupt darauf absah. Um bloß nicht zu zeigen, wie erregt er war, verzichtete er darauf, ihr den Sweater wieder ein Stück herunterzuziehen. Dann hätte sie nämlich sofort Bescheid gewusst, und das wäre ein Pluspunkt für sie gewesen.

„Haben Sie dieses Haus schon lange?“, fragte sie, sobald sie das Geschirr aus dem Schrank geholt hatte. Als sie die zerbrechliche Last auf den Tisch stellte, rutschte der Sweater endlich wieder herunter.

„Seit meiner Kindheit“, erwiderte er und wusch die Kartoffeln. „Destiny hatte vorher in Frankreich gelebt, und in Alexandria fehlten ihr das Wasser und das offene Land. Darum sind wir eines Tages in den Wagen gestiegen und haben uns auf die Suche gemacht. Sie hat sich auf den ersten Blick in dieses Haus verliebt.“

„Das verstehe ich gut. Der Ausblick auf den Fluss Potomac ist eindrucksvoll. Bestimmt ist es herrlich, im Sommer auf der Veranda zu sitzen, die Schiffe auf dem Wasser zu beobachten und den Wellen zu lauschen.“

„Ja, möglich“, erwiderte er.

„Wie lange ist es schon her, dass Sie das getan haben?“, erkundigte sie sich.

„Jahre“, gestand er. „Normalerweise bringe ich Arbeit hierher mit und setze keinen Fuß vor die Haustür. Ich komme nur her, weil es still und friedlich ist und mich niemand stört. Für gewöhnlich“, fügte er trocken hinzu.

Melanie nickte. „Ich habe gelesen, Sie wären von Arbeit besessen.“

„Ein Beweis dafür, dass die Medien gelegentlich sogar die Wahrheit berichten.“

„Haben Sie noch nie gehört, dass man von zu viel Arbeit versauert?“

„Ist mir egal“, erwiderte er und zuckte mit den Schultern.

„Welches Image strahlen Sie denn Ihrer Meinung nach als Kandidat aus?“, erkundigte sie sich interessiert.

Richard hatte soeben die Kartoffeln in den Herd schieben wollen, zögerte jedoch. Über diesen Punkt hatte er bisher noch nicht nachgedacht, obwohl das nötig gewesen wäre. Die Entscheidung für eine politische Karriere basierte auf dem Lebensplan, den sein Vater für ihn erstellt hatte, als er wahrscheinlich noch in den Windeln gelegen hatte.

„Die Leute sollen wissen, dass ich ehrlich bin“, begann er nachdenklich. „Sie sollen glauben, dass ich hart arbeite und mich um ihre Probleme kümmere."

„Das ist gut", stellte Melanie fest. „Haben Sie eine öffentliche Schule besucht?"

„Nein."

„Hatten Sie jemals finanzielle Probleme, oder waren Sie arbeitslos?"

„Nein."

„Hat man Ihnen jemals aufgrund Ihrer Hautfarbe verweigert, an einem bestimmten Ort zu wohnen?"

„Nein", räumte er verlegen ein.

„Verfügen Sie über eine gute Krankenversicherung?"

„Natürlich, auch meine Angestellten."

„Mussten Sie jemals auf ein Medikament verzichten, weil Sie es sich nicht leisten konnten?"

„Nein." Er merkte deutlich, worauf sie abzielte, und das störte ihn.

„Wieso glauben Sie dann, die Leute könnten annehmen, dass Sie ihre Probleme verstehen?", fragte Melanie scharf.

„Hören Sie, ich kann nichts für mein privilegiertes Leben, aber ich möchte mich um Menschen kümmern, die nicht so leben. Ich finde neue Wege, um Probleme zu lösen. Ich kenne mich gut im Geschäftsleben aus, und manche der dort geltenden Grundsätze kann man auch in der Politik anwenden." Es fiel ihm schwer, seinen Ärger zu überspielen. „Eines verstehe ich nicht: Wenn Sie mich für einen dermaßen schlechten Kandidaten halten, warum wollen Sie dann überhaupt für mich arbeiten?"

„Um Ihnen zu zeigen", erwiderte sie lächelnd, „wie Sie ein guter und vielleicht sogar ein großartiger Kandidat werden können."

Über derart viel Zuversicht konnte er nur den Kopf schütteln. „Sie sind sehr selbstbewusst."

„Nicht mehr als Sie. Sie glauben an sich. Ich glaube an mich. Dies könnte der Beginn einer tollen Zusammenarbeit sein."

„Oder einer drohenden Katastrophe", erwiderte er. „Zwei Menschen mit ausgeprägten Standpunkten, die bei jeder Gelegenheit aneinandergeraten."

„Möglich, aber wenn wir nie vergessen, dass wir dasselbe Ziel verfolgen, überstehen wir das."

Das ließ Richard sich durch den Kopf gehen, während er den Grill an dem hochmodernen Herd einschaltete, den er gekauft hatte, als er Kochen als entspannende Tätigkeit entdeckt hatte. „Wie möchten Sie es?“, fragte er und legte die Steaks auf den Grill.

„Was denn?“, fragte Melanie verwirrt.

„Ihr Steak“, entgegnete er amüsiert.

„Durch.“

„Das hätte ich mir denken können.“

„Sie essen es bestimmt blutig“, bemerkte sie leise.

„Roh“, verbesserte er sie.

„Klingt auch sehr nach Macho.“

„Vermutlich finden Sie, ich sollte auf Fleisch verzichten, um die Vegetarier unter den Wählern für mich zu gewinnen.“

„Unsinn. In der Gegend um Washington herum gibt es unzählige Steak-Restaurants. Dort finden Sie Ihre Wählerschaft.“

„Ich möchte auch gern bei Leuten ankommen, die am liebsten Hummer essen.“

„Genau die richtige Aufgabe für mich“, meinte sie lachend.

„Noch haben Sie den Auftrag nicht in der Tasche“, warnte er.

Sie trat neben ihn und fischte ein Stück roter Paprika aus der Pfanne mit dem Gemüse. „Aber ich bekomme ihn“, versicherte sie voller Überzeugung.

In Richards Magengrube setzte jenes Gefühl ein, das er stets auf einer Achterbahn bekam, wenn der Wagen den höchsten Punkt erreichte, kurz bevor er in die Tiefe stürzte. Die Art, wie Melanie etwas Olivenöl von ihrer Fingerspitze leckte, löste die gleiche Mischung aus Erregung und Angst aus. Einem solchen Risiko hatte er sich schon seit Jahren nicht mehr ausgesetzt gesehen – wenn überhaupt jemals.

Diese Tante Destiny! Na schön, er musste sich eben beherrschen und durfte den Köder nicht schlucken. Das Problem waren allerdings Melanies große braune Augen. Zu schade, dass sie nicht zu jenen schicken Frauen gehörte, die auch im Haus und sogar nachts Sonnenbrillen trugen.

3. KAPITEL

Nach dem zweiten Glas Wein machte Richard zwar kein finsteres Gesicht mehr, wollte jedoch noch immer nichts von Melanies PR-Strategie hören. Nun gut, dann musste sie eben schweres Geschütz auffahren. Destiny betrachtete gutes Essen als Lösung, und Melanie hatte sich in der Richtung zusätzlich etwas einfallen lassen.

„Ich habe Eiscreme für den Kuchen besorgt", verriet sie.

Zum ersten Mal lächelte Richard völlig offen und ungezwungen, und es wirkte umwerfend. Seine blauen Augen funkelten geradezu, er bekam Lachfältchen um die Augenwinkel, und sogar das kantige Kinn wirkte nicht mehr hart.

„Womit Sie vermutlich gegen Destinys Warnungen verstoßen haben", bemerkte er. „Wahrscheinlich hat sie bereits einen Kardiologen alarmiert."

„Ich habe seine Telefonnummer", scherzte Melanie, „zusammen mit einer Kochanleitung und der Wegbeschreibung zum Landhaus. Destiny hat an so gut wie alles gedacht."

„Zutrauen würde ich es ihr schon", bemerkte er vorsichtig, „aber sie hat Ihnen doch nicht wirklich die Nummer eines Arztes gegeben, oder?"

„Nein", gestand Melanie lachend, „doch sie fürchtet, dass Essensgewohnheiten und Arbeitswut Sie frühzeitig ins Grab bringen könnten. Entspannen Sie sich überhaupt jemals?"

„Aber ja", betonte er. „Schließlich bin ich hier."

Sie deutete auf den Computer, dem er bereits sehnsüchtige Blicke zugeworfen hatte. „Sofern Sie damit nicht Ihre Weihnachtseinkäufe erledigen, zählt das nicht."

„Wann ist denn Weihnachten?", fragte er leicht erstaunt.

„In knapp drei Wochen."

Er griff nach seinem elektronischen Notizbuch, das er auf die Theke gelegt hatte, und machte einen Eintrag.

„Erinnern Sie Ihre Sekretärin daran, die Besorgungen für Sie zu erledigen?", fragte Melanie.

„Ja, denn das kann Winifred besser als ich", gestand er. „Außerdem hat sie mehr Zeit, und ich gebe ihr frei, damit sie für mich und für sich selbst auch gleich einkaufen kann."

„Ein erfolgreicher Mann delegiert", bestätigte Melanie. „Geben Sie ihr ein bestimmtes Budget vor? Machen Sie Vorschläge? Sagt sie Ihnen, was sich in den einzelnen Päckchen befindet, damit Sie am Weihnachtsmorgen nicht genauso überrascht sind wie die Beschenkten? Ich würde gern wissen, wie das funktioniert."

„Sie klebt Zettel auf die fertig eingepackten Geschenke, die ich durch eigene Kärtchen ersetze. Ihrer Meinung nach muss das in meiner Handschrift sein." Lächelnd fügte er hinzu: „Manchmal setzt sie aber auch auf den Schockeffekt, besonders bei meinen Brüdern. Letztes Jahr habe ich Mack …"

„Dem ehemaligen Football-Helden von Washington", warf Melanie ein.

„Genau, und einer der begehrtesten Junggesellen der Stadt", bestätigte er lachend. „Meine Sekretärin hat für ihn eine kurvenreiche aufblasbare Frauenpuppe gekauft. Bestimmt steckte Destiny dahinter. Sie wollte Mack klarmachen, dass er nicht unbedingt mit jeder Frau in und um Washington herum ausgehen muss. Ihrer Meinung nach sollte er sich lieber an eine Frau binden, die keine Erwartungen hat."

„Ihre Familie hat einen seltsamen Humor, wenn ich das bemerken darf."

„Sie haben ja keine Ahnung!"

„Hat es denn mit der Puppe funktioniert?"

„Bisher habe ich nichts davon gemerkt", erwiderte er. „Mack ist noch immer eifrig auf Eroberungen aus."

„Aha, und meine Aufgabe wäre es, zu verhindern, dass jemand die Absonderlichkeiten innerhalb Ihrer Familie entdeckt?", fragte Melanie, um wieder auf das Ausgangsthema zu kommen. „Sofern ich den Auftrag erhalte, versteht sich."

„Diesen Punkt haben wir doch schon beim ersten Zusammentreffen geklärt, oder?", erinnerte Richard.

Melanie schüttelte den Kopf. „Das Ergebnis hat mir nicht gefallen, und darum bin ich hier. Ich will es ändern."

„Ach, und ich dachte, Sie wollten mich verführen", entgegnete er möglichst lässig.

Melanie warf ihm einen scharfen Blick zu. „Nie und nimmer", erwiderte sie heftig.

„Und warum nicht?"

Sie entschloss sich zu absoluter Ehrlichkeit, damit er begriff. „Ich habe den schweren Fehler begangen, mit meinem letzten Boss zu schlafen, weil ich dachte, wir wären unbeschreiblich ineinander verliebt. Das Ende der Affäre bedeutete auch das Ende meiner Arbeit. Jetzt arbeite ich selbstständig und begehe diesen Fehler kein zweites Mal bei einem Chef oder einem Kunden."

„Grundsätzlich ist das eine gute Regel", meinte er, „aber ich bin weder Ihr Chef noch Ihr Kunde."

„Ich will diesen Beratervertrag mehr, als ich Sie haben will", erklärte sie mit größerer Überzeugung, als sie eigentlich verspürte.

„Wenigstens räumen Sie ein, dass Sie sich zu mir hingezogen fühlen", stellte er lächelnd fest.

„Unwichtig", wehrte sie ab und verwünschte sich, weil sie sich ungewollt verraten hatte. „Diese Anziehung ist jedenfalls nicht stark genug, als dass ich mein Ziel aus den Augen verlieren könnte."

„Nun, auf diese Weise gewinnen Sie ganz sicher das Herz eines Mannes."

Zu spät merkte Melanie, dass sie womöglich sein Selbstbewusstsein verletzt hatte. „Natürlich sind Sie attraktiv", sagte sie hastig, „außerdem reich und ein guter Fang für jede Frau."

„Geschickt gerettet", lobte er.

„In heiklen Situationen bin ich schlagfertig. Das wird mir bei der Abwehr der Medien helfen, wenn Sie sich zur Wahl stellen."

„Und ich dachte, man müsste die Medien gewinnen, nicht sie abwehren."

„Natürlich, das stimmt", entgegnete sie gereizt, weil ihr dieser Mann die Worte im Mund umdrehte. „Aber es gibt bestimmt Dinge, über die Sie nicht sprechen wollen."

„Gibt es nicht", wehrte er ab.

„Keine Heerscharen von Frauen mit gebrochenen Herzen?"

„Nein", erklärte er knapp.

„Männer?"

„Nein", erwiderte er lachend, „es sei denn, Sie betrachten den Buchhalter als Problem, den ich wegen Veruntreuung von Firmengeldern gefeuert habe."

„Gut, dass ich das jetzt weiß. Sie wären mein Traumkunde."

Doch Richard schüttelte hartnäckig den Kopf. „Finde ich nicht, Melanie."

„Ich habe aber schon einen Plan", erinnerte sie ihn und griff nach den Unterlagen.

„Ich auch", erwiderte er, ohne den Blick von ihr zu wenden.

Prompt bekam sie Herzklopfen. „Wir sprechen im Moment nicht von derselben Sache, oder?"

Aus seinen Augen traf sie ein heißer Blick. „Sicher nicht."

Die offensichtlich erotische Situation war ihr gar nicht so peinlich, wie sie erwartet hätte. Allerdings würde sie nicht mit Richard schlafen, um den Vertrag zu bekommen.

„Dann sollte ich Ihnen jetzt beim Aufräumen helfen", sagte sie möglichst lässig. „Danach ziehe ich mich zurück und lasse Sie wieder arbeiten. Praktisch, dass ich stets ein gutes Buch bei mir habe."

„Verhandlungen ausgeschlossen?", wollte er wissen.

„Ausgeschlossen!"

„Na schön", lenkte er ein. „Das Aufräumen übernehme ich. Nehmen Sie das Gästezimmer oben auf der linken Seite. Das Bad liegt gleich daneben."

„Sie haben gekocht, also räume ich auf", entschied sie.

„Wie Sie meinen." Richard wandte ihr den Rücken zu und setzte sich an seinen Computer.

Melanie stellte das Geschirr ganz leise in die Spülmaschine, obwohl sie gern einen Höllenspektakel veranstaltet hätte. Noch hatte sie die Hoffnung nicht aufgegeben, Richard könnte nachgeben.

„Gute Nacht", wünschte sie schließlich und wandte sich zur Tür, um den Raum zu verlassen.

Richards Antwort fiel undeutlich aus, als wäre er völlig in Arbeit versunken, doch sie fühlte seinen Blick auf ihrem Rücken.

Im Gästezimmer ließ sie sich auf das breite Bett mit dem alten eisernen Kopfteil sinken und dachte über den gescheiterten Abend nach.

Nicht zum ersten Mal hatte ihr ein Mann einen Antrag gemacht, und Richard hatte sie nicht bedrängt. Wo also lag das eigentliche Problem? Wenn sie ganz ehrlich mit sich selbst war, so hatte sie sich gewünscht, er würde sie in die Arme nehmen, sie bis zur Besinnungslosigkeit küssen und sie dann in sein Bett tragen. Zum Glück hatte ihr gesunder Menschenverstand gesiegt.

Verdrossen griff sie nach einem Kopfkissen und versetzte ihm einen Schlag. Prinzipien waren ja schön und gut, halfen ihr aber nicht viel in einer langen, einsamen und kalten Nacht.

Richard stand nach einer unruhigen Nacht schon bei Morgengrauen verdrossen wieder auf. Irgendwie hatte er das Gefühl, er sollte sich für etwas entschuldigen, doch er wusste nicht, was das sein könnte. Er hatte offen erklärt, dass er Melanie begehrte. Sie hatte abgelehnt, und er hatte das akzeptiert.

Warum war sie abgerauscht, als hätte er ihre Gefühle verletzt? Frauen! Er hatte ihr doch geboten, was sie haben wollte – eine Nacht allein in ihrem eigenen Bett.

Sicher, eigentlich wollte sie den PR-Beratervertrag, aber den bekam sie nicht. Bestimmt würde sie ihn innerhalb weniger Tage oder vielleicht sogar Stunden zum Wahnsinn treiben.

Bei der ersten Tasse Kaffee hörte er Schritte auf der Treppe und wappnete sich. Doch keine vergrämte Frau mit vorwurfsvollem Blick, sondern ein wahrer Sonnenschein kam herein.

„Guten Morgen", grüßte Melanie fröhlich. „Ist der Schnee nicht herrlich? Ich war noch nie nach einem Schneesturm am Strand. Das da draußen ist ein richtiger Wintertraum, finden Sie nicht auch?"

„Möglich", antwortete er vorsichtig.

„Haben Sie denn noch nicht ins Freie gesehen?"

„Doch, natürlich." In Wahrheit störten ihn die unpassierbaren Straßen so sehr, dass er nichts mehr für landschaftliche Schönheit übrig hatte.

„Sie sind in Panik", bemerkte Melanie lachend, als hätte sie seine Gedanken erraten, „weil Sie mich nicht so schnell loswerden."

„Bestimmt hatten Sie ursprünglich etwas anderes vor und sollten sich irgendwo mit jemandem treffen", entgegnete er.

„Eigentlich nicht", beteuerte sie unbekümmert.

Erst bei genauerem Hinsehen merkte er, dass sie ihn mit einer gewissen Vorsicht betrachtete. Also zog sie nur eine Schau ab, allerdings eine sehr gute.

„Möchten Sie frühstücken?", erkundigte er sich.

„Etwas Müsli reicht mir."

„Ich wollte Brot im Teigmantel mit Ahornsirup machen. Genau wie Destiny, wenn wir hier sind. Für sie ist das ein richtiges Urlaubsessen."

„Können Sie das zubereiten?", fragte Melanie, und dieses Mal wirkte ihre Begeisterung sogar echt.

„So schwer ist das nicht", versicherte er lachend und holte Eier, Butter und Milch aus dem Kühlschrank.

„Ich decke den Tisch", bot sie an.

„Das habe ich bereits gemacht."

„Wie lange sind Sie denn schon auf?", fragte sie erstaunt.

„Seit Stunden."

„Konnten Sie nicht schlafen?"

„Ich bin Frühaufsteher."

„Ich nicht", entgegnete sie. „Ich schlafe gern lang. Aufstehen im Morgengrauen erscheint mir unnatürlich."

„Dann haben Sie noch keinen Sonnenaufgang über dem Fluss gesehen", erwiderte er. „Kommen Sie her zu mir."

„Und warum?", fragte sie vorsichtig.

„Weil ich Ihnen beibringe, wie man Brot im Teigmantel macht. Dann lernen Sie wenigstens etwas an diesem Wochenende."

Sie wich zurück, als hätte er ihr einen unanständigen Antrag gemacht. „Lieber nicht. Wahrscheinlich haben Sie nur ein Dutzend Eier hier, und die mache ich spielend kaputt."

„Kommen Sie her, sonst muss ich annehmen, dass Sie vor mir Angst haben", drängte Richard und sah ihr in die Augen. „Und dass Sie darüber nachdenken, ob Sie meinen Antrag nicht doch annehmen sollten."

„Kommt nicht infrage", wehrte sie ab. „Aber ich habe keine Angst vor Ihnen."

„Wenn Sie das sagen." Er verkniff sich ein Lächeln und reichte ihr ein Ei. „Das schlagen Sie in die Schüssel auf, möglichst ohne Schalenreste."

Melanie schlug so heftig zu, dass Richard zusammenzuckte. Inhalt und Eierschale landeten in der Schüssel, wonach er die Schalen geduldig herausfischte.

„Noch ein Versuch", verlangte er.

„Wäre es nicht einfacher, wenn Sie das übernehmen?"

„Einfacher schon, aber dann würden Sie nichts lernen.“
„Sie brauchen mir aber keinen Kochkurs zu geben.“
„Doch, damit Sie irgendwann für mich kochen können.“
Sie hielt mit dem Ei in der Hand inne. „Wir waren uns einig, dass es zwischen uns keine persönliche Beziehung geben wird.“
„Das wäre mit Sicherheit vernünftiger“, bestätigte er und verstand selbst nicht, warum er nicht lockerließ.
„Etwas anderes steht auch gar nicht zur Debatte“, betonte sie.
„Vielleicht doch.“ Richard führte ihre Hand behutsam zur Schüssel und schlug das Ei auf. Dieses Mal glitt der Inhalt ohne Schalenreste in die Schüssel. „Und jetzt ohne Hilfe“, verlangte er.
Ein drittes und ein viertes Ei gelangten ohne Probleme in die Schüssel. „Unglaublich“, stellte sie fest. „Und nun?“
„Nun geben wir etwas Milch und Vanille dazu und schlagen die Masse dann schaumig.“
Mit bereits wesentlich mehr Selbstvertrauen goss sie zu viel Milch in die Schüssel und knauserte bei der Vanille, doch Richard schwieg und reichte ihr den Schneebesen, den sie betrachtete, als hätte sie so ein Ding noch nie gesehen.
„Damit schlägt man die Eier.“ Mit der Hüfte schob er sie zur Seite und nahm ihr den Schneebesen aus der Hand. „So.“ Als sie ihn geradezu fasziniert beobachtete, fragte er sich, ob sie sich an jede neue Aufgabe dermaßen konzentriert heranwagte. Doch vielleicht war es besser, er verfolgte diesen Gedanken nicht weiter. „Jetzt Sie“, verlangte er und gab ihr den Schneebesen zurück.
Melanie machte sich mit mehr Eifer als Geschick an die Arbeit, wobei sie allerdings nur wenig spritzte.
Richard gab Butter in eine Pfanne und reichte Melanie die Brotscheiben. „Die tauchen Sie in die Eiermasse, bis sie auf beiden Seiten bedeckt sind, und legen sie dann in die Pfanne. Ich hole den Sirup.“
Obwohl er sich nur wenige Sekunden abwandte, reichte die Zeit, dass Melanie heiße Butter auf die Hand spritzte. Sie murmelte eine Verwünschung und hatte Tränen in den Augen.
„Zeigen Sie her“, verlangte er.
„Nur ein wenig verbrannt“, wehrte sie ab. „Ich sagte doch, dass ich in der Küche ein hoffnungsloser Fall bin.“
„Sie sind nicht hoffnungslos, sondern nur unerfahren. Setzen Sie

sich, und ich hole Salbe für die Hand."

„Dann verbrennt das Brot", protestierte sie.

„Wir machen frisches." Er zog die Pfanne von der Platte, holte den Erste-Hilfe-Kasten und setzte sich zu Melanie.

An der rechten Hand hatte sie bereits eine Brandblase. Die Haut fühlte sich weich an, und Richard gab ihre Hand nicht frei, nachdem er Salbe aufgetragen hatte.

„Tut mir leid wegen gestern Abend", entschuldigte er sich. „Ich weiß gar nicht, warum ich das gesagt habe. Wahrscheinlich wollte ich Sie ärgern."

„Es war ein Spiel?", fragte sie gereizt. „Sie wollten gar nicht mit mir schlafen? Ich wusste es! Was sind Sie für ein Mann?"

Seine Bemerkung war eindeutig nicht gut angekommen. „Nein, so war es nicht. Verdammt, irgendwie erwische ich bei Ihnen stets die falschen Worte."

„Das geht mir auch so", räumte sie widerstrebend ein.

„Ich begehre Sie", gab er zu, „aber ich respektiere auch, dass Sie keine Beziehung zu einem möglichen Kunden eingehen wollen. Außerdem kennen wir uns noch nicht gut genug, als dass wir uns auf etwas einlassen sollten. Einen solchen Schritt darf man nicht aus einem Impuls heraus machen."

„Nein", bestätigte sie leise, hob die unverletzte Hand und berührte seine Wange. „Impulse sind gefährlich."

„Melanie", murmelte er gepresst.

„Ja, Richard?"

„Es ist noch immer keine gute Idee. In dem Punkt hatten Sie also recht."

„Ich weiß", entgegnete sie, zog die Hand jedoch nicht zurück.

„Und ich will Sie noch immer küssen", fügte er leise hinzu.

Als sie nicht widersprach und auch nicht zurücktrat, gab er den letzten Widerstand auf und beugte sich zu ihr. Es sollte nur ein flüchtiger Kuss sein, doch es begann schon so himmlisch, dass Richard sich mehr wünschte.

Ihre Lippen waren warm und weich, wie er sich das die ganze einsame Nacht über vorgestellt hatte, außerdem spielte sie verführerisch mit seiner Zunge. Doch während seine Leidenschaft wuchs, meldete sich auch sein Gewissen. Bin ich wahnsinnig?, warf er sich vor.

Widerstrebend gab er Melanie frei, lehnte sich zurück und ballte die Hände zu Fäusten. „Tut mir leid."

„Ich habe den Kuss erwidert", räumte sie ein.

„Stimmt", bestätigte er lächelnd.

„Kein Grund, dermaßen selbstzufrieden zu strahlen", tadelte sie.

„Ich strahle nicht selbstzufrieden", beteuerte er hastig.

„Richard", sagte sie ernst, „nichts hat sich geändert. Ich werde nicht mit dir schlafen, und ich will diesen Auftrag haben."

Er zweifelte nicht daran, dass sie es ernst meinte, aber beides gefiel ihm nicht.

4. KAPITEL

Gleich nach dem Frühstück zog Melanie sich ins Wohnzimmer zurück. Nach diesem umwerfenden Kuss musste sie ihr inneres Gleichgewicht wiederfinden. Um sich abzulenken, versuchte sie zu arbeiten, doch es fiel ihr schwer. Ungeduldig schlug sie die oberste Seite ihres Notizblocks um und riss sie dabei ein.

„Hast du Schwierigkeiten, dich zu konzentrieren?"

„Nein", behauptete sie nervös.

„Schwindlerin", sagte Richard lachend. „Aber da ich mich auch nicht konzentrieren kann, schlage ich vor, dass wir einen Spaziergang machen und in der Stadt zu Mittag essen."

„Wir haben doch gerade erst gefrühstückt."

Er deutete auf seine Uhr. „Vor vier Stunden. Hast du mit offenen Augen geträumt?", erkundigte er sich amüsiert. „Oder hast du an dem PR-Plan gearbeitet für den Fall, dass ich doch nachgebe?" Blitzschnell nahm er ihr den Notizblock weg und lächelte, als er die Herzen entdeckte, die sie unbewusst gezeichnet hatte.

Melanie hätte sich am liebsten in einem Mauseloch verkrochen. „Ich habe an einen höchst attraktiven Fernsehreporter gedacht, den ich letzte Woche getroffen habe", log sie tapfer.

Richard schluckte den Köder. „An welchen Reporter denn?"

„Spielt das eine Rolle?"

„Ich möchte deinen Geschmack in Bezug auf Männer kennenlernen", behauptete er.

Ihr war schon klar, dass er ihr bloß eine Falle stellte. Prompt nannte sie den begehrtesten Junggesellen unter allen Journalisten der Stadt. Der Mann war grauenhaft langweilig, aber das wusste Richard bestimmt nicht.

„Ach ja?", entgegnete er jedoch. „Ich habe gehört, er wäre recht attraktiv, aber nicht sonderlich intelligent."

„Vielleicht bin ich nicht daran interessiert, mich mit ihm über hoch geistige Themen zu unterhalten", konterte sie.

„Du musst dir schon was Besseres einfallen lassen, Schatz", meinte Richard grinsend. „Eine Grundregel beim Lügen lautet, dass man glaubhaft flunkern muss."

„Wenig erstaunlich, dass du das weißt."

Auf diese Stichelei ging er allerdings nicht ein. „Komm, Melanie, aufstehen! Der Spaziergang tut dir bestimmt gut und vertreibt alle unziemlichen Gedanken an diesen heißen Hengst."

Melanie seufzte. In einem Punkt hatte Richard recht: Sie musste dringend an die frische Luft. Vielleicht half ihr die Kälte, sich ausnahmsweise mal nicht zum Narren zu machen. Sonst würde Richard sie womöglich nie ernst nehmen.

Richard konnte sich nicht erinnern, wann er das letzte Mal nur zum Vergnügen spazieren gegangen war. Der Himmel war blau, und im Sonnenschein leuchtete der Schnee so grell, dass Richard froh war, seine Sonnenbrille mitgenommen zu haben. Allerdings blendete ihn das begeisterte Leuchten in Melanies Augen fast genauso, doch davor schützte ihn die Brille leider nicht.

„Sieh nur", sagte sie leise, nachdem sie alle paar Meter stehen geblieben war und ihn auf einen besonders schönen Ausblick aufmerksam gemacht hatte. „Ein Rotkehlchen. Jetzt hätte ich gern einen Fotoapparat dabei."

„Wir könnten eine Einwegkamera kaufen", schlug er vor.

„Wirklich?", fragte sie so eifrig, dass er lachend musste.

„Du bist sehr leicht zufriedenzustellen", neckte er sie. „Eine billige Kamera, und schon hat man dich vollkommen für sich gewonnen."

„Ich habe beschlossen, heute ganz einfach alles mitzumachen", erwiderte sie.

Richard horchte auf. „Ach?"

„Nein, nicht das, was du denkst", stellte sie richtig.

„War ja nur so ein Gedanke", behauptete er.

Daraufhin betrachtete sie ihn merkwürdig. „Du willst mich doch gar nicht wirklich verführen", behauptete sie. „Warum sagst du dann ständig so etwas?"

„Wieso denkst du, dass ich dich nicht verführen will?" Der Gedanke gefiel ihm sogar immer besser.

„Das hast du selbst zugegeben", erinnerte sie ihn. „Du würdest mich wahrscheinlich nicht abweisen, würde ich mich dir anbieten, aber du flirtest mit mir, um mich zu ärgern."

Eigentlich war Melanie nicht sein Typ, doch sie besaß eine erfrischende Offenheit und vor allem große Begeisterungsfähigkeit. Vielleicht hatte Destiny recht, und es war Zeit, dass er Schwung in sein ziemlich graues Leben brachte.

„Kann schon sein, dass ich dich ärgern möchte", räumte er ein. „Aber vielleicht will ich dich nur auf meinen ersten absolut unwiderstehlichen Annäherungsversuch vorbereiten."

Zuerst sah sie ihn verblüfft an, doch dann lächelte sie. „Nein, ganz bestimmt nicht. Du treibst keine Spielchen. Dafür nimmst du das Leben viel zu ernst."

„Stammt das auch von Destiny?", erkundigte er sich.

„Nein, das habe ich selbst festgestellt", versicherte Melanie. „Ich bin eine gute Menschenkennerin. Darum bin ich ausgezeichnet im PR-Geschäft. Ich bringe Menschen dazu, genau das zu sehen, was ich auch sehe."

„Und wie würdest du mich anderen Menschen zeigen wollen?", erkundigte er sich interessiert. „Hoffentlich nicht ernst und steif."

„Nein, ich würde darauf hinweisen, dass du Verantwortung übernimmst, hart für *Carlton Industries* gearbeitet hast und dich ebenso hart für deine Wähler einsetzen würdest. Das sind gute Eigenschaften bei einem Kandidaten."

„Hast du mich anfangs nicht für einen schlechten Kandidaten gehalten, weil ich nie im Leben kämpfen musste?"

Sie zuckte mit den Schultern. „Vielleicht hast du mich umgestimmt."

„Oder vielleicht wünschst du dir diesen Vertrag so sehr, dass du alles sagen würdest, um ihn zu bekommen", bemerkte er spöttisch.

Melanie blieb stehen. „Wenn du das glaubst, kennst du mich nicht", hielt sie ihm beleidigt vor. „Ich arbeite nicht für jemanden, an den ich nicht glaube."

„Aber du kennst mich nicht gut genug, um an mich glauben zu können", hielt er ihr vor.

„Doch, ich denke schon. Als Destiny mir vorschlug, für dich zu arbeiten, habe ich mich genauestens über dich informiert. Ich wollte wissen, ob Destiny dich nicht blindlings gelobt hat, und das hat sie nicht getan. Du bist ein guter Mensch, Richard, in dem Punkt sind sich alle einig. Ob du allerdings eine Wahl gewinnen kannst, steht auf einem anderen Blatt."

Es ärgerte ihn, dass sie ihm das nicht zutraute. „Was fehlt mir denn deiner Meinung nach?"

„Aufgeschlossenheit", erwiderte sie, ohne auch nur eine Sekunde zu überlegen.

Schon wollte er widersprechen, als er die Falle durchschaute. „Du meinst, weil ich schon vor dem ersten Zusammentreffen entschieden habe, dich nicht zu engagieren?"

„Das ist einer der Gründe", bestätigte sie. „Der zweite Grund ist, dass wir uns jetzt kennengelernt haben und du meine beruflichen Fähigkeiten nicht von der Tatsache trennen kannst, dass ich dich als Frau aus dem Gleichgewicht bringe."

„Du bringst mich nicht aus dem Gleichgewicht", protestierte er.

„Ach", entgegnete sie amüsiert, „das ist jetzt die erste direkte Lüge, die ich aus deinem Mund höre."

„Die du erkennst", korrigierte er, bestritt jedoch nicht, in diesem Moment gelogen zu haben, weil sie ihn wirklich aus dem Gleichgewicht brachte. Dabei gelang es ihm sonst immer, andere Menschen nicht an sich herankommen zu lassen.

„Es war die erste Lüge", betonte sie.

„Schön, du hast recht." Richard seufzte. „Meinetwegen kannst du behaupten, dass ich fast immer die Wahrheit sage und dass du mich aus dem Gleichgewicht bringst. Na und?"

„So kommen wir schon weiter", stellte sie fröhlich fest. „Gleich gibst du auch noch zu, dass du starrsinnig warst, und du wirst nach der Rückkehr von diesem Spaziergang meinen PR-Plan ansehen."

„Das alles liest du aus meinem Eingeständnis heraus?", fragte er ungläubig.

„Ich bin brillant, nicht wahr?", bemerkte sie stolz.

„Nicht brillant, sondern hinterhältig", verbesserte er sie lachend. „Übrigens bist du meiner Tante sehr ähnlich."

„Das fasse ich als Kompliment auf."

Richard seufzte. „Ich bin mir allerdings nicht sicher, ob es eins war."

Melanie fing von Richard einen forschenden Blick auf, als sie in einem kleinen Café im Stadtzentrum Krabbensandwichs, gemischten Salat und zum Nachtisch Apfelkuchen mit Eiscreme bestellte.

„Willst du mich mit Essen günstig stimmen, damit ich aufgeschlossener reagiere?", fragte er schließlich lächelnd.

„Allerdings", bestätigte sie. „Du kannst natürlich etwas anderes essen. Übrigens bezahle ich. Schließlich bemühe ich mich um einen möglichen Kunden."

„Ich bezahle", widersprach er mit Blick zur Kellnerin. „Außerdem muss ich so viel essen wie du, um genug Energie zu haben. Ich kann sonst nicht mit dir mithalten." Er nickte der Kellnerin, die amüsiert zuhörte, verschwörerisch zu. „Für mich das Gleiche und einen möglichst starken Kaffee."

„Sehr gern", erwiderte die Frau mittleren Alters.

„Schade, dass du nicht hier kandidierst", meinte Melanie, nachdem sich die Kellnerin entfernt hatte. „Ihre Stimme wäre dir sicher."

„Bei Wahlen sollte es nicht um persönliche Ausstrahlung gehen", wandte er ein.

„Sollte es nicht, aber Ausstrahlung spielt eine große Rolle. Ein langweiliger Typ mit einem guten Wahlprogramm kann zwar gewählt werden, aber es ist schwierig. Du hast ein gutes Programm *und* Ausstrahlung. Darauf solltest du bauen."

„Mit anderen Worten, ich muss kleine Kinder küssen und Hände schütteln."

„Das müssen Politiker immer", bestätigte sie. „Die Leute wollen sehen, dass der Kandidat ein Mensch ist. Sie wollen ihm ins Auge schauen und selbst beurteilen, ob er ehrlich ist und einen festen Händedruck hat."

Richard dachte daran, dass er von Konkurrenten wegen seiner Härte bei Verhandlungen als unmenschlich bezeichnet worden war. Das Gleiche galt für Frauen, die sich mehr von der Beziehung mit ihm versprochen hatten. Ihm war klar, dass ihm wegen des Verlusts seiner Eltern etwas abhandengekommen war, ein Teil von ihm, den er vielleicht durch Melanies Lebenslust und Wärme wiederfinden konnte.

Doch das war Unsinn. Melanie wollte mit ihm einen Vertrag abschließen und nicht seine alten Wunden heilen. Wie alle anderen wollte sie etwas von ihm, und das durfte er nie vergessen.

„Hey", sagte sie leise und strich ihm leicht mit den Fingern über den Handrücken. „Wo bist du jetzt mit deinen Gedanken?"

„Ich bin gerade in die Wirklichkeit zurückgekehrt", antwortete er entschieden.

Bevor sie fragen konnte, wie er das meinte, kam das Essen. Er stürzte sich gleich darauf, aber Melanie zögerte eine Weile. Erst nachdem sie das Krabbensandwich gekostet hatte, taute sie wieder auf.

„Schmecken die Krabben nicht toll?“, fragte sie begeistert.

Er nickte. „Sogar tiefgefroren und außerhalb der Saison. Die hier sind sogar besser als in den teuersten Restaurants von Washington.“

„Was ist das für ein Gewürz?“, fragte sie nach dem nächsten Bissen. „Das macht es richtig pikant.“

„Warum willst du das bei deiner Unfähigkeit in der Küche denn überhaupt wissen?“

„Ich kann auch lernen“, behauptete sie. „Ganz hoffnungslos bin ich nicht.“

„Warum willst du dir die Mühe machen, wenn du einfach herkommen kannst?“

„Das ist nicht so einfach“, widersprach sie. „Bisher war ich noch nie in dieser Gegend.“

„Wegen des Krabbensandwichs kommst du bestimmt wieder. Vielleicht lade ich dich sogar ein.“

„Wahrscheinlich verhungere ich, wenn ich darauf warte“, wehrte sie ab. „Es wäre schon nett, wenn man nicht immer auswärts essen muss“, fuhr sie bedauernd fort. „Und tiefgekühlte Fertiggerichte mag ich nur im Notfall.“

Richard erging es ähnlich. Auch er aß zu oft an seinem Schreibtisch oder in Restaurants. Deshalb freute er sich stets, wenn Destiny ihn und seine Brüder zu sich einlud. Sie war eine ausgezeichnete Köchin, aber noch viel wichtiger waren das Beisammensein und die Unterhaltung bei Tisch. „Erzähle mir von deiner Familie“, bat er.

„Von meiner Familie?“, fragte sie überrascht.

„Ja. Ist sie groß oder klein? Wo wohnen deine Angehörigen?“

„Ich habe zwei ältere Schwestern. Beide sind verheiratet, haben keinen Ehrgeiz und sind schrecklich zufrieden mit ihren Ehemännern und Kindern. Sie leben in Ohio in der Nähe unserer Eltern. Alle liegen mir wegen meines Single-Daseins in den Ohren.“

„Wart ihr euch nahe?“

Melanie lächelte. „So nahe, wie drei Mädchen sich stehen können, wenn alle drei dasselbe Kleid zum Tanzen anziehen wollen.“

„Und beneidest du deine Schwestern?“

„Manchmal“, gestand Melanie nachdenklich. „Ich liebe meinen Beruf und bin ehrgeizig. Trotzdem wünsche ich mir jemandem, mit dem ich alles teilen kann."

„Ich weiß genau, was du meinst", erwiderte er.

„Wirklich?", fragte sie erstaunt.

„Sicher. Was hat man von den größten Erfolgen, wenn man mit niemandem darüber reden kann und niemand sich mit einem freut?"

„So ist es", bestätigte sie. „Wir sind nicht unzufrieden oder undankbar. Uns ist nur klar, dass man im Leben mehr haben könnte. Und das ist doch richtig, oder?"

„Selbsterkenntnis ist immer gut."

„Warum hast du dann keine der Frauen geheiratet, mit denen du bisher zusammen warst?", erkundigte sie sich.

Er schauderte allein schon bei der Vorstellung. „Weil ich mit keiner von ihnen in ein Lokal wie dieses für ein Krabbensandwich und ein Stück Apfelkuchen hätte gehen können."

„Wirklich nicht?", fragte sie lächelnd.

„Wirklich nicht", bestätigte er. „Das sollte dir aber keinesfalls gleich zu Kopf steigen."

„Keine Sorge", beteuerte sie.

„Und es bedeutet auch nicht, dass ich dir den Vertrag geben werde", fügte er sicherheitshalber hinzu.

„Das weiß ich", betonte sie, lächelte jedoch recht zufrieden.

„Es bedeutet nur, dass du mich stark an Destiny erinnerst", fuhr er fort. „Du nimmst kein Blatt vor den Mund, bist unberechenbar und …"

„Offen für neue Ideen?", ergänzte sie, als er stockte.

„Treib es nicht zu weit", warnte er lachend.

„Aber wenn man für neue Ideen offen ist, ist man nicht …"

„Steif", fiel er ihr ins Wort, bevor sie es aussprechen konnte. „Ja, ja, ich habe schon verstanden."

„Wirklich?", fragte sie eindringlich.

„Ja, wirklich."

„Dann sollten wir jetzt vielleicht zurückgehen", schlug sie vor.

„Damit du mir deinen Plan vorlegen kannst?"

„Das auch, aber ich habe vor allem daran gedacht, alle Hemmungen abzustreifen und mich wieder von dir küssen zu lassen."

Richard traute seinen Ohren nicht, und völlig perplex fragte er: „Wie kommst du denn jetzt darauf?"

„Weil ich eben für neue Ideen offen bin."

„Dann steht also auch Verführung wieder zur Debatte?", fragte er, um sich nicht womöglich zum Narren zu machen. Schon lange hatte er keine Frau mehr so sehr begehrt wie diese Melanie Hart, und er konnte sich vermutlich nicht mehr lange beherrschen.

„Man kann nie wissen", entgegnete sie.

„Du solltest dich deutlicher ausdrücken", drängte er, legte einige Geldscheine auf den Tisch und griff nach seinem Mantel.

„Wo bleibt denn der Spaß im Leben, wenn von Anfang an alles klar festgelegt ist?"

„Vielleicht macht meine Methode nicht so viel Spaß, aber sie vermeidet wenigstens Katastrophen."

„Gut", meinte sie, nachdem er ihr in den Mantel geholfen hatte, „im Moment möchte ich, dass du mich wieder küsst. Mehr soll nicht zwischen uns geschehen, weil das zu Problemen führen könnte. Vor allem, sollte ich doch für dich arbeiten."

„Verstehe", sagte er.

„Aber vielleicht lasse ich mich umstimmen", fügte sie lächelnd hinzu. „Bestimmt nicht heute, doch wer weiß, welche Überraschungen die Zukunft für uns bereithält."

Obwohl sie ihm deutlich gesagt hatte, dass er einsame Nächte vor sich hatte, fühlte Richard sich unglaublich wohl, als sie wieder hinaus in die Kälte traten.

Melanie betrachtete ihn stirnrunzelnd. „Für einen Mann, der soeben erfahren hat, dass er keinen Sex haben wird, wirkst du sehr fröhlich."

„Hast du das denn gesagt?", fragte er lachend.

„Davon bin ich restlos überzeugt, ja."

„Du hast gesagt, dass es heute keinen Sex geben wird", widersprach er. „Aber morgen ist auch noch ein Tag, und ich bin ein geduldiger Mann. Hast du das bei deinen Nachforschungen nicht herausgefunden?"

„Das ist mir offenbar entgangen."

„Vergiss es nicht, es könnte nämlich wichtig sein", bat er und bewarf sie mit Schnee. Es war besser, sie kühlten sich ein wenig ab.

Melanie sah im ersten Moment betroffen drein, doch dann blitzte es in ihren Augen auf. „Du bist ein toter Mann", kündigte sie an und formte ebenfalls einen Schneeball.

„Kaum“, erwiderte er und rührte sich nicht von der Stelle.

„Du glaubst, dass ich nicht nach dir werfe?“

„Doch, das tust du“, neckte er sie, „aber du triffst mich nicht.“

Obwohl er auswich, erwischte sie ihn an der Wange.

„Das war ein Fehler, meine Liebe!“, rief er, packte sie und setzte sie in einen Schneehaufen, noch ehe sie begriff, wie ihr geschah.

Zuerst blickte sie empört zu ihm hoch, dann begann sie zu lachen. Sobald er in das Lachen einstimmte, zog sie ihm jedoch die Beine weg, sodass er neben ihr im Schnee landete.

Richard beschwerte sich nicht, aber gegen die Kälte fiel ihm nur ein Mittel ein. Er packte Melanie, rollte sich mit ihr herum und küsste sie. Seine Hoffnung, etwas Wärme zu finden, wurde bei Weitem übertroffen. Melanie erwiderte den Kuss voller Leidenschaft.

Wenn sie sich allerdings an ihren Vorsatz hielt, stand ihm eine sehr lange Nacht bevor.

5. KAPITEL

Es war wirklich kalt, doch das war kein Grund, mit dem Feuer zu spielen. Bevor sie einen Fehler beging, den sie später bereuen würde, sprang Melanie auf und klopfte sich den Schnee ab.

„Du überraschst mich", kommentierte sie die Situation lässig. „Ich hätte dir nie zugetraut, wie ein Kind im Schnee zu spielen."

Er wirkte schon wieder viel zu beherrscht, als er ebenfalls aufstand. „Offenbar hast du bei deinen Nachforschungen einiges übersehen."

Sie seufzte, weil er sich erneut verschloss. Ihrer Meinung nach machte er das nur, um sich selbst zu schützen. „Tut mir leid, Richard, aber was hat sich soeben hier abgespielt?"

Er zuckte mit den Schultern. „Wahrscheinlich haben wir beide für kurze Zeit vergessen, warum wir zusammen sind."

„Das heißt, wir haben uns wie ein Mann und eine Frau benommen, die sich zueinander hingezogen fühlen, und nicht wie mögliche Geschäftspartner. Tut mir leid."

„Nicht deine Schuld. Ich habe die Grenze überschritten."

„Aber ich habe dich dazu animiert."

„Hör auf, so vernünftig zu sein", verlangte er finster. „Dieses Wochenende kann letztlich gar nicht gut ausgehen."

Melanie fühlte sich elend. Einen Moment lang hatte Richard das in ihm schlummernde Kind entdeckt und sich menschlich gezeigt, doch sie hatte es verdorben. Es wäre für sie besser gewesen, ihn zu verlassen, aber die Straßen waren leider noch nicht geräumt. Darum hielt sie ihm die Hand hin. „Waffenstillstand?"

„Ich habe gar nicht gemerkt, dass wir Krieg führen", entgegnete er spöttisch.

„Aber wir treiben auf einen zu, und das ist meine Schuld, weil ich mich widersprüchlich verhalten habe."

„Vielleicht wäre es besser, wenn wir nicht allzu freundlich miteinander umgingen", schlug er vor. „Freundlichkeit bringt uns offensichtlich nur Schwierigkeiten ein." Bevor sie antworten konnte, holte er einen Schlüssel aus der Tasche. „Geh doch schon zurück zum Haus."

„Und was machst du?", fragte sie und steckte den Schlüssel ein.

„Einen Spaziergang. Ich besorge dir eine Kamera."

Eigentlich wollte sie ihn begleiten, doch er ließ sie einfach stehen. Seufzend sah sie ihm nach. Er wirkte sehr einsam.

Richard war halb erfroren, als er endlich das Landhaus erreichte. Zu seiner Freude brannte Feuer im Kamin, doch Melanie zeigte sich nicht. War sie womöglich losgefahren? Er hatte gar nicht darauf geachtet, ob ihr Wagen noch vor dem Haus stand.

Panisch lief er die Treppe hinauf und schlug fast die Tür des Gästezimmers ein, so heftig hämmerte er dagegen.

„Was ist?“, antwortete Melanie schläfrig.

Er stieß die Tür auf und atmete erleichtert durch, als er sie im Bett liegen sah.

„Ist was?“, fragte sie leicht heiser.

Richard bekam Herzklopfen, als die Decke ein Stück nach unten rutschte und er eine nackte Schulter sowie den Ansatz einer Brust sah. „Nein, nichts. Tut mir leid.“ Er musste sich eine Ausrede einfallen lassen, sonst merkte sie, wie besorgt er um sie gewesen war. „Die Haustür war offen. Ich dachte, jemand wäre eingedrungen.“

„Die Haustür war offen?“

„Nur einen Spalt.“

„Aber ich habe sie bestimmt zugemacht, wenn auch nicht abgeschlossen. Ich wusste nicht, ob du einen zweiten Schlüssel hast, und ich war mir nicht sicher, ob ich dich klopfen höre, wenn ich schlafe.“

„Nicht weiter wichtig“, versicherte er. „Hauptsache, mit dir ist alles in Ordnung. Schlaf weiter. Tut mir leid, dass ich dich gestört habe.“

Sie reckte sich lächelnd und merkte offensichtlich gar nicht, wie sexy sie wirkte. „Jetzt bin ich wach und stehe wieder auf.“

Richard ergriff die Flucht. Vielleicht entsprang die Vorstellung nur seinem Wunschdenken, aber er vermutete, dass sie nichts anhatte, und eine völlig unbekleidete Melanie hätte ihn um den Verstand gebracht.

Als sie in die Küche kam, hatte er bereits Kaffee gemacht. Sie hatte sich gekämmt. Zerzaust hatte ihm ihr Haar allerdings besser gefallen.

„Kaffee?“, fragte er.

„Nein, danke, sonst kann ich heute Nacht nicht schlafen.“

Da er ohnedies nicht würde schlafen können, spielte Koffein für ihn keine Rolle. „Ich habe uns ein Video besorgt“, sagte er und deutete auf den Tisch.

Sie warf einen Blick auf die Kassette. „Eine romantische Komödie?"

„Der Film soll gut sein", erwiderte er. „Mögen nicht alle Frauen so kitschiges Zeug?"

„Sicher. Es überrascht mich nur, dass du auf meine Gefühle Rücksicht genommen hast."

„Meine Tante hat mir beigebracht, ein aufmerksamer Gastgeber zu sein."

„Sogar ein aufmerksamer unfreiwilliger Gastgeber?"

„Ja", bestätigte er. „Sonst hätte Destiny dich nicht hergeschickt. Aber bitte keine Entschuldigungen mehr", verlangte er, als sie schon den Mund öffnete. „Wir wissen beide, dass allein Destiny die Schuld an dieser schwierigen Situation trifft."

„Sie wollte uns helfen", erwiderte Melanie. „Das kannst du ihr nicht vorwerfen."

„Doch, kann ich", widersprach er. „Sie mischt sich in mein Privatleben ein. Wäre es nur um den Vertrag gegangen, hätte sie dich am Montag in mein Büro geschickt und nicht am Freitagabend mit Essen und Wein in dieses Landhaus."

„Darüber sollten wir lieber gar nicht erst wieder diskutieren", wehrte Melanie ab. „Vielleicht ist es besser, ich gehe ins Wohnzimmer und arbeite. Du kannst hierbleiben."

„Die beiden Kämpfer ziehen sich in neutrale Gebiete zurück?", fragte er und unterdrückte ein Lächeln.

„Genau."

„Keine schlechte Idee", bestätigte er und fand in ihrem Blick eine Spur von Verlangen. Er wollte jedoch lieber nicht herausfinden, ob er richtig gesehen hatte.

Sie zögerte, ehe sie sagte: „Dann bis später."

„Ja, bis später." Als sie fast schon zur Tür draußen war, rief er: „Melanie!"

Sie blieb stehen, drehte sich jedoch nicht um. „Ja?"

„Bestimmte Wünsche fürs Abendessen?"

Jetzt sah sie ihn doch erstaunt an. „Kann ich mir etwas aussuchen?"

„Sicher, wieso nicht?"

„Destiny hat es so hingestellt, als ..."

„Als wäre ich hier am Verhungern, wenn du mich nicht versorgst", fiel er ihr lächelnd ins Wort. „Ich habe dir doch erklärt, worum es ihr ging."

„Sie ist wirklich gut", räumte Melanie anerkennend ein.

„Und das dürfen wir beide nie vergessen", warnte er.

„Sicher. Aber mit dem Abendessen kannst du mich überraschen."

Leider nur mit dem Abendessen, dachte er.

Melanie trat mit ihrem Handy trotz der Kälte ins Freie und wählte Destiny Carltons Nummer. Die Verbindung war schwach, doch Destinys fröhliche Stimme war einigermaßen gut zu hören.

„Sie sind hinterhältig", warf Melanie ihrer Freundin vor.

„Melanie, Liebste, wie geht es Ihnen? Sitzen Sie bei Richard fest?", fragte Destiny hoffnungsvoll.

„Damit haben Sie von Anfang an gerechnet."

„Nein, ich habe es nur gehofft", erwiderte Destiny direkt. „Läuft es gut? Hat er Ihnen den Vertrag schon gegeben?"

„Nein."

„Oh!" Destiny war eindeutig enttäuscht. „Vielleicht sollte ich mit ihm reden. Wo steckt er?"

„Er arbeitet in der Küche, und ich lasse Sie nicht mit ihm reden", wehrte Melanie ab. „Für dieses Wochenende haben Sie sich schon genug eingemischt."

„Ist etwas schiefgelaufen?", erkundigte sich Destiny besorgt. „Ihr habt euch doch nicht gestritten, oder?"

„Nein, aber wir haben uns ausgesprochen, und ich bin jetzt noch misstrauischer als zu Beginn, was Ihre Motive angeht. Ich bin sogar überzeugt, dass Sie nicht wirklich offen und ehrlich waren."

„Ich wollte Ihnen lediglich helfen", behauptete Destiny empört.

„Guter Versuch", stellte Melanie fest, „und vielleicht haben Sie auch an den Vertrag gedacht, aber es ging Ihnen um etwas ganz anderes."

„Ich habe nicht die geringste Ahnung, was Sie meinen", versicherte Destiny heiter. „Ach, das zweite Telefon klingelt. Ich erwarte einen wichtigen Anruf von Richards Bruder Mack. Machen Sie sich noch eine schöne Zeit, meine Liebe, und geben Sie Richard einen Kuss von mir. Und wagt euch bloß nicht auf die Straßen, bis nicht geräumt wurde. Ich möchte mir keine Sorgen um euch machen müssen."

Sie unterbrach die Verbindung, ehe Melanie antworten konnte. Ach ja, ich soll ihm einen Kuss geben, dachte Melanie gereizt. Von wegen! Sie wählte erneut, doch dieses Mal kam keine Verbindung zustande. Seufzend steckte Melanie das Handy ein und kehrte ins Haus zurück.

Richard kam soeben ins Wohnzimmer. „Was hast du denn ohne Mantel da draußen in der Kälte gemacht?“, wollte er wissen.

„Ich habe deine Tante angerufen.“

„Und?“, erkundigte er sich amüsiert.

„Sie behauptet, ihr wäre es nur um den Vertrag gegangen.“

„Was hast du denn sonst von ihr erwartet?“

„Dass sie aufrichtig ist!“

„Das war sie bestimmt. Vermutlich würdest du sie nie bei einer Lüge ertappen.“

Melanie ließ sich das kurze Gespräch durch den Kopf gehen und musste Richard recht geben. Destiny hatte zwar nichts eingestanden, aber auch nicht direkt gelogen. „Sie sollte an deiner Stelle in die Politik gehen.“

„Um Himmels willen“, wehrte er ab. „Sie erträgt menschliche Dummheit nicht, und in der politischen Landschaft wimmelt es nur so von Idioten. Destiny nimmt nie ein Blatt vor den Mund, und schon nach wenigen Wochen würde sie aus jeder Partei herausgeflogen sein.“

„Es wäre allerdings sehr erfrischend, sie zu beobachten“, meinte Melanie.

„Ich würde es nicht gerade erfrischend nennen, aber ich kenne sie schließlich und weiß, wie sie ist, wenn sie sich in etwas verbissen hat. Sie gibt nie auf.“

„Und du meinst, dass sie sich in uns verbissen hat?“

„Darauf würde ich eine hohe Wette abschließen“, erklärte er.

„Dieses Mal wird sie verlieren. Darin sind wir beide uns ja einig.“ Als sie ihn ansah, entdeckte sie bei Richard erneut diesen leidenschaftlichen Blick, den sie bereits kannte.

„Sind wir das?“, fragte er leise.

„Natürlich“, betonte sie und bekam Herzklopfen.

„Dann muss Destiny sich damit abfinden“, erwiderte er mit leisem Bedauern.

„Ich habe Hunger“, wechselte Melanie hastig das Thema. „Das kommt bestimmt von der frischen Luft.“

„Ich fange gleich an mit dem Kochen. Wie wäre es vorher mit einem Glas Wein und ein paar Knabbereien?“

„Gern." Wein würde ihre Nerven beruhigen. „Glaubst du, wir können morgen früh wieder fahren?"

„Die Hauptstraßen werden bestimmt frei sein", vermutete er, während er zur Küche ging. „Bleib doch, während ich koche", bot er ihr an, reichte ihr ein Glas und berührte dabei ihre Finger länger als nötig.

„Keine gute Idee", wehrte sie ab.

„Warum nicht?"

„Das weißt du doch. Wir verlieren zu leicht den Kopf, wenn wir länger im selben Raum zusammen sind."

„Ist das so schlimm?"

„Richard!"

„Ich möchte Gesellschaft haben", sagte er und fügte lächelnd hinzu: „Ich gebe dir ein Messer. Du schneidest das Gemüse, und wenn ich zu weit gehe, kannst du dich verteidigen."

Sie musste lachen, setzte sich an den Küchentisch und trank einen Schluck Wein.

„Danke", sagte er.

„Schon gut", erwiderte sie. „Aber ich will ein sehr großes Messer haben."

„Was für ein reizender Wunsch", scherzte er und reichte ihr ein gefährlich aussehendes Fleischmesser, ehe er ein kleineres Messer für das Gemüse auf den Tisch legte.

Die Essensvorbereitungen liefen ohne Blutvergießen, Anspielungen oder Verführungsversuche ab. Einerseits war Melanie erleichtert, andererseits aber auch ein wenig enttäuscht.

Nach dem Essen stand sie sofort auf. „Ich ziehe mich jetzt zurück."

„Willst du den Film nicht sehen?"

„Den kenne ich schon", schwindelte sie, weil sie sich selbst nicht über den Weg traute.

„Warum hast du das nicht schon früher gesagt? Dann hätte ich ihn umtauschen können."

„Schau du ihn dir an", schlug sie vor. „Der Held bekommt am Ende die Heldin."

Im Hinausgehen spürte sie seinen Blick auf ihrem Rücken und war überzeugt, dass er den Hinweis verstanden hatte. Er brauchte unbedingt einige Tipps, wenn er wie der besagte Held Erfolg haben wollte.

6. KAPITEL

Richard blieb bis Mitternacht auf und sah sich den Film an. Es ärgerte ihn, dass Melanie angedeutet hatte, er wüsste nicht, was Frauen wollten, und er könnte keine halten. Jedenfalls sah er sich den Film genau an, doch es gefiel ihm nicht, dass sich der Held geradezu aufrieb, um endlich herauszufinden, wie er das Herz der Heldin gewinnen konnte. Wenn Melanie das von einem Mann erwartete, dann hatte sie bei ihm Pech.

Nach dem Film ging Richard schlecht gelaunt zu Bett und war auch noch nicht besser gestimmt, als Melanie morgens heiter und frisch wie eine Sommerbrise nach unten kam. Offenbar hatte sie nicht die halbe Nacht wach gelegen und über ihre Beziehung – ihre nicht vorhandene Beziehung – nachgedacht.

„Du siehst erholt aus", stellte er fest, doch es klang recht unfreundlich.

„Ich fühle mich großartig", bestätigte sie. „Rieche ich Schinkenspeck?"

„Ja, und ich habe Teig für Waffeln, falls du welche willst."

„Himmlisch." Sie schenkte sich Kaffee ein. „Hast du gut geschlafen?"

„Wie ein Murmeltier", log er.

Sie warf ihm einen skeptischen Blick zu. „Die Straße vor dem Haus ist geräumt worden. Bestimmt bist du froh, dass du mich endlich loswirst. Ich fahre gleich nach dem Frühstück."

Anstatt sich zu freuen, hätte er am liebsten getrödelt. Das war jedoch so unsinnig, dass er voller Ärger Teig ins Waffeleisen goss und den Deckel heftig schloss. Dann knallte er den Teller mit dem Speck auf den Tisch. „Saft?", fragte er. „Orange oder Johannisbeere?"

„Orangensaft wäre schön. Richard, bist du irgendwie sauer?"

„Absolut nicht!", fauchte er. Als sie verletzt schwieg, bekam er ein schlechtes Gewissen. „Tut mir leid, ich bin wohl mit dem falschen Fuß aufgestanden."

„Das beweist zumindest, dass du ein Mensch bist", erwiderte sie.

„Hör auf, mir alles nachzusehen!", herrschte er sie an.

„Was ist denn los?", fragte sie. „Soll ich gleich fahren? Gehe ich dir auf die Nerven?"

„Nein, es liegt nicht an dir, sondern an mir", räumte er seufzend ein. „Ich weiß nicht, was ich will. Schieb meine Stimmung auf Stress oder Schlafmangel."

„Du hast angeblich wie ein Murmeltier geschlafen."

„Ich habe gelogen."

„Warum?"

„Weil du frisch und munter hier aufgekreuzt bist, und ich wollte nicht, dass du denkst, ich hätte nicht gut geschlafen", gestand er, ohne dabei das Waffeleisen aus den Augen zu lassen.

„Gibt es zwischen uns etwa einen Wettbewerb?", fragte sie verblüfft.

„Mein ganzes Leben ist ein einziger Wettbewerb", murmelte er und legte die goldbraune Waffel auf einen Teller.

„Mit wem? Mit deinen Brüdern?"

„Mit mir selbst. Ich setze mir Ziele, die auf den Erwartungen meines Vaters beruhen, und dann kämpfe ich mit mir, um sie zu erreichen. Bisher ist mir das immer gelungen."

„Aber bist du dabei glücklich?", fragte sie leise.

„Natürlich", erwiderte er eine Spur zu hastig. „Meistens", verbesserte er sich unter ihrem bohrenden Blick. Zumindest war er glücklich gewesen, bis er sich diesen albernen Film angesehen und festgestellt hatte, dass in seinem Leben eine Frau fehlte.

„Und was gewinnst du in diesem Wettbewerb?"

„Achtung", antwortete er, ohne zu überlegen.

„Du meinst Selbstachtung?"

Richard schüttelte den Kopf. „Nein, einfach Achtung."

„Von deinem Vater?", fragte sie ungläubig. „Ist es das? Versuchst du noch immer, die Achtung deines Vaters zu erringen?"

„Das ist ja wohl unmöglich", entgegnete er, weil sein Vater seit zwanzig Jahren tot war. Gleichzeitig begriff er etwas Grundlegendes. Er bemühte sich ständig, es einem Mann recht zu machen, der gar nicht mehr lebte. Und nun stellte er sein ganzes Leben infrage, weil er sich einen Film angesehen hatte und eine Frau, die ihn kaum kannte, Urteile über ihn abgab.

„Ja, das ist unmöglich", bestätigte Melanie. „Selbstachtung ist viel wichtiger, findest du nicht auch?"

Doch all diese Selbsterkenntnis war zu viel auf leeren Magen. „Jetzt reicht's", erwiderte Richard knapp. „Wie ist die Waffel?"

„Perfekt. Wenn du irgendwann die Firma nicht mehr leiten willst, könntest du ein Restaurant eröffnen."

„Wir besitzen Restaurants", bemerkte er, setzte sich zu ihr und ließ Ahornsirup über seine Waffel laufen.

„Aber du hast bestimmt noch keine Küche von innen gesehen", bemerkte sie lachend.

„Jedes Lokal hat ausgezeichnete Köche und Manager. Ich werde nicht gebraucht. Ich achte nur auf die Bücher."

„Und findest du diese ganzen Zahlenspiele amüsant?", wollte sie wissen.

„Natürlich, das kann ich auch am besten. Zahlen sind logisch."

„Ist dir das wichtig? Alles in deinem Leben muss logisch sein, was?"

„Du sagst das, als wäre es ein Verbrechen", stellte er beleidigt fest.

„Kein Verbrechen, aber es macht nicht viel Spaß."

Wie oft hatte er schon das Gleiche von Destiny gehört? „Ich habe Spaß!"

„Wann?"

„Ständig."

„Sprichst du vielleicht von den Wohltätigkeitsveranstaltungen, die du besuchst?"

„Natürlich", bestätigte er.

„Und wieso siehst du dann auf den Fotos in den Zeitungen immer unglücklich aus?"

„Unglücklich?", wiederholte er erstaunt. „Ich lächle ständig."

„Aber nicht deine Augen", widersprach sie. „Und in den Augen findet man die Wahrheit."

Er sah unwillkürlich in ihre Augen und fand darin Mitgefühl, Wärme und eine Spur Sehnsucht. Sie hatte recht: Die Wahrheit lag in den Augen.

Vielleicht hatte Melanie keine Ahnung, welche Botschaft er in ihren Augen fand. Fest stand für ihn nur, dass ihm diese Botschaft Angst einjagte, weil sie genau das ausdrückte, war er zu verbergen versuchte.

„Wie ist denn das Wochenende gelaufen?", erkundigte Destiny sich ganz unschuldig, als sie Richard am Montagvormittag einen ihrer seltenen Besuche im Büro abstattete.

Natürlich hatte er schon mit ihr gerechnet und war vorbereitet. „Das Haus steht noch, falls du das meinst. Außerdem habe ich keine Knochenbrüche erlitten."

„Und Melanie?"

„Ich habe sie nicht erwürgt. Worauf willst du hinaus, Destiny?", fragte er energisch. „Ich weiß, was du Melanie gesagt hast, aber ich kaufe dir dieses unschuldige Getue nicht ab. Ich will die Wahrheit hören."

„Ich möchte dir eine gute PR-Fachkraft vermitteln", behauptete Destiny. „Hast du dir überhaupt ihren Vorschlag angesehen?"

Das hatte er getan, als er wegen des Films nicht schlafen konnte. Und weil Melanie im Gästezimmer lag. „Sie hat einige interessante Ideen", räumte er ein.

„Dann engagier sie doch."

„Sie ist unbeholfen", behauptete er. „In knapp einer Woche würde sie mich zum Wahnsinn treiben." Das stand schon fest. Schließlich war ihr das bereits innerhalb von zwei Tagen gelungen.

„Was ist dagegen einzuwenden?", erkundigte sich Destiny amüsiert.

Richard seufzte lautlos. Seine Tante führte sich auf, als wäre sie die ganze Zeit im Landhaus dabei gewesen. Vielleicht war sie Hellseherin. Jedenfalls dachte sie gar nicht ans Aufgeben.

„Du brauchst jemanden, der dich zum Wahnsinn treibt", fuhr Destiny fort. „Alle anderen Menschen um dich herum springen doch schon, wenn du nur mit den Fingern schnippst."

„Du nicht."

„Stimmt, aber ich bin ja auch deine Tante. Ich gehe dir auf die Nerven, und du verzeihst es mir."

„Jetzt nicht mehr, nachdem du mir Melanie auf den Hals gehetzt hast", verkündete er.

Destiny lachte unbekümmert. „Wenn du sie nicht engagierst, wirst du es bereuen."

Richard war vielmehr überzeugt, es zu bereuen, wenn er nicht mit Melanie schlief, doch das vertraute er seiner Tante natürlich nicht an. Darauf hatte sie es ja schließlich abgesehen. Er musste unbedingt Mack und Ben anrufen und sie davor warnen, dass Tante Destiny sich neuerdings als Kupplerin versuchte. Die beiden kamen bestimmt an die Reihe, wenn Destiny bei ihm keinen Erfolg hatte.

„Warum mischst du dich nicht in Macks Leben ein?", schlug er vor. „Oder in Bens?"

„Wie kommst du darauf, dass ich das noch nicht getan hätte?", fragte Destiny fröhlich, segelte aus seinem Büro und ließ ihn mit offenem Mund zurück.

Düster betrachtete Melanie die Unterlagen für *Carlton Industries*, die auf ihrem Schreibtisch lagen, und geriet in Versuchung, den ganzen Ordner in den Aktenvernichter zu stecken. In diesem Moment kam Becky mit zwei Tassen Kaffee und Brötchen aus dem Café nebenan herein.

„Das bekommst du aber nur, wenn du mir alles über dich und Richard Carlton an diesem Wochenende erzählst", sagte sie.

„Kein Wort", erwiderte Melanie und nahm ihrer Freundin die Tasse aus der Hand. Auf das Brötchen konnte sie verzichten.

„Gereizt? Also ist es nicht gut gelaufen."

„Kommt darauf an, was man unter „gut" versteht", erwiderte Melanie und trank einen Schluck. „Er hat mich jedenfalls nicht ins Schneetreiben gejagt."

„Interessant", stellte Becky fest. „Dann hast du dort das ganze Wochenende über festgesessen?"

„Ja."

„Und trotzdem hast du ihn nicht dazu gebracht, dir den Vertrag zu geben?"

„Er hat nicht mal meine Vorschläge gelesen", gestand Melanie grimmig ein. „Ich wollte die Papiere gerade in den Aktenvernichter stecken."

„Was soll das denn?", fragte Becky betroffen. „Du gibst sonst nie auf."

„Doch, wenn ich nicht gewinnen kann."

Becky betrachtete sie prüfend. „Hat er dich verführt?"

„Nein", antwortete Melanie finster.

„Hat er es wenigstes versucht?"

„Es war etwas verwirrend", gab Melanie zu.

„Dann hat er es also versucht", folgerte Becky. „Und weiter?"

„Ich habe natürlich Nein gesagt."

„Und weiter?"

„Wieso glaubst du, dass es weitergegangen ist?"

Becky betrachtete sie wissend. „So ein Wochenende ist lang."

„Also gut, ich habe mich ihm an den Hals geworfen."

„Interessant."

„Nicht interessant, sondern dumm. Und ich habe diesen Fehler fast sofort wiedergutgemacht."

„Nur fast sofort?"

„Schnell genug", beteuerte Melanie. „Ich habe nicht mit ihm geschlafen, sondern ihn bloß ein Mal geküsst. Also keine große Sache."

„Ach so? Der attraktivste und reichste Mann von Alexandria und vielleicht sogar im Großraum Washington küsst dich, und das ist keine große Sache?"

Melanie seufzte. „Schön, der Kuss war schon eine große Sache, aber weiter ging es nicht, und es wird auch nie mehr dazu kommen. Gestern Morgen konnte er mich jedenfalls nicht schnell genug loswerden."

„Wahrscheinlich, weil du ihn in Versuchung geführt hast", nahm Becky an. „Männer sind so. Wenn sie die Kontrolle verlieren, benehmen sie sich komisch und irre."

Melanie hörte in der Stimme ihrer Freundin einen Unterton, der verriet, dass Becky jetzt nicht mehr von dem Wochenende im Landhaus sprach. „Ist etwas mit dir und Jason?", fragte sie. Jason war Beckys große Liebe. Das redete sie sich wenigstens ein. Er war zwar in diesem Jahr schon Beckys vierter Schwarm, doch sogar Melanie glaubte, dass er in Ordnung war.

Becky bekam feuchte Augen. „Wir haben Schluss gemacht. Das heißt, er hat mit mir Schluss gemacht."

Das war neu. Für gewöhnlich zog Becky sich zurück. „Ach, das tut mir leid. Ich weiß, wie sicher du dir warst, dass er der Richtige ist."

„Er ist auch der Richtige", behauptete Becky. „Er ist nur stur, ängstlich und dumm!"

„Dagegen kommt man schwer an, und du solltest das wissen", erwiderte Melanie. „Du selbst warst oft genug stur, ängstlich und dumm."

„Aber wenn man etwas haben will, muss man darum kämpfen, nicht wahr?"

„Allerdings", bestätigte Melanie.

Becky sah sie herausfordernd an. „Also schön. Ich werde kämpfen, wenn du es auch tust."

„Was soll das denn heißen?", fragte Melanie vorsichtig.

„Ich kämpfe um Jason, wenn du um Richard kämpfst."

„Hier geht es nicht um Richard und mich, weil es zwischen uns keine persönliche Beziehung gibt", erwiderte Melanie gereizt. „Es geht nur um den Vertrag mit *Carlton Industries*."

„Ach, mein armes Kind", meinte Becky mitfühlend, „so mag es angefangen haben, aber ich merke deutlich, dass es inzwischen anders ist. Je schneller du dich damit abfindest, desto besser wäre das für dich."

„Es geht nur um den Vertrag", behauptete Melanie fest.

„Gut. Hauptsache, du greifst zum Telefon und rufst den Mann an."

„Ich werde ihn nicht anrufen. Er ist jetzt am Zug."

„Ach, du wirst dir schon was einfallen lassen", erwiderte Becky fest. „Na ja, in Ordnung", lenkte sie dann aber ein, „ich kenne diesen Ton bei dir. Ich bedränge dich nicht weiter. Versprich mir nur, dass du die Akte nicht vernichtest."

Melanie warf einen Blick auf die Unterlagen. „Ich werde sie nicht vernichten, und du wirst Jason nicht anrufen."

„Aber ..."

„Kein Aber", fiel Melanie ihrer Freundin ins Wort. „Lass den Mann zu Kreuze kriechen. Und das wird er tun, ich garantier es dir."

„Irgendwann, ja", bestätigte Becky und lächelte. „Und mit ihm wird Kriechen zu einer neuen olympischen Sportart, dafür sorge ich."

„Klingt gut", lobte Melanie. „Ob Richard überhaupt weiß, wie man kriecht? Wohl kaum."

„Vielleicht ist er lernfähig?"

Destiny hatte ihm gute Manieren beigebracht, aber da war er noch jünger gewesen. Melanie fürchtete, dass es zu spät war, Richards Gewohnheiten zu ändern. Das war schade, weil sie durchaus ausbaufähige Seiten an ihm entdeckt hatte.

Das Telefon klingelte. „*Hart Consulting*", meldete sich Becky fröhlich, doch gleich darauf schwand das Lächeln von ihrem Gesicht. Sie reichte Melanie den Hörer und drückte die Stummschaltung. „Es ist dieser Reporter von der Morgenzeitung. Er will etwas über dich und Richard wissen."

„Wegen des PR-Vertrags?", fragte Melanie hoffnungsvoll.

„Wegen eures gemeinsamen Wochenendes. Er scheint Einzelheiten zu kennen."

Das war der absolute Albtraum einer PR-Agentin. Melanie holte tief Luft. „Hier Melanie Hart", meldete sie sich knapp.

„Pete Forsythe, Miss Hart. Wie geht es Ihnen? Wir haben uns neulich bei der Gala der Herzgesellschaft kennengelernt."

„Natürlich erinnere ich mich an Sie, Mr. Forsythe. Was kann ich für Sie tun?"

„Ich suche nach Bestätigung für etwas, was ich heute Morgen aus einer äußerst zuverlässigen Quelle erfahren habe. Es geht um Sie und den Firmenchef von *Carlton Industries,* Richard Carlton."

„Ach ja? Ich kann mir nicht vorstellen, wo Sie etwas gehört haben könnten, was uns beide miteinander in Verbindung bringt. Ich kenne Mr. Carlton kaum."

„Aber Sie kennen ihn", hakte der Reporter nach.

„Wir haben uns getroffen."

„Ist etwas Wahres an dem Gerücht, dass es zwischen Ihnen beiden eine Beziehung gibt? Haben Sie dieses Wochenende mit ihm in einem Landhaus seiner Familie verbracht?"

Sogar sie selbst merkte, dass ihr Lachen gekünstelt wirkte. „Unsinn! Wie gesagt, ich kenne ihn kaum. Tut mir leid, Mr. Forsythe, ich kann Ihnen nicht helfen." Damit legte sie rasch auf.

„Druckt er die Meldung trotzdem?", fragte Becky.

„Höchstwahrscheinlich."

„Wirst du Richard warnen?"

Melanie überlegte. Damit würde sie nichts erreichen. Und letztlich hatte sie geschwiegen. „Nein. Vielleicht lässt Forsythe die Geschichte ja fallen."

Becky schüttelte den Kopf. „Dafür ist sie viel zu schön."

Das stimmte allerdings, doch *Carlton Industries* gab viel Geld für Zeitungsanzeigen aus, und Richard war ein mächtiger Geschäftsmann. Vielleicht riskierte das Blatt nicht, ihn zu verärgern.

Leider glaubte sie selbst jedoch nicht daran.

7. KAPITEL

Warum hat sich einer von Alexandrias begehrtesten Junggesellen am letzten Wochenende heimlich mit einer PR-Strategin getroffen? hieß es am Mittwoch in Pete Forsythes Kolumne einer großen Tageszeitung.

Will Richard Carlton endlich in die Politik gehen, oder handelt es sich um eine Privatangelegenheit? Keiner der beiden Beteiligten will darüber sprechen, aber wir haben herausgefunden, dass er am Wochenende während des Schneesturms mit Melanie Hart zusammen war, einem aufsteigenden Stern am PR-Himmel.

Richard warf die Zeitung in den Papierkorb und drückte die Ruftaste für seine Sekretärin. „Winifred, bestellen Sie Melanie Hart sofort zu mir!"

„Ja, Sir."

Vermutlich hatte Melanie sich schon in der Eingangshalle aufgehalten, denn sie war zehn Minuten später bei ihm. Sie sah großartig aus, als hätte sie sich speziell für ihn zurechtgemacht, aber wenn sie dachte, er würde sie doch noch engagieren, hatte sie sich getäuscht. Er war stinkwütend.

„Ich dachte mir bereits, dass ich von dir hören würde", erklärte sie besorgt. „Deshalb war ich schon zu dir unterwegs. Ich habe die Zeitung gesehen. Wie wütend bist du?"

„Unbändig", erwiderte er knapp. „Ich will meine politischen Absichten und mein Privatleben nicht in einer verdammten Klatschkolumne thematisiert finden. Das solltest du wissen!"

Sie sah ihn sekundenlang verständnislos an, ehe sie eisig erwiderte: „Das weiß ich auch. Aber nicht, weil mir bekannt ist, was in deinem unbeschreiblichen Dickschädel vor sich geht, sondern weil das eine sehr schlechte Strategie wäre. Es mindert nämlich deine Chancen als Kandidat, wenn die Leute glauben, dass du dich mit einer Frau nur klammheimlich triffst."

„Was hast du dir dann dabei gedacht?", fauchte Richard. Er war auf ihre Antwort gespannt, weil nur sie beide über das Wochenende Bescheid wussten und er nicht mit Forsythe gesprochen hatte.

„Ich?“, rief sie empört. „Ich habe absolut nichts damit zu tun. Die Sache ist für meinen Ruf auch nicht gerade vorteilhaft!“

Das klang glaubwürdig, und nur zu gern hätte er ihr abgekauft, dass sie ihn nicht hintergangen hatte. „Schwörst du mir, dass du den Artikel nicht veranlasst hast?“

Sie warf ihm einen vernichtenden Blick zu. „Hundertprozentig!“

„Hast du mit Forsythe gesprochen?“

„Ja, aber ...“

„Warum hast du seinen Anruf überhaupt angenommen?“, fiel er ihr sofort ins Wort. „Über meine Sekretärin ist er nicht hinausgekommen. Du solltest wissen, dass nichts dabei herauskommt, wenn man mit Klatschreportern redet.“

„Reporter können manchmal Verbündete sein, wenn man weiß, wann man mit ihnen spricht und was man sagt“, erwiderte sie kühl. „Außerdem hatte ich keine Ahnung, warum er anrief. Als ich es dann merkte, bin ich ausgewichen und habe aufgelegt.“

Richard seufzte. „Dann hast du die Geschichte also nicht bestätigt?“

„Sehe ich vielleicht so dumm aus?“, antwortete sie mit einer Gegenfrage.

„Aber welche Quelle ist so zuverlässig, dass Forsythe die Geschichte ohne Bestätigung durch uns abdruckt? Jemand in deinem Büro?“

„Nein, Becky würde so etwas nie machen.“

„Nicht mal, um dir zu helfen?“

„Niemals!“

„Wer wusste sonst noch, dass wir im Landhaus waren?“, fragte er und musterte ihre betroffene Miene, als ihnen beiden die Erkenntnis dämmerte. „Destiny!“

„Würde sie denn so etwas machen?“, fragte Melanie ungläubig.

„Oh ja, und ob“, bestätigte er, „wenn sie glaubt, dass sie dadurch ihr Ziel erreicht.“

„Kennst du dieses Ziel? Ich bin nämlich ziemlich ratlos.“

„Nein, bist du nicht. Du hast sie doch schon darauf angesprochen. Sie will uns zusammenbringen.“

„Du meinst, dass ich für dich arbeiten soll“, entgegnete Melanie.

„Nein, richtig zusammen“, erklärte er ungeduldig. „Als Paar.“

Melanie wurde blass und ließ sich auf einen Stuhl sinken. „Bist du dir da sicher?"

„Allerdings. Ich kenne meine Tante, und sie hat es sogar mehr oder weniger zugegeben. Bestimmt hat sie mit Absicht bei Forsythe geplaudert."

„Verrückt", fand Melanie. „Sie kann uns doch nicht manipulieren. Wir sind erwachsen, und wir waren uns einig, dass wir nicht zueinander passen, nicht wahr?"

„So war das zumindest am Wochenende", bestätigte Richard.

„Dann brauchen wir ihr das nur zu sagen."

„Habe ich schon." Er holte die Zeitung aus dem Papierkorb und schwenkte sie durch die Luft. „Das hier ist ihre Antwort. Sie gibt nicht auf."

„Aber sie ist deine Tante. Unternimm was!"

Wenn Destiny sich etwas in den Kopf gesetzt hatte, war es besser, nachzugeben, als von ihr überrollt zu werden. „Hast du vielleicht einen Vorschlag?", erkundigte er sich.

„Nein", räumte Melanie ein. „Du? Schließlich kennst du sie besser als ich."

Wenn er Destiny nicht tatsächlich erwürgte, blieb ihnen kaum eine andere Möglichkeit, als nach ihrer Pfeife zu tanzen. Allerdings war er verwundert, dass ihn das im Grunde gar nicht so störte. „Wir haben keine andere Wahl. Geben wir ihr, was sie haben will."

Melanie riss Mund und Augen auf. „Was?"

„Ich hätte dir eine schnellere Auffassungsgabe zugetraut", bemerkte er lächelnd.

„Nicht in diesem Fall", gestand sie. „Das hört sich nämlich nach einem Publicity-Gag an, der eindeutig scheitern muss."

„Es wird klappen, vertrau mir", beteuerte Richard.

„Mal sehen, ob ich dich richtig verstanden habe. Wir sollen so tun, als wären wir zusammen, damit Destiny uns in Ruhe lässt?"

„Genau das meine ich."

Sie wirkte nur skeptisch, nicht jedoch entsetzt, und das war ein gutes Zeichen. „Wird sie nicht schwer zu überzeugen sein?"

„Sehr schwer", bestätigte er, weil Destiny eine äußerst scharfe Beobachterin war, doch auf diese Weise konnte er mehr Zeit mit Melanie verbringen und herausfinden, welche Gefühle er für sie entwickelte.

„Und wo ziehen wir dann die Grenze?"

Richard betrachtete sie unauffällig. Melanie saß kerzengerade vor seinem Schreibtisch, war blass, hatte aber rote Wangen. „In dem Punkt müssen wir vermutlich flexibel handeln."

„Nein, lieber nicht", wehrte sie eisern ab. „Könntest du mir nicht den Vertrag geben, wie Destiny es wünscht? Wäre sie dann nicht zufrieden?"

„Schatz, das war doch nur ein Vorwand von ihr. Sie wird erst zufrieden sein, wenn wir vorm Altar stehen."

„Ich heirate dich aber nicht!", wehrte Melanie entsetzt ab.

„Was du nicht sagst." In dem Punkt war er mit ihr einer Meinung, und so weit wollte er das Spiel auch nicht treiben, aber es reizte ihn, Destiny für einige Wochen zu geben, was sie haben wollte. „Ziehen wir da die Grenze – keine Heirat."

„Und nicht miteinander schlafen", fügte sie hinzu. „Das muss auch klar sein."

„Über den Punkt müssen wir vielleicht noch verhandeln", widersprach er und fühlte sich plötzlich viel besser. „Also, Miss Hart, Sie sind engagiert."

„Als deine neue Marketing-Strategin?"

„Nein, als meine zukünftige Verlobte. Keine Bezahlung, aber zahlreiche Sonderleistungen."

„Du willst, dass ich mich deiner Tante als deine Verlobte präsentiere?", fragte Melanie ungläubig.

„Vorerst als meine zukünftige Verlobte", korrigierte er sie.

„Ist das nicht ein gewaltiger Schritt? Sie kann doch gar nicht glauben, dass wir verlobt sind oder uns verloben werden. Wir haben uns gerade erst kennengelernt, und sie weiß, dass dieses erste Zusammentreffen nicht gut gelaufen ist."

„Ja, aber dann dieses wundervolle Wochenende!", rief Richard gespielt begeistert aus.

„Ach, du und dein Wochenende", wehrte Melanie gereizt ab. „Destiny nimmt uns eine dermaßen überstürzte Verlobung nicht ab. Dafür ist sie zu klug. Vielleicht hält sie mich für dumm genug, dir innerhalb von zehn Sekunden zu erliegen, aber sie weiß, dass du dich nicht auf den ersten Blick verliebst. Wahrscheinlich hast du ihr sogar gesagt, dass ich nicht dein Typ bin."

Prompt wurde er verlegen. „Das spielt keine Rolle. Tief in ihrem Herzen ist Destiny eine Romantikerin. Wenn wir ein paarmal miteinander ausgehen und uns gelegentlich von ihr beim Küssen ertappen lassen, wird sie in einer oder zwei Wochen glauben, dass wir uns verloben wollen."

„Verrückt. Es muss doch noch eine andere Möglichkeit geben, den Plan deiner Tante zu vereiteln, als sie zu belügen."

Er sah ihr tief in die Augen. „Lass mich eines klarstellen: Hier geht es nicht nur um meine Tante. Nach diesem Artikel müssen wir die gesamte Welt davon überzeugen, dass wir uns bis über beide Ohren und voller Leidenschaft ineinander verliebt haben und nicht mehr getrennt sein können. Damit hat natürlich keiner von uns gerechnet."

„Natürlich nicht", bestätigte Melanie ziemlich spöttisch.

Er machte sich eine Notiz, dass er einige Familientreffen arrangieren musste, und warf einen Blick auf Melanie, die aussah, als würde sie jeden Moment vor Wut in die Luft gehen. „Dann sind wir uns also einig?", fragte er.

„Nein", erwiderte sie ungläubig. „Wir sind uns keineswegs einig. Der Plan ist verrückt!"

„Ich bin auch nicht wild darauf, aber ich sehe keine andere Lösung. Es muss echt wirken. Die Leute verzeihen einem Kandidaten viel, wenn es um Liebe geht. Schmutzige Affären dagegen verzeihen sie nicht. Oder hast du einen besseren Vorschlag?"

„Nein", gestand sie seufzend.

Melanie sah ihn so verzweifelt an, dass sie ihm leidtat. „Wenn wir uns trennen, darfst du eine ganz große Szene hinlegen", bot er ihr an, damit sie sich besser fühlte. Und wenn er mit sich ehrlich war, machte ihm die ganze Sache schon jetzt eine Menge Spaß. Vielleicht stand er sogar in Destinys Schuld.

Melanie schien das Angebot tatsächlich zu gefallen. „In der Öffentlichkeit?"

„Ohne Publikum macht es keinen Sinn", bestätigte er. Die zu erwartende Demütigung nahm er gern hin, wenn er dafür die Chance bekam, Melanie mehrere Wochen lang in sein Bett zu locken. Hochzeitsglocken waren jedoch ausgeschlossen.

„Wie lange sollen wir dieses Spiel denn treiben?", erkundigte sie sich und zog dabei an ihren Fingern, bis sie knackten.

„Bis Destiny uns in Ruhe lässt und alle anderen die Geschichte glauben."

„Einen Monat?", fragte Melanie hoffnungsvoll.

„Das nimmt sie uns nicht ab."

„Zwei?"

„Wie wäre es mit sechs, und danach ziehen wir Bilanz?" Er sah sie beschwörend an. „Es gibt doch niemanden in deinem Leben, den das stören könnte, oder?"

„Leider nicht", gestand sie. „Glaub mir, ich hätte gern eine Entschuldigung, um aus der Sache auszusteigen, aber du wusstest schon, dass es niemanden gibt, nicht wahr?"

„Ich dachte mir, dass du mich nicht im Landhaus überfallen hättest, wenn es einen wichtigen Mann in deinem Leben gäbe."

Sie kniff die Augen zusammen. „Das war ein reiner Geschäftsbesuch, und kein Mann in meinem Leben hätte das Recht gehabt, dagegen Einspruch einzulegen."

„Aber er hätte dich nach dem Schneesturm nicht mit mir allein im Landhaus gelassen, oder? Er hätte dich spätestens am Samstagmorgen gerettet."

„Es ist nichts vorgefallen, was eine Erklärung oder gar eine Entschuldigung nötig gemacht hätte!", erwiderte sie heftig.

„Ach nein?", fragte Richard unschuldig. „Aber ich dachte, wir hätten uns an dem Wochenende ineinander verliebt."

Melanie stöhnte. „Hast du eine Ahnung, wie schrecklich ich diese ganze Situation finde?"

„Du hast es bereits erwähnt", erinnerte er sie. „Du machst doch mit, oder?"

Einen Moment sah es so aus, als würde sie sich weigern, doch schließlich nickte sie.

Richard war sich nicht ganz sicher, was er in diesem Moment empfand. Vielleicht Erleichterung oder sogar Freude. Jedenfalls war es ein bisher unbekanntes Gefühl, und das passierte ihm in letzter Zeit merkwürdigerweise häufiger.

Während der Rückfahrt zu ihrem Büro ging Melanie so viel durch den Kopf, dass sie das Klingeln des Handys beinahe überhört hätte. Dankbar für die Ablenkung drückte sie den Knopf für die Freisprecheinrichtung. „Ja!“, rief sie.

„Es geht los!“, verkündete Richard.

„Was?“

„Wir essen heute Abend mit Destiny.“

„Wie das denn? Ich habe dich erst vor zehn Minuten verlassen. So schnell kann sich das gar nicht zu ihr herumgesprochen haben.“

„Ich habe sie angerufen“, gestand er. „Sozusagen als Präventivschlag.“

„Bist du wahnsinnig? Ich habe mich noch gar nicht darauf eingestellt und verpatze bestimmt alles.“

„Richte dich einfach nach mir. Ich hole dich um sieben ab. Zieh etwas Tolles an. Destiny mag es, sich für das Abendessen herauszuputzen.“

Da er auflegte, ehe sie widersprechen konnte, drückte sie die Kurzwahltaste für ihr Büro. „Becky, sei bitte in zehn Minuten bei *Chez Deux*. Wir treffen uns da.“

„Warum?“

„Das erkläre ich dir später. Nimm eine Kreditkarte aus dem Safe mit.“

„Welche?“

„Die mit der höchsten Kreditgrenze“, erwiderte Melanie grimmig.

Unter anderen Vorzeichen hätte Melanie liebend gern eingekauft, und *Chez Deux* war mit seinem Angebot von Designer-Bekleidung aus zweiter Hand genau richtig für ihren Geldbeutel und ihren Geschmack. Normalerweise suchte sie sich jedoch Kostüme und keine Abendgarderobe aus.

Nachdem sie einen Parkplatz gefunden hatte, ging sie vorsichtig über den teilweise vereisten Bürgersteig zum Laden. „Hallo, Jasmin“, begrüßte sie die Besitzerin, die zahlreiche der bestgekleideten Frauen von Washington belieferte.

„Miss Hart, wie nett, Sie zu sehen“, erwiderte Jasmin Trudeau. „Wir haben einige hübsche Kostüme in Ihrer Größe.“

„Heute suche ich etwas Eleganteres für ein formelles Abendessen.“

„Dann stimmen die Gerüchte, *n'est-ce pas*?“, fragte die zierliche Frau begeistert. „Ich habe etwas in der Zeitung gelesen.“

Melanie wollte schon widersprechen, doch Jasmin war eine der größten Nachrichtenbörsen der Stadt. „Ich speise heute Abend mit Mr. Carlton", bestätigte Melanie daher.

„Zu einem solchen Anlass müssen Sie umwerfend aussehen. Ich habe genau das Richtige für Sie", versprach Jasmin. „Es kam gestern herein. Ich hole es."

In diesem Moment traf Becky völlig abgehetzt ein. „Was ist denn bloß los?"

„Ich kaufe ein Kleid", erwiderte Melanie.

„Das habe ich mitbekommen, aber was für ein Kleid und warum?"

„Ein schickes und teures Kleid, und ich brauche deinen moralischen Beistand."

„Wie bitte?", fragte Becky verständnislos.

„Hinterher lade ich dich zum Mittagessen ein, und bei der Gelegenheit wirst du mir hoffentlich versichern, dass ich nicht völlig den Verstand verloren habe."

Becky hielt sich zurück, weil Jasmin mit einem trägerlosen Kleid aus bronzefarbenem Satin auftauchte.

„Dieses Kleid ist wie für Sie gemacht", schwärmte Jasmin. „Achten Sie nicht auf den Preis. Wenn es an Ihnen so großartig aussieht, wie ich vermute, werden Sie sich kaum an der Ausgabe stören."

Tatsächlich konnte Melanie nicht widerstehen. Behutsam griff sie nach dem Kleid und verschwand im Umkleideraum. Erst als sie sich umgezogen hatte und den Reißverschluss hochzog, wagte sie einen Blick in den Spiegel.

„Oh", flüsterte sie und kam sich wie Aschenputtel vor, das sich schon für den Ball hergerichtet hatte.

„Hey, verstecke dich nicht da drinnen, sondern komm heraus!", befahl Becky. „Jasmin und ich sterben vor Neugierde."

Melanie verließ den Umkleideraum, und beide Frauen machten große Augen.

„Du siehst fabelhaft aus", rief Becky begeistert.

„Mr. Carlton wird Ihnen nicht widerstehen können", fügte Jasmin hinzu.

Bevor Becky fragen konnte, was das zu bedeuten hatte, sagte Melanie hastig: „Ich nehme es." Der Preis spielte tatsächlich keine Rolle, weil sie damit heute Abend guten Gewissens Destinys Haus betreten und das Spiel mit Richard beginnen konnte. Später würde sie das Kleid einfach reinigen und hier im Laden wieder verkaufen lassen, um wenigstens einen Teil der Kosten herauszuholen. Allerdings ahnte sie jetzt schon, dass es ihr schwerfallen würde, dieses Kleid wieder herzugeben.

Auf dem Weg zum Wagen ignorierte Melanie alle Fragen ihrer Freundin. Erst nachdem sie die Päckchen verstaut hatten und in einem nahen Restaurant saßen, sah sie Becky endlich warnend an.

„Du musst mir versprechen, niemandem ein Sterbenswörtchen zu verraten", verlangte sie. „Weder deiner Mutter noch deinem Anwalt noch einem Priester oder sonst jemandem."

Becky fasste sich ans Herz. „Was hast du bloß angestellt? Du hast doch nicht etwa Pete Forsythe umgebracht?"

„Nein, obwohl diese Idee wahrscheinlich sogar vernünftiger gewesen wäre als die von Richard."

„Du warst also bei Richard. War er wütend? Habt ihr herausgefunden, wer die Geschichte ausgeplaudert hat?"

„Seiner Meinung nach war es Destiny."

„Seine eigene Tante?", fragte Becky ungläubig.

Melanie nickte. „Schlimmer noch: Er ist überzeugt, dass sie erst Ruhe geben wird, wenn er mit mir eine Beziehung hat, und darum haben wir beschlossen, ihr eine vorzuspielen."

Becky bekam einen Moment lang den Mund nicht zu, doch dann begriff sie. „Das erklärt das Kleid."

„Ja, wir essen heute Abend bei Destiny."

„Du hast dich tatsächlich darauf eingelassen?", stellte Becky fassungslos fest. „Du willst eine Frau belügen, mit der du dich angefreundet hast?"

„Eine Frau, die sich mit gewissen Hintergedanken mit mir angefreundet hat", stellte Melanie richtig. „Das ist ein feiner, aber wichtiger Unterschied."

„Oh Mann!"

Melanie sah Becky flehend an. „Bin ich verrückt?"

„Wahrscheinlich ja."

„Besteht nicht die Möglichkeit, dass das alles schrecklich schiefgeht?"

„Ich sehe keine", erwiderte Becky erstaunlich fröhlich.

„Wieso findest du das plötzlich amüsant?", fragte Melanie.

„Weil ihr zwei offenbar verblendet seid. Richard will es seiner

Tante heimzahlen, ja? Und du machst mit, weil du glaubst, dass du es ihm schuldest, richtig?“

Melanie nickte.

„Ha!“

„Und was, bitte, soll das nun wieder heißen?“, fragte Melanie finster.

„Ihr beide macht das doch, weil ihr euch wünscht, dass es stimmt. Er will eine Beziehung mit dir haben, und du willst eine Beziehung mit ihm. Allerdings ist keiner von euch in dem Punkt ehrlich.“ Becky deutete eine leichte Verbeugung an. „Gern geschehen.“

„Ich habe mich nicht bei dir bedankt“, wehrte Melanie säuerlich ab.

„Hättest du aber tun sollen“, erwiderte Becky. „Das waren nämlich die einzig wahren Worte, die bisher an diesem Tisch gesprochen wurden.“

Melanie wollte schon protestieren, tat es jedoch nicht. „Das gibt bestimmt eine Katastrophe, nicht wahr?“, bemerkte sie nur.

Becky nickte bereitwillig. „Meiner Meinung nach ja“, bestätigte sie mitfühlend. „Du könntest die Katastrophe allerdings noch abwenden.“

„Und wie?“

„Indem du alles wahr werden lässt.“

„Nein, das will keiner von uns.“

Becky verdrehte bloß die Augen.

„Na gut, Richard will es nicht, und ich will es so gut wie nicht. Wir kennen uns kaum, aber ich weiß, dass er nichts mit seinen Gefühlen anzufangen weiß. Außerdem ist er ein möglicher Kunde. Darüber hinaus ist er ziemlich verknöchert und steif. Deshalb kommt er für mich nicht infrage.“

„Du bist hoffnungslos“, stellte Becky fest. „Aber ich kann mit meinen Gefühlen was anfangen“, fuhr sie lächelnd fort. „Übrigens, Jason kriecht bereits, und das gefällt mir.“

„Gut für Jason.“ Melanie sah ihre Freundin beschwörend an. „Wie bringe ich das alles bloß in Ordnung?“

„Gar nicht, zumindest nicht auf eine reife und intelligente Art und Weise. Du verschließt dich doch vor der Wahrheit. Also bleibt dir nichts anderes übrig, als dich treiben zu lassen.“

„Darin bin ich nicht gut“, wandte Melanie ein.

„Weiß ich“, bestätigte Becky lachend. „Und darum wird mir das Beobachten umso mehr Spaß machen.“

8. KAPITEL

Richard stellte seine Entscheidungen selten nachträglich infrage. Dieses Mal jedoch tat er es. Bei genauerem Überlegen erkannte er, dass sich nach einigen Tagen der Staub wegen der Klatschkolumne wieder gelegt hätte. Er hatte sich voreilig zu einer Entscheidung hinreißen lassen. Und er hatte eine wirklich nette Frau in diese Sache hineingezogen.

Um irgendwo Unterstützung zu finden, rief er seinen Bruder Mack an.

„Hört, hört", scherzte Mack, sobald er Richards Stimme erkannte. „Wenn das nicht der neue Romeo in unserer Familie ist."

„Lass den Quatsch!"

Mack lachte, aber im Gegensatz zu Richard war er daran gewöhnt, dass sein Name ständig in Verbindung mit einer anderen Größe der Gesellschaft genannt wurde.

„Wenn du dich genug über mich amüsiert hast, möchte ich dich um einen Gefallen bitten", sagte Richard gereizt.

„Gern", versicherte Mack. „Soll ich zur Zeitung fahren und Pete Forsythe zurechtstutzen? Auf eine solche Gelegenheit warte ich schon lange. Leider stimmten die meisten Berichte, die er über mich geschrieben hat. Der Mann stellt eine Bedrohung für das Privatleben aller aktiver Junggesellen dar."

„Nicht nötig, dass du dir die Knöchel aufschlägst", wehrte Richard ab.

„Ich wollte trotz meines Rufs von damals beim Football nicht zu brutalen Methoden greifen", erwiderte Mack. „Ich habe an andere Möglichkeiten zur Einschüchterung gedacht."

Richard musste lachen. „Ich möchte, dass du mir heute Abend beim Essen bei Destiny den Rücken stärkst. Vielleicht kannst du sie etwas einschüchtern."

„Oh nein", wehrte Mack ab. „Sie ist offenbar in einer ihrer Kupplerinnen-Phasen, und wenn sie sich so aufspielt, mache ich einen großen Bogen um sie."

„Glaub mir, sie wird sich heute nur auf mich konzentrieren", versicherte Richard. „Ich bringe nämlich Melanie Hart mit."

Mack stieß einen scharfen Pfiff aus. „Lebst du gern gefährlich, oder spielt sich zwischen euch beiden tatsächlich was ab?"

„Nichts spielt sich ab", betonte Richard. „Destiny soll das nur glauben."

„Und warum das?"

„Weil ich hoffe, dass sie mich in Ruhe lässt, wenn sie denkt, dass sie ihr Ziel erreicht hat", erklärte Richard seinen Plan. „Und wenn du auch nur ein einziges Wort verrätst, sorge ich dafür, dass Destiny dich mit dem geldgierigsten Weib des ganzen Staates verkuppelt. Glaub mir, ich kenne einige der schlimmsten Frauen, und ich liefere Destiny eine Liste von Kandidatinnen, die dir das Leben zur Hölle machen können."

„Willst du mich einschüchtern?", fragte Mack gelassen. „Du kannst das ganz gut."

„Danke. Kommst du also?"

„Wie könnte ich einer dermaßen reizenden Einladung widerstehen?", entgegnete Mack spöttisch. „Rufst du Ben auch an?"

„Nein, du reichst vorerst."

„Aber unser Kleinster könnte durchaus seinen Spaß haben", wandte Mack ein. „Er hat dich noch nie in den Seilen hängen sehen. Wir haben dich immer für unerschrocken und unbesiegbar gehalten."

„Sehr witzig. Außerdem hat Ben nie Spaß, wenn er dafür seine Farm verlassen muss und einen ganzen Abend mal nicht Trübsal blasen darf. Vor allem aber ist er viel zu ehrlich für irgendwelche Intrigen."

„Und ich bin es nicht?", fragte Mack gespielt empört.

„Bei Weitem nicht wie er. Du liebst Intrigen. Auf diese Weise lockst du doch die besten Football-Talente in euer Team. Um halb acht, einverstanden?"

„Obwohl du mich während dieses Gesprächs mehrmals beleidigt hast, werde ich da sein", versicherte Mack. „Hoffentlich muss ich nicht lachen."

„Halt dir die Folgen vor Augen", riet Richard unnachgiebig, legte auf und betrachtete nachdenklich das Telefon.

Mack hätte sich für ihn oder Ben aufgeopfert, aber als Schauspieler war er keine Leuchte. Richard seufzte. Möglicherweise hatte er soeben den zweitschlimmsten Fehler dieses Tages begangen.

Melanie hatte damit gerechnet, dass Richard ihr auf der Fahrt zu seiner Tante unzählige Anweisungen erteilen würde. Er hatte sie jedoch nur anerkennend betrachtet, als er sie abholte, und schwieg seither. Das ging ihr allerdings langsam auf die Nerven.

„Findest du nicht, dass wir unseren Plan erörtern sollten?", fragte sie.

Er warf ihr einen Blick zu. „Glaubst du denn, ich hätte einen Plan?"

„Das habe ich zumindest gehofft. Du stehst jedenfalls in dem Ruf, nichts dem Zufall zu überlassen."

„Das stimmt." Sein Lachen klang angestrengt. „Heute ist offenbar mein spontaner Tag."

„Also kein Plan." Ihr wurde flau im Magen. Mit einer Schar von Reportern wurde sie fertig, aber das hier? „Sollten wir nicht kurz anhalten und etwas besprechen?", schlug sie vor.

Er sah sie erneut an. „Du bist nervös?"

„Was denkst du denn? Ich treffe gleich eine Frau, die ich mag und respektiere, und ich soll so tun, als hätte ich mich in ihren Lieblingsneffen verguckt. Es wird viele Fragen geben."

„Ich bin nicht ihr Lieblingsneffe, weil Destiny keinen hat. Daran hat sie nie einen Zweifel gelassen." Lächelnd fügte er hinzu: „Mack und ich wissen allerdings, dass Ben ihr Liebling ist. Er besitzt ihr künstlerisches Talent, wenn auch nicht ihr exzentrisches Wesen. Mack liebt Sport, was sie gar nicht begreift, und mich hält sie für verknöchert und steif."

„Auch gut", erwiderte Melanie. „Aber wir belügen sie, und wir haben unsere Geschichten noch nicht aufeinander abgestimmt."

„Mack kommt als Puffer zum Essen. Er redet viel, und darum werden wir wahrscheinlich nur wenig sagen müssen."

„Auch das noch!", rief sie betroffen. „Dann muss ich deinen Bruder ebenfalls belügen!"

„Nein, er weiß Bescheid."

„Findest du es denn besser, dass er auch lügen muss?", fragte sie irritiert.

„Nein, er soll nur von uns ablenken. Mack versteht es, Destiny in Rage zu bringen. Du wirst es erleben. Das ist manchmal geradezu faszinierend."

„Warum hat dein Bruder bloß eingewilligt, bei der Sache mitzumachen?" Als Richard nicht antwortete, zog sie ihre eigenen Schlüsse daraus. „Hast du ihn bestochen oder bedroht?"

„Nur ganz brüderlich", behauptete Richard. „Falls er mir nicht hilft, hetze ich ihm Destiny auf den Hals."

„Und weiter?" Sie war überzeugt, dass da noch mehr kam.

„Ich habe bloß angedeutet, dass ich Destiny beeinflussen und sie eine Frau aussuchen könnte, die Mack nicht sonderlich gefällt."

„Sag mal, hast du etwas gegen deinen Bruder?", fragte Melanie entsetzt.

„Natürlich nicht." Richard sah sie an, als hätte sie den Verstand verloren.

„Warum drohst du ihm dann etwas an, wovon du selbst nichts wissen willst?"

„Warum soll es nur mir schlecht gehen?", hielt er ihr vor.

Melanie schlug die Hände vors Gesicht und betete darum, dass dieser Abend schnell vorübergehen würde.

Melanie wirkte gar nicht glücklich, als Richard in die für drei Wagen gedachte Garage fuhr und parkte.

Das Haus, in dem er aufgewachsen war, lag in der Altstadt von Alexandria und war geräumig genug für Einladungen und die große Familie, mit der seine Eltern gerechnet hatten. Es war aus hellroten Ziegeln erbaut und hatte schwarze Fensterläden und Verzierungen aus Messing. An manchen Stellen wuchs Efeu die Mauern hoch.

Destiny war hiergeblieben, nachdem er, Mack und Ben ausgezogen waren. Vielleicht betätigte sich seine Tante als Kupplerin, weil sie sich einsam fühlte. Nur schade, dass er sie nicht verkuppeln konnte. Damit hätte er vermutlich diesem ganzen Irrsinn ein Ende bereitet.

Er lächelte bei der Vorstellung, Destiny zu verkuppeln. Seine Tante wäre nicht amüsiert gewesen. Ihr Privatleben stand nie zur Debatte, und sie hatte stets jede diesbezügliche Frage von ihm oder seinen Brüdern sofort abgewürgt.

Beim Aussteigen betrachtete er kopfschüttelnd den roten Sportwagen, den Destiny vor Kurzem gekauft hatte. Vielleicht machte sie eine Midlife-Crisis durch, obwohl das Cabrio eigentlich besser zu ihrer Persönlichkeit passte als die Kleintransporter, die sie in seiner Jugend gefahren hatte.

„Deine Tante liebt diesen Wagen", bemerkte Melanie. „Ich war bei ihr, als sie ihn gekauft hat."

„Tatsächlich?", fragte er überrascht und erinnerte sich plötzlich. „Dann warst du die Frau, die auf ihren Wagen aufgefahren ist? Dadurch habt ihr euch kennengelernt, nicht wahr?"

„Ich dachte, das wüsstest du."

„Das wird ja immer besser", meinte er kopfschüttelnd. „Ich dachte, sie hätte dich bei einer wohltätigen Veranstaltung kennengelernt und mir empfohlen, weil sie dich bei der PR-Arbeit beobachtet hat. Jetzt ergibt das alles einen Sinn."

„Wirklich?", fragte Melanie verwirrt.

„Ja, allerdings. Sie hat eindeutig den Verstand verloren. Wir sollten ihr keine Beziehung vorspielen, sondern ich sollte sie überreden, zum Psychiater zu gehen."

„Weißt du eigentlich, wie beleidigend das ist?", fragte Melanie empört. „Und zwar Destiny und mir gegenüber?"

Gerade noch rechtzeitig begriff er, dass er fast eine Katastrophe ausgelöst hätte. „Tut mir leid", beteuerte er. „Aber mein Kopf schmerzt."

„Wundert mich nicht. Ich frage mich sogar, wieso er bei deinem aufgeblasenen Ego noch nicht explodiert ist!"

„Treffer für dich", räumte er ein. „Sind wir jetzt quitt?"

„Noch lange nicht", wehrte sie ab und ließ ihn stehen. „Bringen wir es hinter uns."

„Unbedingt", pflichtete er ihr bei, schloss das Garagentor und führte Melanie zum Haupteingang. Die Tür stand offen, Licht fiel auf die Straße heraus. „Mack ist offenbar schon da."

Tatsächlich stand sein Bruder in der Diele, und seine Tante tadelte ihn gerade, weil er keinen Mantel trug.

„Destiny, ich habe keine zehn Meter von der Tür entfernt geparkt", verteidigte sich Mack, als wäre er noch ein kleiner Junge. „So kalt ist es nicht. Außerdem habe ich überall Muskeln."

„Mehr Muskeln als Grips", entgegnete Destiny. „Und ich dachte, ich hätte dir mehr Verstand beigebracht."

„Hast du auch", erwiderte Mack und gab ihr einen Kuss. „Du hast mich zu dem Mann gemacht, der ich heute bin." Über Destinys Kopf hinweg lächelte er Richard zu. „Sieh mal, wer da ist. Der große Bruder mit seinem neuen Mädchen."

Destiny wirbelte strahlend herum und umarmte Melanie herzlich. „Meine Liebe, wie schön, dass Sie hier sind. Stören Sie sich nicht an

Mack. Durch die rauen Sitten auf dem Football-Feld hat er seine guten Manieren verlernt."

„Ich habe mich besser gehalten als die meisten anderen Spieler", verteidigte sich Mack. „Ich bin sehr wendig."

„Das warst du", entgegnete Richard. „Leider hat ein Unfall gereicht, um dein Knie und deine Karriere zu ruinieren. Melanie Hart, das ist Mack Carlton, der ehemalige Football-Held, der noch heute seinen damaligen Ruhm heraufbeschwört, vor allem, wenn er damit bei Frauen Punkte sammeln kann."

„Nette Art, über seinen Bruder zu sprechen", tadelte Destiny und hakte sich bei Melanie unter. „Achten Sie auf keinen der beiden. Das sind Barbaren. Ich würde sie enterben, wenn es dafür nicht schon zu spät wäre."

„Destiny", meinte Mack lächelnd, „du kannst dein Testament noch immer ändern und dein ganzes Geld deinen Katzen hinterlassen. Das machen traurige einsame alte Jungfern ständig."

Destiny warf ihm einen finsteren Blick zu. „Ich bin weder traurig noch einsam, und ich habe keine Katzen."

„Schaff dir welche an", riet Mack. „Irgendjemand muss dir schließlich Gesellschaft leisten, wenn du uns alle vergraulst."

Destiny wandte sich an Melanie. „Merken Sie, womit ich mich herumschlagen muss? Lassen Sie sich warnen. Wenn Sie sich weiterhin mit meinem Neffen treffen, werden Sie bald herausfinden, wie schwierig es ist, uns zu lieben."

Richard überlegte, ob er diese Bemerkung vielleicht als Rettungsanker benutzen sollte. Während er noch nachdachte, sprang Mack ein.

„Hören Sie auf Destiny", riet er Melanie. „Steigen Sie aus, solange Sie noch können."

Melanie wandte sich hoffnungsvoll an Richard und wartete, ob er ihr vielleicht ein Zeichen gab, den nächsten Fluchtweg zu benutzen.

„Nimm lieber einen Drink", sagte Richard. „Dadurch wird der Rest des Abends erträglicher."

Zumindest bei den Appetithäppchen blieben Richard und Melanie wegen Macks Scherzen und Destinys schlagfertigen Antworten unbeachtet im Hintergrund. Richard ahnte jedoch, dass es ernst wurde, als Destiny im Esszimmer Melanie an ihre Seite und ihn ans andere Ende des Tisches setzte. Jetzt konnte er Melanie nicht mehr beschützen.

„Meine Liebe“, begann Destiny bei der Suppe, „habe ich Ihnen schon gesagt, wie sehr es mich freut, dass Richard Sie heute Abend mitgebracht hat?“

„Danke“, erwiderte Melanie mit einem schwachen Lächeln.

„Ihr zwei habt sehr viel gemeinsam“, fuhr Destiny in einem Ton fort, als würde sie einen Gebrauchtwagen verkaufen.

„Tatsächlich?“, fragte Melanie skeptisch.

„Aber natürlich. Vielleicht sollte ich allerdings sagen, dass eure Talente und Interessen sich ergänzen. Sie haben genau das, was Richard braucht, um seine Bestimmung zu erfüllen.“

Richard verschluckte sich an seinem Wasser. Er hatte nicht damit gerechnet, dass seine Tante so weit gehen würde. Im Moment sah es aus, als wollte Destiny schon gleich an diesem Abend alles unter Dach und Fach bringen. Es hätte ihn nicht mal mehr überrascht, hätte sie einen Verlobungsring präsentiert.

„Melanie schätzt das Kompliment bestimmt, aber du bringst sie in Verlegenheit“, warnte Richard. „Mack, wie stehen denn die Chancen des Teams bei den nächsten Spielen?“

Destiny kam Mack zuvor. „Kein Football beim Essen!“

Mack schüttelte den Kopf. „Du sagst das, als ginge es bei dem Sport nur um Blut und gebrochene Knochen.“

Richard war zufrieden. Von früher wusste er, dass Mack und Destiny stundenlang darüber stritten, ob Football ein Sport war oder bloß eine Entschuldigung für einen Haufen Machos, sich gegenseitig besinnungslos zu schlagen. Nur über Boxen konnte Destiny sich noch mehr aufregen.

Zu seinem tiefsten Entsetzen winkte Destiny jedoch ab. „Darüber wollen wir heute Abend nicht sprechen.“ Sie warf Richard einen finsteren Blick zu. „Glaub ja nicht, ich würde nicht merken, worauf du hinauswillst.“

„Ich?“, fragte Richard unschuldig. „Was habe ich denn getan?“

„Du willst verhindern, dass ich Melanie persönliche Fragen stelle. Offenbar hast du vergessen, dass ich sie vor dir kennengelernt habe.“

„Nein, das habe ich bestimmt nicht vergessen“, beteuerte er. „Keinen Moment.“

„Hat sie dir von ihren Schwestern erzählt?“

„Ja.“

„Weißt du auch, dass sie das College mit Auszeichnung abgeschlossen hat?"

„Nein", räumte er ein. „Möchtest du vielleicht ihren Lebenslauf beim Fisch vor uns ausbreiten?" Noch vor einigen Jahren hätte ihm Destinys Blick Respekt eingeflößt, doch heute wusste er, dass es sich nur um eine Einschüchterungstaktik handelte. „Dachte ich es mir doch", meinte er lächelnd.

„Du musst schon entschuldigen", sagte Destiny, „dass ich versuche, dir in deinen Dickschädel einzutrichtern, wie talentiert sie ist. Sprich du mit ihm, Mack. Erklär ihm, dass er sich nur selbst schadet, weil er sich gegen mich stellt."

„Ich glaube, er hat dich ganz gut verstanden, Destiny", erwiderte Mack und hatte Mühe, ernst zu bleiben.

„Also", sagte Richard zu seiner Tante, „würde es dich freuen, wenn ich Melanie auf der Stelle engagiere?"

„Das ist alles, was ich mir jemals gewünscht habe", behauptete Destiny, und ihr Gesicht war geradezu ein Bild von Ehrlichkeit.

Richard wandte sich an Melanie. „Du bist engagiert."

„Wirklich?", fragte sie erstaunt.

„Wirklich", bestätigte er und sah seine Tante an. „Zufrieden?"

„Du hast eine weise Entscheidung getroffen", versicherte Destiny. „Ihr zwei werdet somit eng zusammenarbeiten. Melanie, Liebste, möchten Sie hier einziehen?"

Melanie verschluckte sich. „Wie bitte?"

„Ich finde, das wäre viel bequemer", fuhr Destiny heiter fort.

„Ich habe ein eigenes Haus."

„Und es ist nur ungefähr drei Kilometer von hier entfernt", fügte Richard hinzu. „Bequemer wäre es für sie nur, wenn sie zu mir zieht."

Destiny begann zu strahlen. „Vielleicht bis zur Wahl ..."

„Auf keinen Fall", wehrte Melanie ab, bevor Richard sich von dem Schock erholt hatte. „So engen Kontakt brauche ich wirklich nicht zu meinen Kunden, glauben Sie mir. Manchmal ist eine gewisse Distanz sogar eher von Vorteil."

„Das kann ich mir nicht vorstellen", widersprach Destiny. „Je mehr Sie über Richard wissen, desto besser können Sie ihn präsentieren."

Melanie rang sich zu einem Lächeln durch. „Ich bin überzeugt, dass ich eine Menge vertraulicher Informationen bekommen werde."

Destiny bemühte sich nicht, ihre Enttäuschung zu verbergen. „Nun, wie Sie meinen, Liebste, Sie sind schließlich die Expertin. Ich werde selbstverständlich helfen, wo ich nur kann. Mack, was ist mit dir?"

„Ja", bestätigte Mack sichtlich amüsiert, „ich stehe bereit, wann immer Melanie etwas braucht."

Richard warf seinem Bruder einen warnenden Blick zu, weil ihm das Blitzen in Macks Augen nicht gefiel. „Ich halte es für das Beste, wenn Melanie und ich die Strategie ohne Einmischung von außen erarbeiten. Zu viele Köche verderben den Brei."

„Wie du meinst, großer Bruder. Wenn du Melanie ganz für dich haben willst, respektieren Destiny und ich das. Nicht wahr, Destiny?"

So leicht ließ sich die Tante jedoch nicht abwehren. „Richard und Melanie werden es sicher zu schätzen wissen, wenn ich ab und zu etwas beisteuere."

„Als ob wir das verhindern könnten", murmelte Richard.

„Natürlich würden wir uns freuen", betonte Melanie. „Ich glaube, diese Verbindung wurde im Himmel geschlossen."

Richard biss die Zähne zusammen, als seine Tante selig lächelte.

„Ich hätte es nicht besser ausdrücken können", versicherte Destiny.

Mack unterdrückte ein Lachen und konzentrierte sich auf den Lachs.

Richard ließ den Blick über die Menschen am Tisch wandern, die es sich in den Kopf gesetzt hatten, ihn in den Wahnsinn zu treiben. Er seufzte. Dieser Abend verlief nicht nach dem Plan, den er in groben Umrissen erstellt hatte. Nicht im Geringsten.

„Ich finde, das ist gut gelaufen", stellte Melanie auf der Heimfahrt fest.

Richards grimmige Miene verriet, dass er anderer Meinung war.

„Komm schon, sprich es aus", forderte sie ihn auf. „Du bist nicht zufrieden."

„Nicht zufrieden?", wiederholte er. „Ich habe hoch erhobenen Hauptes das Haus betreten und bin wie ein Boxer in den Seilen hängend herausgegangen."

„Wenigstens sind wir noch nicht verlobt." Melanie war entschlossen, nur das Positive zu sehen. „Wir tun nicht mal so, als wären wir verlobt."

„Noch nicht, aber wenn du denkst, dass dieses Thema vom Tisch ist, dann bist du naiv."

„Nicht vom Tisch", entgegnete sie, „aber wir haben Zeit gewonnen. Wenn Destiny sich erst mal auf deinen Wahlkampf konzentriert …"

„Ich will meine Tante nicht im Wahlkampf haben", fiel er ihr ins Wort.

„Warum das denn nicht? Sie ist sehr klug und kennt eine Menge Leute."

„Sie ist raffiniert, und ich mag die Leute nicht, die sie kennt."

„Kennst du denn nicht dieselben Leute?", fragte Melanie erstaunt.

„Doch. Darum will ich ja nichts von ihnen wissen. Hast du nicht darauf hingewiesen, dass ich eine größere Wählerschaft ansprechen muss?"

„Sicher, aber du brauchst auch Geld für den Wahlkampf."

„Ich habe Geld."

„Du willst dein eigenes Geld ausgeben?", fragte sie ungläubig.

„Ich habe genug", betonte er, „und auf diese Weise werde ich bei niemandem in der Schuld stehen. Das müsste dich doch glücklich machen."

„Wahnsinnig glücklich sogar", bestätigte sie. „Aber hältst du das auch für klug? Du solltest dir jetzt eine starke Rückendeckung für die Zukunft schaffen."

„Warum?"

„Für eine Bewerbung um den Posten des Gouverneurs oder eines Senators. Vermutlich ist das hier nur der Beginn deiner politischen Laufbahn. So viele Wahlkämpfe kannst du nicht aus eigener Tasche finanzieren."

„Vielleicht gefällt es mir als Politiker nicht, und ich bewerbe mich nie wieder. Wir müssen abwarten. Vorerst will ich jedenfalls kein Geld von Leuten, die sich damit von mir Gefallen erkaufen wollen."

Melanie traute zwar kaum ihren Ohren, aber den Wählern würde das auf jeden Fall imponieren.

„Kommen wir auf Destiny zurück", verlangte er. „Behalte sie im Auge, Melanie."

„Ich bitte dich. Sie bietet uns nur ihre Hilfe an."

„Es gibt Hilfe, und es gibt Destinys Version von Hilfe. Ich habe schon oft erlebt, dass sie den Vorsitz bei irgendwelchen Spendenaktionen abgelehnt hat. Aber nun rate mal, wer alle wichtigen Entscheidungen getroffen hat."

„Deine Tante." Melanie konnte sich gut vorstellen, dass Destiny nie im Hintergrund blieb.

„Und bei meinem Wahlkampf wird es nicht anders sein."

„Lass sie doch Vorschläge machen. Wir müssen ja nicht darauf eingehen. Wir hören ihr bloß zu."

„Niemand wird uns in die Beine schießen, wenn wir Destinys Vorschläge nicht annehmen", bestätigte er. „Aber es gibt andere Methoden. Soll ich dir sagen, was sie als Erstes vorschlagen wird?"

Melanie nickte. „Natürlich."

„Sie wird dich fragen, ob ich deiner Meinung nach nicht als verheirateter Mann viel größere Chancen hätte. Das nennt man einen Keim pflanzen. Destiny macht sich gern in ihrem Garten zu schaffen, und sie betrachtet mich als Pflanze, die sie zum Blühen und Gedeihen bringen muss."

„Ich finde aber nicht, dass du verheiratet sein musst, um Erfolg zu haben", widersprach Destiny. „Als Familienvater hättest du natürlich ein anderes Image."

„Siehst du", meinte er triumphierend. „Damit hast du Destiny soeben die Kerbe geboten, in die sie schlagen wird."

„Habe ich das?", fragte Melanie überrascht.

„Natürlich. Ich bin jetzt zwar ein guter Kandidat, aber mit einer Ehefrau an meiner Seite wäre ich ein noch besserer. Und nun rate, wer diese Ehefrau sein soll. Du bist hier, du bist zur Stelle, und wir kommen doch eindeutig gut miteinander aus. Findest du nicht auch?"

Melanie gestand es nur ungern ein, aber genauso würde Destiny argumentieren. „Also sollen wir uns letztlich doch verloben?"

Richard nickte. „Es ist nur noch eine Frage der Zeit."

Melanie seufzte. Sie hatte zwar den größten Auftrag ihres Lebens an Land gezogen, aber er war mit so vielen Fallstricken verbunden, dass sie wie ein Rollbraten verschnürt enden würde.

9. KAPITEL

Richard versuchte vergeblich, sich auf einen Bericht des Leiters der Europa-Abteilung zu konzentrieren. Immer wieder musste er jedoch an Melanie denken.

„Du wirkst leicht erschöpft, mein Freund“, bemerkte Mack. Sieben Uhr morgens war für ihn eine ungewöhnliche Zeit, um in Richards Büro aufzutauchen.

„Was machst du denn hier?“, fragte Richard seinen Bruder. „Ich dachte, du hast Angst, ich könnte dich in ein Büro sperren und für die Familienfirma arbeiten lassen.“

„Ich verstehe nur etwas von Football und war sogar schon bei Monopoly unglaublich schlecht. Außerdem liebst du diese Arbeit. Ben und ich tun das nicht. So einfach ist das.“

„Schön, du willst also nicht in der Chefetage einziehen“, stellte Richard fest. „Warum bist du dann hier?“

„Natürlich wegen gestern Abend“, erklärte Mack amüsiert. „Wie läuft es denn mit dir und deiner neuen Wahlkampfberaterin? Mit dieser Entwicklung hast du bestimmt nicht gerechnet.“

„So zeitig am Morgen bin ich nicht in der Stimmung für ein solches Gespräch.“ Richard wollte nicht zugeben, dass er geschickt manipuliert worden war. „Ich treffe mich später mit Melanie und lege ein paar Grundregeln fest.“

„Bevor oder nachdem du sie um die nächste vorgetäuschte Verabredung gebeten hast?“, fragte Mack. „Oder ist das Spiel bereits abgesagt?“

„Hat Destiny dich zu mir geschickt, damit du mir heute Morgen auf die Nerven gehst?“

„Nein, das war meine Entscheidung“, behauptete Mack. „So gut habe ich mich schon lange nicht unterhalten. Ich kann kaum erwarten, wie es weitergeht.“

„Vorsicht“, warnte Richard. „Du bewegst dich auf dünnem Eis.“

Mack ließ sich nicht beeindrucken. „Ich mag sie übrigens, falls es dich interessiert.“

„Warum auch nicht? Melanie ist attraktiv und klug. Außerdem hat sie Humor, und den braucht sie auch für diesen ganzen Irrsinn.“

„Und sie ist nett zu alten Damen“, fügte Mack hinzu, ohne eine Miene zu verziehen.

Jetzt musste Richard lachen. „Ich will dabei sein, wenn du Destiny ins Gesicht sagst, dass du sie alt findest."

„Das war nur ein Versprecher", beteuerte Mack. „Destiny hat kein Alter."

„Ja, leider", bestätigte Richard, „sonst könnte ich alles auf Senilität schieben und sie einfach ignorieren."

„Unsere Tante mag ziemlich irre sein, aber vielleicht solltest du dich nach ihr richten. Ich finde, du könntest es viel schlechter treffen, als Melanie in deinem Leben zu haben."

„Schon vergessen?", erwiderte Richard. „Sie ist bereits in meinem Leben. Sie bekommt sogar in diesem Stockwerk ein kleines Büro."

„Du weißt, was ich meine."

„Gib auf, Mack. Ich habe schon mit Destinys Hinterhältigkeit genug Probleme. Fang du nicht auch noch an."

„Hey, Bruderherz, ich bin ganz offen zu dir", versicherte Mack ernst. „Du machst einen Fehler, wenn du dieser Frau keine Chance gibst und nur spielst, um Destiny zu beruhigen. Lern Melanie kennen, und verbarrikadiere dich ausnahmsweise nicht hinter deiner steifen Fassade."

„Ach, jetzt bin ich plötzlich auch noch steif?"

„Das warst du schon immer. Das kommt natürlich davon, dass du bereits mit zwölf Jahren Verantwortung übernommen hast. Ben und ich können froh sein, dass wir dich hatten, sonst hätten wir ebenfalls vorzeitig erwachsen werden müssen."

„Lass es", bat Richard, weil er seinem Bruder einfach recht geben musste.

„Solltest du allerdings wirklich nicht an Melanie interessiert sein", meinte Mack lässig, „könnte ich es sein."

Eine Ader an Richards Stirn begann zu pochen, und er fragte sich, ob das ein Anzeichen für den Schlaganfall war, den er bestimmt vor Abschluss dieses ganzen Irrsinns erleiden würde. „Halt dich von ihr fern", verlangte er. „Egal, was ich mache oder nicht mache – du bleibst von ihr weg!"

Mack stand sichtlich zufrieden auf. „Dachte ich's mir!"

„Was soll das heißen?", fragte Richard gereizt.

„Du bist doch der Klügste von uns allen", entgegnete Mack. „Denk darüber nach."

Melanie begegnete Mack auf dem Korridor. Sie war zu Richard unterwegs, als Mack sie mit einem wissenden Lächeln begrüßte, das sie sich nicht erklären konnte.

„Guten Morgen“, sagte sie vorsichtig. „Haben Sie Richard besucht?“

„In seinem Büro. Lassen Sie ihm etwas Zeit, bevor Sie zu ihm gehen.“

„Hat er eine Besprechung?“

„Nein, er kämpft mit seinen inneren Dämonen“, stellte Mack zufrieden fest.

„Darf ich fragen, was da drinnen vorgefallen ist?“, erkundigte sie sich.

„Von mir erfahren Sie nichts. Brüderlicher Zusammenhalt.“ Mack wurde ernst. „Melanie, denken Sie immer daran, dass Richard ein guter Mensch ist.“

„Das weiß ich.“

„Vergessen Sie es nicht, was auch passiert, wie verrückt es zugehen mag und was immer Destiny sich einfallen lässt. Richard zeigt der Welt eine Fassade der Sicherheit, aber er braucht jemanden, der hinter diese Fassade blickt.“

„Ich helfe ihm im Wahlkampf“, entgegnete Melanie. „Andere Gründe habe ich nicht, egal, was Sie gehört haben mögen.“

„Ja, ich weiß über euer Spiel Bescheid“, bestätigte Mack lachend. „Aber bei solchen Spielen verwischen sich manchmal die Grenzen zwischen Wahrheit und Fantasie.“

„Nicht für mich“, betonte Melanie.

„Glück für Sie ... oder auch nicht.“

Bevor sie fragen konnte, wie er das meinte, ging er pfeifend weiter. Seufzend klopfte sie an Richards Tür und warf einen Blick hinein. „Darf ich reinkommen? Deine Sekretärin ist noch nicht da.“

Richard sah ihr verdrossen entgegen. „Sie ist nicht da, weil ich normalerweise um diese Uhrzeit nicht von Besucherscharen heimgesucht werde.“

Melanie ließ sich nicht beeindrucken. „Ich habe Mack getroffen. Habt ihr euch gestritten?“

„Wir streiten uns nie, weil er dafür nie lange genug bleibt. Er taucht auf, reizt einen zur Weißglut und verschwindet wieder.“

„Er war sichtlich gut gelaunt“, stellte sie fest.

„Natürlich. Schließlich hat er eine seiner erfolgreichsten Aktionen hinter sich.“

„Und was wollte er von dir?“

Richard schüttelte den Kopf. „Bist du hier, um mit mir über meinen Bruder zu sprechen?“

„Nein, sondern über deine Marketing-Pläne. Alles andere nennt man unter zivilisierten Menschen Unterhaltung oder Plauderei.“

„Ich habe keine Zeit für Plaudereien.“ Er zeigte auf die Stapel Papiere, die seinen Schreibtisch bedeckten.

„Dann verschwinde ich wieder“, bot sie an. „Wann können wir reden? Ich brauche einen Plan und ein Budget. Falls du einen Wahlkampfmanager hast, sollte ich ihn kennenlernen. Er oder sie könnte dir jede Menge Strategieplanung abnehmen.“

Richard schloss die Augen und massierte sich die Schläfen.

„Kopfschmerzen?“, fragte Melanie mitfühlend. „Wie wäre es mit Tee? Wenn es hier eine Küche gibt, könnte ich dir welchen machen.“

„Du bist nicht hier, um mir Tee zu machen, verdammt!“

Sie sah ihn an, bis er endlich seufzte.

„Tut mir leid, ich hätte dich nicht anfauchen sollen.“

„Stimmt“, bestätigte sie. „Heißt das jetzt Ja oder Nein zu Tee?“

Er deutete auf eine Tür. „Im Konferenzraum findest du einen Küchenschrank.“

„Zitrone, Zucker?“

„Nein, danke.“

Melanie fand alles Nötige und brachte kurz darauf ein Tablett, das sie auf Richards Schreibtisch abstellte. „Ich werde mir von deiner Sekretärin einen Termin geben lassen“, erklärte sie und wich zurück.

Er hielt sie an der Hand fest. „Tut mir aufrichtig leid, ich habe Kopfschmerzen und bin schlechter Laune, aber das ist keine Entschuldigung.“

„Wenn du das einsiehst, besteht noch Hoffnung für dich“, entgegnete sie lächelnd.

„Nicht mal ich bin schon zu alt, um noch etwas zu lernen“, versicherte er. „Diskutieren wir doch gleich einige deiner Ideen. Ich habe erst um halb neun eine Besprechung.“

Sie nickte und setzte sich. „Wie viel Zeit soll ich für deine Wahlkampfstrategie aufwenden? Soll ich nur einen Plan entwerfen und an andere Mitarbeiter weitergeben, oder soll ich alles koordinieren? Anfangs haben wir auch über Marketing für *Carlton Industries* gesprochen. Was ist wichtiger, die Firma oder der Wahlkampf? Überlege es dir. Ich will nicht, dass hohe Kosten entstehen, ohne dass wir uns vorher einigen."

„Das weiß ich zu schätzen", stellte er fest und reichte ihr einige Aktenordner. „Das sind Bewerbungsschreiben von möglichen Wahlkampfmanagern. Ich möchte deine Meinung hören. Wir treffen uns um drei. Dann hast du fünfzehn Minuten Zeit. Ich habe für dich ein Büro auf dieser Etage einrichten lassen. Wenn du etwas brauchst, sagst du Winifred Bescheid. Über alles andere reden wir, sobald wir einen Wahlkampfmanager haben."

„Einverstanden", sagte sie. „Bis drei Uhr."

Sie war schon an der Tür, als er nach ihr rief. „Hast du heute Abend etwas vor?"

„Richard ..."

„Es ist geschäftlich. Ich muss um acht an der Veranstaltung einer wohltätigen Organisation teilnehmen, bei der Destiny im Vorstand sitzt. Es werden viele Leute da sein, die du kennenlernen solltest. Und es wird Destiny glücklich machen, dich mit mir zu sehen", fügte er lächelnd hinzu.

„Das Spiel geht also weiter?", fragte sie und bekam Herzklopfen.

„Natürlich, bis sie uns in Ruhe lässt. Darüber waren wir uns einig."

Melanie hatte einen Einwand. „Hast du dir überlegt, was passiert, wenn sie die Wahrheit herausfindet?"

„Das darf eben einfach nicht geschehen", wehrte er ab. „Darum müssen wir stets vorsichtig sein. Sie rechnet bestimmt damit, dass ich dich heute Abend mitnehme."

Wenn das so weiterging, war Melanie vermutlich bald pleite, weil sie sich passende Garderobe anschaffen musste. „Wann genau?"

„Ich hole dich um halb acht ab."

Sie nickte. „In Zukunft brauche ich aber mehr Zeit, um mich auf solche Veranstaltungen vorzubereiten. Schließlich habe ich keine gütige Fee, die dafür sorgt, dass ich mich zeigen kann."

„Sicher", meinte er lächelnd, „aber erwähne das nicht Destiny gegenüber. Ich fürchte, sie würde zu gern in die Rolle der gütigen Fee schlüpfen. Sie musste drei Jungen anziehen und konnte dabei ihre Kreativität in Sachen Mode nicht gut ausleben. Der Designer mag noch so ein Genie sein, aber ein Frack ist und bleibt ein Frack."

„Ja, das ist für eine Frau wie Destiny bestimmt frustrierend", meinte sie lachend. „Ich beschäftige mich jetzt mit den Bewerbungen."

„Bis drei Uhr."

Melanie verließ das Büro und lehnte sich an die Tür. Mindestens vier Mal wäre sie am liebsten über den Schreibtisch gesprungen, um Richard zu küssen. Dann hätte er vielleicht endlich glücklicher ausgesehen. Doch das wäre natürlich höchst unklug gewesen.

Melanie ging sämtliche Bewerbungen durch und versah sie mit Anmerkungen. Drei Leute stachen dabei durch Erfahrung, gute Ideen und Ehrgeiz hervor. Deren Mappen legte sie auf einen Stapel zur Seite.

Becky steckte den Kopf in Melanies Büro. „Darf ich hereinkommen?"

„Sicher."

Becky setzte sich. „Warum hast du das hier gemacht?"

„Weil Richard mich um meine Meinung gebeten hat."

„Und darum hast du sofort alles stehen und liegen lassen?"

„Ich habe nur zwei Termine umgestellt", verteidigte sich Melanie. „Das kommt oft vor."

„Und das wird bestimmt in der nächsten Zeit noch viel öfter vorkommen."

„Aber nur, weil Richard uns fürstlich bezahlt."

„Damit du nach seiner Pfeife tanzt", hielt Becky ihr vor. „Das gefällt mir nicht und sicher auch nicht den Leuten, die uns schon lange regelmäßig bezahlen. Das mögen kleine Fische sein, aber es sind *unsere* kleinen Fische."

„Ich werde sie nicht vernachlässigen", versprach Melanie. „Was ist wirklich los, Becky?"

„Es gefällt mir nicht, dass du für diesen Mann durch Reifen springst. Dafür bist du zu schade."

„Er ist nicht irgendein Mann", wehrte Melanie ab, „sondern ein Kunde. Und zwar ein sehr wichtiger."

„Dann ist das Spiel für seine Tante abgeblasen?"

„Das nicht", räumte Melanie ein.

„Dachte ich es mir." Becky schüttelte den Kopf. „Merkst du nicht, wie riskant das ist? Fühlst du dich gar nicht zu ihm hingezogen? Ist das alles wirklich nicht persönlich?"

Melanie verzichtete darauf, zu schwindeln. „Ja, gut, ein wenig persönlich ist es schon. Ich will ihn unglaublich beeindrucken. Aber ich verliere bestimmt nicht die Kontrolle."

„Diese ganze Angelegenheit läuft erst seit einem Tag, meine Liebe", warnte Becky, „und meiner bescheidenen Meinung nach ist sie schon gewaltig außer Kontrolle geraten."

„Gewaltig?", fragte Melanie geringschätzig. „Ich habe zwei Termine abgesagt. Ich bitte dich, das ist doch selbstverständlich, wenn man einen neuen Kunden übernimmt."

„Wenn du das sagst."

„Ja, das sage ich." Bevor Melanie etwas hinzufügen konnte, klingelte ihr Privattelefon. „Hallo", meldete sie sich.

„Miss Hart?", fragte eine ihr unbekannte Frauenstimme.

„Ja."

„Hier Winifred, Mr. Carltons Sekretärin. Ich soll Ihnen ausrichten, dass Mr. Carlton das Treffen um drei Uhr absagen muss, aber er holt Sie um halb acht ab."

„Verstehe. Danke für den Anruf."

Als sie auflegte, warf Becky ihr einen wissenden Blick zu. „Treffen abgesagt?"

Melanie nickte und kam sich ziemlich dumm vor.

„Du hast keinen neuen Termin notiert."

„Vielleicht will er heute Abend mit mir reden."

„Heute Abend?"

Melanie seufzte über Beckys ungläubigen Ton. „Ich habe wohl noch nicht erwähnt, dass wir zu einer Spendengala gehen."

Ihre Freundin schüttelte den Kopf. „Du sollst sicher mit ihm die Bewerbungen durchsehen, während er allen wichtigen Gästen die Hand schüttelt", spottete sie.

„Wir können auf der Hinfahrt reden – oder hinterher."

„Mel", drängte Becky, „wie weit willst du eigentlich gehen, um diesen albernen Auftrag zu behalten? Du bewegst dich entlang einer ziemlich unklaren Grenze, und deine Augen funkeln jedes Mal, wenn Richards Name fällt. Mein Gefühl ist, du wirst diese Grenze ganz bald überschreiten."

„Wie kannst du so etwas sagen?", fragte Melanie verletzt.

„Du bist meine beste Freundin, und ich habe Angst, dass du etwas machen könntest, was du hinterher bereust."

„Sorgst du dich um mich oder um die Firma?", fragte Melanie.

„Natürlich um dich", versicherte Becky. „Obwohl auch dein geschäftlicher Ruf leiden könnte, sollten die Leute merken, dass du mit einem deiner wichtigsten Auftraggeber im Bett gelandet bist."

„Ich schlafe nicht mit Richard", wehrte Melanie ab.

„Noch nicht."

„Ich habe von Anfang an klargestellt, dass ich nicht mit ihm schlafen werde."

Becky seufzte. „Wir sind in einem seltsamen Geschäft, Mel. Wir helfen Menschen, ein bestimmtes Bild in der Öffentlichkeit zu zeigen. Am besten machen wir das, wenn Bild und Tatsachen übereinstimmen. Und wir beide sind zu ehrlich, um die Wahrheit zu verdrehen."

„Mit anderen Worten", sagte Melanie betroffen, „wenn die Leute vermuten, ich könnte mit Richard schlafen, kommt es nicht mehr darauf an, ob ich es wirklich tue."

„Genau das wollte ich sagen", bestätigte Becky.

„Wie bin ich bloß in diese Lage gekommen?", klagte Melanie, obwohl sie die Antwort genau kannte. Sie hatte Destiny und Richard nachgegeben.

Becky zuckte mit den Schultern. „Du konntest schließlich nicht wissen, dass du sofort auf diesen Mann anspringen würdest."

„Ich bin nicht in Richard verliebt", widersprach Melanie energisch.

„Ich habe nichts von Liebe gesagt, sondern eher an Lust gedacht", korrigierte Becky lächelnd. „Es ist allerdings interessant, dass du gleich von Liebe sprichst. So, ich bin für heute fertig und gehe jetzt nach Hause."

„Es ist noch nicht mal drei Uhr."

„Ich weiß, aber du brauchst noch viel Zeit, um dich für den Abend herauszuputzen."

„Vielleicht sollte ich mich in Sack und Asche kleiden", murmelte Melanie und fuhr sich müde mit der Hand übers Gesicht.

„Das würde kaum helfen. Ich vermute eher, dass Richard so verrückt nach dir ist, dass er es gar nicht merken würde."

„Es ist doch nur ein Spiel, verdammt!", rief Melanie ihrer Freundin nach, doch Becky war schon durch die Haustür. Lediglich ihr helles Lachen war noch von draußen zu hören.

10. KAPITEL

Ein Blick in Melanies kühles Gesicht genügte, um Richard zu beweisen, dass es ein Fehler gewesen war, das Treffen abzusagen. Zum Glück hatte er diesen Umstand vorhergesehen und überreichte ihr einen besonders schönen Blumenstrauß, den er hinter dem Rücken verborgen gehalten hatte. „Hoffentlich gefallen sie dir."

„Sie sind wunderschön", sagte sie leise und roch an dem Bouquet aus Lilien und Rosen. „Ich stelle sie schnell ins Wasser."

Zufrieden, dass sie ihm die Blumen nicht ins Gesicht geschlagen hatte, sah er sich im Wohnzimmer um. Wäre der Abend für Destiny nicht wichtig gewesen, wäre er lieber hiergeblieben.

Melanie kam mit den Blumen zurück, die in einer edlen Kristallvase wunderschön aussahen, und stellte sie auf den niedrigen Glastisch. „Wir sollten jetzt gehen", erklärte sie steif.

„Nicht so schnell", wehrte er ab, zog sie an sich und küsste sie.

Melanie war nur einen Moment abweisend, ehe sie sich dem Kuss hingab, und als er sich von ihr löste, wirkten ihre Augen gar nicht mehr kühl. „Du spielst nicht fair", warf sie ihm vor.

„Das war mein letztes Mittel", verteidigte er sich. „Anders hätte ich den Eispanzer nicht durchbrechen können."

„Du hättest sagen sollen, dass dir die Absage leidtut, nachdem ich mich den ganzen Tag auf das Treffen vorbereitet hatte. Ich habe mich schon gefragt, ob du überhaupt Wert auf meine Meinung legst. Unsere Vereinbarung klappt nur, wenn du mich ernst nimmst."

„Natürlich tue ich das", versicherte er. „Aber es kann nun mal zu solchen Änderungen im Zeitplan kommen. Heute hatte ich zwei Stunden Zeit, um ein Angebot für eine Firma vorzulegen, hinter der ich seit Jahren her bin, und ich habe es im letzten Moment geschafft."

Melanie war sichtlich beruhigt. „Schön, ich habe zu heftig reagiert, aber deine Sekretärin hat mir nicht mal einen neuen Termin gegeben."

„Weil wir uns ohnedies heute Abend sehen. Außerdem habe ich gehofft, dass ich mich mit den Blumen entschuldigen kann."

„Das war aufmerksam", räumte sie lächelnd ein. „Aber einige aufrichtige Worte wären besser gewesen. Andererseits bist du vermutlich nicht gewöhnt, dich für dein Handeln zu entschuldigen, stimmt's?"

„Doch, wenn es nötig ist", wich er aus, obwohl sie ihn ziemlich genau durchschaut hatte.

„Und wie oft kommt das vor?", fragte sie spröde. „Einmal im Jahr oder seltener?"

„Seltener. Tut mir leid, dass ich das Treffen abgesagt habe. Ich wusste von Anfang an, dass es knapp werden würde, aber du solltest sehen, dass ich mir deinen Rat anhören will."

„Möchtest du das wirklich?", fragte sie erfreut.

„Lass es dir nicht zu Kopf steigen", warnte er lachend. „Ich habe gesagt, dass ich ihn mir anhöre, nicht, dass ich ihn befolge."

„Immerhin ist das ein Anfang", meinte sie lächelnd.

„Du kannst mir im Wagen alles sagen", bot er an.

„Wie lange sind wir unterwegs?"

„Zehn Minuten."

„Dann werde ich schnell sprechen", entschied sie, trat mit ihm ins Freie und sah am Straßenrand eine Limousine. „Sehr beeindruckend."

„Ich finde den Wagen praktisch, wenn ich arbeiten möchte." Er sah ihr in die Augen, während er ihr die Tür aufhielt. „Oder wenn ich mich ganz meiner Begleitung widmen möchte."

„Und wie soll ich mich konzentrieren, nachdem du etwas so Charmantes gesagt hast?", fragte sie.

„Wir könnten die lästigen geschäftlichen Details auf später verschieben und uns stattdessen wieder küssen", schlug er vor. Richard ahnte jetzt schon, dass er von ihren Küssen nie genug bekommen würde.

„Lieber nicht", wehrte sie ab, als er sich zu ihr beugte. „Du hast mich nicht wegen meiner Fähigkeiten im Küssen engagiert."

„Bist du dir da ganz sicher?", entgegnete er lachend. „Schließlich haben wir zwei Vereinbarungen getroffen."

„Das habe ich nicht vergessen", beteuerte sie. „Und das wird mich bestimmt noch schlaflose Nächte kosten."

„Genau das habe ich auch gedacht", bestätigte er. „Und wenn wir ohnedies nicht schlafen können, könnten wir die Nächte doch wenigstens interessant gestalten."

Ihr Blick war eindeutig darauf angelegt, seine leidenschaftlichen Gedanken einfrieren zu lassen. „Keinesfalls", lehnte sie entschieden ab.

Wahrscheinlich hätte Richard ihr das abgenommen, hätte er in ihrem Blick nicht das kaum wahrnehmbare Flackern eines inneren Feuers entdeckt. Und er hoffte inständig, dass sich dieses Feuer eines Tages ausbreiten würde. Aber würde er sich bis dahin beherrschen können?

Zu Melanies Überraschung war Mack der Erste, den sie im Ballsaal des Hotels trafen. Er hatte offenbar hier gewartet, nahm Richard am Arm und zog sie beide wieder auf den überfüllten Korridor hinaus, wo die Gäste von Helfern ihre Platzkarten für die Tische erhielten.

„Macht euch auf etwas gefasst", warnte Mack. „Pete Forsythe ist hier und wirkt wie ein Raubtier auf der Suche nach Beute. Ein Blick auf euch beide, und er hat genug Stoff für seine morgige Kolumne."

„Wie schön", meinte Melanie, „das könnten wir doch brauchen."

Richard und Mack sahen sie verständnislos an.

„Er ist auf der Suche nach einer saftigen Geschichte, und die bieten wir ihm. Beenden wir alle Spekulationen, und sagen wir ihm, dass du ernsthaft überlegst, dich für den Stadtrat von Alexandria zu bewerben. Außerdem lassen wir durchblicken, dass du mich als Beraterin eingestellt hast."

Richard schüttelte sofort den Kopf. „Solange ich keinen Wahlkampfmanager habe, will ich das nicht ankündigen, und bis dahin dauert es noch ungefähr zwei Wochen. Der früheste Zeitpunkt ist also Mitte Januar."

„Du kündigst nichts an", erklärte Melanie. „Du bestätigst nur, was ohnedies schon alle wissen, nämlich dass du dir überlegst, dich zu bewerben. Danach bestätigst du unsere geschäftliche Beziehung, und wir sind die Spekulationen über eine Romanze los. Die Wahrheit klingt so langweilig, dass er die Geschichte vielleicht gar nicht druckt."

„Sehr klug", meinte Mack lachend. „Hör auf sie, Richard. Ich kenne den Typen. Er braucht Skandale und ergeht sich gern in Anspielungen. Diese Geschichte ist viel zu zahm für seine Leser."

„Na gut", lenkte Richard ein, „erzählen wir ihm die langweilige Version. Hoffentlich hat Destiny ihn nicht mit anderen Informationen versorgt."

„Mit welchen?", fragte Melanie.

„Informationen über unsere bevorstehende Verlobung", erwiderte Richard.

„Sie hat uns doch erst einmal zusammen gesehen."

„Aber sie besitzt viel Fantasie", warnte Mack.

„Wir könnten verschwinden, bevor Forsythe uns sieht", schlug Richard vor.

„Keinesfalls", wehrte Melanie ab. „Wenn er etwas merkt, wird er sich fragen, warum wir geflohen sind. Dann läuft er bestimmt sofort an die Rezeption und sieht im Gästebuch nach, ob wir nach oben gegangen sind."

„Aber er würde unsere Namen nicht finden", erwiderte Richard, „es sei denn ..."

„Vergiss es", wehrte sie ab, während Mack ein Lachen unterdrückte. „Wenn er nichts findet, wird er annehmen, dass du die Angestellten an der Rezeption bestochen hast. Dann lesen wir morgen, dass wir allein sein wollten. Nein, gehen wir in den Saal. Wir haben nichts zu verbergen."

Mack nickte. „Ich mache die Vorhut und komme euch notfalls zu Hilfe, indem ich den Kerl abfange."

„Wo ist denn eigentlich deine Begleiterin?", fragte Richard.

„Ich bin allein hier, um Destiny keine Munition zu liefern", erwiderte Mack lachend. „Außerdem wollte ich dir das Rampenlicht nicht streitig machen. Du weißt schon, falls du eine große Ankündigung loswerden willst."

Richard warf ihm einen warnenden Blick zu. „Du bist erledigt, wenn Destiny dich und dein Liebesleben ins Visier nimmt, und ich werde ihr in jeder nur erdenklichen Hinsicht dabei helfen."

Melanie lächelte über das Geplänkel der Brüder und betrat mit Richard erneut den Saal. Erstaunt stellte sie fest, dass am Ehrentisch bei Destiny zwei Senatoren und ein Spitzenberater des Präsidenten saßen.

Richards Tante begrüßte sie freudig, übernahm die Vorstellung und präsentierte Melanie dabei so, als würde ihr eine der berühmtesten Firmen von New York gehören.

„Richard, Sie Fuchs", scherzte Senator Fuhrman. „Es sieht Ihnen ähnlich, dass Sie eine so schöne, kluge und talentierte Beraterin finden, während wir anderen unsere PR-Ratschläge von alten Knackern mit Glatze bekommen."

„Ich würde Ihnen raten, Melanie auch zu engagieren", erwiderte Richard lächelnd. „Aber erst, wenn ich gewählt wurde."

„Dann bewerben Sie sich also tatsächlich für den Stadtrat von Alexandria?", fragte der Präsidentenberater.

„Ich ziehe es in Betracht“, gab Richard die Antwort so, wie er es mit Melanie vereinbart hatte.

„Warum nicht gleich für den Kongress?“, fragte Senator Fuhrman. „Zeitverschwendung, wenn ein Mann Ihres Kalibers unten anfängt.“

„Dienst an der Öffentlichkeit ist auf keiner Ebene Zeitverschwendung“, erwiderte Richard mit leichter Schärfe in der Stimme.

„Natürlich nicht“, versicherten sofort alle drei.

Melanie lächelte zufrieden. Richard würde bestimmt einen guten Kandidaten abgeben.

„Wenn Sie uns entschuldigen, meine Herren, aber Melanie und ich haben heute Abend noch einiges zu besprechen.“ Richard beugte sich zu seiner Tante hinunter und küsste sie auf die Wange. „Tut mir leid, aber wir können nicht bleiben.“ Melanie und Mack sahen ihn verblüfft an, doch er lächelte lediglich. „Bist du bereit, Schatz?“, fragte er.

Melanie wusste nicht, ob er den Kosenamen wegen Destiny, wegen ihren Freunden oder vielleicht sogar wegen Pete Forsythe benutzt hatte.

„Liebling“, drängte er, als sie schwieg. „Bist du bereit?“

„Sicher“, erwiderte sie wie benommen. Erst als sie vor dem Hotel auf die Limousine warteten, fragte sie: „Was hatte denn das zu bedeuten?“

„Meinst du den überstürzten Abgang?“

„Ja, und die Andeutung, dass wir den Abend auf interessantere Art verbringen möchten. Ich dachte, wir wären uns einig gewesen, dass wir diesen Eindruck gerade nicht erwecken sollten.“

„Das hast du gedacht, aber ich keineswegs. Außerdem war diese Andeutung für meine Tante bestimmt, und in dem Punkt waren wir uns einig.“

Damit gab Melanie sich nicht zufrieden. „Du hast es vor Zeugen gesagt, die es wahrscheinlich an Forsythe weitergeben werden.“

„Ich bin es leid, mir seinetwegen Sorgen zu machen.“

„Das musst du aber“, warnte sie aufgebracht. „Du musst die Medien nutzen, um deine Auftritte ins rechte Licht zu setzen, aber du darfst ihren Appetit auf Gerüchte nicht anheizen. Du hast mir versprochen, dir meinen Rat anzuhören.“

„Ja, und darum sind wir von da drinnen verschwunden, damit ich dir zuhören kann.“ Er hielt ihr die Tür der Limousine auf. „Ich habe

Hunger. Wir könnten etwas besorgen und mit zu dir nehmen."

„Du kommst doch nicht auf falsche Ideen?", fragte Melanie alarmiert.

„Auf etliche, um ehrlich zu sein", erwiderte er lachend, „aber ich begnüge mich mit den Bewerbungen." Er half ihr in den Wagen, ging dann nach vorn zu seinem Fahrer und stieg schließlich ein. „Er setzt uns ab und bringt dann das Essen nach."

Eigentlich sollte Melanie sich freuen, Destiny und Forsythe entkommen zu sein, doch sie konnte nur daran denken, wie gefährlich es war, mit Richard allein zu sein.

„Du solltest das Kleid vor dem Essen ausziehen", riet Richard, als sie Melanies Wohnzimmer betraten.

„Ach ja?", entgegnete sie misstrauisch.

„Ich sage jetzt nicht, dass du dir etwas Bequemeres anziehen sollst", erwiderte er lächelnd. „Obwohl ich nichts dagegen einzuwenden hätte. Ich mag Frauen in Satin und Spitze."

„Vergiss es", wehrte sie ab. „Es kommt nur ein Trainingsanzug in die engere Auswahl."

„Nimm einen alten", empfahl er ihr. „Schicke Sachen passen nicht zu dem Essen, das ich bestellt habe. Wenn du allerdings gefährlich leben möchtest ..."

Sie begriff nicht so recht, wieso er dermaßen gut gelaunt war. „Was hast du bloß bestellt?"

„Es ist eine Überraschung, aber du wirst sehr glücklich sein."

„Woher willst du das wissen? So gut kennst du mich doch gar nicht."

„Du hast deine Informationsquellen, und ich habe meine. Ich kümmere mich um die Getränke. Hast du Rotwein?"

„In der Küche", erwiderte sie und verschwieg, dass sie den Wein extra für ihn gekauft hatte.

Im Schlafzimmer verzichtete sie auf den ausgeleierten Trainingsanzug und entschied sich für eine eng sitzende Jeans und einen roten Sweater. Sie wollte gerade ins Wohnzimmer zurückkehren, als der Fahrer das Essen brachte.

Melanie entdeckte das vertraute Firmenzeichen auf den großen Warmhaltetüten und wandte sich erstaunt an Richard, der hinter sie getreten war. „Du hast Gegrilltes aus Ohio bestellt?“

„Deine Assistentin hat mir verraten, dass du davon schwärmst“, erwiderte er. „Ich wollte dich für den geplatzten Termin entschädigen und ein wenig zum Lächeln bringen. Aber leider lächelst du nicht.“

„Lass mir einen Moment Zeit.“ Noch hatte sie nicht verarbeitet, dass das Essen aus einem Restaurant in Ohio geliefert worden war, als würde es sich gleich um die Ecke befinden. „Wann hast du bloß mit Becky gesprochen?“

„Zwanzig Minuten bevor meine Sekretärin dich angerufen hat.“

„Unglaublich“, flüsterte sie. Kein Wunder, dass Becky sich Sorgen gemacht hatte. Sie hatte schon vorher mit Richard gesprochen und wusste, welche Überraschung er plante.

„Du lächelst noch immer nicht“, stellte er fest. „Du magst dieses Essen doch, oder?“

„Das gehört zu den Dingen, die mir am meisten von zu Hause fehlen.“

„Genau das hat Becky mir auch gesagt.“

„Aber es hat dich ein Vermögen gekostet, es einfliegen zu lassen!“

„Dafür hat man Firmenjets. Das nächste Mal fliegen wir selbst hin, essen vor Ort, und du kannst deine Familie besuchen.“

Bisher hatten ihr die wachsenden Gefühle für Richard nur Angst eingejagt. Jetzt erzeugten sie geradezu Panik in ihr. Es war viel zu leicht, sich von dermaßen großzügigen Gesten verführen zu lassen und die Gefahren zu vergessen, die mit einer Bindung an diesen Mann verknüpft waren.

Am Küchentisch griff sie nach ihrem Weinglas, während Richard die Tüten auf den Tisch stellte und Melanie besorgt betrachtete. „Ich dachte, du würdest dich freuen“, sagte er.

Endlich spielte ein Lächeln um ihre Lippen. „Das tue ich auch. Noch nie hat jemand etwas so Reizendes und auch Verrücktes für mich gemacht.“

„Na ja, für mich ist es auch neu. Ist das denn schlimm?“

„Möglicherweise.“

„Und warum?“

„Weil es unglaublich verführerisch wirkt“, gestand sie voreilig.

„Ach, *wie* verführerisch?“, wollte er wissen.

„Denk gar nicht daran“, warnte sie. „Ich meine doch nur, dass ich nicht weiß, was ich damit anfangen soll."

„Essen", erwiderte er nüchtern, griff nach ihrer Hand und drückte einen Kuss darauf. „Wäre es dir denn lieber gewesen, ich hätte irgendwo in der Nachbarschaft chinesisches Essen bestellt? Das wäre nicht verführerisch und somit ungefährlich gewesen. Warum gehst du bei mir ständig auf Nummer sicher?"

„Weil das alles nur ein Spiel ist, Richard", erinnerte sie ihn. „Darauf haben wir uns geeinigt."

„Und Essen aus Ohio verändert die Spielregeln? Soll ich es lieber wegwerfen?"

Hastig nahm sie ihm die Tüten aus der Hand. „Wage es nicht!"

„Soll ich Servietten holen?", fragte er vergnügt.

„Viele." In den Tüten fand Melanie genug Rippchen, Krautsalat, Kartoffelsalat und Maisbrot für ein halbes Dutzend Leute. „Erwarten wir noch jemanden?"

„Die Reste kannst du bestimmt irgendwie verwerten", erwiderte er lächelnd. „Und Becky hat mich versprechen lassen, dass für sie auch etwas bleibt, wenn sie dir gegenüber schweigt."

„Da sie dich dazu gebracht hat, sollte ich meine Verträge vielleicht in Zukunft von ihr aushandeln lassen", meinte Melanie, kostete das zarte Schweinefleisch und konnte ein genussvolles Stöhnen nicht unterdrücken.

„Sieh mich an", verlangte Richard.

Unter seinem heißen Blick lief ihr ein feiner Schauer über den Rücken.

„Nur eine Warnung", sagte er. „Für gewöhnlich gehe auch ich auf Nummer sicher und lasse mir nichts Außergewöhnliches einfallen, aber du bringst mich dazu, meine Grenzen zu überschreiten."

Sie schluckte schwer. „Ja, das habe ich mir schon gedacht", räumte sie ein.

Hoffentlich ging das alles gut!

11. KAPITEL

Richard war keineswegs überrascht, dass Destiny am nächsten Morgen schon in seinem Büro wartete.

„Habt ihr den gestrigen Abend genossen?“, fragte seine Tante ohne Umschweife und freute sich offensichtlich auf pikante Einzelheiten.

„Sehr“, entgegnete er zurückhaltend.

„Habt ihr irgendetwas Besonderes gemacht?“

Richard warf ihr einen scharfen Blick zu. „Du weißt über das Essen Bescheid?“

„Du hast es aus ihrem Lieblingsrestaurant in Ohio einfliegen lassen. Ja, das habe ich gehört. Nett von dir, Richard. Der Tipp hätte von mir kommen können.“

„Bezahlst du eigentlich alle in der Firma?“

„Wenn du meinst, ob alle für mich spionieren – nein. Ich informiere mich nur über meine Neffen, und es ist erstaunlich, wie hilfsbereit die Menschen sind, wenn man sie nett behandelt.“

„Du musst dein eigenes Leben leben“, verlangte Richard, „und dich aus meinem heraushalten.“

„Vielleicht irgendwann, wenn ich weiß, dass ihr drei Brüder glücklich seid.“

„Wir wären wesentlich glücklicher, würdest du nicht in unseren Privatleben herumschnüffeln.“

„Ach ja?“, meinte sie zweifelnd. „Du hättest Melanie ohne mich doch nie kennengelernt. Warst du denn vor eurer Begegnung glücklicher?“

„Ich war ruhiger“, erwiderte er. Und einsam, fügte er in Gedanken hinzu.

„Das ist nicht dasselbe, mein Lieber“, meinte Destiny. „Für meinen Geschmack war es zu ruhig.“

„Ich war zufrieden.“

„Aber jetzt ist Melanie in deinem Leben“, betonte Destiny, „und das machst du hoffentlich nicht kaputt.“

„Dazu wirst du es wohl kaum kommen lassen“, entgegnete er.

„Ich werde mich bemühen“, versprach sie. „Weihnachten steht übrigens vor der Tür. Nimmt Melanie daran teil?“

„Meinst du damit die üblichen weihnachtlichen Exzesse der Familie Carlton?"

„Ich liebe dieses Fest", verteidigte sie sich. „Und du auch, obwohl du heute Morgen sehr übel gelaunt bist."

„Wenn ich Melanie nicht einlade, machst du das hinter meinem Rücken", erwiderte er verdrießlich. Er wollte Melanie zwar sowieso zu Weihnachten dabeihaben, aber Destiny sollte ruhig denken, er würde ihr entgegenkommen.

„Hoffentlich muss ich nichts hinter deinem Rücken einfädeln", entgegnete seine Tante. „Heiligabend um acht zum Essen, und am ersten Weihnachtstag Brunch um elf Uhr. Dann öffnen wir die Geschenke. Such für Melanie etwas Besonderes aus – und zwar du selbst, nicht Winifred."

„Richard ist am Telefon", verkündete Becky erstaunlich heiter, als Melanie von einem Treffen mit einem Kunden ins Büro zurückkehrte, und hielt ihr den Hörer hin, die Hand über der Muschel. „Willst du gleich hier mit ihm sprechen?", fragte sie hoffnungsvoll.

Melanie schüttelte den Kopf.

„Hinterher kannst du mir alles über das gestrige Abendessen erzählen", fügte Becky leise hinzu. „Ich will jedes Detail hören. Ich habe ihn gefragt, aber Richard verrät nichts."

„Du hast ihn doch nicht wirklich gefragt!", flüsterte Melanie entsetzt.

„Nicht so direkt", räumte Becky lachend ein.

„Ich nehme den Anruf im Büro an", entschied Melanie, zog sich zurück und schloss die Tür. „Guten Morgen", meldete sie sich möglichst beherrscht. „Tut mir leid, dass du warten musstest."

„Kein Problem. Wie geht es dir?"

„Sehr gut, und dir?"

„Gut. Steht Becky hinter dir und lauscht? Sie war unglaublich neugierig."

„Das war zu erwarten, nachdem du sie ins Vertrauen gezogen hast."

„Stimmt", bestätigte er. „Den Fehler begehe ich kein zweites Mal. Also, ist sie da?"

„Nein, und ich habe die Tür meines Büros geschlossen. Vermutlich presst Becky das Ohr gegen die Tür", fügte sie eine Spur lauter hinzu.

Aus dem Nebenzimmer hörte sie einen gedämpften empörten Ausruf.

„Wir müssen über Weihnachten sprechen“, erklärte Richard. „Das ist nächste Woche.“

„Davon habe ich schon gehört“, meinte Melanie lächelnd. „Erstaunlich, dass du daran denkst. Bestimmt hat Winifred dir einen Aktenvermerk gemacht.“

„Destiny war heute Morgen bei mir.“

„Hat sie dich gebeten, die Nachricht an alle anderen Arbeitswütigen weiterzugeben?“

„Nein, aber sie rechnet mit dir zum Essen am Heiligabend und zum Brunch am ersten Weihnachtstag. Ich habe versprochen, dich einzuladen.“

„Geht das nicht ein wenig zu weit?“, wandte Melanie ein.

„Nicht, wenn wir überzeugen wollen. Du besuchst doch nicht deine Familie, oder?“

„Nein, aber ...“

„Dann feiere mit uns. Es wird dir gefallen, und es gibt viel zu essen.“

„Darum geht es nicht, Richard. Es ist eine Lüge – und das zu Weihnachten! Mir wird diese ganze Geschichte immer unangenehmer.“

„Dann sollten wir sie vielleicht beschleunigen“, schlug er vor.

„Und wie?“, fragte sie vorsichtig.

„Lass mir Zeit zum Nachdenken“, bat er.

„Vermutlich werden sich bei Destiny die Gäste nicht drängen, sodass ich mich in der Menge verstecken könnte“, bemerkte sie.

„Nein, große Einladungen gibt es zwischen Weihnachten und Neujahr. Diese beiden Tage gehören der Familie.“

„Auch das noch“, murmelte Melanie. „Richard, soll ich denn wirklich kommen?“

„Ich sehe keine andere Möglichkeit, sonst wäre klar, dass wir es nicht ernst meinen.“

„Sag mal, findest du eigentlich allmählich Gefallen an der Klemme, in der wir stecken?“, fragte sie misstrauisch.

„Es handelt sich nur um ein notwendiges Übel“, beteuerte er. „Vertrau mir.“

„Dir vertrauen?“, wiederholte sie zweifelnd.

„Bisher habe ich Destiny doch richtig eingeschätzt. Sie ist absolut berechenbar. Es wird schon nicht so schlimm werden. Destiny und Mack kennst du bereits, und Ben wird dich wahrscheinlich wohlwollend mit dem Auge des Künstlers betrachten, aber keine zwei Worte sagen."

„Gibt es in der Familie Carlton wirklich jemanden, der nicht perfekt mit Worten umgehen kann?" Als Richard nicht antwortete, fürchtete sie schon, einen Fehler begangen zu haben.

„Ben war früher genauso aufgeschlossen wie wir anderen", erklärte er schließlich. „Er hat in den letzten zwei Jahren eine schwere Zeit durchgemacht."

„Was ist denn passiert?"

„Da er nicht darüber spricht, tun wir das auch nicht. Aber falls es dich beruhigt, kann ich dir versichern, dass er von uns drei Brüdern am besten aussieht."

„Still, reich und sagenhaft? Ich könnte mich glatt in ihn verlieben", scherzte Melanie.

„Komm nicht auf falsche Gedanken", warnte Richard. „Denk immer daran, dass du wahnsinnig in mich verliebt bist."

„Ach ja, manchmal vergesse ich die Abmachung."

„Sehr witzig", bemerkte er ernst. „Weihnachten ist meiner Meinung nach ideal."

„Wofür?", fragte sie alarmiert.

„Vor dem Weihnachtsfest sollte man nicht zu neugierig sein", wehrte er ab.

„Richard, komm nicht auf dumme Gedanken", warnte sie besorgt.

„Natürlich nicht. Schließlich bin ich ernst und steif, schon vergessen?"

Nachdem er aufgelegt hatte, wurde Melanie jedoch eine böse Vorahnung nicht mehr los.

Melanie trug ein schlicht geschnittenes smaragdgrünes Samtkostüm aus der Boutique *Chez Deux*, als Richard sie am Heiligabend abholte. Sie sah großartig aus, aber auch etwas verunsichert.

„Kein Grund, so verstört dreinzuschauen", versicherte er. „Es ist nur ein Abendessen."

„Mit wie vielen Gängen?"

„Keine Ahnung, ich habe sie nie gezählt. Spielt das eine Rolle?"

„Fleisch, Kartoffeln, Gemüse und vielleicht noch Kürbiskuchen – das ist ein Abendessen. Gibt es das heute?"

„Kaum", erwiderte er lächelnd.

„Vermutlich wird das Essen von jeder Menge erwartungsvoller Blicke begleitet", fuhr sie fort. „Macht dir das nicht Angst?"

„Meine Familie jagt mir keine Angst ein", behauptete er.

„Nicht mal Destiny?"

„Doch, sie schafft das immer wieder", gab er lachend zu.

„Und vor allem in letzter Zeit, nicht wahr?"

„Allmählich erwärme ich mich für ihren Plan", entgegnete er, während er den Wagen in der Garage des Hauses abstellte.

Melanie war überzeugt, nicht richtig gehört zu haben. „Was war das eben?", fragte sie. Er tat, als hätte er sie nicht verstanden, und stieg aus.

„Ich habe dir eine Frage gestellt", drängte sie, als er ihr die Tür öffnete.

„Darüber reden wir später. Wir wollen die anderen doch nicht warten lassen."

„Ich glaube, es wäre klüger, wenn wir es täten", murmelte sie, stieg aber trotzdem aus.

Die Familie hatte sich bereits im Haus versammelt. Sogar Ben hatte einen Smoking angezogen, machte jedoch wie immer ein finsteres Gesicht. Als Destiny ihn mit Melanie bekannt machte, rang er sich allerdings ein Lächeln ab.

„Ich habe schon viel über Sie gehört", bemerkte Ben.

„Ach ja?", erwiderte Melanie und warf Richard einen Blick zu.

„Meine Tante hat ein Loblied auf Sie gesungen. Mack ist viel zu sehr mit seinen eigenen Freundinnen beschäftigt, um etwas zu sagen, und Richard ruft nur an, weil er wissen will, ob ich gelegentlich mein Atelier verlasse und etwas esse."

„Ich habe gehört, dass Sie ein begabter Künstler sind", sagte Melanie lächelnd. „Ich würde mir Ihre Arbeiten gern mal ansehen."

Zu Richards Erstaunen nickte Ben. „Kommen Sie zu mir auf die Farm", lud er sie ein. „Destiny begleitet Sie bestimmt gern."

„Wenn jemand Melanie begleitet, bin ich das", warf Richard leicht gereizt ein, weil es ihm nicht gefiel, dass sein Bruder Melanie offenbar mochte. „Außerdem dachte ich, dass du keine Fremden in dein Atelier lässt. Wieso der plötzliche Sinneswandel?"

Ben lächelte so offen wie schon lange nicht mehr. „Melanie ist doch keine Fremde, sondern gehört praktisch schon zur Familie."

Melanie hakte sich bei Ben unter. „Glauben Sie nicht alles, was Sie hören", bat sie. „Manche Leute sind optimistischer, als eigentlich angebracht wäre. Würden Sie mir vielleicht ein Glas Wein eingießen, da Ihr Bruder es nicht tut?"

„Sehr gern", versicherte Ben und führte sie weg.

Richard starrte den beiden verblüfft hinterher. Sogar Mack war erstaunt.

„Hört auf zu gaffen", tadelte Destiny. „Richard, gerade du solltest doch wissen, was für eine erstaunliche Frau Melanie ist."

„Ich hatte aber keine Ahnung, dass sie Wunder wirken kann", entgegnete er und beobachtete, wie Melanie mit Ben plauderte. Jetzt war er überzeugt, dass sein Plan für den morgigen Weihnachtstag gut war.

Melanie kam sich wie die schlimmste Betrügerin vor. Sie mochte Richard, und sie mochte seine Familie, aber wenn das ganze Spiel endete, blieb sie vermutlich mit gebrochenem Herzen zurück.

Mittlerweile war sie nicht mehr sicher, was Richard wirklich wollte, schon gar nicht wegen des Abschiedskusses, den sie miteinander getauscht hatten, als er sie am Abend zuvor nach Hause gebracht hatte. Die Glocken hatten genau in jenem Moment zur Christmesse geläutet, und es war ein geradezu magischer Augenblick gewesen.

„Ich sollte das nicht machen", sagte sie laut zu sich selbst, während sie sich für Destinys Weihnachts-Brunch anzog. „Dabei kommt nichts Gutes heraus."

Sobald sie mit den Vorbereitungen fertig war, rief sie ihre Angehörigen an und wünschte ihnen ein frohes Fest.

„Du fehlst uns", sagte ihre Mutter. „Wann kommst du nach Hause?"

„Hoffentlich bald", versprach Melanie.

„Hör auf, die Kleine zu bedrängen", sagte ihr Vater aus dem Hintergrund. „Sie hat viel zu tun und wird uns schon besuchen."

„Was machst du heute?", wollte ihre Mutter wissen.

„Ich gehe zum Brunch bei Freunden", erwiderte Melanie vorsichtig.

„Kennen wir die Leute?", erkundigte sich ihre Mutter.

„Nein."

„Du bedrängst sie schon wieder, Adele."

Melanies Mutter lachte. „Wie soll ich denn sonst etwas herausfinden? Von sich aus erzählt sie nichts, genau wie du."

„Dann solltest du auch wissen, dass du durch Neugierde nichts erfährst", sagte Melanies Vater. „Hast du denn bei mir jemals damit Glück?"

„Nein", gestand ihre Mutter. „Gut, ich höre auf, weil Weihnachten ist."

„Das ist wahrscheinlich das schönste Geschenk, das du deiner Tochter machen kannst", scherzte Melanies Vater und bat: „Gib sie mir mal."

„Sei nett zu ihr, Dad", warnte Melanie lachend, „sonst bekommst du keinen Kürbiskuchen."

„Ausgeschlossen", erwiderte er. „Ich habe ihr Geschenk so gut versteckt, dass sie es niemals findet, und sie bekommt es erst, wenn ich Kuchen gegessen habe."

„Wie macht ihr zwei das bloß!", rief Melanie.

„Was denn?", fragte ihre Mutter erstaunt, die ebenso wie vorher Melanies Vater über die Freisprechanlage mithörte.

„Ihr seid schon so lange verheiratet und habt trotzdem noch viel Spaß zusammen."

„Nun, wir lieben uns", antwortete ihre Mutter.

„Stimmt", bestätigte ihr Vater. „Und sie lacht auch heute noch über meine Witze. Lachen ist neben Liebe in einer Beziehung das Wichtigste."

„Und Vertrauen", warf Melanies Mutter ein. „Vergiss das nicht." Sie zögerte kurz. „Fragst du vielleicht, weil es jemanden in deinem Leben gibt, Kind?"

Melanie seufzte.

„Jetzt fängt sie schon wieder an", rügte Melanies Vater. „Verabschiede dich, Adele."

„Es war doch nur ein Versuch", wehrte ihre Mutter ab. „Fröhliche Weihnachten, mein Schatz!"

„Fröhliche Weihnachten", erwiderte Melanie und legte auf. Jetzt beschwindelte sie sogar schon ihre Eltern, zumindest indem sie ihnen etwas verschwieg.

Sie hatte Tränen in den Augen, als es klingelte. Richard erkannte die

Situation mit einem Blick und zog sie wortlos an sich. Melanie klammerte sich an ihn und ließ den Tränen freien Lauf.

„Tut mir leid“, entschuldigte sie sich, als sie sich von ihm zurückzog.

„Heimweh?“, vermutete er.

Das war nur einer der Gründe, aber sie nickte. „Ich habe gerade mit meinen Eltern telefoniert.“

Er wischte ihr eine Träne von der Wange. „Wir könnten in einer Stunde in Ohio sein.“

„Das würdest du tun?“, fragte sie erstaunt.

„Ja, wenn du dann wieder lächelst.“

„Du hast ja keine Ahnung, wie sehr dein Angebot mich rührt, aber es ist schon gut.“

„Sicher?“

„Ja.“ Sie fühlte sich tatsächlich bereits viel besser. „Ich mache mich schnell fertig und hole meine Geschenke. Ich bin schon neugierig, was du deinen Verwandten schenkst.“ Lächelnd fügte sie hinzu: „Und du bist sicher auch neugierig, was sie bekommen.“

„Ich bin selbst durch die Geschäfte gezogen!“, rief er ihr ins Bad nach.

„Aber hast du auch etwas gekauft?“, fragte sie lachend.

„Allerdings, du wirst es schon sehen, und du wirst beeindruckt sein. Ich habe die Geschenke sogar selbst eingepackt.“

„Dann kann ich es kaum noch erwarten.“

„Habe ich schon gesagt, wie hübsch du aussiehst?“, fragte Richard, als er ihr in den Mantel half.

„Nein, aber schließlich habe ich mir bei deiner Ankunft die Augen ausgeweint.“

„Du hast trotzdem hübsch ausgesehen“, versicherte er.

Melanie streichelte ihm über die Wange. „Für diese Bemerkung hoffe ich, dass der Weihnachtsmann es sehr gut mit dir gemeint hat.“

Er sah sie so dringlich an, dass ihre Wangen sich röteten. „Ich glaube, das wird das schönste Weihnachtsfest meines Lebens“, sagte er leise.

Und Melanie dachte genau wie er.

Das Essen war hervorragend, und offenbar hatte Destiny es selbst zubereitet, weil sie der Köchin freigegeben hatte.

„Warum soll sie zu Weihnachten arbeiten, wenn ich liebend gern selbst für meine Familie koche?", fand Destiny.

„Es schmeckt großartig", versicherte Melanie. „Ich bin beeindruckt."

Destiny war sichtlich erfreut, wahrscheinlich weil ihre Neffen ihre Kochkünste für selbstverständlich hielten.

„Könnten wir aufhören, über das Essen zu reden?", drängte Mack ungeduldig, als wäre er noch ein kleiner Junge.

Destiny lächelte nachsichtig. „Was hoffst du denn, unter dem Baum zu finden? In allen Geschäften waren weibliche Singles schon ausverkauft."

„Wie wäre es dann mit den Schlüsseln für einen neuen Sportwagen?", fragte er hoffnungsvoll.

„Träum weiter, Brüderchen", meinte Richard. „Wir alle wissen, wie schlecht du dich in diesem Jahr benommen hast."

„Ich könnte dir ein Dutzend Frauen nennen, die für mein schlechtes Benehmen ewig dankbar sind", erwiderte Mack.

Destiny lächelte Melanie zu. „Selbst in ihrem Alter sind sie am Weihnachtsmorgen wie gierige kleine Jungs. Ich weiß nicht, was ich bei ihnen falsch gemacht habe."

„Gar nichts", versicherte Richard. „Du hast uns beigebracht, wie schön es ist zu geben ..." Er legte eine kleine Pause ein und fügte vergnügt hinzu: „Und vor allem zu nehmen!"

Melanie sah amüsiert zu, wie sich die drei Männer auf die bunten Päckchen stürzten und sie nach ihren Namen durchsahen, bis jeder im Raum einen kleinen Stapel neben sich stehen hatte, sie eingeschlossen. Dann rissen sie ungeduldig die Verpackungen auf.

„Komm, fang an", drängte Richard, weil sie noch kein Päckchen geöffnet hatte, und reichte ihr ein kleines Geschenk von ihrem Stapel. „Wie wäre es damit?"

Die Verpackung war so schlecht ausgefallen, dass sie vermutlich von ihm kam. Die Größe des Geschenks machte sie nervös. Vorsichtig öffnete sie das Glanzpapier, während die anderen erwartungsvoll zusahen.

Beim Anblick der Schmuckschatulle bekam sie Herzklopfen. „Du hast doch nicht ...", flüsterte sie.

„Aufmachen", verlangte er sanft. „Bitte."

Melanie tat es und betrachtete völlig überrascht einen Diamanten von beachtlicher Größe.

Seit dem Telefongespräch vor einer Woche hatte sie damit gerechnet, dass Richard sie mit etwas überraschen würde, doch damit hatte sie nicht gerechnet. Betroffen blickte sie in die glücklichen und erwartungsvollen Gesichter. Das konnte sie nicht. Nein, sie konnte es einfach nicht!

Ohne zu überlegen, ließ sie den Ring fallen und verließ fluchtartig den Raum.

Richard folgte ihr ins Freie. „Alles in Ordnung?“, fragte er besorgt.

„Nein, nichts ist in Ordnung“, erwiderte sie und atmete die kalte Luft tief ein. „Was hast du dir dabei gedacht?“

„Dass der Zeitpunkt ideal ist, um Destiny davon zu überzeugen, wie ernst wir es meinen.“

„Du hättest mich warnen sollen.“

„Ja, vielleicht“, meinte er seufzend. „Hast du wirklich keinen Verlobungsring erwartet? Ich hatte doch Andeutungen gemacht.“

Sie schüttelte den Kopf.

„Könntest du ihn anstecken, wieder hineingehen und so tun, als würdest du dich unbeschreiblich freuen?“, fragte er und hielt ihr den Ring hin.

Sie wich zurück und verschränkte die Hände auf dem Rücken. „Selbst wenn ich mit einer vorgetäuschten Verlobung einverstanden wäre, wozu ich mich noch nicht entschlossen habe, kann ich den Ring nicht tragen.“

„Aber natürlich.“

„Was ist, wenn ich ihn verliere? Oder wenn er gestohlen wird?“

„Er ist versichert“, beruhigte Richard sie. „Außerdem brauchen wir einen solchen Ring, damit die Verlobung überzeugend wirkt.“

„Ich weiß nicht, wie lange ich das noch durchhalte“, gestand sie.

„Schon gut, aber denk daran, wie schön es wird, wenn du mit einer Szene die Verlobung lösen kannst.“

Diese Vorstellung heiterte Melanie etwas auf. „Also schön, ich trage ihn“, entschied sie und betrachtete den Stein an ihrem Finger. „Nur gut, dass alles bloß ein Spiel ist.“

„Ja, nicht wahr?“

In seinem Blick fand sie eine Spur von Bedauern, was ihn verwundbar machte, und sie dachte an Macks Worte, Richard würde jemanden brauchen, der hinter seine Fassade blickte. Das hatte sie gerade eben getan, und das war noch gefährlicher als alles, was bisher geschehen war.

12. KAPITEL

Richard beobachtete Destiny und Melanie, die dicht nebeneinandersaßen und die Köpfe zusammensteckten. Seiner Meinung nach hatte seine Tante die vorgetäuschte Verlobung geschluckt, und das verursachte ihm erstaunlicherweise ein schlechtes Gewissen.

„Schuldgefühle?", fragte Mack amüsiert.

„Ich will nicht darüber reden."

„Meinetwegen, aber ich könnte dir helfen. Um Destiny zu entkommen, habe ich die Wahrheit mehr als einmal verdreht. Nimmst du wirklich an, dass Destiny alles glaubt?"

„Natürlich", erwiderte Richard überrascht.

„Ha! Unsere geliebte Tante weiß genau, was du hier abziehst, und sie macht mit. Sie rechnet damit, dass du dir selbst eine so tiefe Grube gräbst, dass du nie wieder aus der Falle herausfindest. Glaub mir, diese Verlobung wird bald absolut echt sein. Dafür wird Destiny schon sorgen. Sie ist ein Profi, mein Freund, und neben ihr bist du in Sachen Intrige nur ein blutiger Amateur."

„Das ist nicht dein Ernst!", widersprach Richard.

„Hast du dir denn schon überlegt, wie du da wieder aussteigen kannst?", fragte Mack.

„Natürlich. Ich halte mir stets eine Hintertür offen."

„Hier geht es nicht um ein Geschäft", warnte Mack.

„Doch, irgendwie schon. Melanie und ich haben eine Vereinbarung getroffen."

„Schriftlich?"

„Natürlich nicht."

„Und wenn sie es sich anders überlegt und heiraten will, was dann?"

„Mack, ich kriege Kopfschmerzen bei deinem Gefasel. Melanie und ich sind uns einig, dass wir Destiny in Sicherheit wiegen und uns irgendwann trennen. Dann dauert es eine Weile, bis Destiny eine andere bedauernswerte Frau findet, die sie mir aufdrängt." Lächelnd fügte er hinzu: „Oder bis sie entscheidet, dass du ein besserer Kandidat zum Verkuppeln bist."

Mack schauderte. „Hüte deine Zunge."

Richard erwärmte sich für den Gedanken. „Doch, so wird es laufen. Destiny wird zornig sein, weil ich alles verpatzt habe, und sich auf dich und danach auf Ben stürzen. Bis sie auf mich zurückkommt, bin ich schon ein Tattergreis."

„Du Ahnungsloser", erwiderte Mack. „Sogar Ben durchschaut Destiny besser als du. Er hat schallend gelacht, als er gegangen ist."

„Ben ist schon weg?", fragte Richard erstaunt. „Seit wann?"

„Seit etwa zehn Minuten."

Richard seufzte, weil Ben noch immer wegen einer Frau litt, die es nicht wert war. Keine Frau ist das wert, dachte er, bis er Melanie über etwas lachen hörte, was Destiny gesagt hatte. Er seufzte erneut.

Vielleicht war eine Frau es doch wert.

Einige Stunden lang hatte sich Melanie erlaubt, in einer Fantasiewelt zu leben. Sie konnte kaum den Blick von dem riesigen, wertvollen Ring wenden, den Richard ihr an den Finger gesteckt hatte, und sie war sogar ein wenig enttäuscht, dass sie ihn nur vorübergehend tragen sollte.

„Alles in Ordnung?", fragte Richard, als sie während der Heimfahrt seufzte.

„Ich bin bloß müde. Es war anstrengend, keinen Fehler zu machen."

„Kann ich verstehen", bestätigte er.

„Wieso denn? Du warst die meiste Zeit mit Mack zusammen, und der weiß doch Bescheid. Destiny dagegen hat mich mit Fragen gelöchert."

„Was hast du geantwortet?"

„Dass du mich heute total überrascht hast und wir noch keine Pläne gemacht haben. Das hat Destiny nicht beeindruckt. Sie erstellt bereits Listen."

„Um Himmels willen", murmelte er. „Was für Listen?"

„Gäste, Partyservice, Floristen, Fotografen, Brautausstatter, Geschenke. Ich glaube, es gibt sogar schon eine Liste möglicher Hochzeitsdaten. Sie will auch einen Termin in der Kirche vereinbaren", fügte sie klagend hinzu. „Ist es nicht eine Sünde, einen Termin für eine Hochzeit festzusetzen, die nie stattfinden wird? Ach ja, und sie hat auch bereits die Verlobungsanzeigen entworfen und will sie dir vorlegen, aber vielleicht wird sie nicht auf deine Zustimmung warten."

„Wahrscheinlich hat Mack recht", murmelte Richard düster. „Er glaubt, dass sie uns durchschaut und uns so weit treiben will, dass es kein Zurück mehr gibt.“

„Sollte mich nicht überraschen“, bestätigte Melanie. „Wann können wir endlich Schluss machen?“

Er antwortete nicht, sondern hielt am Straßenrand.

„Richard, hast du mich gehört?“

„Ich muss überlegen. Gib mir etwas Zeit.“

Sie dachte gar nicht daran. „Dieser Plan geht nach hinten los, richtig?“

„Möglich.“

„Dann unternimm etwas!“

„Hast du einen Vorschlag?“

„Sag Destiny die Wahrheit“, drängte sie ungeduldig. „Das wäre doch mal was Neues.“

„Ich bin mir gar nicht mehr sicher, was die Wahrheit ist“, entgegnete er seufzend.

„Dann sage ich es dir!“, rief sie aufgebracht. „Wir sind nicht verlobt!“

„Du trägst meinen Ring“, erinnerte er sie sanft.

„Das ist eine Fälschung.“

„Ich versichere dir, dass er absolut echt ist.“

„Aber es hat nichts zu bedeuten“, widersprach sie heftig. „Die Verlobung ist nur vorgetäuscht. Alles ist nur ein albernes Spiel.“

„So hat es zumindest angefangen“, bestätigte er.

Bei seinem ernsten Ton horchte sie auf. „Richard?“

Er sah sie an, und ehe sie begriff, was er wollte, beugte er sich zu ihr und küsste sie sanft und zärtlich.

Sie saßen im Wagen, der mit laufendem Motor am Straßenrand stand, achteten nicht auf die vorbeifahrenden Autos und gaben sich ganz einem Kuss hin, der Melanie tief in ihrer Seele traf. Sie wollte sich an Richard klammern, damit der Kuss nie mehr aufhörte, und sie wollte ihn küssen, bis sie nicht mehr denken, sondern nur noch fühlen konnte.

Damit hatte sie nicht gerechnet. Unzählige Male hatte sie sich vorgenommen, sich auf nichts einzulassen und nie unvorsichtig zu werden. Gute Vorsätze, aber sie waren alle vergeblich gewesen. Sie hatte sich auf etwas eingelassen, und sie war verliebt.

Das war ihr Untergang.

Doch obwohl sie das wusste, konnte sie den Kuss nicht beenden. Richard zog sich schließlich zurück und wirkte zutiefst aufgewühlt. Ganz so, wie sie sich fühlte.

„Was ist?", fragte sie gereizt, als er lächelte.

„Für mich hat sich dieser Kuss verdammt echt angefühlt."

„Unmöglich", widersprach sie.

„Sagt wer?"

„Ich! Wir waren uns einig ..."

„Die Dinge haben sich eben geändert."

„Haben sie nicht", behauptete Melanie heftig. „Das dulde ich nicht! Ich arbeite für dich, und ich habe dir gesagt, dass ich mich nicht mehr auf so etwas einlasse."

„Das hast du gesagt", bestätigte er.

„Bring mich nach Hause", verlangte sie.

„Kein Problem."

Sie überlegte einen Moment, was sie sagen könnte, um wieder auf Abstand zu ihm zu gehen. „Treffen wir uns diese Woche mit deinen möglichen Wahlkampfmanagern?", fragte sie dann.

„Das soll Winifred verschieben."

„Und warum?", fragte sie scharf.

„Sagen wir, ich möchte noch einmal darüber nachdenken, was mir wichtig ist und was nicht."

„Und was soll das heißen?", erkundigte sie sich erstaunt.

„Das sage ich dir, sobald ich es selbst weiß."

Destiny rief einige Tage nach Weihnachten am frühen Morgen an. „Richard hat mir gesagt, dass er Ihnen den Tag freigegeben hat", erklärte sie heiter.

„Ich habe noch andere Kunden", erwiderte Melanie geschäftsmäßig.

„Niemand arbeitet an den Feiertagen", wehrte Destiny ab. „Ich habe andere Pläne. Es ist nur eine kleine Erkundungstour, sehr unterhaltsam."

„Sie möchten heute während des Schlussverkaufs einkaufen gehen? Bloß nicht!"

„Wir beginnen mit Mittagessen und Champagner", lockte Destiny.

„Das wird Sie in die richtige Stimmung bringen. Ich hole Sie in einer Stunde ab. Ziehen Sie bequeme Schuhe an."

Sie legte auf, ehe Melanie widersprechen konnte.

Trotz aller Bedenken ließ Melanie sich von Destinys Begeisterung anstecken. Was schadete es schon, wenn sie in den exklusivsten Geschäften einige Hochzeitskleider probierte, solange sie ihre Kreditkarte nicht einsetzte? Das verpflichtete sie zu nichts.

Das Unternehmen geriet jedoch blitzartig außer Kontrolle. Destiny war nicht zu bremsen. Sie kannte die Eigentümer der elegantesten Boutiquen und die teuersten Geschäfte, und sie war unermüdlich. Einwände wehrte sie einfach ab und strebte dem nächsten Geschäft zu. Melanie war verloren. Es half nichts, dass sie ihre Kreditkarte nicht zückte. Destiny benutzte ihre eigene.

„Das kann ich nicht zulassen", wehrte Melanie unzählige Male ab, doch vergeblich. Destiny würde vermutlich erst aufhören, wenn ihr Kofferraum platzte.

„Nun, das war es dann wohl für heute", stellte Melanie erleichtert fest, als sie ein Päckchen in den vollen Kofferraum presste. „Wir haben keinen Platz mehr."

„Dann lassen wir uns eben alles Weitere schicken", erwiderte Destiny und steuerte den nächsten Laden auf ihrer Liste an.

„Ich kann nicht mehr", wandte Melanie ein.

„Wirklich nicht?", fragte Destiny überrascht. „Dann bringe ich Sie nach Hause. Es war großartig. Wann fangen wir morgen an? Noch ein oder zwei solche Tage, und wir sind schon in gutes Stück vorwärts gekommen."

„Meinen Sie damit einen unerwarteten Aufschwung der amerikanischen Wirtschaft?"

„Das auch", erwiderte Destiny lachend. „Wie wäre es mit zehn Uhr?"

Melanie brachte alle möglichen Ausreden vor, erreichte aber nicht viel.

„Dann eben übermorgen", entschied Destiny. „Ich hole Sie um neun Uhr ab. Wir fangen mit Floristen und Partyservice an, und danach kaufen wir wieder ein."

Melanie wurde flau im Magen. „Das kann ich nicht zulassen. Es ist nicht richtig."

„Aber ich genieße jeden Moment!"

Das verstärkte Melanies schlechtes Gewissen, und sobald sie sich von Destiny verabschiedet hatte, fuhr sie zu Richard ins Büro. Einige Päckchen, die nur die Spitze des Eisbergs darstellten, nahm sie mit, um ihren Standpunkt zu unterstreichen.

Richard blickte vom Schreibtisch hoch, als sie hereinstürmte. „Mit dir habe ich heute gar nicht gerechnet."

„Der Tag steckt eben voller Überraschungen." Sie ließ die Päckchen auf seinen Schreibtisch fallen. „Sieh nur, was sie getan hat!"

„Destiny?"

„Wer sonst? Sie hat Geschirr und Schleier gekauft. Nichts kann sie bremsen. Als deine Verlobte müsste ich deiner Position entsprechend ausgestattet sein. Ich darf nichts bezahlen, wobei ich mir ohnedies nicht mal einen einzigen silbernen Platzteller leisten könnte, und sie hat gleich zwölf bestellt. Wir müssen dem allen ein Ende bereiten, Richard! Destiny genießt es, und ich komme mir gemein vor."

Noch während sie klagte, fasste er in eine der Tüten und holte ein seidiges Negligé heraus. Sofort trat ein verlangender Ausdruck in seinen Blick.

„Ich verstehe alles", behauptete er, doch das klang bei Weitem nicht so betroffen, wie sie gedacht hätte.

„Hast du mir überhaupt zugehört? Das muss aufhören! Sie gibt ein Vermögen für eine Hochzeit aus, die nie stattfinden wird. Sie ist außer Kontrolle geraten. Alles ist außer Kontrolle geraten!"

Er hielt das Negligé hoch. „Darauf verzichtest du aber nicht, oder?"

„Wie bitte?", fragte sie fassungslos.

„Es wäre ein Jammer, wenn du es nicht trägst, weißt du das?"

„Bist du irre?", fragte sie atemlos. Er meinte doch nicht …

„Fahr mit mir weg. Bitte."

„Ich denke nicht …"

„Nicht denken", drängte er lächelnd. „Ich habe schon genug für uns beide gedacht. Sag einfach Ja, Melanie. Wir fahren für ein paar Tage ins Landhaus."

„Um zu überlegen, wie wir die Situation in den Griff kriegen?"

„Das ist der eine Grund", erwiderte er und lächelte noch strahlender.

„Und der andere?", fragte sie vorsichtig.

„Damit ich dich darin sehe." Er ließ den hauchdünnen Stoff durch seine Finger gleiten. „Und damit ich es dir ausziehen kann."

Das Herz schlug ihr zum Zerspringen.

„Also?", drängte er.

In Gedanken sagte sie Nein, laut und klar. Und sie wiederholte es sogar zur Sicherheit.

Dann blickte sie Richard in die Augen.

„Ja", flüsterte sie.

13. KAPITEL

Richard war zwar noch verärgert, weil seine Tante sich eingemischt hatte, aber er hatte bereits begriffen, dass Melanie genau die Richtige für ihn war. Er hätte wissen müssen, dass Destiny keine Fehler machte, wenn es um sein Glück ging. Dafür kannte sie ihn zu gut, und sie hatte die Frau gefunden, die seiner Zurückhaltung entgegenwirken und bei der er sich lebendig fühlen konnte. Durch ihre Leidenschaft konnte er Verstand und Herz verlieren, wenn er das Risiko einging.

Er blickte Melanie über den Schreibtisch hinweg in die Augen, betrachtete ihre geröteten Wangen und wusste, dass er alles versuchen würde, damit sie für immer bei ihm blieb. Nie zuvor hatte ihm eine Frau so viel bedeutet.

„Bist du dir sicher?", fragte er. „Willst du wirklich mit mir ins Landhaus fahren?"

Sie nickte.

„Du weißt, dass ich dort nicht nur reden möchte."

Lächelnd deutete sie auf das hauchdünne Nichts aus dunkelblauer Seide und Spitze. „Das hast du ganz deutlich gemacht."

„Deine Beratertätigkeit hat nichts damit zu tun. Deine Arbeit hier ist gesichert, was auch immer sich zwischen uns abspielen mag. Das gebe ich dir schriftlich."

„Unnötig", erwiderte sie. „Ich kündige."

Richard war sicher, sich verhört zu haben. „Wie bitte?"

„Ich kündige", wiederholte Melanie. „Ich brauche deinen Vertrag nicht."

„Aber ich möchte, dass du weiterhin für mich arbeitest", protestierte er. „Du bist so gut, dass ich dich nicht verlieren will. Ich habe deine Anmerkungen zu den Bewerbern für den Posten des Wahlkampfmanagers gelesen. Sie waren äußerst hilfreich."

„Dann schicke ich dir gern dafür die Rechnung", erwiderte sie zufrieden, „aber ich kündige trotzdem."

„Warum?"

„Weil es alles nur noch schwieriger machen würde. Ich weiß nicht, wohin uns diese Fahrt zum Landhaus führt, aber ich will sicher sein, dass ich noch im Geschäft bin, wenn es zwischen uns endet. Und wenn es so weit ist, wäre es für mich zu schmerzhaft, in deiner Nähe zu bleiben."

Zweimal hatte sie nun betont, dass die Beziehung ihrer Meinung nach enden würde. Es war unbedingt nötig, dass er sie umstimmte, und bis dahin musste er verhindern, dass sie kündigte. Sie sollte möglichst eng an ihn gebunden sein.

„Ich dachte, die Beratertätigkeit für mich wäre dein großer Durchbruch. So hat Destiny es wenigstens hingestellt. War das falsch?"

„Nein, aber ich finde wieder eine Chance, Richard."

Er nickte widerwillig.

„Vielleicht solltest du dir diese Fahrt noch mal überlegen", meinte sie. „Du bist kein Mann, der Komplikationen schätzt."

Er stand auf und kam um den Schreibtisch herum. „Ich bin mir dieses Mal ganz sicher", beteuerte er. „Ich weiß nicht, wie das geschehen ist, aber du gehst mir nicht mehr aus dem Sinn."

„Und hoffst du jetzt, dass das nach diesem Wochenende doch noch klappt?", fragte sie misstrauisch. „Für den Fall blasen wir die Sache nämlich ab. Dann vergessen wir die Fahrt und die vorgetäuschte Verlobung und alles andere. Dann gebe ich Destiny die Sachen zurück und nehme die Schuld auf mich."

Es störte Richard gewaltig, dass sie sich so leicht von ihm abwenden würde. „Danke für das Angebot", entgegnete er und sah ihr tief in die Augen, „aber so läuft das nicht."

„Ach nein?", fragte sie gereizt, weil sie sich nichts vorschreiben lassen wollte.

„Wir fahren ins Landhaus, und dann vergessen wir diesen ganzen Unsinn für einige Tage. Wir werden uns lieben, bis wir nicht mehr können, und vielleicht noch ein paarmal öfter, um sicher zu sein, dass wir es auch richtig gemacht haben."

Es sah erst so aus, als würde sie abwehren, doch endlich nickte sie entschieden.

„Gut", bestätigte er und zeigte ihr nicht, wie sehr er sich freute und wie gewaltig sein Verlangen anwuchs. „Dann hole ich dich in einer Stunde ab."

„Wir fahren noch heute?"

„Wozu Zeit verlieren? Ich habe meine Arbeit erledigt. Wie sieht es bei dir aus?"

„Ich bin für übermorgen mit Destiny verabredet."

„Darum kümmere ich mich. Ich sage ihr, dass wir uns in ein romantisches Versteck zurückziehen, bevor der ganze Hochzeitswahnsinn über uns hereinbricht. Sie wird begeistert sein."

„Vielleicht kannst du sie dazu bringen, nichts ohne uns zu unternehmen", schlug Melanie vor. „Sag ihr, wir möchten an jeder Entscheidung beteiligt sein. Dann haben wir noch Hoffnung, dass bei unserer Rückkehr nicht schon alles bis ins kleinste Detail organisiert ist."

„Gute Idee. Ich rufe sie gleich an. Und du solltest dich auf den Weg machen."

Melanie griff nach dem Negligé und ließ es aufreizend an einem Finger baumeln. „Was soll ich denn schon groß einpacken, wenn ich nur das hier tragen soll?"

Richard hatte Mühe, klar zu denken, als sie das Büro verließ.

Zu Hause fand Melanie ihre Freundin Becky am Schreibtisch vor. „Was machst du denn hier?", wollte sie wissen.

„Ich muss mit einer Freundin sprechen. Wo warst du?", fragte Becky vorwurfsvoll. „Mir hast du erklärt, dass du heute arbeitest."

„Das ist eine lange Geschichte", erwiderte Melanie besorgt. „Was ist los? War alles in deiner Größe schon ausverkauft?"

„Ich habe mich nicht um den Schlussverkauf gekümmert."

Das war so ungewöhnlich, dass Melanie sich erst mal in einen Sessel fallen ließ. „Warum nicht?"

„Weil ich mit Jason Schluss gemacht habe."

„Schon wieder? Warum denn das?"

„Er betrügt mich."

„Bist du dir sicher?", fragte Melanie empört.

„Ich habe ihn mit einer Frau in der Abteilung für Herrenbekleidung gesehen", berichtete Becky. „Und ich habe Augen im Kopf. Sie hat ihn geradezu vollgesabbelt! Und mir hat er gesagt, er würde sich lieber umbringen, als zwischen Weihnachten und Neujahr einkaufen zu gehen. Aber er hat gewusst, dass ich das mache. Er wollte, dass ich ihn mit dieser Frau sehe. Dieser Feigling! Das war für ihn einfacher, als ehrlich mit mir zu sprechen!"

„Du hast recht, er ist ein Feigling", fand auch Melanie. „Aber willst du denn nicht die Wahrheit wissen?"

„Nein“, wehrte Becky ab und seufzte. „Ja, gut, aber jetzt sind die Feiertage. Mit wem soll ich denn Silvester verbringen?“ Sie sah Melanie hoffnungsvoll an. „Wir könnten etwas unternehmen und eine Party planen.“

„Das geht nicht“, gestand Melanie. „Ich fahre mit Richard weg.“

„Nein!“, rief Becky entsetzt aus. „Wann? Wohin?“

„Wir fahren in sein Landhaus.“ Melanie sah auf die Uhr. „In ungefähr zwanzig Minuten. Ich muss packen.“

„Dann geh und mach dir keine Sorgen um mich.“

Melanie zögerte. „Kommst du denn klar?“

Becky lächelte tapfer. „Tue ich das nicht immer? Es wird nicht der erste Silvesterabend sein, den ich allein verbringe.“

„Mach das nicht“, drängte Melanie. „Ruf jemanden an, geh essen oder ins Kino oder unternimm sonst etwas. Bleib nicht zu Hause, um dir wegen dieses Mistkerls die Augen auszuweinen.“

„Keine Angst, der ist mir keine Träne mehr wert“, versicherte Becky. „Am besten fahre ich gleich nach Hause und zerschneide alle seine teuren Designerhemden.“

„Das hat er verdient“, pflichtete Melanie ihr bei.

Beckys Stimmung sackte jedoch sofort wieder in den Keller. „Aber offenbar rechnet er damit. Wahrscheinlich hat er sich deshalb heute Hemden im Schlussverkauf besorgt.“

„Spielt keine Rolle“, wehrte Melanie ab. „Du wirst dich trotzdem hinterher besser fühlen. Denk daran, wie sehr er an seiner Kleidung hängt. Das fand ich immer schon merkwürdig an dem Typ. Der Mann hat für Kleidung mehr ausgegeben als wir.“

Becky öffnete eine Schreibtischschublade und holte eine gefährlich aussehende Schere heraus. „Die hier ist schärfer als die Scheren, die ich zu Hause habe“, erklärte sie in ihrer Lust auf Rache.

„Viel Spaß!“, rief Melanie ihr nach.

Becky war kaum gegangen, als Richard eintraf.

„Du bist noch nicht fertig“, stellte er fest, nachdem er sich kurz umgesehen hatte.

„Tut mir leid, hier gab es eine Krise.“

„Ach, darum hatte Becky wohl so ein leicht irres Funkeln im Blick.“

„Sie ist auf dem Kriegspfad“, verriet Melanie lächelnd.

„Ihr Freund?“

„Ihr Exfreund.“

„Schwebt er in Lebensgefahr?“

„Nein, nur seine Garderobe.“

„Erinnere mich daran, dass ich dich nie zornig mache“, bat Richard lachend.

Sie strich ihm über die Wange. „Du machst mich ständig zornig, aber bis jetzt ist deine Kleidung noch nicht in Gefahr.“

„Schade. Ich hatte gehofft, du würdest sie mir vom Leib reißen.“

„Interessante Vorstellung“, meinte sie nachdenklich. „Das überlege ich mir auf der Fahrt zum Landhaus.“

„Aber sprich deine Gedanken nicht aus“, bat er. „Ich würde nur ungern an einem der schäbigen Motels halten müssen, die an der Straße liegen.“

„Kommt gar nicht infrage. Dafür lasse ich dich zu gern zappeln.“

Bei der Ankunft im Landhaus war Richards Geduld nahezu am Ende. Wenn jemand jemandem die Kleidung vom Leib riss, so tat das vermutlich er.

„Soll ich Feuer machen?“, fragte er, nachdem sie alles Gepäck ins Haus gebracht hatten. Anstelle des Laptops hatte er dieses Mal eine Packung Kondome mitgenommen.

„Ein Feuer wäre romantisch“, erwiderte Melanie lächelnd. „Aber es würde zu lange dauern. Vielleicht später.“

„Abendessen?“, fragte er leicht gepresst.

Sie kam einen Schritt näher und ließ ihren Mantel von den Schultern gleiten. „Später.“

„Wein?“

Sie schüttelte den Kopf und sah ihm tief in die Augen. „Ich bin schon leicht beschwipst“, murmelte sie und tastete nach dem obersten Knopf seines Hemdes. „Und du bist für diese Umgebung zu korrekt gekleidet.“

Er sah sie fragend an. „Willst du wirklich jetzt sofort beginnen? Ich habe noch nicht mal die Heizung höher eingestellt.“

„Die werden wir nicht brauchen“, behauptete Melanie zuversichtlich.

„Offenbar hat zumindest einer von uns bereits endgültig geklärt, was wichtig ist und was nicht", stellte er lächelnd fest.

„Zumindest für den Moment", bestätigte sie.

Das erinnerte ihn nur allzu deutlich daran, dass bisher von einer festen Beziehung keine Rede gewesen war. „Dann wollen wir dafür sorgen, dass es unvergesslich wird", flüsterte er, zog sie an sich und küsste sie.

Dieses Mal hielten sie sich nicht zurück, und der Kuss fiel auch nicht behutsam oder forschend aus. Sie wussten bereits, dass ein einziger Kuss genügte, um ihre Lust zu entfachen.

„Wohin bringst du mich?", fragte Melanie, als er sie hochhob und zur Treppe ging.

„Ins Bett. Auf Feuer, Essen und Wein kann ich verzichten, aber ich werde dich nicht beim ersten Mal auf dem Fußboden im Wohnzimmer lieben."

„Hast du Angst, du könntest dir auf dem Teppich die Haut wund scheuern?", fragte sie herausfordernd.

„Nein, ich will dich nur so lieben, wie du es verdienst."

„Manchmal kannst du unglaublich reizende Dinge sagen", erwiderte sie verträumt.

„Manchmal inspirierst du mich eben ausreichend", räumte er ein und betrat das eiskalte Schlafzimmer. „Ich sollte allerdings noch mal kurz nach unten laufen und die Temperatur höher stellen."

Melanie schob ihm jedoch die Hand unters Hemd und streichelte seine nackte Haut. „Frierst du noch?"

„Genau genommen ..." Er stöhnte, als sie ihre Finger tiefer gleiten ließ. „Nein, jetzt nicht mehr."

„Siehst du", meinte sie zufrieden.

Richard sah sie ernst an. „Hast du eine Ahnung, wie oft ich schon daran gedacht habe?"

„Du denkst zu viel", erwiderte sie und erforschte seinen Körper.

Er versuchte sich wenigstens einigermaßen zu beherrschen. „Soll das heißen, dass du Handlungen bevorzugst?"

„Im Moment ganz eindeutig."

„Also gut, ich habe gelernt, dass ich stets die Wünsche der Dame berücksichtigen muss, zumindest in einer solchen Situation."

„Und wer hat dir das beigebracht? Destiny?"

„Mack. Mein Bruder blickt in dieser Hinsicht auf eine lange und erfolgreiche Karriere zurück."

„Was hat Destiny dir denn erklärt, als sie mit dir über die Blumen und die Bienen gesprochen hat?"

„Dass Sex immer besser ist, wenn man auch verliebt ist", erwiderte er leise.

In Melanies Augen trat ein Ausdruck, den er nicht ganz zu deuten wusste. Er hatte sie schon gut kennengelernt, doch das war neu, und diese Zärtlichkeit in ihrem Blick machte ihm Hoffnung.

Bis eben noch war Melanie überzeugt gewesen, dass es irgendwann unweigerlich zum Bruch zwischen ihnen kommen würde. Doch dann hatte Richard ihr einen so heißen und gefühlvollen Blick zugeworfen, dass sie nicht mehr sicher war. Jetzt gab es nur noch sie beide.

Verwegen erforschte sie weiter seinen Körper, doch plötzlich drehte er sie energisch auf den Rücken und öffnete ihre Kleidung, bis sie nackt unter ihm lag. Atemlos wartete sie auf den nächsten Schritt.

Ganz langsam ließ er die Lippen über ihren Körper wandern, bis sie sich vor Lust wand. In ihr brannte ein derart verzehrendes Feuer, dass sie die Kälte im Raum gar nicht wahrnahm, dass sie nur noch wartete, wann er sie erlösen würde.

„Wie lange willst du mich noch quälen?", fragte sie atemlos, weil sie ihn endlich in sich spüren und mit ihm verschmelzen wollte.

„Nur noch eine kleine Weile", erwiderte er und streichelte sie immer aufreizender. „Lass dich gehen."

Doch sie schüttelte hartnäckig den Kopf. „Nicht ohne dich."

„Bitte", sagte er leise und berührte sie so intim, dass sie sich nicht länger zurückhalten konnte.

Plötzlich wurde sie von Wogen der Lust gepackt, die sie einen Moment lang befriedigten. Doch schon kurz darauf sehnte sie sich nur noch mehr danach, Richard in sich zu spüren.

„Du kannst nicht immer alles bestimmen", erklärte sie, als er zufrieden lächelte, und wandte einen Griff an, den sie in einem Selbstverteidigungskurs gelernt hatte. Im nächsten Augenblick lag Richard unter ihr.

„Wo hast du denn das her?", fragte er verblüfft.

„Unwichtig. Wichtig ist nur, dass du jetzt weißt, was ich kann", entgegnete sie und lächelte nun ihrerseits zufrieden. Sie hätte nie geahnt, wozu dieser Kurs mal nützlich sein würde. „Und jetzt sag mir, was ich machen soll.“

Er legte ihr die Hände an die Wangen und küsste sie. „Das“, flüsterte er.

„Sonst nichts?“

„Und das.“

Er hob sie an, ließ sie auf sich sinken und vereinigte sich endlich mit ihr. Er hielt sie fest und sah ihr dabei tief in die Augen. Melanie kam es vor, als würden sie einen Kampf miteinander ausfechten, aber es war ein Kampf, den sie beide nur gewinnen konnten.

Endlich begann er, sich zu bewegen, und Melanie musste sich beherrschen, ihn nicht um mehr anzuflehen. Schon bald aber konnten beide sich nicht länger zurückhalten. Sie verloren sich in Empfindungen, forderten und gaben und trieben unaufhaltsam dem Höhepunkt entgegen.

Die Explosion auf dem Gipfel war so unbeschreiblich, dass Melanie hinterher völlig erschöpft war. Zudem war sie so voll von Gefühlen, dass sie nicht wagte, Richard anzusehen. Sie fürchtete, er könnte erkennen, wie sehr sie ihn liebte. Und sie wusste nicht, ob das klug wäre.

14. KAPITEL

Erst gegen Mitternacht stieg Richard aus dem Bett und ging nach unten, um die Heizung höher zu stellen.

Nie zuvor hatte sich ihm eine Frau so bereitwillig, so vollständig und so leidenschaftlich hingegeben. Ohne Zweifel war Melanie nicht an seinem Geld oder seiner Macht interessiert. Beides hatte sie zurückgewiesen. Ihre Gefühle galten nur ihm, und auf so eine Begegnung hatte er schon immer gewartet.

Warum hielt er sich noch zurück? Warum sagte er ihr nicht, was er empfand? Langsam wurde ihm klar, dass er ein Feigling war, der die Zurückweisung fürchtete.

Er legte das mitgebrachte Essen in den Kühlschrank, machte Kaffee und setzte sich an den Küchentisch. Und er dachte daran, was Destiny ihm mal gesagt hatte. Er durfte nicht zulassen, dass er wegen des Todes seiner Eltern nicht mehr zu lieben wagte.

„Wenn du dein Herz abschottest, schadest du dir selbst", hatte sie in einer dunklen Nacht erklärt, in der er aus einem Albtraum erwacht war. „Letztlich wirst du nur einsam sein. Du glaubst mir doch, dass ich dich lieb habe, oder?"

Er hatte stumm genickt.

„Hast du Angst, ich könnte dich verlassen oder sterben?"

Da er es nicht aussprechen konnte, hatte er bloß erneut genickt.

„Mein Junge, ich werde dich nie verlassen", hatte Destiny geschworen. „Sicher, jeder von uns stirbt eines Tages, doch das heißt nicht, dass wir nicht lieben dürfen. Wir sollten für jede Minute dankbar sein, die wir miteinander verbringen können."

Trotzdem war er nie ein Risiko eingegangen – bis Melanie auftauchte.

Er war schon bei der zweiten Tasse Kaffee, als er Schritte auf der Treppe hörte. Sofort waren sämtliche Ängste der Vergangenheit vergessen.

„Ich habe dich vermisst", sagte sie und betrat die Küche. Sie hatte sein Hemd an, setzte sich auf seinen Schoß und schmiegte sich vertrauensvoll an ihn.

Richard legte die Arme um sie und spürte ihren nackten Po an seinem Slip.

„Ich habe die Temperatur höher eingestellt", raunte er ihr ins Ohr und atmete genüsslich den Duft ihrer Haut ein.

„Du hättest meine Temperatur höher einstellen können", erwiderte sie.

„Wieso ist mir das nicht eingefallen?", fragte er lächelnd. „Ist es dafür schon zu spät?", erkundigte er sich und streichelte ihre Brüste.

„Wir können es ja probieren", scherzte sie. „Aber vorher musst du mich füttern. Ich habe Hunger."

„Auf verschiedenen Ebenen", stellte er fest. „Du denkst doch jetzt bestimmt nicht an Essen?"

„Du machst es mir sehr schwer", erwiderte sie, als er seine Hand abwärts gleiten ließ, „aber ja, ich denke an etwas Essbares für meinen Magen."

„Abendessen? Frühstück? Ein Sandwich?"

„Zwing mich nicht zu denken", murmelte sie. „Ich schlafe noch halb. Überrasche mich einfach."

„Interessanter Vorschlag. Lässt du mich aufstehen, oder soll ich mich um das Essen kümmern, während du auf meinem Schoß sitzt?"

Sie reckte sich, setzte sich auf einen anderen Stuhl und legte sofort den Kopf auf die Arme, die sie auf dem Tisch verschränkt hatte. Richard betrachtete ihren Nacken, eine der wenigen Stellen ihres Körpers, die er noch nicht geküsst hatte.

Anstatt der Versuchung nachzugeben, holte er jedoch alle nötigen Zutaten für ein Hühnchen-Avocado-Sandwich aus dem Kühlschrank. In der Tiefkühltruhe fand er außerdem noch eine Portion von Destinys Gemüsesuppe, die er in der Mikrowelle aufwärmte.

Melanie bewegte sich erst wieder, als er das Essen auf den Tisch stellte, hob den Kopf und roch an der Suppe. „Sag jetzt bloß noch, die ist selbst gemacht", flüsterte sie.

„Ist sie, aber das Lob geht an Destiny", erwiderte er lachend.

„Duftet herrlich." Melanie kostete. „Schmeckt auch herrlich", fügte sie hinzu und betrachtet das Sandwich. „Hühnchen und Avocado auf Baguette? Großartig."

„Das habe ich gemacht. Kochst du wirklich nie?"

„Ein tiefgekühltes Fertiggericht habe ich noch nie verdorben."

„Etwas, worauf jeder Meisterkoch stolz sein kann", stellte er lachend fest.

„Zum Glück bin ich nicht meiner kulinarischen Fähigkeiten wegen bei dir", stellte sie fest. „Ich würde dich sonst bitter enttäuschen."

„Du könntest mich nie enttäuschen." Nur, wenn sie ihn verließ …

Sie sah ihn eindringlich ein. „Bist du sicher? Vorhin hast du ein seltsames Gesicht gemacht, als würdest du über etwas nachdenken."

Das wäre der richtige Zeitpunkt gewesen, um offen über alles zu sprechen, doch er schwieg, weil er seine Zweifel und Ängste noch immer nicht überwinden konnte. Und als sich Melanies Miene wieder verschloss, war ihm klar, dass er die Chance verpasst hatte.

Melanie ahnte, dass Richard während des Essens mit den Schatten seiner Vergangenheit kämpfte, doch sie hatte keine Ahnung, was sie machen sollte. Die ganze Zeit über hatte sie gehofft, es würde ausreichen, wenn sie sich offen und verwundbar zeigte. Außerdem hatte sie gehofft, dass sie ihre Gefühle nie in Worte fassen müsste. Worte konnten an einem Panzer abprallen, und sie selbst kannte die Macht von Worten nur zu gut. Sie konnten heilen oder verletzen, und wenn sie erst mal ausgesprochen waren, konnte man sie nicht mehr zurücknehmen.

Trotz allem nahm sie sich vor, bis zur Rückkehr nach Alexandria offen zu bleiben. Vielleicht klappte es ja doch noch. Schließlich hatten sie schon große Fortschritte gemacht.

Am Morgen schien Richard zu einer ähnlichen Entscheidung gelangt zu sein. Er begrüßte Melanie mit einem strahlenden Lächeln und mit einem Frühstück, das jedem Gourmet-Koch zur Ehre gereicht hätte.

„Vielleicht heirate ich dich wirklich, wenn du mir jeden Morgen ein solches Essen versprichst", scherzte sie.

„Einverstanden", erwiderte er gut gelaunt. „Aber bestimmt schleppen wir uns dann noch vor dem vierzigsten Geburtstag mit Übergewicht, Bluthochdruck und zu viel Cholesterin zum Arzt."

Sie kostete das Omelett mit Ziegenkäse und Schnittlauch. „Das wäre es vermutlich sogar wert."

Anerkennend ließ er den Blick über ihren Körper wandern. „Und? Wie arbeiten wir die ganzen Kalorien wieder ab?", fragte er hoffnungsvoll.

„Nicht so", wehrte sie entschlossen ab.

„Schade."

„Aufgeschoben ist nicht aufgehoben", beruhigte sie ihn mit einem Lächeln. „Ich wünsche mir eine Besichtigung von George Washingtons Geburtsort und die Führung in einer Weinkellerei."

„Die Weinkellerei klingt nicht schlecht, aber bei dem anderen Punkt bin ich mir nicht sicher. Destiny fand immer, wir sollten solche geschichtsträchtigen Orte in den Sommerferien besuchen."

„Hat es dir denn nicht gefallen?"

„Vielleicht habe ich mich nicht klar genug ausgedrückt. Wir waren jedes Jahr in den Sommerferien dort!"

„Toll, dann brauchen wir keinen Führer", meinte sie strahlend. „Du kannst mir alles erzählen."

„Vermutlich habe ich eine unbewusste Gedächtnissperre errichtet."

„Dann kaufe ich ein Buch und stelle dich auf die Probe", erklärte sie. „Machen wir uns auf den Weg."

„Wie du willst", sagte er, stand auf und räumte das Geschirr in die Spülmaschine.

Melanie streichelte lächelnd seine Wange. „Nicht schmollen. Wenn wir zurückkommen, darfst du mich auf die Probe stellen."

„Dein Geschichtswissen?"

„Nein, sondern meine Reaktion auf ganz bestimmte Dinge."

Augenblicklich erhellte sich Richards Miene. „Zieh Wanderschuhe an, Schatz. Eine so schnelle Besichtigungstour hast du noch nie erlebt."

Richard war selbst überrascht, wie mühelos es ihm gelang, sich auf Melanies heitere Stimmung einzustellen. Und es gefiel ihm, wie aufmerksam sie seinen Erklärungen zuhörte.

„Damals hätte ich gern gelebt", schwärmte Melanie, nachdem sie das Geburtshaus des großen amerikanischen Präsidenten besichtigt hatten. „Es müsste spannend sein, wenn man zu jener Zeit im Hause Washington hätte Mäuschen spielen können. Stell dir bloß die Gespräche beim Abendessen vor."

„Es ist ganz ähnlich, wenn Destiny die Hälfte der einflussreichsten Leute Washingtons zu sich einlädt", erwiderte er lächelnd. „Das nächste Mal musst du dabei sein. Destiny liebt es, einen zündenden Funken in die Menge zu werfen und auf die Explosion zu warten."

„Ja, das kann ich mir gut vorstellen. Sie hat mir erzählt, wie unglaublich lebhaft es bei den Treffen von Intellektuellen in ihrem Atelier in Frankreich zugegangen ist."

„Das hat sie dir erzählt?", fragte Richard überrascht. „Mit uns spricht sie nie über Frankreich."

„Vielleicht sollt ihr nicht wissen, dass ihr etwas fehlt", sagte Melanie.

„Warum denn das?", fragte er und fand im nächsten Moment die Antwort. „Wir sollen nicht denken, sie hätte für uns Opfer gebracht."

„Vermutlich", bestätigte Melanie. „Sprich sie doch bei Gelegenheit mal darauf an."

„Das werde ich", bestätigte er. „Vielleicht redet sie mit Ben darüber. Damals hat sie gemalt. Das haben die beiden gemeinsam. Sie lieben die Kunst, und sie hat sein Talent gefördert, und manchmal frage ich mich, ob ihr das Malen nicht fehlt."

„Wenn sie geschwiegen hat", sagte Melanie, „dann sicher nicht, weil sie euch nicht liebt. Sie hat unbeschreiblich selbstlos gehandelt. Damals hatte sie ein wunderbares Leben und war schrecklich verliebt. Ihre Gemälde wurden in Paris und an der Côte d'Azur verkauft. Sie hatte Freunde und galt in ihrer Welt als Berühmtheit. Doch für dich, Mack und Ben hat sie sofort alles aufgegeben und war dann ausschließlich für euch da. Die Familie war ihr am wichtigsten."

Richard hatte gewusst, dass seine Tante Opfer gebracht hatte. Er hatte nur das Ausmaß nicht gekannt. „Du bist erstaunlich", versicherte er und drückte Melanie einen Kuss auf die Wange.

„Danke, aber was habe ich denn getan?"

„Du hast mir die Augen geöffnet", erwiderte er. Und das Herz, fügte er in Gedanken hinzu.

Ihr Kurzurlaub verlief wundervoll, und hätte Richard auch noch gesagt, dass er sie liebte, wäre Melanie restlos glücklich gewesen.

Jeden Abend blieben sie lange auf, sahen sich Filme an und aßen dabei Popcorn. Sie tanzten zu Oldies aus dem Radio, liebten sich immer wieder vor dem Kamin, und jedes Mal gewann Melanie neue Einblicke, nur nicht in Richards Herz.

Zu Silvester lag sie beim zwölften Glockenschlag in Richards Armen, erschöpft, aber zufrieden.

„Wir müssen etwas besprechen, bevor wir morgen zurückfahren", sagte er und sah ihr dabei in die Augen. „Ein neues Jahr ist der richtige

Zeitpunkt für einen Neubeginn."

Die Worte waren zwar richtig, aber sein Ton macht ihr Angst. „Worum geht es?"

„Um den öffentlichen Bruch, den ich dir versprochen habe", erwiderte er und wich ihrem Blick aus.

„Du hast darüber nachgedacht?", fragte sie niedergeschlagen.

„Du nicht? Du hast doch ständig darauf gedrängt, dass wir es machen, und ich finde, du hast recht. Nach Destinys Anfall von Einkaufswut können wir nicht so weitermachen."

„Das war es dann also", bemerkte sie tapfer und hielt eisern die Tränen zurück. „Was stellst du dir vor?"

Jetzt sah er sie zwar wieder forschend an, doch sie zeigte ihm nicht, wie sehr sie litt.

„Das solltest du entscheiden", erklärte er tonlos.

Sie nickte nur.

„Denkst du darüber nach?", drängte er. „Sag mir Bescheid. Ich bin mit allem einverstanden."

„Willst du es schon bald?", fragte sie mühsam.

„Das halte ich für das Beste", erwiderte er.

„Ich auch." Melanie griff nach der Sofadecke, weil sie plötzlich fror, wickelte sich darin ein und stand auf. „Ich gehe schlafen", sagte sie mit erstickter Stimme.

„Glückliches neues Jahr, Melanie", wünschte Richard noch, als sie schon an der Tür war.

„Glückliches neues Jahr", erwiderte sie, doch so schlimm hatte für sie noch kein Jahr begonnen.

Ihre Hoffnungen für die Zukunft waren zerstört. Um ihren albernen Stolz und ihr Herz zu schützen, würde sie also mit Richard nach Alexandria zurückkehren und die Party planen, auf der sie ihm den verdammten Ring ins Gesicht schleudern konnte. Und das wollte sie so glaubhaft und denkwürdig machen, dass es ihn zeit seines Lebens verfolgen würde. Richard mochte fähig sein, alles wegzuwerfen, was sie gemeinsam gefunden hatten, aber er sollte sie nie vergessen.

15. KAPITEL

Melanie fand es zwar schrecklich, dass sie Destinys Verlobungsparty für sie beide verderben würde, aber Richards Tante ließ ihnen gar keine andere Wahl. Bei ihrer Rückkehr hatte Destiny bereits alles geplant, sogar die Einladungen wurden schon gedruckt.

Melanie und Richard waren sich einig, dass diese Party ideal war. Selbst Pete Forsythe war dazu eingeladen.

„Sind Sie denn sicher, dass Sie Ihre Eltern nicht doch zu der Party einladen wollen?", fragte Destiny, als sie die Gästeliste ein letztes Mal durchgingen. „Richard würde sie gern mit dem Firmenjet abholen."

Damit ihre Eltern bei dem Debakel dabei waren? Niemals! Melanie hatte nur darauf bestanden, dass Becky teilnahm, damit sie in der Menge wenigstens ein freundliches Gesicht sah, wenn es so weit war. „Meine Eltern haben Angst vorm Fliegen", erklärte sie wahrheitsgemäß. „Und Dad kann sich nicht so lange freinehmen, um mit dem Wagen zu fahren. Bestimmt veranstalten sie irgendwann in Ohio ihrerseits ein Fest."

„Melanie, ist alles in Ordnung?", fragte Destiny besorgt. „Für eine zukünftige Braut wirken Sie nicht sonderlich glücklich. Seit der Rückkehr aus dem Landhaus sehen Sie traurig drein."

„Ich bin nur müde", versicherte Melanie. „Wir haben eine Menge unternommen, und bei meiner Rückkehr hatte sich viel angestaut. Ich arbeite im Moment immer bis spät in die Nacht."

Damit schien Destiny sich zufriedenzugeben. „Nach der Heirat könnten Sie zu arbeiten aufhören", schlug sie zaghaft vor. „Das ist zwar nicht modern, ich weiß, aber Sie könnten es sich leisten."

„Ich liebe meine Arbeit", versicherte Melanie, und bald würde sie auch nichts anderes mehr haben.

„Und Sie machen das fantastisch, doch manchmal muss man im Leben entscheiden, was wichtig ist und was nicht. Und irgendwann könnte die Familie an erster Stelle stehen."

„Wie bei Ihnen?"

„Ja", bestätigte Destiny, „wie bei mir."

„Haben Sie es jemals bereut?"

„Wieso denn das?", fragte Destiny geradezu betroffen. „Richard,

Mack und Ben sind für mich wie Söhne. Sie haben mich gebraucht. Also stand eine andere Entscheidung damals gar nicht zur Debatte."

„Woher weiß man, ob man sich richtig entscheidet?", sinnierte Melanie betrübt.

„Fragen Sie Ihr Herz", erwiderte Destiny lächelnd. „Das belügt Sie niemals. Allerdings muss man manchmal schon genau hinhören", fügte sie trocken hinzu, „damit man bei dem Getöse um einen herum etwas versteht."

Bevor Melanie darüber nachdenken konnte, betrat Richard das weiblich eingerichtete Büro, das Destiny bei *Carlton Industries* besaß und das in auffallendem Gegensatz zu den übrigen nüchternen Büros stand.

Er küsste Destiny flüchtig auf die Wange und hauchte Melanie einen Kuss auf die Lippen. Obwohl das nichts zu bedeuten hatte, traf es Melanie tief.

„Was heckt ihr zwei denn hier aus?", fragte er.

„Wir schließen die Planung für die Verlobungsparty ab", erklärte Destiny. „Die Einladungen gehen heute Nachmittag in die Post."

Von seiner Tante unbemerkt warf er Melanie einen vielsagenden Blick zu. „Hat Destiny dich dazu gebracht, einige Tausend Leute einzuladen?"

„Nur einige Hundert", erwiderte Melanie. „Bei dreihundertfünfzig habe ich Einspruch eingelegt."

„Hübsche runde Zahl", stellte er fest. „Medienvertreter?"

„Pete Forsythe und sein Fotograf."

Destiny schüttelte den Kopf. „Warum Forsythe dabei sein soll, begreife ich nicht."

„Und ich dachte, du würdest Mr. Forsythe sogar mögen", stellte Richard amüsiert fest.

Melanie staunte über Destinys Fähigkeit, die Betroffene zu spielen.

„Wie kommst du bloß darauf?", fragte Destiny kühl.

„Du hast ihn für die Meldung über mein Wochenende mit Melanie in der Zeitung benutzt", erinnerte Richard seine Tante. „Warum soll er dann nicht auch bei der Verlobung dabei sein?"

„Wie du meinst", entgegnete Destiny lässig.

„Darf ich dir Melanie entführen? Wir müssen eigene Pläne besprechen, und jetzt ist eine gute Gelegenheit dazu."

„Aber ja, bitte“, stimmte Destiny bereitwillig zu.

Melanie folgte Richard zögernd in sein Büro. „Geht es um den Wahlkampf?“

„Du hast gekündigt.“

„Das heißt nicht, dass wir inoffiziell nicht darüber sprechen könnten“, erwiderte sie.

„Nein, es geht nicht um den Wahlkampf. Ich muss heute Abend zu einem Geschäftsessen gehen. Begleitest du mich?“

„Hältst du das unter den gegebenen Umständen nicht für eine schlechte Idee?“

„Möglich, aber diese Leute nehmen es mir übel, wenn ich nicht teilnehme. Und sie haben von dir gehört und möchten dich vor der großen Party kennenlernen.“

Melanie gefiel das gar nicht. Wie sollte sie mit Richard ausgehen und sich vor Fremden glücklich zeigen, während sie gleichzeitig das Ende plante?

„Könnten wir denn nicht heute vor dem Essen den Streit inszenieren?“, fragte sie hoffnungsvoll. „Dann würden wir uns das Essen und die Verlobungsparty ersparen.“

„Ich dachte, du wünschst dir eine große Szene“, erwiderte er erstaunt. „Das gehört doch zu unserer Abmachung.“

„Ehrlich, ich bin nicht mehr sonderlich daran interessiert.“ Sie wollte ihn nicht demütigen, sondern nur alles hinter sich bringen. Darum versuchte sie, den Ring vom Finger zu ziehen. „Lass es uns ganz in Ruhe jetzt gleich beenden.“

Leider spielte der Ring nicht mit – und Richard offenbar auch nicht, gemessen an seinem entschlossenen Gesicht.

„Du hast Ort und Zeit bestimmt“, erwiderte er. „Ein Rückzieher kommt nicht infrage.“

„Warum nicht?“

„Darum nicht“, entgegnete er starrsinnig.

Hätte sie es nicht besser gewusst, hätte sie glauben können, dass er noch etwas Zeit für sich gewinnen wollte, doch das stimmte natürlich nicht.

Während Richard sich für die Verlobungsfeier umzog, dachte er, dass er auf Melanies Vorschlag hätte eingehen und die Sache in seinem Büro hätte beenden sollen. Was hatte er sich bloß davon erwartet, den Bruch noch eine Woche hinauszuschieben? Der Abend mit seinen Geschäftspartnern hatte nichts gebracht. Melanie war schweigsam gewesen, und die anderen Paare hatten sich sichtlich unwohl gefühlt.

„Warum diese finstere Miene?“, fragte Mack, der Richard dabei ertappte, wie er sich einen Drink eingoss. „Diese Party heute sollte eine Feier werden.“

„Ach, lass das“, erwiderte Richard. „Wir beide wissen doch Bescheid.“

Mack sah ihn überrascht an. „Aber ich dachte …“

„Was denn? Dass sich etwas geändert hat? Dass wir Verlobung und Hochzeit wirklich durchziehen?“

„Ja, eigentlich schon“, bestätigte Mack. „Alles hat darauf hingedeutet, vor allem als ihr zwei die Stadt verlassen und euch in euer romantisches Versteck zurückgezogen habt.“

„Nun, bei Melanie und mir sind die Dinge oft anders, als sie auf den ersten Blick erscheinen. Sie hat den Aufenthalt im Landhaus gewählt, um mich darüber zu informieren, dass sie auf unserer Abmachung besteht.“

Mack warf ihm einen scharfen Blick zu. „Und was hast du getan, um sie umzustimmen?“

„Was hätte ich denn tun sollen?“, fragte Richard. „Sie hatte sich eindeutig entschieden.“

Mack seufzte. „Hast du ihr gesagt, dass du sie liebst?“

Richard runzelte die Stirn.

„Das heißt ja wohl, du hast es nicht getan“, fuhr Mack fort. „Was ist eigentlich los mit dir? Nein, schon gut, ich kenne die Antwort. Glaube mir, in Liebesdingen bin ich so übervorsichtig wie du, aber hier geht es um Melanie, Bruderherz. Diese Frau ist restlos in dich verliebt, und du bist offenbar auch in sie verliebt. Lass sie dir nicht entwischen.“

Richard war nicht bereit, seine Gefühle einzugestehen, nicht mal seinem Bruder gegenüber. „Du vergisst nur eines: Diese ganze Sache mit der Verlobung war eine Farce, um Destiny etwas vorzugaukeln.“

Mack lachte. „Glaubst du denn noch immer, Destiny wüsste das nicht längst? Du Einfaltspinsel! Das Ganze mag als albernes und unreifes Spiel begonnen haben …“

Richards Miene verdüsterte sich noch mehr.

„Du brauchst mich nicht so anzusehen, großer Bruder“, fuhr Mack unbeeindruckt fort. „Du kannst mich nicht einschüchtern. Wichtig ist jetzt nur eines: Du musst dir eingestehen, dass das Spiel aus ist. Und nun musst du versuchen, alles zu retten, bevor es zu spät ist. Sei nicht starrsinnig, Richard, nicht in dieser Hinsicht. Wenn du die Verlobung durchziehen willst, dann will Melanie das möglicherweise auch. Aber sie hat zu viel Angst, das zuzugeben, weil ihr beide diesen endgültigen Bruch vorher vereinbart habt.“

Richard sah Mack ungläubig an. War es möglich, dass sein Bruder recht hatte? Hatte er lediglich Melanie in eine Ecke gedrängt, genau wie sie das mit ihm getan hatte? Und wagten sie nun beide nicht, sich verwundbar zu zeigen?

„Seit wann bist du denn so klug, vor allem in Herzensangelegenheiten, Mack?“

„Ich bin nicht der Dumme von uns beiden, Bruderherz. Du bist derjenige, der bis jetzt noch immer nicht erkannt hat, was eigentlich los ist.“

Richard sah keinen Sinn mehr darin, seine Gefühle zu verleugnen, wenn Mack es ohnedies nicht glaubte. „Und was soll ich deiner Meinung nach tun?“

„Dir wird schon irgendetwas Beeindruckendes einfallen, aber vor allem lass dich nicht abweisen. Wenn Melanie es schafft, auf der Party eine Szene zu inszenieren, kannst du das auch. Darauf würde ich wetten.“

Richard konnte sich nicht länger weigern. Schließlich ging es um das Einzige, was er sich jemals verzweifelt gewünscht hatte. Er griff zum Telefon, rief seinen Juwelier an und wandte sich dann wieder zu seinem Bruder.

„Ich habe eine Idee, die klappen könnte.“

„Und selbst wenn sie nicht klappt, hast du wenigstens alles in deiner Macht Stehende getan, und das ist viel besser, als kampflos aufzugeben.“

Mack hatte recht, und Richard fühlte sich schon etwas besser. Schließlich wusste er, wie wichtig es war, bei Verhandlungen die Initiative zu ergreifen. Wieso hatte er bisher nicht auf diese Taktik zurückgegriffen, obwohl es um die wichtigsten Verhandlungen seines Lebens ging?

Melanie wischte ungeduldig die Tränen weg, als Destiny sie nach einigem Suchen im Damenwaschraum fand. Bald sollte sie die Verlobung aufkündigen. Bisher war die Party ein rauschender Erfolg gewesen. Melanie hätte eigentlich lächeln sollen. Genau genommen hatte sie auch gelächelt, aber so gekünstelt, dass ihr die Wangen schmerzten. Hierher hatte sie sich zurückgezogen, weil sie es nicht länger ertrug.

„Meine Liebe, stimmt etwas nicht?“, erkundigte sich Destiny und hörte sich eher zufrieden als besorgt oder mitfühlend an.

Melanie warf einen Blick in Destinys Gesicht und seufzte. Mack hatte recht. Destiny wusste über alles Bescheid, was sie und Richard sich ausgedacht hatten. „Sie waren die ganze Zeit informiert, nicht wahr? Sie haben gewusst, dass wir Ihnen nur etwas vorspielen?“

„Aber natürlich“, beteuerte Destiny heiter, als hätte sie nicht soeben ein Vermögen zum Fenster hinausgeworfen, um etwas zu feiern, das gar nicht existierte. Sie tätschelte Melanie die Hand. „Aber ich weiß auch, dass Sie meinen Neffen lieben, und er liebt Sie. Daran besteht für mich nicht der geringste Zweifel.“

Melanie fragte gar nicht erst, woher Destiny das alles wusste. Sie brauchte einen Rat – und zwar schnell. „Wie soll ich das denn jetzt hinbiegen?“

„Gar nicht“, riet Destiny sanft. „Das soll Richard machen. Auf manche Dinge müssen Männer von selbst kommen, sonst gerät das Gleichgewicht der Kräfte für immer in Schieflage.“

„Glauben Sie, dass er es machen wird?“, jammerte Melanie.

„Wenn er nur halb so viel Mann ist, wie ich denke, schreiten Sie in einem Monat zum Altar“, erklärte Destiny zuversichtlich. „Und niemand kennt meinen Neffen besser als ich.“

„Dann soll ich also wie geplant mit ihm Schluss machen?“

Destiny nickte. „Damit rechnet er. Enttäuschen Sie ihn nicht. Und sollte er davon ausgehen, dass Sie es sich in letzter Minute doch noch anders überlegt haben, wird ihn das endlich aufrütteln.“

Eine Stunde später holte Melanie tief Luft und schüttete Richard ein Glas Champagner ins Gesicht. Das hatte sie zwar nicht so geplant, aber es tat ihr gut. Dieser Mann war dermaßen unnachgiebig, stur und uneinsichtig, dass sie es kaum aushielt. Vielleicht brachte ihn der Champagner ein wenig zu Verstand.

„Was hat denn das zu bedeuten?“, fragte er scheinbar entsetzt.

„Ich wollte dich aufrütteln, damit du die Dinge endlich klarer siehst!“

Zu ihrer Überraschung lachte er leise. „Ach ja, ist das so?“

„Ja, genau so ist das! Und für einen angeblich extrem klugen Mann stellst du dich manchmal wirklich dümmer als dumm an!“ Schön, dazu hatte Destiny ihr zwar nicht geraten, doch Melanie war es leid, ihr Schicksal anderen zu überlassen. Zu lange schon bestimmten Destiny und Richard und wer weiß wer sonst noch ihr Leben. Sie hatte vergessen, dass sie für ihre Zukunft selbst verantwortlich war und niemandem an dieser Beziehung mehr lag als ihr … höchstens Richard.

„Willst du vielleicht mit mir Schluss machen?“, fragte er amüsiert, obwohl sie von allen Seiten fassungslos beobachtet wurden.

„Ja!“, erklärte Melanie heftig.

„Bekomme ich dann den Ring zurück?“

Sie hielt ihm die Hand hin und betrachtete den riesigen Stein. Im Schein der Lüster des Ballsaals glitzerte und funkelte er. Das blöde Ding hatte mindestens sechs Karat, war von perfekter Reinheit und Farbe und ein Vermögen wert. „Nein, doch lieber nicht. Ich werde ihn versetzen, um meine Firma zu erweitern.“

Hinter ihr lachten seine Brüder leise.

Richard zuckte mit den Schultern. „Wie du meinst“, erwiderte er ruhig, „aber du solltest ihn jetzt doch abnehmen.“

„Und warum sollte ich das?“, fragte sie stur.

Er zog eine Schatulle aus der Tasche. „Weil ich einen anderen Ring für dich habe, der dir vermutlich besser gefallen wird.“

Melanie traute ihren Ohren nicht. „Du machst mir einen Heiratsantrag? Hier? Jetzt? Echt?“ Als sie Richards Tante hinter sich nach Luft schnappen hörte, wirbelte sie herum. „Ach, hören Sie auf!“, fauchte sie Destiny an. „Damit haben Sie doch von Anfang an gerechnet! Sie haben schließlich gesagt, dass Sie ihn besser kennen als jeder andere.“

„Glauben Sie mir, Liebste, davon hatte ich keine Ahnung“, beteuerte Destiny vergnügt.

Richard lächelte ihr zu. „Du hättest es dir denken können. Schließlich hast du den Stein ins Rollen gebracht.“

„Mir gebührt allerdings nicht der ganze Ruhm“, wehrte Destiny erstaunlich bescheiden ab.

Richard zeigte sich davon wenig beeindruckt. „Destiny bekommt immer, was sie will“, vertraute er Melanie an. „Das solltest du eigentlich inzwischen wissen.“

Destiny strahlte Richard und Melanie an und wandte sich dann entschlossen an seine Brüder. „Und ihr beide solltet das auch nie vergessen!“

Sichtlich entsetzt zogen Mack und Ben sich in den Hintergrund zurück.

Melanie wandte sich an Richard, sobald die beiden sich verdrückt hatten. „Wenn es die zwei erwischt, auf wessen Seite wirst du dann stehen?“, fragte sie.

„Natürlich auf Destinys Seite“, antwortete er, ohne zu zögern. „Immerhin hat sie dafür gesorgt, dass ich an die Macht der Liebe glaube.“ Er sah Melanie tief in die Augen. „Du hast mir übrigens noch keine Antwort gegeben.“

„Ich sollte dich eine Weile zappeln lassen“, erwiderte sie lächelnd.

Dann hörte sie Destiny etwas über die Ausgeglichenheit der Kräfte sagen und traf ihre Entscheidung. Richard war das Risiko eingegangen und hatte vor allen Leuten sein Herz entblößt. Nun musste sie ihren Teil dazutun.

„Ich nehme an“, verkündete sie.

Alle Gäste jubelten. Es war ein ziemliches Durcheinander gewesen. Ursprünglich hatten sie eine Verlobung feiern wollen, dann waren sie stattdessen Zeugen des Bruchs geworden, und nun wurde die Verlobung doch wieder verkündet.

Destiny zog Melanie in die Arme und gratulierte ihr. „Ich könnte mir für Richard keine bessere Frau wünschen!“, versicherte sie.

„Spielen Sie nicht die Überraschte“, verlangte Melanie. „Wir wissen doch beide, dass Sie mich gezielt ausgesucht haben, obwohl ich den Grund nicht begreife.“

„Aber, Liebste, das ist doch ganz einfach“, erwiderte Destiny und wandte sich an Richard, den Melanie noch nie so locker und entspannt erlebt hatte und der ihr einen liebevollen Blick zuwarf. „Siehst du, was ich sehe?“, fragte Destiny.

„Er ist glücklich“, stellte Melanie fest, und das traf auch auf sie zu.

„Er ist glücklich", bestätigte Destiny und ging zum Du über. „Durch dich."

Melanie umarmte sie. „Dann sollten wir uns das Verdienst vielleicht teilen."

Destiny nickte zufrieden. „Ja, heute Abend meinetwegen, aber im Laufe der Zeit wird der Löwenanteil an dich fallen, und dafür möchte ich dir schon im Voraus danken."

Melanie wandte den Blick nicht von Richard. „Er kann mich aber nicht nur deinetwegen lieben", sagte sie zu Destiny. „Deine Aufgabe ist erfüllt."

„Ja, das glaube ich auch." Destiny sah sich im Saal um. „Wo steckt eigentlich Mack?"

Melanie lachte über Destiny, die sich sofort auf die Suche machte. „Du solltest deinen Bruder warnen", riet sie Richard.

„Aber nein", wehrte er ab. „Mack kann auf sich selbst aufpassen. Es wird sogar ein Vergnügen sein, ihn zur Abwechslung mal leiden zu sehen. Außerdem habe ich Wichtigeres zu tun."

„Und das wäre?"

„Das", entgegnete er und küsste sie.

„Ja, das ist eindeutig wichtiger", flüsterte Melanie an seinen Lippen.

„Habe ich dir eigentlich schon gesagt, dass ich dich liebe?", fragte Richard nach dem Kuss.

„Jetzt da du es erwähnst – nein", erwiderte Melanie. „Aber das habe ich eigentlich aus dem Heiratsantrag herausgehört."

„Wusste ich doch, dass du Gedanken lesen kannst", meinte er lächelnd.

Melanie seufzte. „Eine Zeit lang war ich allerdings überzeugt, ich hätte alles falsch gedeutet. Von nun an werde ich meinem Instinkt vertrauen."

„Und was sagt dir jetzt dein Instinkt?", erkundigte er sich.

Sie betrachtete ihn nachdenklich, ehe sie lächelte. „Schämen solltest du dich!", hielt sie ihm vor.

„Dann hast du also keine Lust, diese Party zu beenden und nach oben in eines der Zimmer zu gehen?"

„Ich habe nicht gesagt, dass ich nicht daran interessiert bin", entgegnete sie. „Offenbar musst du noch üben, meine Gedanken zu lesen."

„Das wird meine Lebensaufgabe sein“, beteuerte er ernst. „Das – und dich zu lieben.“

Melanie war glücklich. Wenn er das sagte, konnte sie sich darauf verlassen. Richard Carlton hielt stets seine Versprechen. Das würde übrigens der wichtigste Punkt in der Strategie für den kommenden Wahlkampf werden. Und obendrein war es die reine Wahrheit.

– ENDE –

Sherryl Woods

Nur ein kleines Intermezzo?

Roman

Aus dem Amerikanischen von
M. R. Heinze

MIRA®

1. KAPITEL

Mack Carlton beherrschte Ausweichmanöver besser als jeder andere Football-Spieler in der Gegend von Washington vor ihm. Nun wich er schon seit Wochen seiner Tante Destiny aus, doch leider war sie schneller und raffinierter als alle gegnerischen Spieler, mit denen er es jemals zu tun gehabt hatte. Darüber hinaus ging sie dermaßen entschieden vor, dass es eigentlich nur eine Frage der Zeit war, wann sie ihn erwischen würde.

Nachdem es Destiny gelungen war, Macks älteren Bruder Richard zu verheiraten, war sie jetzt hinter ihm her. Und seitdem tauchten dauernd neue Frauen auf. Das war für Mack zwar nicht ungewöhnlich, weil er sich seinen Ruf als Playboy redlich verdient hatte, doch all diese Frauen entsprachen nicht seinem Geschmack. Jede von ihnen schien es ernsthaft zu meinen und sich „auf immer und ewig" binden zu wollen.

Mack dagegen hielt nichts von langfristigen Beziehungen, und das wusste Destiny nur zu gut.

Er selbst war überzeugt, mit Liebe und Verlustangst nicht die gleichen Probleme zu haben, die seinen älteren Bruder Richard lange Zeit gehemmt hatten. Seiner Meinung nach band er sich nicht, weil er viele Frauen kennenlernen wollte. Es hatte nichts mit der Furcht zu tun, wieder verlassen zu werden. Natürlich hatte es ihn damals mit zehn Jahren getroffen, als seine Eltern bei einem Flugzeugabsturz ums Leben kamen, doch er war deswegen nicht – im Gegensatz zu Richard – bis zum heutigen Tage traumatisiert.

Destiny und Richard waren da allerdings anderer Ansicht, und sogar sein jüngerer Bruder, Ben, war überzeugt, dass der Tod der Eltern im Gefühlsleben aller drei Brüder schwere Spuren hinterlassen hatte.

Mack fand jedoch, dass das auf ihn nicht zutraf. Er mochte Frauen, vor allem ihren Verstand. Na schön, das musste man heutzutage so darstellen. In Wahrheit mochte er es, wie sie sich anfühlten, wie zart ihre Haut war und wie leidenschaftlich sie reagierten. Er unterhielt sich sehr gern, aber noch lieber hatte er unverbindlichen Sex.

Keineswegs war er sexsüchtig, aber bei einem flotten Tango auf der Matratze fühlte sich einfach jeder Mann lebendig. Ja, vielleicht war es genau das. Der frühe Verlust seiner Eltern hatte ihm vor Augen geführt, wie kurz das Leben sein und dass der Tod überall lauern konnte.

Insofern hatte doch auch er auf emotionaler Ebene Narben davongetragen.

Mack ließ sich das alles gerade durch den Kopf gehen, als Destiny hereinplatzte. Sie stürmte in sein Büro, das ihm als Miteigentümer der Mannschaft zustand, für die er früher gespielt hatte. Das unangekündigte Eindringen in diese Bastion der Männlichkeit überraschte ihn dermaßen, dass ihm die Füße vom Tisch rutschten.

„Du bist mir ausgewichen", stellte Destiny vorwurfsvoll fest und strich ihr hellblaues Kostüm glatt, bevor sie sich setzte.

Wie stets sah sie aus, als käme sie gerade aus einem Schönheitssalon. Als Malerin in Frankreich – vor dem Tode ihres Bruders – hatte sie dagegen wesentlich exotischer gewirkt, und manchmal fragte sich Mack, ob seiner Tante das frühere Leben nicht fehlte. Schließlich hatte sie es aufgegeben, um nach dem Flugzeugabsturz seiner Eltern in die Vereinigten Staaten zurückzukehren und sich um ihn und seine verwaisten Brüder zu kümmern.

„Ich bin dir nicht ausgewichen", widersprach er und bemühte sich um eine neutrale Miene. Man durfte Destiny nie zeigen, dass sie einen überrascht oder gar aus dem Gleichgewicht gebracht hatte.

Seine Tante lachte bloß. „Ich habe mir nicht nur eingebildet, dich von hinten gesehen zu haben, als ich Richard und Melanie neulich besuchte. Diesen Po kenne ich von viel zu vielen Football-Spielen, als dass ich ihn nicht zuzuordnen wüsste."

Verdammt, und er hatte gedacht, gerade noch rechtzeitig abgehauen zu sein. Aber vielleicht hatte Richard ja auch geredet. Sein Bruder war nämlich der Ansicht, dass er, Mack, sich zu sehr über Destinys erfolgreiche Kuppelei amüsiert hatte, und es wäre eine gute Revanche, nun den Spieß umzudrehen und Destiny zu unterstützen.

„Hast du mich wirklich gesehen, oder hat Richard mich verpetzt?", erkundigte sich Mack. „Er will, dass ich dir genau wie er in die Falle gehe."

„Dein Bruder war noch nie eine Petze, und meine Augen sind hervorragend", versicherte Destiny. „Wovor hast du eigentlich Angst?"

„Das wissen wir doch beide, und deshalb bist du auch hier. Welchen raffinierten Plan hast du dir denn dieses Mal ausgedacht, Destiny? Aber bevor du antwortest, wollen wir eines ein für alle Mal klarstellen: Mein Privatleben geht nur mich etwas an, und ich komme damit ausgezeichnet zurecht."

„Oh ja, das liest man auch in den Klatschspalten sämtlicher Zeitungen. Du hast zwar nicht direkt etwas mit *Carlton Industries* zu tun, aber unsere Familie nimmt eine gewisse gesellschaftliche Stellung ein. Darauf solltest du Rücksicht nehmen, vor allem wenn Richard in die Politik gehen sollte."

Das Argument mit dem Ruf der Familie war so vertraut, dass es ihn wunderte, warum Destiny es überhaupt noch vortrug. Schließlich hatte es bisher nie etwas gebracht. „Die meisten Menschen können sehr wohl zwischen meinem Bruder und mir unterscheiden", entgegnete er und gab auch sofort die gleiche Antwort wie immer. „Außerdem bin ich erwachsen, und das gilt ebenso für die Frauen, mit denen ich mich treffe. Also wird niemandem geschadet."

„Und damit bist du zufrieden?", fragte Destiny skeptisch.

„Absolut", versicherte er. „Ich könnte gar nicht zufriedener sein."

„Nun gut", meinte sie und nickte. „Mir geht es schließlich nur um dein Glück. Alles andere zählt für mich nicht."

Mack blieb misstrauisch, weil es nicht Destinys Natur war, kampflos aufzugeben. Immerhin hatte sie es geschafft, Richard zu verheiraten. „Wir sind dir unendlich dankbar, dass du uns liebst", erwiderte er vorsichtig. „Und ich bin sehr froh, dass du es mir überlässt, mit wem ich mich treffe. Das ist wirklich eine große Erleichterung."

„Ja, kann ich mir vorstellen", erwiderte Destiny. „Ich sehe dich nämlich langfristig nicht mit geistig und gefühlsmäßig dermaßen flachen Frauen, wie du sie dir normalerweise aussuchst."

Auf diese Spitze ging Mack nicht weiter ein, er kannte solche Bemerkungen zur Genüge. „Kann ich vielleicht etwas für dich tun?", bot er höflich an. „Brauchst du Souvenirs unseres Teams für eine deiner karitativen Versteigerungen?"

„Eigentlich nicht. Ich wollte nur mal bei dir vorbeischauen und ein wenig plaudern", behauptete sie. „Kommst du demnächst zum Abendessen zu mir?"

„Ja, da du dich nicht weiter in mein Privatleben einmischen willst", antwortete er strategisch. „Werden am Sonntag alle da sein?"

„Natürlich."

„Dann komme ich auch", versprach er.

„Ich mache mich wieder auf den Weg", erklärte sie und stand auf.

Mack begleitete sie, und auf dem Korridor fiel ihm erneut auf, wie zierlich sie war. Tante Destiny reichte ihm kaum bis zu den Schultern. Wegen ihrer unglaublichen Durchsetzungskraft war sie ihm stets bedeutend größer erschienen. Andererseits war er fast ein Meter neunzig. Seine Tante entsprach also der Durchschnittsgröße, aber was ihre Energie anging, konnte sie mit sämtlichen Frauen im Großraum der Hauptstadt Washington mithalten.

Bevor sie den Aufzug betrat, schenkte sie ihm ihr typisches Lächeln, mit dem sie sämtlichen Wirtschaftsgrößen Geld für wohltätige Zwecke aus der Tasche zog. Sofort war Mack wieder auf der Hut.

„Ach ja, mein Lieber, fast hätte ich es vergessen", behauptete sie und holte aus der Handtasche ein Blatt Papier. „Könntest du vielleicht heute Nachmittag einen Sprung ins Krankenhaus machen? Dr. Browning hat sich an mich gewandt. Ein kleiner Patient auf der Krebsstation ist ein großer Fan von dir, und dein Besuch könnte den Jungen aufrichten."

Obwohl Mack bei der Sache ein ungutes Gefühl hatte, griff er nach dem Zettel. Mochte Destiny auch Hintergedanken haben, eine solche Bitte konnte er ihr nicht abschlagen, und das wusste sie auch, denn sie hatte ihren drei Neffen Verantwortungsgefühl beigebracht. Außerdem kannte Mack solche Bitten, aufgrund seiner Popularität als Football-Spieler wurden öfters derartige Wünsche an ihn herangetragen.

„In zwei Stunden habe ich einen Termin", sagte er nach einem Blick auf die Uhr. „Aber auf dem Weg dorthin fahre ich beim Krankenhaus vorbei."

„Vielen Dank, mein Lieber. Ich wusste, dass ich mich auf dich verlassen kann. Darum habe ich Dr. Browning auch versichert, du würdest hinkommen. Ich habe gesagt, dass die anderen Anfragen bestimmt nur verloren gegangen seien."

„Es gab schon früher Anfragen?"

„Mehrere, soweit ich informiert bin. Zuletzt blieb nur noch ich als Vermittlerin übrig."

Er nickte. Jetzt hatte er seine Tante nicht mehr im Verdacht, etwas ausgeheckt zu haben. „Ich kümmere mich darum. Die Mitarbeiter bei uns wissen, dass ich solche Besuche so oft wie möglich mache, vor allem bei Kindern."

„Wichtig ist, dass du ins Krankenhaus gehst", meinte Destiny. „Ich werde für den Jungen beten, und am Sonntag kannst du mir dann alles erzählen. Vielleicht können wir ja noch mehr für ihn tun."

Mack gab ihr einen Kuss auf die Wange. „Eigentlich solltest du an meiner Stelle hingehen. Mit deiner positiven Lebenseinstellung kannst du jeden aufheitern."

„Das hast du sehr nett gesagt, Mack", erwiderte sie überrascht. „Jetzt verstehe ich, wieso du bei Frauen so gut ankommst."

Mack hätte ihr erklären können, dass er nicht wegen seiner sprachlichen Fähigkeiten bei Frauen Erfolg hatte. Es gab jedoch Dinge, über die ein Mann nicht mit seiner Tante sprach. Sollte sie doch glauben, er würde seine Beliebtheit beim anderen Geschlecht dem Umstand verdanken, dass er ein netter Kerl war. Damit ersparte er sich so manche scharfe Lektion.

„Es ist doch nur ein Spiel", bemerkte die Onkologin Beth Browning und handelte sich dafür geringschätzige Blicke von ihren männlichen Kollegen des Kinderkrankenhauses für Krebspatienten ein. „Und gespielt wird es von erwachsenen Männern, die ihr Gehirn und nicht ihre Muskeln einsetzen sollten – vorausgesetzt natürlich, ihr Gehirn funktioniert überhaupt noch", fügte sie in scharfem Ton hinzu.

„Wir sprechen hier über Profi-Football", empörte sich der Radiologe Jason Morgan, als hätte sie etwas Unmögliches gesagt. „Es geht um Sieg oder Niederlage, und das ist Sinnbild für den Triumph des Guten über das Böse."

„Die Chirurgen sehen das aber bestimmt anders", entgegnete Beth, „wenn sie nach einem Samstagsspiel die gebrochenen Knochen eines Jugendlichen flicken müssen."

„Verletzungen gehören nun mal zum Football", verteidigte der Orthopäde Hal Watkins die männliche Position.

„Und sie füllen deine Station", bemerkte Beth spöttisch.

„Das ist unfair", widersprach er. „Niemand möchte, dass sich Jugendliche verletzen."

„Also haltet sie vom Spielfeld fern", schlug Beth vor.

Jason sah sie betroffen an. „Und wer soll dann im Profisport spielen?"

„Ist das denn überhaupt nötig?" Beth lief bei dem Thema zu Höchstform auf. Sie hatte gelesen, dass Mack Carlton vom gefeierten Quarterback zum Miteigentümer des Teams aufgestiegen war. Dabei hatte er einen Abschluss im Fach Jura. Welche Verschwendung von Fähigkeiten!

„Football ist unbedingt nötig“, erwiderte Hal auf ihre Frage.

„Es ist ein Spiel, nicht mehr und nicht weniger.“ Beth wandte sich an Peyton Lang, den Hämatologen, der bisher geschwiegen hatte. „Was meinst du?“

„Zieh mich da nicht mit hinein“, wehrte er ab. „Football interessiert mich nicht sonderlich, aber ich habe auch nichts dagegen, wenn andere das Spiel unterhaltsam finden.“

„Kommt es euch denn nicht kindisch vor, dass dermaßen viel Zeit, Geld und Energie für den Gewinn eines albernen Titels verschwendet werden?“, fragte Beth.

„Aber wer den Siegertitel gewinnt, der regiert!“, behauptete Jason.

„Und was?“, fragte Beth.

„Die Welt.“

„Mir ist nicht bekannt, dass Football in weiten Teilen der Welt gespielt wird. Seien wir doch ehrlich“, fuhr Beth angriffslustig fort, „in dieser Stadt geht es nur darum, dass ein reicher Typ die besten Spieler kauft, damit er an Sonntagnachmittagen etwas hat, das ihn interessiert. Hätte dieser Mack Carlton ein erfülltes Leben, eine Familie oder irgendeine wirklich wichtige Beschäftigung, würde er sein Geld nicht für eine Football-Mannschaft verschwenden.“

Anstelle der empörten Proteste, mit denen Beth fest gerechnet hatte, sahen die Kollegen in der Cafeteria sie höchst merkwürdig an.

„Möchtest du das nicht lieber zurücknehmen?“, fragte Jason beschwörend.

„Warum sollte ich das tun?“

„Weil du zu Beginn der Diskussion erwähnt hast, du hättest versucht, Mack Carlton für einen Besuch bei Tony Vitale zu gewinnen“, fuhr Jason fort. „Der Junge ist verrückt nach ihm. Und du warst der Meinung, Macks Besuch könnte ihn aufrichten, nachdem die Chemotherapie nicht angeschlagen hat.“

„Und?“, fragte Beth aufgebracht. „Dieser um seine Mitbürger angeblich so rührend besorgte Football-Held hat es nicht mal für nötig befunden, auf meine Anrufe zu reagieren.“

Jason räusperte sich und deutete hinter sie.

Das darf doch nicht wahr sein, dachte Beth entsetzt, als sie sich umdrehte und vor sich einen hoch gewachsenen, breitschultrigen Mann in einem maßgeschneiderten Anzug sah. Unter seinem rechten Auge hatte er eine kleine Narbe, die sein gutes Aussehen allerdings nicht beeinträchtigte, sondern die anziehende Ausstrahlung des Gesichts eher noch verstärkte und die Aufmerksamkeit auf die dunklen Augen lenkte. Der Blick aus diesen Augen war so faszinierend, dass Beth unwillkürlich den Atem anhielt. Alles an ihm verriet Geld, guten Geschmack und Arroganz, abgesehen vielleicht von dem etwas zerzausten Haar.

„Dr. Browning?", fragte er so ungläubig, dass er vermutlich mit einer älteren, vor allem aber männlichen Person gerechnet hatte.

Trotz des geradezu beleidigenden Tonfalls verschlug der Klang seiner Stimme Beth vollständig die Sprache. Sie versuchte sich zu entschuldigen, fand jedoch keine Worte. Niemals hätte sie ihn direkt beleidigt, auch wenn sie Männer verachtete, die ihr Geld für Sport ausgaben, anstatt damit anderen Menschen zu helfen.

„Sie steht Ihnen zur Verfügung, sobald sie wieder aus dem Fettnäpfchen kommt, in das sie getreten ist", bemerkte Jason und lockerte damit die Spannung.

Beth war dem Radiologen unendlich dankbar. Jetzt gelang es ihr, aufzustehen und Mack Carlton die Hand zu reichen. „Mr. Carlton, ich habe nicht mit Ihnen gerechnet."

„Offenbar nicht", entgegnete er und lächelte. „Meine Tante hat mir erzählt, dass Sie Probleme hatten, mich zu erreichen. Meine Mitarbeiter hätten Sie nicht abweisen dürfen. Dafür möchte ich mich in aller Form entschuldigen."

Beth hatte gelesen, dass er ein Herzensbrecher war, und jetzt erlebte sie das am eigenen Leib. Sein Blick machte sie sprachlos, und sein Lächeln setzte sie geradezu in Flammen. Dazu kam, dass die Entschuldigung aufrichtig klang, und somit musste sie auch den ersten Eindruck von ihm revidieren. Bisher hatte sie noch nie so heftig auf einen Mann reagiert, und das gefiel ihr gar nicht.

„Würden Sie ..." Ärgerlich, weil sie noch immer nicht klar denken konnte, holte sie tief Luft und machte einen weiteren Anlauf. „Möchten Sie eine Tasse Kaffee?"

„Ich stehe unter Termindruck, aber da ich ohnehin in der Nähe zu tun habe, wollte ich Ihnen sagen, dass ich Ihre Anrufe nicht absichtlich abgeblockt habe. Und ich wollte mich erkundigen, ob ein Besuch bei Tony vielleicht jetzt möglich wäre."

„Natürlich“, erwiderte sie hastig, obwohl die offizielle Besuchszeit erst später begann. In diesem Fall brach sie die Regeln gern. „Ich begleite Sie zu ihm. Er wird begeistert sein.“

Als Jason sich räusperte und ihr einen beschwörenden Blick zuwarf, begriff Beth, dass ihre Kollegen diesem Football-Helden vorgestellt werden wollten. Sie konnte kaum glauben, dass erwachsene Männer genau wie ihr zwölf Jahre alter Patient von Mack Carlton schwärmten, aber sie nahm sich die Zeit und machte die Männer miteinander bekannt. Als ihre Kollegen ansetzten, über alle großen Spiele des Besuchers zu reden, griff sie jedoch ein.

„Ihr würdet wahrscheinlich gern für den Rest des Tages über Football sprechen, aber Mr. Carlton ist wegen Tony hier“, erklärte sie entschieden.

Mack Carlton schenkte ihr erneut ein umwerfendes Lächeln. Vermutlich konnte so ein Lächeln Eis zum Schmelzen bringen. „Außerdem langweilen wir Dr. Browning vermutlich entsetzlich.“

Zum Glück erkannte sie gerade noch das drohende zweite Fettnäpfchen. Sie wollte ihn keineswegs erneut beleidigen, indem sie ihm recht gab, aber sie log auch nicht. Darum lächelte sie und sagte bloß: „Sie haben von Zeitdruck gesprochen.“

„Das stimmt“, bestätigte er. „Übernehmen Sie die Führung, Dr. Browning“, bat er sie charmant.

Erleichtert steuerte sie die Station an, auf welcher der zwölfjährige Tony bereits einen großen Teil seines Lebens verbracht hatte.

„Erzählen Sie mir etwas über Tony“, bat Mack unterwegs.

„Er ist zwölf und leidet an Leukämie“, erwiderte sie und hatte Mühe, ruhig zu bleiben. „Inzwischen ist es schon sein dritter Aufenthalt bei uns, aber dieses Mal reagiert er nicht gut auf die Chemotherapie. Wir hatten gehofft, ihn für eine Knochenmarktransplantation vorbereiten zu können, aber wir haben noch keinen geeigneten Spender gefunden. Wegen der Schwierigkeiten mit der Chemotherapie käme allerdings eine Transplantation wahrscheinlich sowieso nicht sofort infrage.“

Mack hörte ihr aufmerksam zu. „Wie lautet die Prognose?“

„Nicht gut“, erwiderte sie knapp.

„Und das nehmen Sie persönlich“, stellte er fest.

Beth schüttelte den Kopf. „Ich weiß, dass ich nicht jeden Kampf gewinnen kann." Die gleiche Antwort hatte sie am Vortag dem Psychologen gegeben, der sich besorgt über ihre seelische Verfassung geäußert hatte. Nur wenige Leute wussten, wie persönlich sie Fälle wie den von Tony nahm, und es überraschte sie, dass Mack Carlton es sofort gemerkt hatte.

„Aber Sie verlieren nicht gern", konstatierte Mack.

„Natürlich nicht, wenn es um Leben und Tod geht", erwiderte sie heftig. „Ich habe Medizin studiert, um Leben zu retten."

„Warum?" Bevor sie antworten konnte, fügte er hinzu: „Es ist ein sehr ehrenwerter Beruf, aber es ist sicher nur schwer zu ertragen, ständig mit todkranken Kindern zu tun zu haben. Warum nehmen Sie das auf sich? Wieso arbeiten Sie gerade auf diesem Gebiet?"

„Ich habe mich schon früh dafür interessiert", antwortete sie ausweichend, obwohl er an ihrer Antwort ehrlich interessiert zu sein schien.

„Und warum?", hakte er nach.

„Wieso spielt das für Sie eine Rolle?"

Er ließ sie nicht aus den Augen. „Weil es für Sie offenbar eine Rolle spielt."

Erneut überraschte sie sein Einfühlungsvermögen. Es war klar, dass er sich nicht abweisen ließ. „Also gut, in Kurzfassung: Ich war zehn, als mein älterer Bruder an Leukämie starb. Damals habe ich mir vorgenommen, Kinder wie ihn zu retten."

Mack nickte. „Wie ich schon sagte, Sie nehmen alles sehr persönlich."

„Ja, das stimmt", räumte sie ein.

„Und wie lange werden Sie durchhalten, wenn Sie sich jeden Fall zu Herzen nehmen?"

„So lange wie nötig", gab sie entschieden zurück. „Ich betreue nur wenige Patienten. Überwiegend beschäftige ich mich mit Forschung, und unsere Behandlungsmethoden verbessern sich ständig."

„Aber bei Tony schlagen sie nicht an", erinnerte Mack.

„Nein, zumindest noch nicht", bestätigte sie leise und hielt eisern die Tränen zurück. „Trotzdem werden wir auch diesen Kampf gewinnen."

„Ja, das glaube ich Ihnen", entgegnete er und warf ihr einen bewundernden Blick zu. „Wird denn mein Besuch dem Jungen wirklich helfen? Seien Sie ehrlich!"

„Es wird ihm Kraft geben. In letzter Zeit war er ziemlich niedergeschlagen, und manchmal ist die beste Medizin, wenn es uns gelingt, unsere Patienten seelisch aufzurichten. Wir müssen verhindern, dass Tony sich selbst aufgibt oder das Vertrauen zu uns verliert."

„Gut, dann gehen wir jetzt zu ihm und reden über Football." Mit einem breiten Lächeln fügte Mack hinzu: „Vermutlich werden Sie nur wenig dazu sagen."

Beth musste trotz allem lachen und mochte Mack mehr, als sie ursprünglich erwartet hätte. Wenn jemand Humor besaß, konnte sie ihm vieles verzeihen. „Nein, Bedeutendes werde ich nicht beisteuern."

Schlagartig wurde er wieder ernst. „Ich arbeite zwar nicht als Arzt oder Wissenschaftler, aber ich möchte nicht, dass Sie vor dem Jungen geringschätzig über meine Tätigkeit sprechen. Ihm bedeutet Football etwas."

„Mr. Carlton", versicherte sie, „ich werde auf jegliche Bemerkung verzichten. Hier geht es nur um Tony."

„Nennen Sie mich Mack", bat er amüsiert. „Das machen alle meine Fans."

„Ich gehöre aber nicht zu Ihren Fans."

„Abwarten. Vielleicht werden Sie noch einer."

Beth seufzte lautlos, weil er durchaus recht haben konnte. Dabei brauchte dieser Mack Carlton bestimmt nicht noch einen weiteren Erfolg in seinem Leben. Ständig tauchten in Klatschberichten die Namen von Frauen auf, die sich damit brüsteten, zu seinem Leben zu gehören. Nur selten wurde jedoch eine von ihnen zweimal erwähnt, und Beth hatte keine Lust, sich in diese große Schar von Bewunderinnen einzureihen.

„An Ihrer Stelle würde ich nicht darauf warten, Mr. Carlton. Wichtig ist nur, dass Tony Sie bewundert, und das steht schon jetzt fest."

„Trotzdem hätte ich nichts gegen den Hauch einer Andeutung von Anerkennung durch Sie", entgegnete er und sah ihr dabei tief in die Augen.

Obwohl er eindeutig versuchte, sie aus der Ruhe zu bringen, konnte Beth sich seiner Wirkung nicht entziehen. Gleichzeitig ärgerte sie sich darüber. „Warum? Müssen Sie jede Frau, der Sie begegnen, für sich gewinnen?"

Er zögerte einen Moment. „Wie gut kennen Sie eigentlich meine

Tante?“, fragte er dann unvermittelt.

„Ihre Tante?“

„Destiny Carlton, die Frau, mit der Sie sich in Verbindung gesetzt haben und die mich zu diesem Besuch gedrängt hat.“

Beth schüttelte den Kopf. „Ich kenne sie gar nicht, obwohl mir der Namen bekannt vorkommt. Wenn ich mich nicht irre, treibt sie viel Geld für das Krankenhaus auf, aber gesprochen habe ich noch nie mit ihr.“

„Sie kennen sie tatsächlich nicht?“, vergewisserte er sich erstaunt.

„Nein.“

„Und Sie haben sie auch nicht angerufen?“

„Nein. Wieso fragen Sie?“

Sichtlich verwirrt schüttelte er den Kopf. „Ach, nicht weiter wichtig.“

Trotzdem hatte Beth den Eindruck, dass es irgendwie wichtig war, auch wenn sie sich den Grund nicht vorstellen konnte.

2. KAPITEL

Vor der Tür von Tony Vitales Zimmer stellte Mack sich auf den Anblick ein, der ihn da drinnen erwartete – ein blasses Kind, vielleicht ohne Haar und mit unnatürlich groß wirkenden Augen. Zu oft schon war er damit konfrontiert gewesen, jedes Mal schnürte es ihm die Kehle zu, und noch heute fiel es ihm schwer, sich unter Kontrolle zu halten.

„Alles in Ordnung?", fragte Beth besorgt. „Sie werden doch nicht umkippen?"

„Wohl kaum", wehrte er ab.

„Sie wären nicht der erste Mann, der den Anblick eines schwer kranken Kindes nicht erträgt."

„Ich bin nicht zum ersten Mal hier."

Sie sah ihn verständnisvoll an. „Beim ersten Mal ist es immer am härtesten. Danach wird es leichter."

„Das bezweifle ich", entgegnete er.

„Bereit?"

Mack nickte.

Beth stieß die Tür auf und lächelte scheinbar völlig unbefangen. „Hallo, Tony!", rief sie fröhlich. „Ich habe eine Überraschung für dich."

„Eiscreme?", fragte eine schwache Stimme.

„Viel besser", erwiderte sie und wich zur Seite, damit Mack eintreten konnte.

Er bewunderte ihre schauspielerischen Fähigkeiten, lächelte aufmunternd und betrat den Raum.

Der Junge, der zwischen Kissen und Plüschtieren lag, trug ein viel zu großes Football-Hemd mit Macks alter Nummer darauf und hielt einen Football gegen die schmale Brust gedrückt. Als er Mack erblickte, versuchte er sich aufzusetzen, und einen Moment lang leuchtete Freude aus seinen hohlen Augen, ehe er wieder schwach in die Kissen zurücksank.

„Mighty Mack", flüsterte er ungläubig. „Sie sind wirklich hier!"

„Na klar, wenn mich eine hübsche Ärztin anruft, weil mein größter Fan im Krankenhaus ist, muss ich doch herkommen", erwiderte Mack und lächelte breit.

Tony nickte eifrig. „Ich bin wirklich Ihr größter Fan. Ich habe Kassetten von jedem Spiel, das Sie gespielt haben."

„So viele können das nicht sein. Meine Karriere war ziemlich kurz."

„Aber Sie waren toll! Der Allerbeste!"

Mack wandte sich an die Ärztin. „Haben Sie das gehört?"

„Er ist wirklich der Beste", versicherte Tony. „Da können Sie jeden fragen."

„Wie wäre es, wenn ich auf deinem Football unterschreibe?", fragte Mack den Jungen.

„Das wäre toll! Wenn meine Mom heute Abend herkommt, wird sie begeistert sein. Sie hat sich die Bänder unzählige Male angesehen. Bestimmt ist sie die einzige Mom in der ganzen Stadt, die alles über Sie weiß."

Mack registrierte, dass es im Leben des Jungen offenbar keinen Vater gab. Er fasste in seine Jackentasche und zog eine wertvolle Football-Eintrittskarte aus seiner Anfangszeit hervor. „Soll ich die hier für dich oder für deine Mom unterschreiben?"

„Oh Mann! Diese Karte habe ich im Internet gesehen, aber die war viel zu teuer für mich", sagte Tony und fügte großzügig hinzu: „Unterschreiben Sie für meine Mom. Dann kann sie die Karte allen ihren Kollegen und Kolleginnen bei der Arbeit zeigen, und wahrscheinlich wird sie die Karte einrahmen und auf ihren Schreibtisch stellen."

„In Ordnung", sagte Mack lächelnd. „Bei meinem nächsten Besuch bringe ich dir auch eine Karte mit. Ich treibe bestimmt noch eine aus meiner letzten Spielsaison auf, und die ist noch wertvoller als diese hier, vor allem mit Unterschrift."

„Sie kommen wieder?", fragte Tony ungläubig. „Wirklich? Können wir dann über die Spieler reden, die Sie für diese Saison verpflichten wollen? Diesen neuen Verteidiger Lineman brauchen wir unbedingt."

„Wem sagst du das!"

„Hat er schon unterschrieben?"

„Bisher nicht", verriet Mack lächelnd. „Wir verhandeln noch."

„Er wird unterschreiben", behauptete Tony zuversichtlich. „Jeder will doch für Ihr Team spielen. Ich verstehe nur nicht, warum Sie sich nicht diesen Supertyp von *Ohio State* geholt haben."

„Beim nächsten Mal erkläre ich dir, wie unsere Finanzen mit den gezahlten Löhnen zusammenhängen", erwiderte Mack lachend.

„Ich kann gar nicht glauben, dass Sie mich wirklich wieder besuchen kommen“, sagte Tony.

„Ich werde dich so oft besuchen, dass du meiner bestimmt überdrüssig wirst“, versicherte Mack. „Ich unterhalte mich liebend gern mit jemandem, der sich an alle meine guten Spiele erinnert.“

„Und ich erinnere mich genau“, beteuerte Tony. „An jedes einzelne. Das beste Spiel war das gegen die *Eagles*, bei dem Sie für Ihr Team einen Rekordstand erzielt haben. Dabei haben damals alle gefunden, dass Sie wegen einer Schulterverletzung gar nicht spielen sollten.“

„Das war ein großartiges Spiel“, bestätigte Mack lachend. „Noch heute tut mir die Schulter weh, wenn ich daran denke.“

„Kann ich mir vorstellen!“, rief Tony. „Schon als Sie losgelaufen sind, habe ich zu meiner Mom gesagt, dass Sie auf keinen Fall einen Pass versuchen werden.“

„Aber zu deiner Information“, gestand Mack, „ich hätte wirklich nicht auf dem Spielfeld sein sollen. Es hätte uns den Sieg kosten können.“

„Hat es aber nicht, sondern Sie haben den Sieg errungen“, widersprach Tony.

Mack lächelte, weil der Junge dermaßen eisern zu ihm stand. „Schade, dass du damals nicht mit dem Trainer gesprochen hast. Er hätte mich wegen dieses Spiels beinahe beim folgenden Match auf die Reservebank verbannt.“

„Wirklich?“, fragte Tony ungläubig. „Das ist aber nicht fair.“

Mack fiel auf, dass der Junge trotz der Freude blasser geworden war. Und Beth betrachtete ihn sichtlich besorgt. Es war höchste Zeit, sich zu verabschieden.

„Hör mal, Tony, ich habe jetzt einen Termin, und du solltest dich ausruhen. Beim nächsten Mal können wir vielleicht unten in der Cafeteria eine heiße Schokolade trinken. Die soll gut sein.“

„Wirklich?“ Tonys Stimme wurde leiser, als würde er schon einschlafen.

„Wenn Dr. Browning einverstanden ist“, schränkte Mack ein.

„Kein Problem“, entgegnete Beth, wirkte jedoch nicht begeistert.

Mack griff nach Tonys schmaler Hand und drückte sie behutsam. „Pass gut auf dich auf, mein Junge.“ Als er die Hand des Jungen wieder losließ, schlief Tony bereits.

Auf dem Korridor fragte Beth zornig: „Warum haben Sie das getan?"

„Was denn?" Diese plötzliche unverhohlene Abneigung verwirrte ihn. Er hatte das Gefühl, der Besuch wäre gut verlaufen, und er hatte Tony zumindest vorübergehend von der Krankheit abgelenkt. Deshalb war er schließlich hergekommen.

„Warum haben Sie gesagt, dass Sie ihn wieder besuchen werden?", fragte sie.

Es ärgerte ihn, dass sie andeutete, er würde ein gegebenes Versprechen nicht halten. „Weil der Junge offenbar keinen Vater hat und jemanden braucht, der ihn unterstützt. Stört Sie das etwa?"

„Tony ist nicht allein. Seine Mutter kümmert sich großartig um ihn."

„Das ist ja gut", entgegnete Mack, „aber jetzt hat er auch mich."

Beth stockte einen Moment. „Sie meinen es tatsächlich ernst?"

„Ja, natürlich."

„Warum?"

„Weil ich weiß, wie es ist, ohne Vater aufzuwachsen", erwiderte er aufrichtig. „Das war schon für mich schlimm genug. Noch viel schlimmer ist es, wenn man dann auch noch krank ist. Wenn ich durch Besuche helfen kann, werde ich das tun. Einwände, Dr. Browning?"

Sie zögerte, ehe sie den Kopf schüttelte. „Nein, sofern Sie ihn nicht enttäuschen."

„Kümmern Sie sich um seine Behandlung, Dr. Browning, und ich liefere ihm einige zusätzliche Gründe, am Leben zu bleiben."

Mit diesen Worten drehte er sich um und ging weg. Tonys Lage bedrückte ihn, und er ärgerte sich über die Reaktion der Ärztin, weil sie an seinen guten Absichten zweifelte. Darum dachte er erst während der Fahrt wieder daran, dass Beth angeblich nie mit Destiny gesprochen hatte. Stimmte das? Aber weshalb hätte sie lügen sollen?

Destiny dagegen war einer Lüge garantiert nicht abgeneigt, wenn sie wieder mal Kupplerin spielte. Diese Dr. Browning war hübsch, klug und ernsthaft, und das nährte Macks Misstrauen. Destiny hatte nicht erwähnt, dass Dr. Browning eine Frau war – ein guter Grund, auf der Hut zu sein.

Von unterwegs rief er seine Tante über Handy an.

„Ich habe nicht damit gerechnet, schon so bald wieder von dir zu hören, mein Lieber", flötete sie. „Wie war es im Krankenhaus? Hast

du mit dem kleinen Tony gesprochen?"
„Ja. Es geht ihm schlecht."
„Dann hat ihm dein Besuch bestimmt viel bedeutet. Ich bin stolz auf dich, weil du dir Zeit dafür genommen hast."
„Das war das Mindeste, was ich tun konnte." War es klug, seiner Tante Fragen wegen Dr. Beth Browning zu stellen? Womöglich deutete sie dann zu viel in die Fragen hinein. Hatte sie ihn und die Ärztin absichtlich zusammengeführt? Wenn ja, sollte sie erfahren, dass diese Frau nicht infrage kam, schon weil sie Football nicht mochte. Und auch, weil sie nicht verstand, dass das Spiel zu seinem Leben gehörte. Außerdem hatte sie ein Vorurteil gegen ihn.
„Übrigens, deine Dr. Browning ist kein Football-Fan", bemerkte er.
„Ach nein?", entgegnete Destiny.
„Hast du das nicht gewusst?", hakte er nach.
„Woher sollte ich?"
„Du hast behauptet, du hättest mit ihr gesprochen."
„Habe ich das? Also, eigentlich hat deine Sekretärin alle Nachrichten weitergegeben."
Aha, jetzt brachte sie Teile ihrer Geschichte durcheinander. Mack war sicher, auf etwas gestoßen zu sein. „Destiny, es sieht dir nicht ähnlich zu vergessen, was du jemandem gesagt hast. Was steckt denn nun wirklich dahinter?"
„Ich habe nicht die geringste Ahnung, wovon du redest. Ich habe dich lediglich um eine gute Tat gebeten, und du hast diese Bitte erfüllt. Ende der Geschichte, nicht wahr?" Nach kurzem Zögern fügte sie hinzu: „Oder findest du Dr. Browning etwa attraktiv?"
„Auf ihre schlichte Weise ist sie schon attraktiv", räumte er großzügig ein. Die Ärztin hatte nette, warm wirkende Augen, hellblondes kinnlanges Haar und eine schöne Haut, betonte jedoch ihre Weiblichkeit praktisch kaum. Darum verstand er auch nicht, wieso er sich zu ihr hingezogen fühlte. Vielleicht lag das an der Herausforderung, die sie für ihn darstellte.
„Mack, habe ich dir nicht beigebracht, dass es bei einer Frau nicht auf die Verpackung ankommt?", tadelte Destiny.
„Du hast es zumindest versucht", bestätigte er lachend.
„Dann solltest du dich an diese Lektion erinnern, weil sie wichtig und vernünftig war."

„Ich werde mich bemühen."

„Wenn es sonst nichts gibt, Mack, muss ich jetzt Schluss machen. Ich habe unendlich viel zu tun, bevor mein Gast zum Abendessen kommt."

„Jemand, den ich kenne?" Vielleicht ließ seine Tante ihn in Ruhe, wenn sie ihr eigenes Leben führte.

„Nein, nur jemand, den ich kürzlich kennengelernt habe."

„Ein Mann?", erkundigte er sich.

„Wenn du es unbedingt wissen musst, nein."

„Schade. Ich könnte dir jederzeit einige interessante Junggesellen vorstellen. Du müsstest nur ein Wort sagen."

„Die meisten Männer, die du kennst, sind halb so alt wie ich", wehrte Destiny lachend ab. „Das wäre nichts für mich. Es gibt kaum etwas Schlimmeres als eine alte Frau, die auf jung macht."

„Ich kenne etliche wohlhabende und einflussreiche Männer mit eigenen Firmen", entgegnete Mack. „Obwohl ich wirklich finde, ein Mann meines Alters könnte dich wesentlich faszinierender und herausfordernder finden als die Frau, mit der er zurzeit zusammen ist."

„Ja, das sind deine üblichen Schmeicheleien", erwiderte sie lachend. „Danke, mein Lieber, aber ich muss jetzt wirklich etwas tun."

Mack verabschiedete sich und ließ sich alles noch einmal durch den Kopf gehen. Hatte Destiny nun zugegeben, Beth zu kennen, oder nicht? Bei seiner Tante war es besser, er wusste Bescheid, damit er sich wappnen konnte.

Beth betrachtete Destiny Carlton, die ihr am Esstisch gegenübersaß. Nach Macks Besuch hatte sie in ihrem Büro völlig überraschend eine Einladung seiner Tante zum Abendessen vorgefunden, und aus Neugierde hatte sie angerufen. Vielleicht erfuhr sie jetzt, warum Mack ziemlich sicher gewesen war, sie würde seine Tante kennen.

Bisher hatten sie und Destiny Carlton nur belanglos geplaudert, und Beth wurde allmählich ungeduldig. „Verzeihen Sie mir, wenn ich so direkt bin, Ms. Carlton, aber warum haben Sie mich eigentlich eingeladen?", erkundigte sie sich schließlich.

„Auf diese Frage habe ich schon gewartet", entgegnete Destiny fröhlich. „Ich habe gehört, dass Sie immer ganz geradeheraus sind."

„Ach ja?" Beth war überzeugt, dass Mack noch keine Zeit gefunden hatte, mit seiner Tante über sie zu sprechen.

„Sie brauchen nicht so besorgt zu gucken“, fuhr Destiny fort. „Wie Sie bestimmt wissen, treibe ich oft Spenden für das Krankenhaus auf, und ich erfahre bei solchen Gelegenheiten von neuen aufstrebenden Sternen unter der Ärzteschaft oder auch in der Forschungsabteilung. Ihr Name wurde in den letzten Monaten häufig genannt. Als ich von Ihren Versuchen erfuhr, sich mit meinem Neffen in Kontakt zu setzen, fand ich, dass wir uns kennenlernen sollten.“

„Verstehe“, meinte Beth, obwohl das nicht ganz stimmte. „Wollen Sie denn die Forschungsarbeit des Krankenhauses unterstützen?“

„Sicher, aber in diesem speziellen Fall hat mein Interesse mehr mit Mack zu tun. Was halten Sie von ihm?“

„Ich weiß nicht so recht, wie Sie das meinen“, erwiderte Beth vorsichtig.

„Ach kommen Sie, meine Liebe“, sagte Destiny amüsiert. „Alle loben Sie als hervorragende und kluge Ärztin. Bestimmt können Sie sich denken, was ich meine.“

„Eigentlich nicht“, erwiderte Beth, weil ihr der Kurs nicht gefiel, den Destiny ganz offensichtlich einschlug.

„Für gewöhnlich schmelzen Frauen dahin, wenn sie Mack kennenlernen“, behauptete Destiny.

„Das glaube ich gern.“ Beth hatte allerdings nicht die Absicht, zu diesen Frauen zu gehören. Sie hatte keine Zeit für einen Mann, der nichts ernst nahm. Doch im selben Moment erinnerte sie sich daran, wie ernst Mack Tonys Lage an diesem Morgen genommen hatte. Vielleicht war er doch kein solcher Leichtfuß, wie sie angenommen hatte. Aber ihr Typ war er trotzdem nicht.

Dabei hatte sie gar keinen Typ, zumindest nicht mehr, seit sie herausgefunden hatte, dass Männer, die sich – wie sie – der Medizin verschrieben hatten, keine Konkurrenz durch eine Frau duldeten.

Aus diesem Grund hatte sie ihren Verlobten verloren. Ihr Team hatte sich um dieselben Fördermittel beworben, die Thomas haben wollte. Ihr war das Budget zugeschlagen worden, und das war ihm völlig gegen den Strich gegangen. Sie hatte ihn verloren, und darüber hinaus war ihr einen Monat später das Geld wieder entzogen worden, weil Thomas hässliche Gerüchte über ihre Forschungsmethoden in die Welt gesetzt hatte. Diese Gemeinheit war noch schwerer zu ertragen gewesen als die Trennung, doch sie hatte daraus gelernt, Beruf und Privatleben nie zu vermischen.

„Mack hat Sie beeindruckt", stellte Destiny fest.

Jetzt befand Beth sich auf gefährlichem Terrain. Es war schon schlimm genug, dass sie ihn persönlich beleidigt hatte. Aber seine Tante verschaffte dem Krankenhaus Millionen und hing an Mack. Beth musste sich also hüten, nicht auch ihr gegenüber schlecht von ihm zu sprechen.

„Ich war nur kurz mit ihm zusammen", erwiderte Beth ausweichend.

„Sehr diplomatisch", bemerkte Destiny vergnügt. „So etwas schätze ich."

„Versuchen Sie mich mit Ihrem Neffen zu verkuppeln?", fragte Beth offen heraus.

Destiny riss ihre blauen Augen weit auf und bot ein Bild der Unschuld. „Wie sollte ich denn bloß? Sie sind bereits mit Mack zusammengetroffen. Entweder hat es dabei gefunkt oder eben nicht. Bestimmt verstehen Sie von Chemie genauso viel wie ich, vermutlich sogar noch viel mehr."

„Von einigen Formen der Chemie allerdings", bestätigte Beth lachend. „Die Chemie zwischen Mann und Frau gehört jedoch nicht zu meinem Fachgebiet."

„Mein Neffe ist auf diesem Gebiet ein hervorragender Lehrer", bemerkte Destiny vielsagend.

„Danke, kein Bedarf." Beth lächelte über die Entschlossenheit dieser Frau. „Weiß Mack eigentlich, dass Sie hinter seinem Rücken versuchen, ihn zu verkuppeln?"

„Wie ich schon sagte, kann ich ihn gar nicht verkuppeln, da er Sie schon kennengelernt hat. Er und Sie sind erwachen und durchaus fähig, eigene Entscheidungen zu treffen." Destiny schlug einen Ton an, als wäre sie nie auf einen diesbezüglichen Gedanken gekommen.

„Aber Sie wären durchaus bereit, ein wenig nachzuhelfen, nicht wahr?" Beth erinnerte sich an Macks Vermutung, sie würde seine Tante kennen. „Er hat Sie durchschaut, glaube ich. Er denkt, Sie hätten ihn heute gezielt ins Krankenhaus geschickt, damit er mich dort trifft. Der Besuch bei Tony war nur ein Mittel zum Zweck."

„Sie haben sich an sein Büro gewandt", entgegnete Destiny. „Er hat

Tony auf Ihre Bitte hin besucht."

Dem konnte Beth nicht widersprechen. „Hätten Sie sich für diesen Besuch auch so schnell stark gemacht, wäre die Bitte von einem meiner männlichen Kollegen gekommen?"

„Natürlich", versicherte Destiny. „Es geht doch um ein krankes Kind."

Beth glaubte ihr nicht unbedingt. „Hören Sie, Ms. Carlton ..."

„Nennen Sie mich Destiny, bitte."

„Ich bin Ihnen dankbar für das, was Sie tun, Destiny, aber ich halte die Kuppelei für keine gute Idee. Ich bin nicht interessiert, und Mack ist ebenfalls nicht interessiert. Dabei sollten wir es belassen."

„Perfekt", stimmte Destiny zu, ohne im Geringsten enttäuscht zu sein.

„Wie bitte?"

„Das war soeben die perfekte Antwort", erklärte Destiny. „Sie stellen für ihn eine Herausforderung dar. Das gefällt mir, und vor allem braucht mein Neffe genau das im Leben. Die meisten Frauen sinken viel zu bereitwillig in sein Bett."

„Ich habe keine Zeit, um die Herausforderung für Ihren Neffen zu spielen", wehrte Beth nervös ab. Allmählich merkte sie, dass man Destiny Carlton nicht unterschätzen durfte. Diese Frau ließ offensichtlich nicht so schnell locker, wenn sie sich erst mal was in den Kopf gesetzt hatte. Darüber hinaus fand Beth die Vorstellung, in Macks Bett zu sinken, eine Spur zu verlockend.

„Natürlich haben Sie Zeit dafür", behauptete Destiny zuversichtlich. „Jeder Mensch hat Zeit für die Liebe."

Liebe? *Liebe?* Eben war es noch darum gegangen, dass aus Mack und ihr ein Paar werden sollte, und jetzt war auch schon die Rede von Liebe?

„Ich habe eindeutig keine Zeit für Beziehungen, Destiny", widersprach Beth entschlossen. „Keine einzige Sekunde. Mein Terminkalender ist total ausgebucht. Der Tag hat einfach nicht genug Stunden für die Arbeit, die ich schaffen muss."

„Sie haben kurzfristig Zeit gefunden, mit mir zu essen", hielt Destiny ihr vor. „Genauso leicht könnten Sie auch Zeit für Mack finden. Denken Sie daran, wenn er Sie einlädt."

„Das wird er nicht tun", entgegnete Beth heftig. „Und sollte er es doch tun, würde ich ablehnen." Und zwar energisch! Es war schon schlimm genug, dass sie sich irgendwie zu ihm hingezogen fühlte.

Destiny lächelte noch eine Spur strahlender.

„Hören Sie auf damit", verlangte Beth, weil sie Destinys Gedanken mühelos erriet. „Ich werde nicht ablehnen, um eine Herausforderung für ihn darzustellen. Ich werde ablehnen, weil ich einfach nicht interessiert bin. Punkt! Daran wird sich nichts ändern. Genug Frauen werden jede Einladung Ihres Neffen gern annehmen. Außerdem ist es zwischen uns nicht besonders gut gelaufen. Ich habe mich beleidigend über ihn geäußert, und er hat es gehört."

„Sie haben ihn beleidigt?", fragte Destiny betroffen.

„Es war nicht für seine Ohren bestimmt", führte Beth zu ihrer Verteidigung an.

„Trotzdem." Destiny schüttelte den Kopf. „Er ist ein guter Mensch."

„Es ist nur natürlich, dass Sie so denken." Beth versuchte, behutsam den Rückzug anzutreten. „Ich habe das eben auch nur erwähnt, damit Sie begreifen, warum er nichts mit mir zu tun haben will."

„Ach, Mack hat ein dickes Fell. Das braucht er auch, weil er ständig im Rampenlicht der Öffentlichkeit steht. Er wird Sie einladen, weil er sich von einer kleinen ungewollten Beleidigung nicht aufhalten lässt. Ich bitte Sie lediglich, über eine solche Einladung ein wenig nachzudenken."

„Warum ausgerechnet ich?", fragte Beth, weil sie nicht begriff, wieso diese Frau, die sie praktisch nicht kannte, sie unbedingt mit ihrem geliebten Neffen zusammenbringen wollte.

„Das wird Ihnen mit der Zeit bestimmt klar werden", entgegnete Destiny rätselhaft. „Versprechen Sie mir nur, dass Sie nicht von vornherein alle Türen zuschlagen."

„Das kann ich nicht versprechen." Beth geriet allmählich in Panik. Wahrscheinlich wäre es klug gewesen, die Tür zwischen Mack Carlton und seiner intrigierenden Tante zuzuschlagen.

Andererseits konnte sie sich nicht erinnern, wann sie jemals solche freudig erregte Erwartung verspürt hatte wie jetzt. Und dieser Zustand war nicht unangenehm – aber gefährlich.

3. KAPITEL

Mack Carlton hielt Wort. Wenn Beth spätnachmittags Tonys Zimmer betrat, war er immer da. Wie versprochen war er zu einem Fixpunkt in Tonys Leben geworden, und dafür respektierte sie ihn, auch wenn sie weiterhin auf Distanz achtete.

Manchmal las Mack ein Buch, während der Junge schlief, und dabei wählte er Krimis oder Romane, keine Bücher über Sport. Irgendwann war er völlig in die jüngst erschienene Biografie eines Präsidenten versunken. Dadurch stieg er zusätzlich in Beths Achtung, auch wenn sie keinen Moment vergaß, dass Destiny Carlton im Hintergrund die Fäden zog.

Manchmal waren Tony und Mack in eine hitzige Diskussion über die besten Football-Spieler aller Zeiten vertieft. Mack hörte stets aufmerksam zu, und wenn er nicht Tonys Meinung war, zeigte er das doch so respektvoll, dass Tony vor Stolz richtig strahlte, weil sein Idol ihn ernst nahm.

Gelegentlich widmeten sich die beiden einem der Spiele, die Mack besorgt hatte. Dann hatten sie für Beth kaum einen Blick übrig. Es amüsierte sie, dass Mack sich offenbar genauso sehr wie Tony unterhielt und auch unbedingt gewinnen wollte. Mit zerzaustem Haar, offenem Hemdkragen und voll auf den Bildschirm konzentriert, wirkte Mack außerdem leider eine Spur zu anziehend.

Es überraschte Beth, wie gut Mack merkte, wann Tony erschöpft oder schlechter Stimmung war. Er wusste genau, wann er dem Jungen eine Ruhepause vorschlagen oder ihn ablenken musste. Und er ging stets sehr rasch, wenn Tonys Mutter eintraf, damit Maria Vitale mit ihrem Sohn allein sein konnte.

Als Beth das erste Mal beobachtete, wie Mack auf dem Korridor die verstörte Maria tröstete, achtete sie auf Anzeichen jener Chemie, von der Destiny Carlton bei ihrer Einladung gesprochen hatte. Wäre es um einen anderen Mann gegangen, hätte Beth auf alberne Eifersucht getippt. Bei Mack war das jedoch absurd. Zwischen ihr und dem ehemaligen Football-Star war nichts. Sie interessierte sich lediglich rein wissenschaftlich dafür, wie die Chemie zwischen Mann und Frau wirkte.

Mack war sehr männlich und stand in dem Ruf, schöne Frauen zu schätzen. Maria war eine ausnehmend schöne Frau mit makelloser olivenfarbener Haut, einem üppigen Körper und schwarzer Haarpracht. Nur die deutlich zu erkennende Erschöpfung beeinträchtigte ihre Schönheit, doch manche Männer fanden ein solches Anzeichen von Schwäche sogar besonders anziehend. Beth fragte sich unwillkürlich, ob Mack wohl zu diesen Männern gehörte.

Sie entdeckte allerdings nicht das geringste Anzeichen dafür, dass Mack Interesse an der allein erziehenden Mutter hatte. Er tröstete Maria nur mit Worten, er ließ Mutter und Sohn immer gleich allein und kam nach dem Krankenbesuch stets bei Beth vorbei.

Schon nach einer Woche hatte Beth sich an sein Erscheinen bei ihr gewöhnt. Er hatte bisher zwar nicht gezeigt, dass er sich zu ihr hingezogen fühlte, aber er widmete ihr unerwartet viel Aufmerksamkeit.

Als es jetzt an der Tür ihres Büros in der Nähe des Labors im Forschungstrakt klopfte, warf sie einen Blick auf ihre Uhr. Es war kurz nach sechs, Macks übliche Zeit.

„Ja, bitte!" Wieso freute sie sich eigentlich so unbändig darauf, ihn zu sehen?

Die Tür wurde geöffnet, und Mack guckte herein. „Beschäftigt?"

Wäre sie klug gewesen, hätte sie Ja gesagt. Diese Kurzbesuche waren schon viel zu selbstverständlich geworden.

„Einige Minuten habe ich Zeit", erwiderte sie, denn was war schon dabei, die Anwesenheit eines attraktiven Mannes in ihrem Büro zu genießen? Es hatte nichts zu bedeuten, sondern bewies nur, dass sie eine Frau war, und diese Tatsache vergaß sie wegen ihres anstrengenden Berufs leider viel zu oft.

„Reicht es für einen Kaffee?", fragte er. „Ich könnte einen brauchen. Der Tag war lang, und ich habe um acht noch eine Verabredung zum Abendessen."

In ihrem Büro fühlte Beth sich sicher. Woanders war sie angreifbarer, selbst wenn Mack sie in einer wenig romantischen Umgebung wie der Cafeteria des Krankenhauses zu einem Kaffee einlud.

Er lächelte, als sie zögerte. „Ich habe bloß einen Kaffee vorgeschlagen, Dr. Browning. Und ich schwöre, dass ich Sie nicht hinter dem Kaffeeautomaten verführen werde."

„Ich habe bloß überlegt, was ich noch alles erledigen muss, bevor ich hier aufhören kann", schwindelte sie.

„Wenn Sie noch lange arbeiten müssen, brauchen Sie unbedingt Kaffee", versicherte er belustigt.

„Sie haben recht." Jede andere Antwort hätte unfreundlich und undankbar geklungen. Mack Carlton kam schließlich fast täglich, um einen ihrer Patienten aufzumuntern. Da konnte sie wenigstens eine Tasse Kaffee mit ihm trinken. „Ich lade Sie ein."

Auf dem Korridor fiel Beth auf, dass die Schwestern ihnen nachblickten und tuschelten. „Wird das nicht allmählich langweilig?", fragte Beth, als sie erneut an einigen Frauen vorbeigingen, die Mack mit Blicken förmlich verschlangen.

„Was denn?", fragte er.

„Dass Frauen Sie anstarren, als stünden Sie zum Verkauf."

„Das fällt mir gar nicht mehr auf", behauptete er. „Tut mir leid. Stört es Sie? Ich habe nicht daran gedacht, dass es Gerede geben könnte, wenn man Sie mit mir sieht. Möchten Sie vielleicht woandershin gehen?"

„Nein, die Cafeteria ist schon in Ordnung. Mehr Zeit habe ich sowieso nicht."

„Haben Sie schon gegessen?", fragte er, als sie sich in der Schlange anstellten.

„Nein, aber ich hole mir später etwas, oder ich nehme mir ein Sandwich ins Büro mit."

Mack warf einen Blick auf die Tagesangebote. „Es gibt Hackbraten. Den können Sie sich doch nicht entgehen lassen."

„Ich kenne ihn", wehrte sie lächelnd ab. „Glauben Sie mir, so etwas haben Sie zu Hause noch nie gegessen."

„Aha, dann also kein Hackbraten." Er ließ den Blick über die Liste der angebotenen Speisen wandern. „Die Salate wirken frisch." Bevor Beth ablehnen konnte, schob er zwei Teller mit Salat auf ein Tablett und griff auch nach zwei Schalen Suppe. „Cracker?"

„Gern", nahm Beth an, „aber haben Sie nicht um acht Uhr eine Verabredung zum Abendessen?"

„Sicher. Es gibt Gummihuhn und jede Menge Geplauder. Wenn ich Glück habe, kann ich zwei oder drei Bissen essen. Glauben Sie mir, das hier ist wesentlich reizvoller, und die Gesellschaft ist tausendmal besser."

Obwohl sie es nicht wollte, fühlte sie sich geschmeichelt. Kein

Wunder, dass die Frauen Mack anhimmelten. Er hatte einen natürlichen Charme und gab nicht die Plattitüden von sich, mit denen sie bei ihm gerechnet hatte.

Nachdem er auch noch Apfelkuchen und Kaffee auf das Tablett gestellt hatte, bestand er darauf, an der Kasse zu bezahlen, und führte Beth in eine der hinteren Ecken des Raums.

„Setzen Sie sich eigentlich immer durch?“, fragte sie, sobald sie an einem Tisch Platz genommen hatten.

„Nein, wieso?“, erwiderte er überrascht.

„Sie haben mich gerade regelrecht überrollt.“

„Ich dachte, Sie wollten sich nur als Dame geben.“

„Und was soll das bedeuten?“ Bestimmt kam gleich eine chauvinistische Bemerkung.

„Meiner Erfahrung nach würden die meisten Frauen lieber verhungern, als einem Mann gegenüber zuzugeben, dass sie hungrig sind. Vielleicht glauben sie, wir Männer würden sofort annehmen, sie könnten fett werden. Ich mag es, wenn eine Frau einen gesunden Appetit zeigt und etwas Fleisch auf den Knochen hat.“

Beth verzichtete auf den Hinweis, dass ihr beides fehlte.

Prüfend betrachtete er sie. „Sie könnten auch einige Pfunde mehr brauchen, Doc“, fügte er dann noch hinzu. „Vielleicht nehmen die Leute Sie ernster, wenn Sie nicht so aussehen, als könnte ein Windstoß Sie umpusten.“

„Die wirklich wichtigen Leute nehmen mich ausreichend ernst“, konterte sie schlagfertig.

„Aber es ist wichtig, genug Vitamine und Mineralien zu sich zu nehmen“, fuhr er fort und stellte das Essen vor sie hin. „Vitamintabletten und Energiedrinks ersetzen niemals gutes Essen.“

Beth hätte sich beinahe an der Suppe verschluckt. Woher wusste er bloß, wie sie sich normalerweise ernährte? „Haben Sie zu den Essenszeiten vor meinem Büro Wache geschoben?“

„Das war nicht nötig. Auf Ihrem Schreibtisch steht eine Großpackung Vitamintabletten, und Ihr Papierkorb quillt über mit leeren Getränkedosen. So werden Sie bestimmt irgendwann krank.“

„Wie sind Sie denn Ernährungsexperte geworden?“, fragte sie gereizt, weil er recht hatte, sie das aber nicht zugeben wollte.

„Destiny hat uns die Grundregeln beigebracht, und den Rest habe ich in meiner aktiven Zeit von den Sportärzten gelernt“, erklärte er. „Nahrungsmittel wirken wie Treibstoff, und ohne den richtigen Treibstoff funktioniert der Körper nicht lange gut.“

„Ich werde es mir merken“, erwiderte sie trocken.

„Das sollten Sie auch“, sagte er ernst. „Tony und viele andere Kinder und Jugendliche zählen auf Sie. Wenn Sie selbst krank werden, können Sie niemandem helfen.“

„Kein Widerspruch“, erklärte sie und nahm einen Bissen von dem Salat, um ihre Worte zu unterstreichen.

„Wie geht es Tony?“, erkundigte Mack sich nach einer Weile. „Hat sich etwas geändert?“

„Vermutlich ist Ihnen schon aufgefallen, dass er mit jedem Tag schwächer wird. Wir bemühen uns, ihn wieder aufzubauen, um erneut eine Chemotherapie durchführen zu können, aber nichts hilft“, gestand sie frustriert. „Vielleicht könnten Sie ein ernährungstechnisches Wunder bewirken. Er isst nämlich nicht.“

„Ich kümmere mich darum“, versprach Mack. „Gibt es etwas, was er nicht essen darf?“

„Nein.“

„Und ich verstoße gegen keine Regeln, wenn ich Essen mitbringe?“

„Ich rette Sie vor der Lebensmittelpolizei, wenn Sie ihn bloß zum Essen bringen“, versprach Beth.

„Dann habe ich schon eine Idee, wie man einem Zwölfjährigen Appetit macht, und ich kann ihm den gleichen Vortrag über Treibstoff für den Körper halten, den Sie soeben gehört haben.“

„Danke“, sagte sie aufrichtig. „Im Moment hört er eher auf Sie als auf mich.“

„So ist das eben unter Männern“, bemerkte Mack lächelnd. „Vielleicht muss ich darauf bestehen, dass Sie mit uns Pizza oder Pommes essen. Kinder brauchen stets ein Vorbild.“

„Wollen Sie mich mästen?“, fragte sie lachend.

„Nur ein wenig.“

„Die Frauen, die ich bisher in Ihrer Begleitung gesehen habe, waren dünn wie Models.“

„Glauben Sie nicht alles, was Sie aus Zeitungen haben, Doc“, warnte er.

„Wollen Sie behaupten, dass Fotos lügen? Wie denn das?“

„Eine ehrgeizige Frau, ein skrupelloser Fotograf, und schon genügt es, auf den Auslöser zu drücken, um einen falschen Eindruck zu erwecken“, erklärte er bitter und winkte ab. „Reden wir nicht weiter darüber. Wie sieht es mit der Suche nach einem Knochenmarkspender aus?“

„Tony steht auf der Liste, aber wir haben noch keinen Druck gemacht, weil er im Moment ohnehin nur sehr bedingt für eine Transplantation infrage käme.“

„Kann ich etwas tun?“, fragte Mack.

„Besuchen Sie ihn weiter. Nur wenn Sie bei ihm sind, höre ich ihn lachen.“

„Und was ist mit Ihnen, Doc?“ Er sah sie forschend an. „Wie halten Sie sich? Es greift Sie an, nicht wahr? Sie haben Angst.“

Beth hatte Mühe, ihre Gefühle unter Kontrolle zu halten. „Große Angst“, gestand sie trotzdem ein.

Mack griff nach ihrer Hand. „Auch Ärzte dürfen Gefühle haben.“

„Nein.“ Ruckartig zog sie die Hand zurück, weil es viel zu verlockend war, sich von ihm trösten zu lassen. „Wir müssen distanziert und objektiv bleiben.“

„Und warum?“

„Weil wir nur so unsere Arbeit erledigen können.“

„Sie meinen, ohne irgendwann zusammenzubrechen?“

Sie nickte, und nun war die Reihe an ihr, das Thema zu wechseln. „Könnten wir über etwas anderes sprechen?“

„Gern“, lenkte er ein. „Möchten Sie sich vielleicht über Football unterhalten?“, fragte er dann amüsiert.

Der Scherz half ihr, sich zu entspannen. „Das wäre eine kurze Unterhaltung, was mich betrifft, da müssten Sie schon die meiste Zeit sprechen.“

„Sie kennen doch uns Sportskanonen. Wir können endlos über Sport reden. Aber das erspare ich Ihnen. Wie wäre es mit Politik?“

„Ich habe in der Zeitung gelesen, dass Ihr Bruder sich für die Wahl als Stadtrat von Alexandria bewerben möchte.“

„Ja“, bestätigte Mack. „Richard hält sich an das Erbe, das unser Vater ihm hinterlassen hat.“

„Es scheint Ihnen nicht zu gefallen“, stellte sie fest, weil plötzlich ein gereizter Unterton in seinen Worten mitschwang.

„Ich würde Richard voll unterstützen, wäre es sein eigener Wunsch.

Er hat aber sein ganzes Leben nach den Erwartungen ausgerichtet, die man uns als Jungen eingetrichtert hat. Er leitet *Carlton Industries*, und das ist in Ordnung. Dabei handelt es sich um die Familienfirma, und das macht er auch gern. Dafür ist er wie geschaffen. Aber ich bin nicht überzeugt, dass er wirklich in die Politik gehen möchte. Aus Pflichtgefühl unserem Vater gegenüber, der schon seit zwanzig Jahren tot ist, wird Richard es tun, und natürlich wird er es auch gut machen."

„Haben Sie ihm Ihre Meinung je gesagt?"

„Nein. Man sagt Richard gar nichts. Er ist derjenige, der uns anderen erklärt, was zu tun ist."

„Und verübeln Sie ihm das?"

„Aber nein! Hätte er nicht schon vor Jahren den Druck von uns genommen, würde ich heute wahrscheinlich hinter einem Schreibtisch bei *Carlton Industries* sitzen. Dabei wäre ich nicht nur todunglücklich, sondern würde vermutlich auch die Firma ruinieren."

„Sie ganz allein?", fragte Beth skeptisch.

„Nein, unser jüngerer Bruder Ben wäre wahrscheinlich noch schlimmer als ich."

„Irgendwo habe ich gelesen, dass er Künstler ist. Stimmt das?"

„Haben Sie sich über uns informiert, Doc?", fragte Mack amüsiert.

„Nein, aber der Name Carlton taucht in der Lokalpresse ständig auf, und sogar Ihr zurückgezogen lebender jüngerer Bruder wird erwähnt. Übrigens – weshalb sollte ich mich über Sie informieren?", erkundigte sie sich gereizt.

„Weil manche Frauen finden, wir seien äußerst faszinierende Männer", erklärte er, ohne eine Miene zu verziehen.

„Ich gehöre nicht dazu."

„Sie ertragen mich also nur wegen Tony?"

„Ja", bestätigte sie.

Mack betrachtete sie so lange mit zweifelnder Miene, bis sie verlegen wurde. Erst als ihm das gelungen war, wandte er den Blick wieder ab, und Beth atmete auf.

Kein Mann hatte bisher eine so starke Wirkung auf sie gehabt wie Mack Carlton. Sicher, er hatte eine Figur, die Frauen träumen ließ. Außerdem wirkte er liebenswürdig und einfühlsam, und diese Eigenschaften bewunderte sie bei einem Mann. Sein Lächeln war umwerfend, sein Verstand scharf und sein Charme spontan.

Doch Mack Carlton war auch ein reicher Playboy, der nichts ernst nahm. Er hatte in aller Öffentlichkeit Affären, und sie war eine Frau, die auf ihren Ruf achten musste. Daher durfte sie nicht auf die gelegentlichen tiefen Blicke eingehen, und die Treffen mit ihm konnten nicht weiterführen – sofern er das überhaupt wollte.

Schade, denn bei Mack könnte eine Frau jegliche Vernunft verlieren und in den Flammen der Leidenschaft verglühen. Und Beth ahnte, dass es ihr nicht anders ergehen würde.

Zwei Tage nach diesem faszinierenden Essen in der Cafeteria mit Beth saß Mack im Warteraum des Krankenhauses, während Tony von den Ärzten untersucht wurde.

Mack stand auf, als er Richard auf sich zukommen sah. „Was machst du denn hier?", fragte er und umarmte seinen Bruder, ehe er sich in dem leeren Raum umsah. „Hier sind keine Wähler, die du beeindrucken musst", spöttelte er.

„Sehr witzig", antwortete Richard. „Ich war zufällig in der Gegend und habe von Destiny gehört, dass du hier sein könntest. Was ist los? Was machst du im Krankenhaus?"

„Ich besuche einen kranken Jungen", erklärte Mack.

„Täglich? Hängst du dich damit nicht gefühlsmäßig zu sehr an dieses Kind?"

„Der Junge hat keinen Vater, an den er sich halten kann", erklärte Mack. „Er mag Football, und darum tue ich etwas Gutes, wenn ich ihn täglich für eine Stunde besuchen komme."

„Ich finde dein Engagement bewundernswert", meinte Richard, „aber geht es wirklich nur um den Jungen?"

„Was hat Destiny dir erzählt?", fragte Mack misstrauisch.

„Sie hat erwähnt", erwiderte Richard lächelnd, „dass dieser Junge von einer sehr hübschen Ärztin mit einem brillanten Verstand behandelt wird. Was hat dich denn dazu gebracht, anzubeißen, Bruderherz? Ihr Körper oder ihr Geist?"

„Ich habe überhaupt nicht angebissen", wehrte Mack ab. „Das ist doch Unsinn. Wenn du das nächste Mal mit Destiny sprichst, sag ihr, dass sie sich um ihren eigenen Kram kümmern soll."

„Ha, glaubst du wirklich, dass es jemals dazu kommen wird?"

Mack sah seinen Bruder finster an. „Du bist in Wirklichkeit nur hier, um dich über mich lustig zu machen. Du glaubst, dass ich mich von Destinys Plan einwickeln lasse."

„Das glaube ich tatsächlich", bestätigte Richard ungeniert. „Und ich möchte deine Niederlage persönlich miterleben und genießen."

„Destiny behauptet, Beth Browning gar nicht zu kennen", sagte Mack. „Und Beth hat das bestätigt."

„Schon mal was von einer harmlosen Notlüge gehört?", entgegnete Richard. „Unsere Tante ist Großmeisterin im Taktieren und setzt alle Strategien ein, die ihr nützen. Mir und Melanie gegenüber war sie auch nicht ganz ehrlich, und sie hat uns ohne jede Reue in die Falle gelockt."

„Bei mir spielt sich jedenfalls nichts in der Richtung ab", versicherte Mack. „Ich bin nicht der Typ dieser Ärztin, und umgekehrt ist sie nicht meiner. Sollte Destiny das alles tatsächlich eingefädelt haben, liegt sie dieses Mal wirklich schief."

„Abwarten", meinte Richard. „Rechnest du demnächst hier mit dieser Frau Doktor? Ich möchte sie mir gern ansehen, weil Melanie bestimmt viele Fragen haben wird."

„Pech. Meines Wissens nach nimmt Dr. Browning heute an einer Ärztekonferenz im Ausland teil", erwiderte Mack und sah Beth im selben Moment auftauchen. „Sie könnte allerdings auch schon wieder zurück sein", fügte er seufzend hinzu.

Richard stieß einen leisen, anerkennenden Pfiff aus. „Nicht dein Typ? Du solltest deine Optik untersuchen lassen."

Mack versuchte, Beth mit den Augen seines Bruders zu sehen. Sie war auf natürliche Weise hübsch, aber nicht mit den Schönheiten zu vergleichen, mit denen er sonst ausging.

„Ich wollte Ihnen nur sagen, dass Sie Tony jetzt besuchen können", erklärte sie.

„Danke."

Richard ließ den Blick von Beth zu Mack und wieder zu ihr zurückwandern, ehe er mit den Schultern zuckte. „Dr. Browning, ich bin Macks Bruder Richard. Offenbar hat es ihm die Sprache verschlagen. Das passiert gelegentlich, und in Ihrem Fall verstehe ich das völlig. Vermutlich machen Sie ihn oft sprachlos."

Beth sah Richard verblüfft an, und ihre Wangen röteten sich verdächtig. „Bisher nicht."

„Dann muss es an dem liegen, was ich gesagt habe“, bemerkte Richard lächelnd.

Bevor Richard das erklären und ihn noch mehr in Verlegenheit bringen konnte, schlug Mack ihm kräftig auf den Rücken. „Vielen Dank, dass du mir die Nachricht persönlich überbracht hast. Ich weiß, wie beschäftigt du bist, deshalb halte ich dich nicht weiter auf. Gib Melanie einen Kuss von mir, gewinn einige Wählerstimmen oder treib die Millionen für deinen Wahlkampf auf. Du wirst das alles dringend brauchen, weil ich garantiert für deinen Gegenkandidaten stimmen werde.“

Richard hielt nur mit Mühe ein lautes Lachen zurück. „Sollte ich mit nur einer Stimme verlieren, hätte ich einen Sieg sowieso nicht verdient. Übrigens habe ich es nicht eilig. Ich kann also durchaus noch eine Weile bleiben.“

„Nein, kannst du nicht“, widersprach Mack. „Ich begleite dich nach draußen.“ Er schob Richard zur Tür und rief zu Beth zurück: „Sagen Sie Tony, dass ich gleich bei ihm sein werde.“

„Ja, gern“, erwiderte sie erstaunt.

Im Aufzug wandte Mack sich an seinen Bruder und bedachte ihn mit einem drohenden Blick. „Komm bloß nicht auf irgendwelche Ideen, großer Bruder. Auf keine, hörst du?“

„Ich habe nicht die geringste Ahnung, wovon du spricht“, erwiderte Richard mit unschuldiger Miene. „Ich wollte doch nur deine neue Freundin kennenlernen.“

„Du sagst das, als hättest du mich auf dem Spielplatz mit einem kleinen Mädchen erwischt“, beschwerte sich Mack.

„Glaub mir, ich habe gemerkt, dass du über dieses Stadium längst hinaus bist. Zwischen dir und der Ärztin flogen Funken wie zwischen zwei absolut erwachsenen Menschen.“

„Du bist verrückt.“

„Nein, das glaube ich nicht“, widersprach Richard. „Vielleicht ruft Melanie sie an und organisiert ein Abendessen.“

„Wenn du das tust, bist du ein toter Mann“, warnte Mack. Er wollte nicht, dass sich sein Bruder, seine Tante oder sonst jemand einmischte, was Beth anging. „Vergiss es. Die ganze Sache ist nicht, wie du denkst. Beth und ich unterhalten uns gelegentlich oder trinken einen Kaffee, aber das ist auch alles.“

„Meinst du das wirklich ernst?“, fragte Richard.

„Was denkst du denn?“, entgegnete Mack.

Richard lachte schallend los. „Ich glaube es nicht!“, prustete er los. „Destiny hat es mal wieder geschafft!“

„Destiny hat gar nichts geschafft!“, rief Mack seinem Bruder nach, als dieser das Krankenhaus verließ.

Leider hatte er Richard bestimmt nicht überzeugt, und das eigentlich Schlimme war, dass er selbst nicht mehr ganz sicher war, was nun stimmte.

4. KAPITEL

Um sich selbst zu beweisen, dass sein Bruder Richard falschlag, kehrte Mack nicht gleich ins Krankenhaus zurück, sondern rief über Handy eine attraktive Börsenmaklerin an, die er beruflich wie privat kannte, und war Minuten später mit ihr zum Abendessen in ihrer Wohnung verabredet. Wenn es so lief wie früher, würden sie sich hauptsächlich auf das Dessert konzentrieren.

Äußerst zufrieden ging Mack zu Tonys Zimmer, um sich mit Videospielen die Zeit bis zum Abendessen zu vertreiben. Als er jedoch die Tür öffnete, hielt Beth das kleine Gerät in der Hand und versuchte angestrengt, sich auf das Spiel zu konzentrieren. Ihr Anblick berührte ihn auf seltsame Weise.

„Kommen Sie, Dr. Beth", drängte Tony, „so schwer ist das gar nicht."

„Du hast mich hereingelegt, mein Junge", erwiderte sie und wandte den Blick nicht von dem winzigen Bildschirm. „Du hast behauptet, es wäre einfach."

„Ist es auch", versicherte Tony lachend und wandte sich an den Besucher. „Zeigen Sie es ihr, Mack!"

„Ich brauche seine Hilfe nicht", wehrte Beth ab.

„Sie fliegt schon auf der ersten Spielebene raus", verriet Tony.

„Oh, das ist aber nicht gut", fand Mack, trat hinter Beth und beugte sich zu ihr, um ihr ein paar Tipps zu gehen. Er wurde allerdings von dem leichten Duft eines aufreizenden Parfums überrascht. Sonst roch sie stets nach Desinfektionsmittel, doch jetzt dachte er sofort an zerwühlte Laken und zärtliches Flüstern „danach". Warum hatte sein Bruder ihn bloß auf eine solche Idee gebracht!

„Gehen Sie weg", verlangte Beth, ohne ihn anzusehen. „Ich schaffe das allein."

„Wenn Sie es sagen", erwiderte Mack vergnügt und setzte sich auf die Kante von Tonys Bett. „Frauen! Man kann ihnen nichts beibringen. Diese Lektion musst du schon frühzeitig lernen, Tony."

Daraufhin blickte Beth hoch. Im nächsten Moment piepte und fiepte der Computer, und Flammen flackerten über den Bildschirm. „Tony, hör nicht auf das, was Mr. Carlton von Frauen behauptet", verlangte sie streng.

„Warum nicht?“, entgegnete Tony. „Haben Sie nicht die flotten Bienen gesehen, mit denen er ausgeht?“

Angesichts von Beths säuerlicher Miene verzichtete Mack darauf, zu lachen. „Doc Beth meint wohl, ich wäre in Herzensangelegenheiten kein gutes Beispiel“, erklärte er.

„Wieso nicht?“, fragte Tony verblüfft.

Jetzt musste Mack doch lächeln. „Ja, ich begreife das auch nicht, aber Frauen sind in solchen Dingen eben eigen. Über dieses Thema unterhalten wir uns bei einer anderen Gelegenheit von Mann zu Mann.“

„Nicht in meiner Dienstzeit“, warf Beth grimmig ein. „Tony, du musst dich ausruhen.“

„Aber ich bin nicht müde“, protestierte der Junge.

„Ich glaube, sie will mich unter vier Augen sprechen“, erklärte Mack, „und mich durch die Mangel drehen, weil ich einen schlechten Einfluss auf dich ausübe.“

„Hören Sie doch auf“, verlangte Beth. „Es geht nicht um Sie, sondern um Tony. Er soll sich nicht überanstrengen.“

„Hey, Doc, Sie haben doch gespielt“, erinnerte Mack sie. „Ich bin gerade erst hergekommen.“

Beth ging zur Tür, öffnete sie und sah Mack so lange auffordernd an, bis er mit den Schultern zuckte, dem kleinen Patienten versprach, am nächsten Tag wiederzukommen, und ihr folgte.

„Verraten Sie mir, was das soll?“, erkundigte er sich amüsiert. „Sind Sie eine schlechte Verliererin?“

„Das ist doch albern.“

„Oder eifersüchtig?“

Sie warf ihm einen abschätzigen Blick zu. „Ganz sicher nicht.“

„Es muss aber einen Grund geben, warum Sie nicht wollen, dass ich mit Tony über Frauen spreche.“

„Finden Sie das denn nicht ungehörig? Es ist nicht Ihre Aufgabe. Außerdem ist er erst zwölf. Es dauert noch eine Weile, bis er unter solchen Gesichtspunkten an Mädchen denken sollte.“

„Ich hatte mit zwölf schon eine Freundin“, widersprach Mack.

„Komisch, aber das überrascht mich nicht im Geringsten“, entgegnete Beth spitz.

Mack bemühte sich um ein ernstes Gesicht. „Vermutlich hatten Sie mit zwölf keinen Freund.“

„Ich hatte auch mit zwanzig keinen“, fauchte sie ihn an. „Aber darum geht es doch gar nicht!“

„Worum geht es denn dann?“, erkundigte er sich. „Und warum haben Sie so lange gewartet? Sie sehen doch gar nicht schlecht aus“, fügte er provozierend hinzu, um zu sehen, wie sich ihre Wangen wieder mal röteten.

Sie setzte schon zu einer Antwort an, verzichtete dann jedoch darauf.

„Wissen Sie nicht, worum es hier eigentlich geht?“, neckte er sie.

„Nein, nicht wirklich“, gestand Beth.

„Das passiert mir auch manchmal. Ich weiß plötzlich nicht mehr, worauf ich ursprünglich hinauswollte. Natürlich liegt es dann meistens an einer aufregenden Frau, die mich aus dem Gleichgewicht bringt. Ist das im Moment vielleicht auch der Fall? Ich habe da drinnen im Zimmer so stark auf Sie gewirkt, dass Sie alles andere vergessen haben, stimmt's?“

„Ach träumen Sie doch weiter!“, herrschte sie ihn an, drehte sich um und ließ ihn einfach stehen.

„He, Sie haben mir nicht verraten, wieso Sie ein solcher Spätzünder waren!“, rief er ihr nach, doch sie bog um die nächste Ecke, ohne sich noch einmal umzudrehen.

Erst als sie nicht mehr zu sehen war, überlegte er, wer von ihnen denn nun dieses kleine Wortgefecht gewonnen hatte. Da er reichlich verwirrt zurückgeblieben war, ging der Sieg vermutlich an Beth.

Beth nahm sich nach diesem Zusammentreffen fest vor, Mack aus dem Weg zu gehen. Doch kaum hatte sie ihr Büro betreten, da tauchte Mack hinter ihr auf.

„Sie schon wieder!“, bemerkte sie mit einem Seufzer.

„Haben Sie wirklich gedacht, wir wären bereits miteinander fertig?“, fragte er lächelnd.

„Ich habe es zumindest von ganzem Herzen gehofft. Haben Sie nicht eine Verabredung?“

„Allerdings“, bestätigte er, „aber bis dahin ist noch Zeit.“

„Wofür?“, erkundigte sie sich vorsichtig.

„Dafür.“ Damit beugte er sich zu ihr und drückte seine Lippen sanft auf ihren Mund.

Zuerst war es nur ein harmloser Kuss, der sie reizen und vielleicht auch schockieren sollte. Beth wollte Mack schon von sich schieben, musste sich jedoch an seinem Jackett festhalten, weil sie schlagartig Herzklopfen bekam und sich nur noch mit Mühe auf den Beinen halten konnte. Das war verrückt, albern und auch gefährlich, aber als der Kuss nicht endete, vergaß sie alle Vernunft und gab sich ganz den Empfindungen hin.

Das leise Stöhnen, das sie vernahm, stammte von ihr selbst, während Mack ihren Mund erforschte und damit den letzten klaren Gedanken aus ihrem Kopf vertrieb. Der Kuss war nicht richtig, gar nicht richtig, aber gleichzeitig auch so gut, dass sie es kaum ertrug, als er sich langsam zurückzog.

Sie öffnete die Augen wieder. Mit einem Arm hielt er sie fest, die andere Hand legte er ihr unters Kinn.

„Was ist da denn eben passiert?“, fragte er leise.

Obwohl er vermutlich keine Antwort erwartete, hätte sie ihm beinahe Destinys Definition von der Chemie zwischen Mann und Frau vorgetragen. Doch wer weiß, wie Mack reagiert hätte, wenn er von diesem vertraulichen Gespräch über erotische Anziehung zwischen ihr und seiner Tante erfahren hätte.

„Ich will es wirklich wissen“, drängte er, als sie schwieg. „Was ist da eben passiert?“

Sein ungläubiger Ton ärgerte sie noch mehr als die Unverschämtheit, einfach in ihr Büro zu kommen und sie mit einem Kuss um den Verstand zu bringen. „Ein Mann mit Ihrer Erfahrung sollte durchaus in der Lage sein, einen Kuss zu erkennen, der außer Kontrolle geraten ist“, herrschte sie ihn unfreundlich an, riss sich von ihm los und brachte sich hinter ihrem Schreibtisch in Sicherheit. „Und jetzt wäre es besser, wenn Sie gingen.“

„Ziehen Sie sich auf neutralen Boden zurück, Doc?“, fragte er amüsiert.

„Nein, ich muss arbeiten. Für heute habe ich schon genug Zeit an Sie verschwendet.“

„Ein toller Kuss ist nie Zeitverschwendung“, wehrte er ab. „Schon gar nicht für eine Frau, die sich erst nach dem zwanzigsten Geburtstag mit Männern eingelassen hat. Sie müssen viel nachholen.“

Toll? Er fand diesen Kuss toll? Sicher, sie, Beth, hätte ihn so beschrieben, doch sie besaß nun wirklich nicht die gleiche Erfahrung wie Mack. Die Tatsache, dass einer der begehrtesten Junggesellen der ganzen Gegend fand, sie würde toll küssen, war schmeichelhaft und vertrieb beinahe ihren Zorn.

„Gehen Sie", verlangte sie trotzdem, um nicht in Versuchung zu geraten, sich ihm an den Hals zu werfen. Und dann fiel ihr auch noch ein, dass er eine Verabredung hatte. Trotzdem hatte er sie geküsst! Das mochte für ihn durchaus normal sein, aber ihr kam es eher schäbig vor. „Gehen Sie", verlangte sie erneut. „Sie wollen doch nicht zu spät zu Ihrer Verabredung kommen, oder?"

„Verabredung?", wiederholte er verständnislos.

„Das haben Sie selbst gesagt."

Er murmelte eine Verwünschung und zog sein Handy hervor.

„Das dürfen Sie im Krankenhaus nicht benutzen", warnte Beth.

Ohne zu fragen, griff er zu ihrem Telefon und tippte energisch eine Nummer ein. Dann brachte er der Person am anderen Ende der Leitung gegenüber eine halbherzige Entschuldigung vor und legte ohne weitere Worte auf.

„Sie haben abgesagt?", fragte Beth ungläubig.

„Ich habe die verdammte Verabredung abgesagt", bestätigte er.

„Warum?"

„Weil ich mit Ihnen essen gehen werde."

„Wohl kaum", entgegnete sie spröde.

„Doch. Ich habe soeben Ihretwegen eine Verabredung abgesagt. Da können Sie wenigstens mit mir essen gehen. Sie wollen den Abend doch bestimmt nicht allein verbringen."

„Stellen wir eine Sache klar", erklärte sie entschieden. „Sie haben nicht meinetwegen abgesagt. Ich habe Sie nicht darum gebeten."

„Nein, aber nach diesem Kuss hätte es Sie geärgert, hätte ich die Verabredung eingehalten."

„Geärgert? Nein, bestimmt nicht. Ich hätte Sie lediglich für schäbig gehalten, aber da ich ohnedies keine sonderlich hohe Meinung von Ihnen habe, könnte Ihnen das auch gleichgültig sein."

„Wie nett."

„Ich bin noch nicht fertig", fuhr sie fort. „Ob Sie einen Abend allein oder mit ständig wechselnden bereitwilligen Frauen verbringen, hat nicht das Geringste mit mir zu tun."

„Der Meinung war ich auch, zumindest bis vor wenigen Minuten", bestätigte er lässig.

„Und was ist vor wenigen Minuten geschehen?"

„Ich habe Sie geküsst und beschlossen, statt eine vorprogrammiert ablaufende Verabredung einzuhalten, die unsichere Chance zu ergreifen, Sie noch einmal küssen zu dürfen." Mack setzte sich auf den Stuhl neben dem Schreibtisch. „Und wenn Sie noch etwas zu erledigen haben, dann warte ich."

Beth konnte nicht entscheiden, ob sie sich geschmeichelt fühlen oder ob sie wütend sein sollte. Da flirtende Worte aus Macks Mund jedoch höchst gefährlich waren, ging sie vorsichtshalber nicht weiter darauf ein.

„Es könnte noch lange dauern", behauptete sie, um ihn auf die Probe zu stellen. „Sehr lange."

Er griff nach einer medizinischen Zeitschrift. „Wie Sie meinen. Das hier scheint kein leichter Lesestoff zu sein und wird mich auf Stunden hinaus beschäftigen."

„Sie gehen nicht weg?", fragte Beth erstaunt.

„Nicht ohne Sie", versicherte er und begann, in dem Journal zu blättern.

„Ich begreife Sie nicht!"

Mack blickte sehr nachdenklich zu ihr hoch. „Um ehrlich zu sein, Doc, ich begreife mich auch nicht ganz."

„Ich habe vielleicht eine Stunde Zeit fürs Essen", räumte sie unfreundlich ein. „Keine Minute länger."

Als er sie aus dem Büro führte, legte er ihr eine Hand besitzergreifend auf den Rücken, und das gefiel ihr besser, als sie sich selbst eingestehen wollte.

„Ich dachte, wir gehen in die Cafeteria", wandte sie ein, als er den Hauptausgang ansteuerte.

„Heute Abend nicht."

„Wir haben nur eine Stunde Zeit."

„Das haben Sie bereits klar und deutlich gesagt, und in einer Stunde sitzen Sie wieder an Ihrem Schreibtisch."

Minuten später hielten sie vor einem schicken Restaurant, das in Washington gerade ganz groß im Trend lag. In sämtlichen Zeitungen wurden die Namen der gesellschaftlich wichtigen Leute angeführt, die hier Abend für Abend abgewiesen wurden. Mack hatte jedoch kaum angehalten, als auch schon die Parkhelfer zu ihnen kamen, Mack einen Parkschein überreichten und Beth beim Aussteigen halfen.

„Ich brauche den Wagen in fünfundfünfzig Minuten“, wies Mack an.

„Kein Problem, Mr. Carlton“, erwiderte der Mann und machte einen Vermerk auf dem Parkschein.

Im belebten Foyer sprach Mack leise mit dem Maître, und kurz darauf bekamen sie einen Tisch. Gleichzeitig wurden zwei Mahlzeiten und eine gekühlte Flasche Wasser serviert.

„Da Sie ins Krankenhaus zurückmüssen, habe ich angenommen, dass Sie keinen Champagner trinken wollen“, erklärte Mack.

„Wasser ist perfekt.“ Beth betrachtete den gegrillten Lachs mit Kartoffeln und Gemüse. „Das gilt auch für das Essen. Wie haben Sie das so schnell geschafft?“

Mack zuckte mit den Schultern. „Kleinigkeit. In einem solchen Lokal kommt es immer darauf an, wen man kennt.“

„Und Sie kennen den Maître?“

„Unter anderem.“

„Den Eigentümer?“

„Den auch.“

Beth schüttelte erstaunt den Kopf. „Da draußen warten so viele Leute, dass Sie jemandem den reservierten Tisch weggenommen haben. Und wie viele Leute hier drinnen warten nun auf ihr Essen?“

„Sie brauchen kein schlechtes Gewissen zu haben“, beruhigte er sie mit vergnügter Miene. „Die Leute trinken Wein, um die Wartezeit zu überbrücken.“

Erst nach einigen Sekunden begriff sie, was er genau meinte. „Sie haben anderen Leuten das Essen weggenommen und sie mit einer Flasche Wein bestochen?“

„Nicht ich“, wehrte er ab. „Ich habe mich doch keinen Moment von Ihnen entfernt.“

„Sie wissen schon, was ich meine.“

„Essen Sie, Doc“, forderte er sie auf. „Die Uhr tickt, und ich möchte unbedingt noch Crème brulée als Nachtisch. Ich würde ja das Schokoladensoufflé empfehlen, aber die Zeit ist knapp.“

„Es sei denn, ein ahnungsloses Pärchen hat bereits Soufflé bestellt.“

„Gute Idee", lobte Mack und gab dem Kellner ein Zeichen.

„Wagen Sie es nicht!", warnte Beth.

„Begnügen Sie sich mit der Crème brulée?"

„Das ist wohl das Beste, sonst lösen wir hier noch einen Aufstand aus", bestätigte sie, obwohl das Soufflé sie reizte.

„Wir nehmen Crème brulée als Dessert, John. In ungefähr zwanzig Minuten."

„Selbstverständlich, Mr. Carlton." Der Kellner beugte sich zu Mack herunter und fügte gedämpft hinzu: „Das Soufflé könnte allerdings in einer halben Stunde fertig sein. Ich würde für die anderen Herrschaften etwas neu zubereiten lassen und das Soufflé in einem Behälter zum Mitnehmen verstauen. Wie wäre das?"

Mack wandte sich an Beth. „Dessert an Ihrem Schreibtisch?"

Beth konnte im Leben vielen Dingen widerstehen, Schokolade jedoch nicht, und ein warmes Schokoladensoufflé frisch aus dem Herd machte jeden Widerstand ihrerseits unmöglich. „Ich bin absolut für Schokolade", antwortete sie.

„Gut zu wissen", stellte Mack fest, während der Kellner sich entfernte.

„Was denn?", fragte sie unsicher.

„Dass Schokolade Ihr Schwachpunkt ist."

„Einer meiner Schwachpunkte."

Mack prostete ihr mit Mineralwasser zu. „Auf die Entdeckung der übrigen Schwachpunkte."

Beth hob ebenfalls ihr Glas und fragte sich, ob auch nur eine Frau auf der Welt diesem Mann widerstehen konnte. Sie konnte bloß hoffen, dass sie eine der wenigen Ausnahmen darstellte, räumte sich im Moment jedoch keine großen Chancen ein.

5. KAPITEL

Am nächsten Tag wollte Mack wie gewohnt die Richtung zum Krankenhaus einschlagen, fuhr jedoch stattdessen nach Virginia. Er hatte Ben auf dessen Farm bei Middleburg schon lange nicht besucht. Die Nähe seines künstlerisch veranlagten Bruders beruhigte ihn für gewöhnlich, und genau das brauchte er nach dem gestrigen Abend.

Die sanften Hügel von Virginia wirkten sich bereits angenehm aus. Mack entspannte sich und begriff zum ersten Mal, warum Ben sich nach den tragischen Vorfällen in seinem Leben hierher zurückgezogen hatte. In der Ferne schimmerten die Blue Ridge Mountains durch den Dunst, das Gras leuchtete grün, gewaltige Eichen ragten in den Himmel, und Pferde weideten hinter weißen Zäunen.

In der nächsten Kleinstadt besorgte Mack einiges zu essen, und als er schließlich den Wagen unter einer Eiche abgestellt hatte und zu Bens Atelier in einem alten rot gestrichenen Stall ging, hatten sich seine aufgewühlten Gefühle bereits ein wenig gelegt.

In dem umgebauten Stall war es angenehm kühl, obwohl das Sonnenlicht durch ein Dachfenster hereinfiel. Wie erwartet stand Ben mit dem Pinsel in der Hand vor einer Staffelei und betrachtete geistesabwesend ein halb fertiges Bild.

„Hallo, Brüderchen", grüßte Mack.

Es dauerte eine Weile, bis Ben aus seinen Grübeleien erwachte. „Was ist denn passiert? Es muss etwas Schreckliches sein, du wärst sonst bestimmt nicht an einem Wochentag so weit zu mir gefahren."

„Nichts ist passiert", behauptete Mack und sah sich in dem Atelier um. „Schade, ich hatte gehofft, du hättest hier ein Nacktmodell."

„Ich male Landschaften", erwiderte Ben lächelnd. „Das wüsstest du, wärst du nicht ein derartiger Kulturbanause."

„Hey, ich schätze Kunst", widersprach Mack, „vor allem deine. An meinem Kühlschrank klebt sogar eine deiner Skizzen."

„Wie schmeichelhaft. Ich glaube, die habe ich mit sechs gezeichnet."

„Ja, aber du hast schon damals Talent gezeigt, und solltest du jemals wirklich sehr berühmt werden, ist dieses Stück Papier bestimmt ein Vermögen wert."

„Nicht mit Senf und Ketchup darauf." Ben bemerkte die Tüte in

Macks Hand. „Du hast Essen mitgebracht? Wenn das für mich ist, nehme ich alles zurück, was ich über dich gesagt habe. Ich habe heute das Frühstück ausfallen lassen und mich sofort an die Arbeit gemacht."

Mack sah sich das Bild genauer an. Er war wirklich kein Experte, doch dieser Stil entsprach nicht seinem Bruder. „Wie läuft es?"

„Nicht ganz, wie ich es mir vorgestellt habe", räumte Ben ein. „Gib schon das Essen her! Wenn ein Sandwich mit Roastbeef dabei ist, gehört es mir."

„Genau darum habe ich zwei besorgt. Ich mag es nicht, wenn du mir immer meins wegnimmst."

Ben lachte. „Endlich hast du es gemerkt. Gibt es auch Orangenlimonade?"

„Ich dachte, du magst Traubensaft", behauptete Mack unschuldig.

„Sehr witzig. Her damit!"

„Mann, bist du gierig! Solltest du nicht als Künstler langsam verhungern?"

„Ich war dank unserer Eltern nie ein darbender Künstler, aber jetzt habe ich gerade echten Heißhunger. Das ist ein gewaltiger Unterschied." Ben biss in das dick belegte Sandwich und seufzte genüsslich. „Nichts auf Erden ist besser als eine frische Tomate im Sommer."

„Maiskolben, die von Butter triefen", erwiderte Mack.

„Oder Sommerkürbis mit Zwiebeln."

„Was meinst du?", fragte Mack seinen Bruder, „können wir Destiny dazu bringen, an diesem Sonntag alle unsere Lieblingsgerichte zu kochen?"

„Du meinst, ob ich sie dazu bringen kann", verbesserte Ben.

„Dich liebt sie von uns am meisten", versicherte Mack und erhielt dafür einen abweisenden Blick. Ben hätte nie zugegeben, dass seine Tante besonders an ihm hing, und Destiny hätte das bis zu ihrem letzten Atemzug abgestritten. „Außerdem findet sie, dass du zu wenig isst. Darum hat sie Mitleid mit dir. Ein Wort aus deinem Munde würde genügen."

„Seit wann bist du denn um Worte verlegen?", fragte Ben neugierig. „Bisher hat dich nie etwas daran gehindert, unsere Tante um etwas zu bitten."

„Um ehrlich zu sein, gehe ich Destiny derzeit möglichst aus dem Weg", gestand Mack.

„Trotzdem willst du bei ihr alle diese Leckereien essen?"

„Eigentlich habe ich gehofft, dass du mir die Reste bringst", gestand Mack.

„Sag bloß!", rief Ben lachend. „Sie hat eine Frau für dich gefunden! Was stört dich an Destinys Wahl? Bekommt sie auf der sogenannten Mack-Skala keine Zehn für Schönheit?"

„Ich bin nicht so platt", widersprach Mack. „Und gegen die Frau ist nichts einzuwenden, absolut nichts."

„Aha", stellte Ben amüsiert fest. „Mit anderen Worten hat Destiny genau die Richtige ausgesucht, und du hast es mit der Angst bekommen."

„Halt die Klappe!"

„Willst du darüber reden?"

„Nein."

„Aber die Panik hat dich mit einer Tüte Essen zu mir getrieben", behauptete Ben.

„Darf ich meinen Bruder nicht besuchen, ohne dass man mir gleich Hintergedanken unterstellt?"

„Doch, doch, natürlich. Aber da du dich seit Wochen nicht bei mir gezeigt hast, ist etwas Misstrauen ja wohl angebracht."

„Wir könnten uns über dein Privatleben unterhalten", erwiderte Mack finster.

Sofort wurde Bens Gesicht verschlossen. „Nein", erwiderte er knapp.

„Tut mir leid, sollte nur ein Scherz sein. Die Wunde ist noch immer nicht verheilt, was?"

„Lass es", verlangte Ben gereizt.

Mack betrachtete ihn hilflos. „Vielleicht wäre es besser, wir alle würden dich zum Reden bringen."

„Graciela ist tot, verdammt! Was gibt es da noch zu reden? Wieso begreift das denn keiner?"

Mack hätte seinen Bruder am liebsten getröstet, aber Ben gab sich die Schuld an Gracielas Tod und wollte kein Mitgefühl. „Tut mir leid", wiederholte Mack. „Ich wollte den alten Schmerz nicht wecken."

„Du hast ihn nicht geweckt", erwiderte Ben verstört. „Er geht nie weg."

Mack hatte keine Ahnung, wie er Ben helfen sollte. „Kann ich etwas für dich tun?"

„Nein. Besuch mich einfach weiter, auch wenn ich nicht sonderlich fröhlich gestimmt bin."

„Versprochen", antwortete Mack.

Ben warf einen Blick über den Tisch und lächelte wieder. „Isst du noch den Rest dieses Sandwichs?"

„Und ich dachte, der große Football-Spieler wäre derjenige in der Familie, der nie satt wird", meinte Mack lachend und schob ihm das halbe Sandwich hin. „Nimm auch die Chips. Ich muss wieder los."

„Große Verabredung?"

„Nein."

„Schade. Du weißt doch, wie gern ich die Berichte über dich in den Zeitungen lese."

„Ich enttäusche dich nur ungern, aber im Moment spielt sich bei mir nicht viel ab."

„Es muss doch irgendetwas Interessantes geben", behauptete Ben.

„Nichts, was ich jemandem erzählen würde."

„Hat es mit der Frau zu tun, die Destiny für dich ausgesucht hat?", tippte Ben.

„Ich bin eigentlich zu dir gekommen, weil du nie neugierig bist", beschwerte sich Mack.

„Diese Geschichte ist aber viel zu gut, als dass ich sie mir entgehen lassen würde."

Mack runzelte die Stirn. „Male lieber weiter. Im Moment sieht das da auf dem Bild wie ein zerquetschter Kürbis aus. Soll es tatsächlich einer werden?"

„Du Banause!", rief Ben stöhnend.

„Komm schon, ich habe ein gutes Auge."

„Vielleicht für Frauen."

Mack warf erneut einen prüfenden Blick auf die Leinwand. „Ist das vielleicht der massige Po einer sehr dicken Frau in einem orangefarbenen Bikini?"

„Da warst du mit dem Kürbis näher dran", erwiderte Ben lachend.

„Ja, was ist es denn dann?"

„Da du so gern rätst, lasse ich dich warten, bis es fertig ist. Dann kannst du es wieder versuchen."

„Meistens errate ich alles", brüstete Mack sich. „Andererseits hast du bisher ziemlich deutlich erkennbare Felder, Bäume und Flüsse gemalt."

„Das hier ist ein Experiment."

„Darf ich dir einen Rat geben?"

Ben nickte vorsichtig.

„Schuster, bleib bei deinem Leisten", sagte Mack und wich der leeren Limonadendose aus, die eine Sekunde später auf seinen Kopf zuflog.

Für einen künstlerisch veranlagten Menschen konnte Ben ausgezeichnet zielen, und darüber hinaus hatte er Mack fast eine Stunde lang von einer gewissen höchst verwirrenden Ärztin abgelenkt. Der Besuch hatte sich also gelohnt.

„Ich bin mit Tony Vitales Blutwerten gar nicht zufrieden", sagte der Hämatologe, der Beth in ihrem Büro gegenübersaß. „Er reagiert nicht wie erhofft. Wir sollten eine Transfusion in Betracht ziehen, bevor er noch schwächer wird."

Dagegen hatte Beth nichts einzuwenden, fürchtete jedoch, es könnte sich auf Tony und seine Mutter demoralisierend auswirken, weil beide erkennen würden, dass die anderen Maßnahmen nicht griffen.

„Bist du dagegen?", fragte Peyton Lang.

„Wir können ihn nicht aufgeben", antwortete Beth entschieden.

„Vielleicht gewinnen wir dieses Mal nicht", warnte Peyton. „Du solltest dich mehr zurücknehmen."

„Auf keinen Fall", wehrte Beth ab. „Und ich gebe Tony nicht auf. Also gut, Transfusion gleich morgen früh. Heute Abend spreche ich mit Tonys Mutter."

Der Hämatologe verließ den Raum, und Beth war schon an der Tür, als Mack auftauchte. Er warf einen Blick auf ihre gequälte Miene und drängte sie gleich wieder in ihr Büro zurück.

„Was ist los?", fragte er. „Setzen Sie sich. Sie sehen schrecklich aus."

„Das hört jede Frau gern", murmelte sie, ließ sich jedoch in ihren Sessel sinken.

„Ich bin nicht hier, um Ihnen zu schmeicheln."

„Eindeutig nicht. Warum sind Sie dann hier?"

„Ich war bei Tony. Er sieht nicht gut aus."

Beth nickte. „Er braucht eine Transfusion, die ihm noch ein wenig Zeit verschafft."

Mack sah sie betroffen an. „Wie viel? Tage? Wochen?"

„Mehr nicht."

„Was ist mit einer Knochenmarktransplantation?"

„Sein Zustand ist im Moment zu wackelig. Es wäre zu riskant."

„Sie haben eben gesagt, dass ihm nur Tage oder Wochen bleiben. Wäre es da nicht höchste Zeit, ein Risiko einzugehen?"

„Es gibt Vorschriften, tut mir leid."

„Damit finde ich mich nicht ab", widersprach er heftig.

„Wir haben keine andere Wahl."

„Ich schon!", rief er. „Wir suchen ihm einen anderen Arzt und eine andere Behandlungsmethode! Dieser Junge wird nicht sterben, solange wir nicht alles Erdenkliche getan haben."

Beth fühlte sich keineswegs verletzt, dass Mack nicht überzeugt war, sie würde alles in ihrer Macht Stehende tun. Nur zu gut kannte sie diesen hilflosen Zorn, den er jetzt empfand. „Mack, wir bieten ihm hier im Krankenhaus die denkbar beste Behandlung", erklärte sie ruhig.

„Aber Sie geben ihn auf."

„Nein!", widersprach Beth heftig. „Niemals. Ich versuche nur, realistisch zu sein."

„Darauf pfeife ich!", herrschte er sie an. „Tut mir leid, ich sollte das nicht an Ihnen auslassen. Ich weiß, wie sehr Sie sich bemühen."

„Schon gut, ich verstehe Sie."

„Und ich verstehe jetzt, wieso Sie vorhin so schlecht ausgesehen haben", versicherte er. „Wie geht es weiter?"

„Eine Transfusion – morgen früh", erklärte Beth. „Wir werden sehen, ob sie hilft."

Mack nickte und hielt ihr die Hand hin. „Begleiten Sie mich zu Tony?"

„Ich wollte auch gerade zu ihm", erwiderte sie und griff nach seiner Hand.

„Dr. Beth ist wirklich hübsch, finden Sie nicht auch, Mack?", fragte Tony.

Mack dachte nicht daran, sich mit noch einem Kuppler herumzuschlagen. Stattdessen reichte er dem Jungen die Comics, die er ihm mitgebracht hatte. „Sieh dir das an. Ich hatte keine Ahnung, dass es so viele neue Superhelden gibt."

„Sie haben nicht geantwortet, Mack", fuhr Tony hartnäckig fort. „Finden Sie nicht auch, dass Dr. Beth hübsch ist?"

Mack seufzte. „Ja, das ist sie."

„Sie sollten sie einladen. Ich wette, sie nimmt an. Oder hat sie schon abgelehnt? Haben Sie vielleicht etwas gesagt, was sie geärgert hat?"

„Nein, mein Junge, ich habe es mir mit ihr nicht verdorben, aber sie ist sehr beschäftigt."

„Das weiß ich, und darum sollte sie ausgehen, damit sie auf andere Gedanken kommt. Manchmal ist sie echt traurig."

„Das ist mir auch aufgefallen." Schon seit Tagen fragte sich Mack, wie Beth das alles durchhielt. Auf dem Weg zu Tonys Zimmer war sie über Funk gerufen worden und darauf hastig zu einem anderen Patienten gelaufen. Er hoffte allerdings, sie würde nachkommen. „Wie geht es dir denn, Kumpel?", erkundigte er sich, weil Tony sehr erschöpft wirkte.

„Ich bin müde", gestand der Junge.

Für gewöhnlich gab Tony so etwas nicht zu. „Dann schlaf jetzt. Du willst doch ausgeruht sein, wenn dich deine Mom nach der Arbeit besucht, oder?"

„Aber Sie sind gerade erst hergekommen", wandte Tony schwach ein. „Und Sie haben mir die coolen Comics mitgebracht."

„Die werden noch hier sein, wenn du aufwachst, und ich werde auch da sein", versprach Mack. „Mach die Augen zu, und schlaf 'ne Runde."

Tony hatte Mühe, wach zu bleiben. „Könnten Sie sich zu mir setzen?"

„Klar", erwiderte Mack und setzte sich auf die Bettkante. Tony griff nach seiner Hand. „Schon gut, schlaf jetzt. Ich bin hier."

„Kann ich dir was sagen?", fragte Tony matt. „Und du sagst es nicht Mom oder Dr. Beth?"

„Bestimmt nicht", versprach Mack.

„Manchmal habe ich Angst, die Augen zu schließen", flüsterte der Junge, „weil ich nicht weiß, ob ich wieder aufwachen werde."

Mack hielt mit Mühe die Tränen zurück. „Jetzt brauchst du keine Angst zu haben", versicherte er mit erstickter Stimme. „Wenn ich bei dir bin, wird dir nichts geschehen."

Tony öffnete noch einmal kurz die Augen. „Doch, Mack. Sagst du dann meiner Mom, dass ich sie lieb habe?“

Mack nahm sich gewaltig zusammen. „Das weiß deine Mom“, erklärte er. „Aber ich sage es ihr.“

Tony seufzte und schlief endlich ein – ohne Macks Hand loszulassen.

6. KAPITEL

Der Notfall war endlich erledigt. Ein junger Patient war mit schweren Nebenwirkungen nach einer Chemotherapie eingeliefert worden. Beth hatte ihn stabilisiert, und jetzt lag er in einem Zimmer und schlief. Am liebsten wäre sie nach Hause gefahren, um sich eine Stunde in der Badewanne zu entspannen, danach ins Bett zu kriechen und einen Monat lang zu schlafen.

Stattdessen machte sie sich auf den Weg zu Tonys Zimmer. Als sie um die Ecke bog, entdeckte sie Mack auf dem Korridor. Mit hängenden Schultern und geschlossenen Augen lehnte er an der Wand und wirkte vollkommen erledigt.

„Alles in Ordnung?“, fragte sie.

Er öffnete die Augen und lächelte schwach. „Wie halten Sie das bloß tagtäglich aus?“

Sie warf einen Blick zu Tonys Zimmer. „War es schwierig?“

Mack nickte. „Könnte man sagen. Er hat mich gebeten, seiner Mom zu sagen, dass er sie lieb hat, sollte er im Schlaf sterben.“

„Oh nein“, flüsterte Beth. „Tut mir leid, Mack.“

„Nicht ich brauche Ihnen leidzutun, sondern Tony“, wehrte er ab. „Kein Kind sollte so etwas sagen müssen. Wie erträgt er das nur?“

Beth legte ihm die Hand auf den Arm. „Das Leben ist eben nicht immer so, wie es sein müsste. Wenn man sich damit nicht abfindet, wird man besser nicht Arzt.“

„Finden Sie sich denn damit ab?“, fragte er zweifelnd.

„Ich muss es. Leicht ist es nicht, aber was soll ich machen? Ich klammere mich an die Erfolge.“

„Ich beneide Sie nicht. Dagegen ist es geradezu harmlos, wenn man auf dem Football-Feld verprügelt wird.“

„Vielleicht sollte ich das bei Gelegenheit ausprobieren“, erwiderte sie und lächelte matt.

„Sie hätten bestimmt einige Tricks auf Lager, Doc.“ Er wurde wieder ernst. „Wissen Sie, was Tony auch vorhin beschäftigt hat? Ich soll Sie zum Ausgehen einladen.“ Mack schüttelte den Kopf. „Der Junge ist schwer krank, aber er will uns zusammenbringen.“

Beth lächelte trotz des Kummers, der sie bedrückte. „Sogar ein Kind wie Tony begreift, dass das Leben weitergeht.“ Sie betrachtete

Macks angespannte Miene. „Ich breche jetzt einen Schwur und lade Sie ein."

„Sie haben geschworen, mich nie einzuladen?", fragte er überrascht.

„Nie irgendeinen Mann einzuladen", verbesserte sie ihn.

„Gibt es dafür einen besonderen Grund?"

„Ein Mann bekommt dadurch zu leicht den Eindruck, gewonnen zu haben", erklärte sie.

„Und Sie geben die Zügel nicht gern aus der Hand?"

„Nicht sonderlich gern."

„Doch bei mir machen Sie jetzt eine Ausnahme?"

„Ja, aber sorgen Sie dafür, dass ich es nicht bereuen werde, weil Sie Ihr Ego nicht zu zügeln wissen. Abendessen, Mack, nicht mehr."

„Ich glaube schon, dass ich mein Ego zügeln kann", erwiderte er lächelnd und ließ den Blick über ihren Körper wandern. „Und meine Hormone auch."

„Sie möchten wohl unbedingt eine Grenze überschreiten, wie?", fragte sie streng. „Ich kann die Einladung auch widerrufen."

„Das werden Sie aber nicht tun, weil Sie Mitleid mit mir haben. Außerdem möchte ich nicht unbedingt eine Grenze überschreiten, sondern ich überlege mir nur verschiedene Möglichkeiten. Vor allem haben Sie jetzt wieder mehr Farbe im Gesicht."

„Nun gut", lenkte sie ein. „Warten Sie, während ich mit Mrs. Vitale spreche? Danach gehen wir essen."

„Zu Ihnen? Am liebsten wäre ich heute Abend bei Ihnen oder bei mir. Ich habe keine Lust, mit anderen Leuten zusammen zu sein."

Beth verstand sehr gut, dass er nicht im Blickpunkt der Öffentlichkeit stehen wollte. „Ich werde schon etwas auf den Tisch bringen, was uns nicht umbringt."

„Einverstanden", nahm er an. „Und wenn Sie Tony aufmuntern wollen, sagen Sie ihm, dass Sie mich zu sich eingeladen haben."

Als Beth wieder aus Tonys Zimmer kam, nannte sie Mack ihre Adresse. „Wir treffen uns dort in zehn Minuten", fügte sie hinzu.

Er bestand darauf, sie zum Parkplatz der Belegschaft zu begleiten, obwohl er seinen Wagen auf dem Besucherparkplatz abgestellt hatte. Sie waren schon fast dort, als Beth zögerte.

„Was ist?", fragte er.

„Ich habe überlegt, ob ich Wein im Haus habe“, antwortete sie und stieg in ihren Wagen. „Wahrscheinlich nicht. Wenn Sie welchen wollen, müssen Sie ihn besorgen.“

„Für Wein bin ich zu erschöpft“, entgegnete er. „Es sei denn, Sie möchten welchen.“

Beth schüttelte den Kopf. „Nur wenn Sie es darauf anlegen, dass ich mit dem Kopf in meinem Teller einschlafe.“

Er musterte sie aufmerksam. „Hören Sie, ich bin Ihnen für die Einladung dankbar, aber wir brauchen das nicht heute Abend zu machen.“

„Wir müssen beide etwas essen“, erwiderte sie. „Trödeln Sie unterwegs nicht, sonst bekommen Sie Spinat.“

„Ich liebe Spinat“, entgegnete er lachend.

„Oh, Ihre Tante hat Sie wirklich gut erzogen.“

„Lassen Sie Destiny aus dem Spiel“, bat er. „Bis gleich, und fahren Sie vorsichtig“, fügte er hinzu, drückte ihr einen Kuss auf die Stirn und schloss die Tür ihres Wagens.

Auf dem Weg zu seinem eigenen Wagen verspürte er plötzlich so viel neue Energie, dass er unterwegs an einem Blumenladen hielt und eine Viertelstunde später mit einem großen Strauß bei Beth eintraf.

Als er an der Tür des kleinen Hauses klingelte, freute er sich auf diesen Abend wie schon lange nicht mehr auf eine Verabredung. Und dabei ging es nicht um Verführung, sondern nur um Essen und ein intelligentes Gespräch, damit er nicht nach Hause fahren und an Tonys traurige Lage denken musste.

Beth betrachtete sichtlich erfreut die Blumen, sobald sie die Tür öffnete. „Ach Mack, was ist Ihnen denn da bloß eingefallen?“, fragte sie leise und roch an dem üppigen Strauß.

„Ein Gentleman bringt der Gastgeberin immer etwas mit“, erklärte er lächelnd.

„Erinnern Sie mich daran, dass ich mich bei Ihrer Tante für die gute Erziehung bedanke. Hoffentlich habe ich überhaupt eine geeignete Vase. Haben Sie den Laden leer gekauft?“

Der Ladenbesitzer hatte gerade schließen wollen, und Mack hatte ihm tatsächlich die restlichen Blumen abgekauft. Beth verdiente es, verwöhnt zu werden, und er dachte daran, ihr vielleicht einen Wellness-Tag zu spendieren, etwas, wovon Frauen immer sprachen. Alles inklusive: Gesichtspflege, Massagen, Packungen und noch mehr.

„Mack, woran denken Sie jetzt?"

„Ich habe Sie mir gerade in einer Seetang-Packung vorgestellt", erklärte er scherzhaft, um sie aufzumuntern.

„Sie haben eine sonderbare Fantasie", bemerkte sie und ging in die Küche voraus.

„Haben Sie sich so etwas schon mal geleistet?"

„Meine Zeit und mein Budget erlauben das nicht", erwiderte sie amüsiert. „Haben Sie mal so etwas ausprobiert?"

„Nein, bloß nicht", wehrte er schaudernd ab, „aber Frauen reden ständig über diese Dinge. Ich dachte, das könnte Ihnen auch gefallen."

„Wer weiß, vielleicht probiere ich es mal, sollte ich je einen freien Tag haben. Ich halte das allerdings für Geldverschwendung."

„Sich verwöhnen zu lassen ist keine Geldverschwendung, schon gar nicht bei Ihrer Arbeit. Sie müssen besser für sich selbst sorgen."

„Sind Sie vielleicht auf einer neuen Mission?", fragte Beth spöttisch. „Reicht es nicht, Tony aufzumuntern? Versuchen Sie das jetzt auch bei mir?"

„Ja", gestand er, „ich mache Sie zu meiner neuen Aufgabe."

„Sie müssen sich bereits um eine ganze Football-Mannschaft kümmern. Wie viele sind das? Elf Mann?"

„Ja, auf dem Platz", erwiderte er lachend. „Auf der Bank sitzen noch mehr. Ich muss Ihnen unbedingt ein Buch mit den Grundregeln besorgen."

„Das wäre sinnlos. Außerdem habe ich Sie auf Ihre wichtigsten Pflichten angesprochen, mit denen Sie genug zu tun haben."

„Das ist nicht das Gleiche", widersprach er. „Die Jungs haben ihre Trainer, die sich darum kümmern, dass sie richtig essen, ordentlich trainieren und fit bleiben. Wer kümmert sich um Sie?"

„Ich bin erwachsen und außerdem Ärztin." Sie schenkte ihm ein Glas Eistee ein. „Ich kann mich um mich selbst kümmern."

„Und tun Sie das auch? Wann hatten Sie denn Ihren letzten freien Tag?" Als Beth mit der Antwort zögerte, fügte er hinzu: „Zeitüberschreitung. Also ist das Wochen oder sogar Monate her."

„Letzten Samstag hatte ich frei", erwiderte sie und seufzte. „Aber gegen halb zwölf wurde ich ins Krankenhaus gerufen und konnte dann nicht mehr weg."

„Genau das meine ich. Sie sind nicht unbesiegbar. Was ist denn, wenn Sie krank werden?“

„Ich werde nicht krank. Ihre Sorge ist überflüssig.“ Beth warf einen Blick in den Kühlschrank. „Rührei, pochierte Eier oder ein Omelett? Vorausgesetzt, der Käse ist nicht zu hart zum Reiben.“

Mack schüttelte den Kopf. „Wo ist Ihr Telefon?“

„Gleich hinter Ihnen an der Wand. Warum?“

Er tippte bereits eine Nummer aus dem Gedächtnis ein. „Haben Sie etwas gegen Fleisch?“

„Nein“, erwiderte sie. „Was machen Sie da?“

„Das sehen Sie doch. Was ist mit gebackenen Kartoffeln?“

„Die liebe ich.“

Mack nickte. „Hey, William, könnten Sie Filet Mignon, gebackene Kartoffeln mit saurer Sahne und Butter, Salat und zum Nachtisch etwas Sündhaftes aus Schokolade für zwei Personen zusammenstellen?“

„Selbstverständlich, Mr. Carlton“, erwiderte der Leiter eines Steakhauses von *Carlton Industries* in Georgetown. „Lieferung zu Ihnen?“

„Nein.“ Mack nannte Beths Adresse. „Geht das in einer halben Stunde?“

„Natürlich. Ich schicke alles sofort los.“

„Danke, William, Sie retten mir das Leben.“

„Gern geschehen, Sir.“

„Ach ja, noch etwas. Könnten Sie wenigstens bis morgen früh warten, ehe Sie Destiny anrufen und sie informieren?“

„Sir, ich informiere Ihre Tante nie“, erwiderte William geradezu beleidigt.

„Nicht offiziell“, bestätigte Mack, „aber sie schafft es stets, Ihnen alle gewünschten Auskünfte zu entlocken, nicht wahr?“

„Ihre Tante ist eine sehr kluge Frau“, bestätigte William lachend. „Die meisten Männer finden sie unwiderstehlich.“

„Unwiderstehlich oder nicht, sorgen Sie dafür, dass sie nichts erfährt, sonst verwandelt sie mein Leben in einen Albtraum.“

„Aber nur, weil ihr so viel an Ihnen und Ihren Brüdern liegt“, verteidigte William die ältere Dame. „Sie können froh sein, eine solche Frau zur Tante zu haben, und ich bin nicht sicher, ob auch nur einer von euch Brüdern das ehrlich zu schätzen weiß.“

„Ich verspreche feierlich, dass ich mir die Ermahnung pflichtschuldigst zu Herzen nehmen werde, William.“

„Das ist gut, Sir. Ihr Essen wird sofort losgeschickt."

„War das William von *William's Steakhouse*?", fragte Beth, als er auflegte. „Und er schickt Ihnen Essen innerhalb von dreißig Minuten?"

„Ja."

„Und danach erstattet er Ihrer Tante Bericht? Sie leben wirklich in einer faszinierenden Welt."

„Sie bietet gewisse Vorteile", bestätigte er lächelnd. „Wahrscheinlich ist Ihre Familie ganz normal. Doch nicht so normal?", hakte er nach, als er ihren Gesichtsausdruck nicht deuten konnte.

„Kommt darauf an, was man unter ‚normal' versteht", antwortete sie ausweichend.

„Ich bin mehr oder weniger bei meiner Tante aufgewachsen, die das Leben als großes Abenteuer betrachtet und Einmischung zur hohen Kunstform erhoben hat. Glauben Sie mir, für mich ist ‚normal' ein weit gesteckter Begriff. Haben Sie Geschwister?" Im nächsten Moment fiel ihm der Bruder ein, der in jungen Jahren an Leukämie gestorben war. „Tut mir leid, ich hatte nicht an Ihren Bruder gedacht."

„Schon gut. Mir selbst kommt es manchmal so vor, als wäre das schon in einem anderen Leben passiert."

„Aber jedes Mal, wenn Sie einen Patienten verlieren, leiden Sie aufs Neue", vermutete er.

„In gewisser Weise. Damals war ich allerdings so jung, dass ich nur begriffen habe, wie krank mein Bruder war, und dass er dann starb. Ich hatte ihn geliebt, und mein Leben war danach schrecklich leer. Tommy war alles, was ich hatte."

„Weil Sie keine anderen Geschwister haben?"

Beth schüttelte den Kopf. „Weil sich meine Eltern nach seinem Tod noch mehr in die Arbeit gestürzt haben. Sie waren ebenfalls in der Forschung tätig. Meistens kamen sie abends erst nach Hause, wenn ich schon schlief, und wenn ich morgens aufstand, waren sie schon wieder fort. Ich habe sie kaum gesehen."

„Also geht es bei Ihrer Arbeit nicht nur um Ihren Bruder", vermutete er. „Sie suchen auch eine Verbindung zu Ihren Eltern."

Beth sah ihn betroffen an und war sichtlich erleichtert, als es an der Tür klingelte.

Mack stand auf. „Das Thema ist noch nicht beendet", warnte er, ehe er die Küche verließ.

Als er zurückkehrte, deckte Beth bereits den Tisch und vermied es, ihn anzusehen. „Das duftet wunderbar", sagte sie eine Spur zu fröhlich, als sie sich setzte. „Bestimmt bestellen Sie oft bei William, dass er Ihnen einen solchen Service bietet."

„Ja, aber das Restaurant gehört auch irgendwie zu unserer Firma."

„Das alles ist Ihnen nicht weiter wichtig, oder?", fragte sie interessiert.

„Nur wenn es mir einen Vorteil bringt. Zum Glück kümmert Richard sich darum."

„Sie wollten nie etwas mit dem Familienunternehmen zu tun haben?"

„Nein, ich habe durch Football selbst Geld verdient, obwohl meine aktive Karriere nur kurz war. Mein Erbe hatte ich gut angelegt und damit kaufte ich mich ins Team ein. Ich liebe Football. Ich genieße die Strategie, die dieses Spiel erfordert. Ich interessiere mich nicht dafür, etwas herzustellen oder Restaurants zu betreiben, wie *Carlton Industries* das macht. Aber lenken Sie nicht ab. Wir haben über Ihre Familie gesprochen."

„Da gibt es nicht viel zu sagen", erwiderte sie ausweichend.

„Sie versuchen, Ihren Eltern etwas zu beweisen und vielleicht endlich Aufmerksamkeit zu erringen, nicht wahr?"

Sie nahm erst einen Bissen Fleisch. „Kann sein", räumte sie schließlich ein.

„Haben Sie denn nichts von Ihren Eltern gelernt?", fragte er.

„Doch. Hingabe und Zielstrebigkeit."

„Ihre Eltern haben Ihnen wehgetan, Beth", hielt er ihr ungeduldig vor. „Sie haben Sie vernachlässigt. Wollen Sie auch so leben, die Menschen in Ihrer nächsten Umgebung nicht beachten und kein eigenes Privatleben haben?"

„So denken Sie von mir?", fragte sie betroffen. „Sie glauben, ich würde nicht oft ausgehen, weil ich meinen Eltern nacheifere?"

„So sieht es für mich aus."

„Seit wann sind Sie denn Dr. Freud?", bemerkte sie gereizt.

„Streiten Sie es denn ab?"

„Natürlich. Ich arbeite hart, weil ich diese Arbeit liebe und weil sie wichtig ist."

„Das haben Ihre Eltern bestimmt auch geglaubt. Haben Sie deswegen weniger geweint, wenn Sie abends allein schlafen gingen und Ihnen niemand eine Geschichte vorlas?“

„Sie wissen nicht, wovon Sie sprechen“, behauptete Beth. „Ich war zehn, als mein Bruder starb, und somit schon zu alt für Geschichten.“

„Aber nicht für einen Gutenachtkuss.“ Mack hatte nicht vergessen, dass Destiny daran festgehalten hatte, obwohl alle drei Brüder dagegen protestiert hatten. Richard hatte sich am lautesten beschwert, die Zuneigung aber am dringendsten gebraucht.

„Es war nicht weiter wichtig“, behauptete Beth.

„Wie Sie meinen.“ Er sah ihr an, dass sie Verwirrung und Verwundbarkeit verbergen wollte. „Sie denken, ich würde ein privilegiertes Leben führen, nicht wahr?“, fuhr er fort. „Weil meine Familie reich ist.“

Beth nickte.

„Geld ist vorhanden und hat alles leichter gemacht, aber wissen Sie, was wirklich zählt? Wir haben eine Tante, die für uns ihr Leben und den Mann, den sie liebte, aufgab und sich um uns Jungs gekümmert hat, als wir sie brauchten. Nach dem Tod unserer Eltern hat Destiny uns jeden Abend zu Bett gebracht und uns versichert, dass alles gut wird. Und sie hat uns durch ihr Beispiel gezeigt, dass man Freude findet, wenn man das Leben mit Liebe lebt.“

Beth legte das Besteck aus der Hand. „Ihre Tante ist bestimmt bemerkenswert, aber meine Eltern haben getan, was sie konnten.“

„Es hat nicht gereicht“, widersprach er.

„Sie haben kein Recht, so etwas zu sagen. Sie wissen doch nicht, wie es für uns alle war.“

„Nein“, erwiderte Mack seufzend, „aber ich darf mir nicht vorstellen, wie schrecklich es für Sie war.“

„Ich bin zurechtgekommen“, behauptete sie, doch die Tränen in ihren Augen bewiesen das Gegenteil.

„Ach Beth!“ Mack stand auf und zog sie in die Arme. „Es tut mir leid. Ich wollte Sie nicht zum Weinen bringen.“

„Ich weine nicht“, flüsterte sie und drückte das Gesicht an seine Brust. „Ich weine nie.“

„Ich weiß“, entgegnete er, obwohl sein Hemd feucht wurde, und fragte sich, wie sie ihre Arbeit bloß ertrug. Letztlich war sie stärker als jeder 100-Kilo-Spieler in seiner Mannschaft.

Als sie den Kopf hob, schimmerten noch immer Tränen in ihren

Augen und an den dunklen Wimpern. Mack konnte nicht anders: Er beugte sich zu ihr und küsste die Tränen von der einen und dann von der anderen Wange, und das wirkte auf ihn berauschender als jeder Wein. Er musste der Versuchung widerstehen und Beth loslassen, bevor der Abend ganz anders verlief als geplant.

Doch Beth drehte den Kopf, ihre Lippen berührten sich, und Mack war verloren.

7. KAPITEL

Beth hatte sich noch nie so sehr nach den Zärtlichkeiten eines Mannes gesehnt. Es war überraschend, dass es ausgerechnet Mack war, aber im Moment genoss sie seine Lippen auf ihrem Mund, seine Hände an ihren Brüsten und die aufreizenden Berührungen an den Brustspitzen.

„Nicht aufhören", flehte sie, als er sich zurückzog und sie verwirrt ansah.

„Meinst du das wirklich ernst?", fragte er fürsorglich. „Der Tag war anstrengend, und ich habe dir gerade zusätzlichen Stress gemacht. Das will ich nicht ausnutzen. Es soll nichts geschehen, was uns morgen früh leidtut. Ehrlich gesagt war ich mir bis vor wenigen Minuten gar nicht sicher, ob ich dich sonderlich mag."

„Das wissen wir ja jetzt wohl beide besser", erwiderte sie trocken.

Gerade wegen seiner offenen Sorge war sie vollkommen überzeugt, dass sie sich richtig verhielten. Mack hatte schon recht, dass er mit seinen Fragen nach ihren Eltern alte Wunden aufgerissen hatte. Doch bisher hatte niemandem genug an ihr gelegen, um hinter die Fassade zu blicken, die sie der Welt zeigte. Auf eine Art, die sie nicht erklären konnte, fühlte sie sich Mack verbunden, und heute Abend wollte sie sich auf ihr Gefühl und ausnahmsweise mal nicht auf ihre Vernunft verlassen. Und ihr Gefühl verlangte nach Mack.

„Ich will es", beteuerte sie und sah ihm dabei tief in die Augen. „Ich möchte mich lebendig fühlen, und ich weiß, dass das auch für dich gilt. Bitte gib mir das – gib es uns."

Sein leuchtender Blick verriet, dass sie genau die richtigen Worte getroffen hatte, und als Antwort gab er ihr einen Kuss, der wieder sehr zärtlich begann, aber rasch leidenschaftlich wurde. Mack bedeckte ihre Lippen mit seinem Mund, weckte ihr Verlangen und entzündete tief in ihr ein loderndes Feuer.

Beth hatte zwar erwartet, dass er aufgrund seiner Erfahrung gut sein müsse, doch nun genügte eine einzige Berührung, um zwischen ihnen eine unerklärliche Verbindung herzustellen.

„Schlafzimmer?", fragte er rau.

„Nein, hier", erwiderte sie ungeduldig, weil sie alles andere vergessen und nicht mehr abgelenkt werden wollte. Sie machte sich schon an seiner Gürtelschnalle zu schaffen und tastete nach seinem Reißverschluss. Jetzt wollte sie nicht mehr überlegen, ob sie vielleicht nur aus Verzweiflung handelte und es später bereuen würde.

Mack hatte es genauso eilig wie sie. Knöpfe flogen nach allen Seiten, als er ihre Bluse öffnete und eine Brustspitze in den Mund nahm. Beth wand und rieb sich an ihm, als er sie mit seinen Lippen, seiner Zunge und vorsichtigem Knabbern verwöhnte.

Wenige Griffe, und der BH war geöffnet, der Rock bis zur Taille nach oben geschoben, der Slip ausgezogen. Als Mack ihre geheimste Stelle ertastete, stöhnte sie laut auf, weil sie von einer Welle der Lust nach der anderen überwältigt wurde.

Der heftige Gipfel hätte ihr Verlangen stillen sollen, doch Beth wollte noch viel mehr und zog an seinem Reißverschluss. Wilde Hemmungslosigkeit hatte von ihr Besitz ergriffen. An Aufhören war nicht mehr zu denken.

In Macks Blick fand sie die gleiche Sehnsucht und die gleiche Begierde, die auch sie empfand. Er schützte sich hastig mit einem Kondom, hob sie an und vereinigte sich mit ihr.

Sie lehnte mit dem Rücken an der Küchenwand und schlang die Beine fest um Macks Taille. Sein Atem strich über ihre Wange, seine Muskeln waren angespannt. Alles war unbeschreiblich kraftvoll und schön und gleichzeitig überwältigend intensiv.

Nachdem Beth den zweiten Höhepunkt erreicht hatte, fühlte sie sich schwach, ja regelrecht ausgelaugt. Gleichzeitig schwebte sie wie auf Wolken. Nur ganz langsam kehrte sie in die Wirklichkeit ihrer Küche zurück. Nie mehr würde diese Küche für sie so sein wie vorher. Kleidungsstücke lagen überall herum, ein Teller war auf dem Fußboden gelandet, ein Teeglas war umgekippt, und die Eiswürfel schmolzen auf der Tischplatte.

Bevor sie begriff, was er vorhatte, nahm Mack einen Eiswürfel und ließ ihn über eine ihrer Brustspitzen kreisen und dann tiefer wandern. Seine Lippen folgten diesem erregenden Pfad. Kälte und Hitze auf ihrer empfindlichen Haut lösten erneut unbeschreibliche Empfindungen in ihr aus, bis sie sich nur noch an Mack klammern und treiben lassen konnte.

Hinterher wich sie verlegen seinem Blick aus, bis er ihr einen Finger unters Kinn legte und sie zwang, ihn anzusehen.

„Weißt du, Doc, bei einer anderen Frau hätte ich Angst, so viele Höhepunkte hintereinander womöglich nicht zu überstehen."

„Und bei mir nicht?", fragte sie und war erleichtert, dass er Humor zeigte.

„Nein, weil du Erste-Hilfe-Maßnahmen beherrschst und sehr daran interessiert wärst, mich am Leben zu erhalten, damit wir das hier wiederholen können."

„Noch einmal?", fragte sie erstaunt.

„Aber sicher", erwiderte er und zog Slip und Hose hoch, die ihm zu den Knöcheln gerutscht waren. „Vielleicht nicht gleich in den nächsten zehn Minuten, aber bald."

Jetzt lächelte sie frech. „Wenn das so ist, dann sollte ich dir vielleicht doch das Schlafzimmer zeigen."

Mitten in der Nacht dachte Mack, dass ihn dieser Abend wirklich völlig überrascht hatte. Trotz ihres spröden Auftretens besaß Dr. Beth Browning unbestreitbar eine leidenschaftliche, wilde Ader.

Im Moment lag sie erschöpft auf seiner Brust, und er war ebenso müde wie sie.

Sie bewegte sich und schlug plötzlich die Augenauf.

„Wo willst du hin?", fragte er lässig und hielt sie fest, als sie von ihm rutschen wollte.

„Ich ... auf meine Seite des Bettes."

„Ich teile aber gern die Mitte mit dir", scherzte er.

„Wirklich?", fragte sie überrascht. „Störe ich dich nicht?"

„Oh, das tust du eindeutig", erwiderte er. „Das sieht man doch, oder?"

Sie folgte der Richtung seines Blickes und wurde rot. „Ich hatte keine Ahnung ..."

„Dass ich dich wieder begehre? Ein Mann müsste aus Stein sein, um schon nach dem zweiten Mal genug von dir zu haben."

„Stein ist ein guter Vergleich", stellte sie amüsiert fest. „Aber es waren mehr als zwei Male."

„Allerdings", bestätigte er. „Und da du jetzt wach bist, sollten wir etwas unternehmen."

„Medizinisch ausgedrückt würde ich sagen, dass ich uns genau das hier verschreibe", stimmte sie zu und kam ihm entgegen.

Dieses Mal baute sich die Leidenschaft zwischen ihnen langsamer und zärtlicher auf, und sie nahmen sich mehr Zeit, um einander zu erforschen. Mack ließ sich genüsslich dem nächsten Gipfel entgegentreiben und fand in Beths Augen die gleichen Wünsche, die auch er hatte, bis sie gemeinsam den letzten Schritt zur Erfüllung taten.

Erst nach dieser unbeschreiblichen Erfahrung schloss Mack die Augen und drückte Beth an sich. Zum ersten Mal seit Monaten oder sogar Jahren schlief er nach dem Sex ohne die Frage ein, ob er nicht vielleicht einen gewaltigen Fehler begangen hatte. Im Gegenteil, dieses Mal war er überzeugt, dass es gar nicht besser sein könnte.

Beth war kein Morgenmensch. Nur aufgrund ihrer eisernen Selbstdisziplin stellte sie den Wecker ab, wollte sich aus dem Bett rollen und prallte dabei gegen einen harten Männerkörper.

Mack!

Schlagartig fiel ihr alles wieder ein, jede Berührung, jeder Höhepunkt. Sie lächelte. Das wirkte besser als jeder Wecker. Augenblicklich war sie hellwach. Leider nützte ihr das nichts.

Voller Bedauern löste sie sich von Mack, der zu ihrem Erstaunen weiterschlief. Sie lächelte erneut, weil sie für seine Übermüdung verantwortlich war. Man stelle sich das vor! Sie hatte einen durchtrainierten Berufssportler und noch dazu Playboy so ausgelaugt, dass er sich nicht mehr rührte. Beth strahlte noch, als sie unter die Dusche trat.

Das kalte Wasser, das sie beleben sollte, hatte kaum ihre erhitzte Haut berührt, als der Duschvorhang zur Seite gezogen wurde und Mack zu ihr in die Kabine trat.

„Was machst du da?“, fragte sie empört, weil sie nicht mal nach der gemeinsamen Nacht zu so viel Intimität bereit war.

„Das Bett war leer ohne dich. Außerdem kann ich nicht zulassen, dass du dich ohne Gutenmorgenkuss wegschleichst.“

Sie ließ den Blick über seinen Körper wandern. „Ich werde das Gefühl nicht los, dass du hinter mehr als nur einem Kuss her bist.“

Lächelnd drängte er sie gegen die Kacheln. „Ich bin für Verhandlungen offen.“

„Du bist ein Carlton. Verhandlungen liegen dir im Blut. Bestimmt bekommst du immer alles, was du willst.“ Sie schlang ein Bein um seine Hüften. „Kommen wir also gleich zur Sache."

„Einverstanden", stimmte er lachend zu.

Minuten später hatte Beth wackelige Beine, und sie fühlte sich dermaßen erhitzt, dass sie gleich wieder duschen musste. „Was hast du bloß mit mir gemacht?", fragte sie und sah Mack in die Augen. „Normalerweise beginne ich den Tag mit Haferbrei."

„Das hier ist gesünder", behauptete er.

„Da bin ich mir nicht ganz sicher. Ich fühle mich schwach."

Das gefiel ihm sichtlich. „Zieh dich an, ich mache das Frühstück. Eier. Du brauchst Proteine."

„Keine Zeit", wehrte sie ab, wickelte sich in ein Handtuch und lief ins Schlafzimmer. Ein Blick auf die Uhr bewies, dass sie schon spät dran war.

„Gönn dir die Ruhe. Das Frühstück ist die wichtigste Mahlzeit des Tages." Mack war ihr gefolgt. „Eine gute Ärztin sollte das wissen."

„Ich weiß es, aber ich weiß auch, dass ich einen voll verplanten Tag habe und bereits hinter meiner Zeit liege."

„Auf zehn Minuten kommt es kaum an, oder?", fragte er.

Sie konnte den Blick nicht abwenden, als er Slip und Hose anzog. Nur diese beiden Kleidungsstücke hatten es bis ins Schlafzimmer im ersten Stock geschafft, und so bewunderte sie erneut seine kräftigen Muskeln, während er wortlos das Zimmer verließ.

Hastig zog sie irgendeinen Rock und eine Bluse an, fuhr sich mit der Bürste durchs Haar, griff rasch zum Lippenstift und war fertig.

Mack hatte Saft auf den Tisch gestellt und perfektes Rührei gemacht. Er hatte auch das Hemd angezogen, es zum Glück aber nicht geschlossen. Es gefiel Beth, wie männlich er aussah.

An diesen Anblick könnte ich mich durchaus gewöhnen, ging es ihr durch den Kopf, doch sie durfte nicht vergessen, wie unklug und gefährlich das gewesen wäre.

„Setz dich", befahl er.

Das Kommando gefiel ihr weniger, aber er meinte es schließlich gut mit ihr. „Fünf Minuten", gestand sie ihm zu, weil das einfacher als Widerspruch war. Außerdem hatte sie Hunger, und ihr Rührei sah nie so gut aus. „Du hast Brot gefunden?", fragte sie erstaunt, als zwei Scheiben aus dem Toaster sprangen.

„Im Tiefkühlfach. Du solltest dort gelegentlich nachsehen." Er reichte ihr einen gebutterten Toast und setzte sich mit einer Tasse Kaffee an den Tisch.

„Du isst nichts?", fragte sie.

„Es waren nicht genug Eier da. Ich esse zu Hause etwas, wenn ich mich umziehe."

„Ich teile gern mit dir."

„Nein, die habe ich speziell für dich mit meinen geheimen Zutaten zubereitet."

Misstrauisch betrachtete Beth die Eier. „Du hast hier doch nirgendwo Gift gefunden?"

„Warum sollte ich dich umbringen wollen?"

„Damit ich nicht verraten kann, dass du die Nacht in den Armen einer Frau verbracht hast, die kein Supermodel und keine aufreizende Schauspielerin ist", erwiderte sie und gab damit ihre Selbstzweifel preis.

Mack sah sie ungläubig an. „Hast du den Verstand verloren? Glaub mir, es würde meinen Ruf unbeschreiblich verbessern, sollte die Welt erfahren, dass ich mit einer klugen und ehrgeizigen Ärztin geschlafen habe. Damit prahlt man, das vertuscht man nicht. Aber natürlich werde ich nichts sagen", fügte er lächelnd hinzu.

Beth war nicht auf ein Kompliment aus gewesen, doch jetzt freute sie sich sehr darüber. „Und wieso wäre das gut für deinen Ruf?", fragte sie.

„Weil die Leute dann endlich einsehen würden, dass ich wenigstens ein halbes Gehirn besitze."

Plötzlich wurde ihr bewusst, dass auch sie aufgrund seiner Football-Karriere anfangs nicht viel von ihm gehalten hatte. „Tut mir leid, so habe ich alle diese Geschichten über dich nicht gesehen."

„Warum solltest du auch?", meinte er. „Und das Image hat mir letztlich immer genützt, denn wenn mich eine Frau jemals zu ernst nehmen sollte, müsste ich mich mit echten Gefühlen auseinandersetzen."

Das war eine deutliche Warnung, die Beth auch verstand. „Wegen letzter Nacht stelle ich keine Forderungen an dich", versicherte sie, fühlte sich dabei jedoch überraschend leer. „Zwei Menschen haben aneinander Halt gesucht."

„Und du hast damit kein Problem?", fragte er vorsichtig.

„Warum sollte ich?", entgegnete sie und zuckte mit den Schultern.

„Ich dachte nur."

„Ach Quatsch, keine große Sache, Mack. Mach dir keine Gedanken."

Er nickte. „Gut zu wissen."

Sie rechnete damit, dass er erleichtert reagieren würde, doch er wirkte eher enttäuscht. Aber vielleicht übertrug sie nur die eigenen Gefühle auf ihn.

„Ich muss los", erklärte sie und aß den letzten Bissen Toast. „Zieh die Tür einfach ins Schloss, wenn du gehst."

Bevor Mack reagieren konnte, griff sie nach Handtasche sowie Schlüsseln und verließ das Haus, um schon im Wagen zu sitzen, wenn die ersten Tränen kamen.

8. KAPITEL

Mack saß noch an Beths Küchentisch, als das Telefon klingelte. Da Beth sich mit Sicherheit verspätete, konnte es das Krankenhaus wegen eines Notfalls sein. Er sollte vielleicht sagen, dass sie unterwegs war.

Da das Telefon nicht zu klingeln aufhörte, griff er schließlich zum Hörer. „Hier bei Dr. Browning … Hallo!", rief er, als am anderen Ende Schweigen nur herrschte.

„Wer sind Sie, und wieso melden Sie sich an Beths Apparat?", wollte eine feindselig klingende Männerstimme wissen.

„Ich bin ein Freund von Dr. Browning", erwiderte Mack vorsichtig. „Sie ist gerade ins Krankenhaus gefahren. Soll ich ihr etwas ausrichten?"

Erneut herrschte Schweigen.

„Soll ich?"

„Nein. Ich spreche mit ihr, wenn sie herkommt", erwiderte der Mann. „Und ich werde ihr auch sagen, dass ich mit Ihnen gesprochen habe."

„Tun Sie das", erwiderte Mack und legte auf. Warum hat sich dieser Kerl derart besitzergreifend aufgespielt?, überlegte er.

Und Mack fragte sich auch, wieso er zum ersten Mal in seinem Leben eifersüchtig war.

Zwei Stunden lang kämpfte Beth mit einer Krise nach der anderen. Sie hatte Schwierigkeiten mit der Konzentration, weil sie immer wieder an Mack denken musste.

Um halb zwölf brauchte sie schließlich eine Pause mit Kaffee und Schokolade. Mit viel Schokolade, entschied sie auf dem Weg in die Cafeteria. Nachdem sie sich mit Schokoriegeln und starkem Kaffee versorgt hatte, suchte sie sich einen ruhigen Tisch.

„Mann, deine Diät entspricht ja nun gar nicht den Ernährungsvorschriften", stellte Jason fest und setzte sich ihr gegenüber an den Tisch.

Beth warf dem Radiologen einen finsteren Blick zu. „Deine Kommentare kannst du dir sparen."

„Harter Vormittag?", fragte er und fügte grinsend hinzu: „Oder harte Nacht?"

„Wenn du was sagen willst, spuck es aus. Ich bin nicht in der Stimmung für Spielchen."

„Das sehe ich", bestätigte Jason amüsiert. „Die Schokolade vor dem Mittagessen ist ein Beweis dafür. Solche Anfälle bekommst du sonst erst gegen vier Uhr nach der Visite." Er deutete auf die Ansammlung von Schokoriegeln. „Und das ist sogar für dich erstaunlich viel."

Beth fand die Situation keineswegs so unterhaltsam wie er. „Bist du hier, um mir auf die Nerven zu gehen, oder willst du etwas?"

„Kann ich nicht beides machen?", fragte der Radiologe unschuldig.

„Nicht, wenn du weiterhin mit mir befreundet sein willst", entgegnete sie gereizt und schob sich einige Schokopastillen in den Mund.

Jason ließ sich nicht einschüchtern. „Ich habe bei dir zu Hause angerufen, weil du dich verspätet hast. Beth Browning verspätet sich nie und versäumt auch nie eine wichtige Besprechung."

„Was für eine Besprechung?"

„Peyton hatte ein Meeting wegen Tony einberufen. Er wollte vor der Transfusion bei Tony einige Dinge mit dem gesamten onkologischen Team klären. Hast du das nicht gewusst?"

Beth seufzte. „Doch, aber ich habe es völlig vergessen. War er wütend?"

„Eher erleichtert, würde ich sagen. Schließlich war es für uns alle das erste Anzeichen, dass du ein Mensch bist und Fehler begehen kannst."

Beth schlug die Hände vors Gesicht. „Was ist los mit mir? Wie konnte ich diese Besprechung bloß vergessen?"

„Vielleicht hat es mit dem Mann zu tun, der sich an deinem Telefon gemeldet hat. Könnte das sein?"

Beth hatte nicht geglaubt, ihre Verlegenheit könnte sich noch weiter steigern, doch nun wurde sie vom Gegenteil überzeugt. „Du ... du ..." Sie warf einen Blick in Jasons amüsiertes Gesicht und holte tief Luft. „Du hast mit meinem Übernachtungsgast gesprochen?" Das war eine unverbindliche und ungefährliche Bezeichnung für Mack, obwohl er nie wieder ihr Gast sein würde.

„Das habe ich", beteuerte Jason strahlend. „Seltsam, er war genauso zugeknöpft wie du, was seinen Namen angeht."

„Vielleicht, weil dich das alles überhaupt nicht zu interessieren hat", erwiderte sie gereizt.

„Ich tippe auf Mack Carlton“, erwiderte Jason.

Beth kämpfte die aufkeimende Panik nieder. „Wie kommst du denn bloß auf ihn?“

„Erstens bin ich gut informiert“, bekräftige Jason. „Und zweitens habe ich seine Stimme erkannt.“

„Von einem einzigen Zusammentreffen?“, fragte sie ungläubig.

Jason lachte. „Lassen wir mal beiseite, dass du soeben mehr oder weniger zugegeben hast, dass es Mack war. Seine Stimme ist mir vertraut, weil er während der Football-Saison ungefähr alle zehn Sekunden im Fernsehen interviewt wird.“ Er wurde schlagartig ernst. „Weißt du auch, was du tust, Beth? Der Mann hat einen gewissen Ruf.“

„Wem sagst du das“, bemerkte sie düster.

„Lass dich bloß auf nichts ein.“

Sie musste unbedingt mit jemandem sprechen und wollte die Meinung eines Mannes einholen. Und da sie Jasons Verschwiegenheit vertraute, gestand sie: „Dazu ist es zu spät, fürchte ich.“

„Du verliebst dich doch nicht etwa in ihn?“, fragte er betroffen.

„Nein!“, entgegnete sie so energisch, dass Jason bloß ungläubig den Kopf schüttelte. „Ach hau doch ab!“, fuhr sie ihn an.

„Das würde mich allerdings ernsthaft daran hindern, dir einen gut gemeinten Rat zu erteilen.“

„Na schön“, entgegnete sie seufzend, „rede, aber spiel dich jetzt nicht als widerlicher Macho auf. Denk daran, dass ich deine Freundin und Kollegin bin. Mack ist lediglich ein Football-Idol, dem du ein einziges Mal kurz begegnet bist.“

Jason öffnete den Mund und schloss ihn wieder.

„Was ist?“, drängte Beth.

„Ich glaube, Jason hat es die Sprache verschlagen“, bemerkte Mack und setzte sich zu ihnen. „Richtig, Jason?“

„So ungefähr“, gestand der Radiologe. „Ich sollte jetzt einige Röntgenaufnahmen machen oder ein paar Strahlenbehandlungen durchführen.“

Mack nickte anerkennend. „Danke. War übrigens nett, mit Ihnen zu sprechen. Sie waren das am Telefon, nicht wahr?“

„Ja“, bestätigte Jason und verschwand blitzartig.

Beth begriff das nicht. Eben noch hatte er sie vor Mack gewarnt, und nun ließ er sie mit der Gefahr allein? Vermutlich gab es unter Männern ein stillschweigendes Neutralitätsabkommen, von dem Frauen nichts wussten.

„Du hast dich an meinem Telefon gemeldet“, stellte sie vorwurfsvoll fest. „Was ist dir da bloß eingefallen?“

„Es hat geklingelt, und ich dachte, es könnte wichtig sein.“

Das klang so vernünftig, dass sie ihn am liebsten erwürgt hätte. „Und du bist nicht auf die Idee gekommen, es könnte für mich peinlich sein?“

„Ich hielt es für peinlicher, wenn du von einem Notfall nichts erfährst.“

„In einem Notfall hätte man mich über Funk verständigt“, hielt sie ihm vor.

„Daran habe ich nicht gedacht.“ Er blickte in die Richtung, in die Jason verschwunden war. „Es scheint ihm nicht gefallen zu haben, dass ich am Telefon war. Läuft zwischen euch etwas, wovon ich wissen sollte? Bis heute hatte ich eigentlich den Eindruck, ihr wärt lediglich befreundet.“

„Jason ist auch nur ein Freund“, bestätigte sie. „Falls er mehr angedeutet haben sollte, dann nur, weil er Angst hat, ich könnte mich mit dir auf eine Affäre einlassen.“

„Es lag nicht an dem, was er gesagt hat, sondern daran, wie er es gesagt hat“, erklärte Mack. „Das klang besitzergreifend.“

Macks Ton klang auch ein wenig besitzergreifend, und plötzlich begriff Beth. Mack war eifersüchtig. Beinahe hätte sie laut gelacht, weil Mighty Mack Carlton, Dauerthema der Klatschpresse, tatsächlich eifersüchtig war. Damit hatte sie nicht gerechnet.

„Jason und ich kennen uns schon seit dem Studium. Er ist besorgt, aber nicht besitzergreifend. Das ist ein Unterschied.“

„Glaubt er, dass er dich vor mir beschützen muss?“

„Glaubst du das nicht?“, konterte sie lächelnd.

„Ich werde dir nicht wehtun“, erklärte er scharf.

Beth sah ihm offen in die Augen. „Zu spät“, erwiderte sie ruhig, stand auf und verließ rasch die Cafeteria. Natürlich hätte Mack sie einholen können. Dass er es nicht mal versuchte, sagte ihr genug.

Das dachte sie zumindest, bis sie eine Stunde später ihr Büro betrat und auf dem Schreibtisch ein Häufchen Schokoriegel vorfand. Noch verwirrender war der Anblick von Mack, der auf dem Sofa lag, auf dem sie nachts schlief, wenn sie das Krankenhaus nicht verlassen konnte.

Auf seiner Brust lag eine aufgeschlagene medizinische Zeitschrift, er hatte die Augen jedoch geschlossen und atmete ruhig und gleichmäßig.

Beth betrachtete ihn ungläubig und dachte daran, wie sie vor wenigen Stunden in seinen Armen gelegen hatte. Weil sie sich am liebsten zu ihm aufs Sofa gekuschelt hätte, setzte sie sich entschlossen hinter ihren Schreibtisch und verwünschte den laut quietschenden alten Sessel. Prompt öffnete Mack die Augen.

„Aha, du bist wieder hier", stellte er fest. „Ich dachte mir, dass du früher oder später auftauchst."

„Gut gedacht, da dies mein Büro ist", erwiderte sie spröde. „Was machst du hier?"

„Weiß ich nicht genau", gestand er.

„Das ist für dich bestimmt neu."

„Ist es auch. Du verwirrst mich."

Seine Ehrlichkeit war eine Spur zu verlockend und gehörte vielleicht zu einem Spielchen. „Ich bin eine ziemlich geradlinige Frau."

„Das weiß ich", räumte er ein.

„Und du bist kein geradliniger Mann", fuhr sie fort.

„Bei dir bemühe ich mich zumindest."

„Warum?"

„Das wüsste ich auch gern. Nachdem du das Haus verlassen hast, habe ich darüber nachgedacht, aber keine Antwort gefunden."

Beth verlor allmählich die Geduld. Sie hatte bei Mack den Sprung ins tiefe Wasser gewagt. Dass sie mit ihm geschlafen hatte, war vermutlich ein gewaltiger Fehler gewesen. Dass sie es wieder wollte, war reiner Wahnsinn. Und dass er Unsicherheit eingestand, beruhigte sie keineswegs. Zumindest einer von ihnen sollte wissen, was sie taten.

„Nun, wenn du nicht dahinterkommst, solltest du vielleicht nicht weiter darüber nachdenken", sagte sie. „Mack, wir haben eine Nacht miteinander verbracht. Wir sind keine Bindung eingegangen. Du willst nichts von Bindungen wissen. Aus den Zeitungen weiß ich, dass du mit keiner Frau mehr als einmal ausgehst. Ich verstehe das vollkommen. Meine Zeit ist abgelaufen."

„Du machst es mir schwer", stellte er finster fest.

„Was denn?", entgegnete sie genervt. „Ich lasse dich doch nur vom Haken. Geh, mach, was du willst, und verschwende keinen weiteren Gedanken an mich."

„Das wäre für mich bestimmt das Vernünftigste", bestätigte er.

„Dann tu es doch!"

Er schüttelte den Kopf. „Kann ich nicht."

„Warum nicht? Dort ist die Tür. Du gehst da hinaus, und das war's. Ende der Geschichte." Mit angehaltenem Atem wartete sie, dass er ihrer Aufforderung folgte, doch er blieb einfach sitzen. „Mack, was ist los?"

„Hast du schon zu Mittag gegessen?"

„Ich hatte Kaffee und Schokoriegel. Das reicht in meinen Augen."

„In meinen nicht. Gehen wir."

„Ich habe keine Zeit."

„Dafür schon", lockte er und lächelte, als ihr der Magen hörbar knurrte. „Ich bringe dich wie üblich in einer Stunde zurück."

„Es ist halb eins. Um diese Uhrzeit sind sämtliche anständigen Restaurants überlaufen."

„Ich bringe dich in einer Stunde zurück", wiederholte er.

„Also gut", lenkte sie ein. „Eine Stunde, und wir sprechen nicht über uns."

„Abgemacht", stimmte er zu.

Als sie ein beliebtes Krabben-Restaurant am Ufer des Flusses Potomac betraten, bekamen sie wie von Zauberhand einen Tisch, und das Essen wurde gleich darauf serviert: ein Dutzend gedämpfter und gut gewürzter Krabben mit Krautsalat und Kartoffeln.

Nach der letzten Krabbe seufzte Beth wohlig und merkte erst jetzt, dass Mack wenig gegessen hatte.

„Hast du keinen Hunger? Du siehst mir heute schon zum zweiten Mal beim Essen zu."

„Ich versuche dich zu mästen. Ich freue mich darauf, mehr Fleisch auf deinen Knochen zu sehen."

„Mack!", warnte sie und wurde rot.

„Tut mir leid", sagte er, obwohl er gar nicht betreten aussah. „Ich habe dir versprochen, dass wir nicht über uns sprechen. Das schließt vermutlich Gespräche über Sex ebenfalls aus."

„Über uns gibt es auch nichts zu sagen", behauptete sie.

„Ja, das musst du denken, nicht wahr?"

„Was soll das heißen?", fragte sie vorsichtig.

„Wir sind einander kaum ähnlich. Du bist ernst, ich bin es nicht. Du bist klug …"

„Das bist du auch“, fiel sie ihm ungeduldig ins Wort. „Hör auf, deine Intelligenz herunterzuspielen. Du hast den Abschluss in Jura gemacht, während du Profi-Football gespielt hast. Außerdem erfordert es sicher Intelligenz, erfolgreich ein Football-Team zu betreuen, auch wenn ich nicht begreife, warum du das machst.“

„Danke“, erwiderte er lakonisch.

„Und wenn du schon auf die Unterschiede zwischen uns hinweist, wie wäre es damit? Ich bin eine Not leidende Forscherin, und du bist sehr, sehr reich.“

„Stimmt, ist aber nicht wichtig“, bestätigte er grinsend, „es sei denn, du überlegst dir, ob du es auf mein Geld abgesehen hast.“

Beth lächelte strahlend, weil ihr eine Idee kam. „Ich überlege, ob ich dich dazu bringen kann, ein neues Forschungsprojekt zu finanzieren“, erklärte sie eifrig.

„Sag mir, wie viel du brauchst“, ging er wie beiläufig darauf ein.

„Das war nur ein Scherz“, wehrte sie verblüfft ab. „Oder wenigstens zur Hälfte.“

„Ich meine es ernst.“

„Um Himmels willen“, flüsterte sie und wagte kaum zu glauben, was sie gerade gehört hatte. Sie wurde zwar finanziell unterstützt, aber mit etwas mehr Geld könnte sie einen Assistenten einstellen und ihre Arbeit beschleunigen.

„Es ist ja schön, wenn du vom Himmel sprichst“, scherzte er, „aber in diesem Fall solltest du Football und klugen Investitionen danken. Wenn du natürlich kein Geld haben willst, das jemand mit diesem albernen Spiel verdient hat ...“

„Ich denke darüber nach“, erwiderte sie und fügte hastig hinzu: „Ich habe schon ausreichend nachgedacht. Wenn es darum geht, Kinder zu retten, kenne ich keinen Stolz. Und wenn du es wirklich ernst meinst, bringe ich dich mit meinem Team zusammen und lege dir Ende der Woche einen Vorschlag vor.“

„Ich werde kommen“, versprach er.

Das war ein weiterer Beweis dafür, dass sie Mack völlig falsch eingeschätzt hatte. Es war vorhersehbar gewesen, dass der Sex mit ihm toll sein würde, doch mit dieser großzügigen Geste hätte sie nicht gerechnet. „Du bist ganz anders, als ich dachte“, gestand sie.

„Nicht so primitiv?“

Sie wurde verlegen. „Dieses Missverständnis haben wir doch schon geklärt. Es geht darum, wie nett du zu Tony bist. Und allmählich glaube ich, dass dein Ruf als Playboy ein Image ist, das du für die Medien aufgebaut hast."

„Das denkst du nach der vergangenen Nacht?", fragte er überrascht.

Beth nickte. „Ja. In den ganzen letzten Wochen habe ich nicht gemerkt, dass du eine Verabredung gehabt hättest. Du warst jeden Abend im Krankenhaus."

„Was haben wir beide denn deiner Meinung nach gemacht?", fragte er und warf ihr einen Blick zu, bei dem sie Herzklopfen bekam. „Ich meine vor der letzten Nacht."

„Irgendwo in Eile etwas gegessen", erwiderte sie.

„Du mit einem begehrten Mann, ich mit einer schönen und intelligenten Frau. Meiner Ansicht nach waren das Verabredungen." Lächelnd fügte er hinzu: „Und wohin das geführt hat, weißt du."

Völlig verblüfft lehnte sie sich zurück. „Einfach unglaublich", murmelte sie, weil sie alles nur als harmloses Beisammensein betrachtet hatte.

„Gar nicht unglaublich, ganz real", korrigierte er und sah sie liebevoll an. „Besteht vielleicht die Möglichkeit, dass es wieder dazu kommt? Nicht hier und jetzt, aber irgendwann, wenn du nicht gleich nach fünf Minuten ins Krankenhaus musst?"

Noch vor Kurzem hätte sie schlicht und einfach abgelehnt, doch nun sah sie ihm an, dass er unsicher war und weit über den Rahmen seiner üblichen Beziehungen hinausging. Und das brachte sie in Versuchung, herausfinden zu wollen, wohin das führen konnte. „Wer weiß", erwiderte sie vorsichtig.

Mack lachte, als hätte er mit dieser Antwort gerechnet. „Das soll dann vermutlich ein Ja sein."

„Hat eigentlich schon jemals eine Frau bei dir Nein gesagt?", erkundigte sie sich.

„Mehr, als du dir vorstellen kannst. Andererseits habe ich die Frage bestimmt viel seltener gestellt, als du vermutest."

Das hätte sie nur allzu gern geglaubt, so gern sogar, dass es das Vernünftigste gewesen wäre, sich schnellstens von Mack zurückzuziehen.

9. KAPITEL

Mack betrat das Hauptgebäude von *Carlton Industries*, nachdem er Beth im Krankenhaus abgesetzt hatte, und ging direkt zu Destinys Büro. Seine Tante zeigte sich dort zwar nur selten, doch er hatte sich vorher erkundigt, ob sie da wäre.

„In letzter Zeit habe ich dich kaum gesehen", beschwerte sich Destiny, nachdem er ihr einen Kuss auf die Wange gedrückt hatte. „Wie hast du denn die Abende verbracht?"

Er schenkte sich eine Tasse Kaffee ein und setzte sich vor den Schreibtisch. „Als ob du das nicht wüsstest", erwiderte er amüsiert.

„Würde ich sonst fragen?", konterte sie harmlos. Destiny hatte es schon immer perfekt verstanden, die Unschuldige zu spielen.

„Natürlich würdest du. Ich soll dir alles erzählen, damit du dir selbst auf die Schulter klopfen kannst."

„Ich habe nicht die geringste Ahnung, wovon du sprichst, Mack."

„Hast du nicht vor einigen Wochen gedrängt, dass ich im Krankenhaus ein Kind besuchen soll?"

Destiny tat, als müsste sie überlegen. „Tony Vitale?"

Sie spielte sehr gut. Dabei bekam sie vermutlich täglich Berichte aus dem Krankenhaus. „Genau."

„Du hast ihn also auch weiterhin besucht? Das ist ja großartig. Bestimmt hat ihn das aufgerichtet. Ich bin sehr stolz auf dich, mein Lieber."

„Es geht ihm schlecht", berichtete Mack, „aber er hält sich tapfer. Es bricht mir das Herz, ihn so elend zu sehen."

„Anfangs hat seine Ärztin versichert, dass die Behandlung gut läuft."

„Jetzt nicht mehr."

„Das tut mir sehr leid", sagte Destiny betrübt. „Die arme Mutter. Aber man kann doch bestimmt etwas machen."

„Das hoffe ich, und da du dich für seinen Fall dermaßen interessiert hast, wirst du sicher gern in seinem Namen genauso viel für Forschungszwecke spenden wie ich."

„Du finanzierst Forschung?", fragte sie überrascht. „Das ist sehr großzügig von dir. Natürlich beteilige ich mich. Welcher Arzt leitet diese Forschungsarbeit denn?“

Mack lachte. „Als ob dir der Name nicht bekannt wäre!“

„Ich habe keine Ahnung“, behauptete sie. „Es gibt viele ausgezeichnete Ärzte.“

„Versuch es wenigstens.“

Destiny tat, als würde sie nachdenken. „Ist es vielleicht diese reizende Beth Browning?“

Er prostete ihr mit der Kaffeetasse zu. „Gratuliere.“

„Ich habe gehört, sie wäre äußerst engagiert“, entgegnete Destiny und verriet durch nichts, dass sie die Frau für ihn ausgesucht hatte.

„Und sie ist sehr schön und sehr alleinstehend, aber daran hast du natürlich keinen Moment gedacht, als du mich zu ihr geschickt hast, nicht wahr?“

Destiny zögerte, ehe sie leicht mit den Schultern zuckte. „Schon möglich, dass ich flüchtig daran gedacht habe“, räumte sie ein.

„Ach hör doch auf“, bat er lachend. „Du hast wieder mal im Hintergrund die Fäden gezogen, und du bist auch noch stolz darauf.“

„Hast du damit ein Problem?“, entgegnete sie. „Bei Richard hat es recht gut funktioniert, oder? Er und Melanie sind absolut glücklich.“

„Ich suche aber keine Ehefrau“, wandte Mack ein.

„Das galt auch für Richard.“

„Wieso willst du uns drei denn unbedingt verheiraten?“, fragte er. „Möchtest du vielleicht nach Frankreich zurückkehren und deinen früheren Lebensstil wieder aufnehmen, sobald wir alle im ehelichen Hafen festsitzen? Hast du es deshalb plötzlich so eilig?“

„Hier geht es nicht um mich, sondern um euch“, widersprach sie. „Keiner von euch hat etwas in Sachen Liebe gelernt. Ich begreife nicht, wieso ich an diesem Punkt dermaßen versagt habe. Und darum bin ich der Ansicht, dass ich endlich etwas unternehmen muss.“

Mack bedauerte, dass sie bei ihm keinen Erfolg haben würde. „Du bist überzeugt, dass wir ohne Frau und Kinder nicht glücklich sein können, Destiny, aber es gibt auch andere Grundvoraussetzungen für Glück.“

„Nenn mir eine“, verlangte seine Tante.

„Erfolg, Freundschaft, Familie.“

„Genau, um Familie geht es mir“, erwiderte sie ungeduldig.

„Ich habe meine Brüder und dich, es sei denn, du willst uns verlassen und dafür sorgen, dass es andere wichtige Menschen in unserem Leben gibt."

„Unsinn", wehrte sie ab. „Ich bin absolut zufrieden."

„Wie ist das denn möglich?", erkundigte er sich übertrieben erstaunt. „Du hast keinen Mann in deinem Leben."

Sie warf ihm einen strafenden Blick zu, weil er sie mit ihren eigenen Waffen schlug. „Es besteht kein Grund für derartige Bemerkungen, Mack", tadelte sie streng.

„Ich weise dich nur auf das Offensichtliche hin."

„Wenn du keinesfalls heiraten willst, verstehe ich nicht, warum du dich weiterhin mit Beth triffst."

Darauf fiel ihm absolut keine Antwort ein.

„Du gehst nicht mit einer Frau wie Beth Browning aus, wenn du es nicht ernst mit ihr meinst", fuhr Destiny fort. „Sie gehört nicht zu den Frauen, die du problemlos wieder abservieren kannst."

„Das weiß ich", bestätigte er, auch wenn Beth das Gegenteil behauptet hatte. Eigentlich sollte er sich von ihr zurückziehen. Trotzdem hatte er sich erneut mit ihr verabredet. Ohne sie würde ihm das Leben plötzlich sehr leer vorkommen.

„Nun?", drängte Destiny.

Mack traf eine Entscheidung. „Ich würde sie gern demnächst zum Abendessen mitbringen. Was hältst du davon?"

„Ich wäre begeistert", beteuerte seine Tante. „Du weißt, wie gern ich deine Freunde kennenlerne. Heute Abend hätte ich Zeit. Geht das?"

Vielleicht konnte Destiny ihm helfen, sich seiner Gefühle bewusst zu werden, wenn sie ihn mit Beth zusammen gesehen hatte. „Einverstanden. Ich frage sie und melde mich in ungefähr einer Stunde wieder bei dir."

„Ausgezeichnet."

„Du deutest doch bitte nicht zu viel in diesen Besuch hinein!", warnte er vorsichtshalber. „Ich bringe selten eine Frau zum Essen mit, weil jedes Mal dieses typische Leuchten in deinen Augen aufglitzert, genau wie jetzt. Dann hörst du schon die Hochzeitsglocken läuten."

„Ich werde Beth herzlich willkommen heißen", versprach Destiny. „Und ich werde nirgendwo rein zufällig ein Magazin für Brautmoden herumliegen lassen."

Dafür kannte sie genug andere raffinierte Methoden, um ihr Lieblingsthema anzuschneiden, das wusste Mack nur zu gut. „Und du wirst ihr auch nicht Richards Hochzeitsfotos zeigen?"

„Aber nein, auf gar keinen Fall", wehrte sie geradezu schockiert ab. „Ich zwinge doch niemanden, sich Familienfotos anzusehen. Das wäre viel zu langweilig. Obwohl es da dieses Foto von dir mit zwei Jahren in der Badewanne gibt, das ich ganz putzig finde. Bisher war noch jede Frau begeistert, die es gesehen hat. Das lässt ahnen, wie entzückend deine Kinder aussehen würden."

„Ich habe es mir anders überlegt", erklärte Mack entsetzt. „Ich werde mich hüten, Beth auch nur in deine Nähe zu bringen."

„Das war doch nur ein Scherz, mein Lieber", wehrte Destiny lachend ab. „Ich würde dich niemals in Verlegenheit bringen."

„Schwörst du das?"

Sie legte die Hand aufs Herz. „Kein einziges unpassendes Wort wird über meine Lippen kommen."

„Komisch, aber das beruhigt mich trotzdem nicht", erwiderte er misstrauisch.

„Weil du von Natur aus ein Zyniker bist. Soll ich etwas Bestimmtes kochen? Vielleicht eine meiner provenzalischen Spezialitäten?"

„Wie du willst." Er überlegte bereits, ob er nicht einen gewaltigen Fehler beging, wenn er Beth den forschenden Blicken und schlauen Fragen seiner Tante aussetzte. „Denke nur bitte daran, dass ich schon Glück habe, wenn ich sie für eine Stunde vom Krankenhaus weglocken kann. Es darf kein endlos langes 5-Gänge-Menü sein."

„Gutes Essen kann man nicht in sich hineinschlingen, und das weißt du."

„Ich weiß aber auch, dass Beth mich nicht begleiten wird, wenn es sich um eine zu aufwendige Einladung handelt. Nur wir drei – und keine besonders elegante Kleidung. Wahrscheinlich kommt sie direkt aus dem Krankenhaus und muss danach wieder dorthin zurück."

„Wenn du darauf bestehst", lenkte Destiny ein. „Wie wäre es mit Hotdogs und gebackenen Bohnen?"

„Dir fällt bestimmt etwas Besseres ein", erwiderte er lächelnd.

Sie zögerte, ehe sie nickte. „Also gut, aber darf ich dich etwas fragen?"

„Sicher."

„Wieso bedeutet dir dieses Abendessen so viel, wenn Beth für dich nicht wichtig ist?"

„Können wir nicht einfach nett miteinander essen, ohne dass daraus gleich eine Verlobung entsteht?", fragte er seufzend.

„Ich kann das", versicherte sie und betrachtete ihn wissend. „Aber kannst du das auch?"

Weil er darauf ebenfalls keine Antwort hatte, erhob er sich und ging zur Tür. „Bis heute Abend."

„Ich freue mich darauf, mein Lieber!", rief Destiny ihm heiter nach.

„Darauf wette ich", murmelte er und bereute bereits, dass er das Abendessen vorgeschlagen hatte.

Er redete sich ein, dass er Destinys Meinung über diese Beziehung hören wollte. Womöglich ging es aber um etwas ganz anderes. Vielleicht würde die vernünftige und bodenständige Beth erkennen, wie das Leben mit einem Carlton wäre, sodass sie sich freiwillig zurückzog und er ihr nicht das Herz brechen musste, wenn er sich – wie bisher stets von allen anderen Frauen – auch von ihr trennte.

Beth hatte einen schlimmen Tag hinter sich. Ein Patient hatte ihr ein orangefarbenes Desinfektionsmittel über die Bluse gekippt. Peyton hatte sie wegen der versäumten Besprechung am Morgen gründlich gerügt, wenn auch mit einem amüsierten Funkeln in den Augen. Und Tony war schwer enttäuscht gewesen, weil sie bei der Transfusion nicht dabei gewesen war.

„Sie wissen doch, dass es nicht so wehtut, wenn Sie die Kanüle setzen. Ich habe mich auf Sie verlassen."

„Ach Schatz, ich weiß, und es tut mir leid." Wenigstens wirkte er kräftiger und hatte endlich wieder etwas Farbe.

„Wo waren Sie?", fragte Tony neugierig.

„Ich hatte heute eine Krise nach der anderen, aber das ist keine Entschuldigung. Ich hätte bei dir sein müssen."

„Mack war auch nicht da."

„Er war heute nicht bei dir?", fragte sie überrascht.

„Nein", bestätigte Tony. „Und er hatte versprochen, dass er auch da sein würde."

„Mack wird schon noch kommen. Er hat sein Wort noch nie gebrochen."

„Nein", bestätigte Tony. „Mögen Sie Mack?"

„Er ist für dich ein sehr guter Freund."

„Ja, aber mögen Sie ihn?", drängte Tony. „Ich glaube nämlich, er mag Sie. Eigentlich habe ich gedacht, dass er sich in meine Mom verknallt. Das wäre toll gewesen. Aber er schaut sie nicht richtig an. Wenn er schon nicht mein Stiefvater wird, wäre er echt gut für Sie, Dr. Beth. Sie sind viel hübscher als diese Püppchen, mit denen er in den Zeitungen auftaucht. Sie sind echt, wenn Sie wissen, was ich meine."

Beth lachte über das Kompliment. „Danke, Tony, aber ich kann kaum mit einem Supermodel mithalten."

„Sicher kannst du das", widersprach eine tiefe Stimme hinter ihr.

Beth drehte sich hastig zu Mack um. „Wie lange lauschst du denn schon?"

„Lange genug, um zu hören, dass Tony uns tatsächlich verkuppeln möchte. Also, wie wäre es, Doc? Willst du heute Abend mit mir bei meiner Tante essen?"

Beth sah ihn erstaunt an. Er lud sie zu Destiny ein? „Das sollten wir draußen besprechen."

„Sagen Sie doch Ja, Dr. Beth", drängte Tony. „Sie werden nicht jeden Tag von einem Typ wie Mighty Mack eingeladen."

„Unglaublich", murmelte sie und lächelte um Tonys willen. „Könnte ich dich kurz auf dem Korridor sprechen, Mack?"

Er blinzelte Tony zu. „Hoffentlich weist sie mich nicht ab. So was tut weh."

Tony nickte wissend.

Beth schüttelte bloß den Kopf. Auf dem Korridor wandte sie sich stirnrunzelnd an Mack. „Wieso hast du mich vor Tony gefragt?"

„Weil Destiny uns für heute Abend eingeladen hat und ich ihr die Antwort innerhalb einer Stunde versprochen habe. Ich wusste aber nicht, wo ich dich finden würde, wenn du Tonys Zimmer verlassen hast. Was ist schon dabei? Er hat sich sichtlich darüber gefreut, dass ich dich eingeladen habe."

„Genau das macht mir Sorgen. Tony setzt jetzt gewisse Hoffnungen in uns." Sie schüttelte den Kopf. „Und zu deiner Tante? Willst du das wirklich?"

„Ehrlich gesagt, es war meine Idee."

„Du lieferst uns beide freiwillig den Kuppelversuchen deiner Tante aus?", fragte sie überrascht. „Hast du nicht gesagt, sie wäre Großmeisterin im Manipulieren? Wieso setzt du da deiner Tante noch zusätzlich einen Floh ins Ohr?"

„Der Floh war schon längst vorhanden", versicherte er.

Beth dachte an das Abendessen bei Destiny und wusste, dass er recht hatte. „Meinst du vielleicht, dass dieser Besuch hilft?"

„Kaum. Er ist wohl eher ein gewaltiger Fehler."

„Na, das klingt ja wirklich einladend", erwiderte sie gereizt. „Ich verzichte lieber."

„Soll Destiny dich für einen Feigling halten? Oder soll sie glauben, du würdest bereits etwas für mich empfinden und nur versuchen, dich dagegen zu wehren?"

„Wie bitte?", fragte sie verwirrt. „Das ist doch um zu viele Ecken herum gedacht."

„Nicht für Destiny. Wenn du absagst, wird sie alles Mögliche und Unmögliche vermuten. Bringen wir dieses Zusammentreffen mit ihr hinter uns. Vielleicht kommt sie ja sogar zu dem Schluss, dass wir nicht im Geringsten zusammenpassen."

Plötzlich begriff Beth, worum es ging, auch wenn es ihr nicht gefiel. Er suchte nach einem Ausstieg und hoffte, seine geliebte Tante würde ihm einen bieten. Wenn Destiny fand, Beth Browning sei für einen Carlton ungeeignet, dann wäre Mack fein raus.

„Also, ich verstehe das so", begann sie. „Du willst von Destiny hören, dass ich für dich nicht die Richtige bin, damit du einen Grund hast, dich nicht mehr mit mir zu treffen."

„Du bist verrückt", wehrte er eine Spur zu schnell und zu heftig ab.

„Tatsächlich? Mack, ich verstehe es, wenn du Angst hast. Wenn du Schluss machen willst, wie du das stets in Beziehungen tust, verstehe ich das auch. Niemand zwingt dich, mit mir zusammen zu sein. Ich hüpfe ja auch nicht gerade vor Freude über das, was zwischen uns abläuft."

„Ich suche nicht nach einer Lösung, aus unserer Beziehung herauszukommen", hielt er ihr vor.

„Ach nein? Zwischen uns besteht eine gewisse Anziehung, aber die kann auch wieder vergehen. Anstatt wegen der Zukunft in Panik zu geraten, sollten wir entweder einfach weitermachen oder aussteigen, bevor es zu kompliziert wird. Ich werde mich nicht zurückziehen. Ich besitze genug Selbstbewusstsein, um eine Zurückweisung zu ertragen. Ich würde nicht mal ..."

Er beugte sich zu ihr und hinderte sie mit einem Kuss am Sprechen, und prompt konnte sie kaum noch zusammenhängend denken.

„Wofür war der denn?“, fragte sie leicht benommen, als er den Kuss beendete.

„Ich wusste nicht, wie ich dich sonst zum Schweigen bringen soll. Du denkst zu viel und zu kompliziert. Hör auf, meine Gefühle erraten zu wollen. Wenn ich schon nicht weiß, was mit mir los ist, weißt du es erst recht nicht. Wir stehen noch ganz am Anfang.“

„Es ist unpassend, mich auf dem Korridor zu küssen, wo es jeder sehen könnte“, entgegnete sie steif.

„Tut mir leid“, beteuerte er, zeigte jedoch keinerlei Anzeichen von Reue.

„Ich muss weiter“, erklärte sie und wandte sich zum Gehen.

„Ich hole dich um halb sieben ab!“, rief er ihr nach.

„Nein!“

„Halt dich bereit.“

„Ich gehe nicht mit dir essen.“

„Sicher tust du das.“

Daraufhin drehte sie sich um und kam zurück. „Ich werde nicht mit dir bei deiner Tante essen“, wiederholte sie langsam und deutlich.

Er betrachtete sie eingehend und nickte dann. „In Ordnung.“

Seine Zustimmung ärgerte sie noch mehr als seine Überzeugung, sie würde alles mitmachen. „Vielleicht gehe ich ja doch“, sagte sie deshalb trotzig.

„In Ordnung.“

„Aber ich treffe mich mit dir bei deiner Tante.“

Mack nickte. „In Ordnung. Ich gebe dir die Adresse.“

„Unnötig“, erwiderte sie und lächelte ihn ganz reizend an. „Ich war schon mal da.“

Er starrte sie fassungslos an. „Du hast meine Tante besucht? Wann das denn?“

„Vor Wochen.“

„Bevor sie mich zu Tony geschickt hat?“

„Nein, danach. Um genau zu sein, am selben Tag. Deine Tante besitzt ein unglaubliches Gefühl für den richtigen Zeitpunkt. Du warst erst wenige Minuten weg, als sie mich angerufen hat.“

„Sie hat mir kein Wort davon gesagt, und du auch nicht.“

„Bestimmt spricht deine Tante nicht über alle ihre privaten Termine mit dir", entgegnete Beth. „Und nur zu deiner Information – ich habe auch nicht die Absicht, das zu tun."

„Gut zu wissen", stellte er fest.

„Dann bis heute Abend. Vielleicht rufe ich Destiny an und frage, ob sie etwas dagegen hat, wenn ich einen Begleiter mitbringe."

„Tu das, und er ist ein toter Mann", kündigte Mack grimmig an.

Beth lachte, weil sie Mighty Mack Carlton erneut eifersüchtig gemacht hatte, und das tat ihr sehr gut. Allerdings sah er so finster drein, dass sie ihn nicht allzu oft auf die Probe stellen durfte. „Na schön", meinte sie und tätschelte ihm die Wange, „dann eben nur wir beide, Kumpel."

„Ich bin nicht dein Kumpel. Das schlägst du dir am besten sofort aus dem Kopf."

„Ach ja? Als was würdest du dich denn beschreiben?"

„Ich bin ein Mann, den du im Moment zum Wahnsinn treibst", erwiderte er und lächelte plötzlich. „Wenn du allerdings beim Abendessen deine Karten richtig ausspielst, könnte ich dich gegen zehn Uhr zum Wahnsinn treiben."

„Faszinierende Aussicht", stellte sie fest. „Ich werde darüber nachdenken."

Er gab ihr noch einen leidenschaftlichen Kuss. „Damit du bis dahin durchhältst", sagte er, als er sie wieder losließ, und pfiff vor sich hin, während er in Tonys Zimmer zurückkehrte.

Beth wartete, bis er die Tür geschlossen hatte. Erst dann lehnte sie sich an die Wand. Dieser unmögliche eingebildete Kerl hatte erneut dafür gesorgt, dass sie weiche Knie bekam. Hoffentlich fand er nie heraus, wie leicht er das erreichte. Allerdings – bei seiner Erfahrung mit Frauen wusste er das vermutlich schon.

10. KAPITEL

Mack lief in Destinys Wohnzimmer wie ein gefangener Tiger auf und ab. Im Krankenhaus hatte er erfahren, dass Beth ihr Büro schon um halb sechs verlassen hatte. Jetzt war es fast halb acht, und sonst kam sie stets pünktlich.

„Würdest du dich bitte setzen?“, forderte Destiny ihn auf. „Ich bekomme Kopfschmerzen von deinem Gerenne.“

„Beth hätte schon vor einer halben Stunde hier sein sollen.“

„Sie versetzt dich bestimmt nicht.“

„Sie war über die Einladung nicht sonderlich begeistert“, gab er zu bedenken.

„Sie hat sehr gute Manieren“, wandte seine Tante ein. „Wenn du sie beleidigt haben solltest, würde sie sich vielleicht nicht bei dir, dafür aber bei mir melden.“

„Ich habe sie nicht beleidigt, und woher kennst du ihre Manieren? Ach ja, von diesem reizenden Abendessen, das du mir gegenüber nicht erwähnt hast.“

„Sie hat dir davon erzählt?“, fragte Destiny überrascht.

„Sie hat sogar damit geprahlt.“

„Interessant“, stellte Destiny fest.

„Was ist daran interessant, dass sie endlich eingestanden hat, wie ihr zwei hinter meinem Rücken taktiert habt? Womöglich macht ihr schon seit Monaten gemeinsame Sache, und dieses Geständnis war nur die Spitze des Eisbergs.“

„Du übertreibst maßlos, mein Lieber“, hielt seine Tante ihm vor. „Es handelte sich lediglich um ein Abendessen. Wir haben keine Pläne geschmiedet, wie du einzufangen wärst. Du bist schließlich ein Mann, der in solchen Dingen selbst seine Entscheidungen trifft. Du glaubst doch nicht, dass ich dir jemals eine Falle stellen würde, oder?“

„Ich habe schon vor langer Zeit gelernt, dich nicht zu unterschätzen“, entgegnete er. „Du könntest mich zwar niemals vor den Traualtar zwingen, aber versuchen würdest du es.“

„Hältst du Beth für so charakterlos, dass sie sich auf einen derartigen von mir entworfenen Plan einlassen würde?“

„Nein“, räumte er ein.

„Weißt du, Mack, es überrascht mich, dass du an der heutigen Einladung festgehalten hast, nachdem du von meinem ersten Zusammentreffen mit Beth erfahren hast. Da du ja ständig eine Verschwörung witterst, hast du vermutlich einen bestimmten Grund dafür, nicht abzusagen."

Er ahnte, worauf sie hinauswollte. „Und welchen?"

„Suchst du vielleicht nach einem Beweis, dass Beth nicht hierher passt?"

Er wollte es schon abstreiten, doch Destiny kannte ihn zu gut, und Beth hatte den gleichen Verdacht geäußert. „Ich habe daran gedacht, dass sie zu diesem Schluss kommen könnte", gestand er.

„Und was dann? Du hast doch nicht etwa gehofft, dass sie dir daraufhin den Laufpass gibt?" Als er schwieg, fügte sie ungläubig hinzu: „Doch, genau das hast du gehofft!"

„Ich bin kein Traummann", verteidigte er sich, „schon gar nicht für eine Frau, die heiraten und eine Familie gründen will."

„Dies ist nicht der richtige Zeitpunkt für falsche Bescheidenheit. Außerdem, hat Beth von Heirat gesprochen?"

„Nein."

„Will sie eine Familie gründen?"

„Sie hat nichts Derartiges erwähnt."

„Ziehst du dann nicht voreilige Schlüsse? Oder bist vielleicht du derjenige, der sich Gedanken über eine Heirat macht?", erkundigte sich Destiny amüsiert. „Sieh mal an! Kein Wunder, dass du ängstlich nach einem Ausweg suchst. Es ist sogar noch schlimmer: Weil du dir nicht sicher bist, ob du Schluss machen kannst, willst du, dass Beth die Beziehung beendet."

In Macks Kopf drehte sich plötzlich alles. Er konnte sich nicht mit der Sorge um Beths Verspätung und mit der verqueren Logik seiner Tante gleichzeitig herumschlagen. „Vielleicht sollte ich sie auf ihrem Handy anrufen. Sie könnte im Stau stecken."

„Man löst kein Problem, indem man ihm ausweicht", hielt Destiny ihm vor. „Und meinst du nicht, sie würde anrufen, wenn sie im Stau säße?"

„Hast du eigentlich auf alles eine Antwort?", fragte er missmutig.

„Ich glaube schon", erwiderte Destiny lächelnd, und im nächsten Moment klingelte es an der Haustür. „Gehst du öffnen, Mack? Und mach nicht so ein finsteres Gesicht. Du willst die Frau doch nicht zu Tode erschrecken, oder?"

Mack kochte noch vor Wut, als er die Haustür erreichte, wusste jedoch nicht, ob sich das gegen seine unmögliche Tante oder gegen Beth richtete. Sobald er jedoch öffnete und Beth völlig mitgenommen vor sich stehen sah, vergaß er schlagartig allen Zorn. „Was ist denn los?" Ihre Kleidung war offensichtlich hübsch und sehr aufreizend gewesen, bevor sie gründlich ruiniert worden war.

„Reifenpanne."

Ihren schmutzigen Händen nach zu urteilen hatte sie das Rad selbst gewechselt. „Wieso hast du keinen Mechaniker oder mich angerufen?"

„Ich kann ein Rad allein wechseln", entgegnete sie ungeduldig. „Außerdem ging das schneller, als in der Stoßzeit einen Mechaniker zu rufen. Ich wäre noch einmal nach Hause gefahren, um mich umzuziehen, aber weil es schon so spät war, bin ich direkt hergekommen."

„Du hast dir doch nicht wehgetan?"

Seufzend streckte sie ihm die Arme hin. „Siehst du hier irgendwo Blut oder Quetschwunden? Nur Schmutz. Könnte ich mich bitte waschen?"

„Komm", forderte er sie auf und führte sie in die Küche. „Die Seife im Bad ist nicht kräftig genug. Ben hat früher in der Garage oft an seinem Wagen gebastelt. Schmieröl ist in diesem Haus kein Fremdwort. In der Garage haben wir sicher ein Mittel, mit dem man das Schlimmste abbekommt. Was die Kleidung angeht, weiß ich allerdings nicht Bescheid."

Sie warf einen Blick auf das Seidenkleid mit Blumenmuster und seufzte. „Es war ganz neu."

Mack schüttelte den Kopf. „Ich kaufe dir ein anderes."

„Ich kann mir selbst Kleider kaufen", wehrte sie ab.

„Das löst aber nicht das unmittelbare Problem."

Er gab ihr einige Lappen und eine Dose Reinigungsmittel. „Fang schon mal mit dem Öl an, und ich rede mit Destiny. Sie kann dir bestimmt etwas leihen, weil sie ungefähr deine Größe hat. Ich komme gleich wieder und zeige dir dann das Bad."

Sobald Destiny von dem Problem hörte, machte sie sich sofort auf die Suche, doch als sie zurückkehrte und Mack ihr die Sachen abnehmen wollte, ließ sie ihn einfach stehen. „In meinem Haus wirst du Dr. Browning nicht beim Ausziehen helfen."

„Und ich hätte angenommen, dass du mich gerade dazu ermuntern würdest“, bemerkte er lächelnd.

„Sieh du lieber im Herd nach, damit das Essen nicht anbrennt, und stell die Temperatur niedriger.“

„Ja, Ma'am.“

„Ach, und noch etwas, Mack. Habe ich dir nicht gleich gesagt, dass sie dich nicht versetzen wird?“

Er seufzte und versuchte erst gar nicht zu überspielen, wie erleichtert er darüber war.

Beth strich über den feinen Stoff der Weste, die Destiny ihr zu einem ärmellosen Seidentop gegeben hatte. Der Unterschied zur Qualität ihrer eigenen Sachen war offensichtlich. Bisher hatte sie es unsinnig gefunden, ein Vermögen für Kleidung auszugeben, doch jetzt verstand sie das. Am liebsten hätte sie die Sachen nie wieder ausgezogen.

„Sie sollten die Weste behalten“, meinte Destiny lächelnd. „Das zarte Rosa steht Ihnen ausgezeichnet. Findest du nicht auch, Mack?“

Er nickte zerstreut. Beth begriff nicht, was mit ihm los war. Zuerst war er sichtlich erleichtert gewesen, dass ihr nichts zugestoßen war, doch jetzt, während des Essens, beteiligte er sich kaum an der Unterhaltung. Destiny glich das allerdings aus, weil sie unzählige Fragen nach Tony und der Arbeit im Krankenhaus hatte.

„Mack hat mir erzählt, dass er ein Forschungsprojekt unterstützen wird“, bemerkte Destiny. „Hoffentlich nehmen Sie auch von mir eine Spende an.“

„Das ist sehr großzügig von Ihnen“, erwiderte Beth dankbar. „Ich weiß, dass Sie bereits viel für das Krankenhaus spenden. Wollen Sie wirklich noch mehr beitragen?“

„Aber sicher. Sobald Sie uns die nötigen Unterlagen liefern, setzen Mack und ich uns mit unseren Anwälten zusammen. *Carlton Industries* wird sich ebenfalls beteiligen. Ihre Forschung muss ausreichend unterstützt werden.“

„Habe ich da eben etwas von einer Spende des Familienunternehmens gehört?“, erklang Richards Stimme, der zusammen mit seiner Frau das Esszimmer betrat.

„Ja“, erwiderte Destiny, „und es geht um beträchtliche Summen. Beths Arbeit ist sehr wichtig.“

„Willst du sie nicht bloß für Mack kaufen?“, fragte Richard lachend und handelte sich dafür sofort einen bösen Blick seiner Frau ein. „Was ist? Destiny ist so etwas durchaus zuzutrauen.“

„Niemand braucht mir eine Frau zu kaufen“, entgegnete Mack verdrossen. „Normalerweise leide ich nicht unter Frauenmangel.“

„Aber keine von ihnen passt zu dir“, erklärte Destiny.

„Hören Sie gar nicht hin“, sagte Richards Frau Melanie zu Beth. „Ich habe mich schon darauf gefreut, Sie kennenzulernen.“

„Ach ja?“, bemerkte Beth bloß, weil sie überrascht war, dass Melanie Carlton überhaupt von ihr gehört hatte.

„Ich möchte Ihnen mein tief empfundenes Mitgefühl aussprechen.“

„Mitgefühl?“, fragte Beth verwirrt.

Melanie warf einen bedeutungsvollen Blick auf Destiny. „Wenn ich mich nicht irre, sind Sie das jüngste Opfer der Carlton-Dampfwalze. Sollte es Ihnen zu viel werden, wenden Sie sich an mich. Ich gebe Ihnen meine Nummer. Wahrscheinlich werde ich Sie nicht retten können, aber ich kann Ihnen Tipps für Ausweichmanöver geben.“

„Sie sprechen wohl aus eigener Erfahrung.“ Beth betrachtete Richards Frau schon jetzt als Freundin.

„Aus einer reichen und leidvollen Erfahrung“, betonte Melanie und blickte erneut zu Destiny.

„Ich wüsste nicht, worüber du dich beklagen könntest“, erwiderte Destiny vergnügt.

„Jetzt nicht mehr.“ Melanie hakte sich bei Richard unter. „Letztlich ist alles gut gelaufen, nachdem wir nachgegeben und Destinys Wünsche erfüllt haben.“

Mack wandte sich düster an seinen Bruder. „Was führt dich denn her? Seid ihr zufällig vorbeigefahren?“

„Wir wurden zum Dessert eingeladen“, erklärte Richard lächelnd.

„Wirklich?“ Mack sah seine Tante an. „Ich sagte, nur wir drei. War das so schwer zu verstehen?“

„Es ist mein Haus“, hielt sie ihm vor. „Ich kann deinen Bruder und seine Frau einladen, wann ich möchte. Und ich fand, die beiden sollten Beth endlich kennenlernen.“

„Hat Richard dir nicht erzählt, dass er den Köder geschluckt hat, den du ihm schon vor Wochen hingeworfen hast?“, fragte Mack. „Er kam sofort ins Krankenhaus, um Beth in Augenschein zu nehmen. Ich war überzeugt, er hätte dir gleich danach einen ausführlichen Bericht geliefert."

„So?", fragte Destiny überrascht. „Wie ist es denn dazu gekommen? Habe ich damals vielleicht eine unbedachte Bemerkung gemacht?"

„Er kam ins Krankenhaus, um sich aufzuspielen und sich über mich zu amüsieren", erzählte Mack. „Offenbar hatte er erkannt, dass du dich in mein Leben einmischst, und er wollte selbst sehen, wie es läuft."

Beth wandte sich an Melanie. „War es bei Ihnen auch so schlimm?"

„Schlimmer", beteuerte Melanie. „Richard war nämlich Destinys erstes Opfer."

Beth fasste sich an die Stirn, weil sie nicht geahnt hatte, dass die Dinge so schnell außer Kontrolle geraten würden. „Ich sollte jetzt ins Krankenhaus zurückfahren."

„Ganz meine Meinung", pflichtete Mack ihr bei und warf fast den Stuhl um, weil er so schnell aufstand.

„Du musst mich nicht begleiten", wehrte Beth ab. „Mein Wagen steht vor der Tür."

„Aber du fährst mit dem Ersatzreifen, und der ist kaum in bestem Zustand. Ich folge dir sicherheitshalber."

„Nicht nötig", wiederholte sie eigensinnig.

„Doch, es ist nötig", widersprach er entschieden.

„Na gut", lenkte sie ein, da er offenbar nicht nachgab, und wandte sich an Destiny. „Vielen Dank für das gute Essen, und ich entschuldige mich nochmals für die Verspätung. Die Sachen bringe ich Ihnen demnächst zurück."

„Die sollten Sie doch behalten", erinnerte Destiny.

„Das geht nicht", entschied Beth. Keinesfalls wollte sie in der Schuld dieser raffinierten Frau stehen.

„Wie Sie meinen. Allerdings wäre es mir lieb, Sie würden noch bleiben. Es gibt Schokolade als Dessert, und ich habe gehört, die mögen Sie besonders."

„Ich auch", warf Melanie ein. „Ich esse Beths Anteil."

„Und wahrscheinlich auch den von Mack", fügte Richard hinzu. „Bevor ihr zwei geht, haben Melanie und ich noch etwas zu verkünden."

Alle sahen die beiden erwartungsvoll an.

„Wir bekommen ein Kind", erklärte Melanie strahlend.

„Glückwunsch, alter Freund!“, rief Mack und schlug seinem Bruder begeistert auf den Rücken.

Destiny liefen Tränen über die Wangen, als sie Melanie und ihren Neffen umarmte.

Melanie blinzelte Beth zu. „Das lenkt ein wenig von Ihnen ab. Verschwinden Sie schon, solange es noch geht.“

„Erst müssen wir anstoßen“, widersprach Destiny. „Ich hole moussierenden Apfelsaft für Melanie und Champagner für uns.“

Um Melanie und Richard die Freude nicht zu verderben, nickte Beth. „So viel Zeit habe ich noch, aber für mich bitte auch Apfelsaft. Ich muss noch arbeiten.“

„Apfelsaft für alle“, sagte Mack zu seiner Tante. „Ich muss fahren.“

„Richard, mein Lieber, begleitest du mich in die Küche?“, bat Destiny. „Du kannst mir mit den Gläsern helfen. Mack, du kannst den Tisch abräumen und das Dessert bringen. Essen Sie doch die Schokoladencreme mit uns“, lud sie Beth ein.

Die Versuchung war einfach zu groß. „Ja, gern.“

Sobald die anderen in die Küche gegangen waren, wandte Melanie sich an Beth. „Also, verraten Sie mir, wie stark der Druck auf Sie ist?“

„Eigentlich ist es gar nicht so schlimm“, gestand Beth. „Mack und ich sind uns weitgehend einig. Er ist so wenig wie ich an einer Heirat interessiert.“

„Glauben Sie das wirklich?“, fragte Melanie lachend.

„Es stimmt“, beteuerte Beth.

„Bestimmt denkt er so“, bestätigte Melanie, „und Sie wollen es auch glauben, aber ich habe beobachtet, wie er Sie ansieht. Mein Schwager ist rettungslos in Sie verliebt.“

„Mack? Unsinn“, wehrte Beth ab. „Er mag mich begehren, aber er liebt mich nicht.“

„Bei den Carlton-Männern ist das mehr oder weniger das Gleiche. Ich spreche nicht über dieses übliche Begehren eines Mannes, sondern von diesem Verlangen, das immer stärker wird.“

Beth war es peinlich, wie offen Melanie sprach und wie genau sie alles erkannte.

„Wollen Sie vielleicht bestreiten, dass so etwas zwischen Ihnen auch abläuft?“, fragte Melanie.

„Ich finde, wir sollten nicht darüber sprechen.“

„Habe ich Sie in Verlegenheit gebracht? Tut mir leid. Ich habe das alles selbst durchgemacht und erkenne also die Anzeichen. Wenn es einen Carlton-Mann endlich erwischt, dann heftig. Sollten Sie darüber reden wollen, rufen Sie mich gern an." Sie holte eine Geschäftskarte von *Carlton Industries* aus ihrer Handtasche und schrieb auf die Rückseite eine Telefonnummer. „Hier. Wir müssen zusammenhalten, wenn die Carlton-Dampfwalze mit voller Kraft vorausrollt. Ich wäre für moralische Unterstützung dankbar gewesen, als ich mich an Ihrer Stelle befunden habe."

„Ja", meinte Beth lachend und steckte die Karte ein, „das kann ich verstehen."

Die anderen kamen mit den Getränken und dem Nachtisch zurück, und als Mack beim Anstoßen Beth in die Augen sah, reagierte sie sofort auf das offensichtliche Verlangen in seinem Blick.

Sie gestand sich ein, dass sie ihn nicht nur begehrte, sondern tatsächlich schon einen Schritt weiter war. Aber liebte sie tatsächlich den bekanntesten Playboy der ganzen Gegend?

Ausgeschlossen. Dazu durfte es nicht kommen!

Mack drehte sich auf die Seite und betrachtete Beths schönes Gesicht, das vom Sex noch erhitzt war. Es wirkte friedlich, und die Haut schimmerte sanft. Wahrscheinlich würde er von diesem Anblick nie genug bekommen.

„Willst du mir die ganze Nacht beim Schlafen zusehen?", murmelte sie.

„Ich dachte, du merkst es nicht, sondern würdest wirklich schlafen." Er strich ihr das Haar aus dem Gesicht.

„Ich habe nur so getan", scherzte sie. „Du hast mich so müde gemacht, dass ich eine Atempause brauche."

„Wenn jemand eine Atempause braucht, dann ja wohl ich", erwiderte er lachend. „Schließlich habe ich damit gerechnet, dass ich dich zum Krankenhaus begleite, dann nach Hause fahre und allein in meinem Bett schlafe. Schließlich muss ich mich noch immer von der letzten gemeinsamen Nacht erholen. Nur gut, dass ich nicht mehr aktiv beim Football mitmache. Die Trainer würden explodieren, wenn ich ausgelaugt auf dem Spielfeld erschiene."

„Ha", murmelte sie, „du hast genau gewusst, wohin wir von deiner

Tante aus fahren würden. Du bist sogar vorausgefahren."

„Ich habe mir eben Hoffnungen gemacht, und ich habe im Rückspiegel beobachtet, ob du zum Krankenhaus abbiegst."

„Daran habe ich kurz gedacht", gestand Beth. „Aber dann habe ich mir das hier vorgestellt, und die Entscheidung war gefallen."

„Freut mich, dass du mich interessanter findest als deine Schreibtischarbeit", scherzte er.

„Eindeutig interessanter", ging sie auf den Spaß ein.

„Erzählst du mir mehr über deine Arbeit?", bat er, weil er wissen wollte, was für sie wichtig war. Bisher hatte das für ihn bei keiner Frau Bedeutung gehabt, aber bei Beth war das anders.

„Das wird alles in der Bewerbung um die Spendengelder stehen", antwortete sie. „Willst du wirklich, dass ich jetzt endlos darüber rede?"

„Ich könnte dir endlos zuhören", versicherte er aufrichtig. „Du bist in deiner Arbeit sehr engagiert."

„Du nicht?"

„Du selbst hast gesagt", hielt er ihr vor, „dass Football nur ein Spiel ist."

„Das war unfreundlich von mir. Wichtig ist letztlich nur, dass man seine Arbeit liebt. Und das trifft auf dich zu. Vielleicht lasse ich mich sogar irgendwann von dir zu einem Spiel mitnehmen, und dann erklärst du mir, warum so viele massig gebaute Männer auf dem Spielfeld hin und her rennen."

Mack betrachtete sie ungläubig. „Du hast noch nie ein Football-Spiel gesehen?"

„Noch nie."

„Auch nicht im Fernsehen?"

„Nicht, wenn es sich vermeiden ließ."

„Dann hast du ohne eigene Erfahrung so geringschätzig darüber gesprochen?"

„Ich fürchte, ja."

Er schüttelte den Kopf. „Sollte es ein Football-Buch für blutige Anfänger geben, kaufe ich es dir. Wenn du einige Grundbegriffe gelernt und einige Spiele gesehen hast, sprechen wir wieder über deine Bildungslücke."

„Gibt es auch eine Prüfung?", fragte Beth lachend. „Ich schneide bei Prüfungen immer sehr gut ab."

Er hörte den sinnlichen Unterton in ihrer Stimme und zog sie zu sich heran. „Wie wäre es denn jetzt mit einer solchen Prüfung? Bist du bereit?"

„Oh ja, sehr", erwiderte sie sofort, und für den Rest der Nacht waren Football, die intrigante Tante Destiny und die Zukunft vergessen.

11. KAPITEL

Als Beth am nächsten Mittag die Cafeteria des Krankenhauses betrat, blickte sie in etliche schuldbewusste Gesichter. Jason versuchte hastig, die Tageszeitung unter dem Tisch zu verbergen. Drei Personen standen auf und hatten es plötzlich eilig.

Beth blieb mit Jason und Peyton zurück, trat zu Jason und riss ihm die Zeitung aus der Hand, bevor er sie wegstecken konnte. Sie fand jedoch nichts Bemerkenswertes, nur die Kolumne des schmierigen Klatschreporters Pete Forsythe. „Ihr lest Klatschgeschichten?“, fragte sie ungläubig. „Solltet ihr nicht lieber in medizinischen Zeitschriften blättern?“

„Das ist aber viel interessanter“, erwiderte Peyton amüsiert.

Der Hämatologe lächelte nur selten, und das weckte Beths Argwohn. Erstaunt warf sie einen Blick auf die Überschrift. „Stadtbekannter Frauenheld vermisst“, las sie murmelnd vor. „Na und?“, fragte sie die Männer dann laut.

„Hast du den ersten Absatz gelesen?“, entgegnete Jason.

Beth warf einen Blick darauf und bekam den Mund nicht mehr zu.

Playboy Mack Carlton, den man sonst an allen gesellschaftlich wichtigen Orten der Stadt mit Schönheiten am Arm antrifft, ist verschwunden. Hat eine heimliche Freundin ihn etwa aus dem Verkehr gezogen?

Nun, wir kennen die Antwort. Mighty Mack verbringt viel Zeit in einem Krankenhaus der Stadt, und er ist nicht dort, um sich untersuchen zu lassen. Eine gut aussehende, kluge Ärztin hat sein Interesse geweckt, und er umwirbt sie unter Ausschluss der Medien.

Bleiben Sie am Ball, liebe Fans von Mack. Wir werden als Erste berichten, wann der ehemalige Stürmer und derzeitige Miteigentümer der Mannschaft den ersten Touchdown in Sachen Ehe macht. Nach allem, was wir erfahren haben, wird es noch vor Beginn der Football-Saison so weit sein.

Beth fühlte, wie ihre Wangen glühten.

„Tut mir leid“, sagte Jason. „Ich hatte gehofft, dass du es nicht siehst. Ist doch nur ein alberner Artikel. Darüber brauchst du dich nicht aufzuregen.“

„So gut wie niemand liest diesen Mist“, betonte Peyton.

„Ihr habt ihn gelesen und vermutlich auch alle anderen in Washington und Umgebung“, erwiderte Beth grimmig. „Aber jetzt kann ich den Schaden wenigstens begrenzen.“

„Was willst du denn machen?“, fragte Jason.

„Ich werde Pete Forsythe nicht umbringen, falls ihr das denkt“, erwiderte sie kühl.

„Und du wirst auch nicht mit Mack brechen“, fügte Jason hinzu. „Ich hoffe, ihr bleibt noch die Football-Saison über zusammen, damit du mir Karten verschaffen kannst.“

„Wie aufmerksam von dir, dass du deine Interessen über meinen guten Ruf stellst“, bemerkte Beth spitz.

„Dein Ruf ist in Ordnung“, versicherte Peyton. „Dein Name wird nicht genannt, und nur wenige Leute wissen, um welche Ärztin es sich handelt.“

„Natürlich. Bloß ihr alle, Macks Familie und jeder, der uns zusammen gesehen hat. Dazu kommen ungefähr ein halbes Dutzend Restaurantchefs in der ganzen Stadt. Wie lange dauert es wohl, bis jemand diesem Forsythe den Namen verrät?“

„Was spielt das schon für eine Rolle?“, meinte Peyton. „Schließlich ist keiner von euch verheiratet. Ihr trefft euch. Na und?“

Beth wusste, dass er recht hatte, aber sie hätte trotzdem denjenigen, der die Geschichte an den Klatschreporter weitergegeben hatte, am liebsten umgebracht. Sie wollte Mack dafür erwürgen, dass er sich überhaupt um sie gekümmert hatte. Und auf sich selbst war sie auch nicht gut zu sprechen.

„Ich muss der Sache ein Ende bereiten, bevor es noch schlimmer wird“, erklärte sie wild entschlossen.

„Es wird bestimmt erst recht schlimm, *wenn* du etwas unternimmst“, warnte Peyton.

„Er hat recht“, fand auch Jason. „Wenn du Forsythe anrufst, lieferst du ihm nur Stoff für einen neuen Artikel.“

Beth seufzte und setzte sich endlich.

„Schokolade?“, fragte Jason besorgt.

„So viel wie möglich“, erwiderte sie und griff nach ihrer Handtasche.

„Ich lade dich ein“, bot Jason an. „Ich habe schließlich diese Schokoladenattacke bei dir ausgelöst.“

„Ich beteilige mich", entschied Peyton und warf seinem Kollegen einige Dollar hin.

„Ich bin deprimiert, aber nicht selbstmordgefährdet", wehrte Beth amüsiert ab. „Und von diesem Geld sollten wir vielleicht alle Zeitungen im weiteren Umkreis um das Krankenhaus aufkaufen."

„Zu spät", erwiderte Peyton. „Bei uns spricht sich jede Neuigkeit so schnell herum, dass spätestens nach der Mittagspause alle Bescheid wissen werden."

Jason ging schon zum Automaten, als Beth ihm nachrief: „Bring mir auch Chips mit."

„Chips?", fragte Peyton besorgt. „Du isst sonst nie Chips."

„Jetzt will ich gefährlich leben."

„Schädliches Essen ist keine Lösung", tadelte Peyton.

„Was denn sonst?"

„Kommt darauf an, ob du Mack Carlton liebst oder nicht."

„Natürlich liebe ich Mack nicht", behauptete sie sofort.

Peyton schüttelte den Kopf. „Klingt nicht überzeugend, Beth. Wenn dir jemand glauben soll, musst du selbstsicher klingen, nicht erbärmlich."

„Warum sollte ich dich überzeugen wollen?"

„Nicht mich", wehrte er lächelnd ab, „sondern dich."

Beth musste ihm recht geben. Es gelang ihr nämlich nicht mehr, sich selbst zu überzeugen.

Mack kochte vor Zorn, als er die Zeitung las, die ihm jemand auf seinen Schreibtisch gelegt hatte. Sofort griff er zum Telefon, rief in Beths Büro an und hinterließ eine Nachricht auf ihrem Anrufbeantworter. Zehn Minuten später rief sie zurück.

„Tut mir leid", sagte er sofort. „Ich hätte dich warnen sollen, dass so etwas passieren könnte."

„Ich hätte es wissen müssen", entgegnete sie seufzend.

„Wir waren diskret. Ich wollte dich nicht ins Rampenlicht ziehen."

„Es ist nicht deine Schuld", wehrte sie ab.

„Danke, aber es könnte noch schlimmer werden", warnte er. „Forsythe gibt nicht auf, wenn er eine Story wittert. Melanie kann dir schildern, welche Rolle er bei ihr und Richard gespielt hat."

„Ach ja, jetzt erinnere ich mich. Ich wüsste nur gern, woher Forsythe seine Information bezogen hat. Ich bin doch nur eine langweilige Ärztin und nicht so bekannt wie deine früheren Freundinnen."

„Vermutlich findet er die Sache gerade deshalb interessant", erwiderte Mack. „Verdammt!", rief er, als ihm offenbar etwas einfiel.

„Was ist denn?"

„Wir sprechen uns später. Ich muss sofort etwas erledigen."

„Was ist so wichtig, dass du auflegst?", fragte sie misstrauisch.

„Ich muss mich mit der Informationsquelle von diesem Forsythe unterhalten", sagte er grimmig.

„Du weißt, wer geplaudert hat?"

„Nicht mit absoluter, aber mit ziemlicher Sicherheit."

„Und wer ist es?"

„Destiny natürlich!"

„Das würde sie nie tun", verteidigte Beth die ältere Dame.

„Schatz, wir haben es hier mit meiner Tante, Destiny Carlton, zu tun. Nach dem gestrigen Abendessen hat sie entschieden, Druck zu machen, und dafür benutzt sie Pete Forsythe. Vermutlich kennt sie seine Faxnummer auswendig, nachdem sie ihn seinerzeit mit Informationen über Richard und Melanie versorgt hat."

„Im Ernst? Sie steckte dahinter?"

„Oh ja, und sie ist auch noch stolz darauf. Du kennst doch den Ausspruch, dass im Krieg und in der Liebe alles erlaubt ist. Destiny ist überzeugt, dass sie einen Krieg für die Liebe führt. Glaube mir, Forsythe ist für sie eine von vielen Waffen."

„Fährst du zu ihr?"

„Jetzt gleich."

„Dann hol mich vorher ab", bat sie. „Für mich steht mehr auf dem Spiel als für dich."

Mack lachte über ihren blutrünstigen Ton. „Ich bin in zwanzig Minuten bei dir."

„Ich warte vor dem Eingang", erwiderte Beth und legte auf.

„Arme Destiny", murmelte Mack. „Dieses Mal hast du dir etwas eingehandelt."

Die Sache hatte aber auch ihr Gutes. Nun brauchte er sich nicht über seine Tante aufzuregen, sondern konnte Beth die Schmutzarbeit überlassen. Und er würde es sogar genießen, wenn die beiden Frauen ihm eine ordentliche Vorstellung boten.

Leider war Destiny nicht aufzutreiben. Mit jedem vergeblichen Anruf, den Mack auf seinem Handy machte, wuchs Beths Ärger.

„Sie ist in Deckung gegangen“, erklärte er schließlich.

„Kluge Frau“, stellte Beth trocken fest.

„Möchtest du etwas essen?“, schlug er vor.

„In der Öffentlichkeit?“

„Ich sorge dafür, dass wir nicht von Paparazzi erwischt werden“, versprach er.

„Wie?“

„Jetzt erlebst du den Meister bei der Arbeit“, sagte er, erledigte einige Anrufe, jagte dann quer durch Washington, bog in eine Zufahrt ein und hielt neben einer Tür ohne jegliche Aufschrift. „Bin gleich wieder da.“

Beth sah sich vorsichtig um. „Ist das hier auch sicher?“

„Ja, abgesehen von Ratten.“

„Beeil dich“, bat sie schaudernd.

Während er fort war, sah sie sich ständig aufmerksam um, doch zu ihrer Erleichterung kehrte er zurück, bevor sie auch nur ein einziges Nagetier entdeckt hatte. Und die Düfte aus dem Behälter, den er mitbrachte, entschädigten sie für alles.

„Knoblauch“, stellte sie begeistert fest. „Tomaten. Was ist das?“

„Die beste Pasta, die du je gegessen hast. Fahren wir zu dir?“

Sie roch noch einmal genüsslich. „Ja, und fahr schnell. Mir läuft schon das Wasser im Munde zusammen.“

„Soll das heißen, dass italienisches Essen bei dir gleich nach Schokolade als Aphrodisiakum kommt?“

„Oh ja“, bestätigte sie.

„Und bedeutet das, dass ich heute Nachmittag Glück haben werde?“, erkundigte er sich hoffnungsvoll.

„Wenn wir Zeit finden“, gestand sie ihm zu. „Ich muss wieder an die Arbeit. Peyton und Jason springen im Moment für mich ein, aber eigentlich habe ich Dienst.“

Einige Minuten später parkte Mack hinter Beths Haus.

„Hast du nie mit dem Gedanken gespielt, Rennfahrer zu werden?“, fragte sie beim Aussteigen.

„Nein, das ist zu harmlos. Ich liebe die Herausforderung einer Fahrt durch die Stadt in der Stoßzeit.“

„Du liebst alle Herausforderungen“, entgegnete sie, während sie die Haustür aufschloss.

„Stimmt.“

Beth stellte das Essen auf den Küchentisch und sah Mack forschend an. „Bin ich das für dich? Eine Herausforderung?“

„Nicht so, wie du es meinst“, erwiderte er ernsthaft.

„Wie dann?“

„Ich weiß nicht, ob ich es erklären kann. Bei dir ist es mir nicht darum gegangen, dein Herz zu gewinnen oder dich ins Bett zu bekommen, um mir etwas zu beweisen“, erwiderte er. „Irgendwie wollte ich ausprobieren, wie weit ich mich an dich binden kann, bevor Panik einsetzt.“

„Und?“, fragte sie.

„Bisher gab es noch keine Panik“, gestand er und war selbst überrascht.

„Worauf führst du das zurück?“, fragte sie angespannt.

Mack seufzte. „Ich weiß es nicht. Ich weiß es ehrlich nicht, aber ich werde es dir sagen, wenn ich dahinterkomme. Die möglichen Erklärungen jagen mir jedenfalls Angst ein.“

Als Beth am späten Nachmittag Tonys Zimmer betrat, fand sie zu ihrer Überraschung Mack vor. Sie hatte gedacht, er hätte sie nur im Krankenhaus abgesetzt, doch jetzt blätterte er in einem Comic, während Tony schlief.

„Bist du schwer am Lesen?“, neckte sie ihn. „Allmählich glaube ich, dass du nur herkommst, um dir Comics anzusehen.“

„Leider nein“, entgegnete er. „Du bist der Grund, Doc. Das solltest du nach unserem Gespräch von vorhin wissen.“

Sie wollte schon antworten, merkte jedoch, dass Tonys Augenlider zuckten. Er stellte sich nur schlafend. „Wir reden später darüber“, sagte sie zu Mack.

„Ach Dr. Beth, gerade wenn es interessant wird“, klagte Tony.

„Ich dachte, du schläfst“, meinte Mack überrascht.

„Habe ich, aber dann bin ich aufgewacht.“ Tony lächelte Mack schelmisch an. „Ich wusste doch, dass du Dr. Beth magst. Das habe ich auch zu meiner Mom gesagt.“

„Weißt du, mein Junge, mein Liebesleben geht dich nichts an“, hielt Mack ihm vor.

„Warum denn nicht?", fragte Tony. „Sind wir nicht alle Freunde?"

„Doch, die meisten Erwachsenen möchten das allerdings selbst in die Hand nehmen", erklärte Beth.

„Aber ihr habt viel zu lange gebraucht", wandte Tony ein.

„Wer sagt das?", fragte Mack.

„Ich", erwiderte der Junge. „Und du weißt, dass ich nicht ewig Zeit habe."

Tony sagte das ganz lässig, doch Mack sah plötzlich drein, als hätte ihm jemand einen Schlag versetzt, und auch Beth wirkte betroffen.

„Das kannst du nicht wissen", wandte sie heftig ein und kämpfte gegen die aufsteigenden Tränen an. „Ich lasse nicht zu, dass du dich selbst aufgibst."

Tony griff nach ihrer Hand. „Ist schon gut, Dr. Beth. Ich gebe Ihnen keine Schuld."

„Darum geht es nicht. Du wirst dich erholen. Du musst nur daran glauben."

„Es ist ja nicht so, als wollte ich sterben", erwiderte der Junge ernst. „Aber manchmal muss man sich mit den Tatsachen abfinden."

„Und Tatsache ist, dass wir nicht wissen, was geschehen wird", hielt sie ihm vor. „Du hast Peyton und mich, deine Mom und Mack und noch viele andere Menschen, die für dich da sind." Sie zeigte auf ein buntes Bild, das die Kinder in seiner Schule gezeichnet hatten und das seinem Bett gegenüber an der Wand hing. „Sieh dir das an. Deine Klassenkameraden stehen ebenfalls hinter dir."

Tony lehnte sich seufzend zurück. „Ich weiß, aber manchmal habe ich das Gefühl, dass es Zeit ist, loszulassen." Er wandte sich an Mack. „Weißt du, was ich meine?"

Mack rückte ans Bett heran und griff nach Tonys schmaler Hand. „Man braucht sehr viel Mut, um gegen diese Krankheit anzukämpfen", erklärte er ruhig. „Und du, Tony, bist der mutigste Mensch, den ich jemals kennengelernt habe." Er warf Beth einen Blick zu. „Es ist aber keine Schande, wenn es einem reicht und man ‚Genug' sagt. Das nimmt dir niemand übel."

Beth wollte Mack anschreien, weil er so etwas aussprach, doch sie wusste, dass er recht hatte und dass Tony genau das von seinem Helden hören musste. Sie hielt den Atem an und hoffte inständig, es wäre für Tony noch nicht so weit.

Mack drückte dem Jungen die Hand und setzte ihm die Mütze fester auf den kahlen Kopf. „Aber soll ich dir was sagen?", fragte er sanft. „Ich bin überzeugt, dass Doc Beth weiß, wovon sie redet. Es ist zu früh, um aufzugeben."

Ein Hoffnungsschimmer tauchte in Tonys Augen auf. „Glaubst du wirklich?"

„Ja, wirklich", bestätigte Mack. „Ich bin überzeugt, dass du noch eine Menge Kraft hast. Und ich verspreche dir, dass ich ständig bei dir sein werde. Wenn der Tag kommt, an dem du keine Behandlung mehr erträgst, sagst du es, klar?"

Tony nickte. „Und du sorgst dann dafür, dass meine Mom nicht allzu traurig ist?"

Mack räusperte sich und wich Beths Blick aus. Sie merkte, dass er mit den Tränen kämpfte.

„Man kann Mütter nicht daran hindern, traurig zu sein", erwiderte Mack, „aber sie verstehen einen immer."

Tony richtete sich mühsam auf und schmiegte sich an Mack. „Ich habe dich lieb", flüsterte er.

Beth sah, wie Mack den Jungen an sich drückte, verstand jedoch nicht, was er antwortete. Aber das war gar nicht nötig. Auch dieses Mal hatte er sicher genau das Richtige gesagt.

In diesem Moment tiefster Verzweiflung, in dem ihr Herz für Tony brach, fühlte sie etwas anderes. Und endlich musste sie sich eingestehen, dass sie haltlos in Mack Carlton verliebt war.

12. KAPITEL

Mack sah alles nur verschwommen, während er überstürzt das Krankenhaus verließ. So ohnmächtig hatte er sich noch nie gefühlt, und er hasste diese Schwäche.

Betroffen stellte er fest, dass Tony seine gesamte Abwehr durchbrochen hatte. Zuerst hatte Mack etwas Gutes tun wollen, danach hatte er durch die Besuche Beth weiterhin sehen können, aber jetzt hatte er echte und tiefe Gefühle für den Jungen entwickelt.

Er war fast schon beim Wagen, als er Beths Rufen hinter sich hörte, stehen blieb und auf sie wartete.

„Ich kann jetzt nicht darüber sprechen", sagte er tonlos, als sie ihn einholte.

„Ich weiß, wie du dich fühlst", entgegnete sie.

„Ich sagte doch, dass ich nicht darüber sprechen kann", wiederholte er.

„Mack, du hast das eben großartig gemacht", fuhr sie trotzdem fort. „Du hast ihn ermutigt, ohne etwas zu beschönigen, und du hast Tony vor allem ernst genommen. Das ist schwer, aber er braucht jemanden, der ehrlich zu ihm ist und ihn nicht abwehrt, wenn er ausspricht, was er empfindet. Er hat wirklich Glück, dich gefunden zu haben."

Glück? Wenn sie das so sah, war sie verrückt. Tony brauchte nicht ihn, Mack, sondern ein Wunder. Er betrachtete sie durch seine Sonnenbrille, die er aufgesetzt hatte, damit sie die Verzweiflung in seinen Augen nicht sehen konnte, und holte tief Atem. „Du hast keine Ahnung, was mich das gekostet hat."

„Doch", widersprach sie sanft. „Meinst du, mir ergeht es nicht täglich wie dir? Ich darf aber nicht an mich denken, sondern muss mich auf die Kinder konzentrieren. Das Schlimmste ist, wenn sie sich isoliert fühlen, weil sich niemand ihre Ängste anhört. Die Eltern wollen oft die Wahrheit nicht wissen. Dadurch entsteht eine Mauer des Schweigens, und irgendwann hat niemand mehr auch nur die Chance, sich zu verabschieden."

Mack seufzte. „Weißt du eigentlich, wie sehr ich dich bewundere und respektiere?", fragte er und hätte sie am liebsten an sich gezogen, um sie zu trösten. „Was du tust, ist wichtig, und du überstehst alles."

„Du hast keine Ahnung, wie viele Kaffeetassen ich pro Jahr verbrauche“, gestand sie. „Nur gut, dass mein Büro ziemlich abgelegen ist. So erfährt niemand, wie viel Geschirr ich zerschmeiße.“

Er merkte, dass sie die Stimmung auflockern wollte. „Hilft es?“

„Gar nicht.“

„Hilft etwas anderes?“

„Erfolge“, entgegnete sie spontan, ohne zu überlegen. „Jeder noch so kleine Sieg treibt mich wieder an.“

„Tony könnte jetzt auch einen Sieg brauchen“, stellte er fest.

„Den bekommt er. Daran glaube ich ganz fest.“

„Von tiefstem Herzen?“, fragte er. „Oder weil du nur so morgens aufstehen kannst?“

„Wahrscheinlich beides“, erwiderte sie seufzend. „Kann ich etwas für dich tun? Möchtest du zum Abendessen zu mir kommen, oder sollen wir ins Kino gehen, uns einen netten Film ansehen und für zwei Stunden die bittere Wirklichkeit vergessen?“

Mack schüttelte den Kopf. Er brauchte ihre Nähe, doch das machte ihm gleichzeitig Angst, und genau wie Beth war er daran gewöhnt, allein mit seinen Gefühlen fertig zu werden.

Sie nickte. „Ruf mich an, wenn du es dir anders überlegst.“

„Danke.“ Er drückte ihr einen Kuss auf die Stirn. „Schlaf dich heute Nacht aus. Morgen früh hörst du von mir.“

Er fühlte, dass sie noch dastand, als er wegfuhr, und geriet in Versuchung, umzukehren. Sie hätten sich aneinanderklammern können, doch letztlich brauchten sie etwas anderes.

Sie brauchten einen Hoffnungsschimmer für Tony – oder Kraft, falls sie ihn verlieren sollten.

Beth sah Mack nach. Sie verstand, warum er allein sein wollte, aber er hatte unendlich traurig ausgesehen. Impulsiv griff sie nach dem Handy und wählte Melanie Carltons Nummer.

„Beth!“, rief Melanie fröhlich. „So bald habe ich nicht mit Ihrem Anruf gerechnet.“

„Eigentlich rufe ich wegen eines Gefallens an“, erwiderte Beth und erklärte, was mit Tony los war und wie sich das auf Mack auswirkte. „Könnten Sie Richard dazu bringen, nach ihm zu sehen? Er will zwar allein sein, aber ich glaube, er könnte seinen Bruder jetzt brauchen.“

„Sicher“, versprach Melanie sofort. „Warten Sie einen Moment, ich rufe Richard an. Dann können wir beide Pläne machen. Sie brauchen bestimmt auch ein offenes Ohr."

„Danke."

Melanie meldete sich kurz darauf wieder. „Erledigt", berichtete sie. „Richard verständigt Ben und macht sich dann auf die Suche nach Mack. Und er wird sich nicht abweisen lassen."

„Ich wusste, dass ich mich auf Sie verlassen kann."

„Jederzeit", versicherte Melanie. „Da die Jungs beschäftigt sind, könnten wir doch zusammen essen gehen. Was halten Sie davon?"

Beth war erschöpft, aber durch Melanie konnte sie vielleicht den Mann besser kennenlernen, dem sie ihr Herz geschenkt hatte. „Sagen Sie mir, wann und wo."

„Ich komme zu Ihnen. In Georgetown gibt es ein Lokal, das Richard und ich lieben." Sie nannte ein Restaurant in der Nähe von Beths Haus. „Dort könnten wir uns um sieben treffen. Einverstanden?"

„Perfekt."

„Und ich werde keine neugierigen Fragen stellen", fügte Melanie hinzu. „Natürlich höre ich mir aber gern alles an, was Sie über sich und Mack zu erzählen haben."

Beth lachte über Melanies Versuch, nicht zu viel Neugierde zu zeigen. „Ich werde Sie an Ihr Versprechen erinnern."

„Ach Mist", entgegnete Melanie, „dann muss ich Sie mit Wein abfüllen, bis Sie mein Versprechen vergessen."

„Dachte ich es mir doch."

„Trotzdem wollen Sie sich mit mir treffen? Sie sind eine tapfere Frau", fand Melanie.

„Nicht tapfer, aber überzeugt, dass ich mit Ihnen fertig werde. Bei Destiny bin ich mir da nicht so sicher."

„Dann schlage ich nicht vor, dass wir sie auch einladen", scherzte Melanie. „Außerdem ist es schön, ausnahmsweise noch vor Destiny zu erfahren, was sich in dieser Familie tut. Die Tante meines Mannes hat ihre Augen und Ohren einfach überall."

„Ach ja, erinnern Sie mich, dass ich Sie wegen Pete Forsythe etwas frage", bat Beth.

„Das kann ich Ihnen gleich sagen. Destiny ist für den Artikel verantwortlich. Darauf würde ich mein erstes Kind verwetten, und das sage ich angesichts meines Zustandes nicht leichtfertig."

„Mack war sich in dem Punkt auch sicher. Wir haben Destiny heute gesucht, aber sie hat sich an den üblichen Orten nicht gezeigt."

„Das glaube ich nicht", erwiderte Melanie lachend. „Bestimmt hat sie nur die Leute bestochen zu sagen, sie wäre nicht da. Alle, die für sie arbeiten, himmeln sie an und würden sie bis zum letzten Atemzug beschützen, sogar vor ihren eigenen Angehörigen."

„Offenbar ist sie eine bemerkenswerte Frau."

„Bemerkenswert und hinterhältig", bestätigte Melanie. „Sie können es keinesfalls mit ihr aufnehmen, schon gar nicht in Ihrer gegenwärtigen Stimmung. Beim Essen arbeiten wir einen Plan aus, wie wir Sie stärken. Bis nachher."

Beth fühlt sich schon besser, als sie noch einmal in Tonys Zimmer ging. Bevor sie das Krankenhaus verließ, überzeugte sie sich stets gern davon, dass Maria Vitale hier war.

Als sie die Tür einen Spaltbreit öffnete, spielten Maria und Tony gerade Scrabble und bemerkten sie nicht. Darum zog sie sich lautlos zurück.

Mack vermutete sofort, dass Beth dahintersteckte, als Richard anrief und einen Männerabend vorschlug. Das hatte sein Bruder früher selten getan und seit der Hochzeit gar nicht mehr. Und Ben kam nur von seiner abgelegenen Farm in Middleburg, wenn es eine Krise gab oder wenn Destiny einen Befehl erteilt hatte.

Da Richard keinen Protest duldete, fügte Mack sich widerstrebend und fuhr zu einem überlaufenen Restaurant, das zwischen Alexandria und Middleburg lag.

„Warum sind wir hier?", wollte er wissen und verzog das Gesicht wegen des Lärms. Sein Bruder hatte einen Tisch im hinteren Teil des Restaurants besetzt, Ben dagegen war noch nicht eingetroffen.

„Weil Ben chinesisch essen möchte und er eine Entschädigung dafür verdient hat, dass er so schnell herkommt", erklärte Richard. „Außerdem kann man sich in einem solchen Lokal unmöglich über ernsthafte Themen unterhalten. Man kann nur plaudern, und das ist dir bestimmt lieber."

Mack nickte. „Je banaler, desto besser."

„Vermutlich willst du mir vor Bens Ankunft nicht erzählen, was sich in deinem Leben abspielt?"

„Nein. Ich will einen Drink."

Richard gab der Kellnerin ein Zeichen. „Scotch?"

„Einen doppelten", bestätigte Mack.

Sobald die Kellnerin wieder gegangen war, traf Ben ein. „Was ich nicht alles für dich tue", sagte er zu Richard, setzte sich und musterte Mack. „Alles in Ordnung mit dir?"

Mack nickte. „Ich mache dir einen Vorschlag. Ich frage dich nicht, wie es dir geht, und du fragst mich nicht."

„Abgemacht", stimmte Ben sofort zu.

Richard schüttelte den Kopf. „Ich wette mit euch, dass Melanie und Beth sich gerade gegenseitig ihr Herz ausschütten, während wir hier sitzen. Worüber eigentlich? Football, Korruption in der Politik oder Terrorismus?"

Mack sah seinen Bruder betroffen an. „Beth trifft sich mit deiner Frau?"

„Aber sicher", erwiderte Richard. „Melanie konnte es kaum erwarten und rechnet mit gewaltigen Enthüllungen."

Ben lachte Mack ins Gesicht. „Bruderherz, du bist verraten und verkauft. Finde dich damit ab und such dir schon ein Muster fürs Geschirr aus."

„Du kannst mich mal", erwiderte Mack. „Außerdem ist es ja nicht so, als wäre Beth mit Destiny zusammen. Das wäre wirklich katastrophal. Andererseits hat Beth sich gewaltig geärgert, dass Destiny diesem Pete Forsythe einen Tipp gegeben hat. Im Moment würde sie Destiny gehörig die Meinung sagen."

„Um das zu erleben, würde ich sogar Eintritt bezahlen", versicherte Richard.

„Sollte es dazu kommen, reserviere ich dir einen Sitzplatz in der ersten Reihe", versprach Mack.

Er wollte gerade nach seinem Glas greifen, als Ben die Augen weit aufriss und Richard der Mund offen stehen blieb. Mack drehte sich um und sah ein vollbusiges Model, mit dem er sich vor einigen Monaten getroffen hatte, auf sie zukommen. Cassandra war aufregend, spärlich bekleidet und hemmungslos. Sie trat zu ihm und gab ihm einen Kuss, der normalerweise die tollsten Fantasien in ihm geweckt hätte.

„Hey, Darling", grüßte sie mit sinnlicher Stimme und ignorierte seine Brüder. „Du hast mir gefehlt."

Mack versuchte, ihre Hand festzuhalten, mit der sie zielstrebig seine Gürtelschnalle ansteuerte. „Cass, ich möchte dir meine Brüder vorstellen. Richard, Ben, das ist Cassandra."

Sie war sichtlich erstaunt, dass er sie nicht heißer begrüßte. „Freut mich", bemerkte sie dann knapp und warf beiden einen Blick zu. „Bis bald, Mack."

Damit drehte sie sich schmollend um, und der kurze Rock bedeckte kaum ihren sagenhaften Po, als sie sich entfernte. Richard und Ben starrten ihr nach und wandten sich dann an Mack.

„Hast du aber ein schweres Leben", spottete Richard.

„Diese Frauen, diese allgemeine Beachtung und dann auch noch die Medien!" Ben schüttelte mitfühlend den Kopf. „Wirklich, das ist ein Fluch."

Mack griff nach seinem Glas. „Wisst ihr zwei eigentlich, dass ich zu Hause sitzen und allein trinken könnte? Dann müsste ich mir nicht solchen Quatsch anhören."

„Aber möchtest du das denn auch?", fragte Richard vergnügt. „Hier bekommst du brüderliche Liebe, chinesisches Essen und eine ausgezeichnete Show."

„Eine Frau, die kurz Hallo sagt, ist noch keine ausgezeichnete Show", widersprach Mack.

„Wie wäre es dann mit drei Frauen?", fragte Ben und deutete zu zwei Frauen, die zu ihnen kamen. „Mann, das macht vielleicht Spaß!"

Mack blickte den beiden so finster entgegen, dass sie die Richtung änderten. Wenigstens die zwei kannte er nicht.

Mack liebte seine Brüder und war ihnen dankbar, dass sie ihn aufheitern wollten, aber es reichte ihm. Er hätte Beths Angebot annehmen und den Abend mit ihr verbringen sollen. Vielleicht war es noch nicht zu spät, und er brachte sie dazu, Melanie zu ihrem verräterischen Ehemann zu schicken. Leider war Beth nicht wie er und würde keine Verabredung platzen lassen. Das bedeutete aber nicht, dass er hierbleiben musste.

Er stand auf. „Leute, ich mag euch beide, und ich bin euch auch dankbar, aber ich muss weg."

„Wohin willst du?", fragte Richard.

„Weg von diesen Frauen, die nur auf der Jagd sind."

Richard und Ben starrten ihn fassungslos an.

„Er ist tatsächlich verliebt“, stellte Ben fest.

„Sieht so aus“, bestätigte Richard.

„Ach, ihr könnt mich mal“, wiederholte Mack.

Nachdem er die Flucht ergriffen hatte, gestand er sich ein, dass seine Brüder recht hatten. Er war in Beth verliebt. Nun wartete er darauf, dass die übliche Panik einsetzte, doch stattdessen empfand er Erleichterung, weil er endlich begriffen hatte, was er fühlte.

„Mal sehen, was nun wird“, sagte er während der Heimfahrt und lächelte breit. Vielleicht hatte Destiny es ja doch richtig gemacht, aber im Moment war er noch so zornig auf sie, dass er ihr das auf keinen Fall sagen würde.

Mack schlief tief, als ihn das Klingeln des Telefons neben dem Bett weckte. „Ja, was?“, brummte er in den Hörer.

„Was ist dir da bloß eingefallen?“, fragte Destiny dermaßen scharf, dass er sofort hellwach war.

„Was ist los?“, fragte er und setzte sich auf.

„Hast du die Zeitung noch nicht gesehen?“

„Du hast mich geweckt.“

„Hol dir die Zeitung und ruf mich an, sobald du Pete Forsythes Artikel gelesen hast“, erwiderte sie und legte auf.

So zornig hatte er seine Tante schon lange nicht mehr erlebt. Er zog eine Jeans an, holte die Zeitung ins Haus und schlug die Klatschseite auf.

Die Schlagzeile stach ihm sofort ins Auge: *MACK IST WIEDER DA!*

„Vielleicht waren die Berichte über Mighty Mack Carltons Interesse an einer bekannten Ärztin voreilig“, las er halblaut. „Gestern Abend hat unser Fotograf Mack mit einer alten Flamme, dem Supermodel Cassandra Wells, entdeckt.“

Mack starrte auf das Foto. Sicher, das war er, und Cassandra beugte sich über ihn. Der Fotograf hatte so gestanden, dass seine Brüder nicht zu sehen waren. Jetzt verstand Mack, wieso Destiny zornig war.

Er griff zum Telefon und rief Destiny an. „Es ist nicht, wie es aussieht“, korrigierte er ohne Einleitung.

„Haben sie das Foto vielleicht gefälscht?“, fragte sie schneidend.

„Nein, aber sie haben Richard und Ben weggelassen.“

„Deine Brüder waren dabei?"

„Ja."

„Dann sollte ich mit beiden über anständiges Benehmen in der Öffentlichkeit sprechen", stellte sie fest.

„Destiny, für eine solche Lektion sind wir alle eindeutig zu alt."

„Offenbar nicht. Wie willst du das denn Beth erklären? Sie ist bestimmt am Boden zerstört. Du hast sie öffentlich gedemütigt. Erst gestern …"

„Destiny", fiel er ihr ins Wort, „darüber will ich jetzt nicht reden. Wenn überhaupt jemand dafür verantwortlich ist, dass Beth gedemütigt wurde, sind wir uns alle einig, dass du das bist. Pete Forsythe hätte nichts von ihr erfahren, hättest du ihm keinen heißen Tipp gegeben."

Endlich seufzte sie tief. „Du hast recht, wahrscheinlich war das ein Fehler."

„Wahrscheinlich? Ganz sicher war das ein Fehler", fauchte er.

„Mein Lieber, dann frage ich dich eben noch ein letztes Mal: Warum verabredest du dich weiterhin mit ihr? Ich hatte gehofft, du würdest es endlich ernst meinen, und jetzt triffst du dich wieder mit einer alten Flamme."

„Hast du mir eigentlich nicht zugehört? Ich habe mich nicht mit ihr getroffen. Cassandra war höchstens eine Minute bei mir am Tisch und hat mir diesen Kuss gegeben. Das hat nichts mit Beth zu tun. Allerdings kann ich von Glück sagen, wenn sie mich überhaupt noch ansieht."

„Kann ich dir helfen?"

„Nein, du hast dich schon genug eingemischt. Ich erledige das."

„Mack, bevor du zu Beth fährst, solltest du dir genau überlegen, was du wirklich willst. Es ist nicht richtig, wenn du sie irreleitest und ihr dein Herz nicht öffnest. Dann wäre es besser, du würdest sie gehen lassen."

„Willst du, dass ich mit ihr Schluss mache?"

„Nein, natürlich nicht, aber vielleicht wäre es das Beste. Was dieses Foto angeht, so tut es mir leid, dass ich falsche Schlüsse gezogen habe. Es hat mich nur zornig gemacht, dich mit einer so nichtssagenden Person zu sehen, wenn du eine Frau von Beths Qualitäten haben kannst. Doch letztlich ist das deine Entscheidung."

„Danke für deine Fürsorge, aber überlass jetzt bitte alles mir."

„Wie du willst", erklärte sie nachgiebig.

„Danke", sagte er und war überzeugt, dass diese Nachgiebigkeit höchstens vierundzwanzig Stunden anhalten würde. „Ich hab dich lieb."

„Ich dich auch, Mack."

Gleich danach bestellte er telefonisch ein Dutzend weiße Rosen, die als Friedensangebot zu Beth ins Krankenhaus geschickt werden sollten.

Es bestand die vage Hoffnung, dass Beth die Zeitung nicht gesehen hatte und nicht wusste, warum er sich entschuldigen wollte. Unter den Umständen verschafften ihm die Rosen Pluspunkte und vielleicht eine weitere Nacht in Beths Bett statt einer Vase auf dem Kopf.

13. KAPITEL

Als Beth nach der Morgenvisite ihr Büro betrat, fand sie einen Strauß herrlicher weißer Rosen in einer Kristallvase auf dem Schreibtisch vor. Jason saß in ihrem Sessel, hatte die Beine auf den Tisch gelegt und sah ihr grimmig entgegen.

„Was ist? Es ist doch nichts mit einem der Kinder passiert? Vorhin war der Zustand aller Patienten stabil."

Er schüttelte den Kopf. „Es geht nicht um die Kinder. Setz dich."

„Du sitzt in meinem Sessel."

Er wechselte auf den Stuhl neben dem Schreibtisch und warf einen missmutigen Blick auf die Blumen.

„Also, ich sitze", sagte Beth. „Was ist los, Jason?"

„Wir sollten über Mack reden."

„Geht es um die Karten, auf die du so scharf bist?"

„Vergiss die verdammten Karten! Du solltest dich nicht mehr mit ihm treffen."

Ein Heiratsantrag von Jason hätte sie nicht mehr überraschen können. „Warum nicht?"

„Muss ich es dir erst sagen?", fragte er wie ein Junge, der petzen wollte.

„Ja, Jason, du musst. Worum geht es?"

„Er ist nicht gut genug für dich. Du bist ein anständiger Mensch, ein großartiger Mensch, aber er ist ... er ist ein Playboy und ein Schuft und ein ... Wie heißt das? Ja, ein Wüstling!"

Beth schüttelte lächelnd den Kopf. „Darin waren wir uns doch schon einig, bevor er dieses Krankenhaus das erste Mal betreten hat."

„Ich meine, das alles ist er noch immer", erklärte Jason verzweifelt. „Obwohl angeblich zwischen euch etwas läuft."

„Und woher weißt du das?", fragte sie, als sie endlich begriff, was er meinte.

Er zog eine zusammengefaltete Zeitungsseite aus der Tasche und reichte sie ihr. „Das erklärt vermutlich die Blumen."

Beth betrachtete das Foto. Offenbar war Mack nicht mit seinen Brüdern zusammen gewesen, sondern hatte sich wesentlich wirkungsvoller aufzumuntern gewusst. Sie zerknüllte das Blatt und warf es in den Papierkorb. Der Stolz verlangte von ihr, sogar vor ihrem guten

Freund Haltung zu bewahren.

„Und?“, fragte sie lässig.

„Ist es dir egal, dass er mit einem Model ausgegangen ist?“, fragte Jason ungläubig.

„Er hat sich in keiner Weise an mich gebunden“, erklärte sie, obwohl ihr das Herz brach. „Außerdem kann es eine völlig harmlose Erklärung für dieses Bild geben.“

„Warum schickt er dann die Blumen? Er ist schuldig, Beth. Ich weiß, wie Männer denken.“

Stirnrunzelnd betrachtete sie den Strauß, der tatsächlich mehr oder weniger ein Schuldgeständnis war. Wäre Jason nicht hier gewesen, hätte sie die Vase wahrscheinlich gegen die Wand geschleudert. Andererseits war es vielleicht ganz nett, sie für Macks Dickschädel aufzuheben.

Ihr Handy klingelte. Das Display zeigte Macks Nummer an, doch in Jasons Beisein konnte sie den Anruf nicht annehmen.

„Meldest du dich nicht?“, fragte Jason.

„Nein.“

„Es ist Mack, nicht wahr? Aufschieben bringt nichts.“

„Was schlägst du denn vor?“, fragte sie verärgert. „Soll ich ihm vielleicht sagen, dass er ein gemeiner Mistkerl ist, ohne ihm eine Chance für eine Erklärung zu geben? Wenn du zuhörst, kann ich nichts anderes sagen, sonst würdest du jeden Respekt vor mir verlieren.“

„Nein, würde ich nicht“, wehrte Jason betroffen ab. „Ich bin dein Freund, wie immer du dich auch entscheidest. Und eine Weile habe ich auch gedacht, dass es mit euch klappt.“

Beth zuckte mit den Schultern. „Wir alle wussten, dass ich nicht sein Typ bin, aber in Krisensituationen fühlen sich oft die unpassendsten Menschen zueinander hingezogen. Das ist allerdings nie von langer Dauer.“

„Akzeptierst du das wirklich dermaßen ruhig?“, fragte Jason skeptisch.

Sie rang sich zu einem matten Lächeln und einer ehrlichen Antwort durch. „Was bleibt mir denn anderes übrig?“ Schließlich hätte es ihrem Berufsethos widersprochen, Mack kaltblütig umzubringen.

Da Beth keine Anrufe annahm, hatte sie das Foto also vermutlich gesehen. Mack konnte es kaum erwarten, endlich aus seinem Büro zu verschwinden, aber der Anwalt und der Agent, die mit ihm am Tisch saßen, wollten den Vertrag für den unbedingt benötigten Verteidiger abschließen. Zum Glück waren sie inzwischen fast fertig.

Mack warf einen Blick auf die Unterlagen. Wahrscheinlich hätte er noch handeln können, aber im Moment war ihm das gleichgültig. „Meine Herren, wir sind uns einig."

Die beiden waren zuerst überrascht und dann begeistert.

„Ich dachte schon, Sie würden um jeden Cent feilschen", rief Sportagent Lawrence Miller aus. „Schön, mit Ihnen zu verhandeln."

„Mit anderen Worten, ich habe mir von Ihnen Daumenschrauben ansetzen lassen", folgerte Mack lächelnd. „Keine Sorge, das passiert kein zweites Mal. Wenn Sie mich jetzt entschuldigen, ich muss weg."

„Es war ein Vergnügen, mit Ihnen dieses Geschäft zu machen", erklärte Anwalt Jerry Warren. „Sie haben soeben einen tollen Spieler bekommen."

„Glauben Sie, das wüsste ich nicht? Aber bevor Sie jetzt vor Stolz platzen, eine kleine Information: Ich wäre bereit gewesen, noch eine Million als Bonus draufzulegen."

Ehe die beiden sich erholten, verließ er den Raum und ging zielstrebig zum Aufzug. Es war fast vier Uhr, und vielleicht traf er Beth in Tonys Zimmer. Vor den Augen des Jungen würde sie kaum seinen Kopf auf einem Tablett verlangen.

Beth untersuchte Tony gerade, als sie Mack in der Tür entdeckte. Augenblicklich schlug ihr Herz schneller, obwohl sie sich schon den ganzen Tag einredete, dass er ihr eigentlich nie etwas bedeutet hatte.

„Du musst später wiederkommen", erklärte sie steif.

„Ach Dr. Beth, schicken Sie Mack nicht weg", wandte Tony matt ein. „Ich habe auf ihn gewartet."

„Ich stehe direkt vor der Tür", versprach Mack, „und ich komme herein, sobald ich darf."

Beth begriff genau, was er meinte. Sie wurde ihn nicht so einfach los. „Na, dann komm schon herein", lenkte sie widerstrebend ein. „Ich bin sowieso fast fertig." Als er eintrat, schlug ihr Herz jedoch regelrecht Purzelbäume, weil er so gut aussah in dem hellgrauen Anzug mit Seidenhemd und der dunkelblauen Krawatte.

Nachdem sie einige Eintragungen auf Tonys Patientenblatt gemacht hatte, drehte sie sich um und fand den Weg durch Mack versperrt.

„Hast du die Blumen bekommen?“, fragte er.

„Du hast Dr. Beth Blumen geschickt?“, fragte Tony und bekam leuchtende Augen. „Das ist ja irre. Warum haben Sie mir das nicht erzählt, Dr. Beth?“

Mack lächelte ihm zu. „Vielleicht hat sie gedacht, dass dich das nichts angeht.“

„Vielleicht habe ich der Sache keine große Bedeutung beigemessen“, bemerkte sie.

„Wir müssen reden“, erwiderte er leise.

„Ich glaube nicht, dass es noch etwas zu reden gibt.“

„Beth, bitte!“, drängte er. „Du schuldest mir eine Chance, dir alles zu erklären.“

„Ich … schulde dir eine Chance?“

„Ja, uns beiden. Ich könnte in einer Stunde zu dir kommen und Essen mitbringen. Dann reden wir in Ruhe und regeln alles, bevor diese alberne Situation außer Kontrolle gerät.“

Am liebsten hätte Beth glatt abgelehnt, doch der Anstand erforderte, dass sie ihm zuhörte. „Vergiss das Essen, aber du kannst vorbeikommen. Allerdings wird das nichts ändern.“

„Mag sein, aber ich muss es wenigstens versuchen.“ Er legte ihr einen Finger unters Kinn und sah ihr in die Augen. „Es ist wichtig, Beth, sehr wichtig.“

Sogar unter dieser harmlosen Berührung prickelte ihre Haut. Mochte sie auch noch so verletzt und zornig sein, es gelang ihm doch immer noch, zu ihr vorzudringen. Eigentlich hätte sie ihn abweisen und ihr Herz schützen sollen. Nur war es dafür schon zu spät.

Mack redete nun schon, seit er zur Tür hereingekommen war, und Beth hatte ihm zugehört, aber sie wehrte sich verzweifelt gegen den Wunsch, nachzugeben und seine Entschuldigung anzunehmen.

„Begreifst du denn gar nichts?“, fragte er schließlich heftig. „Der Vorfall war völlig harmlos. Ich war nicht mit Cassandra aus. Sie ist kaum eine Minute am Tisch geblieben, und Ben und Richard waren dabei. Sie können es bestätigen.“

„Das hast du bereits erklärt, aber es wird wieder passieren, Mack. Diese Cassandra ist nur die Spitze des Eisberges, und ich kann nicht damit leben, dass die Öffentlichkeit ihre Nase in alles steckt. Ich will nicht jeden Morgen aufwachen und mich fragen müssen, was ich wohl wieder in der Zeitung finden werde."

Er nickte. „Verstehe, selbst wenn mich keine Schuld daran treffen würde. Vielleicht hatte Destiny recht."

„Inwiefern?"

„Ich habe mit ihr telefoniert, nachdem sie das Foto gesehen hat. Sie war zornig und wusste, dass du dich aufregen würdest. Darum hat sie unerwartet ihre Haltung geändert. Ich sollte keine Spielchen mit dir treiben, weil du nicht wie die anderen Frauen bist, mit denen ich mich früher getroffen habe. Sie will nicht, dass ich dir das Herz breche."

Beth fröstelte. „Vergessen wir den gestrigen Vorfall. Einverstanden? Hast du mit mir gespielt? Ich dachte, wir hätten das geklärt, aber vielleicht hat sich etwas geändert."

Er ging vor ihr in die Hocke und ergriff ihre Hände. „Das glaube ich nicht, aber ich will mich ganz klar ausdrücken: Ich bin kein Mann für immer und ewig, Beth. Das kann ich nicht. Nicht mal für dich, und bei dir bin ich in Versuchung geraten."

„Das überrascht mich kaum", erwiderte sie und zwang sich zur Ruhe. „Allein schon die Liste deiner Eroberungen erweckt diesen Eindruck", spottete sie bitter.

„Das ist kein Eindruck, sondern die Wahrheit", bestätigte er.

Beth fand Schmerz in seinem Blick. „Und das alles, weil du deine Eltern verloren hast und fürchtest, zu viel für jemanden zu empfinden und diesen Menschen dann auch zu verlieren", stellte sie fest. „Deshalb gehst du kein Risiko ein."

Er nickte. „Ich dachte, ihr Tod hätte keine Auswirkungen auf mich, aber das stimmt nicht. Immer habe ich einen Grund gefunden, um eine Beziehung abzubrechen, wenn es zu ernst wurde. Ich dachte, mit dir wäre es anders. Ich weiß, was ich für dich empfinde. Als ich das Foto sah, habe ich gefürchtet, ich könnte dich verlieren. Gleichzeitig kann ich aber auch nicht den nächsten Schritt tun."

„Welchen Schritt? Heirat?"

Erneut nickte er. „Allein schon bei dem Wort krampft sich mir der Magen zusammen", gestand er. „Und das hat bestimmt mit Verlustängsten zu tun."

Beth wusste nur zu gut, wie leer man sich fühlte, wenn man jemanden verlor. „Nun gut, das war wirklich offen", stellte sie fest.

„Wir sollten uns nicht mehr sehen“, schlug Mack vor. „Und zwar ab sofort, damit ich dich nicht noch mehr verletze, als ich es bereits getan habe.“

„Willst du das wirklich so?“, fragte sie mit erstickter Stimme.

„Nein“, gestand er.

Vor Erleichterung seufzte Beth auf. Irgendwann musste sie über alles nachdenken, aber nicht jetzt. Sie wollte Macks Arme spüren, wenn er sie an sich drückte, und sich bei ihm lebendig fühlen. Vielleicht musste sie ihn irgendwann gehen lassen, aber nicht heute.

„Also gut, ich will es auch nicht. Du scheinst übrigens vergessen zu haben, dass ich auch einen geliebten Menschen verloren habe, nämlich meinen Bruder. Ich weiß genau, wie schwer das ist und wie sehr es das Leben verändert.“

„Aber …“

Sie ließ ihn nicht zu Wort kommen. „Du warst ehrlich zu mir. Mehr schuldest du mir nicht. Ich bin eine erwachsene Frau und entscheide selbst, wann mir das Risiko zu hoch wird. Du kannst nur für dich, nicht aber für mich entscheiden.“

Besorgt strich er über ihre Wange. „Ich könnte es nicht ertragen, dir wehzutun oder dich zu enttäuschen. Das hast du nicht verdient.“

„Vielleicht wirst du beides machen“, erwiderte sie, schmiegte sich an ihn und drückte die Wange an seine. „Aber nicht heute Abend, sofern du bei mir bleibst und mich liebst.“

Er betrachtete sie und lächelte zärtlich. „Ich denke, Liebling, darüber könnten wir reden.“

Einige Tage später saß Mack in seinem Büro, als sich seine Sekretärin bei ihm meldete.

„Dr. Browning ist am Telefon. Es sei dringend.“

Hastig griff er zum Hörer. „Beth, was ist? Alles in Ordnung mit dir?“

„Es geht um Tony“, antwortete sie ungewohnt kühl und beherrscht. „Es geht ihm schlechter.“

Mack hielt alle Fragen zurück. „Ich bin schon unterwegs“, versprach er und bekam Herzklopfen. „Halte durch, Beth, und sag Tony, dass er auch durchhalten soll.“

„Beeil dich, Mack!“

14. KAPITEL

Ohne eine Knochenmarkspende hat er nicht die geringste Chance", erklärte soeben ein ihm unbekannter Arzt, als Mack eintraf. Beth, Peyton und Jason standen auf dem Krankenhauskorridor im Halbkreis dem Kollegen gegenüber. „Hätten wir ein Transplantat, könnten wir ihn mit einer hoch dosierten Chemotherapie vorbereiten. Das ist im Moment die einzige Möglichkeit."

„Kein Treffer auf der Spenderliste?", fragte Beth in dem gleichen kühlen Ton wie am Telefon, als würde sie über einen Fremden und nicht über einen Jungen sprechen, den sie sehr liebte.

Jason gab Mack ein Zeichen, zu ihnen zu kommen. Mack trat hinter Beth und legte ihr die Hand auf die Schulter, woraufhin sie ihm einen dankbaren Blick zuwarf.

Im weiteren Verlauf der Besprechung entdeckte Mack die Mutter des kleinen Patienten, Maria Vitale. Sie stand vor Tonys Zimmer, hatte die Stirn an die Wand gelehnt, und ihre Schultern bebten. Noch nie hatte er einen so traurigen und einsamen Menschen gesehen. Da er hier im Moment nichts tun konnte, beschloss er, Maria beizustehen.

Er raunte Beth ein paar erklärende Worte zu, und sie nickte.

Mack entfernte sich widerstrebend von ihr und ging zu Tonys Mutter. „Maria", sagte er leise.

Mit Tränen in den Augen sah sie ihn an. „Ach Mack, ich bin so froh, dass Sie hier sind. Ich ertrage es nicht mehr. Er gibt auf. Er hat mir gesagt, Sie würden das verstehen, und wenn es Zeit wäre, ihn gehen zu lassen, würden Sie mich dazu bringen. Aber ich kann ihn nicht gehen lassen. Er ist doch mein Kind. Wie kann ich das tun?"

„Maria, es liegt nicht in unseren Händen", erinnerte er sie sanft. „Es gibt ein Schicksal, und darauf haben wir keinen Einfluss."

„Aber wie kann der Himmel mir meinen Jungen nehmen?", fragte sie schluchzend. „Tony ist alles, was ich habe."

Darauf fiel Mack keine Antwort ein. „Was hat Dr. Browning gesagt?"

„Dass ohne baldige Übertragung von Knochenmark keine Chance mehr besteht. Es gibt allerdings keinen Spender. Ich würde für meinen Jungen mein Leben opfern, aber sie haben festgestellt, dass ich nicht kompatibel bin. Und sein Vater hat ihm nie irgendetwas gegeben. Ich weiß nicht mal, wo er ist."

„Gibt es andere Angehörige?"

„Keine, die nahe genug verwandt wären."

Mack fiel endlich ein, was er schon vor Wochen hätte tun können. Er drückte Maria die Hand. „Vielleicht kann ich Tony etwas Hoffnung geben. Gehen Sie wieder zu ihm, Maria, und reden Sie mit ihm. Sagen Sie ihm, dass Sie ihn lieben und dass ich bald zu ihm komme. Er soll wissen, dass Sie für ihn da sind und dass sich viele andere Menschen für ihn einsetzen."

Sie nickte und wischte sich die Tränen von den Wangen. „Ich bin nur gegangen, damit er mich nicht weinen sieht. Er will nicht, dass ich seinetwegen weine. So ist er. Um mich macht er sich Sorgen, nicht um sich selbst."

„Dann keine Tränen mehr", munterte Mack sie auf. „Noch ist nicht alle Hoffnung verloren."

Maria lächelte traurig. „Sie sind ein guter Freund, Mack. Ich werde nie vergessen, dass Sie täglich für ihn da waren. Für ihn ist ein Traum wahr geworden, und wenn das seine letzten Tage sein sollten, haben Sie daraus glückliche Tage gemacht."

Mack winkte ab. „Vielleicht kann ich etwas wirklich Wichtiges für ihn tun."

Während Maria das Zimmer betrat, warf Mack einen Blick auf Tony. Der Junge war blasser als je zuvor und hielt die Augen geschlossen.

Rasch lief Mack auf einen Ausgang zu, um das Handy benutzen zu können. Vielleicht war es zu spät, aber er musste etwas unternehmen.

In Gedanken erstellte er bereits eine Liste, während er den Korridor hinuntereilte. Beth warf ihm einen fragenden Blick zu. Er deutete an, dass er nach draußen wollte, und sie nickte.

Plötzlich war er selbst wieder ein Junge und hörte, wie ein Fremder ihm, Richard und Ben erklärte, dass ihre Eltern tot waren. Die Haushälterin hatte lautlos geweint bei der Schilderung des Flugzeugabsturzes. Ben hatte auch geweint, aber Richard hatte nur stumm dagestanden. Mack wusste über den Tod Bescheid, hatte diese Endgültigkeit aber noch nie erlebt.

Erst nach dem Begräbnis hatte er verstanden, dass Mutter und Vater nie wieder zu ihnen zurückkehren würden. Dann war Destiny zu ihnen gekommen und hatte ihr Leben völlig verändert. Mit ihrer fröhlichen und unberechenbaren Art hatte sie ihnen sehr geholfen. Nach einer Weile war es einfacher, so zu tun, als wäre alles in Ordnung.

Das war es jedoch nicht gewesen. Die Wunde saß tief, aber er hatte sich damit noch nie beschäftigt, bevor die Gefahr aufgetaucht war, er könnte Beth verlieren. Und nun hatte er es außerdem mit Tonys Krankheit zu tun.

Eine halbe Stunde später telefonierte Mack noch immer, als Beth endlich zu ihm kam. Er griff nach ihrer Hand, lächelte ihr matt zu und beendete das letzte Gespräch.

„Alles in Ordnung mit dir?“, fragte sie.

„Nichts ist in Ordnung.“ Er staunte, dass sie noch die Kraft fand, sich um ihn zu sorgen.

Sie streichelte seine Wange. „Nimm es nicht so schwer. Wir alle wussten, dass es so kommen könnte.“

„Es darf nicht so kommen“, erwiderte er heftig. „Ich will nichts davon hören, dass du ihn aufgibst.“

„Manchmal reicht es eben nicht, was man tun kann“, erklärte sie nüchtern.

„Das akzeptiere ich nicht. Ich habe die Mannschaft angerufen. Er braucht schließlich einen Spender für Knochenmark, oder? Das ist die einzige Hoffnung.“

Sie nickte. „Aber die Chancen ...“

Jetzt wollte er nichts mehr von Zweifeln hören. „Ich habe gerade veranlasst, dass so gut wie jeder, den ich kenne, herkommt und sich testen lässt. Schafft euer Labor das?“

Sie sah ihn ungläubig und mit einem winzigen Hoffnungsfunken an. „Ja, ich spreche sofort mit den Kollegen, aber bist du dir auch sicher? Hast du allen erklärt, dass es nicht nur um einen einfachen Bluttest geht?“

„Sie wissen Bescheid“, versicherte er. „Und sie wissen vor allem, dass es um das Leben eines Jungen geht. Mit mir kannst du gleich anfangen. Das hätte ich schon vor Wochen machen sollen. Ich habe nur nicht daran gedacht.“

Tränen traten ihr in die Augen. „Ach Mack!“

Er drückte ihre Hand. „Fangen wir an. Dieser Junge muss am Leben bleiben.“

Beth hatte gedacht, damals nach dem Tod ihres Bruders alle Tränen ihres Lebens vergossen zu haben. Als sie jetzt jedoch sah, wie sich ein stämmiger Football-Spieler nach dem anderen testen ließ, ob er als Spender für Knochenmark infrage kam, flossen ihr die Tränen unaufhaltsam über die Wangen. Schließlich besorgte Mack ihr aus dem Krankenhauslädchen die größte Packung Papiertaschentücher, die es gab.

Richard kam in Begleitung eines Mannes, der ebenfalls ein Carlton sein musste, der zurückgezogen lebende Künstler Ben. Destiny war bei ihnen.

Mack umarmte seine Tante. „Du hättest nicht herkommen müssen. Ich wollte nur, dass du Richard und Ben verständigst."

„Natürlich musste ich kommen." Destiny drückte Beth die Hand. „Ich lasse mich auch testen."

„Nein, Destiny", wandte Beth ein.

„Wieso denn nicht? Gibt es einen Grund, warum ich nicht infrage käme?", wollte Destiny wissen.

„Nein, aber das erwartet niemand von Ihnen."

„Dann ist es gut, dass ich es von mir selbst erwarte", gab Destiny entschieden zurück. „Wohin müssen wir gehen?"

Mack umarmte seine Tante. „Habe ich dir schon gesagt, wie sehr ich dich bewundere?"

„Keiner von euch muss das jemals aussprechen", erwiderte sie. „Ich weiß, dass ihr mich manchmal unmöglich findet und euch über mich ärgert. Ihr findet auch, dass ich mich zu sehr in euer Liebesleben einmische, aber ihr habt mich lieb."

„Hier geht es nicht nur um Liebe", widersprach Mack. „Das steht sowieso fest. Bewunderung und Respekt muss man sich zusätzlich verdienen."

„Er hat recht", bestätigte Ben. „Du bist eine bemerkenswerte Frau, Destiny."

„Ach, hört auf", wehrte sie befangen ab, griff nach einem von Beths Taschentüchern und betupfte sich die Augen. „Seht ihr, was ihr angerichtet habt? Jetzt weine ich auch noch."

„Und wir wissen, wie ungern du dir dein Make-up ruinierst", scherzte Richard.

„Vor allem an einem Ort wie diesem", erwiderte Destiny eitel. „Bei allen diesen gut aussehenden Ärzten möchte ich einen möglichst tollen Eindruck machen."

Beth lachte leise. „Soll ich Ihnen auf dem Weg zum Labor zeigen, wo Sie sich die Nase pudern können? Peyton Lang ist übrigens ein sehr ansehnlicher Kerl und außerdem Single."

„Tatsächlich?", fragte Destiny erfreut und blinzelte Mack zu. „Siehst du, mein Lieber, es geht also doch nicht nur um eine selbstlose Aktion, wie du es hingestellt hast."

„Mich kannst du nicht täuschen, Destiny", erwiderte er. „Dir geht es nicht darum, einen Arzt kennenzulernen. Dir liegt ohnehin schon die Hälfte aller ungebundenen Männer in Washington zu Füßen, und den meisten wirfst du nicht mal einen zweiten Blick zu."

„Politiker und Banker", wehrte sie ab. „Aber ein Mann in einem weißen Kittel hat etwas, findet ihr nicht auch?", fragte sie und hakte sich bei Beth unter. „Er wirkt einfach beruhigend."

Mack schüttelte bloß den Kopf. „Ich warte hier. Wahrscheinlich ertrage ich es nicht, wenn meine Tante da drinnen Dr. Peyton anschmachtet."

„Ich auch nicht", sagte Ben. „Ich warte bei Mack." Er wandte sich an Richard. „Und du brauchst nichts zu sagen. Ich mache keinen Rückzieher, großer Bruder. Ich habe es versprochen, und ich stehe es durch."

„Daran habe ich auch nicht gezweifelt", erwiderte Richard und sagte zu Mack: „Halt dich bereit, ihn zu begleiten. Du weißt, wie Ben sich angesichts von Nadeln aufführt."

Ben spielte den Entsetzten. „Wird man mit Nadeln getestet?"

„Mit sehr großen", bestätigte Mack.

Beth musste trotz allem lachen. „Hören Sie nicht hin, Ben. Mack tut jetzt nur so mutig, aber vorhin wurde er grün um die Nase."

„Das beruhigt mich", erwiderte Ben nüchtern. „Ach was, ich bringe es hinter mich. Kommen Sie, Beth, begleiten Sie mich. Wenn ein Weichei wie Mack das schafft, dann kann das jeder."

„Hey, für einen Lolli und einen Kuss von Beth tue ich fast alles", scherzte Mack. „Ihr anderen müsst euch mit dem Lolli begnügen."

„Nicht unbedingt", erwiderte Beth lächelnd. „Im Moment bin ich in der Stimmung, aus Dankbarkeit großzügig Küsse zu verteilen."

„Dann ist es ja gut, dass die meisten Spieler schon wieder weg sind", stellte Mack fest.

„Eifersüchtig, Bruderherz?“, spottete Ben.

„Genau“, gab Mack zu.

Beth lächelte. Das Leben war schon erstaunlich. Wenn man einen Tiefpunkt erreicht hatte, kam plötzlich eine Wende.

Vielleicht fanden sie heute einen Spender, vielleicht auch nicht. Jedenfalls würde sie nie vergessen, wie viele Menschen auf Macks Bitte hin zum Test gekommen waren. Nur ein Mann wie er konnte mit einigen Telefonaten eine solche Welle der Hilfsbereitschaft auslösen.

Wie es auch mit Tony weitergehen mochte, sie würde immer wissen, dass dies der Moment war, in dem ihr etwas Entscheidendes klar wurde: Sie konnte Mack nicht mehr gehen lassen – zumindest nicht kampflos.

Sobald die letzten Freiwilligen fort waren, wartete Mack auf dem Korridor des Krankenhauses auf die Testergebnisse. Die Chancen standen zwar nicht gut, aber er hoffte dennoch, dass sie einen Spender finden würden.

„Du solltest nach Hause fahren“, riet Beth. „Es könnte eine Weile dauern.“

„Fährst du denn heim?“, fragte er.

„Nein.“

„Dann bleibe ich auch. Wie wäre es mit Kaffee?“

„Ich kann keinen mehr trinken“, erwiderte sie. „Aber Schokolade wäre jetzt gut. Ich begleite dich in die Cafeteria.“

„Du brauchst etwas Nahrhafteres als Schokolade“, meinte Mack, sobald sie die Cafeteria erreichten. „Wie wäre es mit Salat oder Suppe?“

„Ich glaube, du hast mich unter Vortäuschung falscher Tatsachen hierher gelockt. Du willst gar keinen Kaffee, sondern ich soll essen.“

Er stritt es nicht mal ab. „Du hast bestimmt noch nichts im Magen“, vermutete er.

„Daran bin ich gewöhnt“, wehrte sie ab.

„Das sollte aber nicht sein“, rügte er sie liebevoll und belud ein Tablett, während sie ihm folgte. „Der Kuchen sieht gut aus. Blaubeeren oder Zitrone mit Baiserhaube?“

„Mack, wenn ich das alles esse, kann ich die halbe Nacht nicht schlafen.“

„Und ich glaube, dass wir sowieso die halbe Nacht nicht schlafen werden", erwiderte er unbeeindruckt. „Ich nehme beides, und du kannst dann kosten."

Er legte zwei Kuchenstücke auf das bereits volle Tablett und ging damit zur Kassiererin, die ihm strahlend entgegenlächelte.

„Ich habe gehört, was Sie heute für den Jungen getan haben, Mr. Carlton. Hoffentlich gibt es einen Treffer, Dr. Browning", fügte sie ernst hinzu. „Wenn nicht, finden Sie vielleicht morgen einen."

„Morgen?", wiederholte Beth verständnislos.

„Haben Sie denn die Abendnachrichten nicht gesehen?", fragte die Kassiererin. „Sie haben im Fernsehen gebracht, dass Mack das ganze Team hat testen lassen. Jetzt wurden alle Leute in der Stadt aufgefordert, sich zu melden. Eine Telefonistin hat mir erzählt, dass schon den ganzen Abend Freiwillige wegen Informationen anrufen. Die Registrierstelle für Knochenmarkspender bekommt Unmengen von neuen Namen."

Beth sah Mack mit Tränen in den Augen an. „Das habe ich nicht gewusst."

„Ich auch nicht", versicherte er. „Aber das ist doch gut. Auch andere Menschen warten auf Spender, nicht?"

„Ja", erwiderte sie, reckte sich plötzlich und gab ihm einen Kuss, einen heftigen und atemberaubenden Kuss, den die wenigen Leute in der Cafeteria mit Jubel kommentierten.

„Wofür war der denn?", fragte Mack überrascht, als sie ihn wieder freigab.

„Dafür, dass du etwas so Wunderbares getan hast. Ich werde mich nie wieder darüber beklagen, dass sich die Medien für dich interessieren."

„Ich auch nicht", versicherte er. „Vielleicht schicke ich Pete Forsythe sogar eine Flasche Whisky als Friedensangebot."

„Du solltest es nicht gleich übertreiben", warnte sie.

Er führte sie zu einem Tisch und passte auf, dass sie tatsächlich etwas aß. Sie war schon fast mit dem Kuchen fertig, als Peyton freudig hereinkam.

„Wir haben einen Spender!", rief er quer durch die Cafeteria.

Erneut jubelten alle. Mack stiegen Tränen in die Augen, und Beths Wangen waren ebenfalls feucht.

„Wer ist es?", wollte sie wissen.

„Einer meiner Spieler?“, fragte Mack und hoffte, er wäre derjenige. Es ging ihm nicht um den Ruhm, sondern dadurch wäre er für immer mit Tony verbunden gewesen.

Peyton schüttelte den Kopf. „Es ist Ihre Tante, Mack. Destiny ist als Spenderin geeignet.“

15. KAPITEL

Mit Anfang fünfzig war Destiny großartig in Form, aber Mack machte sich trotzdem Sorgen. „Wird das nicht zu viel für sie, Peyton?“, fragte er.

„Wir müssen noch genauere Untersuchungen durchführen, aber ich sehe keinen Grund, warum sie nicht spenden sollte, es sei denn, sie lehnt ab.“

„Ganz bestimmt nicht“, versicherte Mack. „Ich musste mich nur davon überzeugen, dass es kein Risiko gibt.“

„Wollen Sie Ihre Tante anrufen und es ihr sagen, oder soll ich das übernehmen?“, erkundigte sich Peyton. „Sie sollte so schnell wie möglich für eine Generaluntersuchung herkommen, bevor wir Tonys Chemotherapie vorantreiben und den Termin für die Transplantation ansetzen.“

„Ich fahre zu ihr und sage es ihr noch heute Abend“, versprach Mack. Dann wandte er sich an Beth. „Willst du mich begleiten? Wahrscheinlich sind wir beide nötig, sie zu bremsen, damit sie nicht sofort herkommt, wenn sie es erfährt.“

Beth nickte. „Wir werden sie davon überzeugen, dass es ausreicht, wenn sie morgen früh ins Krankenhaus geht. Was ist mit Mrs. Vitale?“, fragte sie ihren Kollegen. „Hast du ihr die gute Neuigkeit schon überbracht?“

Peyton schüttelte den Kopf. „Ich dachte, ihr zwei wollt bestimmt dabei sein. Nur durch euch haben wir jetzt eine echte Hoffnung, Tony zu retten.“

„Ach ja“, stimmte Beth sofort zu. „Mack?“

Plötzlich wurde ihm alles zu viel. Am liebsten hätte er vor Freude geschrien und gleichzeitig geweint, aber er hatte auch Angst um seine Tante. „Vielleicht solltest du ohne mich gehen. Ich weiß nicht, ob ich mich noch lange beherrschen kann.“

Beth drückte seine Hand. „Das musst du auch nicht. Es ist ein Wunder, Mack, und sogar die härtesten Football-Spieler dürfen bei einem Wunder weinen.“

„Ärzte auch“, bemerkte Peyton mit einem verständnisvollen Blick auf Beth.

„Später, wenn Tony aus dem Gröbsten heraus ist. Außerdem habe ich heute schon genug geweint. Jetzt möchte ich einfach weitermachen."

Peyton warf ihr einen Blick zu, den Mack nicht deuten konnte. „Verschweigt ihr zwei mir etwas?", fragte er.

„Nein", versicherte Beth. „Wir haben allen Grund zu der Annahme, dass Tony es schaffen kann. Nach der Transplantation wird er sich mit etwas Glück erholen. Sein Blut wird dann häufig getestet, um sicherzustellen, dass die Werte der weißen Blutkörperchen stimmen. Das ist eindeutig seine Chance auf eine normale Zukunft."

Mack war nicht ganz sicher, ob er ihr glauben sollte, aber letztlich blieb ihm nichts anderes übrig. Außerdem ertrug er im Moment keine Zweifel und Ängste mehr.

Oben auf der Station blieb er ein paar Schritte zurück, während Beth und Peyton zu Maria Vitale gingen. Als sie begriff, dass es für ihren Sohn doch noch eine Chance gab, lief sie zu Mack und klammerte sich an ihn. Mit diesem Gefühlsausbruch hatte er nicht gerechnet, und dieses Mal wehrte er sich nicht lange gegen die Tränen.

„Sie brauchen mir nicht zu danken, Maria", versicherte er ihr. „Ich habe nichts getan."

„Sie haben alle diese Menschen dazu gebracht, zu dem Test zu kommen", widersprach sie heftig. „Und Ihre Tante wird meinen Jungen retten. Dafür werde ich ihr und Ihnen noch in meiner letzten Stunde dankbar sein."

„Wichtig ist nur, dass Tony jetzt eine Chance hat", sagte er. „Und darüber bin ich glücklich."

„Was geschieht nun?", fragte Maria.

„Das erklärt Dr. Lang Ihnen", erwiderte Beth. „Mack und ich fahren zu Destiny und informieren sie."

Als sie schon gehen wollten, kam Maria noch einmal zu Mack. „Sagen Sie Ihrer Tante bitte, dass ich für sie beten werde."

„Das mache ich, Maria."

Auf der Fahrt zu Destiny blieb Mack schweigsam.

„Hast du Bedenken?", fragte Beth nach einer Weile.

„Warum denn das?", erwiderte er. „Außerdem liegt es nicht mehr bei mir, sondern bei Destiny."

„Du sagst nichts. Ich dachte schon, du würdest fürchten, ihr könnte etwas zustoßen, und das wäre dann deine Schuld. Niemand würde es dir verübeln, wenn du so denkst. Ich habe jedes Mal Angst, wenn ich einem Patienten eine riskante Behandlung anrate, selbst wenn es die einzige Möglichkeit ist. Das ist eine ganz natürliche Reaktion."

„Ich bin besorgt, aber ich bin auch überzeugt, dass es richtig ist", beteuerte Mack. „Wenn Destiny es machen will, unterstütze ich sie völlig."

„Nichts wird schiefgehen", versicherte Beth.

„Liebling, wir wissen beide, dass es nie eine Garantie gibt, aber ich kann und werde keine Bedenken äußern. Tony braucht diese Chance zum Überleben."

Beth griff nach seiner Hand. „Darf ich dir etwas sagen, ohne dass du gleich völlig durchdrehst?"

„Stell mich auf die Probe", forderte er sie lächelnd auf.

„Ich liebe dich, Mack. Hätte ich das nicht schon vorher getan, würde ich es jetzt tun."

Er wollte ihr das Gleiche sagen. Die Worte lagen ihm schon auf der Zunge, doch er konnte sie nicht aussprechen.

Beth sah ihm in die Augen und lächelte. „Schon gut, ich weiß."

Er nickte. Ja, sie wusste es. Das war das Bemerkenswerte an Beth. Sie wusste schon, was in seinem Herzen vor sich ging, bevor er selbst es aussprechen konnte.

Irgendwann würde er die richtigen Worte finden. Beth verdiente es, sie zu hören. Außerdem hing ihre gemeinsame Zukunft davon ab.

„Ich weiß gar nicht, was diese ganze Aufregung soll", sagte Destiny, als sich die gesamte Familie einige Abende später bei ihr zum Essen einfand. „Das ist eine ganz einfache Prozedur. Dieser attraktive Dr. Lang hat uns das heute im Krankenhaus alles genau erklärt."

„Es ist einfach, wenn man Arzt ist und es oft macht", erwiderte Mack nüchtern. „Du hast es noch nie gemacht."

„Nun, zu meinem Glück übernimmt ein sehr erfahrener Arzt die Sache", meinte Destiny. „Hört jetzt alle sofort auf. Mein Entschluss steht fest, und der heutige Besuch bei Tony hat mich nur darin bestärkt. Was für ein erstaunlicher Junge! Ich freue mich, dass er von nun an zu meinem Leben gehört."

„Schön, dass du dich darauf freust", sagte Richard, „aber niemand von uns könnte damit leben, sollte dir etwas zustoßen."

„Dann sorgen wir eben dafür, dass es nicht dazu kommt", erwiderte Destiny und wandte sich an Melanie. „Wie geht es denn dir? Leidest du unter Morgenübelkeit?"

Mack, Ben und Richard seufzten. Das Thema Transplantation war damit abgeschlossen.

Destiny hatte die Entscheidung bereits getroffen, als sie hörte, dass sie als Spenderin infrage kam. Inzwischen waren alle Vorbereitungen in die Wege geleitet. Tony hatte die Chemotherapie erhalten und war für den Eingriff bereit. Destiny würde um sechs Uhr am nächsten Morgen ins Krankenhaus fahren. Es gab keine Umkehr mehr.

„Ich fühle mich absolut wohl", berichtete Melanie. „Wahrscheinlich liegt es auch daran, dass Richard mich seit der Bestätigung der Schwangerschaft nichts mehr heben lässt, was schwerer als ein Glas ist."

„Genieße es, so lange du kannst", riet Destiny. „Wenn das Baby erst mal da ist, wird Richard wieder in seine übliche Arbeitswut zurückfallen, und du stehst dann ganz allein da." Destiny schob ihren Teller zur Seite. „Ich bin euch allen dankbar, dass ihr hier seid, aber ich brauche meinen Schönheitsschlaf. Und weil ich zeitig aufstehen werde, sage ich jetzt Gute Nacht. Wir sehen uns im Krankenhaus."

„Ich bleibe", wandte Ben ein.

„Wir auch", fügte Richard hinzu.

Destiny schüttelte ungeduldig den Kopf, seufzte aber. „Wenn es euch glücklich macht. Mack, da ich dermaßen gut bewacht werde, könntest du doch zu Beth fahren. Bestimmt braucht sie heute Nacht Gesellschaft. Ich verstehe übrigens noch immer nicht, warum sie meine Einladung zum Essen abgelehnt hat."

„Sie meinte, du solltest dich heute Abend auf die Familie konzentrieren", erwiderte Mack.

„Sie gehört auch zur Familie", versicherte Destiny. „Oder sie wird zumindest dazugehören, wenn jemand, den wir alle kennen, es nicht gründlich verpatzt."

„Hör auf zu kuppeln, Destiny", sagte Mack. „Es hat bereits gewirkt."

„Tatsächlich?", fragte sie freudig.

„Als ob du einen anderen Ausgang zugelassen hättest", bemerkte Ben mit einem theatralischen Augenaufschlag.

Mack drückte seiner Tante einen Kuss auf die Wange. „Ich stehe in deiner Schuld."

„Das tust du doch immer", erwiderte sie lächelnd. „Gute Nacht, mein Lieber. Grüß Beth schön von mir und richte ihr aus, ich würde mich darauf verlassen, dass sie Tony und mich mit fliegenden Fahnen durchbringt."

„Möchtest du unter dem Druck einer solchen Verantwortung stehen, Mack?", fragte Richard. „An deiner Stelle würde ich nichts zu Beth sagen."

„Glaub mir, ich fahre nicht zu Beth, um sie unter Druck zu setzen."

„Ach Bruderherz, weshalb fährst du denn dann zu ihr?", erkundigte sich Ben.

„Das geht dich nichts an, junger Mann", warnte Destiny. „Habe ich dir das nicht beigebracht?"

„Manchmal überkommt mich dieser unwiderstehliche Drang, mich in Macks Privatleben einzumischen", gab Ben offen zu. „Ich hänge mich an ihn dran. Er lebt sozusagen stellvertretend für mich."

Destiny betrachtete Ben nachdenklich, und Mack konnte ihre Gedanken förmlich lesen. Wenn Ben sich am Leben eines anderen beteiligen wollte, war er vielleicht auch wieder für eine eigene Liebesgeschichte bereit.

„Das hast du dir jetzt selbst eingebrockt", zog Mack ihn auf. „Ich wette, dass Destiny dich mit einer Krankenschwester verkuppelt, sobald sie morgen den Eingriff hinter sich hat."

Ben schüttelte sich. „Wohl kaum", wehrte er ab. „Schließlich ist sie mit dir noch nicht ganz fertig, oder?"

„Wollen Sie das wirklich machen?", fragte Beth nun schon zum zehnten Mal, weil sie einfach nicht glauben konnte, dass ein Wunder unmittelbar bevorstand. Dabei verlor Destiny allmählich die Geduld mit ihr.

„Wagen Sie es jetzt nicht, auch noch damit anzufangen", warnte Destiny und drückte ihr die Hand. „Ich musste mir gestern Abend bereits genug von meinen Neffen anhören. Außerdem gibt es gar keine andere Möglichkeit." Sie sah Mack an. „Ich weiß nun schon seit Monaten, dass wir drei auf immer miteinander verbunden sein werden. Und ich bin überzeugt, dass auch Mack das endlich begriffen hat, nicht wahr, mein Lieber?“

Mack lächelte sie strahlend an. „Du machst keinen Heiratsantrag für mich, Destiny. Das übernehme ich schon selbst, und ich mache es sicher nicht, wenn du hier in einem Krankenhausbett liegst und jedes Wort hörst.“

Beth sah ihn ungläubig an. „Wovon spricht sie?“

„Darüber reden wir später“, erwiderte er. „Erst kümmern wir uns um Tony, in Ordnung?“

„Manches ist zu wichtig, als dass es warten könnte“, tadelte Destiny.

Mack warf ihr einen genervten Blick zu, griff dann aber in seine Tasche. „Na gut, ich kann es auch gleich hinter mich bringen“, sagte er zu Beth. „Sie gibt ja doch keine Ruhe, bevor sie das nicht an deinem Finger sieht.“

Beth begriff nicht, worum es ging. Oder sie hatte Angst davor, es doch zu begreifen, aber noch nicht bereit zu sein. „Was soll das?“, fragte sie vorsichtig.

Er sah ihr in die Augen, bis er alles andere – sogar Destiny – vergaß, als wären sie völlig allein.

„Die Gefahr, Tony zu verlieren, hat mich erkennen lassen, dass das Leben viel zu kurz ist, um auch nur eine einzige Minute zu verschwenden“, erklärte er. „Wir wissen nicht, was nächstes Jahr, nächsten Monat oder vielleicht schon morgen geschehen wird.“

Beth schlug das Herz bis zum Hals. Das konnte doch nicht wahr sein! Doch nicht hier und nicht jetzt! Einerseits wünschte sie es sich, und das machte ihr Angst. Andererseits wollte sie Mack sagen, dass sie noch nicht bereit war.

„Ich weiß, dass ich dich an meiner Seite haben will, was auch kommt, Beth, weil ich dich liebe und immer lieben werde“, gestand Mack und wartete.

„Na?“, drängte Destiny und stieß Beth unsanft in die Seite. „Er wartet. Antworten Sie ihm!“

Beth konnte den Blick nicht von Macks Gesicht wenden. „Bittest du mich etwa, dich zu heiraten?“

Destiny lachte leise. „Mag ja sein, dass ich voreingenommen bin, aber meiner Meinung nach hat er sich klar und deutlich ausgedrückt. Zwingen Sie ihn nicht dazu, Sie zweimal zu fragen, sonst bekommt er womöglich kalte Füße.“

„Ausgeschlossen", versicherte Mack. „Nicht bei etwas so Wichtigem. Ich werde so oft fragen, bis sie annimmt."

Beth betrachtete ihn forschend und fand in seinem Blick absolute Sicherheit. Und sie war sich ihrerseits ebenfalls sicher. Wenn er einen dermaßen großen Schritt wagte, konnte sie das auch. „Ja", flüsterte sie und hielt Freudentränen zurück. „Ja."

„Steck ihr den Ring an den Finger, Mack", verlangte Destiny.

Er blickte ärgerlich auf sie hinunter. „Glaubst du vielleicht, das würde ich nicht von allein schaffen? Ich habe sie schließlich dazu gebracht, Ja zu sagen, oder vielleicht nicht?"

„Aber die Zeit läuft", warnte Destiny. „Die holen mich gleich ab, und ich will vorher alles unter Dach und Fach haben."

Mack griff nach Beths Hand und schob ihr den schlichten Diamantring auf den Ringfinger. „Jetzt ist es offiziell, Doc."

Beth betrachtete den Ring und sah dann wieder Mack an. „Und du wirst keinen Rückzieher machen?"

„Niemals", beteuerte er feierlich. „Die Carltons sind aufrechte und ehrliche Männer."

Beth lächelte ihn strahlend an. „Ich wusste es die ganze Zeit!"

„Vielleicht nicht die ganze Zeit", erinnerte er sie. „Aber du hast es rechtzeitig gemerkt. Ich gehe zu Tony und überbringe ihm die gute Neuigkeit, bevor sie ihn in den OP fahren. Ich habe ihm versprochen, dass er bei der Hochzeit Trauzeuge des Bräutigams wird, wenn du Ja sagst."

„Du hast es ihm erzählt?", fragte Beth ungläubig.

„Destiny mag unsere Beziehung in die Wege geleitet haben, aber Tony war ein wichtiger Faktor. Er sollte erfahren, dass es sich ausgezahlt hat."

„Du hättest es ihm nach dem Eingriff sagen können", entgegnete Beth.

Mack nickte. „Ich weiß, aber für den Fall …"

Beth trat zu ihm. „Jetzt bitte keine Zweifel mehr, Mack. Tony ist ein Kämpfer, und er wird auf unserer Hochzeit tanzen. Damit rechne ich ganz fest."

Allmählich hellte sich Macks Miene wieder auf. „In Ordnung, Doc, ich verlasse mich darauf."

Es dauerte scheinbar eine Ewigkeit, bis Beth und Peyton erschienen und erklärten, die Knochenmarktransplantation sei durchgeführt worden. Mack, seine Brüder, Melanie und Maria Vitale hatten die Zeit im Wartezimmer mit schlechtem Kaffee und bangen Gebeten überstanden.

„Geht es beiden gut?“, fragte Mack und sah Beth forschend an. Er hätte an ihren Augen sofort gemerkt, wenn es Komplikationen gegeben hätte, doch er fand nichts als ein zuversichtliches Leuchten.

„Perfekt“, versicherte sie.

„Wann werden wir wissen, ob es ein Erfolg wird und ob Tony das Schlimmste überstanden hat?“, fragte er.

„Es wird eine Weile dauern“, räumte sie ein, „aber wir haben allen Grund, optimistisch zu sein.“

Mack dachte an das Versprechen, dass Tony sein Trauzeuge sein sollte. Er zog Beth beiseite. „Müssen wir das Hochzeitsdatum schon bald ansetzen?“, fragte er leise.

Sie sah ihn überrascht an. „Willst du aus einem bestimmten Grund schnell heiraten?“

„Du weißt, was ich meine, Beth.“

„Und ich habe dir erklärt, dass wir allen Grund zu Optimismus haben. Ich verschweige nichts, das schwöre ich dir.“

Er nickte und verspürte endlich Erleichterung. „Trotzdem sollten wir die Hochzeit nicht lange aufschieben. Ich möchte nicht, dass du es dir anders überlegst, sobald diese Krise ausgestanden ist.“

„Das wird nicht geschehen“, beteuerte sie. „Wenn überhaupt, sollte höchstens ich mir Sorgen machen.“

Mack zog sie in seine Arme und drückte sie an sich, und zum ersten Mal in seinem Leben fühlte er sich absolut vollständig. „Liebling, du brauchst dir keine Sorgen zu machen. Ich habe dir schon mal erklärt, dass ich mich noch nie von einer wichtigen Vereinbarung in meinem Leben zurückgezogen habe.“

„Die Ehrenhaftigkeit der Carltons“, stellte sie trocken fest.

„Genau“, bestätigte er und sah ihr tief in die Augen. „Und die Tatsache, dass ich mit dir die wichtigste Vereinbarung überhaupt getroffen habe.“

„Besser als mit diesem Verteidiger, den du vor zwei Wochen unter Vertrag genommen hast?“, forschte sie lächelnd.

„Du weißt davon?“, fragte er verblüfft.

„Ich lese die Sportseiten.“

Mack lachte. „Seit wann?"

„Seit ich mich in diesen berühmten Sportler verliebt habe, dessen Name fast täglich in der Zeitung auftaucht. Schließlich kann ich nicht zulassen, dass alle anderen mehr über dich wissen als ich."

„Dazu wird es nie kommen, Liebling. Niemals!"

EPILOG

Am ersten Freitag im Oktober heiratete Dr. Beth Browning Mighty Mack Carlton vor einer Gemeinde von Ärzten, Wissenschaftlern, Football-Spielern, Angehörigen und Freunden. Vor der Kirche hatten sich Gratulanten eingefunden, die durch die Klatschkolumne von Pete Forsythe auf das Ereignis aufmerksam gemacht worden waren. Natürlich hatte er alle streng geheimen Einzelheiten erfahren, obwohl Destiny erneut behauptete, völlig unschuldig zu sein.

Tony Vitale war der Zeuge des Bräutigams. Sein Haar war inzwischen gewachsen, seine Haut schimmerte wieder gesund, und er wartete mit einem strahlenden Lächeln vor dem Altar an Macks Seite.

Als Tony etwas flüsterte, beugte Mack sich zu ihm hinunter und blickte dann durch die von Kerzenschein erhellte Kirche über die Schulter zum Eingang, wo Beth wartete. Nun lächelte auch er.

Die Orgel begann zu spielen, doch vor dem ersten Schritt warf Beth einen liebevollen Blick auf ihre beiden Männer. Die Aussicht auf ein langes und gesundes Leben verdankte Tony Mack ebenso wie Destiny. An diesem feierlichen Tag heiratete sie in eine bemerkenswerte Familie ein.

Destiny saß ganz vorn neben Maria Vitale. Die beiden hatten sich nach der Transplantation rasch angefreundet, und Destiny kümmerte sich nun mütterlich um Maria und Tony. Sie hatte es sich zur Aufgabe gemacht, den beiden das Leben zu erleichtern.

Richard und Ben standen neben Mack und Tony und sahen im Frack großartig aus. Nur Ben wirkte leicht angespannt, als wüsste er, dass seine Tage als Junggeselle gezählt waren, da nun auch Mack in den Hafen der Ehe einlief.

Nur noch eine kurze Zeremonie trennte Beth von jener Zukunft, mit der sie nie gerechnet hätte, als Mack Carlton vor einigen Monaten in ihr Leben getreten war. Ein kurzer Festakt und Flitterwochen, dachte sie voller Vorfreude.

Für die Flitterwochen hatte sie ein großes Zugeständnis machen müssen. Weil keiner von ihnen beiden die Hochzeit bis nach dem Ende der Football-Saison im Januar aufschieben wollte, fielen die Flitterwochen mit den Reisen der Mannschaft zusammen – eine Woche San

Francisco und dann eine Woche St. Louis. Beth hatte sich ein Buch über Football und zehn medizinische Zeitschriften gekauft, die sie während der Spiele lesen wollte.

Für die übrige Zeit hatte sie andere Pläne in Bezug auf Mack, und dabei spielte es kaum eine Rolle, in welcher Stadt sie sich aufhielten. Sie war fest entschlossen, das Hotel jeweils erst eine Stunde vor Spielbeginn zu verlassen.

Ihre und Macks Blicke trafen sich, und Beth verkniff sich ein sehr zufriedenes Lächeln. Wenn sie ihre Karten geschickt ausspielte, würden sie vielleicht sogar den Anstoß verpassen.

– ENDE –

Sherryl Woods

Glaub an die Macht der Liebe

Roman

Aus dem Amerikanischen von
M. R. Heinze

MIRA®

1. KAPITEL

Nach einer endlos langen Vernissage an einem Freitagabend fragte Kathleen Dugan sich, ob sie nicht doch lieber Lehrerin werden sollte. Vielleicht war es befriedigender, Fünfjährigen das Malen mit Fingerfarben beizubringen, als irgendwelchen Leuten, die im Grunde langweiligen Durchschnitt bevorzugten, einen talentierten jungen Künstler vorzustellen.

Außerdem hatte es natürlich nicht geholfen, dass Boris Ostronovich kaum die Sprache beherrschte und sich als launischer Künstler gab. Er hatte zwei Stunden finster vor sich hinbrütend in einer Ecke gehockt, ein Glas Wodka in der einen und eine Zigarette in der anderen Hand. Die Zigarette hatte er lediglich nicht angezündet, weil Kathleen gedroht hatte, die Veranstaltung sofort abzubrechen, sollte er das tun.

Der Abend war jedenfalls eine reine Katastrophe gewesen, doch daran gab Kathleen sich ganz allein die Schuld. Sie hatte nicht berücksichtigt, wie wichtig es war, dass sich der Künstler unter die Leute mischte und mit ihnen redete. Stattdessen hatte sie sich darauf verlassen, dass Boris' Arbeiten sich von selbst verkaufen würden. Leider hatte sie festgestellt, dass die Leute ihre Portemonnaies stecken ließen, wenn sie nicht wenigstens einige Worte mit dem Künstler wechseln konnten.

In wenigen Minuten würden die noch übrig gebliebenen Gäste fort sein, dann wollte sie sich zu Boris gesellen und sich ihrer wohlverdienten Trübsal hingeben. Vielleicht genehmigte sie sich auch ein oder zwei Gläser Wodka pur – vorausgesetzt, es war noch genug da.

„Ist es nicht gut gelaufen, meine Liebe?"

Kathleen drehte sich um. Vor ihr stand Destiny Carlton, die sie voller Mitgefühl betrachtete. Destiny war nicht nur selbst Künstlerin, sie gehörte auch zu den regelmäßigen Besuchern von Kathleens Galerie in Alexandria. In letzter Zeit hatte Kathleen mehrmals versucht, Destiny einige ihrer Werke abzukaufen, allerdings vergeblich.

Im Moment sah Destiny sich als Förderin von Kunst und nicht als Malerin. Angeblich malte sie nur unbedeutende Sachen, wenn sie gelegentlich zum Pinsel griff. Ihrer Aussage nach hatte sie nichts Sehenswertes mehr geschaffen, seit sie vor über zwanzig Jahren ihr Atelier in Südfrankreich aufgegeben hatte.

Kathleen war über die Absage zwar enttäuscht, betrachtete Destiny aber trotzdem als gute Freundin, die zu jeder Ausstellung erschien, selbst wenn sie nichts kaufte. Ihr Kunstverständnis und ihre Verbindungen hatten außerdem schon oft geholfen, was die Galerie betraf.

„Es war grauenhaft“, gab Kathleen zu, was sie sonst niemandem eingestanden hätte.

„Lassen Sie sich nicht entmutigen, das passiert eben gelegentlich. Nicht jeder erkennt ein Genie auf den ersten Blick.“

Diese Bemerkung richtete Kathleen wieder ein wenig auf. „Dann finde also nicht nur ich Boris' Arbeiten großartig?“

„Nein, sicher nicht“, beteuerte Destiny voller Überzeugung. „Sie entsprechen eben nicht jedermanns Geschmack. Bestimmt wird er Bewunderer finden. Bevor der Kunstkritiker der Zeitung vorhin ging, habe ich mit ihm gesprochen. Ich denke, er wird einen ziemlich positiven Artikel schreiben. Warten Sie's ab, in spätestens einer Woche werden Sie sich der Nachfrage nicht mehr erwehren können. Sobald Sammler eine Neuentdeckung wittern, wollen sie auf den fahrenden Zug aufspringen. Das gilt auch für diejenigen, die heute Abend nichts gekauft haben.“

„Vielen Dank, dass Sie mir Mut machen“, sagte Kathleen mit einem Seufzer. „Ich dachte schon, ich hätte mich völlig verkalkuliert. Der heutige Abend war der Albtraum eines jeden Galeristen.“

„Das war nur ein vorübergehender Tiefpunkt“, versicherte Destiny und warf einen Blick auf Boris. „Und wie nimmt er es auf?“

„Schwer zu sagen, da er den ganzen Abend über kaum zwei Worte gesprochen hat“, entgegnete Kathleen. „Entweder hat er Heimweh, oder er kam schon übel gelaunt hier an. Ich tippe auf die zweite Möglichkeit. Erst heute habe ich erkannt, wie wichtig es ist, dass ein Künstler zumindest einen Funken von Charme versprüht.“

„Letztlich wird es keine Rolle spielen“, tröstete Destiny zuversichtlich. „Sobald die Kritiker unseren Boris hier zum Kunstgenie erklären, werden sich alle Ihre heutigen Gäste vor ihren Freunden damit brüsten, dass sie den exzentrischen Künstler persönlich kennengelernt haben.“

Kathleen umarmte Destiny dankbar. „Ich bin sehr froh, dass Sie mir Mut machen.“

„Offen gestanden habe ich so lange gewartet, weil ich kurz allein mit Ihnen sprechen möchte. Was haben Sie zu Thanksgiving vor, Kathleen? Besuchen Sie Ihre Familie in Providence?"

Genau deshalb hatte Kathleen im Verlauf des Tages mit ihrer reichen und in der Gesellschaft hoch angesehenen Mutter gesprochen, und es war zu Spannungen gekommen, weil Kathleen in Alexandria bleiben wollte. Natürlich war sie daran erinnert worden, dass alle drei Generationen der Familie Dugan sich immer zu großen Festen trafen. Ihr Fehlen würde eine Beleidigung der Familie und ein Bruch mit der Tradition sein. Mit diesen Vorwürfen hatte Kathleen natürlich gerechnet, und deshalb hatte sie den Anruf immer wieder vor sich hergeschoben. Ihre Mutter, Prudence Dugan, akzeptierte ein Nein zwar nicht so leicht, doch Kathleen war ausnahmsweise standhaft geblieben.

„Ich möchte zu Hause bleiben", erklärte sie Destiny, „weil ich viel Arbeit nachholen muss. Außerdem sollte ich die Galerie am Wochenende nicht schließen. Gerade am Freitag und am Samstag könnte das Geschäft gut laufen."

Destiny lächelte strahlend. „Dann würde es mich sehr freuen, wenn Sie Thanksgiving mit meiner Familie verbringen. Wir treffen uns alle auf Bens Farm, und um diese Jahreszeit ist es in Middleburg wunderschön."

Kathleen und Destiny hatten sich im Lauf der vergangenen Jahre recht gut kennengelernt, doch nun wurde Kathleen zum ersten Mal zu einem Familientreffen eingeladen, und das machte sie misstrauisch. „Würde ich denn nicht stören?", fragte sie vorsichtig.

„Absolut nicht. Es gibt nur ein ganz schlichtes Essen für die Familie sowie für einige enge Freunde. Bei der Gelegenheit könnten Sie sich die Bilder meines Neffen ansehen und Ihre fachkundige Meinung abgeben."

Kathleens Misstrauen wuchs. Destiny konnte Kunst mindestens so gut beurteilen wie sie selbst, und ihres Wissens nach betrachtete Ben Carlton die Malerei nicht als Verdienstquelle, sondern als Lebensinhalt. Noch nie hatte er eine seiner Arbeiten verkauft.

In keinem Zeitungsartikel über die drei Carlton-Brüder hatte sie jemals viel über den zurückgezogen lebenden jüngsten Bruder erfahren. Ben hielt sich stets im Hintergrund, ganz im Gegensatz zu Richard Carlton, dem Geschäftsmann und Politiker, und zu Mack, dem ehemaligen Football-Star. Es kursierten Gerüchte über eine tragische Liebesbeziehung, die der Grund für Bens zurückgezogenen Lebensstil sein sollte. Eine offizielle Bestätigung dafür gab es nicht, doch Ben wurde stets als verschlossen beschrieben.

„Will er seine Bilder denn verkaufen?“, erkundigte sich Kathleen.

„Aber nein“, wehrte Destiny ab. „In dieser Hinsicht ist er starrsinnig. Dabei versuche ich ihn davon zu überzeugen, dass er sein Talent nicht in dieser alten Scheune verstecken darf, in der er sein Atelier eingerichtet hat.“

„Glauben Sie denn wirklich, ich könnte ihn umstimmen, wenn Ihnen das nicht gelungen ist?“, fragte Kathleen zweifelnd. Destiny war in der Lage, reichen Leuten Millionen für karitative Zwecke abzuluchsen. Da sollte es ihr eigentlich gelingen, ihren Neffen zu beeinflussen.

„Sie würden ihm zumindest objektiv die Meinung sagen. Mich hält er für völlig voreingenommen.“

Kathleen nickte zustimmend, da sie noch nie eine Gelegenheit versäumt hatte, ein aufregendes neues Talent zu entdecken. Es ging ihr ausschließlich um die Bilder und nicht um den geheimnisvollen Mann. „Ich werde sehr gern zu Thanksgiving kommen“, nahm sie die Einladung an. „Wann und wo?“

„Gleich morgen früh lasse ich Sie die nötigen Einzelheiten wissen“, versicherte Destiny strahlend und ging sichtlich zufrieden zum Ausgang. „Ach ja, ziehen Sie doch diese leuchtend rote Seidentunika an, die Sie neulich bei der Carlucci-Show getragen haben. An jenem Abend sahen Sie hinreißend aus.“

Bevor Kathleen antworten konnte, war Destiny schon fort, und erst jetzt ging in ihrem Hinterkopf der Alarm los. Jeder in der Gesellschaft in und um Washington wusste, dass Destiny sich gern als Kupplerin betätigte. Offiziell hatte sie zwar nichts damit zu tun gehabt, dass sich die Brüder Richard und Mack verlobt und dann geheiratet hatten, doch Eingeweihte wussten es besser. Nun warteten alle darauf, dass Destiny dafür sorgte, dass auch für Ben die Hochzeitsglocken läuteten.

„Oh nein, dieses Mal liegst du schief“, murmelte Kathleen, nachdem die Tür hinter der eleganten Dame ins Schloss gefallen war. „Ich suche keinen Ehemann und schon gar keinen leidenden Künstler.“

Diesen Typ kannte sie nur zu gut, weil sie genau so einen geheiratet hatte. Nach bitteren Kämpfen war die Scheidung erfolgt. Aufgrund der Erfahrung mit ihrem ersten Mann konnte sie zwar sehr gut eine Galerie führen und sich mit Künstlern auseinandersetzen, es hatte jedoch in ihr den Entschluss gefestigt, sich nie wieder mit einem Künstler einzulassen.

Kurz nach der Begegnung mit ihr hatte Tim Radnor sich sanft und empfindsam gegeben und Kathleen als seine Muse bezeichnet. Sobald jedoch sein Erfolg schwand, hatte sie die dunklen Seiten seines Charakters kennengelernt. Er hatte sie zwar nie geschlagen, doch verbal hatte er sie reichlich misshandelt. Die Ehe hatte nur wenige Monate, der Heilungsprozess dagegen wesentlich länger gedauert.

Wenn Destiny also mit einer Romanze rechnete, stand ihr eine herbe Enttäuschung bevor. Es wäre sogar gleichgültig gewesen, wäre Ben Carlton der attraktivste, charmanteste und talentierteste Künstler der Welt gewesen. Kathleen würde gegen ihn immun bleiben, weil sie die Abgründe einer Künstlerseele nur zu gut kannte.

Das waren klare Vorsätze, und Kathleen war auch fest entschlossen, sie einzuhalten. Trotzdem sandte sie sicherheitshalber ein Stoßgebet zum Himmel. „Steh mir bei, bitte!"

„Es gibt Probleme?", fragte eine tiefe Männerstimme.

Kathleen zuckte heftig zusammen, weil sie Boris völlig vergessen hatte, und drehte sich lächelnd zu ihm um. „Nein, Boris, keine Probleme. Absolut keine." Dafür wollte sie sorgen.

Nur noch ganz schwaches Licht fiel auf die Leinwand, doch Ben Carlton merkte kaum, dass die Nacht bereits hereinbrach. So war das immer, wenn sich ein Gemälde der Vollendung näherte. Dann sah er nur die Farben und das Bild, das langsam vor seinen Augen entstand und eine innere Vision festhielt. Um nur keine Zeit zu verlieren, schaltete er hastig die Lampe ein.

„Ich hätte es wissen müssen", sagte eine genervt klingende Frauenstimme.

Niemand betrat Bens Atelier, wenn er arbeitete. Das war eine feststehende Regel in einer Familie, die ansonsten nicht viel von Regeln hielt.

„Geh weg", verlangte er ungeduldig.

„Das werde ich sicher nicht tun", erwiderte seine Tante Destiny. „Hast du vergessen, welcher Tag heute ist? Weißt du eigentlich, wie spät es ist?"

Er versuchte das Bild in seinen Gedanken festzuhalten, doch es löste sich auf. Seufzend drehte er sich zu seiner Tante um. „Heute ist Donnerstag“, erklärte er zum Beweis dafür, dass er nicht so zerstreut war, wie sie offenbar annahm.

„Vielleicht ein ganz besonderer Donnerstag?“, erkundigte sie sich nachsichtig.

Ben strich sich durchs Haar und überlegte.

„Ein Feiertag“, sagte Destiny. „Ein Feiertag, an dem sich die ganze Familie versammelt, und diese Familie wartet derzeit auf den Gastgeber, während der Truthahn kalt wird und die Brötchen verbrennen.“

„Ach verdammt“, murmelte er. „Thanksgiving. Das hatte ich ja völlig vergessen. Sind denn schon alle hier?“

„Ja, und schon eine ganze Weile. Deine Brüder haben bereits gedroht, alles aufzuessen und dir nichts übrig zu lassen, aber ich habe sie davon abgehalten.“ Destiny kam näher und warf einen prüfenden Blick auf die Leinwand. „Erstaunlich, Ben. Niemand fängt die Schönheit dieser Gegend so perfekt ein wie du.“

„Nicht mal du?“, entgegnete er lächelnd. „Schließlich hast du mir alles beigebracht.“

„Du warst acht, als ich dir einen Pinsel in die Hand gedrückt und dich die Technik gelehrt habe, aber du bist ein außergewöhnliches Talent. Ich habe nur gepinselt. Du dagegen bist ein Genie.“

„Ach komm“, wehrte er ab.

Malen hatte ihm stets inneren Frieden geschenkt, weil er dadurch das Chaos in der Welt kontrollieren konnte. Nach dem Tod seiner Eltern bei einem Flugzeugabsturz hatte er etwas gebraucht, das für immer bei ihm bleiben und ihn nie verlassen würde. Destiny hatte ihm Farben gekauft und ihn ermuntert, die Straße in der Nähe ihres Hauses zu malen.

Dieses erste noch unbeholfene Bild hing in dem Haus, in dem Destiny auch weiterhin wohnte, nachdem er und seine Brüder ausgezogen waren. Sie schätzte das Bild nach eigener Aussage, weil es bereits vielversprechende Ansätze zeigte. Aus dem gleichen Grund hatte sie einige von Richards ersten Geschäftsplänen und etliche von Macks Football-Trophäen aufgehoben. Notfalls konnte Destiny kühl und scharf berechnend vorgehen, doch eigentlich war sie ziemlich sentimental.

Richard war der Geschäftsmann, Mack der Sportler in der Familie. Ben interessierte sich weder für das Familienunternehmen noch für

Sport. Schon zu Lebzeiten seiner Eltern hatte er das Gefühl gehabt, nicht in diese tüchtige Familie zu passen. Erst Destiny hatte ihm durch die Malerei einen Sinn im Leben gezeigt und ihm ermöglicht, auf sich stolz zu sein. Seither fühlte er sich seinen Brüdern gleichwertig und ertrug auch ihre Sticheleien, von denen er an diesem Abend bestimmt wieder jede Menge würde einstecken müssen, weil er sein eigenes Festessen vergessen hatte.

Die Idee, das Essen auf seiner Farm zu veranstalten, stammte von Destiny. Ben gab normalerweise keine Einladungen. Er kam in der Küche gut genug zurecht, um nicht zu verhungern, mehr jedoch nicht. Destiny hatte keine Einwände gelten lassen und war vor drei Tagen mit ihrer langjährigen Haushälterin auf seiner Farm eingetroffen.

Hätte eine andere Person versucht, sich dermaßen in sein Leben zu drängen, hätte Ben sich dagegen gewehrt, doch er verdankte seiner Tante zu viel. Außerdem verstand sie seinen Wunsch nach Einsamkeit besser als jeder andere. Seit Gracielas Unfalltod an jenem schrecklichen Abend vor drei Jahren hatte er sich ganz in die Kunst gestürzt, und Destiny holte ihn nur ab und zu aus dieser Isolation heraus.

„Gib mir noch zehn Minuten“, bat er.

„Keine Zeit mehr. Melanie ist schwanger und hält es vor Hunger nicht mehr aus. Wenn sie nicht bald etwas bekommt, isst sie den Blumenstrauß auf dem Tisch. Außerdem fragen sich deine Gäste allmählich, ob wir vielleicht ins Haus eines Fremden eingedrungen sind. Du musst dich unbedingt zeigen. Den mangelnden Schick an Kleidung machst du eben durch deinen Charme wett.“

„Ich habe Farbe auf der Hose“, wandte er ein und begriff plötzlich, was sie gesagt hatte. „Gäste? Außer Richard und Mack und deren Frauen ist noch jemand hier? Von Gästen hast du nichts erwähnt, als du mich dazu gebracht hast, das Essen hier zu veranstalten.“

„Aber sicher habe ich das“, behauptete Destiny unbekümmert.

Sie hatte es nicht getan, und das wussten sie beide. Dieser Umstand wiederum konnte nur bedeuten, dass sie mehr im Sinn hatte, als Bens Einsamkeit zu beleben. Sobald sie das Wohnhaus erreichten, begriff Ben schlagartig, worum es ging.

„Und das, mein Lieber, ist Kathleen Dugan“, stellte Destiny vor, nachdem sie Ben mit einigen Leuten bekannt gemacht hatte, die nirgendwo sonst diesen Feiertag begehen konnten. Destinys Tonfall nach zu schließen, war diese Kathleen eindeutig der wichtigste Gast von allen.

Er warf seiner Tante einen scharfen Blick zu. Kathleen war jung, schön und ohne Begleiter gekommen, was darauf schließen ließ, dass sie ungebunden war. Seit Mack vor Kurzem geheiratet hatte, wusste Ben, dass Destiny nun auch ihn verkuppeln wollte. Der lebende Beweis dafür stand vor ihm – eine Frau mit kurz geschnittenem schwarzen Haar, das ihre hohen Wangenknochen und die veilchenblauen Augen besonders gut zur Wirkung brachte. Jeder Künstler hätte dieses interessante Gesicht bestimmt liebend gern auf Leinwand gebannt. Ben malte nie Porträts, doch sogar er geriet bei ihrem Anblick in Versuchung. Die Besucherin trug eine rote Seidentunika über einer schwarzen, schmal geschnittenen Hose, als Schmuck hatte sie eine Kette aus großen Kugeln in Gold und Rot umgelegt. Alles in allem wirkte sie sehr elegant mit einem Hauch von Extravaganz.

„Freut mich, Sie kennenzulernen“, begrüßte Kathleen ihn offenherzig. Sie wirkte bei Weitem nicht so befangen, wie Ben es war. Eindeutig hatte sie keine Ahnung, was hier vor sich ging.

Ben gab ihr höflich die Hand. „Entschuldigen Sie mein unpassendes Aussehen“, sagte er und wandte sich den anderen zu. „Ich habe gehört, dass das Essen fertig ist.“

„Für ein Glas haben wir noch Zeit“, versicherte Destiny und drängte plötzlich gar nicht mehr an den Tisch. „Richard, schenk doch deinem Bruder ein Glas ein. Dann kann er sich noch eine Weile unterhalten, bevor wir mit dem Essen anfangen.“

„Ich dachte, es wäre sehr eilig“, stellte Ben fest.

„Es ging nur darum, dich aus dem Atelier zu zerren“, erklärte seine hochschwangere Schwägerin, hakte ihn unter, zog ihn ein Stück zur Seite und raunte ihm verschwörerisch zu: „Weißt du denn nicht, dass du die Hauptattraktion bist?“

Er hatte sich mit Melanie angefreundet, als Richard und sie ein Paar wurden, und Ben verließ sich auf ihren Instinkt. Darum war er gespannt, wie sie über dieses Treffen dachte.

„Du kommst nie aus deiner Höhle“, erklärte Melanie. „Deshalb waren wir gleich überzeugt, dass etwas läuft, als Destiny uns hierher eingeladen hat.“

„Ach ja, und was?“, erkundigte er sich.

„Weißt du wirklich nicht, worauf Destiny aus ist?“, fragte Melanie. „Tappst du völlig im Dunkeln wie wir?“

„Nein, ganz so dunkel finde ich es nicht“, stellte er fest und warf einen Blick auf Kathleen.

„Ach, das ist es also“, stellte Melanie fest. „Destiny wird erst glücklich sein, wenn alle ihre drei Neffen verheiratet sind.“

„Hoffentlich irrst du dich“, meinte Ben finster. „Ich enttäusche Destiny nur ungern, aber mit mir kann sie nicht rechnen.“

Richard hatte das aufgeschnappt und lachte. „Bruderherz, wenn du so denkst, tust du mir leid.“ Auch er blickte zu Kathleen, die mit Destiny in ein Gespräch vertieft war. „Ich gebe dir noch bis Mai.“

„Juni“, warf Mack ein. „Destiny hat es gar nicht gefallen, dass keiner von uns traditionsgemäß im Juni geheiratet hat. Jetzt hat sie nur noch dich, kleiner Bruder. Sie wird nicht zulassen, dass du sie enttäuschst. Vorhin habe ich sie im Garten beobachtet. Ich glaube, sie hat sich schon ausgemalt, wo sie die Stühle für die Hochzeitsgäste aufstellen wird.“

Ben schauderte. Richard und Mack waren früher genauso gegen die Ehe gewesen wie er, und wohin das letztlich geführt hatte, sah man. Richard freute sich gerade auf sein erstes Kind, und Mack und Beth wollten eines der kranken Kinder adoptieren, mit denen Beth im Hospital arbeitete. Bei so viel zu erwartendem Nachwuchs war es nicht nötig, dass er auch noch etwas beitrug. Destiny dachte allerdings bestimmt nicht so.

Verstohlen sah Ben noch einmal zu Kathleen Dugan hinüber und bemerkte, wie selbstzufrieden seine Tante das beobachtete. Er seufzte und warf ihr einen Blick zu, der sie abschrecken sollte. Sie zuckte jedoch nicht mal mit der Wimper. Nun, das war genau das Problem mit seiner Tante. Sie ließ ein Nein nie gelten, war zielstrebig und manchmal sogar hinterhältig. Wenn er nicht von Anfang an fest auf seinem Standpunkt beharrte, war er verloren.

Leider hatte er nicht die geringste Ahnung, wie er diesen Standpunkt bei einem Truthahnessen deutlich machen sollte.

Er konnte einfach schweigen, sich nicht um diese Frau kümmern und seiner Tante ausweichen. Bald würden alle wieder verschwinden, und dann hatte er es hinter sich, konnte Türen und Fenster verrammeln und sich einigeln.

Ja, so wollte er vorgehen. Er brauchte nicht unhöflich zu werden und niemanden herauszufordern. Fand er sich eben kommentarlos damit ab, dass diese Kathleen Dugan heute Abend hier war.

Zufrieden mit dieser Entscheidung griff er nach dem Glas, das Richard ihm in die Hand drückte, und roch daran. Kein Alkohol. Seit Gracielas Unfall hatte er außer Bier keinen Tropfen Alkohol mehr getrunken.

„Mein Lieber." Destiny trat mit Kathleen zu ihm. „Habe ich schon erwähnt, dass Kathleen eine Kunstgalerie besitzt?"

Melanie lachte auf, nahm sich aber sofort wieder zusammen; Richard und Mack lächelten vergnügt. Ben hätte seine Brüder am liebsten angefaucht, weil sie sich dermaßen an den Tricks seiner Tante ergötzten. Jetzt war klar, dass Kathleen speziell für ihn ausgewählt worden war.

„Ach ja?", erwiderte er knapp.

„Sie stellt derzeit sagenhafte Bilder aus", fuhr Destiny heiter fort. „Du solltest sie dir unbedingt ansehen."

Ben wandte sich hilflos an Kathleen. Sie wirkte plötzlich ebenso verlegen, wie er sich fühlte. „Vielleicht mal bei Gelegenheit", versprach er, doch er dachte nicht im Traum daran.

„Ich würde gern Ihre Meinung hören", entgegnete Kathleen höflich.

„Die ist nicht viel wert", wehrte Ben ab. „Destiny ist in unserer Familie die Expertin."

„Aber die meisten Künstler erkennen ein Talent sofort", widersprach Kathleen.

Hoffentlich war diese Galeristin klug genug, um seiner Tante nicht in die Falle zu gehen. Ben wollte ihr raten, sofort die Flucht zu ergreifen. „Ich bin kein Künstler", sagte er stattdessen nur ausweichend.

„Natürlich bist du einer", protestierte Destiny. „Du bist sogar ein außergewöhnlich talentierter Künstler. Wieso behauptest du bloß so etwas, Ben?"

Um dir nicht ins Netz zu gehen, hätte er ihr beinahe ins Gesicht gesagt. „Bist du eine Künstlerin?", fragte er lediglich.

„Nicht mehr."

„Weil du nicht mehr malst?", hakte er nach.

Destiny runzelte die Stirn. „Ab und zu pinsele ich ein wenig."

„Dann bezeichnest du dich also nicht als Künstlerin, weil du deine Werke nicht ausstellst oder verkaufst, nicht wahr?“

„Ja, genauso ist es“, bestätigte sie.

„Das gilt auch für mich“, hielt er Destiny triumphierend vor. „Ich stelle nicht aus, und ich verkaufe nicht, sondern ich pinsele nur, wie du es nennst.“ Er zwinkerte Kathleen zu. „Also kann ich Ihnen auch keine professionelle Meinung zu Ihrer gegenwärtigen Ausstellung bieten.“

„Sehr klug“, lobte Kathleen lächelnd.

„Zu klug“, murmelte Destiny.

„Oje.“ Mack lachte lautlos. „Jetzt hast du es geschafft, Ben. Destiny hat das Kriegsbeil ausgegraben, und du bist schon verloren.“

Ben sah um sich herum nur amüsierte Gesichter und kam zu dem Schluss, dass er sein Atelier erst gar nicht hätte verlassen sollen.

2. KAPITEL

Kathleen fand ihre Vermutungen über die wahren Hintergründe für diese Einladung vollauf bestätigt. Wäre es nicht unhöflich gewesen, hätte sie sich auf der Stelle zurückgezogen.

„Möchten Sie sich vor dem Essen noch etwas frisch machen?", fragte Beth Carlton freundlich.

„Ja, gern", erwiderte sie dankbar.

„Ich zeige Ihnen das Bad", bot Beth an und lächelte herzlich, sobald niemand mehr zuhören konnte. „Es kommt Ihnen bestimmt so vor, als säßen Sie in einer Falle, nicht?", vermutete sie mitfühlend.

Kathleen nickte. „Schlimmer noch. Bin ich hier das Opfer?"

„Mehr oder weniger", bestätigte Beth. „Glauben Sie mir, Melanie und ich wissen genau, wie es Ihnen ergeht. Das haben wir auch durchgemacht, und bevor wir es merkten, waren wir mit Carlton-Männern verheiratet."

„Gibt es denn keinen Ausweg?", fragte Kathleen.

„Wir haben jedenfalls keinen gefunden", erwiderte Beth fröhlich. „Vielleicht sind Sie die Ausnahme. Bisher hat Destiny noch keinen Rückschlag erlitten, aber sie kann schließlich nicht immer Erfolg haben."

Kathleen sah sich die Kinderärztin, die mit Mack verheiratet war, genauer an. Beth Carlton wirkte ruhig und intelligent, außerdem war sie sehr hübsch. „Dann bilde ich mir also nichts ein?", vergewisserte sich Kathleen vorsichtig. „Destiny will mich mit Ben verkuppeln? Sie hat mich gar nicht eingeladen, damit ich mir seine Werke ansehe?"

„Haben Sie denn seit der Ankunft schon ein einziges Bild gesehen?", fragte Beth lächelnd.

„Nein."

„Und hat Destiny Sie mitgenommen, als sie Ben aus dem Atelier holte?"

„Nein."

„Also, damit ist die Beweisaufnahme beendet, Euer Ehren", erklärte Beth lachend.

„Aber wieso ausgerechnet ich?", fragte Kathleen ungläubig.

„Das Gleiche habe ich mich auch gefragt, als mir klar wurde, was

Destiny mit Mack und mir plante. Er war früher Profi-Football-Spieler, und ich hatte noch nie in meinem Leben ein Spiel gesehen. Stellen Sie sich das vor! Sie und Ben haben wenigstens die Malerei gemeinsam. Sie passen zumindest in der Hinsicht viel besser zusammen als Mack und ich."

„Aber Destiny lag bei Ihnen beiden richtig", stellte Kathleen fest.

„Genau richtig", bestätigte Beth glücklich. „Das gilt auch für Richard und Melanie. Ich kann Ihnen nur raten, einfach alles über sich ergehen zu lassen und abzuwarten, was passiert. Sollten Sie überhaupt jemals heiraten wollen, ist es nicht schlecht, wenn Sie eine Frau mit Destinys Instinkt auf Ihrer Seite haben."

„Ich suche keinen Ehemann", wehrte Kathleen ab, „und schon gar nicht einen Maler. Ich war bereits einmal mit einem Künstler verheiratet, und das ist gründlich schiefgelaufen."

„Weiß Destiny davon?", fragte Beth nachdenklich.

Kathleen schüttelte den Kopf. „Das glaube ich nicht. Ich habe nicht darüber gesprochen, und nach der Scheidung habe ich meinen Mädchennamen wieder angenommen."

„Lassen Sie mich überlegen." Beth zeigte auf eine Tür. „Da ist das Bad. Ich warte hier auf Sie."

Als Kathleen einige Minuten später wieder herauskam, steckten Beth und Melanie gerade die Köpfe zusammen.

„Also, wir sehen die Sache so", begann Beth. „Entweder kennt Destiny Ihre Vergangenheit und findet, dass Sie für Ben eine Herausforderung darstellen."

„Oder sie hat sich gründlich verkalkuliert", fuhr Melanie vergnügt fort. „Wäre das nicht toll? Ich möchte wenigstens ein einziges Mal erleben, dass Destiny einen Missgriff getan hat. Nehmen Sie mir das bitte nicht übel."

„Sicher nicht." Kathleen mochte die beiden Frauen sehr und legte großen Wert auf ihren Rat, wenn es darum ging, Destiny Carltons Fängen zu entfliehen.

„Gehen wir zu Tisch, bevor Destiny uns sucht", schlug Beth vor.

„Wenn Sie Hilfe benötigen, brauchen Sie sich nur bei uns zu melden", bot Melanie an. „Wir mögen Ben und wollen, dass er glücklich wird, aber wir stehen auch zu einer Frau, die Destiny verkuppeln will. Wir Frauen müssen zusammenhalten."

„Keine Sorge, ich werde mit Destiny schon fertig", behauptete Kathleen zuversichtlich und erntete dafür schallendes Gelächter. „Geben Sie mir vorsichtshalber doch Ihre Telefonnummern", lenkte sie ein, während sie sich dem Esszimmer näherten.

Destiny stand in der offenen Tür, sah den drei Frauen prüfend entgegen und strahlte dann Kathleen an. „Kommen Sie, meine Liebe. Ich habe Ihnen den Platz neben Ben reserviert."

Natürlich hast du das, dachte Kathleen in einem Anflug von Panik und vermied es, Melanie und Beth anzusehen, die sich bestimmt großartig amüsierten. Stattdessen konzentrierte sie sich auf Ben, der seltsamerweise locker und entspannt wirkte.

Kathleen betrachtete ihn genauer. Er sah genauso gut aus, wie sie das aufgrund der Fotos seiner Brüder in den Zeitungen erwartet hatte. Man merkte jedoch deutlich, dass er Künstler war. Die alte Jeans wies etliche Farbflecken auf, und er hatte sogar Farbe an der Wange. Unwillkürlich bewunderte Kathleen ihn: ein Mann, der sich dermaßen in seine Kunst vertiefte, dass er sich seinen Gästen in diesem Aufzug präsentierte.

Beim Anblick eines großartigen Gemäldes über dem Kaminsims blieb sie stehen. Ben Carlton und Destinys Pläne waren vergessen.

„Unglaublich", flüsterte sie.

Der Maler hatte die Herbstlandschaft mit leuchtenden Farben und doch so zart eingefangen, dass alles traumartig wirkte, so als würde man sich Wochen oder Monate später zurückerinnern. Ein Reh stand an einem Bach und blickte ruhig und unerschrocken dem Betrachter entgegen.

„Das hat Ben gemalt", bemerkte Destiny. „Es hat ihm gar nicht gepasst, dass ich es hier aufgehängt habe, wo seine Gäste das Bild genießen können."

„Es ist großartig", stellte Kathleen fest. „Mir kommt es so vor, als würde ich aus einem Fenster sehen."

Destiny lächelte zufrieden. „Ich wusste, dass es Ihnen gefallen würde. Sagen Sie das bitte meinem Neffen. Vielleicht glaubt er Ihnen, wenn er schon meint, ich würde ihn ungerechtfertigt loben."

„Gibt es noch ähnliche Bilder?", fragte Kathleen gespannt.

„In seinem Atelier stapeln sie sich bis zur Decke", versicherte Destiny. „Einige hat er uns und Freunden geschenkt, nachdem wir ihn gedrängt hatten, aber die meisten gibt er nicht aus der Hand."

„Ich könnte ihn reich machen", erklärte Kathleen.

„Ben ist reich", entgegnete Destiny und drückte ihre Hand. „Wenn Sie eine Ausstellung organisieren möchten, müssen Sie sich schon ein anderes Lockmittel einfallen lassen."

„Ruhm?" Welcher Maler wollte nicht der Renoir oder der Picasso der heutigen Zeit sein?

Destiny schüttelte den Kopf. „Er findet, dass Richard und Mack ausreichend für den Ruhm der Familie Carlton gesorgt haben."

Wie sollte Kathleen diesen zurückgezogen lebenden Künstler denn noch locken? Sie wandte sich an die Frau, die Ben am besten kannte. „Hätten Sie einen Vorschlag?"

Destiny tätschelte ihre Hand. „Ihnen fällt bestimmt etwas ein."

Obwohl Kathleen wusste, worauf Destiny hinauswollte, staunte sie doch über ihre entschlossene Miene. Und Kathleen begriff, dass dieser Mann und seine Kunst nicht voneinander zu trennen waren. Wollte sie das eine haben, musste sie auch das andere nehmen. Was für ein teuflischer Plan!

Kathleen ließ den Blick von dem Gemälde zu Ben Carlton wandern. Um solche Bilder ausstellen zu können, hätte sie liebend gern ihre Seele verkauft. Wenn sie Destiny jedoch richtig einschätzte, ging es hier nicht um ihre Seele.

Als sie Ben jedoch genauer betrachtete, fand sie diese Vorstellung plötzlich gar nicht mehr so schlimm.

Ben beobachtete verhalten, wie seine Tante mit Kathleen das Esszimmer betrat und wie Kathleen beim Anblick des Gemäldes stehen blieb. Mit angehaltenem Atem wartete er auf ihre Reaktion.

„Sie sind erstaunlich talentiert", stellte sie fest, sobald sie sich zu ihm setzte.

„Danke. Es ist Destinys Lieblingsbild." Gegen seinen Willen freute ihr Lob ihn.

„Sie hat ein gutes Auge."

„Haben Sie denn schon etwas von ihr gesehen?"

„Einige Bilder", erwiderte Kathleen, „aber ich darf nichts verkaufen. Bescheidenheit liegt offenbar in der Familie."

„Ich bin nicht bescheiden", versicherte Ben. „Ich bin lediglich nicht daran interessiert, Karriere zu machen."

„Und warum nicht?"

„Warum sollte ich es sein?", fragte er herausfordernd. „Ich brauche das Geld nicht."

„Was ist mit Anerkennung durch Kritiker?"

„Kein Interesse."

„Wirklich nicht?", fragte sie skeptisch. „Oder haben Sie Angst, Ihr Werk könnte nicht bestehen?"

„Was heißt bestehen?", entgegnete er stirnrunzelnd. „Im Vergleich zur Arbeit anderer Künstler? Oder richtet sich das nach einem gewissen Niveau der Technik oder nach finanziellem Erfolg?"

„Alles zusammen", entgegnete sie.

„Das ist für mich unwichtig."

„Warum malen Sie dann?"

„Weil ich es gern mache."

„Und das reicht?", fragte sie ungläubig.

Er lächelte über ihr offenes Erstaunen. „Gibt es denn nichts, Ms. Dugan, was Sie nur zum Vergnügen machen?"

„Doch", versicherte sie. „Aber Sie verschwenden Ihr Talent, indem Sie es verstecken und sich niemand an Ihrer Arbeit freuen kann."

„Halten Sie mich für selbstsüchtig?", fragte er verwundert.

„Absolut."

Ben blickte ihr in die funkelnden veilchenblauen Augen und hatte plötzlich keine Lust mehr, mit ihr zu diskutieren. Wären sie allein gewesen, wäre er vielleicht sogar in Versuchung geraten, sie in die Arme zu nehmen und zu küssen, bis sie diese alberne Diskussion vergaß, ob Kunst nur dann wichtig war, wenn man sie ausstellte.

„Wofür entwickeln Sie Leidenschaft?", fragte er unvermittelt.

„Für Kunst", erwiderte sie, ohne zu überlegen.

„Sonst nie?"

Bei dieser Frage wurde sie rot. „Eigentlich nicht."

„Wie schade. Halten Sie das nicht für einen ziemlich eingeschränkten Blick auf die Welt?"

„Das sagt ausgerechnet ein Mann, der allgemein als Einsiedler gilt?", entgegnete sie trocken.

„Ich bin aber ein leidenschaftlicher Einsiedler", bemerkte er lachend. „Ich liebe die Natur. Meine Familie liegt mir am Herzen. Und Malen löst bei mir starke Gefühle aus." Er warf Richard einen Blick zu.

„Ich fange sogar an, mich für Politik zu interessieren, allerdings nicht sonderlich für Football", fügte er hinzu und sah zu Mack.

„Da kommt nur daher", erwiderte Mack, „weil du nie im Leben einen Pass gefangen hast. Er hatte Angst, sich die Finger zu brechen und nie wieder einen Pinsel halten zu können."

„Dann haben Sie schon als Junge gern gemalt?", forschte Kathleen. „Das war Ihnen immer wichtig?"

„Es ist meine Lieblingstätigkeit", bestätigte Ben. „Das bin ich."

„Und Sie haben keinen Ehrgeiz?"

Er schüttelte den Kopf. „Tut mir leid, gar keinen. Richard und Mack besitzen genug Ehrgeiz für die ganze Familie."

Kathleen legte das Besteck aus der Hand. „Wie würden Sie sich denn selbst definieren, abgesehen davon, dass Sie Künstler sind?"

„Und weshalb muss ich mich selbst in eine Schublade stecken?", monierte Ben.

„Das müssen Sie nicht", wehrte sie ab.

„Wie definieren Sie sich denn?", wollte Ben wissen.

„Ich besitze eine Galerie, eine sehr angesehene sogar", erwiderte sie stolz.

Ben betrachtete sie eingehend. Er fand es bezeichnend, dass sie sich nur an ihrer Arbeit festhielt und sich nicht als Frau mit Hoffnungen und Träumen beschrieb. Es machte ihn neugierig, wieso sie Ehrgeiz über persönliche Beziehungen stellte. Da es in dieser Runde, in der sich alle miteinander unterhielten, ungefährlich war, erkundigte er sich: „Es gibt keinen Mann in Ihrem Leben?"

„Keinen", bestätigte sie.

„Wieso nicht?"

„Gibt es denn eine Frau in Ihrem Leben?"

„Treffer für Sie", räumte Ben lachend ein.

„Das ist keine Antwort."

„Nein, es gibt keine Frau in meinem Leben", entgegnete er.

„Warum nicht?", hakte Kathleen nach.

„Weil die einzige Frau, die mir je etwas bedeutet hat, gestorben ist", sagte er leise.

„Tut mir leid, das wusste ich nicht", erwiderte sie mitfühlend.

„Erstaunlich, dass Destiny Sie nicht informiert hat." Offenbar hatte seine Tante ihren Namen nennen hören, denn sie sah zu ihm hinüber.

„Es ist nichts“, sagte Ben zu ihr und kam auf seine ursprüngliche Frage an Kathleen zurück. „Wieso gibt es keinen Mann in Ihrem Leben?“

„Ich war einmal verheiratet, und es hat nicht funktioniert.“

„Und war es so schlimm, dass Sie es nicht wieder versuchen möchten?“

„Noch schlimmer“, versicherte sie und sah ihm in die Augen. „Ich finde, wir sollten lieber über Kunst reden.“

„Ja, das sollten wir“, bestätigte Ben lachend. „Ich habe eben das Gleiche gedacht, obwohl man meinen könnte, wir wollten nur den wirklich wichtigen Themen ausweichen.“

„Ich weiche meinem Privatleben sehr gern aus“, konterte Kathleen prompt. „Wie steht es mit Ihnen?“

„Geht mir auch so“, sagte er. „Wollen wir über Impressionisten diskutieren?“

„Nicht unbedingt“, wehrte sie ab.

„Verstehen Sie etwas von Politik?“

„Wenig.“

„Umweltschutz?“

„Ich halte die globale Erwärmung für sehr gefährlich“, erwiderte Kathleen.

„Das spricht für Sie. Worüber könnten wir noch sprechen?“

Sie spießte ein Stück Truthahn auf. „Das Essen ist hervorragend.“

„Ich habe eher an Umweltthemen gedacht“, scherzte er.

„Tut mir leid, Sie haben Pech. Ich könnte mich über die Vorzüge eines frischen Truthahns aus Freilandhaltung im Vergleich zu einem tiefgefrorenen unterhalten“, bemerkte sie vergnügt. „Alle behaupten zwar, natürliche Haltung wäre gesünder, aber beide Truthähne sind tot. Was ist daran gesund?“

„Das ist allerdings ein wichtiges Thema“, meinte Ben lachend.

„Sie brauchen gar nicht über mich zu spotten“, hielt Kathleen ihm vor. „Ich habe gleich gesagt, dass ich ziemlich eingleisig bin.“

„Und Sie beschäftigen sich nur mit Kunst“, fügte Ben hinzu. „Das habe ich schon verstanden. War Ihr Ehemann Künstler?“

„Allerdings“, bestätigte sie spröde.

Das hätte Ben eigentlich beruhigen sollen. Wenn Kathleen von einem Künstler dermaßen verletzt worden war, dass sie nichts mehr von der Ehe wissen wollte, brauchte er keine Angst vor Destinys Machenschaften zu haben. Er war jedoch gar nicht erleichtert, sondern verspürte stattdessen den Wunsch, diesen Kerl aufzuspüren und ihm den Hals umzudrehen.

„Man kommt über eine schlechte Ehe hinweg", behauptete er.

„Sind Sie über den Verlust dieser Frau hinweg?", fragte Kathleen.

„Nein, aber das ist etwas anderes."

„Inwiefern?"

Ben zögerte, weil er nie über dieses Thema sprach. Trotzdem sagte er Kathleen die Wahrheit. „Ich gebe mir die Schuld an ihrem Tod."

Kathleen sah ihn betroffen an. „Haben Sie denn ihren Tod verursacht?"

„Nicht direkt, aber ich trage trotzdem die Verantwortung."

„Wieso?"

„Wir hatten gestritten. Sie war betrunken, und ich habe sie wegfahren lassen. Sie ist mit dem Wagen gegen einen Baum gerast."

„Deshalb brauchen Sie sich doch keine Vorwürfe zu machen", erwiderte sie und wirkte weder schockiert noch entsetzt. „Ihre Frau war erwachsen und hätte wissen müssen, dass sie nicht fahren darf, wenn sie getrunken hat."

„Betrunkene denken meistens nicht logisch. Ich hätte sie aufhalten können ... müssen", verbesserte sich Ben.

„Ach ja, und wie? Indem Sie ihr die Autoschlüssel wegnehmen?"

„Das hätte gereicht", bestätigte er. So einfach hätte er die Tragödie verhindern können, die vor drei Jahren sein Leben verändert hatte.

„Dann hätte sie eine Weile gewartet und sich dann Ihre Schlüssel und Ihren Wagen genommen", hielt Kathleen ihm vor. „Sie haben selbst gesagt, dass sie nicht logisch gedacht hat."

Ben seufzte. Nein, Graciela hatte wirklich nicht logisch gedacht, doch das traf auch auf ihn zu. Er hatte gewusst, dass sie sich an jenem Abend in die Enge getrieben fühlte, weil er sie mit ihrem Geliebten erwischt hatte. Ben hatte ihr befohlen zu verschwinden. Er hatte sie nicht nur nicht daran gehindert, zu fahren, sondern er hatte sie geradezu hinausgeworfen. „Das spielt alles keine Rolle mehr, weil ich es sowieso nicht ändern kann", sagte er bitter.

Kathleen sah ihm beschwörend in die Augen. „Nein, das können Sie nicht", erwiderte sie leise, „aber Sie können ... nein, Sie müssen es hinter sich lassen, um ins Leben zurückzukehren."

Das hätte er gern getan, und seine Verwandten drängten ihn auch dazu, doch die Schuldgefühle saßen zu tief.

Ben gab sich einen Ruck, hob sein Glas, und alle sahen zu ihm. „Auf die angenehme Gesellschaft und das gute Essen. Danke, Destiny."

„Auf Destiny", prosteten die anderen.

Destiny war sichtlich zufrieden, weil der Abend nach ihren Vorstellungen lief. „Ich wünsche allen ein schönes Thanksgiving-Fest."

Ben trank und hoffte dabei, die innere Finsternis möge endlich weichen, damit er das Leben wieder genießen konnte. Auch in Kathleens Blick fand er Schatten, die andeuteten, dass es ihr ähnlich erging wie ihm.

Ihm war klar, was Destiny sich von diesem Abend versprach, doch dazu würde es nie kommen. Kathleen Dugans Seele war genauso zerstört wie seine.

3. KAPITEL

Kathleen wurde im Verlauf des Essens immer ungeduldiger. Bei Nusskuchen und Kaffee wartete sie noch immer vergeblich auf eine Einladung in Bens Studio. Dabei wollte sie unbedingt herausfinden, ob die anderen Bilder ähnlich gut waren wie das im Esszimmer.

Als das Festmahl endlich beendet war und die Gäste sich verabschiedeten, blieb sie bei der Familie am Tisch sitzen. Am liebsten hätte sie um eine Führung durchs Atelier gebeten, doch dafür machte Ben im Moment ein zu abweisendes Gesicht. Nicht mal Destiny kam darauf zu sprechen, obwohl sie Kathleen angeblich nur deshalb eingeladen hatte. Kathleen wollte sich bereits damit abfinden und sich ebenfalls verabschieden, als Melanie eingriff.

„Kathleen, Sie möchten doch sicher Bens Bilder sehen, bevor Sie aufbrechen, nicht?“, vermutete sie. „Deshalb sind Sie schließlich hier, oder?“

Ben sah drein, als wollte er seine Schwägerin erwürgen, doch Kathleen griff das Stichwort auf. „Vielleicht ein anderes Mal“, erwiderte sie und lächelte Ben zu. „Ich würde mir liebend gern bei einer anderen Gelegenheit Ihr Atelier ansehen, wenn Sie es erlauben.“

„Gern“, entgegnete er höflich.

„Ich rufe Sie an“, versprach Kathleen.

„Im Atelier gibt es kein Telefon“, bemerkte Melanie.

„Und Ben hört nie den Anrufbeantworter ab“, fügte Beth hinzu.

„Tauchen Sie doch einfach hier auf, wenn Ihnen danach ist“, schlug Melanie vor.

Kathleen lächelte. Die beiden ermutigten sie und warnten gleichzeitig Ben. Sehr schlau. „Vielleicht mache ich das“, sagte sie. „Sollte Ben meine Anrufe nicht erwidern“, fügte sie hinzu.

„Ich rufe immer zurück“, behauptete er und warf seinen Schwägerinnen einen scharfen Blick zu. „Zumindest, wenn es wichtig ist.“

Die beiden lachten herzlich, ohne auch nur im Geringsten beleidigt zu sein.

„Jetzt hast du es uns aber gegeben“, meinte Melanie und küsste ihn auf die Wange. „Komm bald zum Abendessen zu uns.“

Zu Kathleens Überraschung legte er sanft die Hand auf Melanies gerundeten Bauch. „Ich sollte mich wirklich beeilen, bevor das Baby kommt."

„Du bist uns immer willkommen", versicherte Melanie. „Und wir rechnen fest damit, dass du dem Kind die ersten Farben schenkst und es malen lehrst, wie Destiny das mit dir gemacht hat. Mack kann ihm dann die Feinheiten des Footballs beibringen."

„Selbst wenn es ein Mädchen wird?", fragte Ben zweifelnd.

„In dieser Familie wird es keine Diskriminierung aufgrund des Geschlechts geben", erwiderte Melanie. „Nicht wahr, Mack?"

„Ganz sicher nicht", bestätigte Mack. „Wer stört sich schon an blauen Flecken, Platzwunden und gebrochenen Knochen?"

„Moment mal", warf Richard ein. „Niemand wird meine Tochter anrempeln oder über den Haufen rennen."

Beth stieß Mack an. „Du hast genau gewusst, dass dein Bruder es verbieten würde, nicht wahr? Offenbar hast du Destinys Hinterhältigkeit geerbt. Du gibst dich völlig unvoreingenommen, weil du nicht riskierst, Wort halten zu müssen."

„Komm, mein Angebot war ehrlich gemeint", behauptete Mack scheinbar tief getroffen. „Lass uns aufbrechen. Wir müssen heute noch einige Kinder im Krankenhaus besuchen. Ich habe ihnen Kuchen versprochen."

Destiny stand sofort auf. „Ich habe die Kuchen schon eingepackt und hole sie aus der Küche."

Melanie und Richard gingen, während Mack, Beth und Destiny sich in die Küche zurückzogen. Kathleen blieb mit Ben allein zurück.

„Ihre Familie ist bemerkenswert", stellte sie fest.

„Es sind alles gute Menschen", erwiderte er. „Was ist mit Ihren Angehörigen? Haben sie sich heute auch getroffen?"

„Natürlich, das ist Tradition", entgegnete sie abweisend.

„Aber Sie waren nicht dabei."

„Ich hatte schon genug Tradition im Leben", beteuerte sie. „Darum wollte ich selbst etwas unternehmen."

„Da steckt doch bestimmt eine Geschichte dahinter."

„Keine interessante", behauptete sie.

Er sah sie aufmerksam an. „Sollten Sie es sich anders überlegen, so bin ich ein guter Zuhörer."

„Ich werde es mir merken", entgegnete sie, hatte jedoch nicht die

Absicht, auf sein Angebot zurückzugreifen.

„Aber Sie wollen mit mir nicht über persönliche Dinge sprechen, stimmt's?", fragte Ben. „Ihnen geht es nur um die Malerei."

„Ja", bekräftigte sie.

„Würden Sie auch schweigen, wenn ich Ihnen als Gegenleistung für Offenheit eine Führung durch mein Atelier anbiete?"

„Warum sollten Sie das tun?", fragte sie überrascht.

„Weiß ich nicht", erwiderte er. „Vielleicht, weil ich mich für die Geschichte, die Sie mir verschweigen, so sehr interessiere wie Sie sich für meine Bilder, die ich Ihnen nicht zeige."

Das Angebot überraschte Kathleen völlig. „Nein, lieber nicht", entschied sie trotzdem.

„Wovor haben Sie Angst?"

Sie wollte nicht verraten, dass es sie verletzbar machen würde, über ihre Vergangenheit zu sprechen. „Ich habe keine Angst", erklärte sie und wünschte sich, es würde stimmen.

„Wirklich nicht?", fragte Ben.

„Absolut nicht." Sie sah ihm offen in die blauen Augen und hielt den Atem an, weil sein Blick unbeschreiblich intensiv war.

„Dann gibt es also keinen Grund, warum ich das nicht tun sollte", erwiderte er, legte ihr die Hand in den Nacken und küsste sie.

Kathleen wurde augenblicklich heiß vor Verlangen. Der Verstand riet ihr, sich sofort zurückzuziehen, doch unerklärlicherweise empfand sie eine heftige Attraktion zu Ben. Sie erwiderte den Kuss sogar und stöhnte leise auf, als Ben sich von ihr löste.

Wie benommen sah sie ihm in die Augen, fand in seinem Blick Verwirrung und Leidenschaft und fragte sich, was soeben geschehen war. Bei jedem anderen Mann hätte sie jetzt vor Zorn gebebt. Sie zitterte zwar, aber weil dieser Kuss etwas in ihr geweckt hatte, das ihrer Meinung nach längst abgestorben war.

„Warum?", flüsterte sie.

„Das frage ich mich auch", räumte Ben ein. „Vielleicht wollte ich Sie bloß herausfordern. Sie haben sich so unglaublich selbstsicher gegeben."

„Und vielleicht wollten Sie sich etwas beweisen", erwiderte Kathleen gereizt.

„Und was?"

„Dass Destiny sich dieses Mal geirrt hat."

„Meine Tante hatte nichts mit diesem Kuss zu tun", wehrte er sofort ab.

„Ach nein? Und da spielt es auch keine Rolle, dass sie es genau darauf abgesehen hat?"

„Dieser verdammte Kuss hatte absolut nichts mit Destiny zu tun", wiederholte er. „Tut mir allerdings leid. Es hätte nicht dazu kommen dürfen."

Kathleen seufzte. Sicher, es war ein Fehler gewesen, den sie allerdings nicht bereute. „Vergessen wir es einfach", schlug sie vor. „Die meisten Küsse haben überhaupt nichts zu bedeuten."

„Genau", bestätigte Ben erleichtert.

„Ich sollte aufbrechen. Sagen Sie Destiny bitte, dass es wunderbar war und dass ich sie bestimmt bald in der Galerie sehen werde."

„Vermutlich schon morgen Vormittag", entgegnete Ben trocken.

„Ja, das vermute ich auch", bestätigte Kathleen lachend.

„Werden Sie ihr gegenüber den Kuss erwähnen?"

„Um Himmels willen, nein! Sie vielleicht?"

„Bin ich verrückt? Auf keinen Fall."

Kathleen sah ihm erneut in die Augen und traf eine Entscheidung. „Ich werde trotzdem wieder herkommen. Es ist Ihnen nicht gelungen, mich zu verscheuchen."

„Es war den Versuch wert", meinte er.

Kathleen lachte, weil sie ihn ertappt hatte. „Ich wusste es! Ich wusste, was der Kuss zu bedeuten hatte."

„Nicht ganz", versicherte Ben und lächelte. „Denken Sie auf der Heimfahrt darüber nach."

Das war eine Herausforderung, und Kathleen konnte Herausforderungen nicht widerstehen. Nach allem, was sie erlebt hatte, war sie fest entschlossen, keinen anderen Menschen jemals wieder Macht über sich haben zu lassen. Das galt auch für Ben Carlton, mochte er noch so gut aussehen, noch so umwerfend lächeln und noch so hinreißend küssen.

Ben war überrascht und auch enttäuscht, dass Kathleen nach diesem unglaublichen Kuss einfach ging, doch letztlich hatte er das gewollt. Er hatte sie verscheuchen wollen. Trotzdem ärgerte er sich, und das war kein gutes Zeichen.

„Was planst du denn dieses Mal?“, fragte er, sobald er mit Destiny allein war.

Sie saß auf dem Sofa und nippte an einem Cognac. „Du bist zu misstrauisch, mein Lieber“, versicherte sie ohne die geringsten Anzeichen von schlechtem Gewissen. „Wieso sollte ich etwas planen?“

„Weil du das immer machst und dich gern einmischst. Seit Richard, Mack und ich alt genug sind, um uns zu binden, arbeitest du daran.“

„Aber sicher. Ich liebe euch schließlich. Ist es da verkehrt, wenn ich euch glücklich sehen möchte?“

„Ich bin glücklich.“

„Seit Gracielas Tod bist du allein, unglücklich und quälst dich mit Schuldgefühlen. Es ist höchste Zeit, dass du das überwindest, Ben. Es war nicht deine Schuld.“

„Ich spreche nicht über Graciela“, wehrte er schroff ab.

Destiny ließ sich nicht so leicht abweisen. „Genau das ist das Problem. Meiner Ansicht nach ist es höchste Zeit, dass du es tust. Sie war nicht der Gipfel der Tugendhaftigkeit, als den du sie siehst, Ben. Das müsste sogar dir klar sein.“

„Destiny, lass es“, warnte er.

„Nein, ich lasse es nicht“, beharrte sie. „Graciela war keine Heilige.“

„Verdammt, Destiny …“

„Es war richtig, dass du dich von ihr getrennt hast, Ben. Du bist nicht dafür verantwortlich, dass sie an dem bewussten Abend verunglückt ist. Es war ihre Schuld, nicht deine.“

Wieder erinnerte er sich daran, wie er Graciela damals mit einem argentinischen Polospieler ertappt hatte. Aus Liebe hatte er ihr immer wieder alle Fehler verziehen, doch an jenem Tag war ihm klar geworden, dass es sich gar nicht um Liebe handelte. Er hatte lediglich nicht wieder einen Menschen verlieren wollen, der ihm wichtig war. Darum hatte er von Graciela verlangt, für immer aus seinem Leben zu verschwinden.

„Du wirst es dir schon noch anders überlegen“, hatte Graciela schleppend geantwortet. Sie war wunderschön gewesen an jenem Abend, obwohl sie zu viel getrunken hatte.

„Dieses Mal nicht“, hatte er unnachgiebig geantwortet. „Es ist aus. Mir reicht es.“

Er hätte alles hinter sich lassen können, wäre nichts weiter passiert, doch Graciela hatte es nicht mal bis zur Landstraße geschafft. Er hörte das schreckliche Krachen und Knirschen, fand sie im Wagen eingeklemmt, und Flammen hatten bereits gezüngelt. Er versuchte noch, Graciela zu retten, doch es war zu spät.

Mit der Explosion des Wagens verschloss Ben seine Seele. Seit der Kindheit hatten ihn Vorstellungen geplagt, wie das Flugzeug seiner Eltern gegen einen Berg geprallt war. Damals war er noch so klein gewesen, dass er kaum begriff, was geschehen war, und niemand hatte genauer über den Absturz gesprochen. Dafür hatte er sich die Einzelheiten dank seiner regen Fantasie in grellen Farben ausgemalt.

Fröstelnd verdrängte Ben die Erinnerungen. „Es ist ein gewaltiger Unterschied, ob man allein oder einsam ist", behauptete er. „Das solltest du am besten wissen. Du bist jetzt auch allein, Destiny, aber du hast bisher keinen Mann gesucht."

„Das heißt nicht, dass es mich nicht freuen würde, den richtigen zu treffen", erwiderte sie.

„Eben!", rief er triumphierend. „Es muss der richtige sein."

„Ja, sicher", erwiderte sie und lächelte betrübt. „Ein Mal habe ich diese außerordentliche Erfahrung gemacht und weiß, wie das ist. Mit weniger gebe ich mich nicht zufrieden."

„Ich auch nicht."

„Aber wenn du nicht aus deinem Versteck kommst und dich nicht umsiehst, wirst du niemanden finden."

„Darum hast du beschlossen, mir eine mögliche Kandidatin ins Haus zu bringen?"

„Willst du mich dafür anzeigen?", spottete Destiny. „Außerdem hat es geklappt, oder etwa nicht? Kathleen interessiert dich. Ich habe beobachtet, wie du sie ansiehst."

„Vielleicht möchte ich sie malen", erwiderte er, weil er nicht mehr zugeben wollte.

„Du malst nie Porträts", hielt Destiny ihm lächelnd vor. „Solltest du eine Ausnahme machen, wäre das höchst interessant, nicht wahr?"

„Wohl kaum", wehrte er ab.

„Sieh dir doch deine Bilder an", hielt Destiny ihm ungeduldig vor. „Du beschäftigst dich lieber mit der Natur als mit Menschen. Seit du deine Eltern verloren hast, wagst du nicht, dich an Menschen zu binden oder dich zu verlieben. Selbst bei Graciela bist du kein Risiko eingegangen, weil sie gar nicht wirklich lieben konnte. Das hast du von Anfang an gewusst. Du hast stets Angst davor gehabt, verlassen zu werden."

„Ich habe mich in Graciela verliebt", behauptete er.

„Das glaube ich dir zwar nicht, aber wie du meinst. Letztlich hat sie dir wehgetan."

„Ja", erwiderte er knapp.

„Ich habe dich nicht verlassen, und Richard und Mack haben dich nicht verlassen. Du magst auch die Frauen deiner Brüder, die ebenfalls bleiben werden. Und ich wette, dass du dein Herz an die Kinder deiner Brüder verlieren wirst."

„Höchstwahrscheinlich", bestätigte er. Wenn er fühlte, wie sich Melanies Baby bewegte, beneidete er seinen Bruder. „Aber ich brauche niemanden", trotzte er.

„Wir alle brauchen jemanden. Wenn ich dir das nicht beigebracht habe, dann habe ich kläglich versagt."

„Du scheinst aber niemanden zu brauchen."

„Ich habe Erinnerungen", erwiderte sie betrübt. „Wunderbare Erinnerungen."

„Und die wärmen dich nachts?"

„Sie geben mir Frieden", versicherte Destiny. „Das Leben gehört den Lebenden, mein Lieber. Vergiss das nie."

„Es sei denn, das Schicksal greift ein, und mit dem Schicksal ist das so eine Sache. Man weiß nie genau, wann es zuschlägt."

Destiny seufzte wehmütig. „Nein, das weiß man nicht."

„Du denkst jetzt daran, was du aufgegeben hast, um dich um uns zu kümmern, nicht wahr?", fragte Ben.

„Du sagst das, als würde ich es bedauern, aber ich habe kein Opfer gebracht", versicherte sie wie schon so oft. „Ich habe einfach getan, was ich tun musste, und ihr Jungs habt Freude in mein Leben gebracht."

„Das hat dir aber nicht den Mann ersetzt, den du zurückgelassen hast", behauptete er und hoffte, sie würde ausnahmsweise über diesen Teil ihres Lebens sprechen.

„Das ist Schnee von gestern", behauptete Destiny. „Wichtig ist, dass ich nichts bedauere. Man macht immer weiter, geht Risiken ein und lässt andere Menschen in sein Leben. Man sichert sich nicht dadurch ab, dass man sich verschließt. Dadurch wird man lediglich einsam. Wenn du willst, könnte ich dir Kathleens Telefonnummer geben."

„Erstaunlich, dass du sie mir nicht schon an die Wände geschrieben hast." Ben musste trotz allem lachen. „Ich hab dich lieb, das weißt du, nicht wahr?"

„Ja", bestätigte Destiny heiter. „Und letztlich wirst du genau das tun, was ich von dir erwarte. So wie immer."

Leider hatte sie recht. Er konnte Kathleen Dugan also auch gleich am nächsten Morgen anrufen. Letztlich würde er sie sowieso wiedersehen – und küssen.

Er wollte nur sicherstellen, dass dies zu seinen Bedingungen geschah.

4. KAPITEL

Am Freitagvormittag drängten sich in Kathleens Galerie Kunden, die in der Zeitung die Kritik von Boris' Bildern gelesen hatten. Der Kritiker hatte von dem gewagten Stil geschwärmt und dem Künstler eine große Zukunft vorhergesagt. Nun bezahlten Sammler, die bei der Vernissage kein Interesse gezeigt hatten, die Spitzenpreise, die Kathleen nach dem Lesen der Kritik auf die Preisschildchen geschrieben hatte.

Wenn das so weiterging, war sie bald ausverkauft und musste nach einem anderen Künstler Ausschau halten. Bens Gemälde fielen ihr wieder ein. Es wäre großartig gewesen, hätte sie ihn gleich zu einer Ausstellung überreden können, doch die Chancen standen schlecht. Bestimmt brauchte sie viel Zeit und Geduld, um ihn umzustimmen.

Kathleen hatte soeben den letzten Verkauf getätigt, als Destiny in einem roten Mantel mit einem Kragen aus Kunstpelz und passendem Hut in die Galerie fegte.

„Guten Morgen, Kathleen." Destiny lächelte, als sie an den Bildern die roten Schildchen mit der Aufschrift „Verkauft" entdeckte. „Habe ich Ihnen nicht gleich gesagt, dass eine gute Kritik das Blatt für Boris wenden wird? Die Ausstellung ist offenbar ein großer Erfolg."

„Das ist sie", bestätigte Kathleen glücklich. „Jetzt brauche ich allerdings dringend Ersatz. Ich habe erreicht, dass die meisten Käufer die Bilder erst nächste Woche holen werden, aber dann könnten die Wände plötzlich kahl sein. Möchten Sie mir nicht helfen?"

„Sie haben erlebt, wie schwierig Ben ist. Ich bezweifle, dass Sie ihn zu einer Ausstellung überreden können."

„Stimmt", meinte Kathleen, „aber die Familie Carlton hat mehr als einen Künstler aufzuweisen. Und ich finde, Sie stehen in meiner Schuld."

„Wieso denn das, meine Liebe?", fragte Destiny scheinbar ahnungslos.

„Sie haben mich unter Vorspiegelung falscher Tatsachen ins Haus Ihres Neffen gelockt, oder etwa nicht?"

„Vorspiegelung falscher Tatsachen?", erwiderte Destiny. „Ich verstehe Sie nicht."

„Es ging keinen Moment um Bens Gemälde", fuhr Kathleen fort.

„Sie wollten nur, dass ich ihn kennenlerne."

„Und das haben Sie", bestätigte Destiny. „Früher oder später werden Sie ihn bestimmt dazu bringen, dass Sie seine Bilder verkaufen dürfen."

„Woher weiß ich überhaupt, ob es noch mehr Bilder gibt?", fragte Kathleen. „Ich habe keine gesehen."

„Nun ja, das hat nicht so recht geklappt", räumte Destiny ein. „Vielleicht haben sich in einigen Tagen oder Wochen die Wogen so weit geglättet, dass Sie wieder zur Farm fahren können. Ich würde Ihnen allerdings empfehlen, bis nach Neujahr zu warten."

„Fast sechs Wochen? Dann muss Ben über Ihr Ränkespiel ja sehr zornig sein."

Destiny winkte ab. „Er wird sich schon wieder beruhigen. Lassen Sie ihm nur etwas Zeit."

„Aber ich habe keine Zeit. Ich brauche noch vor Weihnachten ein neues Projekt. Einige Arbeiten von Destiny Carlton wären sehr gut vor den Feiertagen. Wir könnten eine besonders schöne Vernissage arrangieren."

„Auf keinen Fall", wehrte Destiny ab. „Ich stelle meine Gemälde nicht mehr aus."

„Genau wie ein anderes Mitglied Ihrer Familie. Wieso denn nicht? Ich weiß, dass Sie gut sind, Destiny. Sie haben mir einige Ihrer Bilder gezeigt."

„Vor Jahren war das Malen mein Beruf. Jetzt ist es nur noch Zeitvertreib."

„Was es angeblich auch für Ben ist."

„Ben ist ein Genie", behauptete Destiny leidenschaftlich. „Konzentrieren Sie sich auf ihn, meine Liebe, und vergessen Sie mich."

„Das fällt mir schwer, wenn Sie hier sind, er aber nicht."

„Er wird es sich bestimmt anders überlegen. Und bis dahin finden Sie sicher etwas für Ihre Galerie. Es gibt zahlreiche Künstler in der Gegend, die ihre Werke gern ausstellen würden. Fragen Sie doch einen von ihnen. Sie können sehr überzeugend sein."

„Bei Ihnen habe ich versagt", stellte Kathleen trocken fest. „Vielleicht sind die Carltons gegen meinen Charme immun."

„Oder Sie müssen sich eine neue Strategie ausdenken und sich mehr bemühen", riet Destiny. „Mein Neffe hat übrigens einen Hang zum Süßen. Bei Ihren Ausstellungen servieren Sie immer herrliches Gebäck, das

Sie selbst gemacht haben. Bestimmt könnten Sie diese Fähigkeit zu Ihrem Vorteil einsetzen.“ Destiny sah auf die Uhr und tat betroffen. „Ach, schon so spät. Ich wollte Ihnen nur sagen, dass ich mich über die gute Kritik gefreut habe. Und es war nett, dass Sie gestern bei uns waren.“

„Vielen Dank für die Einladung“, erwiderte Kathleen. „Es war schön, den Rest der Familie kennenzulernen. Das Gespräch mit Beth und Melanie war sehr aufschlussreich.“

„Glauben Sie nicht alles, was Sie hören“, warnte Destiny.

Kathleen lachte über das besorgte Gesicht der älteren Dame. „Oh ja, ich verstehe gut, warum Sie nicht wollen, dass ich auf die Ratschläge der beiden höre.“

„Was haben sie Ihnen denn erzählt?“, forschte Destiny vorsichtig.

„Nichts, was ich nicht sowieso schon herausgefunden hatte“, erwiderte Kathleen. „Sie sind eine kluge Frau, eine Frau, die man nicht unterschätzen darf.“

„Das betrachte ich als Kompliment“, erwiderte Destiny.

„Das können Sie auch“, meinte Kathleen lächelnd, „obwohl die beiden es vielleicht nicht so meinten.“

„Die zwei haben keinen Grund, sich zu beklagen“, fand Destiny. „Hätte ich bei ihnen und meinen Neffen nicht nachgeholfen, wäre alles nicht so gut gelaufen.“

„Dem wird niemand widersprechen“, bestätigte Kathleen, „aber darf ich Ihnen einen Rat geben?“

„Natürlich.“

„Rechnen Sie nicht damit, dass Sie sich auch bei Ben und mir durchsetzen werden.“

„Weil Sie aus härterem Holz geschnitzt sind?“, erkundigte sich Destiny amüsiert.

„Genau.“

„Meine Liebe, das bedeutet nur, dass es Sie noch schneller erwischen wird.“

Damit verließ Destiny die Galerie in einer Duftwolke teuren Parfums, und Kathleen überlegte, was Bens Tante wohl gemeint haben könnte.

Ben trug eine dicke dunkle Farbschicht auf der Leinwand auf und betrachtete sie düster. Der Klecks entsprach ziemlich genau seiner Stimmung seit Thanksgiving – innerer Aufruhr und Verwirrung. Vielleicht würde ein Kritiker darin auch Anzeichen von Irrsinn entdecken, und Ben hielt es durchaus für möglich, dass er seit seiner Begegnung mit Kathleen Dugan den Verstand verloren hatte. Jedenfalls konnte er sie einfach nicht mehr aus seinen Gedanken verbannen.

Er konnte seither auch nicht mehr richtig arbeiten. Eigentlich hatte er Kanadagänse auf dem Flug nach Norden malen worden, doch jetzt bedeckte er die Leinwand mit Farbschleiern, um den fehlgeschlagenen Versuch zu übertünchen.

Schon wollte er eine neue Leinwand auf der Staffelei befestigen, als er eine Autotür zuschlagen hörte. Ben warf einen Blick aus dem Fenster und sah Mack vor seinem Geländewagen stehen. Auch wenn Mack keinen Funken künstlerisches Talent besaß, hätte er beim ersten Blick auf das Bild sofort erkannt, wie es um seinen Bruder stand. Darum ließ Ben das noch feuchte Gemälde lieber rasch verschwinden.

Mit einer Tüte voller Sandwichs und Getränkedosen betrat Mack das Atelier und entdeckte die leere Leinwand auf der Staffelei. „Blockade?", fragte er amüsiert.

„Nein", schwindelte Ben. „Ich wollte gerade ein neues Bild anfangen."

Mack betrachtete die Farbpalette, die offenbar vor Kurzem noch in Gebrauch gewesen war. „Ach ja?"

„Ein anderes Bild habe ich vorhin fertiggestellt", behauptete Ben.

„Kann ich es sehen?", bat Mack unschuldig.

„Nein, ich habe es weggeworfen", wehrte Ben ab. „Es ist misslungen."

„Vielleicht könnte ich dir mit meiner Meinung weiterhelfen", bot Mack ihm fröhlich an.

„Mir wäre es lieber, wenn du ein Sandwich herausrückst und Kunstkritik den Leuten überlässt, die etwas davon verstehen", entgegnete Ben ungnädig.

„Du meinst Leuten wie Kathleen Dugan?" Mack reichte ihm ein Roastbeef-Sandwich. „Sie scheint eine Menge von Kunst zu verstehen."

„Die kommt mir nicht in die Nähe meiner Bilder", erklärte Ben fest.

„Weil du ihr nichts zutraust, oder weil Destiny sie dir vorgestellt hat?" Mack strahlte über das ganze Gesicht. „Natürlich misstraust du deiner Tante – aus gutem Grund."

„Du musst es ja wissen", erwiderte Ben.

„Und ob ich das weiß."

„Warum bist du überhaupt hier?"

„Ich wollte nur mal sehen, was du so treibst", behauptete Mack.

„Du warst am Donnerstag bei mir, und heute ist erst Samstag. Was soll sich innerhalb von zwei Tagen schon ereignet haben?"

„Das kommt ganz darauf an, wie gut Destinys Pläne laufen", erwiderte Mack lachend. „War Kathleen schon wieder hier?"

„Weit und breit nichts von ihr zu sehen."

„Bist du darüber erleichtert?", fragte Mack.

„Natürlich."

„Das klingt aber nicht sonderlich glücklich. Ich hatte den Eindruck, dass ihr zwei euch gut verstanden habt. Vielleicht hast du sogar gehofft, sie würde wieder auftauchen und dir auf den Leib rücken."

„Wir haben uns bloß höflich unterhalten", entgegnete Ben verdrossen.

„Ach, der Kuss war lediglich eine höfliche Geste?", fragte Mack.

Ben spürte, wie er rot wurde. „Welcher Kuss?"

„Der Kuss, den ich zufällig gesehen habe, als ich ins Esszimmer zurückgekommen bin", erklärte Mack. „Auf mich hat er nicht ‚bloß höflich' gewirkt."

„Hast du uns vielleicht nachspioniert?", fragte Ben gereizt.

„Nein", versicherte sein Bruder. „Destiny hat mich zu dir geschickt. Ich sollte fragen, wie viel Kuchen sie für dich aufheben soll, damit sie Beth und mir den Rest fürs Krankenhaus mitgeben kann."

„Ich habe dich nicht ins Esszimmer kommen hören", hielt Ben ihm vor.

„Eindeutig nicht."

„Du bist doch nicht etwa sofort in die Küche gerannt und hast alles erzählt?", fragte Ben finster.

„Selbstverständlich nicht", beteuerte Mack. „Ich habe Destiny nur gesagt, du hättest schon mehr als genug Kuchen gegessen, und ich sollte den Rest mitnehmen."

„Ach, deshalb habe ich später nicht mal einen Krümel vorgefunden", beklagte sich Ben.

Mack lächelte ungerührt. „Du stehst in meiner Schuld, weil ich dich nicht verpetzt habe."

Ben seufzte. „Du hast recht. Destiny hätte sich nur falsche Hoffnungen gemacht und sich eingebildet, die erste Runde wäre an sie gegangen."

„Du bist bestimmt noch nicht vom Haken, Brüderchen. An deiner Stelle würde ich von jetzt an sehr oft über die Schulter blicken und auf Rückendeckung achten. Wenn ich mich nicht irre, wirst du Kathleen nämlich ständig sehen, wenn du dich umdrehst."

Ben verschwieg seinem Bruder, dass er sie bereits jetzt überall im Geiste vor sich sah und dass er sie nicht mehr loswurde.

In geschäftlichen Dingen war Kathleen alles andere als geduldig. Darum fuhr sie bereits am Sonntagmorgen wieder nach Middleburg. Die Bäume verloren zwar schon das Laub, aber überall waren noch goldgelbe, rote und braune Blätter zu sehen. Es war ein erstaunlich warmer und sonniger Morgen, und auf den Weiden standen Pferde hinter weißen Zäunen.

Kathleen hatte sich auf den Besuch gut vorbereitet, und sie saß in ihrem Wagen mit laufendem Motor, als Ben aus dem Haus kam. Er trug eine alte Jeans, ein Sweatshirt und Turnschuhe. Außerdem war er unrasiert, und sein Haar war zerzaust, aber er sah unglaublich attraktiv aus.

Kathleen war keineswegs hier, weil Ben ihr Verlangen geweckt hatte. Ihr ging es nur um sein Talent, auch wenn es manchmal schwer war, das eine vom anderen zu trennen.

Sie rechnete damit, sofort weggeschickt zu werden. Stattdessen betrachtete Ben hoffnungsvoll die Kaffeebecher, die sie mitgebracht hatte.

„Wenn einer davon für mich bestimmt ist, verzeihe ich Ihnen, dass Sie ohne Einladung hier auftauchen", sagte er statt einer Begrüßung und griff nach einem Becher.

„Wenn mir der Kaffee Zutritt zu Ihrem Atelier verschafft, was bekomme ich denn dann für frisch gebackene Brötchen?", fragte sie und hielt ihm eine duftende Tüte unter die Nase.

„Dafür pfeife ich die Wachhunde zurück", bot er großzügig an.

„Hier gibt es keine Wachhunde."

„Haben Sie das Schild am Tor nicht gesehen?"

„Doch, aber Ihre Tante hat mir verraten, dass Sie gar keine Hunde haben."

„Kein Wunder, dass alle Leute bei mir auftauchen, wann es ihnen passt“, beschwerte er sich. „Ich muss Destiny dazu bringen, meine Geheimnisse in Zukunft nicht überall zu verraten.“

„Oder Sie kaufen sich einen Rottweiler“, schlug Kathleen vor und folgte ihm in die Scheune, die zum Atelier umgebaut worden war.

Die rot gestrichenen Außenwände waren verwittert, aber drinnen fand Kathleen ein Paradies für einen Maler mit viel Licht und Platz vor. Dank der Fenster, die einen Spalt offen standen, roch es nur schwach nach Ölfarben und Terpentin. Ben schloss die Fenster und drehte an der Heizung.

Kathleen musste sich zurückhalten, um nicht alles fallen zu lassen und sich auf die Regale zu stürzen, in denen Hunderte von Gemälden lagerten. Sie stellte die Tüte mit den Brötchen auf die Theke.

„Alles für Sie“, erklärte sie.

Ben roch genüsslich an der Tüte. „Haben Sie die gebacken?“

„Höchstpersönlich.“

„Überfällt Sie jeden Sonntag der Drang, zu backen?“

„Eigentlich hat er mich schon gestern Abend überfallen“, erwiderte sie.

„Dann wollen wir mal kosten“, entschied er, holte ein Brötchen heraus, brach ein Stück ab und schob sich einen Bissen in den Mund. „Nicht schlecht“, urteilte er und lächelte Kathleen zu. „Dafür dürfen Sie sich fünf Minuten lang umsehen. Wenn ich die ganze Tüte bekomme, gebe ich Ihnen zehn Minuten.“

„In dieser Tüte sind sechs Brötchen. Dafür müsste ich mindestens eine halbe Stunde bekommen.“

Ben betrachtete sie misstrauisch. „Wollen Sie nur Ihre Neugierde befriedigen?“

Kathleen ging schon zum ersten Regal und zögerte. Wenn sie Ben die Wahrheit sagte, warf er sie womöglich hinaus, bevor sie einen Blick auf die Bilder werfen konnte. Wenn sie ihn belog, würde sie jegliches Vertrauen zerstören.

„Nein“, räumte sie daher ein. „Obwohl natürlich jeder Kunsthändler auf eine derartige Schatztruhe neugierig wäre.“

„Dann glauben Sie also noch immer, Sie könnten mich zu einer Ausstellung in Ihrer Galerie überreden?“

Kathleen zuckte mit den Schultern. „Ich hoffe, sofern Ihre Arbeiten wirklich gut sind.“

„Ich mache keine Ausstellung, selbst wenn Sie mich für besser als Monet halten", erwiderte er stirnrunzelnd. „Und Ihre zehn Minuten verstreichen."

„Abwarten", erwiderte sie lächelnd.

„Es wird keine Ausstellung geben", wiederholte er. „Wenn es Ihnen nur darum geht, verschwenden Sie Ihre Zeit."

„Für mich ist es nie Zeitverschwendung, wenn ich ein unglaubliches Talent entdecke."

„In diesem Fall schon, sofern Sie durch Ausstellen und Verkaufen meiner Bilder Geld verdienen möchten."

Sie kehrte an die Theke zurück, an der er das zweite Brötchen gerade in kleine Stücke brach. „Warum sind Sie so strikt dagegen, dass andere Leute Ihre Bilder sehen?"

„Weil ich nur wegen der Freude male, die mir diese Tätigkeit schenkt."

„Mit anderen Worten", erwiderte sie, „ist es Ihnen zu persönlich, zu enthüllend."

Obwohl er hastig den Blick senkte, erkannte sie doch, dass sie den Nagel auf den Kopf getroffen hatte.

„Meine Werke sind unverkäuflich", erklärte er schroff. „Und Ihre Zeit ist abgelaufen. Ich kann auch ohne die Brötchen leben. Nehmen Sie den Rest und gehen Sie."

Kathleen warf einen sehnsüchtigen Blick zu den Bildern, die sie noch nicht gesehen hatte. „Also gut", lenkte sie ein, „ich gehe wieder, aber die Brötchen lasse ich hier. Und ich komme wieder und verlange die halbe Stunde, die Sie mir versprochen haben."

„Es waren zehn Minuten, und Sie können sich die Mühe sparen", erwiderte er. „Reine Zeitverschwendung."

„Das ist meine Sache", versicherte sie freundlich. „Und lassen Sie sich warnen: Sie haben keine Ahnung, wie hartnäckig ich sein kann, wenn ich mir etwas in den Kopf gesetzt habe. Dieser Besuch war nur eine kleine Aufwärmübung."

Sie sah ihm direkt in die Augen, und es befriedigte sie, dass er als Erster den Blick senkte.

„Ich glaube, allmählich begreife ich", murmelte er.

Kathleen hatte ihn genau verstanden, fragte aber trotzdem: „Was haben Sie gesagt?"

„Nichts, Ms. Dugan. Ich habe nichts gesagt."

„Mein Name ist Kathleen", erinnerte sie ihn.

„Kathleen, wenn es zwischen uns privat läuft", sagte er. „Wenn Sie über Geschäfte sprechen, dann Ms. Dugan."

„Dann nennen Sie mich doch Kathleen", bat sie herausfordernd.

„Offenbar haben Sie den Kuss vergessen", erwiderte er überrascht, „sonst würden Sie mich nicht dermaßen sorglos in Versuchung führen."

Kathleen hatte den Kuss keinen Moment vergessen. Was war ihr bloß eingefallen, Ben dermaßen zu provozieren? Es wäre sinnvoller gewesen, sich ganz auf die Bilder zu konzentrieren. „Sie machen mir keine Angst", behauptete sie.

„Die sollten Sie aber haben."

„Ach, und weshalb?"

„Ich bin zwar völlig außer Übung, aber wenn ich etwas oder jemanden will, bekomme ich immer, was ich haben möchte", warnte er.

„Sie machen mir trotzdem keine Angst", erklärte sie, obwohl sie weiche Knie bekam und jeden Moment mit einem verzehrenden Kuss rechnete.

Als hätte Ben ihre Gedanken erraten, wich er ein Stück zurück und steckte die Hände in die Hosentaschen. „Halten Sie sich von mir fern, Kathleen."

„Das kann ich nicht."

„Bitte."

Es wäre klüger und sicherer gewesen, diese Bitte zu erfüllen, und vielleicht hätte Kathleen es getan, wäre nicht dieser gequälte Blick gewesen. Dieses Blickes wegen konnte sie sich nicht an Bens Wunsch halten.

5. KAPITEL

„Heute ist Sonntag“, hielt Prudence Dugan ihrer Tochter vor, sobald Kathleen sich am Telefon meldete. „Wo warst du bloß? Doch nicht in deinem kleinen Laden.“

Es war typisch für Kathleens Mutter, derart viel Kritik und Geringschätzung in wenigen Sätzen unterzubringen. „Hat dein Anruf einen bestimmten Grund?“

„Also, das ist ja eine feine Begrüßung“, beschwerte sich ihre Mutter. „Ich habe mir Sorgen gemacht, weil ich zu Thanksgiving nichts von dir gehört habe.“

Kathleen hätte ihrer Mutter beinahe eine ungehaltene Antwort gegeben. Es ging bestimmt nicht um irgendwelche Sorgen, denn Prudence dachte stets nur an sich. Mochte es mit Kathleens Vater und danach mit den Stiefvätern auch noch so schlimm gewesen sein, es hatte stets geheißen, Stillschweigen zu bewahren. Dieses Schweigen war Kathleen genauso beigebracht worden wie gute Tischmanieren.

„War dein Thanksgiving nett, Mutter?“, fragte Kathleen gehorsam.

„Es wäre nett gewesen, hätte ich dich nicht das ganze Essen über entschuldigen müssen.“

„Das war gar nicht nötig. Ich kann mich durchaus selbst entschuldigen.“

„Genau darum ging es doch“, erwiderte Prudence gereizt. „Du warst nicht da, und dein Großvater war darüber gar nicht erfreut.“

Der einzige Mensch in Kathleens Leben, der noch starrsinniger und unbeugsamer war als ihre Mutter, war Dexter Dugan, der Patriarch des Familienclans. Er hatte die Fehler seiner Tochter nie erkannt und sogar Prudence und Kathleen ermutigt, den angesehenen Namen Dugan wieder anzunehmen. Daran hatte sich auch nichts geändert, als Kathleens Mutter noch mehrmals wieder heiratete.

Ein einziges Mal hatte Kathleen versucht, ihrem Großvater zu erzählen, was sich zu Hause abspielte. Sie war weinend zu ihm gelaufen und hatte berichtet, dass ihr Vater ihre Mutter geschlagen hatte, doch ihr Großvater hatte sie lediglich beruhigt und ihr eingeschärft, nie wieder darüber zu sprechen. Sie wäre viel zu jung, um zu begreifen, was sich zwischen Erwachsenen abspielte.

Wenige Tage später war Kathleens Vater fortgegangen, doch dann hatte sich das Gleiche zwischen ihrer Mutter und anderen Männern ereignet. Kathleen hatte nie wieder darüber gesprochen, und die Männer waren stets nach einer besonders hässlichen Szene gegangen.

Erst als Erwachsene hatte Kathleen begriffen, dass ihre Mutter stets ein Opfer sein würde, sich auch selbst so sah und sich Männer aussuchte, die dafür sorgten, dass sich nichts änderte. Vielleicht brauchte Prudence das, um vor sich zu rechtfertigen, dass sie sich an ihre Eltern wandte, wenn es um Finanzen ging, weil die Ehen ihr nie irgendeine Sicherheit boten.

Jedenfalls hatte Kathleen eine verzerrte Sicht von Beziehungen bekommen, und als es in ihrer eigenen Ehe schließlich ähnlich lief, hatte sie sofort Schluss gemacht und sich vorgenommen, dieses Risiko nie wieder einzugehen. Sie wollte jedenfalls kein Opfer sein.

„Ich habe am Morgen von Thanksgiving selbst mit Großvater und Großmutter gesprochen“, erklärte Kathleen am Telefon. „Tut mir leid, wenn er sich über mein Fehlen geärgert hat.“

„Nun ja, du weißt, wie er sein kann.“

„Allerdings“, bestätigte Kathleen trocken. Ihre Mutter und ihr Großvater standen einander in nichts nach, wenn es darum ging, Schuldgefühle als Waffe einzusetzen.

„Was hast du denn unternommen?“, erkundigte sich Prudence. „Du hast hoffentlich nicht gearbeitet.“

„Nein, ich war bei Freunden zum Essen eingeladen.“

„Kenne ich die Leute?“

„Kaum. Destiny Carlton ist eine gute Freundin und kommt oft in meine Galerie.“

„Carlton? Carlton?“, wiederholte ihre Mutter. „Gehört ihrer Familie nicht *Carlton Industries*?“

„Ja, ihr Neffe Richard führt die Firma. Erstaunlich, dass du davon gehört hast.“

„Dein Großvater hat immer wieder mal mit dem Unternehmen zu tun“, erwiderte ihre Mutter. „Richard wäre ein guter Fang. Er müsste in deinem Alter sein, nicht wahr?“

„Er ist etwas älter, allerdings glücklich verheiratet“, erwiderte Kathleen amüsiert. „Den kannst du vergessen, Mutter.“

„Gibt es da nicht noch einen Sohn?“, fragte Prudence hoffnungsvoll. „Er ist Miteigentümer eines Football-Teams.“

„Das ist Mack. Er ist auch verheiratet."

„Ach", meinte ihre Mutter enttäuscht. „Warum lädt Destiny Carlton dich denn zum Essen ein, wenn es in der Familie keine ungebundenen Männer gibt?"

„Wahrscheinlich, damit ich den Abend mit ihrer Familie genieße", erwiderte Kathleen, ohne Ben zu erwähnen.

„Ein Tag bei Fremden ist dir also lieber als bei deiner Familie", klagte ihre Mutter.

Jetzt verlor Kathleen die Geduld. „Darum ging es doch nicht. Ich bin hiergeblieben, weil ich am Freitag und am Samstag arbeiten wollte. Darüber hatte ich schon mit dir gesprochen, bevor Destiny mich eingeladen hat. Sie hörte, dass ich zu Thanksgiving nichts vorhatte. Ich finde das sehr großzügig von ihr."

„Natürlich, deine Arbeit hat dich von uns ferngehalten", bemerkte ihre Mutter scharf. „Wie konnte ich das vergessen."

„Warum kommst du nicht her und siehst dir die Galerie mal an?", schlug Kathleen vor.

„Vielleicht überrasche ich dich irgendwann", erwiderte Prudence vage.

„Das hoffe ich", meinte Kathleen, als sie in der Stimme ihrer Mutter einen traurigen Unterton hörte. „Ganz ehrlich."

„Ja, ich weiß. Freut mich, dass du den Feiertag genossen hast."

„Ich wünschte, du hättest das auch getan."

„Mein Leben ist eben, wie es ist. Pass auf dich auf, mein Liebes. Du hörst bald wieder von mir."

Kathleen legte auf und hatte Mitleid mit der Frau, die dermaßen vom Leben enttäuscht worden war.

„Lass dir das eine Lehre sein", sagte sie laut zu sich selbst und dachte sofort an Ben.

Der Unterschied zwischen ihr und ihrer Mutter bestand darin, dass sie sich von keinem Mann unterkriegen ließ. Sie würde sich Bens Gemälde verschaffen und vielleicht noch einige Küsse von ihm bekommen. Dabei musste sie nur aufpassen, dass sie nicht ihr Herz verlor.

Nachdem Kathleen weggefahren war, gab Ben alle Versuche auf zu malen. Dass ihr Besuch sich auf seine Arbeit auswirkte, ärgerte ihn schrecklich. Aber wenn es für ihn nicht lief, konnte er die Farm genauso gut verlassen.

Es war nicht der Moment, in dem er seine Angehörigen besuchte, auch wenn er ihnen willkommen gewesen wäre. Er hätte damit unzählige Fragen ausgelöst. Mack war ohnedies mit der Mannschaft unterwegs, Richard trieb vermutlich die schwangere Melanie mit überzogener Fürsorge zum Wahnsinn, und Destiny wollte Ben erst recht nicht besuchen.

Er wollte nur ein wenig herumfahren und irgendwo etwas essen gehen. Wenn er dabei zufällig in die Nähe von Kathleens Galerie kam, konnte er ja einen Blick in die Schaufenster werfen. Aber eben nur, wenn es sich ergab.

Sobald er unterwegs war, nahm er die direkte Straße nach Alexandria. In der Altstadt mit den gepflasterten Bürgersteigen war es relativ ruhig und friedlich. Die Häuser besaßen Charme, große Supermärkte hatten sich hier bislang nicht niedergelassen. Ben parkte parallel zur Hauptstraße und stieg aus. In der Nähe des Flusses Potomac bog er um eine Ecke und blieb stehen. Genau vor ihm lag Kathleens Galerie. Die modernen Bilder im Schaufenster entsprachen zwar nicht seinem Geschmack, doch er fand die Technik und den Einsatz der Farben gut.

Warum hatte Kathleen sich für diese Bilder entschieden? Lag es an den Gemälden oder an dem Maler? Zwischen zwei Bildern entdeckte er auf einer Staffelei ein Foto des Malers sowie eine Kurzbiografie. Der Mann sah nicht im üblichen Sinn gut aus. Dafür hatte er einen zu wilden Blick und zu eng stehende Augen. Dennoch verspürte Ben einen Stich ins Herz – Eifersucht.

Im hinteren Teil der Galerie brannte Licht. Wäre Ben klug gewesen, hätte er sich davongemacht, bevor ihn jemand bemerkte. Stattdessen ging er zur Tür und klopfte an. Kathleen tauchte sichtlich gereizt auf, doch das störte ihn nicht.

„Was machen Sie denn hier?“, fragte sie, als sie die Tür aufriss. „Es ist geschlossen.“

„Sie wollten doch unbedingt, dass ich mir Ihre Galerie ansehe“, erwiderte er und schob die Hände in die Hosentaschen. Der Wunsch, Kathleen in die Arme zu nehmen, war fast übermächtig. Und am liebsten wollte er sie auch wieder küssen. „Aber wenn ich störe, vergessen Sie es einfach."

Als er sich abwandte, hörte er hinter sich einen deftigen Fluch. Solche Worte hätte er aus ihrem Munde nicht erwartet.

„Bleiben Sie", verlangte Kathleen dann. „Sie haben mich nur in schlechter Stimmung erwischt. Ich wäre normalerweise nicht mal hier, aber wäre ich zu Hause geblieben, hätte ich wahrscheinlich mit Gegenständen um mich geworfen."

Ben drehte sich wieder um. „Und wer ist für diese schlechte Stimmung verantwortlich? Oder ist sie noch Folge von unserem Zusammentreffen heute Morgen?"

„Sie haben mich nur genervt, aber meine Mutter ist der einzige Mensch, der mich richtig zornig machen kann."

„Aha, verstehe", behauptete er, obwohl das nicht zutraf. „Wollen Sie vielleicht lieber von hier weg, bevor Sie womöglich die Bilder zerschneiden?"

„Ich dachte, Sie möchten sich die Gemälde ansehen", hielt sie ihm vor.

„Das dachte ich auch, aber offenbar bin ich doch Ihretwegen hier", räumte er ein. „Haben Sie schon gegessen?"

„Nein. Es hat mir den Appetit verschlagen."

„Schade, aber ich kenne ein Gegenmittel. Wir unternehmen einen langen Spaziergang, bei dem Glückshormone freigesetzt werden. Dann sind Sie bereits in viel besserer Stimmung, wenn wir essen."

„Sofern Sie mich nicht wieder aufregen", entgegnete sie.

„Ich werde mich bemühen, es nicht zu tun", versprach er.

„Dann bin ich einverstanden. Ich schalte nur die Lichter aus und hole meinen Mantel." Sie zögerte. „Wollen Sie nicht doch hereinkommen und sich umsehen?"

„Ein anderes Mal", erwiderte Ben.

„Versprochen?"

Lächelnd legte er ihr die Hand unters Kinn und strich mit dem Daumen über ihre weiche Haut. „Versprochen", sagte er, ohne daran zu denken, dass er sonst nie Versprechen gab. Aber letztlich ging es nur um einen Besuch in einer Galerie. Das war harmlos.

Doch dann blickte er in Kathleens veilchenblaue Augen, und es traf ihn völlig unvorbereitet. Als Kathleen ihren Mantel holte, hätte er beinahe die Gelegenheit genutzt, um die Flucht zu ergreifen.

Nein, er blieb dennoch stehen und wartete, und er redete sich ein, dass überhaupt keine Gefahr bestand, weil er das gar nicht zuließ.

Es war das erste Mal seit Jahren, dass er sich selbst belog.

„Also“, meinte Kathleen, als sie bei Kerzenschein mit Ben in einem Restaurant saß, in dem man angeblich die besten Meeresfrüchte in der ganzen Stadt aß. „Wenn wir das Essen ohne Streit überstehen wollen, fallen folgende Themen weg: Kunst, Ihre Tante Destiny und meine Mutter.“

Ben prostete ihr mit seinem Bierglas zu. „Klingt vernünftig“, meinte er und lächelte entwaffnend. „Aber können Sie sich auch daran halten?“

„Ich? Bestimmt werden Sie als Erster die Regeln brechen.“

„Glauben Sie mir, auf Ihrer Liste steht kein Thema, das mich interessiert“, versicherte er. „Mir soll es recht sein, wenn Sie über Ihr Lieblingsrezept für süße Brötchen sprechen.“

„Ich soll Ihnen meine Rezepte verraten?“, fragte Kathleen lächelnd.

„Nein“, wehrte er ab und schenkte ihr einen Blick, der ihr unter die Haut ging. „Ich dachte, wir könnten später zu Ihnen gehen, damit Sie mir Ihre Künste vorführen.“

„Mehr als die Brötchen heute Morgen bekommen Sie nicht von mir“, erwiderte sie.

„Schade. Ich mag ganz besonders gern Rosinenbrötchen. Ein Dutzend davon, und Sie dürfen mit mir machen, was Sie wollen.“

Das löste bei Kathleen Vorstellungen aus, bei denen ihr heiß wurde. Sie warf ihm einen strengen Blick zu. „Sprechen wir hier von Sex oder davon, dass ich mich nach Herzenslust in Ihrem Atelier umsehen kann? Ohne jegliche Einschränkung?“

„Auf welche Weise kriege ich Sie am ehesten in die Küche?“

„Natürlich mit dem Atelier.“

„Warum?“

„Müssen Sie das überhaupt fragen, wenn dort so viele Gemälde auf die Beurteilung durch eine Expertin warten?“

Ben lachte. „Ich habe gewonnen.“

„Was haben Sie gewonnen?“, fragte Kathleen verblüfft.

„Sie haben die Regeln gebrochen und von Kunst gesprochen“, hielt er ihr vor.

„Sie haben mich hereingelegt“, warf sie ihm vor. „Sie sind hinterhältig. Das scheint bei Ihnen in der Familie zu liegen.“

„Damit könnten Sie recht haben", gab er zu.

„Wahrscheinlich haben Sie das von Destiny", vermutete Kathleen und seufzte. „Sie haben mich schon wieder erwischt."

„Machen wir weiter?", fragte er lachend.

„Ich werde nicht über meine Mutter sprechen!", herrschte sie ihn an.

„Schon zu spät", stellte er vergnügt fest. „Und da Sie Ihre Mutter erwähnt haben, können Sie mir auch gleich erzählen, worüber Sie sich aufgeregt haben."

„Diese Geschichte ist viel zu kompliziert und langweilig", behauptete Kathleen. „Außerdem kommt da auch schon unser Essen. Genau im richtigen Moment."

„Glauben Sie nicht, dass ich das Thema bis zum Nachtisch vergessen habe", warnte er.

Eine Weile aßen sie schweigend, ehe Kathleen sich erkundigte: „Warum sind Sie wirklich in die Stadt gekommen?"

„Ich sagte doch, dass ich zu Ihnen wollte", erwiderte er.

„Aber Sie wussten nicht, dass ich in der Galerie sein würde."

„Nein, und um ganz ehrlich zu sein, hatte ich sogar gehofft, Sie würden nicht da sein."

„Wieso denn das?"

„Weil alles nur schwieriger wird, wenn wir uns sehen", erklärte er. „Zwischen uns besteht eine starke Anziehungskraft. Das hat der Kuss bewiesen."

Kathleen zögerte, nickte jedoch nach einer Weile.

„Dann sind wir uns in diesem Punkt also einig", fuhr er fort. „Und Sie sind darüber genauso wenig glücklich wie ich."

„Das stimmt", bestätigte sie.

„Außerdem wollen Sie etwas von mir, was ich Ihnen nicht geben will", fügte er hinzu.

„Ihre Bilder." Kathleen seufzte, weil alles so schwierig war, meinte dann jedoch: „Trotzdem könnten wir gelegentlich gemeinsam essen. Bisher ist es doch gut gelaufen, nicht?"

„Bisher ja", bestätigte er lächelnd. „Aber was geschieht, wenn ich Sie nach Hause bringe, noch auf ein Glas hereinkomme und dann mit Ihnen schlafen möchte?"

Kathleen verschluckte sich beinahe an ihrem Eistee. „Meinen Sie das ernst?", fragte sie.

„Sehr ernst“, versicherte er.

„Wollen Sie immer gleich mit einer Frau schlafen, die Sie kaum kennen?“, fragte sie nervös.

„Nein, noch nie.“

„Nun, letztlich spielt das auch keine Rolle“, erklärte sie und war stolz, dass ihre Stimme nicht bebte. „Die Antwort lautet nämlich Nein.“

„Weil Sie es nicht wollen?“, fragte er und sah ihr forschend in die Augen. „Oder weil Sie es nicht wagen?“

„Ist das denn wichtig? Die Antwort ist und bleibt Nein.“

„Es sei denn, ein Nein bedeutet bei Ihnen Vielleicht“, erwiderte er amüsiert.

„Das bedeutet ganz bestimmt nicht Vielleicht“, stellte sie entschieden fest.

„Also gut“, meinte er, „dann scheidet auch gemeinsames Essen aus, weil es letztlich nur zu Problemen führen würde. Haben Sie noch andere Vorschläge?“

Erstaunlicherweise wollte Kathleen unbedingt einen Kompromiss finden, um Ben wiedersehen zu können. „Ich überlege es mir, und wenn mir etwas einfällt, melde ich mich bei Ihnen.“

„Darauf freue ich mich jetzt schon“, erwiderte er mit einem hinreißenden Lächeln.

„Haben Sie gar keine Angst, Ihre Tante könnte davon Wind bekommen und sich noch mehr einmischen?“

„Destiny wird sich sowieso wieder einmischen“, sagte er, blickte an Kathleen vorbei und stöhnte leise.

„Was ist denn?“, fragte Kathleen. „Sie ist doch nicht etwa hier!“

„Soeben hereingekommen“, bestätigte Ben. „Vermutlich verdanken wir das dem Oberkellner. Bestimmt hat sie den Mann bestochen, und er hat sie sofort angerufen, sobald wir eingetroffen sind.“

„Dann hat es aber ziemlich lange gedauert, bis sie hier war.“

„Wahrscheinlich wollte sie uns in einer kompromittierenden Situation überraschen.“ Ben rang sich ein Lächeln ab und stand auf. „Destiny“, sagte er und begrüßte seine Tante mit einem Wangenkuss.

„Freut mich, Sie zu sehen, Destiny.“ Kathleen lächelte matt.

„Lasst euch nicht stören“, bat Destiny strahlend. „Ich hole mir nur Essen und nehme es mit nach Hause. Heute war mir nicht nach Kochen. Kann ja mal vorkommen, nicht?“

„Essen Sie doch bei uns am Tisch", schlug Kathleen vor.

„Lass dich nicht aufhalten", sagte Ben gleichzeitig, „sonst wird dein Essen kalt."

Destiny warf ihm einen tadelnden Blick zu und lächelte Kathleen an. „Ich leiste euch gern Gesellschaft, wenn es Sie nicht stört."

„Ja, gern, bleiben Sie", bat Kathleen gezwungenermaßen.

„Setz dich", lenkte Ben seufzend ein und rückte seiner Tante den Stuhl zurecht.

„Vielen Dank, mein Lieber. Ich bin übrigens sehr überrascht, euch beide hier zu sehen."

„Überrascht?", wiederholte Ben zweifelnd. „Du hast doch schon Bescheid gewusst, als du hereingekommen bist. Das Essen zum Mitnehmen ist lediglich eine Ausrede."

„Willst du damit andeuten, ich würde lügen?", fragte Destiny empört.

„Nur ein wenig schwindeln", entgegnete er. „Aber du solltest darauf verzichten. Es gelingt dir nicht sonderlich gut."

Destiny wandte sich an Kathleen. „Da sehen Sie, womit ich mich herumschlagen muss. Dieser Mann hat keinen Respekt vor mir."

„Oh doch, ich habe sogar sehr viel Respekt vor dir", entgegnete Ben. „Ich durchschaue dich lediglich."

Destiny lehnte sich zufrieden zurück. „Wenn du ohnehin weißt, wieso ich hier bin, brauche ich erst gar keine lästigen Fragen zu stellen. Erzählt mir einfach, wie ihr beide in diesem Restaurant gelandet seid."

„Durch einen puren Zufall", versicherte Ben. „Wir sind uns über den Weg gelaufen."

„Alexandria ist ziemlich weit von Middleburg entfernt. Grundlos hast du dich nicht in dieser Gegend aufgehalten. Wolltest du mich vielleicht besuchen?", fragte Destiny.

„Nein", wehrte Ben sofort ab.

„Ach, dann hat dich wohl der Appetit auf Meeresfrüchte angelockt", stellte Destiny lächelnd fest.

„Ja, so ungefähr."

„So ungefähr, aha", meinte Destiny genüsslich.

Kathleen betrachtete Ben verstohlen. Er wirkte alles andere als glücklich, und das war nur allzu verständlich. Jetzt gab Destiny bestimmt nicht mehr auf.

6. KAPITEL

Zwei Tage lang war Ben auf sich selbst wütend, mit Kathleen ausgerechnet in jenes Restaurant gegangen zu sein. Er hatte gewusst, dass Destiny dort zuverlässige Informanten hatte. Richard hatte sich seinerzeit in demselben Lokal mit Melanie getroffen, und seine Tante hatte es bereits erfahren, bevor die beiden überhaupt Kaffee getrunken hatten. Ben wiederum wusste das, weil Destiny ihm gegenüber damit geprahlt hatte.

Allerdings konnte er nicht leugnen, dass er Kathleen begehrte. Sex wäre jedoch gar nicht gut gewesen. Das hätte nur zu Problemen geführt.

Er ließ sich seine Lage noch bei der ersten Tasse Kaffee des dritten Tages nach der Begegnung mit Kathleen durch den Kopf gehen, als er Richard zum Haus kommen sah. Zuerst Mack, jetzt Richard. Seine Brüder waren sichtlich entschlossen, sich so ausgiebig wie möglich an seinen Qualen zu weiden.

Richard klingelte und öffnete dann mit seinem Schlüssel. Ben seufzte. In dieser Familie kam wohl keiner auf die Idee, er könnte beschäftigt sein oder niemanden sehen wollen. Vielleicht hätte er weiter wegziehen sollen als nach Middleburg.

„Bist du da?“, rief Richard.

„Verschwindest du wieder, wenn ich nicht da bin?“, kam Bens bissige Antwort.

Richard betrat das Esszimmer, griff nach der Kaffeekanne und goss sich eine Tasse ein.

„Das sollte heißen, dass ich ausgeflogen bin“, bemerkte Ben genervt. „Wenn du nur hier bist, weil ich mit Kathleen gegessen habe, bist du umsonst gekommen. Ich habe keine Lust, darüber zu sprechen.“

„Du hast mit Kathleen gegessen?“, fragte Richard überrascht. „Wann denn? Du verlierst ja wohl keine Zeit. Ich dachte, du wärst aus härterem Holz geschnitzt.“

„Sehr witzig“, entgegnete Ben. „Destiny hat es dir nicht erzählt? Ich dachte, sie hätte es in die ganze Welt hinausposaunt.“

„Nein, und sie hat offenbar auch nicht ihren bevorzugten Klatschreporter informiert“, erwiderte Richard. „Dafür solltest du dankbar sein. Es hätte auch anders laufen können.“

„Ich bin aber nicht in der Stimmung für Dankbarkeit“, erklärte Ben seinem älteren Bruder. „Also, Themenwechsel. Wieso bist du an einem Arbeitstag hier, wenn du dich nicht über mein Unglück amüsieren willst?“

„Ich brauche jemanden, bei dem ich mich aussprechen kann“, sagte Richard so ernst, dass Ben ihn betroffen ansah.

„Ist mit Melanie und dem Baby alles in Ordnung?“

„Melanie geht es ausgezeichnet, abgesehen davon, dass sie auf mich sauer ist, weil ich mich ständig um sie kümmere. Mit dem Kind ist auch alles bestens. Es geht ums Geschäft.“

„Und da kommst du zu mir?“, fragte Ben erstaunt. „Warum gehst du nicht zu Mack oder zu Destiny?“

„Weil Mack nicht in der Stadt ist“, erwiderte Richard. „Und mit Destiny wollte ich nicht sprechen, weil sie das letzte Mal bei diesem Thema böse wurde.“

„Ich bin also nur dritte Wahl“, stellte Ben fest. „Was für eine Erleichterung. Ich dachte schon, die Firma müsste unmittelbar vor dem Zusammenbruch stehen, wenn du bei mir Rat suchst.“

„Eigentlich bist du in dieser Angelegenheit erste Wahl. Du kennst Destiny nämlich besser als Mack oder ich.“

„Das ist doch Unsinn“, wehrte Ben ab, „und das weißt du.“

„Komm schon, Ben, es ist kein Geheimnis, dass ihr beide euch besonders nahesteht. Vielleicht liegt es daran, dass du der Jüngste bist, oder es hat mit deinem künstlerischen Talent zu tun. Jedenfalls bist du ihr Liebling. Dir wird sie eher etwas anvertrauen als Mack oder mir.“

„Das hast du zwar schon oft behauptet, aber ich sage dir trotzdem, dass das Quatsch ist“, versicherte Ben. „Destiny bevorzugt niemanden. Sicher verbindet uns die Kunst, aber das ist auch schon alles. Sie liebt jeden von uns.“

„Das weiß ich, doch darum geht es im Moment nicht“, erwiderte Richard ungeduldig. „Können wir jetzt reden oder nicht?“

Ben lehnte sich bequem zurück. „Rede, aber Destiny vertraut mir gar nichts an. Sie mischt sich in mein Leben ein, ich dagegen darf meine Nase nicht in ihres stecken.“

„Trotzdem könnte sie ab und zu eine Bemerkung gemacht haben“, behauptete Richard. „Ich habe ein großes Problem mit dem europäischen Zweig unserer Firma. Wir hätten beinahe zwei wichtige Abschlüsse verloren, weil uns ein kleinerer Konkurrent ins Handwerk pfuscht und die Preise nach oben treibt. Bisher haben wir nur einmal verloren, aber das ist schon einmal zu viel. Immer wieder taucht derselbe Name auf, als würde dieser Kerl einen persönlichen Rachefeldzug gegen *Carlton Industries* führen. Er weiß genau, wie er unsere Geschäfte durchkreuzen kann."

Obwohl Ben sich nie für die Geschäfte des Familienunternehmens interessiert hatte, war er durch die Jahre hindurch von Richard ganz gut auf dem Laufenden gehalten worden. Er begriff deshalb, wovon die Rede war, sah jedoch keinen Zusammenhang mit seiner Tante.

„Aber was hat das mit Destiny zu tun?", fragte er.

„Ich bin mir nicht ganz sicher, aber ich glaube, dass sie vor Jahren eine Beziehung mit diesem Mann hatte", erwiderte Richard. „Das ist zumindest die einzige Erklärung, die ich gefunden habe."

„Hast du sie gefragt?"

„Natürlich. Als sie den Namen hörte, wurde sie blass und wollte mir absolut nichts weiter sagen. Sie meinte, ich würde *Carlton Industries* leiten und sollte mich daher mit diesem Problem beschäftigen."

Ben schüttelte den Kopf. „Wie kommst du darauf, dass sie diesen Mann kennt und eine Beziehung mit ihm hatte? Vielleicht will sie einfach nichts mit der Firmenpolitik zu tun haben."

„Ich habe einen Mitarbeiter unseres Büros in Europa nachprüfen lassen, ob dieser Mann und Destiny einander kennen könnten. Der Typ ist Brite, hat aber jahrelang in Frankreich gelebt – und zwar zur selben Zeit und in derselben Stadt wie Destiny damals. Das kann kein Zufall sein. Die Leute in Frankreich wollten meinem Mitarbeiter keine Auskunft geben, sobald Destinys Name fiel."

Ben hatte gewusst, dass Destiny ihm einiges verschwieg, und er hatte auch angenommen, dass es einen Mann in ihrem Leben gegeben haben musste. Erst in jüngster Zeit hatte sie entsprechende Anspielungen gemacht, jedoch nie einen Namen genannt.

„Ich weiß nicht, Richard", meinte er. „Du könntest schon recht haben, aber wieso sollte ein Mann aus Destinys Vergangenheit nach so langer Zeit die Geschäfte von *Carlton Industries* durchkreuzen?"

„Keine Ahnung", räumte Richard ein. „Trotzdem bin ich überzeugt, dass es eine Verbindung gibt."

„Stellt der Mann eine Bedrohung für die Firma dar?"

„Er ist eher lästig“, erwiderte Richard. „Allerdings gefällt es mir nicht, wenn ich etwas nicht durchschaue.“

„Dann solltest du noch mal mit Destiny sprechen.“

„Ich dachte, du könntest das übernehmen“, schlug Richard vor und lachte. „Du wirst sie wegen der Sache mit Kathleen in nächster Zeit bestimmt öfter sehen.“

„Sehr witzig“, bemerkte Ben.

„Sprichst du mit ihr?“, drängte Richard.

„Du machst dir ernsthaft Sorgen?“

„Es lässt mir keine Ruhe, und bald steht ein wichtiger Geschäftsabschluss in Europa bevor. Ich möchte keine Störung der Angelegenheit erleben.“

„Also gut, ich tue, was ich kann“, lenkte Ben ein. „Aber du weißt, wie ungern Destiny über ihre Vergangenheit spricht. Wir sollten nie den Eindruck bekommen, sie hätte auf etwas Wichtiges verzichtet, weil sie sich um uns gekümmert hat. Wahrscheinlich erfahre ich von ihr so wenig wie du.“

„Heute braucht sie sich wirklich keine Sorgen mehr zu machen, wir könnten uns ihrer Gefühle für uns nicht sicher sein“, meinte Richard. „Wir wissen, dass sie uns liebt und nicht bereut, wie sie sich damals entschieden hat. Ich muss aber wissen, ob sie eine Beziehung abgebrochen hat und sich das vielleicht heute an unserem Unternehmen rächt.“

„Ich sehe zu, ob ich etwas herausfinde. Wie heißt dieser Mann?“

„William Harcourt.“

Ben griff nach einem Kugelschreiber und schrieb sich den Namen auf die Hand, weil er gerade kein Papier hatte.

„Wasch dich nicht, bevor du mit Destiny sprichst“, riet Richard.

„Wasserfest“, versicherte Ben lachend. „Gut, dann melde ich mich morgen Abend wieder bei dir. Reicht das?“

„Das reicht“, versicherte Richard. „Heute Abend muss ich das Kinderzimmer tapezieren, damit Melanie es nicht macht.“

„Sie ist dir bestimmt dankbar.“

„Leider nein“, gestand Richard. „Sie wird sich ständig beschweren, dass ich alles falsch mache.“

„Dann überlass es doch ihr“, riet Ben.

„Soll sie in ihrem Zustand auf eine Leiter steigen?“, fragte Richard entsetzt. „Nein, lieber nicht. Dann ertrage ich schon eher drei oder vier Stunden lang ihr Nörgeln."

„Weißt du überhaupt, wie man tapeziert?", erkundigte sich Ben.

„Nein, aber was soll daran schon so schwer sein?"

„Ich melde mich heute Abend bei dir", versprach Ben vergnügt.

„Ich sagte doch, dass morgen ausreicht."

„Für die Informationen, die du haben willst", bestätigte Ben. „Aber ich komme wegen des Vergnügens."

Es ist unsinnig, zur Farm zu fahren, sagte sich Kathleen, während sie auf der Landstraße zu Bens Farm unterwegs war. Sie war jedoch am Morgen aufgewacht und hatte sofort an Ben … an Bens Gemälde gedacht, und sie kam nur ans Ziel, wenn sie Druck ausübte.

Als sie die Zufahrt zu Bens Farm erreichte, bog soeben ein Wagen auf den Highway. Sie erkannte Richard am Steuer und winkte ihm zu. Er winkte freundlich zurück und lächelte breit.

Ben dagegen kam mit finsterem Gesicht aus dem Haus, sobald sie hielt. „Hier geht es zu wie in einem Taubenschlag", bemerkte er unwirsch.

Kathleen lächelte unbekümmert. „Das habe ich auch gerade gedacht. Ich habe Ihren Bruder wegfahren sehen."

„Großartig", meinte Ben gereizt. „Dann gibt er die Nachricht bestimmt jetzt schon über Handy weiter."

„Haben Sie denn noch immer Angst vor Destiny?"

„Sie vielleicht nicht?"

„Nicht so sehr. Außerdem bin ich geschäftlich und nicht privat hier."

„Das wird Richard bestimmt nicht weiter interessieren, wenn er alle informiert, dass Sie vor acht Uhr morgens bei mir anrücken."

„Wenigstens hat er mich nicht beim Wegfahren erwischt", erwiderte sie unbeeindruckt. „Stellen Sie sich vor, was er daraus geschlossen hätte!"

Ben seufzte, entdeckte die Tüte in ihrer Hand und sah etwas freundlicher drein. „Haben Sie wieder gebacken?"

„Bärentatzen."

„Echte? Aus Blätterteig und mit Mandelcreme?"

Sie lächelte über seine Begeisterung. „Absolut echte."

Ben riss ihr die Tüte aus der Hand, warf einen Blick hinein und roch genüsslich daran. „Sagenhaft! Wieso sind Sie nicht verheiratet?"

„Das war ich, aber mein Mann hat sich nicht für meine Backkunst erwärmt."

„Der Narr!"

Kathleen lachte. „Das war er, wenn auch aus anderen Gründen. Wenn Sie dermaßen beeindruckt sind, darf ich dann in Ihr Atelier?"

Er kostete. „Fantastisch", murmelte er und nahm noch eine Bärentatze. „Unglaublich. Die Antwort ist Nein."

Beinahe hätte Kathleen ihm die Tüte weggenommen. „Darf ich fragen, warum?"

„Weil Sie die Lage falsch beurteilen", erwiderte er lächelnd. „Das passiert vielen Leuten. Alle glauben, ich würde nichts von Geschäften verstehen, weil ich Künstler bin, aber so einiges habe ich schon gelernt. Ich habe etwas, was Sie sich sehr wünschen. So sehr, dass Sie mich mit Selbstgebackenem bestechen. Warum sollte ich vorschnell nachgeben, wenn ich durch Hinhaltetaktik mehr herausschlagen kann?"

Kathleen musste lachen. „Sie sind unmöglich."

„Das habe ich schon von anderen gehört. Damit Sie nicht völlig umsonst hergekommen sind, mache ich Ihnen einen Vorschlag: Wie wäre es, wenn Sie mich heute Abend zu Richard und Melanie begleiten?"

„Aus welchem Grund?", fragte sie verblüfft.

„Wir könnten zusehen, wie Richard tapeziert und Melanie ihn kritisiert."

„Jetzt beurteilen Sie die Lage falsch", widersprach Kathleen lachend. „Wenn wir da heute Abend hingehen, wird Richard nicht allein tapezieren, sondern Sie werden ihm helfen, und Melanie und ich trinken Tee in der Küche."

„Wollen wir wetten?"

„Gern. Wenn es so läuft, wie ich vorhergesagt habe, zeigen Sie mir wenigstens ein Gemälde. Gewinnen Sie, bestimmen Sie, welches Gebäck ich Ihnen bei meinem nächsten Besuch mitbringe."

Ben überlegte und nickte. „Abgemacht. Ach ja, wir müssen kurz bei Destiny vorbeifahren."

„Vorbeifahren, ohne anzuhalten?"

„Nein, wir müssen sie aushorchen. Eine Frau wäre da hilfreich. Wann schließen Sie die Galerie?"

„Um halb sechs."

„Dann hole ich Sie um sechs von zu Hause ab. Und ziehen Sie nichts Besonderes an. Sollte ich nämlich wirklich tapezieren müssen, werden Sie mir dabei helfen."

Ben klingelte pünktlich an Kathleens Tür und bekam den Mund nicht mehr zu, sobald sie öffnete. Sie hatte tatsächlich alte und bequeme Sachen angezogen, doch bei ihr sah das richtig elegant aus. Die tief sitzende Jeans schmiegte sich um die schlanken Beine, und der weite Sweater ließ einen Streifen Haut um die Mitte herum frei.

Ben räusperte sich. „Werden Sie nicht frieren?"

„Ich ziehe einen Mantel an", erwiderte sie lächelnd.

Er nickte. „Ich meinte im Haus."

„Hat Ihre Tante vielleicht keine Heizung?", entgegnete sie amüsiert.

Ben gab seufzend auf. Er hätte sie schon bitten müssen, sich etwas anderes anzuziehen, und dann hätte sie nach dem Grund gefragt. Er konnte aber kaum zugeben, dass er Mühe hatte, sich zu beherrschen. „Also, gehen wir."

„Ich hole den Mantel", erklärte sie fröhlich.

Während der Fahrt zu Destiny erklärte Ben das Problem mit Destiny und diesem William Harcourt.

„Wieso glauben Sie, Destiny würde mir mehr erzählen als Richard?", fragte Kathleen.

„Weil Sie eine Frau sind. Vielleicht vertraut sie sich einer Frau an."

„Während Sie daneben sitzen?"

„Ich ziehe mich unter einem Vorwand für eine Weile zurück."

„Und das wird Destiny überhaupt nicht misstrauisch machen", stellte Kathleen vergnügt fest.

„Haben Sie einen besseren Vorschlag?"

„Fragen Sie Ihre Tante doch direkt. Wenn sie nicht antwortet, können Sie wenigstens ihre Miene deuten. Und ich werde mich zurückziehen und mich frisch machen. Das ist unverdächtig. Wenn überhaupt, klappt es nur so."

„Schon gut, schon gut, Sie haben recht", lenkte er ein. „Ich mache nur ungern, was sie ständig tut. Ich will mich nicht in Dinge einmischen, die mich nichts angehen."

„Sagen Sie ihr das", schlug Kathleen vor. „Destiny wird Sie verstehen, und vielleicht wird sie sich dann sogar in Zukunft zurückhalten."

„Damit sollten wir nicht rechnen. Das würde geradezu an ein Wunder grenzen." Ben hielt vor dem Stadthaus, in dem er aufgewachsen war. „Also dann, auf in den Kampf."

„Stellen Sie sich nicht so an", verlangte Kathleen lächelnd. „Dass ich Sie begleite, verschafft ihnen bei Destiny sicher einen Stein im Brett."

Das stimmte, doch Ben fürchtete trotzdem, Destiny könnte ihn und Kathleen in Rekordzeit hinauswerfen.

7. KAPITEL

Destinys anfängliche Freude, Ben und Kathleen vor sich zu sehen, schwand, als ihr Neffe sogar ablehnte, den Mantel auszuziehen.

„Wir sind unterwegs zu Richard", erklärte er so ungeduldig, dass Kathleen seufzte.

„Zum Abendessen?", fragte Destiny. „Und du hast Kathleen eingeladen? Wie nett."

„Wahrscheinlich werden wir Pizza bestellen", erwiderte Ben. „Richard tapeziert das Kinderzimmer, und wir wollen zusehen."

Destiny lachte. „Ja, das ist bestimmt unterhaltsam. Vielleicht komme ich auch hin."

„Schön", meinte Ben und warf Kathleen einen Blick zu, „aber vorher muss ich mit dir reden."

„Dürfte ich bitte mal Ihr Bad benutzen, Destiny?", fragte Kathleen.

Destiny ließ sich keinen Sand in die Augen streuen. „Worum geht es?", fragte sie direkt. „Bleiben Sie, Kathleen!"

„Aber ..."

„Es wäre mir lieber, wenn Sie bleiben würden", betonte Destiny und sah Ben düster an. „Hat das vielleicht mit deinem Bruder und mit *Carlton Industries* zu tun?"

„Woher weißt du das?", fragte Ben betroffen.

„Ach komm, glaubst du, ich wüsste nicht Bescheid?", hielt Destiny ihm vor. „Ich habe ein Büro in der Firma und eine Sekretärin. Die Leute reden sogar mit mir, wenn ich da bin."

„Du hast wohl überall deine Informanten", stellte Ben seufzend fest.

„Natürlich", bestätigte Destiny. „Kontakte sind in der Geschäftswelt wichtig. Durch sie vermeidet man hässliche Überraschungen."

„Hast du auch erfahren, worüber Richard sich Sorgen macht?", erkundigte sich Ben.

„Über den europäischen Zweig der Firma, der seiner Meinung nach wegen des Besitzers einer britischen Firma nicht gut läuft."

„Genau", bestätigte Ben. „Der Mann heißt William Harcourt."

Kathleen beobachtete Destiny genau. Lediglich ihr Blick verdüsterte sich bei der Erwähnung des Namens für einen Moment. Sonst ließ sie sich nichts anmerken.

„Kennst du ihn?“, fragte Ben.

„Ich kannte ihn früher mal“, räumte Destiny ein. „Aber das weiß dein Bruder bestimmt schon von dem Schnüffler, den er losgeschickt hat.“

„Das hast du auch herausgefunden?“, fragte Ben.

„Mein Lieber, ich habe jahrelang in diesem französischen Ort gewohnt. Natürlich habe ich da Freunde, die mich informiert haben, dass ein Fremder viel zu viele Fragen stellt. Es war nicht schwer, die Zahlungen an ihn in den Unterlagen von *Carlton Industries* zu finden.“

„Gut gemacht, Destiny“, lobte Kathleen.

Ben war alles andere als beeindruckt. „Dann kommen wir zum Kern der Sache. Wie gut kennst du diesen William Harcourt?“

„Das kommt ganz darauf an“, erwiderte Destiny ausweichend.

„Die Frage ist nicht schwer“, hielt Ben ihr ungeduldig vor. „Mir reicht jede Antwort, sofern sie stimmt.“

Bens Ton gefiel seiner Tante offenbar ganz und gar nicht. „Ich sehe keinen Grund, mit dir darüber zu reden“, erwiderte sie kühl.

„Dann wirst du mit Richard darüber reden müssen“, warnte er.

„Ach, ich bitte dich! Ihr zwei stellt euch an, als gäbe es da eine Verschwörung. Ich habe seit Jahren nichts von William gesehen oder gehört.“

„Hast du ihn gut gekannt?“, erkundigte Ben sich etwas behutsamer.

„Das spielt wirklich keine Rolle“, erklärte Destiny steif.

„Doch, falls du der Grund bist, warum er gegen *Carlton Industries* arbeitet“, erklärte Ben.

„Das ist doch absurd“, wehrte sie ab. „Du kannst deinem Bruder versichern, dass das alles nichts mit mir zu tun hat. Davon bin ich überzeugt. Wenn Richard in Europa Probleme hat, muss er sie in Ordnung bringen. Bestimmt wird William sich vernünftig zeigen.“

„Warum sagst du das Richard nicht selbst?“, fragte Ben. „Wir fahren zu ihm, und dann könnt ihr darüber reden. Vielleicht hast du sogar einen Tipp, wie er mit diesem Mann umgehen soll.“

Destiny schüttelte den Kopf und wirkte plötzlich erschöpft. „Nein, mir ist eingefallen, dass ich schon eine Verabredung habe.“

„Destiny …“

Kathleen griff nach Destinys kalter Hand und fiel Ben ins Wort. „Schon gut, wir gehen jetzt.“ Sie schob Ben geradezu zur Tür hinaus.

Im Freien behauptete sie, die Handtasche vergessen zu haben. „Du kannst schon mal den Wagen starten. Ich komme gleich wieder."

„Was hast du vor?", erkundigte er sich.

„Gar nichts", behauptete sie, ließ ihn stehen und ging zurück ins Haus. Destiny hatte sich nicht von der Stelle gerührt. „Alles in Ordnung?", fragte Kathleen besorgt. „Kann ich etwas für Sie tun?"

Destiny versuchte vergeblich zu lächeln. „Nein, meine Liebe, Sie können nichts tun."

„Dieser Mr. Harcourt war Ihnen sehr wichtig, nicht wahr?"

„Er war die Liebe meines Lebens", gestand Destiny traurig.

„Das wissen Ihre Neffen aber nicht?"

„Nein. Ich sah keinen Sinn darin, ihnen davon zu erzählen. Als ich in die Staaten zurückkam, um mich um die Jungs zu kümmern, war alles zu Ende."

„Vielleicht könnten Sie das endlich erklären."

Destiny schüttelte den Kopf. „Die drei sollten nie denken, ich hätte für sie ein Opfer gebracht. Früher hätte es sie belastet, und nun gehört es der Vergangenheit an."

„Es sieht aber nicht so aus, als wäre Mr. Harcourt Ihrer Meinung."

„Wie meinen Sie das?", fragte Destiny erstaunt.

„Ben könnte recht haben. Sie könnten der Grund sein, warum Mr. Harcourt sich gegen Richard stellt. Darüber sollten Sie nachdenken."

Destiny seufzte. „Vielleicht haben Sie recht."

„Und wenn es so wäre?"

„Dann würde ich mich mit William beschäftigen", versicherte Destiny entschlossen.

„Sollten Sie Beistand brauchen, lassen Sie es mich wissen", bot Kathleen lächelnd an.

„Danke, dass Sie mir geholfen haben zu erkennen, was ich tun muss", erwiderte Destiny. „Könnten Sie dieses Gespräch für sich behalten? Mir wäre es lieber, wenn Ben und die anderen nichts von meinen Absichten wissen, bis ich entscheide, was ich unternehmen werde."

„Die anderen könnten Ihnen helfen", schlug Kathleen vor, weil es ihr nicht gefiel, dass sie Geheimnisse vor Ben haben sollte.

„Ich liebe meine Neffen, Kathleen", entgegnete Destiny lachend, „aber in einer solchen Situation würden sie mir nicht helfen, sondern mir nur entsetzlich auf die Nerven gehen."

„Ungefähr so wie Sie ihnen, wenn Sie sich in ihr Leben einmischen?“

„Genau“, bestätigte Destiny trocken. „Schließlich habe ich sie erzogen.“

Ben war nicht glücklich, als Kathleen sich weigerte, über die Unterhaltung mit Destiny zu sprechen. „Vertraulich“, erklärte sie lediglich.

„Aber ich wollte doch, dass Sie mit ihr sprechen“, wandte er ein.

„Und ich habe Ihnen geraten, sich selbst um die Sache zu kümmern. Sie haben ja gesehen, was Sie erreicht haben. Destiny hat nichts über diesen Harcourt verraten.“

„Sie hat immerhin zugegeben, dass sie ihn kennt“, wandte Ben ein.

„Das haben Sie schon vorher gewusst, und mehr haben Sie nicht erfahren.“

„Sie schon?“

„Vertraulich“, wiederholte Kathleen.

„Ich wette, Richard bringt Sie zum Reden.“

„Kaum.“

„Oder Melanie.“

Kathleen lachte. „Auch nicht. Geben Sie auf, Ben.“

„Ich könnte mir überlegen, ob ich Ihnen nicht doch einige meiner Bilder zeige“, lockte er.

„Wir haben eine Wette abgeschlossen, die ich gewinnen werde. Ich sehe zumindest ein Bild, sobald Sie zusammen mit Richard das Kinderzimmer tapezieren. Es sei denn, Sie halten sich nicht an die Abmachung.“

„Selbstverständlich tue ich das“, beteuerte er.

„Haben Sie vielleicht noch etwas anzubieten?“, erkundigte sie sich vergnügt.

„Im Moment nicht, aber ich komme darauf zurück.“

„Ja, das kann ich mir denken.“ Kathleen lächelte. „Es ist schön zu wissen, dass jetzt ich etwas habe, was Sie haben möchten.“

„Sie sind hinterhältig, wissen Sie das?“, hielt er ihr vor.

„Natürlich.“

„Wahrscheinlich mag Destiny Sie deshalb.“

„Das ist einer der Gründe“, bestätigte Kathleen. „Die anderen Gründe haben mit ihrem unmöglichen Neffen zu tun, den sie unbedingt verheiraten möchte.“

Es überraschte Ben, dass sie darüber scherzen konnte. „Ich dachte,

Sie würden diese Vorstellung so schrecklich finden wie ich."

„Vielleicht gewöhne ich mich allmählich daran."

„Das ist nicht Ihr Ernst", rief er betroffen.

Kathleen lachte und tätschelte seine Hand. „Keine Panik. Ich fühle mich zwar geschmeichelt, dass ich als Ihre Frau infrage käme, aber ich bin nicht interessiert."

Das hätte Ben beruhigen sollen, doch stattdessen kam es ihm so vor, als hätte ihm jemand einen Eimer kaltes Wasser über den Kopf gegossen.

„Na, ihr zwei seht vielleicht fröhlich drein", stellte Richard fest, als Ben und Kathleen bei ihm eintrafen.

„Du siehst auch nicht sonderlich toll aus", erwiderte Ben. Sein sonst stets makellos gekleideter Bruder war mit einer weißen Paste beschmiert, das Haar war zerzaust. „Läuft es nicht gut?"

„Leg dich ja nicht mit mir an", warnte Richard, „sonst kannst du sofort wieder verschwinden."

„Schön", wehrte Ben ab, „ich sage nichts mehr. Wo ist Melanie?"

„Im Kinderzimmer. Sie hat die Beine hochgelegt, trinkt Milch und unterhält sich blendend."

„Ich könnte Pizza bestellen", schlug Ben vor. „Dir würde eine Pause guttun. Vielleicht verbessert sich dann deine Stimmung."

„Ein Tapezierer würde meine Stimmung verbessern, aber Pizza geht auch", erwiderte Richard düster. „Bestell ordentlich viel. Melanie hat derzeit einen gewaltigen Appetit. Sie isst nicht für zwei, sondern für mindestens ein Dutzend zukünftiger Football-Spieler."

„Solche Bemerkungen werden Sie bereuen, wenn das Kind auf die Welt kommt und es ein zartes kleines Mädchen ist", warnte Kathleen.

Richard zuckte mit den Schultern. „Das sagt Melanie auch ständig. Ich gehe lieber wieder zu ihr, bevor sie auf die Leiter steigt und es selbst versucht. Das macht sie, sobald ich ihr den Rücken zuwende. Ich musste sogar das Handy abstellen, damit das Büro nicht mehr anrufen kann."

„Es ist schon nach sieben", bemerkte Ben. „Wieso ruft da das Büro an?"

„Ich habe mir den Nachmittag freigenommen", erklärte Richard. „Eigentlich wollte ich alles fertig bekommen, während Melanie ihren Mittagsschlaf hält, aber heute war sie natürlich überhaupt nicht müde.

Und dann gab es ein kleines Problem mit der Tapete."

„Ich könnte die Pizza bestellen, damit Ben Ihnen helfen kann", bot Kathleen großzügig an.

Ben warf ihr einen finsteren Blick zu. „Sie gewinnen nicht, wenn Sie mich dazu drängen."

„Habt ihr zwei etwa eine Wette laufen?", erkundigte sich Richard.

„Nicht weiter wichtig", wehrte Ben ab. „Ich bestelle die Pizza und komme gleich zu dir. Schließlich muss ich sehen, was du bisher geschafft hast."

Richard warf ihm einen bösen Blick zu und zog sich ins Kinderzimmer zurück.

„Ich finde es herrlich, wie es sich auf meinen großen Bruder auswirkt, dass er Vater wird", stellte Ben vergnügt fest.

„An Ihrer Stelle würde ich mich nicht dermaßen amüsieren", warnte Kathleen. „Wenn es nach Destiny geht, ereilt Sie auch bald dieses Schicksal."

Während sie Richard folgte, stellte Ben sich eine Zukunft mit Frau und Kindern vor. Einen Moment lang erschien ihm das gar nicht so schlecht, doch dann erinnerte er sich daran, wie es war, jemanden zu verlieren. Nein, er würde sich nie wieder binden.

Ben griff zum Telefon und bestellte Pizza für drei Personen mit dickem Belag sowie eine einfache Pizza. Melanie brauchte nicht auch noch Sodbrennen, sie hatte mit ihrem Ehemann schon genug Probleme.

Auf dem Weg zum Kinderzimmer holte er aus der Küche einige Getränkedosen und ging dann nach oben. Die beiden Frauen saßen nebeneinander, hatten die Beine hochgelegt und erteilten Anweisungen. Erstaunlich, dass Richard noch nicht das Handtuch geworfen hatte. Ben wollte sich schon einen Stuhl nehmen und sich setzen, fing jedoch von Melanie einen finsteren Blick auf.

„Oh nein", erklärte sie. „Du kümmerst dich darum, dass diese albernen Bahnen gerade sind. Richard hat kein Auge dafür."

„Ich bin nur als künstlerischer Berater hier", wandte Ben ein.

„Jetzt nicht mehr", erwiderte seine Schwägerin. „Jetzt gehörst du zur Mannschaft."

„Und wieso?"

„Weil du ein Mann und außerdem ein Carlton bist. Ihr alle sollt büßen“, versicherte Melanie lächelnd. „Außerdem möchte ich, dass Kathleen die Wette gewinnt.“

„Würde ich dich nicht so mögen, würde ich mich nicht von dir drängen lassen“, sagte Ben.

„Ich weiß“, bestätigte Melanie strahlend. „Also bitte, hilf deinem Bruder, solange wir überhaupt noch Tapete haben.“

Ben sah sich um. Bisher hatte Richard noch nicht mal eine Wand fertig. Ein Haufen durchweichter Tapetenstreifen zeugte von vergeblichen Versuchen. „Reichen die Rollen denn überhaupt?“, fragte er skeptisch.

Melanie lachte. „Da Richard es unbedingt selbst machen wollte, habe ich vorsichtshalber mehr gekauft.“

„Wisst ihr“, eröffnete Ben, „Kathleen hat mir anvertraut, dass sie sehr gut tapezieren kann.“

„Das habe ich nie behauptet“, wehrte Kathleen empört ab.

Er zuckte mit den Schultern. „Bilder aufhängen oder Tapeten ankleben – wo ist da der Unterschied? Wollen Sie jetzt vielleicht vorgeben, dass Sie das nicht können?“

„Natürlich kann ich es“, erwiderte Kathleen. „Aber ich habe das niemals zu Ihnen gesagt, und ich habe es schon gar nicht mit dem Aufhängen von Bildern in meiner Galerie verglichen.“

Er hielt ihr eine Tapetenrolle hin. „Könnten Sie uns dann zeigen, wie man das macht?“

Sie warf ihm einen misstrauischen Blick zu, griff nach der Rolle, sah sich die Maße an, die Richard notiert hatte, schnitt die Tapete zu, trug Kleister auf und hatte die Bahn keine fünf Minuten später an der Wand.

„Wahnsinn!“, rief Richard beeindruckt. „Was verlangen Sie pro Stunde?“

„Für Sie ist es gratis“, erwiderte Kathleen. „Ich habe vor einiger Zeit in meinem eigenen Haus tapeziert. Es hat Spaß gemacht.“

„Spaß“, wiederholte Richard ungläubig und wandte sich an Ben. „Für sie war das Spaß!“

Ben küsste sie auf die Nasenspitze. „Ich wusste doch, dass ich Sie nicht grundlos mitgenommen habe.“

„Und ich dachte, Sie würden Wert auf meine Begleitung legen“, entgegnete Kathleen.

„Das auch“, räumte er ein, obwohl sein Bruder und seine Schwägerin aufmerksam zusahen. „Sagen Sie mir, was Sie brauchen, und ich helfe. Richard und Melanie, ihr könnt gehen und auf die Pizza warten."

„Ich dachte, du bezahlst sie", wandte Richard scherzend ein.

„He, ihr bekommt zwei kostenlose Arbeitskräfte, von denen eine sogar geradezu spezialisiert ist", erwiderte Ben. „Dafür könnt gefälligst ihr die Pizza bezahlen."

„Das finde ich auch", bestätigte Melanie und ließ sich von ihrem Mann beim Aufstehen helfen. „Komm, Richard, gönnen wir den beiden eine ungestörte Privatsphäre."

„Wozu brauchen sie eine Privatsphäre?", fragte Richard. „Sie sollen tapezieren."

Melanie zog ihn zur Tür. „Vielleicht kommt dein Bruder auf andere Ideen. Schließlich ist das hier ein Schlafzimmer."

„Es ist das Kinderzimmer", wandte Richard empört ein, folgte jedoch seiner Frau.

„Hören Sie nicht auf die beiden, schon gar nicht auf Melanie", sagte Ben zu Kathleen, die rot geworden war. „Sie schwärmt für Liebesgeschichten. In der Hinsicht ist sie so schlimm wie Destiny."

Kathleen sah ihm tief in die Augen. „Eigentlich habe ich gehofft, dass Melanie recht hat und dass du tatsächlich auf Ideen kommst, für die eine ungestörte Privatsphäre nötig ist. Ich hätte nämlich nichts dagegen, wenn du mich küsst", erklärte sie und kam langsam näher. „Die beiden haben mich da auf Gedanken gebracht ..."

Ben hielt sie an den Armen fest, bevor sie ihn berührte. „Ich dachte, wir wären uns einig, dass ..."

„Keine Angst, das wird nicht chronisch", versicherte sie. „Jetzt möchte ich nur, dass du mich richtig küsst."

„Aber ...", setzte er erneut an.

Weiter kam er nicht, weil Kathleen sich zu ihm beugte und ihn küsste, und alles andere war vergessen.

Der Kuss hätte sicher noch länger gedauert und zu allem Möglichen geführt, hätte es nicht an der Haustür geklingelt.

„Die Pizza ist da!", rief Richard von unten herauf.

Kathleen sah sich um. „Wir haben keine einzige Bahn geklebt."

„Sollen sie doch Handwerker kommen lassen", erwiderte Ben ungerührt. „Mein Bruder hat Geld genug."

„Ich wollte aber gern helfen", wandte sie bedauernd ein.

„Warum denn?“, fragte er überrascht. „Weil du dich dann als Teil der Familie fühlen würdest?“, fügte er hinzu, als sie nicht antwortete.

Kathleen nickte. „Albern, nicht wahr?“

„Gar nicht albern“, erwiderte er. „Wir kommen wieder her und beenden die Arbeit als Geschenk zur Geburt.“

„Wirklich?“, fragte Kathleen erfreut.

„Ja, warum nicht, sofern das nicht bedeutet, dass du die Wette gewonnen hast, weil ich nun doch helfe.“

„Also gut, ich verzichte auf diese Wette“, stimmte sie lachend zu. „Schließlich habe ich noch einige andere Tricks auf Lager.“

Ben schüttelte den Kopf. „Das überrascht mich gar nicht.“

8. KAPITEL

Wir sollten euch jetzt schlafen gehen lassen", sagte Ben gegen Mitternacht zu Melanie. Er und Kathleen saßen mit Richard und Melanie am Küchentisch, und die Pizza war längst aufgegessen. „Du siehst müde aus."

„Wovon denn?", wehrte Melanie ab. „Richard lässt mich nur vormittags zwei Stunden meine PR-Arbeit erledigen. Körperliche Anstrengung verbietet er mir völlig. Heute bin ich einmal kurz um den Block gegangen, und Richard hat fast einen Herzinfarkt bekommen."

„Das Kind kann jeden Moment kommen", warf Richard ein. „Wenn nun die Wehen eingesetzt hätten!"

„Ich hatte das Handy bei mir, und ich sehne mich nach den Wehen! Das kannst du mir glauben. Dieses Kind kann für meinen Geschmack gar nicht schnell genug kommen, sonst bringe ich irgendwann noch meinen überbesorgten Ehemann um!"

„Ich will nur, dass dir und dem Kind nichts passiert", verteidigte sich Richard.

„Ich weiß", sagte Melanie und griff nach seiner Hand. „Das ist auch der einzige Grund, warum ich dir das durchgehen lasse."

Kathleen wandte sich an Ben. „Wenn das Kind schon fällig ist, sollten wir uns mit dem Zimmer beeilen. Morgen ist die Galerie geschlossen. Hast du Zeit?"

„Ich werde herkommen", bestätigte er.

„Ihr braucht das wirklich nicht zu machen", wehrte Melanie ab.

„Wir wollen es aber", beteuerte Kathleen. „Das ist unser Geschenk zur Geburt."

„Ach ja?", fragte Melanie mit einem vielsagenden Unterton. „Von euch beiden? Gemeinsam?"

„Ja, und komm deshalb bloß nicht auf dumme Ideen", warnte Ben. „Die Arbeit ist mir jedenfalls lieber, als Strampelhöschen oder Windeln zu kaufen."

Melanie lachte. „Mir machst du nichts vor, Benjamin. Du bist genauso sentimental wie wir alle. Du willst doch, dass das Kind sich im Zimmer umsieht und weiß, dass sein Onkel Ben, der weltberühmte Maler, es tapeziert hat."

Ben schüttelte zwar bloß den Kopf, aber Kathleen fand, dass er insgeheim doch aufgeregt wirkte. Erst als sie im Wagen zu ihrer Wohnung unterwegs waren, sprach sie ihn darauf an.

„Dir ist vorhin etwas durch den Kopf gegangen, nicht wahr?“

„Ich habe keine Ahnung, wovon du sprichst“, behauptete er.

„Ach, tu nicht so unschuldig“, wehrte sie ab. „Worum ging es?“

„Ich habe nur überlegt, dass Babys Sachen mögen, die sie anregen, und dass sie im Bettchen oft auf dem Rücken liegen. Vielleicht sollte das Kind ein Deckengemälde bekommen.“

„Das ist eine großartige Idee“, rief Kathleen begeistert aus. „Später kann das Kind dann überall erzählen, dass ein berühmter Künstler die Decke seines Zimmers bemalt hat.“

„Wir sprechen hier aber nicht von Michelangelo und der Sixtinischen Kapelle“, wandte er ein.

„Nein, sondern von Ben Carlton und dem Carlton-Kinderzimmer, das er mit Liebe ausgemalt hat.“

„Mach bloß nicht zu viel daraus“, bat er verlegen.

„Natürlich nicht“, lenkte sie ein. „Aber ist dafür denn noch genug Zeit?“

„Du tapezierst morgen, und ich kümmere mich um die Decke.“

„Einverstanden“, stimmte sie bereitwillig zu. „Wann fangen wir an?“

„Ich hole dich um acht ab.“

„Dann musst du doch in der Stoßzeit in die Stadt fahren“, gab sie zu bedenken.

Er warf ihr einen forschenden Blick zu. „Hast du einen besseren Vorschlag?“

Sie wusste, was er meinte, war jedoch nicht bereit, Ja zu sagen. Zwischen ihnen war es ohne Sex schon kompliziert genug. Ab und zu ein Kuss – das war eine Sache, aber mehr wäre zu gefährlich gewesen. Die Versuchung war jedoch nicht unerheblich.

„Ja“, entgegnete sie. „Du könntest bei Destiny übernachten.“

Zu ihrer Überraschung winkte er nicht sofort ab, sondern schien zu überlegen. „Das könnte ich“, meinte er. „Da du nichts ausplaudern willst, wäre das für mich eine Gelegenheit, noch mal mit ihr zu reden.“

„Ich hätte gleich wissen müssen, dass du immer einen Hintergedanken hast. Es genügt dir nicht, bei ihr zu übernachten, damit sie Gesellschaft hat.“

„Wir Carltons haben gemeinsam, dass wir uns eine gute Gelegenheit nie entgehen lassen“, behauptete er.

„Du schon“, erwiderte Kathleen. „Ich habe dir eine sagenhafte Gelegenheit geboten, für die viele Künstler alles tun würden, aber du hast sie ausgeschlagen.“

„Das war keine Gelegenheit, Schatz, sondern ein Spinnennetz, in dem ich mich nicht verfangen möchte.“

„Vorsicht, was du sagst“, warnte sie. „Ich könnte dir nämlich glauben und das Angebot zurückziehen. Was machst du dann?“

„Friedlich auf meiner Farm leben“, antwortete er hoffnungsvoll.

„Das willst du nicht wirklich“, behauptete sie zuversichtlich.

„Doch“, beteuerte er.

Kathleen betrachtete ihn aufmerksam und schüttelte den Kopf. „Nein.“

„Willst du vielleicht behaupten, dass ich ein Lügner bin?“, fragte er amüsiert.

„Nein, du bist verwirrt und hast dich in etwas verrannt. Das passiert gelegentlich. Menschen kommen von ihrem eigentlichen Weg ab.“

„So wie du?“, forschte er.

Kathleen erbebte unter seinem aufmerksamen Blick. „Ja, so wie ich“, gestand sie.

„Ich glaube, heute Abend bist du fast schon wieder auf deinen eigentlichen Weg geraten“, sagte er. „Du hast einen alten Traum wiedergefunden, nicht wahr?“

Sie dachte daran, wie wohl sie sich bei Menschen gefühlt hatte, die sie mochte und vielleicht sogar liebte.

Bei Menschen, denen ich vertraue, verbesserte Kathleen sich, als ihr eine Erkenntnis kam. Es lag nicht an dem Mangel an Liebe, dass sie kein Glück fand, sondern an dem Mangel an Vertrauen.

Kathleen warf noch einen Blick auf Ben. Vielleicht stand sie vor einer entscheidenden Wende.

Destiny war noch wach, als Ben zu ihr kam, nachdem er Kathleen abgesetzt hatte. Sie saß im Wohnzimmer und hatte ein Glas Brandy neben sich stehen.

„Alles in Ordnung mit dir?“, fragte er und setzte sich ihr gegenüber aufs Sofa.

Sie sah ihn an, als wäre sie in Gedanken sehr weit weg gewesen.

„Was machst du denn schon wieder hier?", fragte sie gereizt. „Wenn du mir Informationen entlocken willst, verschwendest du nur deine Zeit."

„Eigentlich suche ich ein Bett für die Nacht. Kathleen und ich kümmern uns morgen früh um das Kinderzimmer, und wir möchten zeitig beginnen. Darum ist es vernünftig, in der Stadt zu bleiben, wenn du nichts dagegen hast."

Destinys Miene erhellte sich. „Ihr scheint euch endlich näherzukommen", stellte sie zufrieden fest.

„Kathleen ist nett", erwiderte er vorsichtig. „Und sehr aufmerksam."

„Ja, das mag ich auch an ihr."

„Sie ist außerdem höchst diskret, wenn dich das beruhigt", fuhr er nüchtern fort. „Sie hat nichts von dem verraten, was du ihr gesagt hast."

„Und das treibt dich vermutlich zum Wahnsinn. Dein Pech."

„Ich will wirklich nicht neugierig sein", versicherte er. „Ich finde nur, dass Richard Bescheid wissen sollte, falls es doch eine Verbindung zu *Carlton Industries* gibt. Richard, nicht ich", betonte er.

„Ich denke darüber nach", räumte Destiny ein. „Mehr sage ich jetzt nicht dazu. Also wechseln wir das Thema."

„Einverstanden. Kann ich nun bei dir übernachten?"

„Seit wann musst du fragen?", entgegnete sie ungeduldig. „Du bist hier aufgewachsen und kannst jederzeit herkommen. Das weißt du."

„Ich dachte, dass du vielleicht allein sein willst."

„Das Haus ist groß. Ich kann mich in mein Zimmer zurückziehen, aber solange du auf lästige Fragen verzichtest, freue ich mich über die Gesellschaft. Erzähl mir etwas über das Kinderzimmer. Ich habe es noch nicht gesehen."

Ben beschrieb das Chaos, das er und Kathleen vorgefunden hatten, und erwähnte auch das Deckengemälde.

„Sehr gut", meinte Destiny begeistert, „aber die Zeit ist knapp. Ich könnte dir helfen."

„Du?", fragte er überrascht.

„Aber ja, das wäre schön. Wann brechen wir auf?"

„Ich hole Kathleen um acht ab. Passt dir das?"

Destiny überlegte kurz. „Ich treffe mich eigentlich um halb acht mit der Vorsitzenden eines Wohltätigkeitsvereins zum Frühstück, aber ich rufe morgen früh an und sage ab."

„Richard wird es nicht gefallen, wenn statt Melanie nun du auf eine Leiter kletterst“, wandte Ben ein.

Destiny winkte ab. „Was dein Bruder nicht weiß, macht ihn nicht heiß. Er wird schon in der Firma sein, wenn wir eintreffen, und wir werden fertig sein, bevor er zurückkommt.“

„Derzeit taucht er auch tagsüber zu Hause auf“, verriet Ben.

„Richard hat das Büro vorzeitig verlassen?“, fragte seine Tante überrascht.

„Geradezu unglaublich, nicht wahr?“, meinte Ben.

„Du sagst es“, bestätigte sie lächelnd. „Aber darum werde ich mich kümmern. Einige Anrufe genügen, und er kommt erst aus dem Büro, wenn es uns passt.“

„Habe ich dir eigentlich schon gesagt, wie wundervoll hinterhältig du sein kannst?“

„Ja, aber für gewöhnlich findest du das nicht wundervoll“, entgegnete sie.

„Dich finde ich wundervoll, doch jetzt sollten wir schlafen.“

„Geh schon, mein Lieber. Ich komme bald nach.“

„Destiny …“, setzte er besorgt an.

„Es ist gut, wirklich. Ich fühle mich bereits viel besser. Ich möchte mir lediglich einige Ideen notieren, bevor ich sie wieder vergesse.“

„Ideen fürs Kinderzimmer?“

„Nein, du neugieriger Bengel. Ideen, die dich nichts angehen.“

Ben seufzte, gab auf und verabschiedete sich von seiner Tante mit einem Kuss auf die Wange.

Das Tapezieren verlief wesentlich einfacher als die Deckenbemalung, stellte Kathleen fest, als sie eine Pause einlegte und sich ihr Werk ansah.

Die Wände waren schon fast fertig, aber Ben und Destiny hatten ernsthafte künstlerische Differenzen. Es ging um die Frage, ob in der Märchenszene an der Decke ein Ungeheuer vorkommen sollte oder nicht.

„Ich will, dass das Kind nur schöne Dinge sieht.“ Destiny stemmte die Hände in die Hüften und sah Ben finster an.

„Aber das Leben ist nicht nur schön“, wandte er ein. „Und in Märchen gibt es nun mal Ungeheuer.“

„Das braucht ein Neugeborenes noch nicht zu wissen“, widersprach Destiny heftig. „Hör mal, Ben, wir malen keine Kulisse für ein Lehrstück mit einer Moral!"

„Außerdem wirst du nicht hier sein, um das Kind wieder zum Einschlafen zu bringen, wenn es wegen eines Ungeheuers Albträume hatte", warf Melanie ein.

Destiny nickte. „Also?", fragte sie Ben herausfordernd.

„Schon gut, schon gut, du hast gewonnen. Kein Ungeheuer. Aber müssen denn alle Tiere dermaßen glücklich aussehen?"

„Ja!", erwiderten Destiny und Melanie wie aus einem Mund.

„Du bist überstimmt, Kamerad", sagte Kathleen lächelnd zu ihm. „Gib auf und male dort in der Ecke noch ein fröhliches Wesen, vielleicht ein Entenmädchen."

„Also gut, eine Ente!"

„Er wirkt leicht gereizt", stellte Melanie vergnügt fest.

„Ich bin von starrsinnigen, dickköpfigen Frauen umgeben", erwiderte Ben. „Was erwartest du da?"

„Ein besseres Benehmen und freundlichere Ausdrücke", antwortete Destiny.

„Vielleicht hilft ein Blaubeertörtchen", schlug Kathleen vor. „Ich glaube, es ist noch eins da."

„Wirklich?", fragte Ben so eifrig, dass die drei Frauen lachten.

Kathleen schüttelte den Kopf. „Nur gut, dass ich zeitig genug aufgewacht bin, um noch zu backen."

Im Vorbeigehen küsste er sie rasch auf den Mund. „Das war sehr gut, sonst müsste ich euch alle aussperren und die Decke mit Bällen und Baseballmützen bemalen, um meine Identität als Mann nicht zu verlieren."

„Wenn es ein Junge wird, kannst du das machen, sobald er sechs ist", bot Melanie ihm zum Trost an.

„Sechs?", erwiderte Ben. „Spätestens, wenn er vier wird, sonst trägt er von diesen vielen glücklichen Gesichtern einen Schaden fürs Leben davon. Ein Junge braucht richtiges Zeug für Männer." Er wandte sich lächelnd an Destiny. „Weißt du noch? Als du zu uns gekommen bist, hast du an die Wände meines Zimmers alle möglichen Sportszenen gemalt. Das ist mir gerade wieder eingefallen."

„Ich fand, das Zimmer bräuchte eine persönliche Note", verteidigte Destiny sich. „Richard war mit seinen sterilen Wänden völlig zufrieden, und Mack hatte schon überall Poster aufgehängt. Deine Wände waren leer." Sie lächelte Kathleen zu. „Lange hat das allerdings nicht gehalten. Innerhalb eines Jahres hat er meine Bilder mit Dschungelwesen übermalt. Ich musste mit ihm wenigstens einmal in der Woche den Zoo von Washington besuchen und Fotos machen, die er als Vorlage für seine Bilder benutzt hat."

„Dafür, dass ich noch ein Kind war, waren sie gar nicht schlecht", meinte Ben.

Kathleen hätte seine frühen Bilder gern gesehen. Wahrscheinlich hatte er damals schon Talent gezeigt. „Vermutlich sind diese Bilder längst übermalt."

„Eigentlich nicht", erwiderte Destiny zufrieden.

„Was soll das heißen?", fragte Ben überrascht. „Die Bilder sind weg. Ich habe erst letzte Nacht in dem Zimmer geschlafen. Die Wände sind weiß."

„Diese Wände schon", bestätigte Destiny. „Sieh mich nicht so finster an. Ich habe die ursprüngliche Wandtäfelung nicht überstreichen, sondern ersetzen lassen. Die Originale befinden sich im Keller."

„Das ist nicht dein Ernst", rief Ben entsetzt. „Warum hast du das getan?"

„Weil ich schon damals gewusst habe, dass du eines Tages berühmt sein würdest, und dann kann eine Galerie die frühen Werke des Künstlers zeigen", erklärte Destiny.

„Könnte ich sie sehen?", drängte Kathleen.

„Das liegt an dir", sagte Destiny zu Ben.

„Ach, tatsächlich?", fragte er scheinbar höchst erstaunt.

„Stell dich nicht so dumm an", tadelte Destiny. „Es sind schließlich deine Arbeiten."

„Ich schlage dir etwas vor", sagte Ben zu Kathleen. „Wenn wir Destiny nach Hause bringen, gucke ich mir die Bilder an. Wenn sie nicht allzu schlimm sind, kannst du sie auch sehen."

Allmählich verlor Kathleen den Überblick über sämtliche Wetten, Abmachungen und Angebote. „Einverstanden", stimmte sie sofort zu. „Und wer entscheidet, ob sie schlimm sind?"

„Ich natürlich", erwiderte er.

„Ich möchte ein neutrales Urteil haben", entgegnete Kathleen. „Destiny, könnten Sie das übernehmen?"

„Sehr gern, obwohl mein Urteil jetzt schon feststeht. Die Bilder sind wunderbar, sonst hätte ich sie nicht aufbewahrt."

„Ach ja, und du bist auch völlig neutral", warf Ben ein. „Ginge es nach dir, würde Kathleen jetzt gleich hinfahren und sich alles ansehen."

Kathleen hielt ihm die Hand hin. „Kein Einwand. Gib mir den Schlüssel."

„Du kannst ruhig noch einige Stunden warten", wehrte er lachend ab. „Vorfreude ist die schönste Freude."

Kathleen hatte den deutlichen Eindruck, dass er nicht nur von den Wandbildern sprach. Die erotische Spannung zwischen ihnen knisterte geradezu, und sollte es jemals zu einer Entladung kommen, würde nichts mehr wie früher sein, dessen war sie sich sicher.

Ben freute sich zwar darauf, die alten Bilder wiederzusehen, doch an der Kellertreppe zögerte er. Kathleen war direkt hinter ihm, weil ohnedies klar war, dass Destiny alle seine Einwände abweisen würde.

„Wenn du nicht hinuntergehst, lass mich vorbei", verlangte Kathleen ungeduldig.

„Dräng mich nicht."

„Wovor hast du Angst?"

„Vor gar nichts", erwiderte er entschieden.

„Und warum stehst du dann so unentschlossen da?"

„Weil mir eine hartnäckige Kunstexpertin auf den Fersen ist und die Bilder schlecht sein könnten", erwiderte er. „Ich weiß nicht, ob ich sie deinem kritischen Auge wirklich zeigen sollte."

„Du warst damit einverstanden", hielt sie ihm vor.

„In einem Moment der Schwäche."

Kathleen zog ihn am Arm in die Küche zurück. „Hast du wirklich Angst, ich könnte deine Bilder kritisieren? Glaub mir, ich weiß, wie das ist, wenn man begreift, dass man selbst nicht mithalten kann."

„Wirklich?", fragte er überrascht.

„Was meinst du, wieso ich eine Galerie führe und nicht selbst male? Irgendwann wurde mir klar, dass ich nie gut genug malen könnte. Also musste ich mir eine völlig andere Arbeit suchen oder eine, die wenigstens am Rande mit dem Gebiet zu tun hat, das ich liebe."

„Kathleen, du arbeitest nicht am Rand, sondern im Zentrum", widersprach Ben. „Deine Galerie ist dafür bekannt, dass sie neue Künstler entdeckt."

„Das weißt du?", fragte sie verblüfft. „Hat Destiny es dir erzählt?"

„Ich gehe ins Internet", erwiderte er lachend. „Ich habe mir die Artikel angesehen die über deine Ausstellungen geschrieben wurden."

„Warum?"

„Nenn es meinetwegen Neugierde."

„Auf mich? Oder wolltest du wissen, ob ich deine Arbeiten gebührend präsentieren könnte?"

„Es ging nur um dich", beteuerte er.

„Und hast du etwas über mich erfahren?"

„Dass du ein ausgezeichnetes Auge für Talente besitzt, eine kluge Geschäftsfrau bist und aus deinem Privatleben ein Geheimnis machst."

„Ich habe gar keins", meinte sie lächelnd.

„Du hattest früher eines", hielt er ihr vor.

„Aber es lohnt sich nicht, darüber zu sprechen. Gehen wir nun runter oder nicht?"

„Gleich", erwiderte er. „Sobald du mir verrätst, warum du nicht über deine Ehe sprechen willst."

„Ich spreche nicht darüber, weil sie vorbei ist und keine Bedeutung mehr hat."

„Du willst, dass sie keine Bedeutung mehr hat", verbesserte Ben. „Offenbar beeinflusst sie aber dein jetziges Leben."

„Genau so, wie deine Vergangenheit dein Leben beeinflusst?", entgegnete sie heftig.

„Ja", gab er zu. „Der Verlust meiner Eltern und später der Tod von Graciela hatten schwere Auswirkungen auf mich. Einen solchen Schmerz möchte ich nicht wieder erleben. Darum lasse ich niemanden an mich heran." Er sah ihr tief in die Augen. „Bis ich dich getroffen habe. Du durchbrichst meine Abwehr, Kathleen, und ich weiß nicht, wie ich mich verhalten soll. Wenn du willst, dass es zwischen uns nicht weitergeht, solltest du es jetzt sagen."

„Ich weiß nicht", erwiderte sie verunsichert. „Ich habe keine Ahnung, ob ich diese Tür wieder öffnen kann."

„Weil dein Exmann dir wehgetan hat?"

„Er hat mir nie wehgetan", wehrte sie ab. „Zumindest nicht so sehr."

„Hat er dich misshandelt?", fragte Ben vorsichtig.

Tränen stiegen ihr in die Augen. „Er hat mich nie geschlagen."

„Aber er hat dich misshandelt?"

„Mit Worten", gestand sie. „Er war sehr aufbrausend, und wenn er zornig wurde, konnte er grausam sein."

„Hat er dir gesagt, dass du nicht malen kannst?", hakte Ben nach. „Ja, er war das", stellte er fest, als sie schwieg. „Seinetwegen hast du die Malerei aufgegeben."

„Nein", behauptete sie, „ich habe sie aufgegeben, weil ich nicht gut war."

„Vielleicht solltest nicht du mich bedrängen, dir meine Arbeiten zu zeigen", meinte er mitfühlend. „Eher sollte ich verlangen, dass du mir etwas von dir zeigst."

„Geht nicht", erwiderte sie bitter. „Ich habe alles vernichtet."

„Warum hast du denn das gemacht?" Ben war entsetzt.

„Das habe ich dir schon erklärt", erwiderte sie ungeduldig. „Ich erkenne Talent, und ich hatte keins."

„Aber du hast gern gemalt?"

„Ja."

„Ist das allein nicht schon Grund genug?", drängte er. „Kommt es denn nicht nur darauf an, dass einem die Tätigkeit Freude bereitet? Es geht nicht immer um Geld oder Ausstellungen oder das Lob der Kritiker."

„Du hast leicht reden. Du bist reich. Ich bin es nicht."

„Bereust du nicht, dass du nicht mehr malst?", fragte er.

„Das ist nicht weiter wichtig."

„Doch, das ist es."

Unwillig wischte Kathleen sich die Tränen von den Wangen. „Wie sind wir bloß auf dieses Thema gekommen? Ich will endlich die Bilder im Keller sehen."

9. KAPITEL

Die Wandtafeln im Keller waren bemerkenswert. Kathleen staunte über die leuchtenden Farben und die sorgfältig ausgearbeiteten Details. Die Bilder schlugen den Betrachter sofort in ihren Bann.

„Wie alt warst du, als du das gemalt hast?“, fragte Kathleen.

„Zwölf“, erwiderte Ben, „vielleicht dreizehn. Damals wurde mir klar, dass ich nie ein Supersportler wie Mack werden würde. Ich liebte Tiere und wollte unbedingt zumindest ein Mal eine Safari mitmachen.“

„Hast du?“

Ben nickte. „Destiny hat mich auf eine Safari mitgenommen, als ich in der achten Klasse lauter gute Noten bekam.“

„War es wie erwartet?“

„Noch schöner“, versicherte er. „Trotzdem bevorzuge ich die Gegend, in der ich jetzt lebe. Sie ist viel friedlicher, und man muss nicht fürchten, bei der Arbeit von einem Löwen gefressen zu werden.“

Kathleen fing einen Blick auf, in dem sie Humor entdeckte, aber auch Wärme und eine Intimität, die sie in ihrer Ehe nicht kennengelernt hatte. Gern hätte sie nachgegeben, doch sie hatte Angst.

„Ich sollte jetzt gehen“, meinte sie unsicher.

„Du hast alles gesehen und ergreifst die Flucht?“, neckte er sie. „Hast du Angst?“

„Unwichtig“, wehrte sie ab. „Ich muss los.“

Ben nickte. „Ich bringe dich nach Hause.“

Während der kurzen Fahrt schwieg Kathleen, und sie war froh, dass Ben sie in Ruhe ließ.

„Der Tag war schön, nicht wahr?“, fragte er vor ihrer Tür.

Kathleen nickte. „Sehr schön.“

„Wir müssen so etwas wieder machen.“

„Hast du noch mehr Kinderzimmer, die hergerichtet werden müssen?“

Er streichelte ihre Wange. „Nein, aber wir finden bestimmt eine andere Beschäftigung.“

„Ich weiß nicht. Vielleicht sollten wir auf die rein berufliche Ebene zurückkehren.“

„Du meinst, dass du weiterhin hinter meinen Bildern her bist und ich ständig Nein sage?“

„So ungefähr“, bestätigte sie.

Er ließ die Finger zärtlich über ihre Wange gleiten. „Sind wir nicht schon darüber hinaus?“

„Nein, sind wir nicht“, wehrte sie ab.

Behutsam drückte er seine Lippen auf ihren Mund. Prompt bekam sie Herzklopfen als Beweis, dass sie gelogen hatte oder zumindest die Wahrheit nicht eingestehen wollte. Zu ihrer Erleichterung triumphierte er nicht, als er sich wieder zurückzog.

„Ben“, setzte sie an, schwieg jedoch, weil sie nicht wusste, was sie sagen sollte. Sie konnte die Anziehung zwischen ihnen nicht abstreiten, und irgendwann würde es auch weiter gehen.

„Schon gut“, meinte er, als er merkte, wie verwirrt sie war. „Lass dir Zeit. Ich laufe dir nicht weg, sondern warte, bis du so weit gekommen bist wie ich.“

„Und wenn ich das nicht schaffe?“

„Du schaffst es“, versicherte er. „Dafür werde ich sorgen.“

„Es wirkt nicht sonderlich anziehend, wenn jemand eingebildet ist.“

„Sind nicht alle Künstler eingebildet?“, scherzte er.

„Sonst behauptest du doch immer, dass du kein Künstler bist“, erinnerte sie ihn. „Könnte ich natürlich mehr Bilder von dir sehen, könnte ich das besser beurteilen.“

„Guter Versuch“, stellte er vergnügt fest. „Du müsstest aber schon überzeugender werden. Ich weiß schließlich noch immer nicht, was für mich dabei herausspringt.“

Kathleen ging auf seine lockere Art ein. „Ich denke darüber nach“, versprach sie. „Geld und Ruhm sind dir nicht wichtig, aber mir fällt bestimmt etwas anderes ein.“

„Ich wüsste da etwas“, meinte er so anzüglich, dass sie sofort wieder auf gefährliches Terrain gerieten.

„Etwas anderes als das“, wehrte sie ab, obwohl sich ihr Herzschlag beschleunigte.

„Schade“, versicherte er lachend. „Melde dich bei mir, wenn dir etwas einfällt. Besser kann es kaum sein.“

„Du wirst von mir hören“, versicherte sie und hatte sogar schon eine Idee, wie er sie nie vergessen würde, ohne dass sie etwas riskierte. „Gute Nacht, Ben“, sagte sie, gab ihm einen Kuss und begann schon zu planen.

Bevor er sich von seiner Überraschung erholte, war sie bereits im Haus verschwunden und hatte die Tür geschlossen. Im nächsten Moment klingelte er. Kathleen öffnete lächelnd.

„Hast du nicht etwas vergessen?“, fragte Ben.

„Ich glaube nicht.“

„Ich schon“, erwiderte er, trat ein und zog sie in die Arme.

Er küsste sie, bis sich alles um sie herum drehte. Erst danach ging er und schloss die Tür.

Kathleen fasste sich an die prickelnden Lippen. Diese letzte Runde war eindeutig an Ben gegangen, und sie konnte nicht entscheiden, ob sie sich revanchieren oder lieber abhauen sollte.

Ben genoss es so sehr, Kathleen aus dem Gleichgewicht zu bringen, dass er jeglichen Selbstschutz vergaß. Eigentlich sollte er sich wieder in seinem Atelier einschließen und die Welt aussperren.

Noch vor wenigen Tagen hatte ihm das gereicht. Er hatte sich nicht nach Gesellschaft und schon gar nicht nach den Küssen einer Frau gesehnt. Vielleicht kam er wieder dahin zurück, ohne Schaden genommen zu haben.

Dass es nicht so leicht sein würde, merkte er einige Stunden später, als Kathleen mit einer Tüte frisch gebackener Muffins sowie mit Milchkaffee auftauchte. Wie ein kleiner Wirbelwind, der sekundenlang sein Unheil getrieben hatte, war sie gleich darauf wieder verschwunden. Ben sah ihr von der Tür des Ateliers aus nach und fragte sich, ob er sich diesen Besuch nur eingebildet hatte.

Der Kaffee und die Muffins waren allerdings sehr real – leider ebenso seine Erregung.

„Verdammt“, murmelte er und versuchte zu arbeiten, doch dafür fehlte ihm die Inspiration. Der feine Duft, den Kathleen zurückgelassen hatte, lenkte ihn ab.

Am nächsten Tag machte sie das Gleiche nochmals und ließ dieses Mal einen ganzen Blaubeerkuchen sowie einen Behälter Schlagsahne zurück. In seiner Fantasie fand Ben viele Möglichkeiten, diese Schlagsahne zu verwenden, keine davon hatte jedoch etwas mit dem Kuchen zu tun.

Am Wochenende war er schließlich derjenige, der aus dem Gleichgewicht gebracht war, und genau darauf hatte Kathleen es offenbar angelegt. Bei ihren Kurzbesuchen hatte sie nicht versucht, seine Bilder zu sehen. Einmal war sie sogar aufgetaucht, bevor er im Atelier war. Auf der Schwelle hatte er Himbeertörtchen und Milchkaffee vorgefunden.

Da er unter diesen Umständen mit der Arbeit nicht vorankam, ging er ans Telefon und wählte eine Nummer. Dieses Spielchen konnte er auch spielen.

„Studioeinrichtung, Malutensilien", meldete sich Mitchell Gaylord.

„Mitch, hier Ben Carlton."

„Wie geht es Ihnen? Sie müssen doch noch genug Material haben. Ich habe Ihnen erst vor einigen Wochen eine ganze Ladung geschickt."

„Es geht nicht um mich", erwiderte Ben. „Also, ich brauche Folgendes."

Zehn Minuten später legte er zufrieden auf.

Kathleen war mit ihren kleinen Ausflügen aufs Land sehr zufrieden. Früher oder später würde Ben ihr seine Bilder zeigen, um wieder Ruhe zu haben.

Sie war gerade im Büro der Galerie und plante den Weihnachtsschmuck, als die Glocke über der Eingangstür klingelte. Statt eines Kunden sah sie einen Zusteller eintreten.

„Sind Sie Kathleen Dugan?", fragte er.

„Ja, aber ich erwarte keine Sendung."

„Weihnachten steht vor der Tür, Zeit der Überraschungen." Er ließ sie unterschreiben, ging hinaus und kam mit einer voll beladenen Sackkarre wieder herein. Eine Staffelei, Leinwände, ein Farbsortiment und ein Behälter mit Pinseln waren darauf aufgetürmt, alles von bester Qualität.

„Das ist sicher nicht für mich", wehrte sie ab, obwohl sie wusste, wer der Absender war. Damit rächte Ben sich für ihre überfallartigen Besuche auf der Farm.

„Das gehört noch dazu", erklärte der Lieferant und überreichte ihr einen Briefumschlag.

Sie griff danach, ließ ihn vor Nervosität fallen, gab dem Mann schließlich ein Trinkgeld und starrte noch lange auf das Kuvert.

Das Telefon klingelte.

„Ja?", meldete sie sich geistesabwesend.

„Ist es schon angekommen?", fragte Ben.

„Du!", rief sie.

„Das heißt wohl Ja", sagte er und legte auf.

Sie starrte auf das Telefon und konnte nicht entscheiden, ob sie lachen oder weinen sollte. Sie tat keins von beidem, sondern öffnete den Umschlag und zog eine Karte heraus.

„Für jedes fertige Bild, das du mir zeigst, zeige ich dir eines von mir", las sie halblaut vor, was Ben geschrieben hatte.

Kathleen begann, hysterisch zu lachen. Sie hätte es nicht für möglich gehalten, aber Ben hatte das einzige Mittel gefunden, um zu erreichen, dass sie ihn fortan in Ruhe lassen würde.

Als Ben am späten Nachmittag noch immer nichts von Kathleen gehört hatte, stieg er in seinen Wagen und fuhr nach Alexandria. Offenbar war sein Geschenk nicht wie erwartet aufgenommen worden.

Als er ankam, war die Galerie schon geschlossen und das Rollo am Eingang heruntergezogen, aber im Hintergrund brannte noch Licht. Er klopfte gegen die Tür, bis sich Schritte näherten, die Tür blieb jedoch geschlossen.

„Geh weg!", verlangte Kathleen.

„Kommt nicht infrage", wehrte er betroffen ab, weil ihre Stimme nach Tränen klang. „Mach auf!"

„Nein."

„Weinst du?"

„Nein", behauptete sie, obwohl sie dabei schniefte.

„Warum?"

„Ich sage doch, dass ich nicht weine."

„Ich glaube dir nicht. Verdammt, mach die Tür auf, Kathleen!"

„Ich will dich nicht sehen."

„Weil ich dir Malutensilien geschickt habe?"

„Das ist einer der Gründe."

„Was noch? Vermutlich gibt es eine ganze Liste."

„Ja, und sie wird ständig länger."

„Ich ärgere dich", vermutete er.

„Ja."

„Und ich habe eine alte Wunde aufgerissen."

Kathleen seufzte. „Ja."

„Liebling, lass mich bitte herein. Ich will dir ins Gesicht sehen, wenn ich mit dir rede."

„Würde dir recht geschehen", murmelte sie.

„Ganz rot und verquollen?", fragte er lachend.

„Ziemlich."

„Du bist trotzdem schön."

„Spar dir das Gerede, Ben. Ich bin böse auf dich."

„Das habe ich schon begriffen, aber ich möchte von dir den Grund hören."

„Den hast du selbst bereits genannt."

„Ich will es aber von dir hören. Ich will, dass du schreist und tobst, bis du alle Unsicherheit los bist, die dieser Mann dir eingeredet hat."

„So einfach ist das nicht", entgegnete sie ungeduldig. „Tim hat damals viel gesagt, was mich verletzt hat, das stimmt schon. Aber das trifft nicht auf meine Malerei zu."

„Bist du sicher?"

„Ja, verdammt. Glaubst du, ich hätte nur seinetwegen zu malen aufgehört?"

„Das weiß ich nicht. Hast du?"

„Nein. Ich habe aufgehört, weil meine Bilder nie dem entsprochen haben, was ich im Kopf hatte", behauptete sie.

Ben begriff, welchen Fehler er begangen hatte. Er hatte angenommen, Kathleen wäre – wie er – nur bescheiden, was das Talent anging. Sie wäre gut, hätte aber eine geringe Meinung von sich, weil man ihr das eingeredet hatte.

„Vielleicht ...", begann er.

„Da gibt es kein Vielleicht", fiel sie ihm ins Wort.

„Tut mir leid, wenn ich dich getroffen habe", sagte er seufzend. „Ich wollte dir helfen."

„Das weiß ich."

„Kann ich hereinkommen?", drängte er.

„Wahrscheinlich gehst du nicht weg, bevor du mir den Kopf tätscheln kannst", erklärte sie resigniert.

„Ich dachte da schon eher an eine Umarmung."

„Ich brauche keine Umarmung. Das muss aufhören."

„Betrachte es als beendet", entgegnete er. „Wenn du dich dann besser fühlst, werfe ich noch heute Abend das ganze Zeug in die nächste Mülltonne."

Der Schlüssel klickte im Schloss, und dann ging die Tür auf. „Es war eine nette Geste, wenn auch fehl am Platz."

„Tut mir leid." Ihr Anblick schnürte ihm die Kehle zu. Sie hatte tatsächlich heftig geweint. Trotzdem war sie schön.

Kathleen rang sich ein Lächeln ab. „Wir sollten von hier verschwinden", sagte sie, bevor er eintreten konnte. „Lass mich das Licht ausmachen und abschließen."

Es hörte sich an, als gäbe es einen bestimmten Grund, warum er nicht eintreten sollte. Genau darum folgte er ihr neugierig zum Büro.

Auf einer Staffelei stand ein unfertiges Gemälde ... und es zeigte ihn.

Kathleen wirbelte zu ihm herum. „Ich habe doch gesagt, dass du warten sollst!"

„Ich weiß."

„Ich wollte nicht, dass du es siehst."

„Weil es als Überraschung gedacht war?"

„Nein, sondern weil es schrecklich ist."

„Schrecklich?", fragte er betroffen. „Wie kannst du so etwas sagen? Du hast jede Einzelheit perfekt getroffen."

„Nein, habe ich nicht", wehrte sie ab. „Vielleicht wäre es mir mithilfe eines Fotos gelungen, aber das hier ist schrecklich. Es sieht dir gar nicht ähnlich."

Sie griff nach einem Pinsel, doch Ben hielt sie fest, bevor sie das Bild verunstalten konnte.

„Wage nicht, es zu ruinieren", verlangte er.

„Es taugt nichts", wiederholte sie.

Er sah ihr prüfend in die Augen. „Du glaubst mir nicht", stellte er fest. „Holen wir eine weitere Meinung ein, auf die du dich verlässt."

„Wessen Meinung?"

„Wie wäre es mit Destiny? Du hast ihr zugetraut, dass sie meine Arbeiten unvoreingenommen beurteilt."

„Also schön", lenkte Kathleen ein. „Aber erst, wenn das Bild fertig ist. Lässt du dich dafür fotografieren?"

„Versprichst du mir, dass du es nicht beschädigen oder zerstören, sondern fertigstellen wirst?"

„Ja, ich verspreche es“, beteuerte sie.

„Ganz gleich, wie entmutigt du sein wirst?“

„Ja“, wiederholte sie.

„Gut, dann bringe ich dir einige Fotos von mir. Du hast bis Weihnachten Zeit, und wenn du Destiny besonders glücklich machen willst, schenkst du ihr das Bild. Ich bin nämlich nie bereit, ihr Modell zu sitzen.“

Kathleen schüttelte jedoch den Kopf. „Wenn sich herausstellen sollte, dass es gut ist, will ich es behalten.“

„Um zu beweisen, dass du doch eine Künstlerin bist?“, fragte er neckend.

„Nein“, entgegnete sie ernst. „Weil das Bild den Mann zeigt, der mir die Liebe zur Malerei zurückgegeben hat.“

10. KAPITEL

Kathleen warf Ben einen verstohlenen Blick zu und ertappte ihn dabei, wie er das Gemälde eingehend betrachtete. „Bewunderst du dich selbst?", fragte sie.

„Wohl kaum", entgegnete er trocken. „Ich bewundere deine Strichtechnik. Sie ist fast impressionistisch."

„Ich bin bestimmt kein Renoir", wehrte sie lachend ab.

„Das sind nur wenige Künstler, aber du bist sehr talentiert, Kathleen."

Das Lob tat ihr unglaublich gut, obwohl sie es abwehrte. „Du übertreibst, aber du hast gewonnen. Ich stelle dieses Bild fertig. Wenn du allerdings etwas erwartest, was mit den großen Meistern mithalten kann, wirst du enttäuscht sein."

„Du kannst mich gar nicht enttäuschen", versicherte er.

Schon wollte sie erneut protestieren. „Könnten wir bitte das Thema wechseln?", bat sie aber nur.

„Meinetwegen. Ich hole deinen Mantel. Wir gehen essen."

„Ich könnte kochen", bot sie an.

„Kochst du ähnlich gut, wie du bäckst?", fragte er hoffnungsvoll.

„Nicht schlecht", erwiderte sie lachend. „Es kommt darauf an, was im Kühlschrank ist, aber da ich heute eingekauft habe, bringe ich bestimmt etwas zustande. Wie wäre es mit gegrillten Lammkoteletts, Kartoffeln und gedünstetem Gemüse?"

„Was gibt es als Nachtisch?", fragte er und seufzte jetzt schon genüsslich.

„Ich habe dir heute früh ein halbes Dutzend Himbeertörtchen gebracht", hielt sie ihm vor. „Reicht das nicht für einen Tag?"

„Keinesfalls", versicherte er. „Außerdem habe ich nur eins davon gegessen. Ich hebe mir die übrigen Törtchen zusammen mit dem Rest der Blaubeertorte auf."

„Dann solltest du zum Nachtisch nach Hause fahren", schlug sie lachend vor.

„Ich sehe lieber zu, wie du etwas Neues machst."

„Damit du an mein Geheimrezept für Mürbeteig kommst?"

„Nein, sondern weil eine Frau, die sich in der Küche auskennt, unglaublich aufreizend wirkt."

„Gute Antwort", stellte sie fest. „Ich kenne mich mit Schokoladenmousse besonders gut aus."

„Großartig. Darf ich den Rührlöffel ablecken?", fragte er mit einem Blick, der ihr einen lustvollen Schauer über den Rücken jagte.

„Du kannst meinetwegen jedes Küchengerät ablecken", erwiderte sie möglichst ruhig, obwohl sie weiche Knie bekommen hatte. „Und du kannst spülen. Ich bin eine ziemlich schlampige Köchin."

„Den Preis bezahle ich gern", meinte Ben lachend. „Gehen wir zu dir, oder möchtest du fahren?"

„Es ist nicht weit. Lass uns zu Fuß gehen."

Die Nacht war kalt, aber der Himmel war klar. Überall sah man Vorboten von Weihnachten. An einer Ecke wurden Weihnachtsbäume verkauft, und es duftete nach Tannennadeln.

„Hast du schon einen Baum?", erkundigte Ben sich.

„Nein. Ich warte immer bis zum letzten Moment, weil ich zuerst die Galerie schmücken muss. Manchmal habe ich zu Hause nur einen kleinen und schon fertig geschmückten künstlichen Baum."

„Das ist nicht dein Ernst", sagte er ungläubig.

„Wieso denn nicht? Für mich allein lohnt sich die Mühe doch kaum. An den Feiertagen bin ich selten daheim. Meistens besuche ich meine Familie."

„Die Mutter, die dich so zornig macht?", fragte er überrascht.

„Und den Stiefvater der Saison sowie die Großeltern. Einen Tag lang ertrage ich das alles. Danach flüchte ich mich sofort wieder nach Hause."

Ben blieb bei den Bäumen stehen. „Höchste Zeit, dass sich das ändert. Such dir den größten Baum aus. So einen, wie du ihn dir schon als kleines Mädchen erträumt hast."

„Ich brauche keinen Baum. Außerdem passt ein großer Baum nicht in mein Haus", wandte sie ein.

„Dafür sorgen wir", drängte er. „Komm, such dir einen aus. Ich stelle ihn auf, während du das Essen kochst. Dann machen wir Weihnachtslieder an und singen mit."

Das klang sehr verlockend. Schließlich erinnerte sie sich an kein einziges wirklich schönes Weihnachtsfest. Bereitwillig sah sie sich die einzelnen Bäume an, während Ben die Nadeln und die Stämme prüfte.

Als sie schließlich den richtigen Baum gefunden hatte, schob sie

Bens Einwände wegen des krummen Stammes beiseite. „Wen stört es, wenn er etwas schief ist? Wir können ihn festbinden, damit er nicht umfällt. Der hier riecht jedenfalls richtig nach Weihnachten."

„Du willst diesen Baum wegen seines Geruchs haben?", fragte Ben lächelnd. „Dann nehmen wir ihn", sagte er zu dem Verkäufer.

„Lassen Sie sich von Ihrem Begleiter nicht davon abbringen", riet der Mann. „Der hier ist wirklich schön. Soll ich ihn liefern, wenn ich hier Schluss mache?"

„Nein, das schaffen wir schon", entschied Ben, und tatsächlich trug er den Baum trotz seiner Größe zwei Straßen weit, als wäre er federleicht.

Im Wohnzimmer suchten sie gemeinsam einen Platz aus. Kathleen trat schließlich ein Stück zurück und betrachtete den an der Wand lehnenden Baum. „Das ist perfekt, findest du nicht auch?"

Ben sah nicht den Baum, sondern sie an. „Perfekt", bestätigte er leise.

„Ben?", flüsterte sie, als sie pures Verlangen in seinem Blick entdeckte.

Sekunden verstrichen, ehe er tief durchatmete. „Du sagst mir, wo der Baumständer, der Schmuck und die Lichter sind, und ich schmücke, während du kochst."

Sie brauchte noch einen Moment, um das Sehnen zu verdrängen, das sie gepackt hatte. „Dachboden", erwiderte sie zitternd. „Alles ist auf dem Dachboden."

In der Küche fühlte Kathleen sich wieder einigermaßen sicher, obwohl sie das nicht sein würde, solange Ben bei ihr im Hause war. Er ging ihr unter die Haut und riss die Abwehr ein, die sie um sich herum errichtet hatte. Und wenn er weiterhin solch reizende Gesten machte, ihre geheimsten Gedanken erriet und ihre Träume erfüllte, dann war sie verloren.

Als Ben vom Dachboden herunterkam, hörte er Weihnachtsmusik, und aus der Küche duftete es herrlich. Er dachte an die Feste mit Graciela zurück, doch keines war schön gewesen. Graciela hatte einen Dekorateur ins Haus bestellt, Gäste eingeladen, teure Geschenke verteilt und getrunken. Nie hatten ihre Augen so aufgeregt gefunkelt wie Kathleens, als sie den Baum aussuchte.

Kathleens Freude erinnerte ihn an früher, als zuerst seine Eltern und dann Destiny dafür gesorgt hatten, dass dieser Zeit des Jahres ein gewisser Zauber anhaftete. Diesen Zauber hatte Ben irgendwann verloren, doch an diesem Abend fand er ihn wieder.

Als Kathleen ankündigte, das Essen wäre fertig, war Ben in Erinnerungen versunken und versuchte vergeblich, die Lichterketten zu entwirren und aufzuhängen. Früher hatten sein Vater und später Destiny über dieses Problem geklagt. Nur Richard hatte stets genug Geduld aufgebracht und sich um die Lichter gekümmert, während die anderen heiße Schokolade und Plätzchen genossen.

„Wie läuft es hier?“, fragte Kathleen und lachte, als sie den Wirrwarr der Ketten entdeckte. „Oje, ich hätte sie vorsichtiger abnehmen sollen.“

„Was du nicht sagst“, bemerkte er trocken.

„Ich helfe dir nach dem Essen“, versprach sie. „Hast du die Ketten wenigstens schon angemacht und kontrolliert, ob sie überhaupt noch funktionieren?“

„Wie soll ich denn in dem Knäuel die Stecker finden?“

„Du hast dich um diese Aufgabe beworben“, erinnerte sie ihn.

„Ja, und wenn das Essen nur halb so gut schmeckt, wie es riecht, verzeihe ich dir auch die Sache mit den Ketten.“

„Die Lammkoteletts könnten zu sehr durch sein“, entschuldigte sie sich, als sie am Esstisch saßen. „Und das Gemüse habe ich bestimmt nicht lange genug gedünstet.“

„Hat dein Exmann deine Kochkünste kritisiert?“, fragte Ben.

„Ja“, erwiderte sie überrascht. „Wie kommst du darauf?“

„Weil noch keiner von uns gekostet hat und du schon lauter Entschuldigungen vorbringst.“

„Du hast recht, das mache ich immer“, bestätigte sie erstaunt. „Bisher ist mir das nicht aufgefallen. Wahrscheinlich habe ich das von meiner Mutter übernommen. Wenn sie sich selbst herabgesetzt hat, hat sie damit meinem Vater und meinen Stiefvätern den Wind aus den Segeln genommen. Meine Großmutter hat das auch immer gemacht. Was für eine Familientradition!“

„Tut mir leid für dich“, sagte Ben.

Verlegen zuckte Kathleen mit den Schultern. „Das ist vorüber.“

„Nein, ist es nicht. Du entschuldigst dich noch immer.“

„Du hast bisher nicht probiert", meinte sie lächelnd. „Vielleicht ist eine Entschuldigung nötig."

„Selbst wenn es schlecht schmecken würde, hätte ich nicht das Recht, dich herabzusetzen", versicherte er. „Du hast dich bemüht, ein schönes Essen auf den Tisch zu bringen, und nur das zählt."

„Du meinst das ernst, nicht wahr?", stellte sie erstaunt fest.

„Jedes Wort", beteuerte er sanft, griff endlich zum Besteck, kostete und seufzte wohlig. „Eigentlich sollte ich deiner Mutter für das schlechte Beispiel dankbar sein, das sie dir gegeben hat. Wahrscheinlich hast du deshalb gelernt, wie eine Gourmet-Köchin in der Küche zu zaubern."

Kathleens Freude über das Lob freute wiederum ihn. Gleichzeitig hätte er liebend gern einige Leute erwürgt, aber vielleicht war das gar nicht nötig. Vielleicht reichte es, wenn er Kathleen zeigte, dass sie es wert war, gut behandelt zu werden. Wenn er sie dann eines Tages verließ, würde sie offen und bereit sein für den Mann, der ihre Träume verwirklichen konnte.

Gegen zwei Uhr nachts war der Baum endlich fertig geschmückt. Da Kathleen Ben danach mit der restlichen Schokoladenmousse nach Hause geschickt hatte, verzichtete sie am Morgen darauf, zur Farm zu fahren. Und so saß sie noch beim Frühstück, als es an der Tür klingelte. Es war erst halb acht. Wer konnte das sein?

Als Kathleen öffnete, stand Destiny vor ihr, als wäre sie gerade einem Modemagazin entstiegen. Kathleen dagegen hatte sich noch nicht mal gekämmt.

„Tut mir leid, dass ich so früh bei Ihnen auftauche", entschuldigte Destiny sich und fegte an ihr vorbei ins Haus.

„Ich bin gerade erst aufgestanden", erwiderte Kathleen. „Möchten Sie Kaffee und ein Muffin?"

„Ja, gern", versicherte Destiny. „Ich habe schon von Ihren Muffins gehört. Sie haben eindeutig den richtigen Weg zum Herzen meines Neffen gefunden."

Kathleen verschüttete beinahe den Kaffee, den sie soeben eingoss. „Wie bitte?"

„Sie gewinnen ihn allmählich für sich", erklärte Destiny geduldig. „Ich habe Ihnen doch gesagt, dass Ben Süßes liebt. Sie behandeln ihn genau richtig. Bei meinen anderen Neffen hätte diese Taktik wahrscheinlich nicht funktioniert, obwohl ich Melanie seinerzeit mit einem vollen Picknickkorb zu Richard geschickt habe. Das ist auch gut gelaufen."

Kathleen stellte Destiny den Kaffee hin und holte ein Muffin aus der Küche, ehe sie sich an den Tisch setzte. „Sie wissen, dass ich von Ben nichts weiter als seine Bilder will, nicht wahr?"

„Das möchten Sie vermutlich glauben", erwiderte Destiny heiter.

„Es stimmt", betonte Kathleen und wurde nervös, weil Destiny sehr selbstsicher wirkte.

„Meine Liebe, Ben kam letzte Nacht erst nach zwei Uhr heim."

„Er hat bei Ihnen übernachtet?"

„Natürlich. Dachten Sie, er würde um diese Uhrzeit noch zur Farm rausfahren?"

„Daran habe ich gar nicht gedacht", gestand Kathleen.

„Ich kann mir gut vorstellen, dass ihr nur wenig nachgedacht habt", bestätigte Destiny vergnügt.

Kathleen verschluckte sich an ihrem Kaffee. „Zwischen Ben und mir ist nichts!"

„Ach nein?", fragte Destiny enttäuscht. „Kommt ihr euch denn gar nicht näher?"

„Doch, wir sind Freunde", erwiderte Kathleen.

„Freunde", wiederholte Destiny seufzend. „Nun ja, das ist wenigstens ein guter Anfang. Allerdings merke ich schon, dass mir noch viel Arbeit zu tun bleibt."

„Nein", wehrte Kathleen heftig ab. „Sie haben bereits genug getan. Lassen Sie es, bitte!"

„Wieso sind Sie denn dermaßen dagegen, dass sich die Beziehung mit meinem Neffen weiterentwickelt?", fragte Bens Tante erstaunt.

„Ich bin nicht wirklich dagegen", behauptete Kathleen. „Aber wir sind erwachsen. Wir brauchen keine Einmischung. Sie haben Ihre Aufgabe erfüllt und sollten sich jetzt zurückziehen. Wenn es zu etwas kommt, dann wird es schon von selbst geschehen."

„Ich soll mich zurückziehen, wenn ich merke, dass ihr beide zu stur seid, um die Tatsachen zu erkennen?" Destiny tat empört.

„Auch dann", bestätigte Kathleen.

„Na schön", lenkte Destiny ein, „das mache ich."

„Wirklich?“, fragte Kathleen sofort misstrauisch.

„Vorerst“, schränkte Destiny heiter ein. „Ich muss jetzt zu einer Besprechung. Vielen Dank für den Kaffee und das Muffin. Unser nettes Gespräch war sehr erhellend.“

Erhellend? Kathleen fröstelte, sobald Destiny gegangen war, weil Bens Tante sich die Zukunft offenbar völlig anders vorstellte als sie. Kathleen träumte von einer erfolgreichen Ausstellung mit Bens Bildern. Destiny dagegen sah Ben und sie bereits für immer glücklich vereint. Und das malte Kathleen sich lieber gar nicht erst aus, weil es ihr immer verlockender erschien.

11. KAPITEL

Kathleen saß im Büro der Galerie, als sie die Glocke über der Eingangstür hörte. Mit einem herzlichen Lächeln verließ sie das Büro und stockte, als sie ihre Mutter vor sich sah.

„Das ist aber eine Überraschung, Mutter! Was machst du denn hier?", fragte Kathleen möglichst freundlich, obwohl sie nicht damit gerechnet hatte, ihre Mutter jemals in der Galerie zu sehen.

„Ich habe deine Einladung zu einem Besuch angenommen." Prudence deutete auf ein großes Gemälde von Boris. „Ich kann zwar nicht behaupten, dass es mir gefällt, aber es ist beeindruckend."

„Der Kritiker der Zeitung hat es ein Meisterwerk genannt", erwiderte Kathleen und rechnete jeden Moment mit einer unangenehmen Überraschung.

„Ich weiß", erwiderte Prudence. „Ich habe die Kritik gelesen."

Das war die zweite Überraschung an diesem Vormittag. „Du?"

„Ja, natürlich", erwiderte ihre Mutter ungeduldig. „Dein Großvater spürt im Internet alle Artikel auf, in denen deine Galerie erwähnt wird, und druckt sie für mich aus."

„Wirklich?"

Jetzt war es an ihrer Mutter, überrascht zu sein. „Glaubst du denn, Schatz, dass du uns nichts mehr bedeutest?"

„Eigentlich ja", erwiderte Kathleen. „Ich habe angenommen, dass du nicht billigst, was ich tue."

„Ich verstehe, wieso du das denkst", meinte ihre Mutter betrübt. „Keiner von uns war jemals hier. Es tut mir leid, Kathleen. Das war selbstsüchtig von uns. Wir wollten, dass du zurückkommst, und wir dachten, das hier wäre nur ein vorübergehender Zeitvertreib für dich."

„Ist es aber nicht", entgegnete Kathleen gereizt.

„Das weiß ich mittlerweile auch. Deine Galerie kann mit allen mithalten, die ich jemals gesehen habe, und du bist erfolgreich. Offenbar hast du den Geschäftssinn deines Großvaters geerbt."

Mit einem solchen Zugeständnis hätte Kathleen nie gerechnet.

„Allerdings wundere ich mich schon ein wenig", fuhr ihre Mutter fort.

Jetzt kommt es, dachte Kathleen.

„Was ist aus deiner eigenen Malerei geworden, Kathleen? Vernachlässigst du sie völlig?"

„Wieso fragst du nach meiner Malerei? Die hast du doch noch mehr als die Galerie wie einen Zeitvertreib eingestuft."

„Das stimmt nicht", behauptete ihre Mutter entschieden. „Ich habe dich stets für sehr talentiert gehalten."

„Das hast du aber nicht ein einziges Mal gesagt", hielt Kathleen ihr vor.

„Wirklich nicht?", fragte ihre Mutter betroffen.

„Nie."

„Wahrscheinlich wollte ich nicht, dass du dir zu große Hoffnungen machst", meinte ihre Mutter reuevoll. „Es ist sehr schwer, sich auf diesem Gebiet durchzusetzen. Das weiß ich aus eigener Erfahrung."

Seit ihre Mutter die Galerie betreten hatte, erlebte Kathleen eine Überraschung nach der anderen. „Wie meinst du das denn nun schon wieder?"

„Du hast nie eines meiner Bilder gesehen?", fragte Prudence.

„Nein. Ich hatte keine Ahnung, dass du überhaupt gemalt hast."

„Ich habe mich vor Jahren in Providence von einem ziemlich berühmten Maler unterrichten lassen", berichtete ihre Mutter. „Damals warst du noch nicht auf der Welt. Nach der Heirat habe ich zu malen aufgehört. Dein Vater fand, das wäre nur Verschwendung von Zeit und Geld. Ich würde gern annehmen, dass du mein Talent geerbt hast. Es hat mir das Herz gebrochen, als du wegen deines grässlichen Mannes mit dem Malen aufgehört hast. Du hast denselben Fehler begangen wie ich."

„Ich muss mich setzen", murmelte Kathleen schwach. „Komm mit in mein Büro."

Ihre Mutter folgte ihr und blieb in der Tür stehen. Kathleen hörte einen leisen Ausruf und drehte sich um.

„Das hast du gemalt?", fragte ihre Mutter und betrachtete aufgeregt das unfertige Porträt.

Kathleen nickte. „Es ist noch längst nicht beendet."

„Aber es wird großartig!" Prudence hatte Tränen in den Augen. „Ich bin sehr stolz auf dich. Du hast etwas geschafft, was mir nie gelungen ist. Du hast dir dein Leben zurückerobert."

„Das verstehe ich nicht", gestand Kathleen.

„Doch, ich glaube schon. Du bist eine Kämpferin, Kathleen, im Gegensatz zu mir."

„Du bist auch eine", versicherte Kathleen. „Trotz allem, was du erlebt hast, bist du jetzt hier. Du brauchst nie wieder ein Opfer zu sein. Und wenn dir das Malen so viel bedeutet, dann male! Ich würde dir gern alles kaufen, was du brauchst. Damit würde ich das Geschenk, das ich erhalten habe, an dich weitergeben."

Zum ersten Mal in ihrem Leben fühlte Kathleen sich ihrer Mutter verbunden. Sie trat zu ihr und legte den Arm um sie. „Ben hat mir erst neulich die Farben geschenkt. Und er hat mir mein Selbstvertrauen zurückgegeben. Dieses Porträt ist das erste Bild, das ich seit Jahren male."

„Erzähl mir mehr von diesem Ben", bat ihre Mutter. „Ist das der Mann auf dem Porträt?"

„Ja."

„Und du liebst ihn", stellte Prudence fest.

„Nein", wehrte Kathleen hastig ab und seufzte. „Vielleicht."

Ihre Mutter deutete auf die Leinwand. „Die Wahrheit liegt hier, Schatz."

Kathleen betrachtete das Bild. Obwohl es noch nicht fertig war, wirkte Ben stark und freundlich. Hatte sie mit dem Pinsel ihre Gefühle ausgedrückt? Höchstwahrscheinlich.

„Ich will ihn nicht lieben", gestand Kathleen.

„Warum nicht?"

„Weil er Maler ist."

Zu ihrer Überraschung lachte Prudence. „Nicht alle Maler sind so unberechenbar und schrecklich wie Tim. An jedem Baum hängen faule Äpfel, und ich habe im Laufe meines Lebens meinen Anteil davon abbekommen. Man darf aber deshalb keinen ganzen Berufszweig verdammen."

Zum ersten Mal begriff Kathleen, wieso ihre Mutter unverzagt immer wieder versucht hatte, den richtigen Partner zu finden. „Weißt du, was mir soeben klar geworden ist? Du bist die eigentliche Kämpfernatur. Du hast einige Male eine schlechte Wahl getroffen, aber du hast dein Herz nicht verschlossen. Ich dagegen schon."

Prudence drückte sie an sich. „Dann ist es höchste Zeit, dass du dem Leben wieder eine Chance gibst. Ich würde diesen jungen Mann gern kennenlernen. Er hat ein liebenswertes Gesicht."

„Das hat er“, bestätigte Kathleen lächelnd. „Und er hat vor allem eine liebenswerte Seele. Bleib doch einige Tage“, schlug sie vor. „Dann lernst du Ben kennen.“

„Dieses Mal nicht“, wehrte Prudence ab, „aber ich komme wieder.“

„Versprochen?“

„Unbedingt. Das Eis ist jetzt gebrochen. Beim nächsten Mal wird es mir nicht mehr schwerfallen, und vielleicht kommen auch deine Großeltern dich besuchen.“

„Du solltest unbedingt Bens Tante kennenlernen. Sie ist eine bemerkenswerte Frau, auch eine Künstlerin. Ihr beide würdet euch gut verstehen.“ Kathleen stellte sich vor, wie die zwei im Sonnenschein an der französischen Küste saßen und malten.

Ihre Mutter umarmte sie. Zum ersten Mal seit Jahren hatte Kathleen das Gefühl, eine richtige Mutter zu haben. Sicher würde es auch in Zukunft Probleme geben, doch heute hatten sie neu begonnen. Ben hatte dabei eine erstaunliche Rolle gespielt, und auch dafür stand Kathleen in seiner Schuld.

Bens Laune sackte immer tiefer in den Keller. Er fauchte jeden an, der es wagte, ihn anzurufen oder ihn zu besuchen. Das fiel sogar Mack auf, der sich sonst nicht leicht beeindrucken ließ.

„Ich vermute, du hast Kathleen seit einiger Zeit nicht gesehen“, bemerkte Mack mitten im Gespräch. „Tu dir selbst einen Gefallen und ruf sie an. Oder besuch sie. Unternimm etwas, sonst müssen wir Schutzkleidung tragen, wenn wir dich in Zukunft besuchen.“

Damit spielte Mack auf die Kaffeetasse an, die Ben nach ihm geworfen hatte, als er ihn bei der Arbeit störte.

„Meine Laune hat nichts mit Kathleen zu tun!“, behauptete Ben.

„Wenn du es sagst“, erwiderte Mack sanft.

„Ja, das sage ich.“

Mack ging im Atelier umher. „Hast du schon mit ihr geschlafen?“, fragte er unvermittelt.

Ben warf seinem Bruder einen scharfen Blick zu. „Glaubst du denn, ich würde dir sagen, wenn es so wäre?“

Mack lächelte vergnügt. „Also hast du nicht. Das dachte ich mir. Du musst etwas unternehmen, Kumpel. Deine düstere Stimmung geht wahrscheinlich auf unterdrückte Libido zurück.“

„Ich führe sie eher auf einen Bruder zurück, der seine Nase in meine Angelegenheiten steckt und nicht einschätzen kann, wann ihn etwas nichts angeht."

„Das ist sicher auch ein Grund", erwiderte Mack. „Denk darüber nach, Bruderherz. Wenn diese Frau dermaßen auf dich wirkt, ist es höchste Zeit, dass du etwas unternimmst. Warte nicht länger, sondern hole sie in dein Bett und in dein Leben."

Sobald Mack wegfuhr, dachte Ben an nichts anderes mehr. Ja, er begehrte Kathleen schon seit längerer Zeit, und er vermisste es sogar, dass sie immer wieder bei ihm auftauchte und ihm leckere Backwaren brachte. Sie mochte zwar behaupten, eine rein berufliche Beziehung zu suchen, aber sie war bestimmt ebenso verrückt nach ihm wie er nach ihr.

Als hätte Kathleen seine Gedanken erraten, hörte er ihren Wagen in der Zufahrt. Es konnte niemand anders sein, nur sie fuhr dermaßen halsbrecherisch.

Ben stand vor dem Atelier, als sie hielt, ausstieg und ihm eine Tüte zuwarf. Es duftete nach Blaubeeren. Dazu reichte sie ihm Milchkaffee.

„Ich kann nur kurz bleiben, aber heute Vormittag ist etwas Unglaubliches passiert. Das muss ich dir erzählen."

„Du hättest anrufen können."

„Nicht deshalb. Und da ich sowieso herkommen wollte, habe ich schnell Blaubeermuffins gebacken. Du solltest sie frisch aus dem Ofen bekommen."

„Bist du deshalb so schnell gefahren?", fragte er gereizt.

„Nein, sondern weil es mir Spaß macht."

„Wenn du langsamer fährst, kannst du die Landschaft genießen."

„Ich genieße sie."

„Wie denn, wenn sie an dir vorbeirast?"

Kathleen lächelte unschuldig. „Ich brauche nur an das Gemälde in deinem Esszimmer zu denken, und schon sehe ich alles vor mir."

Ben schüttelte den Kopf. „Das hatten wir doch schon. Mit Schmeicheleien, Muffins und Milchkaffee kommst du nicht in mein Atelier, Schatz."

„Womit denn?", erkundigte sie sich. „Habe ich einen Trick übersehen?"

„Nur einen. Du brauchst mir bloß zu versprechen, dass du mich nicht überreden wirst, meine Bilder zu verkaufen."

„Tut mir leid, das geht nicht."

„Also, was ist denn so Unglaubliches geschehen?"

„Meine Mutter war in der Galerie, und wir reden endlich richtig miteinander."

„Wieso diese plötzliche Veränderung?"

„Dein Porträt hat viel damit zu tun." Kathleen schilderte das Gespräch. „Ich hatte keine Ahnung, dass sie früher auch gemalt hat. Also, da du mich noch immer nicht in dein Atelier lässt, fahre ich wieder. Mehr als einen Sieg kann man wohl an einem Tag nicht erringen."

„Bist du es nicht endlich leid, immer wieder so weit zu fahren und dir nur Absagen einzuhandeln?", erkundigte er sich.

„Eigentlich nicht", meinte sie. „Die kurzen Blicke auf die Landschaft entschädigen mich."

Ben schüttelte den Kopf. „Ich habe keine Ahnung, was ich von dir halten soll."

„Ich bin ziemlich geradlinig. Wenn ich etwas haben will, hole ich es mir."

Er fing einen leuchtenden Blick von ihr auf und fragte sich, ob sie seine Bilder oder ihn haben wollte. Und da er es nicht mehr aushielt, küsste er sie, bis er völlig den Verstand verlor und sein Herz zum Zerspringen klopfte. Als er sie wieder losließ, sah sie ihn benommen an.

„Was? Warum?", murmelte sie. „Wofür war das denn?"

„Das war längst überfällig", erwiderte er.

„Du hast mich schon früher geküsst, aber nicht so ... als ob du mehr wolltest."

„Du solltest jetzt fahren", sagte er bloß, weil er das nicht abstreiten konnte.

„Oh nein, du küsst mich nicht wie eben und tust dann, als wäre nichts geschehen", protestierte sie.

„Willst du es vielleicht völlig zerreden?", fragte er lächelnd.

„Ja, genau das will ich", versicherte sie.

Um sie zum Schweigen zu bringen, küsste er sie erneut, und danach sagte sie gar nichts, sondern ging zu ihrem Wagen.

„Fährst du?", fragte Ben.

„Ja", bestätigte sie finster. „Komm heute Abend in die Galerie und guck sie dir an, und zwar richtig", verlangte sie. „Das hast du mir schon vor Wochen versprochen, aber bisher hast du dich kaum umgesehen."

Das stimmte, weil er nicht in Versuchung geraten wollte, einer Ausstellung seiner Bilder zuzustimmen.

„Ich koche hinterher auch für dich", lockte sie.

„Und den Rest des Abends über führst du Verhandlungen mit mir, oder hast du noch mehr Lichterketten, die entwirrt werden müssen?"

„Einige im Laden, aber die hebe ich mir für eine andere Gelegenheit auf. Für dieses Jahr bin ich mit dem Schmücken sowieso schon fertig. Nein, heute Abend geht es nur um dich und mich ... und vielleicht auch ein wenig um deine Bilder."

Ben sah ihr tief in die Augen. Behutsam legte er ihr dann die Hand an die Wange und strich über ihre Haut. „Liebe mich stattdessen", schlug er vor. „Dann haben wir ein viel interessanteres Thema, über das wir uns unterhalten können."

Sie wurde rot, wandte den Blick jedoch nicht ab. Und sie hielt ihm die Hand hin, als würden sie ein Geschäft mit Handschlag besiegeln. „Abgemacht."

Ben ergriff ihre Hand. Eine Nacht mit dieser Frau würde sein Leben verändern. Das hätte ihm Angst einjagen sollen, tat es jedoch nicht. Stattdessen wurde sein Verlangen geradezu unerträglich.

„Bist du dir sicher? Lockst du mich nicht nur in die Stadt und überlegst es dir dann anders?"

„Dugans brechen nie eine geschäftliche Vereinbarung", versicherte sie.

„Ich würde in diesem Fall nicht von einem Geschäft sprechen", erwiderte er.

„Es mag nicht direkt ein Geschäft betreffen", räumte sie ein, „aber eine mündliche Abmachung ist verpflichtend. Das nehme ich nicht auf die leichte Schulter."

„Nun, dann haben wir also einen bindenden Vertrag, Kathleen."

Sie hielt seinem Blick stand. „Vorausgesetzt, die Carltons sind genauso anständig und zuverlässig wie die Dugans."

„Liebling", erwiderte Ben lachend, „du kannst dich ganz bestimmt auf mein Wort verlassen. Schließlich warte ich schon lange genug auf diese Gelegenheit."

12. KAPITEL

Kathleen war nervöser als bei ihrem ersten Rendezvous an der Highschool. Dabei ging es nicht nur um Sex mit Ben, sondern auch um sein Urteil in Bezug auf die Galerie. Den ganzen Nachmittag putzte sie, korrigierte die Beleuchtung von Boris' Bildern und veränderte noch einiges am Weihnachtsschmuck.

Als um drei Uhr die Glocke über der Tür klingelte, zuckte Kathleen heftig zusammen, doch es war Melanie, nicht Ben.

„Erwarten Sie jemand anderen?", fragte Melanie lächelnd, als sie sah, wie enttäuscht Kathleen war.

„Nein, nicht wirklich", behauptete Kathleen. Ben sollte schließlich erst in einigen Stunden kommen.

„Ach ja? Ich habe gehört, dass mein Schwager vielleicht vorbeikommen wird."

„Woher, um alles in der Welt, wissen Sie denn das schon wieder? Wir haben das erst vor etwa zwei Stunden vereinbart!"

„Die Carlton-Gerüchteküche", erwiderte Melanie. „Ben hat Destiny gegenüber erwähnt, dass er in die Stadt kommen wird. Danach hat er mit Mack telefoniert, der erriet, dass Ben Sie besuchen wird. Ben hat es nicht abgestritten. Das hat sich blitzartig herumgesprochen. Würde ich in meinem PR-Geschäft meine Kunden auch so schnell und wirkungsvoll erreichen, würde meine Firma zu den Spitzenunternehmen des Landes zählen."

„Darüber können Sie noch Scherze machen?", fragte Kathleen aufgebracht. „Stört es Sie nicht, dass die ganze Familie praktisch vor Ihnen erfährt, was geschieht?"

„Manchmal schon", räumte Melanie ein.

Kathleen schüttelte lachend den Kopf. „Weiß Richard eigentlich, dass Sie unterwegs sind, obwohl das Kind jederzeit kommen könnte?"

„Nein", versicherte Melanie. „Ich bin aus dem Büro geflohen, während er mit einem wichtigen Anruf beschäftigt war. Ich dachte, Sie wollen von mir einen Tipp, was Sie heute Abend anziehen sollen."

Kathleen blickte auf ihren langen Rock und die bunte Tunika hinunter. „Ich wollte mich eigentlich nicht umziehen."

Melanie betrachtete sie nachdenklich. „Das da ist gut, wenn Sie Gemälde verkaufen wollen, aber weniger gut, wenn es um Verführung geht."

Kathleen bekam heiße Wangen. „Ich habe nicht gesagt ... Ben hat doch nicht gesagt ..."

„Niemand hat irgendetwas gesagt, aber uns allen ist klar, was da läuft." Melanie lachte leise. „Sie brauchen nicht verlegen zu werden. Seien Sie lieber froh, dass ich Destiny dazu gebracht habe, den Besuch bei Ihnen mir zu überlassen."

Kathleen stöhnte. Das wurde ja immer schlimmer. Sie war ohnehin schon nervös, und nun warteten Bens Angehörige mit angehaltenem Atem darauf, wie es weitergehen würde.

„Also, der Plan sieht so aus", erklärte Melanie. „Ich bleibe hier und kümmere mich um die Galerie, während Sie sich zu Hause umziehen. Kommen Sie nur rechtzeitig wieder her, damit ich zurück bin, bevor Richard etwas merkt. Angeblich schlafe ich sonst um diese Uhrzeit daheim eine Stunde. Darum ruft er nicht an. Ich habe ihn in dem Glauben gelassen, um einige Besorgungen erledigen zu können, ohne dass er durchdreht."

„Zwanzig Minuten", versprach Kathleen, griff nach ihrem Mantel und war schon an der Tür, als sie sich erschrocken wieder umdrehte. „Was soll ich denn zur Verführung anziehen?"

„Zeigen Sie etwas Ausschnitt und viel Bein", riet Melanie.

Kathleen entspannte sich. „Dafür habe ich genau das richtige Kleid."

„Gut. Darf ich bleiben, um selbst zu sehen, wie es Ben die Sprache verschlägt?"

„Ausgeschlossen! Selbst wenn Sie sich so lange vor Ihrem Mann verstecken könnten, möchte ich nicht, dass die Carlton-Gerüchteküche zu viel erfährt."

Ben stand reglos vor der Galerie. Jetzt war es so weit. Der Moment der Wahrheit war gekommen. Was war bloß in ihn gefahren? Da drinnen warteten jede Menge Schwierigkeiten auf ihn. Eigentlich sollte er schleunigst wieder verschwinden.

Er stand noch immer da, als Kathleen ins Freie trat.

„Du wirst erfrieren, wenn du dich nicht von der Stelle rührst", meinte sie lächelnd. „Du hast doch bestimmt keine Angst davor, eine kleine Kunstgalerie zu betreten. Dabei handelt es sich schließlich nicht um ein Schreckenskabinett."

Ben brachte kein Wort hervor. Kathleen trug ein „kleines Schwarzes“, eines jener Kleider, die für jeden Anlass geeignet waren. Bei ihr wirkte es allerdings umwerfend. Es hatte dünne Träger, schmiegte sich um ihre Brüste, und der Saum reichte kaum bis zu den Knien. Sie hatte sagenhafte Knie und unglaublich lange Beine. Allein schon ihr Anblick setzte Ben in Flammen, sodass nicht die Gefahr bestand, er könnte erfrieren. Dafür fröstelte Kathleen.

„Du solltest wieder hineingehen“, warnte er, legte ihr die Hand auf den Rücken und zuckte zurück, als hätte er einen Schlag bekommen.

Durch die eleganten schwarzen Schuhe mit hohen Absätzen war Kathleen fast so groß wie er. Die Wimpern rings um die veilchenblauen Augen kamen ihm dunkler und länger vor als sonst. Ben nahm sich gewaltig zusammen und machte die Tür hinter sich zu.

Kathleen schloss ab und zog das Rollo herunter.

„Was hast du vor?“, fragte er und bekam Herzklopfen.

„Ich habe nur abgeschlossen, damit wir nicht gestört werden“, erwiderte sie ganz harmlos. „Was möchtest du zuerst sehen?“

Dich, dachte er.

„Von der Galerie“, fügte sie hinzu, als hätte sie seine Gedanken erraten.

„Du bist die Führerin“, erwiderte er.

„Dann fangen wir mit Boris' Bildern an“, entschied sie und erklärte das erste Gemälde, zu dem sie kamen. „Du siehst gar nicht hin“, tadelte sie.

Er warf pflichtschuldig einen Blick auf das Gemälde. „Ich sehe lieber dich an“, gab er offen zu.

Sie schluckte heftig. „Wir verschwenden hier nur Zeit, nicht wahr?“

Ben fiel auf, dass sie bei Weitem nicht so enttäuscht war, wie zu erwarten gewesen wäre. „Tut mir leid, ja. Ich kann mich nicht konzentrieren, wenn du so aussiehst.“

„Wie sehe ich denn aus?“, fragte sie unschuldig.

„Unbeschreiblich sexy, aufreizend und verlockend.“

„Das reicht“, unterbrach sie ihn lachend. „Ich ahne, was du meinst.“

„Wirklich?“

„Oh ja“, bestätigte sie mit rauer Stimme.

„Könnten wir dann die Führung verschieben?“

Sie nickte.

„Ich hole deinen Mantel.“

„Das kann ich selbst erledigen", wandte sie ein.

„Nein, ich muss mich erst abkühlen, sonst schaffen wir es nicht mehr aus der Galerie."

Kathleen seufzte. „Ich wollte schon lange ein Sofa ins Büro stellen."

„Vielleicht lasse ich dir eins schicken, das man zum Bett aufklappen kann", schlug er lächelnd vor.

„Warte erst mal ab, wie der heutige Abend verläuft", erwiderte sie sichtlich besorgt.

„Für mich gibt es keinen Zweifel daran, wie er verlaufen wird", beteuerte Ben.

„Wieso bist du dir so sicher?"

Er erkannte deutlich ihre Unsicherheit, trat zu ihr, nahm sie in die Arme und küsste sie, um sie zu beruhigen. Danach drückte er ihre Hand über seinem Herzen an seine Brust.

„Deshalb bin ich so sicher", erklärte er sanft. „Nicht nur das Kleid ist sexy, Kathleen. Du bist es, alles an dir. Der heutige Abend wird magisch sein."

Plötzlich glaubte sie ihm, und dafür hatte sie guten Grund. Sie hatte ihn mit einem Bann belegt, der den Schmerz der Vergangenheit vertrieb. Zum ersten Mal seit Gracielas Tod wagte Ben, an die Zukunft zu denken – und an Liebe.

Während Kathleen Hand in Hand mit Ben zu ihrem Haus ging, dachte sie an die vielen Enttäuschungen mit Tim zurück. Allerdings war sie sicher, dass es mit Ben anders als in ihrer Ehe laufen würde.

Ben stützte sie, als sie stolperte. „Alles in Ordnung?", fragte er besorgt.

„Ja."

„Wirklich alles?"

Sein Blick, in dem Sorge und Liebe lagen, machte ihr Mut. „Ja, alles."

Vor ihrem Haus angekommen, hatte sie mit dem Schlüssel solche Schwierigkeiten, dass Ben ihn ihr aus der Hand nahm und öffnete. Als sie nach dem Schalter tastete, hielt er sie zurück und schüttelte den Kopf.

„Durch die Fenster fällt genug Mondschein herein. Ich möchte dich das erste Mal im Mondlicht sehen."

„Nach oben“, erwiderte sie leise. „Mein Zimmer hat ein Dachfenster.“

„Perfekt“, murmelte Ben.

Sie führte ihn die Treppe hinauf. Ihr Zimmer war tatsächlich in silbriges Mondlicht getaucht, das noch schöner war als Kerzenschein.

„Und jetzt?“, fragte sie bebend.

Er lächelte, damit sie sich entspannte. „Erwartest du vielleicht, dass ich dir fünf Sekunden Zeit lasse, um dich auszuziehen und zu mir ins Bett zu kommen?“

Auch sie lächelte. „Nicht auszuschließen, nachdem wir uns dermaßen beeilt haben.“

„Nein, Liebling, wir gehen das schön langsam an“, versicherte er. „Mantel und Handschuhe sind allerdings überflüssig.“

Kathleen ließ den Mantel zu Boden fallen und schob ihn beiseite. Dann warf sie die Handschuhe auf einen Stuhl. Bens Mantel und Handschuhe landeten ebenfalls dort.

„Willst du vielleicht ein Glas Wein oder etwas anderes?“, fragte sie.

„Du wirkst auf mich berauschend genug. Was ist mit dir? Würde es dir helfen, dich zu entspannen?“, erkundigte er sich, trat hinter sie und massierte ihre verkrampften Schultern.

Die Wärme seiner Hände half ihr sofort. „Du wirkst besser als Wein.“

„Gut zu wissen.“

„Das meine ich ernst, Benjamin. Du machst es mir wirklich leicht.“

„Hast du denn Angst?“, fragte er.

„Ich bin etwas nervös“, gestand sie.

Er massierte behutsam weiter. „Du brauchst vor nichts Angst zu haben, schon gar nicht vor Sex. Wir haben es nicht eilig. Nichts hetzt uns. Nichts geschieht, wozu du nicht bereit bist. Du bist jetzt mit mir zusammen. Sonst ist keiner hier, auch kein Geist aus der Vergangenheit.“

So viel Geduld brachte sie fast zum Weinen. Womit hatte sie diesen Mann verdient? War er die Belohnung für alles, was sie während ihrer kurzen Ehe ertragen hatte?

„Würdest du mich küssen?“, bat sie, weil sie sich nach der Leidenschaft seiner Lippen sehnte.

Ben drehte sie herum und sah ihr lange in die Augen, ehe er sie zuerst sanft und zärtlich küsste. Dann setzte jedoch die bereits vertraute

Leidenschaft ein und verjagte ihre letzten Ängste. Plötzlich verspürte sie nur noch Verlangen und wünschte sich, Ben würde sie streicheln und verwöhnen, bis sie sich unter ihm wand.

Bald wurde sie ungeduldig, tastete nach den Knöpfen seines Hemdes, zog an seinem Gürtel und berührte seine warme Haut. Es gab kein Halten mehr. Sie musste etwas beweisen, sowohl ihm als auch sich selbst.

„Langsames und behutsames Vorgehen fällt vermutlich aus", bemerkte er lachend.

„Ja." Sie strich über seinen Bauch, immer tiefer, bis sie seine Erregung spürte, und fand den Beweis, dass die Probleme mit Tim nie an ihr gelegen hatten. Sie konnte einen Mann erregen, und das war eine berauschende Erkenntnis.

Ben gab sich nicht damit zufrieden, ihr die Initiative zu überlassen. Er ließ seine Hände über ihren Körper gleiten, zuerst nur über das Kleid, dann über ihre nackte Haut, bis sie es kaum noch aushielt.

Als Kathleen sich nicht länger auf den Beinen halten konnte, hob er sie hoch und legte sie auf das in Mondschein getauchte Bett. Den bewundernden Blick, mit dem er sie dabei betrachtete, würde sie nie mehr vergessen.

„Hast du eigentlich eine Ahnung, wie du auf einen Mann wirkst?", fragte er leise. „Diese schönen Brüste, diese schlanken Hüften und diese langen Beine? Du bist unbeschreiblich. Ich glaube nicht, dass ich jemals von dir genug bekommen könnte."

Seine Worte trafen sie tief im Herzen, doch letztlich war es seine hingebungsvolle Berührung, die sie dazu brachte, sich erneut in ihn zu verlieben. Diese Berührung vertrieb die letzten verblassenden Erinnerungen an die bittere Vergangenheit und schenkte ihr die Zukunft.

„Komm zu mir", bat sie.

Er kniete sich lächelnd über sie und wartete.

„Ich meine es ernst", flüsterte sie. „Komm zu mir."

Daraufhin küsste und streichelte er sie, bis sie in Leidenschaft entflammte, und vereinigte sich dann mit ihr.

Auch jetzt wartete er geduldig. Erst als sie sich ruhelos unter ihm bewegte, führte er sie der Erfüllung entgegen. Erneut ließ er sich Zeit, doch sobald sie bereit war und die süße Folter nicht länger ertrug, trieb er sie über den Gipfel hinaus, und es war eine magische Begegnung – genau wie er es ihr versprochen hatte.

13. KAPITEL

Sonnenlicht fiel bereits durch das Dachfenster. Ben lag noch – Kathleen in seinen Armen – im Bett. Die ganze Nacht über hatte er sie begehrt. Immer hatte er sich mehr gewünscht, obwohl er mittlerweile gar nicht mehr wusste, wie oft sie sich geliebt hatten. Dieses unbändige Verlangen hätte er gern auf seine lange Enthaltsamkeit zurückgeführt, doch er wusste, dass dem nicht so war. Es lag einzig und allein an Kathleen.

Sie weckte in ihm den Wunsch, sie möge ihm und nur ihm gehören, auch wenn er sich eine solche Bindung nicht zutraute. Irgendwann würde er sich der Tatsache stellen müssen, dass er das eine nicht ohne das andere haben konnte.

Letztlich hatte er Angst, weil er nicht wusste, ob er mutig genug war, sein Herz aufs Spiel zu setzen und wieder einen Verlust zu riskieren. Kathleen verdiente einen Mann, der sich ihr vollständig und ohne Rückhalt hingab, doch das konnte er ihr nicht bieten.

Sie bewegte ich in seinen Armen, und das reichte aus, dass er seine Ängste vergaß. Später, allein auf der Farm, konnte er sich immer noch Gedanken machen.

„He, Schlafmütze, aufwachen“, sagte er leise.

„Mm?“

„Es ist Morgen.“

Seufzend schmiegte sie sich enger an ihn. So würden sie nie dazu kommen, aufzustehen. Seine Gedanken kreisten sowieso ständig um dieses Bett und um einen ganzen Tag, den sie darin verbringen konnten. Doch wenn er jetzt blieb, würde er vermutlich nie wieder gehen wollen.

Daher zwang er sich, von Kathleen abzurücken und sich aufzusetzen. Zwar achtete er nicht darauf, dass sie protestierend brummte, doch die Berührung ihrer Hand, mit der sie zielsicher seine Männlichkeit umfasste, konnte er nicht so leicht ignorieren.

„Oh nein, ganz unmöglich“, wehrte er ab. „Heute ist ein Arbeitstag.“

„Nicht unbedingt“, murmelte sie schläfrig.

„Du würdest die Galerie einen ganzen Tag lang geschlossen lassen und mit mir hierbleiben?“, fragte er zweifelnd.

„Sofort", versicherte sie.

Er musste eine gefährliche Entscheidung treffen und zog wie immer die Sicherheit vor. „Ich kann leider nicht."

„Wieso denn nicht? Ständig betonst du, dass du kein hauptberuflicher Künstler bist. Also kannst du es nicht eilig haben, ins Atelier zurückzukehren."

„Darum geht es nicht", bestätigte er. „Aber wenn ich mich heute Vormittag nicht bei Destiny zeige, taucht sie bestimmt hier auf und hämmert an die Tür, weil sie sehen will, wie es läuft."

„Das ist deine Schuld. Du hast schließlich ausgeplaudert, dass wir verabredet waren. Warum du das gemacht hast, begreife ich einfach nicht."

„Ich habe ihr nur gesagt, dass ich in die Stadt komme. Dann hat Mack angerufen und direkt gefragt, ob ich dich sehen werde. Ich habe den Fehler begangen und es bestätigt. Dummerweise dachte ich, er würde es für sich behalten."

„Und jetzt bezahlst du dafür." Kathleen stand auf und wickelte sich in ein Laken. „Geschieht dir recht, dass die Zeit nicht mal mehr reicht, um dir Muffins zu backen."

„Ich habe bewiesen, dass ich nicht nur an deinen Backkünsten interessiert bin", erwiderte Ben lachend. „Du brauchst mich nicht weiter mit Muffins zu bestechen."

„Ich backe aber gern für dich. Du bist ein dankbarer Abnehmer."

„Dann mach bloß weiter", bat er. „Aber heute kümmere ich mich ausnahmsweise ums Frühstück. Wenn du nach unten kommst, ist es fertig."

„Du kochst?", fragte sie überrascht.

„Einigermaßen. Schließlich habe ich bisher überlebt und nicht darauf gewartet, dass mich jemand versorgt. Aber erhoffe dir nur nicht zu viel. Richard ist der wahre Superkoch in der Familie."

„Tatsächlich? Und was ist mit Mack?"

„Er kann meisterhaft Essen bestellen und nach Hause schicken lassen", erwiderte Ben lächelnd. „Nur gut, dass unserer Familie eine Reihe von Restaurants gehören. Er hat sämtliche Nummern in seinem Telefon gespeichert."

„Arme Beth", stellte Kathleen lachend fest.

„Ach, sie findet, dass sie es gut getroffen hat", meinte Ben. „Mack besitzt andere Qualitäten.“ Er betrachtete Kathleens nackten Rücken, wehrte sich jedoch gegen die Versuchung, sie wieder ins Bett zu ziehen. „Beeil dich“, forderte er sie stattdessen auf und griff zu seiner Hose. „Du bringst mich auf dumme Gedanken, wenn du so aufreizend vor mir stehst.“

„Was für Gedanken?“, fragte sie lockend.

„Ich würde dich am liebsten so malen“, erwiderte er und war über seine Antwort ebenso überrascht wie Kathleen.

Sonst malte er nie Menschen, aber bei Kathleen wollte er eine Ausnahme machen. Um Personen zu malen, musste er sich in ihre Gedanken versetzen und ihre Seele verstehen. Das hatte er bisher nie riskiert, nicht mal bei Graciela. Wahrscheinlich hatte er schon damals geahnt, dass er unter ihrer polierten Oberfläche nichts finden würde, was ihm gefiel. Bei Kathleen wusste er bereits jetzt, dass er auf eine sanfte und fürsorgliche Seele stoßen würde.

„Also“, meinte er lächelnd, um die Spannung zu brechen, „dieses Bild würde ich gern in deiner Galerie hängen sehen.“

„Nie im Leben!“, wehrte sie ab, zog sich rasch ins Bad zurück und warf die Tür energisch ins Schloss, so als könnte sie damit die Gefahr bannen.

„Ich habe mir gemerkt, wie du aussiehst!“, rief er ihr nach. Vermutlich hatte sich ihr Bild unauslöschlich in sein Gedächtnis eingebrannt.

Im Erdgeschoss kümmerte er sich um das Frühstück – Rührei, Toast, Marmelade, Orangensaft und Kaffee. Vor allem den Kaffee brauchte er, um Destinys endlose Fragen zu ertragen. Er hätte auch gleich auf seine Farm fahren können, doch die Erfahrung hatte ihn gelehrt, dass es besser war, den Stier bei den Hörnern zu packen.

Endlich kam Kathleen in einer schwarzen Hose und einer exotisch wirkenden Tunika mit schimmernden Silberfäden in die Küche. Sofort dachte Ben an den Nachthimmel und an Mondschein, was prompt sein Verlangen erneut weckte.

„Wie wird dein Tag verlaufen?“, wollte er wissen.

„Das weiß man in einem solchen Geschäft nie“, erwiderte sie. „Um diese Zeit des Jahres ist normalerweise viel zu tun, besonders gegen die Mittagszeit. Außerdem muss ich heute Vormittag eine Führung veranstalten“, fügte sie hinzu. „Eine sehr persönliche und private

Führung, bevor die Galerie öffnet. Sie war schon für gestern Abend angesetzt, aber es kam etwas dazwischen."

„Du willst es jetzt nachholen?", fragte er überrascht. Er wusste nicht, wieso ihm das Unbehagen bereitete. Vielleicht lag es daran, dass er schon an einem Punkt angelangt war, an dem er Kathleen kaum noch etwas abschlagen konnte.

„Du bist schließlich hier, oder nicht?", entgegnete sie. „Und dein Wagen steht noch bei der Galerie. Ich wüsste nicht, was dagegen sprechen sollte."

„Du hältst dich für sehr schlau. Wieso glaubst du, dass ich nicht gleich wieder dafür sorge, dass wir hier landen?"

Kathleen lächelte. „Damit könnte ich leben. Wie sieht es mit dir aus?"

„Es klingt verlockend, aber auch riskant. Du hast selbst gesagt, dass derzeit viel los ist. Willst du ein gutes Geschäft verlieren, nur weil du dich heimlich wegschleichst?"

„Ich denke, du könntest mich dafür entschädigen."

„Ich würde mich bestimmt bemühen", versicherte er. „Also gut, zeig mir die Galerie, bevor ich zu Destiny fahre. Aber wir müssen uns beeilen, bevor sie bei uns auftaucht."

„Ich werde schnell sprechen", versprach Kathleen. „Hoffentlich kannst du mir folgen."

Ben lachte über ihren Wunsch, ein Zusammentreffen mit seiner Tante zu vermeiden. Er freute sich auch nicht darauf, weil Destiny bestimmt triumphieren würde, und das mochte er nicht sonderlich an ihr.

Eine Stunde später hatte Kathleen Ben die Galerie gezeigt. Er konnte nur bestätigen, dass sie alles perfekt und mit Stil eingerichtet hatte. Die Unterlagen der früheren Ausstellungen sowie die Sammlung von Kritiken bewiesen, wie erfolgreich sie war.

„Du kannst wirklich stolz sein", lobte er.

„Das bin ich auch", erwiderte sie und betrachtete ihn forschend. „Bist du so beeindruckt, dass du mich deine Bilder ausstellen lässt?"

„Es ging mir nie um meine berufliche Fähigkeit", antwortete er auf die längst erwartete Frage. „Es geht um mich. Ich bin nicht daran interessiert, meine Bilder auszustellen oder gar zu verkaufen."

„Das ergibt doch keinen Sinn", hielt sie ihm ungeduldig vor. „Du hast großes Talent. Warum verbirgst du es vor der Welt? Wenn du nichts verkaufen willst, geht das in Ordnung, aber biete wenigstens anderen die Freude, deine Werke zu sehen."

Für Kathleen machte sein Verhalten keinen Sinn, wohl aber für ihn. Die Bilder waren äußerst persönlich und privat, nicht wegen der Themenwahl, sondern wegen des Gefühls, das er in jedes einzelne Gemälde gelegt hatte. Niemand, schon gar kein Fremder, sollte einen Blick auf die Welt werfen, wie er sie sah. Er fürchtete, das könnte zu viel über ihn verraten. Außerdem wollte er sich nicht durch Kritik die Freude am Malen nehmen lassen. In seinen Werken war die Welt schön und heil, und das wollte er unbedingt bewahren.

Das war auch der Grund, warum auf seinen Bildern nie Menschen zu sehen waren. Menschen waren nicht schön und heil. Gefühle waren nicht ordentlich und vorhersehbar, und er hatte zu oft im Leben erfahren, wie leicht sie zerbrechen konnten.

„Ich möchte dich etwas fragen", begann er, um ihr seinen Standpunkt klarzumachen. „Du hast früher gern gemalt, und das hat Schönheit und Freude in dein Leben gebracht. Dann hat Tim behauptet, du wärst nicht gut genug. Was ist dadurch geschehen? Die Freude war zerstört. Er hat dir etwas genommen, was dir viel bedeutet hat."

„Ja, aber …"

„Sag jetzt nicht, bei mir wäre es anders, Kathleen, weil das nicht stimmt. Die Malerei bedeutet dir so viel wie mir. Also müsstest gerade du verstehen, warum ich nicht riskieren möchte, etwas zu verlieren. Das kann ich nicht, nicht mal für dich."

„Ach Ben, so wäre es doch nicht", flüsterte sie mit Tränen in den Augen.

„Wieso nicht? Kannst du denn garantieren, dass kein Kritiker meine Arbeiten in der Luft zerreißen wird? Warum sollte ich mich diesem Risiko aussetzen, wenn ich es nicht nötig habe?"

„Es geht letztlich nur darum, dass du Angst vor Kritik hast?", fragte sie ungläubig. „Das ist doch absurd. Die Meinung von Leuten, die dir angeblich gleichgültig sind, sollte Einfluss auf deine Malerei haben? Diese Leute sind wirklich nicht wichtig. Tims grausame Kritik hat mir nur etwas bedeutet, weil er mir etwas bedeutet hat."

„Du hast recht", bestätigte Ben. „Die Kritiker sind nicht wichtig. Das heißt aber nicht, dass ihre Worte keine Macht haben. Ich möchte nicht die Freude verlieren, die ich empfinde, wenn ich vor einer leeren Leinwand stehe und den ersten Pinselstrich mache, die erste Andeutung eines blauen Himmels oder die erste Linie eines Baums. Auf dieses Gefühl kann ich mich verlassen, und es ist das Einzige, worauf ich mich verlassen kann."

„Du könntest dich auch auf mich verlassen", bot sie mit leiser Stimme an.

Das wollte er gern glauben, und er wollte darauf bauen, dass sie ihm nie genommen würde, doch die Erfahrung hatte ihn etwas anderes gelehrt. Menschen, die er liebte, verschwanden aus seinem Leben.

Er strich ihr über die feuchte Wange. „Ich wünschte, ich könnte es", sagte er bedauernd. „Würde ich mich jemals wieder auf einen Menschen verlassen, wärst du das."

„Dann tu es doch! Mach diesen Schritt und vergiss die Bilder. Ich würde sie gern ausstellen, und es wäre bestimmt ein Riesenerfolg, aber das ist nicht weiter wichtig. Glaub einfach an mich. Glaub an das, was wir letzte Nacht gefunden haben. Das war real, Ben, und das kannst du nicht abstreiten!"

Er lächelte betrübt, weil sie von seiner Arbeit auf ihre Beziehung zu sprechen gekommen waren. Das eine Thema gefiel ihm zwar nicht, aber das andere jagte ihm Angst ein.

„Ich kann nicht abstreiten, dass das real war", bestätigte er. „Ich kann mich nur nicht darauf verlassen, dass es anhält."

Bevor sie noch etwas sagen konnte, wandte er sich ab und verließ die Galerie.

Im Freien drehte er sich noch einmal um. Kathleen hatte sich nicht von der Stelle gerührt und sah ihm todtraurig nach. In diesem Moment erkannte er, dass es einem nicht nur das Herz brach, wenn man verlassen wurde. Das Gleiche konnte passieren, wenn man jemanden verließ.

Von der Galerie aus fuhr Ben nicht zu Destiny, sondern zurück auf seine Farm. Dort ging er sofort ins Atelier und suchte Trost in seiner Kunst.

Voller Energie griff er nach einer neuen Leinwand sowie nach Farben und machte sich an die Arbeit. Wie so oft begann er mit Blau, und während er den Himmel malte, ließ die innere Anspannung nach. Nichts hatte sich verändert. Seine Welt war noch immer in Ordnung.

Erleichtert machte er sich Kaffee und kehrte an die Staffelei zurück, doch der nächste Strich gehörte nicht zu einer majestätischen Eiche, sondern zu dem Körper einer Frau. Zu Kathleens Körper. Wieso ausgerechnet jetzt, obwohl er kein Foto hatte und Kathleen nicht bei ihm war?

Er legte den Pinsel aus der Hand, knallte die Palette auf einen Tisch und ging so lange hin und her, bis er sich wieder unter Kontrolle hatte.

Ungeduldig versuchte er das Bild zu beeinflussen und zu verändern, doch allmählich konnte man geöffnete Arme und zarte Haut deutlich erkennen.

Schließlich gab er sich geschlagen und ließ sich treiben. Die üblichen Grün-, Braun- und Grautöne wichen schnell der Schwärze der Nacht und den zarten Farben einer Frauenfigur im Mondschein.

Auf der Leinwand entstand Kathleens Körper. Nur das Gesicht bereitete ihm Schwierigkeiten, vor allem die Augen. Immer wieder verwünschte er sich, weil sie ihm nicht gelingen wollten, und schließlich legte er eine Pause ein.

Instinktiv wusste er, woran es lag. Die Augen wollten nicht gelingen, weil er es nicht ertrug, den Schmerz darin zu sehen, den er selbst verursacht hatte. Und das hätte er gemalt, hätte er das Bild jetzt vollendet. Auf seinen Bildern hielt er stets die Wahrheit fest.

Erschöpft räumte er schließlich das Atelier auf, ging ins Haus, aß ein Sandwich und fiel dann todmüde ins Bett. Die Nacht war von Träumen von Kathleen erfüllt.

Im Morgengrauen war er bereits wieder im Atelier, machte sich starken Kaffee und toastete Gebäck auf, das nicht mit dem zu vergleichen war, das Kathleen für ihn gebacken hatte. Anstatt darüber zufrieden zu sein, ärgerte er sich nur noch mehr.

Ben war nicht sonderlich überrascht, als Destiny gegen acht Uhr auftauchte. Erstaunlich fand er nur, dass sie ihn nicht sofort mit Fragen bombardierte. Sie stellte sich lediglich neben ihn und betrachtete das Bild.

„Sie ist schön“, bemerkte Destiny nach einer Weile.

„Kann ich nicht leugnen“, erwiderte er knapp.

„Warum gibst du nicht einfach zu, dass du sie liebst?“

„Weil es nicht stimmt“, log er.

Destiny warf ihm einen tadelnden Blick zu. „Ich bitte dich! Du brauchst eine richtige Frau in deinem Leben, Ben, kein Bild, mag es auch noch so großartig ausfallen."

„Halt dich da heraus", verlangte er.

„Zu spät, ich stecke mittendrin. Ich habe sie in dein Leben gebracht, und nun leidet ihr beide darunter."

„Das verzeihe ich dir", sagte er. „Und Kathleen wird es dir auch irgendwann verzeihen. Aber jetzt geh weg."

Destiny lächelte bloß. „Du verzeihst nicht so leicht", hielt sie ihm vor. „Außerdem gibt es da gar nichts zu verzeihen. Kathleen ist für dich die ideale Frau."

„Das spielt keine Rolle."

„Nur das spielt eine Rolle", betonte sie.

Er warf seiner Tante einen scharfen Blick zu. „Ich denke, du hast sie nur meiner Arbeiten wegen hierher geschleift. Sollte sie mich nicht bloß davon überzeugen, dass ich Talent besitze?"

„Wir beide wissen, wie es wirklich war."

„Nun, du hast jedenfalls einen Fehler begangen."

„Red dir das ruhig weiter ein. Vielleicht wirst du es sogar irgendwann glauben. Dann wirst du allerdings schon alt, allein und verbittert sein."

„Nicht ganz allein", erwiderte er verdrossen, weil es ihm nicht gefiel, wie sie seine Zukunft darstellte. „Ich werde dich haben."

„Nicht für immer, mein Lieber", erinnerte sie ihn. „Deine Brüder haben jetzt ihre eigenen Familien. Du wirst natürlich immer irgendwie zu ihnen gehören, aber du brauchst es und hast es auch verdient, für einen anderen Menschen der Lebensinhalt zu sein. Noch wichtiger ist allerdings, dass du jemanden zum Mittelpunkt deines Lebens machst."

„Warum?" Schon vor langer Zeit hatte er sich einsam gefühlt, selbst wenn er von seiner Familie umgeben gewesen war.

„Weil letztlich für jeden von uns nur die Liebe zählt."

„Du hattest viele Verehrer und Bewunderer, aber du hast dich dafür entschieden, viele Jahre ohne die Liebe eines Mannes zu leben", erinnerte er seine Tante.

„Das war vermutlich ein folgenschwerer Fehler, nicht nur für mich, sondern für euch alle", räumte sie ein. „Außerdem beabsichtigte ich, diesen Fehler bald zu korrigieren."

„Was soll das denn heißen?“, fragte er betroffen, weil er nicht wollte, dass seine Welt auf den Kopf gestellt wurde.

„Du brauchst dir keine Sorgen zu machen“, versicherte sie. „Ich werde nichts unternehmen, solange du nicht zur Ruhe gekommen und glücklich verheiratet bist.“

„Soll das eine Erpressung sein? Wenn ich nichts unternehme, musst du hierbleiben, und darum bin ich verpflichtet zu heiraten?“

„Das wäre natürlich nett“, versicherte sie fröhlich. „Lass es mich wissen, sobald du dich mit Kathleen auf ein Datum geeinigt hast.“

„Halt!“, rief er, als sie zur Tür ging. „Es gibt kein Datum und keine Hochzeit. Ich lasse mich nicht von dir zu einer Entscheidung zwingen, zu der ich nicht bereit bin und wahrscheinlich auch nie bereit sein werde.“

„Meine Güte, Benjamin, du bist wirklich schrecklich starrsinnig“, fand Destiny. „Das ist der schlimmste Charakterzug bei den Carltons. Alle haben stets behauptet, du wärst mir sehr ähnlich, aber davon merke ich im Moment nichts. Ich habe mich bei meinen Entscheidungen nur nach dem Herzen gerichtet. Ich glaube daran, dass man für immer glücklich werden kann. Und ich dachte, ich hätte dir beigebracht, dass man im Leben mit beiden Händen zugreifen muss.“

„Du hast es versucht“, räumte er widerstrebend ein.

„Und wieso bist du dann hier, während in Alexandria eine Frau leidet, weil sie denkt, dass sie dich zu sehr unter Druck gesetzt hat? Sie fürchtet, du könntest glauben, dass sie nur mit dir geschlafen hat, um an deine Gemälde heranzukommen.“

Dieser Gedanke war ihm bisher nicht gekommen, und er erschien ihm auch irgendwie absurd. Kathleen war absolut aufrichtig, was er von seiner schlauen Tante nicht behaupten konnte.

„Guter Versuch“, lobte er sie. „Einen Moment lang hättest du mich fast überzeugt.“

„Ich habe keine Ahnung, wovon du sprichst. Ich war gestern bei Kathleen, nachdem du weggefahren bist. Sie ist am Boden zerstört. Wenn du mir nicht glaubst, kannst du Melanie oder Beth anrufen. Wir waren alle da.“

„War das eine Versammlung der Carlton-Glucken?“, fragte er schaudernd. „Wenn ich mir vorstelle, dass ihr vier die Köpfe zusammengesteckt und über mich geredet habt, wird mir regelrecht flau im Magen.“

„Dazu hast du auch allen Grund“, versicherte Destiny ungerührt. „Im Moment bist du bei den Frauen in der Familie nicht sonderlich beliebt.“

„Was habe ich denn getan?“, fragte er ratlos. „Ich war doch nur ehrlich zu Kathleen. Das war ich von Anfang an. Sie hat gewusst, worauf sie sich einlässt.“

„Hat sie das wirklich? Du hast mit ihr geschlafen, und danach hast du sie sitzen lassen“, warf Destiny ihm vor. „Meinst du, damit hätte sie gerechnet?“

„Das ist allerdings nur die Kurzversion der Geschichte“, wandte er ein. „Es ist noch viel mehr geschehen. Was willst du von mir? Und was will Kathleen von mir? Abgesehen von meinen Bildern“, fügte er hinzu.

„Ach, vergiss doch die albernen Bilder“, verlangte Destiny. „Ich will, dass du dieser Frau deine Liebe gestehst, bevor es zu spät ist.“

Ben begriff nicht, dass seine Tante, die ihn so gut kannte und verstand, etwas absolut Unmögliches von ihm verlangte.

„Guck dir das an“, befahl sie, als er nichts sagte, und trat an die Staffelei. „Was siehst du hier?“

„Kathleen. Und ich habe bisher kein Porträt gemalt. Willst du darauf hinaus?“

„Nein, mein Lieber“, fuhr sie sanfter fort. „Ich will, dass du erkennst, was man wirklich auf der Leinwand sieht. Es geht hier nicht nur darum, dass Kathleen ausgezeichnet getroffen ist.“

Er verstand gar nichts und sah seine Tante ratlos an.

„Dieses Bild strahlt vor Liebe“, erklärte sie. „Wer so malt, empfindet große Leidenschaft.“

Nachdem Destiny gegangen war, betrachtete Ben das Gemälde lange und eingehend. Die Leidenschaft, von der sie gesprochen hatte, sah er sehr wohl. Leidenschaft verstand er gut. Aber Liebe? Liebe machte ihm Angst, und er glaubte nicht, dass er diese Angst jemals würde überwinden können.

14. KAPITEL

Kathleen konnte noch immer kaum fassen, wie sich die Carlton-Frauen um sie geschart hatten.

Destiny war in die Galerie gekommen, hatte festgestellt, dass Ben sich zurückgezogen hatte, und alarmierte auf der Stelle die anderen. Kurz darauf trafen Melanie und Beth ein. Melanie brachte eine riesige Tüte voller Essen mit, Beth alkoholfreie Getränke für Melanie und Champagner für die anderen drei. Diese Frauen wussten genau, wie man sich in Krisenfällen verhielt.

Sobald die Verstärkung da war, schloss Destiny die Galerie, sie alle stürzten sich auf Kartoffelchips, Käsekuchen und Eiscreme, und dabei wurde geredet.

Ben schnitt nicht gut ab, obwohl Kathleen halbherzig versuchte, ihn zu verteidigen oder zumindest seinen Standpunkt zu erklären. Erstaunlicherweise schlugen sich alle auf ihre Seite.

„Bringt ihn vor die Stadt und erschießt ihn", schlug Melanie theatralisch vor. „Vielleicht kommt er dann zur Einsicht."

„Sind Sie nicht ein klein wenig blutrünstig?", wandte Kathleen ein. „Das kann doch für das Baby nicht gut sein."

„Egal ob es ein Junge oder ein Mädchen wird", erwiderte Melanie, „dieses Kind muss zwischen Gut und Böse unterscheiden, wenn es darum geht, wie Männer Frauen behandeln. Außerdem ist das Kind bereits überfällig und geht mir auf die Nerven. Ich möchte, dass der für diese Schwangerschaft verantwortliche Mann … nein, ich will, dass alle Männer und ganz besonders die Carlton-Männer dafür zahlen."

„Lass dich zu nichts hinreißen, was du später bereuen wirst", warnte Beth. „Wenn du das Kind erst in den Armen hältst, wirst du Richard keine Vorwürfe mehr machen." Sie wandte sich an Kathleen. „Was Ben betrifft, so wäre Erschießen zu harmlos für ihn. Sie sollten ihn fesseln und martern. Sie haben keine Ahnung, wie oft ich das schon mit Mack machen wollte, wenn er auf stur schaltet."

„Aber Sie haben es nicht getan", erwiderte Kathleen und zögerte. „Oder doch?"

„Nein", versicherte Beth voller Bedauern.

„Jetzt reicht's", meinte Destiny lachend. „Da wir Kathleen nicht dazu bringen, Ben zu erschießen oder zu martern, sollten wir eine andere Lösung suchen. Wie kommen wir bloß an ihn heran? Ich habe es wirklich versucht. Hätte es Graciela nicht gegeben, würde er nicht solche Schwierigkeiten machen. Ihr Tod hat seinen Glauben an die Liebe restlos zerstört. Er scheint sogar völlig zu vergessen, warum sie an jenem verhängnisvollen Abend gestritten haben."

„Warum haben die beiden denn gestritten?", wollte Kathleen wissen.

Die drei Frauen sahen einander an.

„Hat er Ihnen das nicht erzählt?", fragte Destiny.

„Ich weiß nur, dass er sich schuldig fühlt", erwiderte Kathleen.

„Natürlich war es tragisch, aber Ben hat keinen Grund für Schuldgefühle. Erstens war Graciela an dem bewussten Abend viel zu betrunken, um mit dem Wagen zu fahren. Und zweitens hatten sie vorher gestritten, weil er sie mit einem anderen Mann ertappt hatte. Und das war nicht das erste Mal. Er hatte es nur zum ersten Mal mit eigenen Augen gesehen."

„Um Himmels willen", flüsterte Kathleen. Das war noch schlimmer, als sie vermutet hatte. Ben hatte nicht nur einen Verlust erlitten, sondern war auch noch betrogen worden. Kein Wunder, dass er niemandem mehr vertraute.

Danach schwiegen sie eine Weile. Beth knabberte die letzten Chips weg, Melanie leerte den Behälter mit dem Schokoladeneis, und Kathleen aß das dritte Stück Käsekuchen. Vermutlich wurde ihr hinterher schlecht, aber sie konnte einfach nicht aufhören.

„Ich glaube nicht, dass da jemand etwas unternehmen kann", bemerkte Kathleen nach einer Weile. „Ben muss selbst begreifen, dass ich ihn nie betrügen würde. Er muss sich diese Beziehung so sehr wünschen, dass er seine Verlustängste überwindet. Und er muss einsehen, dass er auf jeden Fall etwas verliert, wenn wir es nicht wenigstens versuchen. Sollten wir scheitern, hätten wir wenigstens eine Zeit lang etwas Gutes gehabt."

„Etwas Gutes?", sagte Beth. „Etwas Außergewöhnliches. Kathleen, hier geht es nicht um einen netten Zeitvertreib, sondern um alles."

„Danke, dass Sie das sagen", antwortete Kathleen. „Sie haben keine Ahnung, wie schwer es mir fällt, daran zu glauben. Aber allmählich schaffe ich es, und das verdanke ich Ben und Ihnen allen."

„Dahinter steckt vermutlich eine schwierige Geschichte", bemerkte Beth neugierig.

„Ja", räumte Kathleen ein, „aber es lohnt sich nicht, sie zu wiederholen. Sie gehört endgültig der Vergangenheit an."

„Gut für Sie", meinte Melanie.

„Weiß Ben denn Bescheid?", wollte Destiny wissen.

„Ja."

„Trotzdem ist er weggegangen, obwohl er wusste, dass Sie sich dann im Stich gelassen fühlen?", fragte Destiny empört. „Was ist mit dem Jungen bloß los? Ich muss noch mal mit ihm reden. Irgendwie muss ich ihn zur Vernunft bringen."

Kathleen fing einen entschlossenen Blick von Destiny auf und ahnte, dass Ben eine harte Lektion bevorstand.

Seit diesem Zusammentreffen waren nun schon zwei Tage verstrichen, ohne dass Kathleen von Destiny oder Ben etwas gehört hätte. Allmählich fragte sie sich, ob Destiny nichts erreicht hatte. Aber vielleicht war ja auch alles aus und vorbei, weil Ben es so beschlossen hatte.

Ben hatte sich in sie verliebt. Daran zweifelte sie nicht. Er gab das sogar zu, war jedoch nicht bereit, danach zu handeln. Er suchte nicht die dauerhafte Bindung, nach der sie sich inzwischen sehnte. Und letztlich war ein Eingeständnis, das zu nichts führte, wertlos.

Seufzend versuchte Kathleen, sich auf die Tageseinnahmen zu konzentrieren, doch die Zahlen verschwammen vor ihren Augen. Sie musste raus aus der Galerie und spazieren gehen oder vielleicht sogar laufen.

Sie musste aufs Land fahren.

Nein. Sie seufzte erneut. Das war das Letzte. Es wäre albern, dumm und zwecklos gewesen, Ben auch nur in die Nähe zu kommen.

Trotzdem stieg sie am Schluss in den Wagen und fuhr nach Middleburg. An der Zufahrt zur Farm meldete sich jedoch endlich ihr Stolz. Sie fuhr weiter, wendete und beschimpfte sich selbst, weil sie seit der Highschool nichts auch nur annähernd so Unreifes und Absurdes getan hatte.

Verärgert über dermaßen viel Feigheit bog sie dann aber doch in die Zufahrt, um ein klärendes Gespräch mit Ben zu führen. Das Atelier und das Haus waren jedoch stockdunkel, und Bens Wagen war nirgendwo zu sehen.

Wenn er nicht zu Hause blieb und sich grämte, konnte sie auch wieder in die Stadt fahren, die Galerie öffnen und auf Kunden hoffen, die in letzter Minute ein Weihnachtsgeschenk kauften.

Schließlich fuhr sie jedoch nach Hause, weil sie jetzt nur noch ein Bad, warme Milch und ihr leeres Bett brauchte. Und wenn sie Glück hatte, würde Ben sich aus ihren Träumen heraushalten.

Nach Destinys Besuch zwang Ben sich, nach Middleburg zu fahren, etwas zu essen und ein Bier zu trinken. Danach wurde er die ganze Nacht über von Träumen gequält, in denen er immer wieder eine Landschaft zu malen begann, am Schluss aber jedes Mal das Bild einer ganz bestimmten Frau unter seinen Pinselstrichen entstand.

Als sein Bruder um sieben Uhr morgens anrief, war Ben dafür absolut nicht in der Stimmung.

„Du solltest einen Blick in die Zeitung werfen“, riet Mack ohne Einleitung.

„Warum?“

„Destiny und Pete Forsythe haben wieder zugeschlagen.“

„Wovon redest du?“, murmelte Ben, wurde aber sehr schnell wach.

„Hol die Zeitung ins Haus, und dann kannst du mich anrufen, wenn du dich austoben willst. Ich habe das Gleiche durchgemacht. Also bist du meines Mitgefühls sicher. Das gilt auch für Richard. Destiny ist wieder mal zu ihrer Höchstform aufgelaufen.“

Ben zog eine alte Jeans an und lief fluchend nach unten. Er ahnte schon, was auf ihn wartete, als er Forsythes Klatschkolumne aufschlug. Destiny hatte den Journalisten bereits früher als Boten benützt, wenn alle anderen Tricks versagt hatten. Indem sie den Großraum Washington über eine Carlton-Romanze informierte, die sich nicht nach ihren Wünschen entwickelte, wollte sie den Beteiligten einen Stoß versetzen. Diese Logik hatte Ben zwar bisher nicht verstanden, aber bei Richard und Mack hatte es funktioniert.

Mit Zittern und Bangen schlug er die Zeitung auf und fand sofort die Schlagzeile. „Kunsthändlerin umwirbt zurückgezogen lebenden Carlton-Erben“, las er laut.

Sucht Kathleen Dugan, Kunstexpertin aus Alexandria und dafür bekannt, neue Talente zu entdecken, vielleicht mehr als Gemälde, die sie in ihrer angesehenen Galerie ausstellen kann? Es heißt, dass sie dieses Mal höhere Ziele anstrebt, womöglich gar eine Ehe.

Ben stöhnte.

Davon sind zumindest Eingeweihte überzeugt, aber der Künstler Ben Carlton, der seine Farm in Middleburg nur selten verlässt, spielt vielleicht bei Hochzeitsplänen nicht mit. Andererseits wurden die reichen Carlton-Männer bisher von der Liebe überrascht, wenn sie am wenigsten damit rechneten. Ich halte meine Leser auf dem Laufenden, damit sie sofort erfahren, wann der letzte noch verbliebene Carlton-Junggeselle unter das Joch der Ehe gezwungen wird.

Ben schleuderte fluchend die Zeitung zu Boden. „Das klappt nicht, Destiny! Dieses Mal nicht! Du bist zu weit gegangen!“

Er griff zum Telefon, um Destiny anzurufen, legte jedoch wieder auf. Was sollte das schon bringen? So war seine Tante eben. Sie mischte sich ein, weil sie ihre Neffen liebte. Auch wenn sie alles falsch anstellte, konnte er ihr deshalb keine Vorwürfe machen.

Leider hatte er keine Ahnung, wie er diesem Mist entgegenwirken sollte, den Forsythe aufgrund der von Destiny gelieferten Informationen geschrieben hatte. Ihm war das letztlich alles ziemlich egal. Er kam mit so wenigen Leuten zusammen, dass er keine peinlichen Situationen befürchten musste.

Kathleen dagegen stand die ganze Zeit im Blickpunkt der Öffentlichkeit. Er sah förmlich, wie Neugierige in die Galerie strömten. Vielleicht freute Kathleen sich sogar über das verstärkte Geschäft, doch Ben bezweifelte es.

Er sollte sie anrufen und sich für seine Tante entschuldigen, doch das hätte auch keinen Sinn gehabt. Was Kathleen wirklich von ihm hören wollte, konnte er nicht aussprechen.

Natürlich konnte er allerdings etwas unternehmen, um die Leute abzulenken und den Artikel als Lüge hinzustellen. Aber hatte er dazu den nötigen Mut?

Den ganzen Vormittag über kämpfte er mit sich, und mittags traf er eine Entscheidung. Um Mitternacht hatte er schließlich alle Bilder sicher verpackt. Das war er Kathleen schuldig. Wenn er ihr die Ausstellung anbot, auf die sie hingearbeitet hatte, zeigte das der ganzen Welt, dass es zwischen ihnen nur um Kunst ging.

Außerdem war in zwei Tagen Weihnachten, und das war das einzige Geschenk, das Kathleen sich von ihm wünschte und das er ihr auch geben konnte.

Der Heiligabend begann wolkenlos, doch Kathleen roch Schnee in der Luft. Normalerweise hätte sie sich auf weiße Weihnachten gefreut, aber während der Fahrt nach Providence, wo ihre Mutter und ihre Großeltern sie zur Messe um Mitternacht erwarteten, würde sie doch nur an ihre Probleme denken.

Bisher hatte sie nichts von Ben gehört. Dabei hatte sie nach diesem albernen Artikel in der Zeitung am Vortag fest mit seinem Anruf gerechnet. Er war sicher so zornig wie sie, weil ihre persönliche Beziehung in der Öffentlichkeit breitgetreten wurde. Vielleicht verkroch er sich aber auch auf der Farm. Es war sogar möglich, dass er den Artikel gar nicht gesehen hatte.

Voller Zorn hatte sie Pete Forsythes Kolumne ausgeschnitten. Jetzt holte sie das Blatt aus der Schreibtischschublade, überflog den Artikel noch einmal und schüttelte den Kopf. Wieso kümmerte sich jemand um ihr Liebesleben?

Eines stimmte allerdings an dem Artikel: Anfangs war es ihr darum gegangen, Bens Bilder auszustellen. Jetzt wollte sie ihn. Zum Glück erahnten weder Pete Forsythe noch seine eingeweihten Kreise – bestimmt Destiny – das ganze Ausmaß ihrer Sehnsucht. Nein, verbesserte sie sich. Destiny wusste Bescheid, und darum hatte sie sich unverzeihlich verhalten.

Zum Glück konnte Kathleen an diesem verkaufsoffenen Tag vor Weihnachten nicht in Trübsal versinken. Ständig kamen Kunden in die Galerie, viele sicher von Neugierde angetrieben. Trotzdem war sie dankbar, weil sie nicht nachdenken konnte.

Am Nachmittag hatte sie bereits etliche sehr gute Verkäufe getätigt und wollte soeben ein Sandwich mit Hähnchensalat essen, als vor der Galerie ein Lieferwagen in zweiter Spur hielt.

„Was soll denn das?“, murmelte sie, als sie den Fahrer erkannte, der ihr die Malutensilien gebracht hatte. War das womöglich wieder ein Geschenk von Ben? Vielleicht ein Friedensangebot? Typisch, dass er einen anderen schickte, statt sich selbst bei ihr zu zeigen.

Sie öffnete die Tür, als der Fahrer auf der Sackkarre Kisten stapelte, wie man sie normalerweise für Bilder verwendete.

„Fröhliche Weihnachten, Ma'am", grüßte der Fahrer fröhlich und rollte die Fracht in die Galerie. „Ganz schön kalt heute, was? Heute Nacht schneit es bestimmt."

„Sieht so aus", bestätigte Kathleen. „Kommt das von Mr. Carlton?"

„Ja, Ma'am. Die Kisten habe ich heute Morgen bei ihm abgeholt. Es lag ihm viel daran, dass Sie die Sachen schnell kriegen, aber der Verkehr ist eine einzige Katastrophe. Brauchen Sie Hilfe beim Öffnen?"

„Nein, danke, ich habe ständig mit solchen Kisten zu tun", erwiderte sie und gab ihm ein großzügiges Trinkgeld. „Frohe Weihnachten."

Sobald sie wieder allein war, widerstand sie der Versuchung, sich die Bilder anzusehen. Sie fürchtete, dass dies ein Test sein könnte – oder noch schlimmer: ein Abschiedsgeschenk. Nun, das konnte sie keinesfalls annehmen.

Hastig las sie die Nummer des Lieferdienstes vom Warenschein ab und rief sofort dort an. „Können Sie Ihre Fahrer unterwegs erreichen?", erkundigte sie sich.

„Ja, Ma'am, aber die meisten kommen schon zurück. An Heiligabend wollen alle früh Schluss machen."

„Ihr Fahrer war vor fünf Minuten hier, aber er muss noch einmal zu mir zurückkommen. Ich weiß, wie unangenehm das ist, aber sagen Sie ihm bitte, dass ich ihn entschädigen werde. Es ist sehr wichtig."

„Warten Sie einen Moment, Ma'am", bat der Mann in der Zentrale, „ich sehe, was ich tun kann."

Zehn Minuten später hielt der Lieferwagen vor der Galerie, und der Fahrer kam herein. „Stimmt etwas nicht, Ms. Dugan? Gibt es ein Problem mit der Lieferung?"

„Ja, das könnte man so sagen", erwiderte Kathleen. „Bringen Sie bitte alles zu Mr. Carlton zurück."

„Jetzt?", fragte er ungläubig, sah Kathleen forschend an und nickte. „Schon gut, ich mache es gern."

Sie zückte ihr Scheckbuch. „Nennen Sie mir den Preis."

„Das mache ich so, Ma'am", wehrte er ab. „Unsere Zentrale liegt ohnehin da draußen am Weg. Außerdem habe ich in der Zeitung das Zeug über euch beide gelesen", fügte er lächelnd hinzu. „Ich dachte mir schon, dass das hier damit zu tun haben könnte. Ich brenne darauf, Mr. Carltons Gesicht zu sehen, wenn die Lieferung wieder vor seiner Haustür landet."

Plötzlich konnte sogar Kathleen lächeln. „Ja, das möchte ich auch sehen. Ich fahre direkt hinter Ihnen her."

Ben Carlton sollte es nicht gelingen, ihr seine Bilder aufzudrängen, um sie zu überzeugen, dass sie gewonnen hatte. Solange sie nicht glücklich und für immer vereint waren, hatte keiner von ihnen auch nur irgendetwas gewonnen.

15. KAPITEL

Nachdem Ben seine Gemälde zu Kathleen losgeschickt hatte, trafen Mack und Richard auf der Farm ein.

„Warum hast du mich gestern nicht zurückgerufen?", fragte Mack.

„Wir wären schon früher zu dir gekommen, aber ich wollte Melanie nicht allein zu Hause lassen", erklärte Richard. „Beth ist jetzt bei ihr und wacht wie ein Adler über sie – hoffe ich wenigstens. Melanie versucht immer wieder, sich heimlich wegzuschleichen und ihre Weihnachtseinkäufe zu erledigen. Ich bin überzeugt, dass dieses Kind mitten in einer Boutique zur Welt kommen wird."

Ben lachte. „Bruderherz, du kämpfst auf verlorenem Posten. Wenn Melanie einkaufen will, wird nichts und niemand sie aufhalten."

„Ja, das habe ich auch schon begriffen", räumte Richard ein und strich sich durchs Haar. „Wenn das Kind endlich da ist, werde ich kahl sein."

„Lange wird es nicht mehr dauern", meinte Mack. „Beth ist überzeugt, dass es ein Weihnachtskind wird."

„Morgen ist Weihnachten", stellte Richard erschrocken fest. „Womöglich haben bei Melanie schon die Wehen eingesetzt. Beim ersten Kind dauern sie immer lange, nicht wahr?"

„Du hast doch dein Handy bei dir", beruhigte Mack seinen Bruder.

„Natürlich", erwiderte Richard ungeduldig.

„Ist es eingeschaltet?"

„Ja."

„Also, dann mach dir keine Gedanken", riet Mack. „Wir sind hier, um Bens Probleme zu lösen. Wir sind nicht daran interessiert, wie du in Panik gerätst wegen Wehen, die noch gar nicht begonnen haben."

„Wartet ab", erwiderte Richard grimmig. „Irgendwann werdet ihr euch in genau der Situation befinden, in der ich jetzt bin, und dann bekommt ihr von mir nicht einen Funken Mitgefühl."

„Ich werde nie in dieser Situation sein", wehrte Ben ab, bereute das aber sofort, weil sich seine Brüder daraufhin mit ihm beschäftigten. Er hätte den Mund halten und sich freuen sollen, dass sie ihn nicht beachteten.

„Willst du denn in diese Situation kommen?", fragte Richard. „Ich habe lange wie du gedacht, aber ich kann dir nur versichern, dass mein Leben einfach sagenhaft ist. Na schön, vielleicht nicht ausgerechnet in diesem Moment, aber ich meine ganz allgemein die Ehe mit Melanie."

„Geht mir genauso", sagte Mack. „Beth ist unbeschreiblich. Destiny hat sicher Fehler, aber für Richard und mich hat sie die richtigen Frauen ausgesucht. Glaubst du tatsächlich, sie hätte sich bei dir geirrt?"

Ben dachte zum ersten Mal genauer darüber nach. Nein, Destiny hatte sich nicht geirrt, und wenn er ganz ehrlich war, erschreckte ihn die Vorstellung von einer eigenen Familie längst nicht mehr so sehr wie früher.

„Nein, kein Fehler auf Destinys Seite", räumte er ein.

„Und was wirst du nun unternehmen?", fragte Mack. „Du erreichst nichts, wenn du nur hier herumsitzt. Die Frau, mit der du eine Familie gründen willst, packt vermutlich gerade für Providence."

„Wieso denn für Providence?", entgegnete Ben.

„Destiny sagt, dass Kathleen Weihnachten bei ihrer Familie verbringen wird", erklärte Richard. „Und Destiny fürchtet, Kathleen könnte nicht zurückkommen."

Ben glaubte nicht, dass Kathleen die Galerie schließen und zu ihrer Familie heimkehren würde. „Destiny will mich nur beunruhigen."

„Willst du riskieren, dass sie recht hat?", fragte Richard und sprang auf, als sein Handy klingelte. Verzweifelt fasste er in die Tasche und ließ dabei das Telefon fallen.

„Mann, wenn du so weitermachst, wird sie das Kind schon haben, bevor du dich überhaupt meldest", bemerkte Mack kopfschüttelnd, hob das Handy auf und reichte es seinem Bruder.

„Ja, alles in Ordnung?", rief Richard endlich ins Telefon und wurde blass. „Bin schon unterwegs", schrie er, schaltete das Handy aus und steckte es ein. „Das Kind ... das Kind kommt! Ich muss nach Hause. Wir haben einen Plan für die Geburt! Wie sollen wir den Plan befolgen, wenn ich gar nicht da bin?"

„Beth ist da", warf Mack ein, „und sie ist Ärztin."

„Aber der Plan!", protestierte Richard. „Wir haben alles aufgeschrieben, damit wir nichts vergessen."

„Melanie kennt den Plan doch sicher auswendig."

„Ja, aber ..."

Ben konnte kaum fassen, dass sein sonst stets ruhiger und selbstsicherer Bruder völlig die Beherrschung verlor.

Mack übernahm das Kommando. „Vergiss den verdammten Plan. Wir fahren!“, befahl er und wollte Richard zum Wagen führen.

„Ich folge euch“, entschied Ben.

Mack deutete zu einer Staubwolke auf der Zufahrtsstraße. „Überleg dir das noch mal, Kleiner. Du bekommst Besuch.“

„Besuch?“ Ben entdeckte den vertrauten Lieferwagen und dahinter einen Wagen, der ihm noch vertrauter war und der von einer aufregenden Frau gesteuert wurde. Das Herz schlug ihm bis zum Hals, aber dieses Mal hatte das nichts mit Angst zu tun, sondern mit purer Freude.

Vielleicht war mit Kathleen doch noch nicht alles aus. Weich und rührselig, wie er im Moment in Sachen Familie und Kinder war, gefiel ihm diese Perspektive sehr gut.

Mack fuhr los, und Ben sah dem Lieferwagen entgegen, der vor dem Atelier hielt. Kathleen bremste mit quietschenden Reifen genau daneben, sprang aus dem Wagen und kam direkt auf Ben zu.

„Was sollte das?“, fragte sie und deutete zum Lieferwagen.

Der Fahrer stand daneben, grinste vergnügt und ließ sich kein Wort entgehen. „Ich arbeite jetzt für Ms. Dugan“, erklärte er, als Ben ihn hilflos ansah. „Sie will, dass ich die Sachen wieder in Ihr Atelier bringe.“

„Machen Sie schon“, sagte Ben resigniert und wandte sich an Kathleen. „Ich dachte, du wünschst dir diese Ausstellung. Ist es dir in den letzten Wochen nicht genau darum gegangen?“

Sie holte aus und versetzte ihm eine Ohrfeige. „Du bist ein Idiot!“, fauchte sie ihn an, stürmte an ihm vorbei und beobachtete, wie der Fahrer die Bilder zurückstellte.

Ben folgte ihr, rieb sich die Wange und fragte, sobald sie allein waren: „Habe ich etwas falsch verstanden? Willst du denn keine Ausstellung?“

„Natürlich will ich sie, aber nicht so. Nicht im Austausch für Sex!“, erklärte sie zornig. „Auch nicht, wenn du dir damit ein ruhiges Gewissen erkaufen willst, weil du aus meinem Leben verschwindest, nachdem du bekommen hast, was du haben wolltest.“

Wenn er jetzt nicht die richtigen Worte fand, würde er sie verlieren.

Seine Gefühle konnte er nicht mehr auslöschen. Sie waren vorhanden. Er hatte sich nur vorgemacht, alles zu beenden, wenn er Kathleen die Bilder schickte.

Ben holte tief Luft. „Was ist, wenn die Bilder ein Hochzeitsgeschenk von mir an dich sind?“, fragte er.

„Wie bitte?“

Er lächelte über ihre Verwirrung. „Ich versuche dir einen Heiratsantrag zu machen, aber ich hätte mir von Destiny eine kleine Ansprache schreiben lassen sollen.“

„Destiny hat mit der ganzen Sache schon viel zu viel zu tun“, erwiderte Kathleen und legte ihm behutsam die Hand auf die gerötete Wange. „Du machst das sehr gut. Es geht nur um wenige Worte, Ben. Mehr brauche ich nicht zu hören.“

„Die Bilder gehören dir.“

Sie runzelte die Stirn, weil er sie neckte. „Gar nicht gut.“

„Ich vertraue dir meine Gemälde an. Bitte, werde meine Frau.“

„Schon besser.“

Er holte tief Luft. „Ich liebe dich, Kathleen. Ich will dich heiraten, mit dir eine Familie gründen und jeden Morgen neben dir aufwachen, bis wir beide alt und grau sind.“

„Volltreffer.“ Sie reckte sich und gab ihm einen Kuss. „War das so schwer?“

„Ja“, erwiderte er aufrichtig. „Es macht mir unbeschreibliche Angst.“

„Es wird irgendwann leichter“, versicherte sie. „Du hast noch ein ganzes Leben vor dir, um zu üben.“

Ein ganzes Leben. Ben wartete auf das Gefühl der Panik. Stattdessen stellte sich unbändige Freude ein. Endlich hatte er es richtig gemacht.

„Ich würde ja gern noch hierbleiben und üben“, erklärte er, „aber ein Kind ist unterwegs, und wenn es wie sein Daddy wird, ist es sehr ungeduldig.“

„Melanies und Richards Kind?“, fragte Kathleen aufgeregt. „Deshalb sind Mack und Richard so schnell verschwunden! Ich dachte, sie wollten nur dem unvermeidlichen Streit ausweichen. Wieso hast du das nicht gleich gesagt? Ich muss sofort ins Krankenhaus.“

„Ich bin doch kaum zu Wort gekommen“, wandte er ein. „Nur den Heiratsantrag habe ich geschafft. Jedenfalls müssen wir los. Du wirst schließlich bald zur Familie gehören.“

„Wie bald?", fragte sie lächelnd.

„Hast du es aus einem bestimmten Grund eilig?"

„Ich will schon deine Frau sein, wenn ich deine Bilder in meiner Galerie ausstelle", erklärte sie. „Jetzt kannst du keinen Rückzieher mehr machen, mein Lieber. Du hast sie mir als Hochzeitsgeschenk überlassen, und keine andere Frau soll auf den Gedanken kommen, sie könnte sich an den aufregendsten Künstler der Vereinigten Staaten heranmachen."

„Und wann willst du die Ausstellung eröffnen?", fragte er amüsiert.

„Januar, spätestens Februar."

„Destiny hofft auf eine Hochzeit im Juni", wandte er lachend ein.

„Dann wird sie eine Enttäuschung erleben", erklärte Kathleen fest. „Alles andere hat sie erreicht, aber wir setzen das Hochzeitsdatum fest."

„Gut. Darüber können wir gleich im Krankenhaus sprechen."

„Fahren wir", drängte sie und wollte schon zu ihrem Auto laufen.

„Kathleen!" Er deutete auf seinen Wagen. „Wir nehmen meinen."

„Meiner steht näher", wandte sie ein.

„Dann fahre aber ich."

„Was ist denn gegen meine Fahrweise einzuwenden?", fragte sie, während sie auf die Beifahrerseite ging.

„Zu schnell und zu gefährlich. Es erinnert mich daran, wie Graciela gefahren ist."

Sofort traten ihr Tränen in die Augen. „Ach Ben, warum hast du mir das denn nicht schon früher gesagt?"

„Könntest du etwas langsamer fahren, damit ich nicht jedes Mal vor Angst fast den Verstand verliere?"

Sie griff nach seiner Hand. „Ich fahre nie mehr schneller als erlaubt", versprach sie.

„Das ist ja schon mal was."

„Soll ich vielleicht schleichen?"

„Das wäre mir nur recht."

„Du wirst mich nicht durch einen Unfall verlieren, wenn ich es verhindern kann", versprach sie.

„Ich wünschte, man könnte wirklich sicher sein", erwiderte er, „aber das ist man nie. Ich weiß nur jetzt, dass ich dich nicht dadurch verlieren will, dass ich so tue, als würde ich dich nicht lieben."

„Dann ist es doch gut, dass wir endlich alles geklärt haben", erwiderte sie und streichelte seine Wange.

„Sehr gut", bestätigte er.

Destiny, Mack und Beth waren im Warteraum des Krankenhauses versammelt. Von Richard keine Spur.

„Ist Richard ohnmächtig geworden?", fragte Ben.

„Er ist im Kreißsaal", gab Mack Auskunft. „Mir tut der arme Arzt leid, dem Richard jetzt auf die Finger sieht. Bestimmt hatte auch er einen Plan für diese Geburt."

Kathleen und Beth lachten.

„Zum Glück hat Dr. Kelly reichlich Erfahrung mit werdenden Vätern", versicherte Beth. „Er wird mit Richard schon fertig."

„Richard führt ein multinationales Unternehmen", wandte Mack ein. „Für ihn dürfte es eine Kleinigkeit sein, einen Kreißsaal nach seinen Vorstellungen zu organisieren."

„Nicht, wenn Melanie das erste Mal aus Leibeskräften geschrien hat", sagte Beth.

Mack wurde blass. „Sie wird schreien?"

„Sehr viel sogar", bestätigte Beth.

Daraufhin machte er ein finsteres Gesicht. „Wir werden nur Kinder adoptieren."

Beth ließ einige Sekunden verstreichen, ehe sie sagte: „Zu spät."

Mack starrte sie fassungslos an. „Ein Kind?", fragte er schließlich. „Wir bekommen ein Kind?"

„In ungefähr acht Monaten", bestätigte Beth lächelnd.

Mack sank auf einen Stuhl, während Kathleen und Destiny Beth umarmten. Ben setzte sich zu seinem sichtlich erschütterten Bruder.

„Alles in Ordnung mit dir?", fragte Ben.

Mack nickte. „Ich wusste nicht, dass bei einer Geburt geschrien wird."

„Kann nicht viel schlimmer sein als bei einem Football-Spieler mit gebrochenem Schlüsselbein oder zerschmetterter Kniescheibe."

„Ich habe nicht geschrien", wehrte Mack ab. „Beide Male nicht."

„Erzähl das jemandem, der dich nicht in der zwanzigsten Reihe gehört hat", erwiderte Ben. „Außerdem machen Frauen das schon seit

Anbeginn der Zeiten. Sie sind härter im Nehmen als wir Männer."

Mack warf einen Blick auf seine Frau und lächelte. „Ja, das stimmt. Was ist nun mit dir und Kathleen? Hat es endlich geklappt?"

„Wir werden heiraten", gestand Ben.

„Halleluja!"

Sein Ausruf lockte die drei Frauen an.

„Noch mehr gute Neuigkeiten?", fragte Beth.

Ben sah zu Kathleen. „Sieht so aus, als würden wir alle dem Neugeborenen die Schau stehlen."

„Richard und Melanie werden kaum etwas mitbekommen", erwiderte Beth. „Los, rede!"

„Ich habe Kathleen gebeten, mich zu heiraten, und sie hat Ja gesagt", erklärte Ben und griff nach Kathleens Hand.

Destiny begann zu weinen. „Das müssen wir feiern. Ich freue mich ja so für euch beide. Eine Hochzeit im Juni!"

„Im Januar", verbesserte Kathleen.

Destiny blieb der Mund offen stehen. „Im Januar? Nächsten Monat?"

„Bevor meine Ausstellung in Kathleens Galerie eröffnet wird", bestätigte Ben.

Destiny ließ sich auf den Stuhl neben Mack sinken und griff nach seiner Hand. „Also, das geht ja plötzlich sehr schnell."

„Zu schnell?", fragte Ben besorgt.

„Aber nein, mein Lieber. Ich kann es nicht erwarten, dich endlich glücklich zu sehen."

„Warum hast du es dann gesagt?", erkundigte er sich.

„Unwichtig", wehrte sie ab und wandte sich an Kathleen. „Wir haben viel zu erledigen. Als Erstes sollten wir deine Mutter sofort herholen, meinst du nicht?"

Kathleen wurde blass. „Ich habe ganz vergessen, dass ich nach Providence fahren wollte. Meine Angehörigen erwarten mich."

„Ruf sie an", riet Destiny. „Erzähl ihnen von dem Baby und der Verlobung, und lade alle für morgen zu uns ein. Eine bessere Weihnachtsfeier kann ich mir gar nicht vorstellen."

„Das stimmt", bestätigte Kathleen. „Vielleicht kommen endlich alle her. Ich gehe nach draußen und rufe über mein Handy an."

Ben folgte ihr. „Willst du die Bombe wirklich am Telefon platzen lassen? Wir könnten morgen nach Providence fahren. Deine Angehörigen sollten mich kennenlernen, bevor wir ihnen den Rest der Familie zumuten."

„Nein", wehrte sie entschieden ab. „Ich möchte, dass wir zu Weihnachten alle zusammen sind. Vielleicht erkennen meine Angehörigen dann endlich, was ein Familienfest ist."

„Wie du meinst. Ich warte drinnen."

„Nein, bleib bei mir", bat sie und wählte. „Hallo, Mutter."

Ben konnte nicht verstehen, was ihre Mutter sagte, doch es klang vorwurfsvoll.

„Mutter, hör mir bitte einen Moment zu. Ich kann alles erklären. Ich habe mich heute mit Ben Carlton verlobt. Weißt du, mit dem Maler, den du auf dem Bild gesehen hast." Ihre Miene entspannte sich. „Ja, das sind wunderbare Neuigkeiten. Und wir sind gerade im Krankenhaus, in dem die Frau seines Bruders ein Kind bekommt. Destiny lädt euch alle für morgen ein. Könnt ihr kommen? Bitte!" Erleichterung zeichnete sich auf ihrem Gesicht ab. „Ja, ich rufe Großvater an und erkläre ihm, wie ihr fahren müsst. Danke, Mutter. Ich hab dich lieb, und frohe Weihnachten."

„Offenbar hat sie zugesagt", stellte Ben fest, als Kathleen das Handy ausschaltete und es mit Tränen in den Augen betrachtete.

Sie nickte. „Mutter kann es kaum erwarten, euch alle kennenzulernen. Sie meinte, sie hätte sofort gewusst, dass es so kommen würde, als sie das Bild von dir gesehen hat."

„Wirklich? Dann möchte ich wissen, was sie sagen wird, wenn sie das Bild sieht, das ich von dir gemalt habe", sagte er und war froh, dass er es gut versteckt hatte.

„Du hast mich gemalt?"

„Im Mondschein", bestätigte er.

„Du lieber Himmel!" Kathleen wurde rot. „Habe ich etwas an?"

„Es reicht", meinte er lachend. „Für meinen Geschmack zu viel, aber ich wollte, dass auch unsere Kinder das Bild betrachten können."

„Ich will es sehen", verlangte Kathleen.

„Das wirst du", versprach er. „Aber jetzt sollten wir hineingehen und fragen, wie es steht."

Eine Minute nach Mitternacht kam Amelia Destiny Carlton auf die Welt, ein Weihnachtskind, genau wie Beth vorhergesagt hatte. Destiny vergoss einige Tränen, als sie den Namen des Kindes hörte.

„Das hättet ihr nicht tun müssen", flüsterte sie und drückte Richard die Hand.

„Wir wollten es aber", versicherte Melanie. „Ohne dich wäre es nie so weit gekommen."

„Das kann ich nur bestätigen", bemerkte Mack und blickte zu Beth.

Lächelnd griff sie nach seiner Hand. „Bestimmt gibt es bald viele kleine Destinys in der Familie."

„Ich nenne keinen Jungen Destiny", protestierte Mack.

„Und wenn es ein Mädchen wird?", fragte Ben.

„Das ist was anderes", lenkte Mack ein und drückte seine Tante an sich.

Ben betrachtete das winzige Mädchen in Richards Armen. „Ob ich die Kleine noch vor der Ausstellung malen kann?"

„Du machst jetzt Porträts?", fragte Melanie.

„Und du stellst deine Bilder aus?", erkundigte sich Richard.

Ben lachte. „Ach ja, ihr wisst noch gar nicht, dass ich auch heiraten werde."

„Großartig", versicherte Melanie und begann zu weinen.

„Du bist sentimental", sagte Richard zu seiner Frau.

„Du hast aber auch Tränen in den Augen, Brüderchen", bemerkte Mack.

Richard zuckte mit den Schultern. „Was soll's! Wir Carlton-Männer haben uns eben weiterentwickelt."

„Sehr viel weiter", bestätigten Melanie und Beth.

„Haltet euch bei den beiden mit Lob zurück, meine Damen", warnte Destiny. „Sie bemühen sich sonst nicht mehr."

Ben packte seine Tante und wirbelte sie im Kreis, bis sie klagte, ihr würde schwindelig werden.

„Erst versprichst du, dass du dich nie wieder einmischst", verlangte er. „Deine Aufgabe ist erfüllt."

„Ja, allerdings", bestätigte sie betrübt.

„Nein, ist sie nicht", wehrte Melanie ab.

„Absolut nicht", bestätigte Kathleen.

„Du musst dich auch noch um die nächste Generation kümmern", erklärte Beth.

„Stimmt." Destiny lächelte schon wieder. „Ich kann ja dieses entzückende Baby und alle weiteren schließlich nicht euch überlassen."

„So schlecht sind wir nun auch wieder nicht geraten", bemerkte Richard empört.

„Bestimmt nicht", versicherte Mack.

Ben wandte sich an Kathleen. „Was meinst du? Bin ich schlecht geraten?"

Sie schmiegte sich an ihn, drückte ihm einen Kuss auf die Wange und flüsterte ihm ins Ohr: „Die anderen sollen es nicht hören, aber du bist von allen am besten geraten."

„Du bist voreingenommen."

„Ich folge nur Destinys Beispiel", erwiderte sie lachend. „Jeder weiß, dass du ihr Liebling bist."

„Das habe ich gehört", beklagte sich Richard.

„Ich auch", bestätigte Mack.

„Ach, hört auf mit dem Unfug", verlangte Destiny. „Ich habe keinen Liebling."

„Natürlich nicht", bestätigte Ben. Dann beugte er sich zu ihr. „Aber hättest du einen, wäre ich das, nicht wahr?"

„Reicht es dir nicht, dass du Kathleens Liebling bist?", fragte Destiny.

„Das reicht mir vollauf", versicherte er.

EPILOG

Kathleens Mutter und Destiny hatten dafür gesorgt, dass in kürzester Zeit eine sagenhafte Hochzeit ausgerichtet wurde. Jetzt wartete Kathleen in einem schmal geschnittenen Satinkleid im Vorraum der Kirche und hielt einen schlichten Strauß aus Maiglöckchen in der Hand, den ihre Mutter mit weißen Samtbändern gebunden hatte. Ihr Großvater stand im Frack neben ihr.

„Bist du wirklich glücklich, mein Engel?", fragte er.

„Unbeschreiblich", erwiderte sie. „Dieses Mal habe ich richtig gewählt."

„Das hoffe ich. Ben scheint ein netter junger Mann zu sein, und er liebt dich. Ihr überlegt es euch nicht doch vielleicht noch und zieht nach Providence?"

Sie drückte seine Hand. „Nein, aber es bedeutet mir viel, dass du das willst."

Er nickte betrübt. „Ich wünschte, ich hätte dich und deine Mutter besser behandelt."

„Das ist Vergangenheit, Großvater. Mein Leben spielt sich jetzt hier ab."

„Du brauchst nichts zu erklären", versicherte er. „Die Musik beginnt. Bist du bereit?"

„Darauf warte ich schon mein ganzes Leben", erwiderte sie und blieb mit ihrem Großvater am Eingang stehen, bis Melanie und Beth den Altar erreichten.

Von da an hatte Kathleen nur noch Augen für Ben, der vor dem Altar wartete. Mack und Richard standen neben ihm. Destiny, in der ersten Reihe, liefen Tränen über die Wangen, während sie Kathleen entgegenblickte.

Kathleen beugte sich impulsiv zu Bens Tante und küsste sie auf die Wange. Dann wandte sie sich zur anderen Seite und küsste ihre Mutter. „Danke", flüsterte sie beiden zu, ehe sie zu Ben trat.

Ben schüttelte ihrem Großvater die Hand und griff dann nach ihrer. „Ich liebe dich", hauchte er ihr zu, während der Geistliche mit der Zeremonie begann.

Kathleen lächelte glücklich. Er schien diese Worte gar nicht oft genug sagen zu können, und selbst wenn sie hundert wurde, würde sie nie müde werden, sie zu hören.

„Also, Destiny, die Hochzeit ist vorüber", begann Richard gleich nach der Zeremonie. „Du hast mir versprochen, mir danach zu verraten, was du wegen William Harcourt zu unternehmen gedenkst."

Destiny warf ihm einen Blick zu, der jeden anderen eingeschüchtert hätte, nicht jedoch Richard. Sie wandte sich an Ben und Kathleen. „Tut mir leid, meine Lieben, aber wenn ich das nicht hinter mich bringe, verdirbt er euch noch die Feier."

„Lass dich nicht aufhalten, Destiny", forderte Kathleen sie auf.

Destiny wandte sich an ihren Neffen. „Ich werde den europäischen Zweig von *Carlton Industries* übernehmen", erklärte sie. „Dann beschäftige ich mich mit William, und ich erwische ihn, ehe er begreift, wie ihm geschieht."

Danach entfernte sie sich hoch aufgerichtet, als würde sie tatsächlich in eine Schlacht ziehen.

Kathleen begann zu lachen.

„Was ist denn daran so lustig?", fragte Ben.

„Ja", sagte Richard grimmig, „ich finde das gar nicht komisch."

„Ach, Klappe, großer Bruder", befahl Mack. „Kathleen hat recht. Das ist die perfekte Rache."

„An wem?", fragte Ben gereizt. „An uns?"

„Nein, an William", erwiderte Kathleen. „Ich ahne, dass das noch viel amüsanter ausfallen wird als Destinys Machenschaften, euch drei unter die Haube zu bringen."

„Ganz sicher", bestätigte Beth.

„Oh ja", versicherte Melanie freudig.

Ben seufzte. „Die Frauen verbünden sich schon wieder gegen uns. Ich wusste doch, dass es nicht gut ist, wenn Frauen in der Familie in der Überzahl sind."

„Vergiss das bloß nie", riet Kathleen lachend. „Aber wir lieben euch."

„Meistens wenigstens", fügte Melanie hinzu.

„Wenn ihr nicht versucht, alles zu kontrollieren", sagte Beth mit Blick auf Mack.

Er winkte ab. „Von mir aus kannst du das Kind ganz allein bekommen. Ich werde mich nicht weiter darum kümmern."

„Abwarten“, meinte Beth. „Und jetzt kommt. Wir müssen Fotos machen lassen, und dann warten die Gäste und das Essen auf uns.“

Melanie lächelte ihr zu. „Wächst dein Appetit etwa schon, Beth?“

„Rasant. Wenn das so weitergeht, werde ich bald nur noch durchs Krankenhaus watscheln können.“

„Ich habe dir einen Trainingsplan angeboten“, erinnerte Mack.

Ben und Richard lachten schallend. „Sag bloß, das hast du wirklich getan!“, rief Richard.

„Was ist dagegen einzuwenden?“, fragte Mack. „Ich will ihr doch nur helfen.“

„Mach weiter so, und du bist ein toter Mann“, warnte Beth.

Kathleen wandte sich an Ben. „Hör dir das alles gut an. Dann weißt du genau, wie du dich verhalten musst, wenn ich schwanger werde.“

„Ich habe bereits einen Plan“, versicherte er. „Ich verlasse das Land.“

Sie zog ihn zu sich heran und gab ihm einen Kuss. „Kommt nicht infrage. Das kannst du dir aus dem Kopf schlagen, weil du nie von meiner Seite weichen wirst.“

„Ich wollte eigentlich sagen, dass ich bei dir bleiben und den Mund halten werde“, verbesserte sich Ben.

„So ist es recht“, bestätigte Kathleen zufrieden.

Wenn Ben tatsächlich dermaßen schnell lernte, stand ihnen eine sehr glückliche Ehe bevor.

– ENDE –

Hampson / Mayo / Richmond
Liebesreise nach Irland
Band-Nr. 15038
3 Romane nur 8,95 € (D)
ISBN: 978-3-89941-658-9
416 Seiten

Hart / Hampson / Brooks
Liebesreise in die Ägäis
Band-Nr. 15034
3 Romane nur 8,95 € (D)
ISBN: 978-3-89941-597-1
400 Seiten

Lindsay / Hadley / Ashton
Liebesreise nach Frankreich
Band-Nr. 15033
3 Romane nur 8,95 € (D)
ISBN: 978-3-89941-596-4
432 Seiten

Mather / Rome / Hampson
Liebesreise nach Portugal
Band-Nr. 15032
3 Romane nur 8,95 € (D))
ISBN: 978-3-89941-595-7
384 Seiten